الطبعة الرابعة 2003

ISBN 0-9604562-3-6

الفهرس

4

تقديم الطبعة الأولى

بسم الله الرحمن الرحيم

على الرغم من صدور كتب كثيرة عن حرب أكتوبر 1973 بين العرب وإسرائيل، إلا انه مازال هناك الكثير من الحقائق الخافية؛ التي لم يتعرض لها أحد حتى الآن، كما أن ثمة حقائق أخرى قام بعضهم بتشويهها، أحياناً عن جهل، و أحياناً أخرى عن خطأ متعمد لإخفاء هذه الحقائق، ومن بين الموضوعات التي مازالت غامضة تبرز التساؤلات الآتية:

لماذا لم تقم القوات المصرية بتطوير هجومها نحو الشرق بعد نجاحها في عبور قناة السويس، ولماذا لم تستول على المضائق في سيناء؟

هل حقاً كان ضمن تصور القيادة العامة للقوات المسلحة المصرية أن يقوم العدو بالاختراق في منطقة الدفرسوار بالذات، وأنها أعدت الخطة اللازمة لدحر هذا الاختراق في حالة وقوعه؟ وإذا كان هذا حقيقياً، فلماذا لم يقم المصريون بالقضاء على هذا الاختراق فور حدوثه؟

كيف تطور اختراق العدو في منطقة الدفرسوار يوما بعد يوم، وكيف كانت الخطط التي يضعها العسكريون تنقض من قبل رئيس الجمهورية ووزير الحربية؟

من هو المسئول عن حصار الجيش الثالث؟ هل هم القادة العسكريون أم القادة السياسيون؟

كيف أثر حصار الجيش الثالث على نتائج الحرب سياسيا وعسكريا، لا على مصر وحدها بل على العالم العربي بأسره؟

عندما قررت أن أبدا في كتابة مذكراتي في أكتوبر 76- أي بعد ثلاث سنوات من حرب أكتوبر 73- لم يكن هدفي فقط هو كشف أكاذيب السادات التي عمد إلى تأليفها جزافا بعد أن وضعت الحرب أوزارها، بل كان هدفي الأول هو إعطاء صورة حقيقية للأعمال المجيدة والمشرفة التي قام بها الجندي المصري في هذه الحرب. إن من المؤسف حقاً أن السادات ورجاله لم يستطيعوا تقديم هذه الحرب في الإطار الذي تستحقه كعمل من أروع الأعمال العسكرية في العالم. لقد عمدوا إلى الكلمات الإنشائية والبلاغية دون الاستعانة بلغة الأرقام والتحليل العلمي للعوامل المحيطة بها. لقد انحصر همهم في إخفاء وطمس دور الفريق سعد الدين الشاذلي الذي كان يشغل منصب رئيس أركان حرب القوات المسلحة المصرية لمدة امتدت من مايو 71 (29 شهرا قبل بداية الحرب) وحتى 12ديسمبر73 (سبعة أسابيع بعد وقف إطلاق النار)، ولم يعلم السادات أنه بهذا الحقد على الفريق سعد الدين الشاذلي قد أساء إساءة بالغة للقوات المسلحة المصرية؛ فلكي يتحاشى هو ورجاله ذكر دور الفريق الشاذلي لم يستطيعوا أن يذكروا كيف تم إعداد القوات المسلحة وتجهيزها لهذه الحرب، ولم يستطيعوا كيف قامت القوات المسلحة بعبور قناة السويس، ولم يستطيعوا أن يذكروا كيف وقع أول تصادم بين

5

الفريق الشـــاذلي والرئيس السادات يوم 16 من أكتوبر لخلاف في الرأي حول القضاء على العدو الذي اخترق في منطقة الدفرسوار ، ولم يستطيعوا أن يذكروا كيف تطور القتال غرب القناة يوماً بعد يوم، وكيف كانت آراء العسكريين تنقض من قبل السياسيين. لقد اعتقد السادات ورجاله انهم يستطيعون أن يحكوا قصة حرب أكتوبر ، وآلا يكون نصيب رئيس أركان حرب القوات المسلحة المصرية سوى أربعة أسطر يلقون فيها باللوم بصفته المسئول عن الثغرة! ما اتفه هذا التفكير ! أو يظن هؤلاء أنهم يستطيعون أن يثبتوا ما يقولون؟ أو يظن هؤلاء انه ليست لدينا الوثائق التي تثبت أنهم كاذبون؟ ويل للكاذبين الذين يقولون الكذب وهم يعلمون.

لقد انتهيت من تسجيل مذكراتي في أكتوبر 77، وأخذت أنتظر الوقت المناسب الذي أقوم فيـــه بنشرها، لأنه عامل مهم في كسب أية معركة سواء أكــانت هذه المعركة ســياسية أم عسكرية. إن مهاجمة رئيس نظام أوتوقراطي وفضح أكاذيبه وخداعه ليس بالأمر السهل، فهو يحتاج إلى الوثائق التي لا يتطرق إليها الشك، ويحتاج إلى شهود دوليين، وإلى مناخ إعلامي مناسب. وبحلول أكتوبر 77 كان قد تم إعداد كل شئ، ولم يبق سوى انتظار المناخ الإعلامي المناسب، وفيما بين أكتوبر 77 ومايو 1 978 ارتكب السادات ثلاثة أخطاء كــبيرة تسببت بمجموعها في خفض شعبيته في مصر والعالم العربي إلى الحضيض، ففي نوفمبر 77 قام بزيارته المشئومة إلى القدس، حــيث أعطى الكثير لإسرائيل دون أن يحصل على شئ لقاء ما أعطى، وفى أبريل 78 نشر مذكراته، وبذلك كــان أول رئيس دولة في العالم يقوم بنشر مذكراته وهو ما يزال في السلطة. لقد كان نشر هذا الكتــاب عملا لا أخلاقياً استغل فيه الســادات منصبه كرئيس دولة وحاكم بــأمره يملك وسائل الإعلام- يعطى ويمنح يرقى ويفصل، ينصر ويقهر - ليختلق الأكاذيب على كل من يخالفه في الرأي، وفى مايو 78 ارتكب الخطأ الثالث بإجراءاته التعسفية لإسكات كل رأي حر في البلاد. لقــد كنت أراقب السادات وهو يقوم بتصرفاته الشاذة بألم وحسرة، بصبر وتحفز، في انتظار الوقت المناسب، وبحلول شهر يونيو 78وجدت أن الصمت بعد ذلك قد يكون خيانة لعزة مصر وشرفها وقواتها المسلحة ، وفي يوم 19 من يونيو 1978، ومن مكتبي كسفير لمصر في البرتغال هاجمت السادات هجوماً عنيفاً، وقلت كل ما يريد كل مصري حر أن يقوله، كنت اعلم بأني أضحي بمنصبي الممتاز من أجل مبادئي، وكنت سعيداً بذلك. لقد ظن السادات أن حياة الأبهة التي أعيش فيها كسفير قد تنسيني حبي لمصر، وحبي للكفاح من أجل مصر، ولكنه أخطأ في تقديره هذا خطأً جسيماً. لعل السادات يرى الناس من خلال نفسه، إنه يعتقد انه يستطيع بالمال والمناصب أن يشتري أي شخص، ولكن هيهات فليس الرجال كلهم سواسية .

وها هي ذي مذكراتي عن حرب أكتوبر 73 اهديها لكل ضابط وكل جندي في القوات المسلحة المصرية،وأنني فخور جدا بكل يوم وكل ساعة قضيتها كرئيس لأركان حرب القوات المسلحة المصرية. تلك الفترة التي تم خلالها تخطيط وتنفيذ أول عملية هجومية ناجحة ضد إسرائيل في الثلاثين

سنة الماضية، وإني انتهز هذه الفرصة لكي أشيد بكل ضابط وكل جندي أسهم في تلك الحرب التي استعادت للجندي المصري كرامته وتاريخه المجيد، لقد كانوا هم الأصحاب الحقيقيين لهذه المذكرات، لقد صنعوها بدمائهم وشجاعتهم، وكانوا شهود عيان لكل أحداثها. وإن بعض الحوادث التي ذكرتها في هذه المذكرات يعلمها الألوف منهم وبعضها الآخر تعلمه المئات أو العشرات منهم إن مئات الألوف منهم سوف يستقبلون هذه المذكرات بحماس شديد ولكن قليلين وممن باعوا أنفسهم. للسادات وربطوا مصيرهم بمصيره- سوف يجدون أنفسهم في كرب شديد، فإما أن يقولوا الحق وهم يعلمون أن ذلك سوف يعني أن يفقدوا مناصبهم، وإما أن يقولوا الكذب وهم يعلمون الحقائق، فيفقدوا بذلك سمعتهم أمام الناس وأمام أبنائهم وأمام التاريخ، ناهيك عن حساب الله الذي يمهل ولا يهمل. إني أرثي لهؤلاء وأدعـــو الله أن يوفقهم إلى الصراط المستقيم، ولكني أحذرهم بأنني قادر على إثبات كل ما كتبت في هذه المذكرات. الحمد لله رب العالمين الذي وفقني في أن أقول كلمة الحق وأن أدافع عنها، اللهم اهدنا وأنر الطريق لنا وانزل السكينة في قلوب المؤمنين حتى يستطيعوا أن يقفوا في وجه الطغيان وألا يكتموا كلمة الحق وهم يعلمون.

الفريق سعد الدين الشاذلي
رئيس أركان حرب القوات المسلحة المصرية
خلال الفترة من 16 من مايو 71 حتى 12 من ديسمبر 73
الجزائر أول سبتمبر 79

تقديم الطبعة الثانية

بسم الله الرحمن الرحيم

الحمد لله الذي وفقنا لإصدار هذا الكتاب بصفة عامة، وهذه الطبعة بصفة خاصة، رغم جميع المصاعب والعراقيل. قد يتصور الكثير من القراء أن السادات والإمبريالية والصهيونية هم وحدهم الذين كانوا يقاومون انتشار هنا الكتاب وان الدول العربية كافة سوف تتحمس له وتعمل على انتشاره ولهم العذر فيما يتصورون، فأنا نفسي كنت أتصور ذلك عندما تعاقدت مع مؤسسة الوطن العربي في نوفمبر 78 لكي تنشر هذا الكتاب، ولكن الأحداث التي تلت ذلك قد أثبتت أنني كنت على خطا في هذا التصور.

لقد اتضح لي أن بعض الأنظمة العربية تحارب انتشار الكتاب وإن كان كل منها يحاربه من منطلق يختلف عن الآخر، فبعض هذه الأنظمة كان يتوقع من المؤلف أن يجاملها– على حساب الحقيقة– عند سرد الدور الذي قام به في هذه الحرب، فلما اكتشف أن ذلك لم يحدث اتخذ موقفاً معادياً من الكتاب ومن المؤلف. أما البعض الآخر، فقد أراد أن يستقطب المؤلف وان يجعله يصادق من يصادقه، ويعادى من يعاديه، فلما فشل في ذلك قرر أن يمارس الضغط عليه بجميع الوسائل الممكنة، وكانت محاربة انتشار هذا الكتاب هي إحدى هذه الوسائل.

وفي أوائل عام 1980، بدأ الخلاف بين مؤسسة الوطن العربي وبين المؤلف يتصاعد يوماً بعد يوم. فلقد كانت الآراء السياسية للمؤلف تتعارض مع الخط السياسي الذي تتبناه مؤسسة الوطن العربي، وقد بلغ الخلاف أقصاه بعد أن أعلن المؤلف من دمشق يوم 27 من مارس 1980 تشكيل الجبهة الوطنية المصرية. لقد كان مقرراً أن يظهر الكتاب في الأسواق في الأسبوع الأول من شهر إبريل80 ، ونزلت الإعلانات في مجلة الوطن العربي وفى صحف أخرى تبشر بذلك ولكن هذه الإعلانات سرعان ما توقفت وأصبح الكتاب سجينا في المخازن لا يستطيع أن يرى النور، ولما فشلت المساعي السلمية في إقناع مؤسسة الوطن العربي بنشر الكتاب طبقاً لنصوص العقد، اضطر المؤلف إلى أن يرفع الأمر إلى القضاء الفرنسي ، وقد وصل الإنذار الأول من محامي المؤلف إلى مؤسسة الوطن للعربي بتاريخ 9 من يونيو 1980.

وفى يوليو 1980 ،قامت مؤسسة الوطن العربي بنشر أعداد محدودة من الكتاب، وادعت أمام القضاء بأن الكتاب لا يصادف رواجاً نظرا للمواقف السياسية والتصريحات العنيفة التي تصدر عن المؤلف بين الحين والحين. كان اعتراف مؤسسة الوطن العربي أمام القضاء الفرنسي بأن تصريحاتي السياسية تؤثر على انتشار الكتاب مفاجأة لي، أولاً لأني لم اكن أتصور قط–كما أني لم أكن مستعداً بأي حال من الأحوال– أن مواقفي السياسية يجب أن تنسجم مع هذا أو ذاك من أجل إعطاء الفرصة لتسويق الكتاب، وثانيا لأن مواقفي السياسية لم تتغير قط منذ عام 1974 وحتى يومنا هذا.. لقد كانت تجربتي مع مؤسسة الوطن العربي هي تجربتي الأولى في عالم النشر، وقد تعلمت الكثير من هذه التجربة.

وفى يوم 17 من يونيو 81 ، قال القضاء الفرنسي كلمته، فحكم بإلغاء العقد ونص على أن يكون الإلغاء اعتبارا من 15 من يوليو 80. كما حكم للمؤلف بتعويض.

لقد أشادت المؤسسة بالمؤلف ما بين يونيو 78 وحتى أوائل عام 80، كما لم تشهد به أي جهة أخرى، ثم انقلبت عليه بعد ذلك بالغمز واللمز أحيانا، وبالهجوم السافر واختلاق الأخبار الكاذبة عليه أحيانا أخرى. لقد تساءل كثير من القراء عن سر اختفاء الكتاب من الأسواق، وعن سر تدهور العلاقات بين مؤسسة الوطن العربي وبين المؤلف، ولكن أسئلتهم الحائرة بقيت بدون جواب، وها نحن اليوم نكشف عن بعض الخبايا حول هذا الموضوع، وها هو الكتاب يظهر مرة أخرى قوياً شامخاً بعد أن تغلب على جميع العراقيل التي وضعت في طريقه والتي كــانت تهدف إلى محاصرته ومنع انتشاره.

سوف يكتشف القارئ تناقضاً حاداً بين ما كان يقوله السادات أعوام 71 و 72 و 73 وبين ما يقوله الآن في الثمانينيات ولكن هذه هي الحقيقة المرة. إن كل ما نسب إلى السادات في هذا الكتاب مسجل في محاضر رسمية، كما أن الكثير مما قاله في هذه المحاضر تنشر في صحف الحكومة في حينه، ما الذي حدث؟ وكيف تغيرت البوصلة التي توجه السادات بمقدار 180 درجة ؟ هل تغيرت سياسة أمريكا اليوم عما كانت عليه قبل ذلك بعشر سنوات؟ وهل تغيرت سياسة إسرائيل اليوم عما كانت عليه قبل ذلك بعشر سنوات أم هل تغير السادات وحده؟ إني أترك للقراء أن يجيبوا بأنفسهم عن هذه الأسئلة. إن هدفي من هذا الكتاب هو أن أروي التاريخ كشاهد عيان، أما مناقشة أسباب انحراف السادات عن الطريق الصحيح فهذا موضوع آخر لا يدخل ضمن إطار هذا الكتاب.

وأخيراً فإني إذ اقدم للقارئ هذه الطبعة الجديدة المنقحة، يطيب لي أن اقدم شكري وتقديري إلى الشركة الوطنية للنشر والتوزيع الجزائرية على ما قامت به من مجهود كبير لكي يصل الكتاب إليك في هذه الصورة الممتازة.

الفريق سعد الدين الشاذلي
أول أكتوبر 1981

تقديم الطبعة الثالثة

عزيزي القارئ:

تظهر هذه الطبعة بعد أن ربحت قضيتي استئناف ضد مؤسسة الوطن العربي، كانت الأولى هي قضية نشر كتابي عن حرب أكتوبر، وكانت القضية الثانية تتعلق بحملة التشهير التي قامت بها مجلة الوطن العربي ضدي. إن قضية الخلاف بيني وبين مجلة الوطن العربي ليست مجرد قضية عادية. إنها قضية كل مؤلف وكاتب يريد أن يدافع عن حقه في حرية التعبير، ويرفض أن يبيع قلمه، إنها قضية الإعلام في داخل الوطن وفي خارجه. إن المذكرات وحيثيات الحكم التي أصدرتها محكمة باريس تعتبر وثائق يجب أن يطلع عليها كل من يريد أن يلقي نظرة داخلية في أساليب القمع الإعلامي، وقد آن الأوان لنكشف عن بعض هذه الحقائق. لقد قدمت مؤسسة الوطن العربي إقراراً على يد محضر بتاريخ 15 من يوليو 80 بأنها قامت بطبع 15000 نسخة من الكتاب، وإنها ستقوم بطبع 85000 نسخة أخرى بدون توقف، ولكنها عادت وأخبرت المحكمة بعد شهر واحد بأن الكتاب لا يصادف رواجاً، وتقدمت بعدد من المستندات في تواريخ متلاحقة لكي تقنع المحكمة بصدق ما تدعي، وكان من بين هذه المستندات ثلاثة خطابات مثيرة، كان الخطاب الأول بتاريخ 80 /7/19 من ناشر في إحدى الدول العربية يخطر المؤسسة بأن الكتاب قد صودر، وكان الخطاب الثاني بتاريخ 80 /8/5 من ناشر آخر

في دولة عربية ثانية يعتذر عن عدم قبول نشر الكتاب لأن فرصة بيعه في تلك الدولة تكاد تكون معدومة، وأما الخطاب الثالث فقد كـان بتاريخ 80/8/15، وكان صادرا من الدار الوطنية للتوزيع والإعلان في دولة عربية ثالثة، وفيها تقول تلك الدار إنها استلمت 6985 كتاباً وان الكمية غير المباعة هي 5428 وإنه نظرا لاكتظاظ المخازن، فقد قامت بإعدامها ، وهذا يعني أن الكتاب اعدم بعد نزوله إلى الأسواق بأقل من شهر واحد لأنه لم يلاق رواجاً. هذا مع العلم بان توزيع مجلة الوطن العربي – إبان قيامها بنشر هذا الكتاب على حلقات- ارتفع في تلك الدول العربية الثلاث إلى حوالــي ثلاثة أمثال معـدل توزيعها السابق في الدولتين الأولى والثالثة، وإلى الضعف بالنسبة للدولة الثانية.

وعمومـــا، فإن هذه الخطابات والمستندات لم تمنع محكمة باريس من إصدار حكمها لصالحي في 17 من يونيو 81، وقد قامت مؤسسة الوطن العربي باستئناف الحكم في 24 من يوليو 81، ودون أن تنتظر مصير هذا الاستئناف بدأت مجلة الوطن العربي حملة تشهير مكثفة ضدي، مما دفعني إلى أن أرفع ضدها قضية تشهير بتاريخ 23 /10/ 81، وفي 17 من فبراير 82 حكم القضاء الفرنسي لصالحي في قضية التشهير التي رفعتها ضد مجلة الوطن العربي، ومرة أخرى قامت مجلة الوطن العربي باستئناف الحكم. في 12 من يوليو 1982، صدر حكم الاستئناف لصالحي في قضية نشر المذكرات، وفي2 من مارس 83 صدر حكم الاستئناف في قضية التشهير لصالحي أيضا، وهكذا أدان القضاء الفرنسي مجلة الوطن العربي في القضيتين بعد فترة امتدت إلى حوالي ثلاث سنوات. لقد انتصر الحق في النهاية. ترى هل ستردع هذه الأحكام من يمارسون القمع الإعلامي ضد المؤلفين والكتاب، أم أن التعويضات المالية وحدها لن تكفي لردعهم؟ أعتقد أنه من الصعب الإجابة عن هذا السؤال الآن، وان الأيام القادمة هي التي ستقوم بالرد على هذا السؤال. وعمومـاً فأنني اعتقد أن وعي القراء وإقبالهم على ما يكتبه الأحرار من مؤلفين وكتاب وصحفيين، وإعراضهم عما يكتبه المنافقون والمرتزقة، هو أمضى سلاح لمقاومة القمع الإعلامي. وأخيرا وفي ظل هذه الظروف التي نعيشها، فأنني اقدم لك أيها القارئ العزيز هذه الطبعة الثالثة من كتابي عن حرب أكتوبر، وسوف تصدر هذه الطبعة– بإذن الله– في د مشق وفي الجزائر في وقت واحد، وقد أضيف إلى هذه الطبعة فهرس تفصيلي يضم جـميع الأسماء التي وردت ني هذا الكتاب والصفحات التي وردت فيها، كما تم إصلاح الأخطاء المطبعية التي ظهرت في الطبعة الثانية، فنرجو أن يحوز ذلك قبولكم.هذا ونأمل أن يصدر الجزء الثاني من مذكراتي والذي يغطي الفترة ما بين عام 74 و 978 1 قبل نهاية عام 983 1، والله ولي التوفيق.

الفريق سعد الدين الشاذلي

31 من مارس 1983

تقديم الطبعة الرابعة

عزيزي القارئ:

مضي أكثر من 19 سنة منذ أن صدرت الطبعة الثالثة، وقعت خلالها عدة أحداث مهمة تتعلق بما جاء في الكتاب ، وقد رأيت من واجبي تجاه القارئ أن أنوه عن هذه الأحداث وأعقب عليها، ويمكن أجمال هذه الأحداث فيما يلي:

1- أصدرت محكمة عسكرية بتاريخ 83/7/16 حكما غيابيا على مؤلف الكتاب بالأشغال الشاقة لمدة ثلاث سنوات بتهمة إفشاء أسرار عسكرية.. وترتب على إذاعتها الإضرار بأمن وسلامة البلاد.

2- نشر الفريق أول محمد فوزي (الذي كان يشغل منصب وزير الحربية والقائد العام للقوات المسلحة من يونيو 67 حتى مايو 1970) عام 1983 كتاباً أسماه "حرب الثلاث سنوات" (يقصد 67-70).

3- نشر المشير محمد عبد الغني الجمسي (ألذي كان يشغل منصب رئيس هيئة عمليات القوات المسلحة أثناء حرب أكتوبر 1973 برتبة لواء) عام 1992 كتابا عن حرب أكتوبر أسماه "يوميات حرب أكتوبر."

4- جاء على لسان الفريق أول فوزي والمشير عبد الغنى الجمسي – سواء في كتابيهما أم جاء علي لسانيهما في محاضرات أو أحاديث لوسائل الإعلام– ما يعتبر مخالفا لما جاء في كتاب الفريق الشاذلي في المواضيع التالية:

يقول الفريق أول فوزي انه كانت هناك خطة هجومية قبل عام 1970، بينما يقول كل من الشاذلي والجمسي عكس ذلك.

يقول الجمسي إن خطة حرب أكتوبر كانت تتضمن الوصول إلى المضايق، في حين أن الشاذلي وقادة الجيوش يرفضون ذلك.

يقول الجمسي إن فشل هجومنا نحو المضايق يوم 14 من أكتوبر يرجع إلي تأخر الهجوم حتى هذا التاريخ، وإنه لو تم الهجوم يوم 9 أو 10 من أكتوبر لكانت فرصته في النجاح أفضل، ولكن الشاذلي يرفض ذلك، ويقول إن قرار الهجوم وهو قرار سياسي كان خطأ، وإنه كان محكوماعليه بالفشل سواء تم يوم 9 أم قبل هذا التاريخ أم بعده.

ولكي أناقش هذه النقاط الخلافية كان أمامي أحد حلين: فأما أن أناقش كل نقطة من تلك النقاط الخلافية في الفصل والمكان الذي ورد فيه ذكر هذه النقطة في كتابي في الطبعات السابقة .. وإما أن أضيف بابا آخر في الكتاب (في هذه الطبعة الرابعة) أناقش فيه تلك النقاط، واخترت الحل الثاني حتى يبقي

11

كتابي عن حرب أكتوبر مرجعاً ثابتا للباحثين والمؤرخين ترتبط وقائعه وتحليلاته بالوقت الذي وقعت فيه تلك الأحداث والوقت الذي أجريت فيه تلك التحليلات. والله ولي التوفيق.

الفريق سعد الدين الشاذلي
يوليو 1998

الباب الأول

الخطة الهجومية

الفصل الأول

المشاريع الاستراتيجية

لم نكف عن التفكير في الهجوم على العدو الذي يحتل أراضينا حتى في أحلك ساعات الهزيمة في
يونيو 1967، لقد كان الموضوع ينحصر فقط في متى يتم مثل هذا الهجوم وربط هذا التوقيت
بإمكانات القوات المسلحة لتنفيذه وفي خريف 1968 بدأت القيادة العامة للقوات المسلحة تستطلع إمكان
القيام بمثل هذا الهجوم على شكل "مشاريع استراتيجية" تنفذ بمعدل مرة واحدة في كل عام، وقد كان
الهدف من هذه المشاريع هو تدريب القيـادة العامة للقوات المسلحة- بما في ذلك قيادات القوات
الجوية والقوات البحرية وقوات الدفاع الجوي، وكذلك قيادات الجيوش الميدانية وبعض القيادات
الأخرى- على دور كل منها في الخطة الهجومية. لقد اشتركت أنا شخصيا في ثلاثة من هذه
المشاريـع قبل أن أعين رئيسا لأركان حرب القوات المسلحة. لقد اشتركت في مشاريع عامي 1968
و 1969 بصفتي قائداً للقوات الخاصة (قوات المظلات وقوات الصاعقة)، واشتركت في المرة الثالثة
عام 1970 عندما كنت قائدا لمنطقة البحر الأحمر العسكرية. وقد جرت العادة على أن يكون وزير
الحربية هو المدير لهذه المشاريع، وأن يدعى رئيس الجمهورية لحضور جزء منها، لكي يستمع إلى
التقارير والمناقشـات التي تدور خلالها، وقد استمرت هذه المشاريع خلال عامي 1971 و 072 أما
المشروع الذي كان مقررا عقده عام 1973 فلم يكن إلا خطة حرب أكتوبر الحقيقية التي قمنا بتنفيذها
في 6 أكتوبر 1973.

وحيث إن إسرائيل كـانت تتفوق علينا تفوقاً ساحقاً في كل شئ خلال عام 1968 والأعوام التـالية،
فقد كان مديرو هذه المشاريع الاستراتيجية يفترضون امتـلاكنا لقوات مصرية ليست موجودة واقعياً،
وذلك حتى يكون من الممكن تنفيذ مشروع الهجوم بأسلوب لا يتعارض مع العلم العسكري. وبمعنى
آخر فإن المديرين كانوا يضعون الخطة الهجومية على أساس ما يجب أن يكون لدينا، إذا أردنا القيام
بعملية هجوم ناجحة. ولا يمكن أن نعتبر هذا خطأ كبيرا حيث إن مثل هذه الخطط وإن كانت غير
واقعية، فإنها تظهر بوضوح حجم القوات المسلحة التي يجب توافرها لكي يمكن تنفيذ خطة هجوميـة
ناجحة. وفي خـلال السنوات 69 وما بعدها أخذت قواتنا المصرية تزداد قوة، وأخذت خططنا في تلك
المشاريع الإستراتيجية تبدو اقل طموحا- نتيجة ربط الأهداف بالإمكانات الواقعية- وبذلك أخذت
الثغرة بين إمكاناتنا الهجومية وخططنا الهجومية في المشاريع الاستراتيجية تضيق شيئا فشيئا، حتى تم
إغلاقها تماماً في أكتوبر 1973. وهكذا أصبحت خططنا الهجومية عام 73 مطابقة للإمكانات الفعلية
لقواتنا المسلحة.

الفصل الثاني

إمكانياتنا الهجومية

عندما عينت رئيساً لأركان حرب القوات المسلحة المصرية (ر.ا.ح.ق.م.م) في 16 من مايو 71، لم تكن هناك خطة هجومية، وإنما كانت لدينا خطة دفاعية تسمى "الخطة 200"، وكانت هناك أيضا خطة تعرضيه أخرى تشمل القيام ببعض الغارات بالقوات على مواقع العدو في سيناء ولكنها لم تكن في المستوى الذي يسمح لنا بأن نطلق عليها خطة هجومية، وكانت تسمى "جرانيت."

بدأت عملي بدراسة إمكانات القوات المسلحة الفعلية ومقارنتها بالمعلومات المتيسرة عن العدو بهدف الوصول إلى خطة هجومية تتمشى مع إمكاناتنا الفعلية، وقد أوصلتني تلك الدراسة إلى النقط الرئيسية التالية:

إن قواتنا الجوية ضعيفة جداً إذا ما قورنت بقوات العدو الجوية. أنها لا تستطيع أن تقدم أي غطاء جوى لقواتنا البرية إذا ما قامت هذه القوات بالهجوم عبر أراضي سيناء المكشوفة، كما أنها لا تستطيع أن توجه ضربة جوية مركزة ذات تأثير على الأهداف المهمة في عمق العدو.

أن لدينا دفاعا جويا لا بأس به يعتمد أساساً على الصواريخ المضادة للطائرات SAM ولكن –وللأسف الشديد– هذه الصواريخ دفاعية وليست هجومية، إنها جزء من خطة الدفاع الجوي عن الجمهورية، وهى لذلك ذات حجم كبير ووزن ثقيل وتفتقر إلى حرية الحركة (لم يكن لدينا في هذا الوقت الصاروخ SAM-6 الخفيف الحركة والذي يستطيع أن يتحرك ضمن تشكيلات القوات المهاجمة)، وبالتالي فأنها لا تستطيع أيضا أن تقدم غطاء جويا لأية قوات برية متقدمة عبر سيناء إنها سلاح مناسب في الدفاع حيث يمكن أن توفر لها الوقاية بوضعها في ملاجئ خرسانية يتم إنشاؤها خلال بضعة أشهر، أما إذا خرجت من هذه الملاجئ لترافق القوات البرية المهاجمة، فأنها تصبح فريسة سهلة لقوات العدو الجوية وقوات مدفعيته.

كانت قواتنا البرية تتعادل تقريبا مع قوات العدو. لقد كان لدينا بعض التفوق في المدفعية– في ذلك الوقت– ولكن العدو كان يختبئ وراء خط بارليف المنيع، والذي كانت مواقعه قادرة على أن تتحمل قذائف مدفعيتنا الثقيلة دون أن تتأثر بهذا القصف، وبالإضافة إلى ذلك فقد كانت قناة السويس – بما أضافه العدو إليها من موانع صناعية كثيرة– تقف سداً منيعاً آخر بين قواتنا وقوات العدو [(1)]

أما قواتنا البحرية، فقد كان من الممكن أن نعتبرها أقوى من بحرية إسرائيل، ولكن ضعف قواتنا الجوية قلب الموازين وأحال تفوقنا البحري إلى عجز وعدم قدرة على التحرك بحراً.. لقد كان في استطاعة العدو أن يتجول في خليج السويس ببعض الزوارق الصغيرة وهى لا تحمل سوى بعض

الرشاشات دون أن يكون في استطاعتنا أن نتحدى تلك القوارب الصغيرة بقطع بحرية هي أكثر قوة وأفضل تسليحا. لقد كانت تلك القطع البحرية المعادية تعتمد على قوة الطيران الإسرائيلي الذي يستطيع أن يغرق أية قطعة بحرية مصرية تتعرض لها. ولم يقتصر تحدي العدو لبحريتنا على تقييد حركتها في أعالي البحار، بل انه استفاد من ضعف دفاعنا الجوي في منطقة البحر الأحمر، فكان يقوم بتوجيه عدة ضربات برية ضد قطعنا البحرية ونجح في عدد من الحالات في إغراق بعض قطعنا البحرية وهى راسية في الميناء . لم يكن بإمكاننا أن نحقق دفاعا جويا مؤثرا بواسطة الصواريخ عن جميع أهدافنا داخل الجمهورية، ولذلك فقد كانت هناك أسبقيات تنظم توزيع هذا الدفاع، وكانت جبهة قناة السويس والعمق يستحوذان على إمكاناتنا كلها تاركين منطقة البحر الأحمر شبه عارية من وسائل الدفاع الجوي، اللهم إلا بعض المدافع التقليدية المضادة للطائرات. والتي لا تشكل أي تهديد خطير للطائرات النفاثة الحديثة، والمجهزة بصواريخ جو أرض ذات مدى طويل يجعلها قادرة على أن تصيب أهدافها دون أن تدخل في مدى مدافعنا المضادة للطائرات وفي هذه الظروف استطاع العدو أن يحصل على السيطرة البحرية في خليج السويس والجزء الشمالي من البحر الأحمر بواسطة قواته الجوية، وذلك على الرغم من تفوقنا العددي والنوعي في القطع البحرية على إسرائيل.

ونتيجة لهذه الدراسة فقد ظهر لي انه ليس من الممكن القيام بهجوم واسع النطاق يهدف إلى تدمير قوات العدو وإرغامه على الانسحاب من سيناء وقطاع غزة، وان إمكاناتنا الفعلية قد تمكننا- إذا احسنا تجهيزها وتنظيمها- من أن نقوم بعملية هجومية محددة تهدف إلى عبور قناة السويس وتدمير خط بارليف بعد ذلك للتحول بعد ذلك للدفاع، وبعد إتمام هذه المرحلة يمكننا التحضير للمرحلة التالية التي تهدف إلى احتلال المضائق، حيث أن المرحلة الثانية سوف تحتاج إلى أنواع أخرى من السلاح والى أسلوب آخر في تدريب قواتنا، وقد كانت فكرتي في القيام بهذا الهجوم المحدود متأثرة بالعوامل الرئيسية التالية:

كان العامل الأول هو ضعف قواتنا الجوية، كما سبق أن قلت. لقد كنت حريصا ألا نزج بقواتنا الجوية في معارك جوية غير متكافئة مع العدو. لقد دمرت قواتنا الجوية مرتين على الأرض. كانت المرة الأولى إبان العدوان الثلاثي البريطاني الفرنسي الإسرائيلي عام 1956، وكانت المرة الثانية إبان الهجوم الإسرائيلي المفاجئ عام1967. وفي خلال السنوات الأربع الماضية قمنا ببناء ملاجئ خرسانة لطائراتنا، كما أقمنا شبكة دفاع جوي بالصواريخ حول قواعدنا الجوية، وبذلك اصبح لدينا بعض الضمانات ضد تدمير قواتنا الجوية بضربة جوية مفاجئه، كما تم في الحالتين السابقتين ولكن بمجرد أن يقلع الطيار بطائرته في الجو فإنه سوف يعتمد اعتماداً كليا على مهارته وعلى كفاءة طائرته عند اشتباكه مع الطائرات المعادية، ومن خلال الاشتباكات المتعددة التي تمت بين طائراتنا وطائرات العدو بعد 1967 ظهر تفوق الطيران الإسرائيلي في هذه الاشتباكات بشكل واضح وحاسم، وقد دار كثير من الجدل والمناقشات حول هذا الموضوع: هل هو نقص في تدريب طيارينا ومهاراتهم؟ أم هو عدم كفاءة

طائرة الميج 21 بالمقارنة مع طائرات العدو؟ كان طيارونا يلقون بأسباب فشلهم في هذه الاشتباكات على الطائرة، في حين كان الخبراء السوفيت يلقون باللوم على الطيارين المصريين. وفي اعتقادي أن فشلنا في هذه الاشتباكات كان يعود إلى كل من الطيار والطائرة ،وكذلك إلى الظروف التي كان العدو يفرضها علينا في هذه الاشتباكات. فعندما كان العدو يخطط لمثل هذه الاشتباكات فإنه كان ينتقي لها افضل طياريه ويرسم لها خطة محكمة يبدأها عادة بأن يخترق أجواءنا في الوقت والمكان والاتجاه الذي إنتخبه ضمن خطته، وعندما نقوم نحن باعتراض تلك الطائرات المعادية، فإننا نعترضها بواسطة من يتصادف قيامهم بخدمة العمليات في أعلى درجات الاستعداد، وقد يكون من بينهم بعض الطيارين حديثي الخبرة وهؤلاء لا يمكن مقارنتهم بأي حال من الأحوال بالنخبة المختارة من الطيارين التي دفع بها العدو للتحرش بهم، وبالإضافة إلى ذلك فإن طيارينا ينطلقون بطائراتهم الإعتراضية إلى الجو دون أية خطة مرسومة معتمدين على ما سوف يحصلون عليه من معلومات من الموجهين الأرضيين، وحيث أن الموجهين الأرضيين هم الآخرون يقومون بدور خدمة عادي، فقد يكون منهم الموجه الجيد أو الموجه دون المستوى المطلوب. ونتيجة لذلك كله، فإن العدو يقابلنا بأفضل طياريه وبخطة مرسومة، بينما نقابله نحن بما هو متيسر لدينا في الخدمة من طيارين وموجهين ودون أية خطة، ولذلك فقد كانت النتائج دائماً في مصلحة العدو. في كثير من الحالات أفاد طيارونا بأنهم اسقطوا بعض طائرات العدو، ولكن لم يقم دليل قوى على ذلك في معظم الحالات. لم يكن طيارونا تنقصهم الشجاعة، ولكن كانت تنقصهم الخبرة والتجربة. لقد كانت الغالبية العظمى منهم تقل ساعات طيرانهم عن 1000 ساعة طيران، في حين كان متوسط ساعات طيران الطيارين الإسرائيليين يزيد على 2000 ساعة. لقد كانت القوات الجوية الإسرائيلية تسبق القوات الجوية المصرية بعشر سنوات على الأقل، وإذا أضفنا إلى ذلك كله أن طائراتنا كانت اقل كفاءة من طائرات العدو، ولاسيما من حيث المدى وقوة التسليح والتجهيز بالأسلحة الإلكترونية وجدنا أن طيارينا كانوا يقاتلون عدوهم في ظروف غير متكافئة، ومن هنا بدا عندي يتولد أسلوب جديد في استخدام قواتنا الجوية يعتمد على مبدأين: المبدأ الأول، هو تحاشي المجابهة مع العدو في الوقت والمكان اللذين يختارهما هو. والمبدأ الثاني هو أن نستخدم قواتنا الجوية عندما تشتعل الحرب بتوجيه ضربات مفاجئة في الأوقات والأماكن التي نستبعد فيها أي تدخل من جانب قوات العدو الجوية. وبمعنى آخر، فقد كنت اهدف إلى أن اجعل القوات البرية والأهداف الأرضية الإسرائيلية تتأثر نفسيا بهجمات قواتنا الجوية، وفي الوقت نفسه نحاول أن نتجنب أية معارك جوية. لقد كنت مقتنعا بأنه ما لم نستخدم قواتنا الجوية بحرص وذكاء فمن الممكن أن نخسر قواتنا الجوية للمرة الثالثة مع فارق بسيط هو أننا هذه المرة نخسرها وهي في الجو بدلا من خسارتها وهي على الأرض، كـما تم في المرتين السابقتين.

كان العامل الثاني هو قدرات صواريخنا المضادة للطائرات SAM ومداها في المعركة الهجومية. لقد أثبتت صواريخنا كفاءتها خلال حرب الاستنزاف ما بين68 و 70، وكذلك خلال الاشتباكات

والتحرشات مع طيران العدو بعد وقف إطلاق النار في 7 من أغسطس 70 وحتى قيام حرب أكتوبر 73. إن إسرائيل لم تحترم قط وقف إطلاق النار، واستمر طيرانها يقوم باختراق مجالنا الجوى كلما سنحت له الفرصة بذلك، ولكننا لاحظنا بكل فخر انه كان دائما يحاول أن يتفادى اختراق المناطق التي يعلم أنها تحت مظلة من صواريخ SAM ، وقد كان ذلك في حد ذاته شهادة رسمية من العدو تنطق باحترامه وخشيته من صواريخنا. لقد كان أحد دروس حرب الاستنزاف هو أن القوات الجوية المعادية تكون ذات تأثير ضئيل ضد القوات المخندقة، وذات تأثير كبير ضد القوات الأرضية إذا ما هوجمت في العراء وهى خارج مدى مظلة دفاعنا الجوى بالصواريخ. SAM ومن هنا كان علينا أن نقيد حركتنا شرق القناة في أية عملية هجومية، وان نربط هذه الحركة بقدرة دفاعنا الجوى على مدى الوقاية التي يستطيع أن يحققها لقواتنا البرية. وقد كانت إمكاناتنا في الدفاع الجوي – بعد القيام ببعض الإجراءات الخاصة– قادرة على تحقيق دفاع جوي مؤثر شرق القناة بمسافة تتراوح ما بين 10 و 12 كيلومترا، وان أي هجوم برى يتجاوز هذه المسافة قد يقود إلى عواقب وخيمة.

لقد كان العامل الثالث هو الرغبة في أن نرغم إسرائيل على قتالنا تحت ظروف ليست مواتية لها. إن إسرائيل ذات الثلاثة ملايين نسمة تعبئ وقت الحرب حوالي 20% من قوتها البشرية للانضمام إلى القوات المسلحة وقوات الدفاع الإقليمي، وهي نسبة عالية جدا لم تستطع أية دولة في العالم أن تصل أليها. وإسرائيل نفسها لا تستطيع أن تتحمل مثل هذه التعبئة لمدة طويلة لأنها ترهق اقتصادها القومي وتصيب خدماتها وجميع نشاطاتها الأخرى بالشلل الكامل. ونتيجة لهذا الموقف، فإن لإسرائيل مقتلين: المقتل الأول هو الخسائر في الأفراد، والمقتل الثاني هو إطالة مدة الحرب. إن إسرائيل لا تهتم كثيرا إذا هي خسرت الكثير من الأسلحة المتطورة Sophisticated من دبابات وطائرات ولكنها تصاب بالهلع إذا خسرت بضع مئات من الأفراد. إن لديها رصيدا هائلا من المعدات، وهناك من يقوم نيابة عنها بدفع ثمن فواتير السلاح، أما خسائر الأفراد، فإن رصيد الشعب اليهودي من البشر رصيد محدود، ومن الصعب تعويض هذه الخسائر. كذلك فإن إطالة الحرب هي السم الذي يضعف مقاومة إسرائيل يوما بعد يوم. إن الجندي الإسرائيلي الذي يستدعى في ألتعبئه هو نفسه العامل والمهندس في المصنع، وهو نفسه الأستاذ والطالب في الجامعة، وهو نفسه الذي يقوم بجميع النشاطات الأخرى في الدولة، فكيف يمكن لهذه الدولة أن تعيش لو امتدت الحرب ستة أشهر فقط ،وما بالك بأكثر من هذا؟ لقد كانت إسرائيل في جميع حروبها السابقة تفضل أسلوب الحرب الخاطفة Blitzkrieg. لذلك فقد كان من صالحنا أن نفرض عليها حربا بأسلوب ليس في صالحها. فلو أننا توقفنا شرق القناة بمسافة تتراوح ما بين10 و 12 كم، فأننا سنخلق لها موقفا صعبا، فإذا هي قامت بالهجوم على مواقعنا شرق القناة فستكون لدينا الفرصة لأن نحدث في قواتها المهاجمة خسائر كبيرة سواء في القوات الأرضية أم القوات الجوية التي تساندها، نظرا لوجود تلك المنطقة تحت مظلة دفاعنا الجوي، وإذا هي عزفت عن الهجوم فسوف تضطر إلى الاستمرار في تعبئة قواتها المسلحة، وبذلك تستنزف قوتها الاقتصادية.

أما **العامل الرابع الذي أثر على تفكيري، فقد كان "تعلم الحرب بواسطة الحرب"**، وبمعنى آخر تدريب الضباط والجنود على الحرب الكبيرة –التي سوف تتم في مراحل قادمة– عن طريق الزج بهم في حرب محدودة يستطيعون فيها أن يكتشفوا ذواتهم وان يكتسبوا خبراتهم بأنفسهم. لقد تعلمت من خدمتي في القوات المسلحة واشتراكي في خمس حروب سابقة أن انسب الأماكن لتدريب الرجال على فنون الحرب. إننا مهما حاولنا خلال التدريب أن نخلق المناخ الذي يتشابه مع مناخ الحرب، فإننا لن نستطيع أن نخلق الأثر النفساني الذي تولده الحرب في الجنود، هذا الأثر الذي هو خليط من الخوف والشجاعة، خليط من الكبرياء وحب البقاء. هذه الآثار النفسية على المقاتل لا يمكن أن تكتشف إلا عن طريق الحرب الحقيقية. لقد كنت أتوقع أن يلعب نجاحنا في هذه الحرب المحدودة دورا مهماً في رفع معنويات قواتنا المسلحة بعد أن تكبدت ثلاث هزائم أمام إسرائيل خلال الخمس والعشرين سنة الماضية. لهذا كنت أرى أن الحرب القادمة يجب أن تكون مخاطرة محسوبة، ويجب ألا تكون بأي حـــال من الأحوال نوعاً من أنواع المقامرة.

هوامش الفصل الثاني:

(1) ذكر أليعازر رئيس أركان حرب القوات المسلحة الإسرائيلية خلال حرب أكتوبر 73، انه أثناء مناقشة احتمال قيام المصريين بالهجوم عبر القناة علق دايان ساخرا " لكي تستطيع مصر عبور قناة السويس واقتحام خط بارليف فإنه يلزم تدعيمها بسلاحي المهندسين الروسي والأمريكي معا". وكان الجنرال بارليف يؤيد دايان في هذا القول. إن هذه الشهادة من قادة العدو هي شهادة نعتز بها لأنها تظهر عظمة التخطيط وروعة الأداء اللذين تم بهما إنجاز هذا العبور العظيم.

الفصل الثالث

تطور الخطة الهجومية

قبل مرور شهرين على تعييني رئيساً للأركان العامة، كنت قد أصبحت مقتنعاً بان معركتنا القادمة يجب أن تكون محدودة ويجب أن يكون هدفها هو "عبور قناة السويس وتدمير خط باريف واحتلاله ثم اتخاذ أوضاع دفاعية بمسافة تتراوح ما بين10 و 12 كم شرق القناة" وأن نبقى في هذه الأوضاع الجديدة إلى أن يتم تجهيز القوات وتدريبها للقيام بالمرحلة التالية من تحرير الأرض. وعندما عرضت هذه الأفكار على الفريق أول محمد أحمد صادق بصفته وزيرا للحربية وقائدا عاما للقوات المسلحة عارض هذه الفكرة بشده وقال إنها لا تحقق أي هدف سياسي أو عسكري، فهي من الناحية السياسية لن تحقق شيئاً. وسوف يبقي ما يزيد على 60000 كيلو متر مربع من سيناء، بالإضافة إلى قطاع غزة تحت الاحتلال الإسرائيلي. ومن الناحية العسكرية سوف تخلق لنا موقفا صعبا فبدلا من خطنا الدفاعي الحالي الذي يستند إلى مانع مائي جيد، فأن خطنا الدفاعي الجديد سوف يكون في العراء وأجنابه معرضة للتطويق. وبالإضافة إلى ذلك فسوف تكون خطوط مواصلاتنا عبر كباري القناة تحت رحمة العدو. لقد كانت فكرته في العملية الهجومية هي أن نقوم بتدمير جميع قوات العدو في سيناء، والتقدم السريع لتحريرها هي وقطاع غزة في عملية واحدة ومستمرة ! قلت له كم أود أن نقوم بتنفيذ ذلك، ولكن ليس لدينا الإمكانات للقيام بذلك سواء في الوقت الحالي أم في المستقبل القريب، رد قائلا: "لو أن السوفيت أعطونا الأسلحة التي نطلبها فإننا نستطيع أن نقوم بهجومنا هذا في خلال عام أو أقل". لم أوافقه على رأيه هذا وأخبرته أننا قد نحتاج إلى عدة سنين لكي نحصل ونتدرب على الأسلحة اللازمة لمثل هذا الهجوم. واعدت ذكر الأسباب التي تفرض علينا القيام بعملية هجومية محـدودة. وبعد مناقشات مطولة وعبر جلسات وأيام متعددة وصلنا إلى حل وسط وهو تجهيز خطتين: خطة تهدف إلى الاستيلاء على ألمضائق، وأخرى تهدف إلى الاستيلاء فقط على خط باريف. أطلقنا على الخطة الأولى اسم "العملية 41 "، وقمنا بتحضيرها بالتعاون مع المستشارين السوفيت بهدف إطلاعهم على ما يجب أن يكون لدينا من سلاح وقوات لكي نصبح قادرين على تنفيذ هذه الخطة. أما الخطة الثانية، فقد أطلقنا عليها الاسم الكودي"المآذن العالية"وكنا نقوم بتحضيرها في سرية تامة. ولم يكن يعلم بها أحد من المستشارين السوفييت، كما أن عدد القادة المصريين الذين سمح لهم بالاشتراك في مناقشتها كان محدودا للغاية، وفي خلال يوليو وأغسطس 1971 كانت الخطتان قد تم استكمالهما. كانت الخطة 41 غير قابلة للتنفيذ إلا إذا توافرت أسلحة ووحدات افترضنا وجودها، أما خطة المآذن العالية فقد كانت أول خطة هجومية مصرية واقعية.

وبناء على الخطة 41، قمنا بتحرير كشوفات بالأسلحة والعتاد المطلوب الحصول عليهما من الاتحاد السوفيتي، وكالعادة دارت مناقشات مطولة بيننا وبين المستشارين الروس بخصوص هذه ألكشوفات فقد كان الروس يتهموننا دائماً بالمغالاة في مطالبنا، بينما كان الجانب المصري يتهم الروس دائماً بعدم الاستجابة إلى مطالبنا العادلة والضرورية وفي أكتوبر 1971 سافر الرئيس السادات والفريق أول صادق إلى موسكو، حيث تم الاتفاق على صفقة أسلحة كانت تعتبر اكبر صفقة أسلحة مع السوفيت حتى ذلك الوقت ورغم ضخامة هذه الصفقة فأنها لم تغط جميع الأسلحة اللازمة لتنفيذ " ألخطة رقم 41". ورغم أن هذه الصفقة كانت تشمل 100 طائرة ميجى FM-21 وفوج صواريخ كوادرات مضادة للطائرات خفيفة الحركة (SAM-6)، فأن قدراتنا في الدفاع الجوي- حتى بعد التدعيم بهذه الأسلحة الجديدة- لم تكن بقادرة على حماية أي تقدم لقواتنا البرية في اتجاه المضايق طبقا لمتطلبات "الخطة رقم 41"، كما أن الأسلحة والمعدات التي تقرر وصولها قبل نهاية عام 71 لم يكن في استطاعتنا أن نستوعبها قبل إبريل 1972 في أحسن الظروف.

وعلى الرغم من هذه الحقائق ، فقد أخذ السادات يدق طبول الحرب بعد عودته من الاتحاد السوفيتي، ويصرح في كل مناسبة وأحياناً دون مناسبة بان عام 71 هو عام الحسم، ولكي يقنع الجميع بجديته في ذلك أعلن نفسه قائداً عاماً للقوات المسلحة اعتباراً من 31 من أكتوبر 71، وفي الوقت نفسه أخذت وسائل الإعلام المصرية –التي تسيطر عليها الدولة- تتحدث عن الحرب القادمة بحرية غريبة كأنها نوع من حفلات المبارزة التي يعلن مسبقا عن ميعادها ومكان انعقادها. لقد كان موقفاً غريباً وشاذاً مما اضطرني إلى أن أفاتح الفريق صادق في هذا الموضوع، حيث قلت له: "إن الرئيس يضعنا في موقف صعب إذا كنا حقاً سنخوض المعركة هذا العام فأن الرئيس يحرمنا من المفاجأة التي يمكن أن نحققها لو أنه ظل صامتاً، وإذا كنا لن نقوم بالمعركة هذا العام، فإنه بتصريحاته هذه يمكن أن يدفع إسرائيل إلى أن تقوم بضربة إجهاض ضد قواتنا، أو على أقل تقدير فقد تأخذ هذه التصريحات ذريعة لطلب أسلحة جديدة من الولايات المتحدة!" قال لي أنه يتفق معي في وجهة نظري هذه، وإنه ناقش هذا الموضوع مع الرئيس وانه يعتقد أن الرئيس يلعب لعبة سياسية. لم اقتنع بمثل هذه الخدع السياسية وعكفت على تدقيق وتجهيز خطة "المآذن العالية" حتى لا أجد نفسي مفاجأ بقرار سياسي بالهجوم دون فترة إنذار معقولة.

وفي خلال عام 1972 أخذنا ندخل بعض التعديلات الطفيفة على كل من "الخطة رقم 41" و"خطة المآذن العالية"، وذلك بناء على التغير المستمر في حجم قواتنا وحجم قوات العدو، ولكن جوهر كل خطة بقي كما هو عليه، ولكن تم تغيير اسم "الخطة 41" لتكون "جرانيت 2"، وبنهاية عام 1972 بقيت "خطة المآذن العالية" هي الخطة الوحيدة الممكنة، بينما كانت الخطة جرانيت 2 هي خطة المستقبل التي يشترط لتنفيذها حدوث تغييرات أساسية في إمكانات قواتنا المسلحة. كان مازال هناك ثلاث نقط ضعف رئيسية تحد من قدرتنا على تنفيذ الخطة "جرانيت 2"، وكانت أولى هذه النقط هي ضعف قواتنا الجوية. فلم يكن لديها الإمكانات التي تمكنها من تصوير وتفسير وتسليم الصور الجوية في وقت يسمح

بالاستفادة من هذه المعلومات. كذلك لم تكن القوات الجوية قادرة على توفير الدفاع الجوي للقوات البرية أثناء تحركها. وكانت نقطة الضعف الثانية هي عدم توافر كتائب صواريخ SAM خفيفة الحركة بالقدر الذي يمكنها من أن تحل محل القوات الجوية في توفير الغطاء الجوي للقوات التي تتقدم شرقاً. وكانت نقطة الضعف الثالثة هي عدم قدرة غالبية عرباتنا على السير عبر الأراضي، أي خارج الطرق الممهدة وعبر الأراضي الرملية. لقد تعلمنا من خبراتنا السابقة في الحرب أن العربات ذات العجلات التي لا تتمتع بمقدرة مقبولة على السير في الرمال خارج الطرق تشكل عبئاً ثقيلاً على كاهل القوات المقاتلة، فعند ما يقوم طيران العدو بتدمير بعض هذه العربات أثناء سيرها على الطرق المرصوفة، فإن هذه العربات تقوم بسد الطريق مما يدفع العربات اللاحقة – في محاولة لتفاديها – إلى الخروج عن الطريق المرصوف فتغرز في الرمال ويتكرر الأمر نفسه حتى يختنق الطريق تماماً بما يعادل حوالي 50 متراً من كل جانب بالعربات المعطلة أو المغروزة.

عندما عين الفريق أحمد إسماعيل وزيراً للحربية وقائداً عاماً للقوات المسلحة خلفاً للفريق صادق في نهاية شهر أكتوبر 1972، عرضت عليه خطتنا الهجومية لمناقشتها معه. لقد كنت أعلم مسبقاً وجهة نظره عن الحرب من تقرير كان قد تقدم به بصفته مديراً للمخابرات العامة في النصف الأول من عام 1972، وفي هذا التقرير ذكر أن مصر ليست على استعداد للقيام بحرب هجومية، وحذر من أنه لو قامت مصر بشن الحرب تحت هذه الظروف فإن ذلك قد يقود إلى كارثة وكان هذا التقرير قد رفع إلى رئيس الجمهورية وأرسلت صورة منه إلى القيادة العامة للقوات المسلحة، وأيد رئيس الجمهورية هذا التقرير في مؤتمره الذي عقد في القناطر الخيرية [1] يوم 6 من يونيو 1972. وعندما كنت أناقش الموقف العسكري مع الفريق احمد إسماعيل بصفته الجديدة كوزير للحربية ذكرته بتقريره السابق وقلت له: "لم تحدث اختلافات كبيرة في القوات المسلحة منذ تقريرك، وبالذات فيما يتعلق بالدفاع الجوي، ولكنني أعتقد أنه بإمكاننا أن نقوم بعملية هجومية محدودة"، ثم عرضت عليه الخطة "جرانيت 2" وخطة "المآذن العالية"، وقد اقتنع بعدم قدرتنا على تنفيذ الخطة "جرانيت 2" وانه يجب علينا أن نركز على خطة "المآذن العالية" وتحدد ربيع 1973 كميعاد محتمل للهجوم.

عندما بدأت في وضع اللمسات النهائية على خطة "المآذن العالية" كان يتحتم علينا أن نوسع عدد القادة الذين يلمون بالخطة ومناقشة كافة المشكلات والاحتمالات المنتظرة وفي أثناء هذه المناقشات برز سؤال مهم "متى وكيف سيقوم العدو بهجومه المضاد؟". في جميع المشاريع الاستراتيجية السابقة كنا نفترض أن العدو سيقوم بهجومه المضاد التعبوي بواسطة لواءاته المدرعة والميكانيكية ضد رؤوس الكباري بعد فترة تتراوح ما بين 36 و 48 ساعة من بدء الهجوم. لقد كنا طبعاً نتوقع بعض الهجمات المضادة الصغيرة بقوة تتراوح ما بين فصيلة وكتيبة دبابات خلال الساعتين الأوليين من الهجوم، ولكننا لم نكن نهتم كثيرا بمثل هذه الهجمات المضادة، حيث أن قواتنا كانت قادرة على صدها بسهولة. ولكن عند مناقشة تفصيلات الخطة قدرت هيئة العمليات أن الهجوم المضاد للعدو ينتظر وقوعه بعد 24

ساعة فقط من بدء الهجوم، لقد بني تقديرهم على أساس انه على الرغم من جميع ما نقوم به من إجراءات خداعية فأن العدو سيكتشف حتما استعداداتنا قبل بدء الهجوم بثلاثة أيام، وبالتالي يكون لديه الوقت اللازم لتعبئة قواته وحشدها في أماكن قريبة من القنال تسمح له بتوجيه ضربته بعد 24 ساعة فقط من بدء الهجوم. أما إدارة المخابرات الحربية، فقد كانت أكثر حذراً ولم تعترف بان خططنا الخداعية قادرة على خداع العدو، سوف يكشف نوايانا الهجومية بمجرد بدء العد التنازلي 15 يوما قبل المعركة، وان هذا الوقت الكافي سيسمح له بتعبئة قواته في سهولة ويسر، وانه سيتمكن من حشد 18 لواء في سيناء قبل أن نبدأ هجومنا. وبالتالي فأن مدير المخابرات الحربية أشار في تقريره إلى انه يتوقع أن يقوم العدو بتوجيه هجومه المضاد العام في خلال 6-8 ساعات من بدء هجوم قواتنا.

لقد كان واضحاً أن مدير المخابرات الحربية يبالغ في قدرات العدو حتى يؤمن بنفسه فيما لو استطاع العدو أن يقوم بهذا الاحتمال البعيد، أما إذا لم يستطع العدو تنفيذ هجومه المضاد في خلال ثماني ساعات فلن يتوجه أحد باللوم لمدير المخابرات. لم اكن مقتنعاً برأي مدير المخابرات، ومع ذلك فلم يكن من الممكن إهمال هذا الرأي، وكان علينا أن ندخله في حسابنا على الرغم من المشكلات الكبيرة التي خلقها لنا. لقد كانت خطتنا في العبور تتلخص في عبور أفراد المشاة المترجلين في قوارب مطاطية حاملين معهم أسلحتهم الخفيفة التي يستطيعون حملها أو جرها على الشاطئ البعيد، وكنا ننتظر أن تبدأ المعديات في العمل ما بين سعت س+ 5 وسعت س+7، أما الكباري فكنا نعتقد أنها ستكون جاهزة ما بين سعت س+7 وسعت س + 9 (2)، وبحسابنا لقدرة جميع المعديات والكباري المنصوبة، فإن الدبابات والأسلحة الثقيلة الضرورية ستحتاج إلى حوالي 3 ساعات على الأقل للعبور والانضمام إلى المشاة أي أن قواتنا العابرة لن تكتمل إمكاناتها الدفاعية لكي تصبح قادرة على صد هجوم العدو المضاد الرئيسي قبل سعت س+12 ساعة وفي احسن الظروف سعت س+. ا ساعة، فإذا قام العدو بهجومه المنتظر ما بين س+6 وسعت س+8 ، كما جاء في تقرير مدير المخابرات الحربية، فمعنى ذلك انه يسبقنا بحوالي 4 ساعات، وتكون لديه فرصة جيدة لتدمير منشاتنا قبل أن تصل إليها دباباتنا وأسلحتنا الثقيلة لزيادة إمكاناتها الدفاعية، ولمواجهة هذا الاحتمال اتخذنا الإجراءات التالية (3)

قمنا بزيادة عدد الصواريخ المضادة للدبابات التي يحملها معهم المشاة اثناء العبور، وقد تم ذلك على حساب التشكيلات غير المشتركة اشتراكا مباشراً في عملية العبور. وهكذا جردت تشكيلاتنا التي كانت في احتياطات الجيوش الميدانية كما جرد احتياطنا الاستراتيجي من جميع الصواريخ المضادة للدبابات مالوتكا Malotka بأطقمها، وذلك حتى يمكن أن ندعم بها قواتنا المشاة المكلفة بالعبور. لقد كانت مغامرة ولكنها كانت محسوبة على أساس أن هذه الأسلحة سوف تسحب هي وأطقمها وتعاد إلى تشكيلاتها الأصلية بعد أن تصل الدبابات والأسلحة الثقيلة إلى المشاة (4)

قررنا زيادة عدد القوات المكلفة بالعمل في عمق العدو، وذلك بهدف تأخير وصول قوات الاحتياطية المكلفة بالقيام بالهجوم المضاد، إلى أطول أجل ممكن

فرضنا على وحدات المشاة المترجلين الذين يعبرون القناة ألا يتجاوز تقدمهم 5 كيلومترات شرق القناة، مع ضرورة استناد أجنابها على القناة حتى تؤمن نفسها ضد التطويق ثم تتوقع مشاتنا داخل رؤوس الكباري هذه إلى أن تصل إليها الدبابات والأسلحة الثقيلة. وقد كان لفرض هذه القيود فوائد متعددة، حيث، أن صغر حجم رأس الكوبري إلى هذا الحد كان يعنى تقصير الخط الدفاعي، وبالتالي زيادة نسبة تركيز أعداد أسلحتنا المضادة للدبابات لكل كيلومتر من خط المواجهة.. كما أن توقف المشاة عند هذا الخط كان يعطي لنا الفرصة لأن نشرك معها قواتنا المتمركزة غرب القناة في معركة صد هجوم العدو المضاد، وذلك بواسطة مدفعيتنا الميدانية ودباباتنا وصواريخنا المضادة للدبابات الخ. كذلك فأن توقف المشاة عند هذا الخط يجعلها تتمتع بالعمل تحت مظلة دفاعنا الجوى التي تكون ما تزال على بعد حوالي 10 كيلومترات غرب القناة لتبقى خارج مرمى مدفعية العدو الميدانية.

هوامش الفصل الثالث:

(1) الفصل الثامن عشر.

(2) سعت س= ساعة بدء الهجوم والتي يتم التخطيط كله على أساسها، فأذا قلنا س+ 5 ساعة فإن ذلك يعنى 5 ساعات بعد بدء الهجوم، وإذا قلنا س−10 دقيقة فأن ذلك يعنى 10 دقائق قبل بدء ا لهجوم.

(3) لم يقم العدو بهجومه المضاد العام إلا صباح يوم 8 من أكتوبر، أي بعد 42 ساعة من بدء الهجوم.

(4) أثناء إدارة المعركة الفعلية تأخر سحب هذه الوحدات الفرعية من تشكيلات شرق القناة، وذلك لمغالاة بعض القادة في الموقف، والتراخي في إعادة هذه الوحدات الفرعية إلى تشكيلاتها، وقد اثر ذلك تاثيراً كبيرا على قدرة تشكيلاتنا غرب القناة في صد هجمات العدو عندما تمكن من فتح الثغرة في منطقة الدفرسوار.

الفصل الرابع

الخطة بـدر

كانت الخطوط العريضة لخطتنا الهجومية بعد أن أخذت صورتها النهائية وبعد أن تغير اسمها من "المآذن العالية"، إلى "بدر" [1] تتلخص فيما يلي:

تقوم خمس فرق مشاة بعد تدعيم كل منها بلواء مدرع وعدد إضافي من الصواريخ مالوتكا المضادة للدبابات – والتي تسحب من التشكيلات الأخرى غير المشتركة في عملية العبور – باقتحام قناة السويس من خمس نقاط.

تقوم هذه الفرق بتدمير خط بارليف ثم تقوم بصد الهجوم المضاد المتوقع من العدو.

ما بين سعت س+18 ساعة وسعت س+24 ساعة تكون كل فرقة مشاة قد عمقت ووسعت رأس الكوبري الخاص بها لتصبح قاعد ته حوالي 16 كم وعمقه حوالي 8 كم.

بحلول سعت س+48 ساعة تكون فرق المشاة داخل كل جيش ميداني قد سدت الثغرات الموجودة بينها واندمجت مع بعضها في راس كوبري واحد لكل جيش.. وبحلول سعت س+72 ساعة يكون كل من الجيشين الثاني والثالث قد وسع راس الكوبري الخاص به بحيث يندمج الاثنان في راس كوبري واحد يمتد شرق القناة على مسافة تتراوح ما بين15-10 كم.

بعد الوصول إلى هذا الخط تقوم الوحدات بالحفر واتخاذ أوضاع الدفاع.

يتم استخدام وحدات الإبرار الجوي والبحري على نطاق واسع لعرقلة تقدم احتياطات العدو من العمق وشل مراكز قيادته.

إن قرارنا بخصوص عبور قناة السويس على مواجهة واسعة هو عقيدة ثابتة استقرت في تفكيرنا العسكري في مصر منذ عام 1968، وقد تولدت هذه العقيدة لدينا للأسباب الآتية:

إذا نحن قمنا بتركيز هجومنا على مواجهة صغيرة– كما هو الحال في جميع عمليات العبور السابقة عبر التاريخ– فأن ذلك سوف يعرض قواتنا لضربات جوية شديدة سواء أثناء مرحلة تجمعها في إتجاه الاختراق أم أثناء عمليه عبورها الفعلي.

إذا ما استخدمنا فرق المشاة التي تقوم بالدفاع غرب القناة في القيام بالهجوم، بحيث تقوم كل فرقة مشاة من مواقعها الدفاعية بعبور القناة من القطاعات التي في مواجهتها، فأن ذلك سوف يقدم لنا المزايا التالية:

سوف تبقى القوات المكلفة بالهجوم في خنادقها التي تضمن لها الاختفاء والوقاية لأطول مدة ممكنة قبل أن تغادر هذه المواقع وهي في طريقها للهجوم.

25

سوف نستفيد من التجهيز الهندسي الموجود في منطقة كل فرقة لأغراض الدفاع للاستعانة به ضمن متطلبات التجهيز الهندسي الذي يستلزمه الهجوم، وبالتالي نوفر الكثير من أعمال التجهيز الهندسي.

إن ذلك سيجعل أوضاع قواتنا في الهجوم تكاد تتطابق مع أوضاعها في الدفاع، وبالتالي لا تكون هناك حاجة لإجراء تحركات كبيرة بين قواتنا قبل الهجوم، مما قد يلفت نظر العدو فتضيع منا فرصة المفاجأة .

إذا اختار العدو أن يقوم بتوزيع هجماته المضادة على طول المواجهة فإنه سوف يضطر إلى توزيع مجهوداته وسوف تكون لدينا فرص ممتازة لصد هجماته الأرضية والجوية بواسطة دباباتنا وصواريخنا المضادة للدبابات وصواريخنا المضادة للطائرات المنتشرة على طول الجبهة. ولو أن العدو لجأ إلى هذا الأسلوب فأن فرصته في نجاح هجماته المضادة تكاد تكون معدومة [2]. أما إذا قام بتركيز هجومه المضاد على قطاع واحد أو اثنين من قطاعات الاختراق، فأنه قد تكون لديه فرصة أفضل في تدمير راس كوبري لفرقة أو اثنين بعد تحمله خسائر جسيمة– ولكن ذلك سوف يتركنا شرق القناة بروؤس كباري سليمة لعدد ثلاث فرق على الأقل ، ومن خلال هذه الفرق يكون في إمكاننا استعادة الموقف في القطاعين اللذين يكون العدو قد نجح في تدميرهما.

في خلال شهر أبريل 73 اخبرني وزير الحربية بأنه يرغب في تطوير هجومنا في الخطة لكي يشمل الاستيلاء على المضائق، فأعدت له ذكر المشكلات المتعلقة بهذا الموضوع، وانه لم يطرأ أي تغيير على الموقف منذ أن ناقشنا هذه المشكلات معا في نوفمبر 72. وبعد نقاش طويل أخبرني بأنه إذا علم السوريون بان خطتنا هي احتلال 10–15 كم شرق القناة فإنهم لن يوافقوا على دخول الحرب معنا، فأخبرته بأنه بإمكاننا أن نقوم بهذه المرحلة وحدنا وأن نجاحنا سوف يشجع السوريين على الانضمام إلينا في المراحل التالية، ولكنه قال:إن هذا الرأي مرفوض سياسياً، وبعد نقاش طويل طلب إلى تجهيز خطة أخرى تشمل تطوير الهجوم بعد العبور إلى المضائق، وأخبرني بأن هذه الخطة سوف تعرض على السوريين لإقناعهم بدخول الحرب. ولكنها لن تنفذ إلا في ظل ظروف مناسبة ، ثم أضاف قائلاً: "فلنتصور مثلا أن العدو تحمل خسائر جسيمة في قواته الجوية – وهو عنصر التهديد الأساسي– وأنه قرر سحب قواته من سيناء، فهل سنتوقف نحن على مسافة 5–10 كم شرق القناة لأنه ليس لدينا خطة لمواجهة مثل هذا الموقف؟.."

لقد كنت اشعر بالاشمئزاز من هذا الأسلوب الذي يتعامل به السياسيون المصريون مع إخواننا السوريين، ولكني لم اكن لأستطيع أن أبوح بذلك للسوريين، وقد ترددت كثيرا وأنا اكتب مذكراتي هذه، هل احكي هذه القصة أم لا، وبعد صراع عنيف بيني وبين نفسي قررت أن أقولها كلمة حق لوجه الله والوطن. إن الشعوب تتعلم من أخطائها، ومن حق الأجيال العربية القادمة أن تعرف الحقائق مهما كانت هذه الحقائق مخجلة.

قمنا بتجهيز الخطة الجديدة التي لم تكن إلا الخطة "جرانيت 2" بعد إجراء بعض التعديلات الطفيفة، وبعد أن تم وضع هذه الخطة دمجت مع "الخطة بدر" –التي هي خطة العبور– في خطة واحدة أصبحنا نطلق على خطة العبور لفظ "المرحلة الأولى"، وخطة التطوير لفظ "المرحلة الثانية"، ولكي نعمق الفاصل بين المرحلتين فقد كنا عندما ننتقل من شرح المرحلة الأولى إلى المرحلة الثانية، نقول. "وبعد وقفة تعبوية نقوم بتطوير كذا كذا" – . إن التعبير العسكري "وقفة تعبوية" يعني التوقف إلى أن تتغير الظروف التي أدت إلى هذا التوقف، وقد تكون الوقفة التعبوية عدة أسابيع، وقد تكون عدة شهور أو اكثر، كنا نشرح ونناقش خطة العبور بالتفصيل الدقيق ثم نمر مرورا سريعاً على المرحلة الثانية. لم أتوقع قط أن يطلب إلينا تنفيذ هذه المرحلة، وكان يشاركني هذا الشعور قادة الجيوش ويتظاهر بذلك على الأقل وزير الحربية.

في خلال شهر سبتمبر 73 قال لي أحمد إسماعيل: " إننا سوف نقوم بالحرب، فأذا سارت الأمور على ما يرام، فإن أحدا لن يهتم بتوجيه كلمة شكر لنا، أما إذا تطورت الأمور إلى موقف سيئ فإنهم سيبحثون عن شخص يلقون عليه التبعة". لقد كان أحمد إسماعيل منزعجا، وكان يخشى وقوع الهزيمة ويريد أن يؤمن نفسه ضد هذا الاحتمال، لقد طرد من قبل الرئيس عبد الناصر مرتين: المرة الأولى عقب حرب 1967، حيث كان يشغل منصب رئيس أركان جبهة سيناء، والمرة الثانية في سبتمبر 1969،حيث كان يشغل منصب رئيس أركان حرب القوات المسلحة وقد أثرت هاتان الحادثتان على نفسيته تأثيرا كبيراً. لقد أصبح رجلا يخشى المسئولية، ويفضل أن يتلقى الأوامر ويخشى أن يصدرها، يفكر في احتمالات الهزيمة قبل أن يفكر في احتمالات النصر، قلت له: "أنا شخصيا لا يهمني أن أتلقى كلمة شكر أو لا أتلقى، إذ أن سعادتي في إرضاء نفسي، وإني لا أخشى كلمة لوم، لأني متيقن بأننا سننتصر بإذن الله". لم تطمئنه كثيرا كلماتي المتفائلة، وقال: "انه من الأفضل أن يصدر رئيس الجمهورية توجيهاً يحدد فيه واجب القوات المسلحة، حتى لا يكون هناك خلاف في المستقبل حول هذه الأمور، وانتهت مناقشاتنا على أساس انه سيطلب إلى الرئيس السادات إصدار هذا الأمر. وفي نهاية سبتمبر (قبل بدء العمليات بحوالي أسبوع) استدعاني الوزير إلى مكتبه، وسلمني كتاباً لقراءته فأخذت في قراءته فأذا هو توجيه بتوقيع السادات، يحدد واجب القوات المسلحة في العمليات بشكل عام، ولكن هناك جملة واحدة لفتت نظري وهي "حسب إمكانات القوات المسلحة". كانت هذه الجملة من الناحية النظرية تعني أن القيادة العامة للقوات المسلحة هي التي تملك القرار الأخير في تحديد ما هو ممكن وما غير ممكن. لقد كان أحمد إسماعيل سعيدا بهذه الجملة، وإن كـان تطور الأحداث فيما بعد قد اثبت أن الرئيس السادات كان اكثر ذكاء عندما كتب هذه الجملة، لأنها تعطيه حق التنصل النهائي من أي قرار تقوم به القوات المسلحة وهي تعلم انه ليس في طاقتها. وبعد أن قرأت التوجيه قلت لأحمد إسماعيل ضاحكاً: "مبروك.. لقد حصلت على ما تريد"، وأعدت له الكتاب لأنه كان باسمه ولكن أحمد إسماعيل بطبيعته الحذرة أعاد الكتاب إلي مرة أخرى قائلاً: "أرجو أن توقع على هذا الكتاب بأخذ العلم

"، فأخرجت قلمي دون تردد وكتبت عليه " علم وسننتصر بإذن الله"، ووقعت باسمي وتاريخ التوقيع على الوثيقة، ثم أعدته إلى الوزير.

هذه هي قصة التوجيه الاستراتيجي التي ذكرها الرئيس السادات في الصفحة رقم 331 من مذكراته، بأسلوب روائي يقول فيه: "كنت قبل ذلك في سبتمبر 1973 قد أصدرت الأمر الاستراتيجي للقائد العام ووضعت فيه تصوري للهدف الإستراتيجي ، وقد كان هذا الأمر هو الأول من نوعه في تاريخ مصر الحديث". نعم لقد كان الأمر الأول من نوعه، ولكن لماذا؟ لأنه كانت هناك شكوك خفية- مهما حاول الطرفان إخفاءها- بين رئيس الدولة ووزير الحربية. وإن التناقض في أقوال الســادات واضح في هذه النقطة كما هو واضح في نقاط أخرى كثيرة، ففي كتابه في الصفحة رقم 331، يقول: انه حرر التوجيه الاستراتيجي في سبتمبر ووقع أمر القتال في 2 من أكتوبر ، في حين أن الصور الزنكوغرافية المنشورة في الكتاب نفسه- بعد استبعاد الأخطاء اللغوية- في صفحتي 443 و 444 تقول: إن تاريخ الوثيقتين هو أول أكتوبر و5 من أكتوبر على التوالي، بماذا يفسر لنا السادات هنا التناقض الغريب في وثيقتين تاريخيتين يقول عنهما أنهما قمة العمل العسكري؟!

إني أعلن للملأ بان هاتين الوثيقتين مزورتان، ليس لأن الوثائق الرسمية عليها توقيعي الشخصي فحسب، بل لأن هذه الوثائق كتبت على أوراق يتناسب طولها وعرضها مع طول وعرض صفحات الكتاب الذي نشرت به مذكرات السادات .

هوامش الفصل الرابع:

(1) لم يطلق اسم "بدر" على العملية الهجومية إلا خلال شهر سبتمبر 73 بعد أن تحدد يوم الهجوم ليكون 6 من أكتوبر الموافق 10 من رمضان 1393 هجرية.

(2) قد استخدم العدو هذا الأسلوب، ولذلك فإنه لم ينجح في تدمير أي رأس كوبري لأية فرقة مشاة.

الباب الثاني

تجهيز وأعداد

القوا ت المسلحة للمعركة الهجومية

الفصل الخامس

إنشاء خطوط جديدة للقيادة والسيطرة

إن السيطرة على قوات مسلحة قوامها حوالي المليون ضابط وجندي هي عمل صعب للغاية، فعندما شغلت منصب (ر. ا. ح. ق. م. م) كان حجم القوات المسلحة حوالي 800000، وقبل اندلاع حرب أكتوبر 73 كانت القوات المسلحة قد بلغت 000، 050، 1 (مليونا وخمسين ألفا) في الجيش العامل، يضاف إلى ذلك 150000 كان قد تم تسريحهم وتنظيم استدعائهم خلال السنتين السابقتين للحرب، وبذلك وصل حجم القوات المسلحة إلى 000، 200، 1 (مليون ومائتي ألف ضابط وجندي)، كان حوالي 58% منهم لا ينخرطون ضمن الوحدات الميدانية، ولاشك أن هذه النسبة تعتبر نسبة عالية إذا ما قورنت بالنسب السائدة في القوات المسلحة الأجنبية، ولكننا اضطررنا إلى هذا الموقف نتيجة للعاملين التاليين:

إن تفوق العدو الجوي الساحق جعل بإمكانه توجيه جماعات منقولة جوا لتدمير وتخريب أهدافنا الحيوية المتناثرة في طول البلاد وعرضها، وإن البنية التحتية Infrastructure والأهداف الحيوية في مصر، هي أهداف مثالية لجماعات التخريب المعادية، فهناك مئات الكباري فوق النيل والرياحات والترع، وهناك خطوط أنابيب المياه والبترول التي تمتد مئات الكيلومترات عبر الصحراء وكذلك خزانات المياه والنفط ومحطات الضخ والتقوية وتوليد الكهرباء، الخ.

إن التوسع المستمر في حجم القوات المسلحة كان يفرض علينا زيادة طاقة المنشآت التعليمية حتى تستطيع أن تلبي مطالبنا المتزايدة في تدريب الكوادر المطلوبة لقواتنا المسلحة، ولا يمكن أن يتحقق ذلك الا بمزيد من تدعيم هذه المنشات بضباط الصف المعلمين والإداريين الذين يرفعون من طاقة هذه المنشات.

إن هيئة أركان الحرب العامة (هـ. ا. ح. ع) هي جهاز مركب تركيبا غاية في التعقيد، إنها تضم حوالي 5000 ضابط و 20,000 من الرتب الأخرى، وعلى قمة هذا الجهاز يجلس (ر. ا. ح. ق. م. م) وتحت إمرته المباشرة 40 ضابطا برتبة لواء، كل منهم على قمة فرع أو تخصص أو إدارة لمعاونة (ر. ا. ح. ق. م. م) في السيطرة على القوات ولتسهيل عملية السيطرة على تلك القوات ذات المليون جندي، فقد تم تجميعها تحت 14 قيادة هي (البحرية- الطيران- الدفاع الجوي- الجيش الثاني- الجيش الثالث- قوات المظلات- قوات الصاعقة- منطقة البحر الأحمر- المنطقة الشمالية- المنطقة الغربية- المنطقة المركزية- المنطقة الوسطى- المنطقة الجنوبية- قطاع بور سعيد). لقد تعودت في الماضي أن

اخلق نوعا من الاتصال المباشر بيني وبين الرجال الذين أقودهم، لم اكن قط من ذلك الطراز من القادة الذين يستمعون إلى تقارير مرؤوسيهم المباشرين ويعتمدون عليها اعتمادا كليًا في اتخاذ قراراتهم. كنت استمع دائمًا إلى تقارير المرؤوسين المباشرين ولكني كنت في الوقت نفسه اكمل وأتحقق من هذه التقارير عن طريق الاتصال المباشر مع المستويات الصغرى، فعندما كنت قائدا لكتيبة مظلات كنت أزور الضباط والجنود وأتحدث معهم يوميا. وعندما أصبحت قائد لواء مشاة كنت أزور الوحدات الصغرى في كل أسبوع مرة على الأقل، وعندما أصبحت قائدا للقوات الخاصة (التي كانت تضم قوات المظلات وقوات الصاعقة) كنت أزور كل وحدة فرعية بمعدل مرة كل أسبوع تقريبا، وعندما توليت قيادة منطقة البحر الأحمر العسكرية المترامية الأطراف، والتي كانت مواجهتها حوالي 1000 كيلومتر كنت أزور جميع رجالي بمعدل مرة كل شهر تقريبا، وخلال هذه الزيارات المستمرة كنت أستطيع أن المس قدرات رجالي الحقيقية، وكنت أستطيع أن أعالج نقاط الضعف التي اكتشفها، وكنت أحقنهم بأفكاري وتعليماتي، وهاأنذا الآن (ر. ا. ح. ق. م. م)، فكيف يمكنني أن أحافظ على هذا الرباط التاريخي الذي يربطني بجنودي؟ كان من الواضح أن زيارة جميع الوحدات التابعة لي- كما اعتدت فيما سبق- ضرب من المحال. وفي الوقت نفسه إذا أنا اعتمدت على سلسلة القيادة التقليدية فإن التقارير التي ستعرض علي لا يمكن أن تجعلني أحس بنبض الجنود وأفكارهم وقدراتهم، كذلك فإني لن أستطيع أن أضمن أن يستقبل الجنود تعليماتي بالحماس نفسه الذي أود أن أشعرهم به واستحثهم لتنفيذه. لقد كان بيني وبين كل جندي مقابل سبع قيادات، فلو أن إحدى هذه القيادات السبع أهملت أو أخطأت في العمل كموصل جيد بين رؤسائها ومرؤوسيها أو بين مرؤوسيها ورؤسائها- وهذا احتمال لا يجب استبعاده- فأننا لن نضمن تنفيذ تعليماتنا بالأسلوب الذي نبتغيه، ولكي أتغلب على هذه المشكلة وبعد تفكير طويل قررت أن أدخل أسلوبا جديدا لكي اخلق اتصالا مباشراً بيني وبين الضباط والجنود يتناسب مع ظروف قواتنا المسلحة.

كانت الوسيلة الأولى هي عقد مؤتمر شهري تحت رئاستي، وكان يحضر هذا المؤتمر جميع مساعدي (أربعون ضابطا برتبة لواء) وجميع القادة الرئيسيين (14 قائدا)، ومع كل منهم القادة المرؤوسون له مباشرة وعلى سبيل المثال كان يحضر هذا المؤتمر قائد الجيش ومعه قادة الفرق التي تحت قيادته، وهكذا كان عدد الحاضرين في هذا المؤتمر يتراوح ما بين 90 و 100 قائد ومدير. كان مؤتمرنا يمتد من الساعة التاسعة صباحاً حتى الرابعة أو الخامسة بعد الظهر ويتخلله غداء خفيف نتناوله معا في مبنى القيادة العامة للقوات المسلحة. لقد كنت حريصا كل الحرص على عقد هذا المؤتمر الشهري مهما كانت الظروف، ومهما كانت مشاغلي نظرا لاقتناعي بضرورته وفائدته الكبيرة وقد كان آخر مؤتمر شهري عقدته قبل بدأ حرب أكتوبر 73 هو المؤتمر رقم 26 الذي عقد بتاريخ 22 من سبتمبر 73، وكان ذلك قبل بدء الحرب بأسبوعين فقط، وهناك تسجيل كامل لكل من هذه المؤتمرات يشمل جميع المواضع التي نوقشت والقرارات التي اتخذت. لقد كنت اعرف من خبرتي السابقة كضابط ميداني أنه

توجد دائماً أزمة ثقة بين الضباط الميدانيين وضباط أركان الحرب في القيادات العليا؛ فالضباط الميدانيون كانوا دائماً ينعتون ضباط أركان الحرب بالبيروقراطية وعدم الواقعية وانهم يريدون أن يفرضوا سلطتهم على الضباط الميدانيين بواسطة تعليمات سخيفة وغير قابلة للتنفيذ أما ضباط أركان الحرب فإنهم يتهمون الضباط الميدانيين بالإسراف الشديد والتبذير وعدم مراعاة التعليمات الفنية والإدارية في استخدام المعدات مما يؤثر على كفاءتها وصلاحيتها، وان الضابط الميداني عندما يتلف سلاحه أو معداته فإنه يرمي بها إلى الخلف ويطالب بسرعة إصلاحها أو صرف أخرى جديدة بدلا منها، وان إمكانات الدولة لا تسمح لضباط أركان الحرب بتلبية مثل هذا الإسراف والتبذير الذي يمارسه الضباط الميدانيون. كان واجبي- وأنا على قمة الجهازين- أن اخلق جوا من الثقة بين المجموعتين حتى يتم التعاون بين الجميع بما فيه صالح القوات المسلحـة. لقد كان هذا المؤتمر يتم بأسلوب ديمقراطي سليم، كان أي قائد أو مدير يعرض مشكلته ويناقش جميع جوانبها ثم أدعو الجانب الآخر إلى الرد على وجهـة نظره، ويشترك الحاضرون في إبداء الرأي ثم نتخذ القرار في النهاية بعد ا ن يكون الموضوع قد أشبع بحثا. ونتيجة لهذه اللقاءات اكتشف كل من الجانبين انه كان يغالي في عيوب الجانب الآخر، فأخذ القادة الميدانيون يدركون أهمية القيود المفروضة عليهم، كما أن ضباط أركان الحرب والمديرين أصبحوا أكثر إلماما وتجاوبا مع مطالب القادة الميدانيين، فضلا عن هذا وذاك، فإن هذه اللقاءات وتناول الغداء معا وتجاذب الحديث في فترات الراحة بعيدا عن الرسميات خلق جوا من الصداقة بين الطرفين، مما كان له الأثر الأكبر في إذابة الثلوج التي كانت تفصل بين الطرفين. كانت هذه اللقاءات فرصة لحل معظم المشكلات التي تعرض علينا، أما المشكلات المعقدة التي كانت تحتاج إلى دراسة مطولة فكنت أشكل لجنة مشتركة من الطرفين تقوم بدراستها وتعرض علينا ما توصلت إليه في مؤتمرنا التالي.

وعن طريق هذه المؤتمرات الشهرية أمكنني أن اخلق اتصالا مباشرا بيني وبين مستويين من القيادة، ولكن هذا يعني انه مازالت هناك خمسة مستويات في القيادة تفصل بيني وبين الجندي المقاتل، ولخلق هذا الاتصال قررت أن أصدر توجيهات مكتوبة تصل إلى مستوى قائد السرية [1]، وعن طريق هذه التوجيهات اصبحت باستطاعتي أن أسمع صوتي إلى ثلاثة مستويات قيادية أخرى.

لم تكن هذه التوجيهات تصدر بطريقة دورية أو بأسلوب تقليدي، أو يكتبها شخص متخصص ثم يوقع عليها (ر. ا. ح. ق. م. م) لإعطائها الصورة الرسمية. لقد كنت اكتبها بنفسي و أصدرها طبقا للظروف والأحداث، كما أن كل توجيه أصدرته كانت وراءه قصة أو حادث أو أخطاء ارتكبت بواسطة بعضهم، ولا أريد لها أن تتكرر من قبل الآخرين، لا بمجرد القول بان هذا خطا بل بتحليل أسباب الخطأ وتعليم الآخرين كيف يتصرفون في مثل هذه الظروف. وعن طريق هذه التوجيهات وضعت أفكاري وبصماتي في عقول رجال القوات المسلحة، ليس بالكلام المنمق الإنشائي، ولكن بواسطة الكلمات العلمية الرزينة التي تصدر من ضابط مجرب إلى أشبال يتمنى أن يكونوا افضل منه في حمل

32

راية الحرب والحرية. وكنت عندما ازور مختلف القوات أسأل الضباط والجنود عما ورد في توجيهاتي، وشيئا فشيئا وجدت أن الضباط الأصاغر والجنود قد ارتبطوا بي فكريا عن طريق هذه التوجيهات، وأنهم كانوا ينفذونها بدقة وحماس.

لقد كان يوم 8 من أكتوبر 73 من اسعد أيام حياتي، وذلك عندما كنت ازور وحداتنا في شرق القناة، وكان الضباط والجنود يهتفون ويصيحون كلما رأوني بينهم "عاش التوجيه رقم 41 "، "لقد اتبعنا تعليماتك في التوجيه رقم 41 بالحرف الواحد"، الخ[2]. وفي خلال الفترة ما بين يوليو 71 وسبتمبر 1973 كنت قد أصدرت 48 توجيها، وفي خلال الحرب أصدرت توجيهات أخرى كان أولها هو التوجيه رقم 49، وكان عنوانه "خبرة الحرب في قتال المدرعات "، وقد صدر يوم 15 من أكتوبر بعد معركة الدبابات التي وقعت في اليوم السابق وخسرنا فيها 250 دبابة، وقد كان أخر توجيه أصدرته قبل أن يعزلني السادات[3] من منصبي هو التوجيه رقم 53 الصادر بتاريخ 30 من نوفمبر 73. لقد كانت هذه التوجيهات ذات فائدة كبيرة في تثقيف وتعليم القادة الأصاغر والجنود، لأن الكثير منها كان يعالج التكتيكات الصغرى التي كانت تعتبر من نقاط الضعف الرئيسية في قواتنا المسلحة .

كما سبق أن قلت كانت توجيهاتي تصل إلى مستوى قائد السرية، وبذلك استطعت أن اخلق ارتباطا مباشرا بيني وبين خمسة مستويات قيادية، ولكن كيف يمكنني أن أصل إلى الجندي وضابط الصف وقائد الفصيلة؟ في القوات المسلحة يعتبر قائد السرية هو المعلم الأول للسرية، ولكن في قواتنا – ذات المليون رجل– كان لدينا اكثر من عشرة آلاف قائد سرية أو ما يعادله، ولا يمكن أن نضمن – التوسع الكبير والسريع في القوات المسلحة– أن جميع الأفراد في هذا العدد الضخم هم من القادة والمعلمين الأكفاء. إن أي ضعف أو تقصير من قائد السرية ينعكس مباشرة على الجنود، وهذه حقيقة نلمسها دائما في القوات المسلحة، فإذا كان القائد جيدا فأن الوحدة تكون دائماً جيدة وإذا كان سيئاً فإن الوحدة تكون دائماً سيئة. ولمساعدة قائد السرية في مهمته قررت أن اصدر كتيبات صغيرة توزع على كل جندي تعالج بعض الأمور التي تخص الجندي بصفة مباشرة، وفي خلال عملي (ر . ا . ح . ق . م . م) أصدرت 8 كتيبات: ستة منها قبل الحرب والاثنان الآخران أصدرتهما بعد وقف إطلاق النار، وكانت الكتيبات الستة الأولى هي: دليل الجندي– دليل السائق– دليل نقاط المراقبة الجوية –التقاليد العسكرية– دليل التائهين في الصحراء– عقيدتنا الدينية طريقنا للنصر. أما الكتيبان الآخران اللذان صدرا بعد وقف إطلاق النار، فكان الأول هو "دليل القادة الأصاغر لضباط المشاة والمشاة الميكانيكية" وصدر بتاريخ 5 من ديسمبر 73، وكان الثاني هو "دليل القادة الأصاغر في وحدات المدرعات"، وقد قمت بمراجعته للمرة الثالثة والأخيرة ودفعته للطباعة يوم 11 من ديسمبر 73.

لقد كانت هذه الكتيبات في حجم صغير يسمح بوضع الكتيب في الجيب حتى يستطيع الجندي أن يقرأه في الوقت الذي يحلو له، وقد قمنا بطبع مليون ومائتي ألف نسخة من كتيب "عقيدتنا الدينية طريقنا للنصر"، وكانت تعليماتي تنص على أن يحمله الجندي معه وهو في المعركة. وكان يوزع على كل

فرد من أفراد الاحتياط عندما يذهب إلى مراكز ألتعبئة ، وقد حدث أن استولت إسرائيل على بعض نسخ هذا الكتيب الذي كان من من وقعوا أسرى من رجالنا أثناء الحرب،فحاولت أن تسئ تفسير بعض فقراته وتدعي أنني أصدرت تعليماتي إلى الجنود بقتل الإسرائيليين إذا وقعوا أسرى في أيدينا، وقاموا بحملة كبيرة ضدي، ثم قاموا بوضع ترجمة ممسوخة لبعض صفحات هذا الكتيب مما يجعل المعاني تختلط على القارئ، ولم يتحرك النظام المصري للرد على هذه التهم، وكأن الأمر لا يعنيه، إلى أن عينت سفيرا لمصر في لندن فقمت بصفتي الشخصية بتكذيب هذه الادعاءات الباطلة لأنها تتعارض مع ديننا وتقاليدنا العربية. لقد لعبت هذه الكتيبات دورا مهما في تثقيف الجنود والضباط الأصاغر وتوجيههم، ولكن مما لاشك فيه أن الكتيبين الأخيرين يعتبران ذوى قيمة كبيرة جداً؛ لقد بينت فيهما – على ضوء خبرة الحرب– كيف يمكن لقائد الفصيلة والسرية أن يتصرف في كثير من المشكلات التي تواجهه. لقد كان طبيعيا في قواتنا المسلحة المصرية أن نمد ضابطا برتبة ملازم أو نقيب يتكلم بطلاقة وعلم غزير كيف يقاتل اللواء أو كيف تقاتل الكتيبة، ولكنه في الوقت نفسه لا يعرف كيف يقاتل بفصيلته أو سريته إذا كان يعمل مستقلا بعيدا عن التشكيلات المتراصة للواء أو الفرقة فكانت هذه الكتيبات والكثير من التوجيهات التي أصدرتها خير علاج لهذا الموقف الخطير .

هوامش الفصل الخامس:

(1) السرية هي وحدة فرعية يقودها ضابط برتبة نقيب ويتراوح عدد الجنود الذين يعملون تحت قيادته بين 50 و 0. 10 ضابط صف وجندي حسب كل تخصص في القوات المسلحة.

(2) التوجيه رقم 41 هو التوجيه الذي ينظم عملية عبور قناة السويس بواسطة فرقة مشاة.

(3) تم عزلي من منصبي يوم 2 1 من ديسمبر 73، وإن كان السادات يدعي انه عزلني يوم 19 من أكتوبر 1973.

الفصل السادس

تشكيل وحدات جديدة

إن عملية بناء القوات المسلحة لم تتوقف قط منذ هزيمة يونيو 67 حتى أكتوبر 73، وعندما تسلمت منصب (ر.ا.ح. ق.م.م.) كانت القوات المسلحة تضم حوالي 800000 رجل (36000 ضابط و764000 رتبة أخرى)، وفي أكتوبر 73 كانت القوات المسلحة قد وصلت إلى1200000 رجل (66000 ضابط و1134000 رتبة أخرى). إن تجنيد وتدريب 400000 رجل (30000 ضابط و 370000 من الرتب الأخرى) في فترة تزيد قليلا على السنتين يعتبر عملا صعبا وشاقا، فكيف استطاعت مصر أن تقوم بهذا العمل الكبير؟

لقد كانت مشكلة الضباط هي مشكلة المشكلات؛ فقد كانت وحداتنا تشكو من النقص في الضباط بنسبة تتراوح بين 30% و 40%، وكان إجمالي ألنقص العام في القوات المسلحة يصل إلى حوالي 15000 ضابط فإذا أضفنا إلى هذا الرقم ما نحتاجه من ضباط للوحدات الجديدة التي سوف تنشأ خلال العامين التاليين، فقد قدرنا هذا الرقم بحوالي 15000 ضابط أخر، ومعنى ذلك أنه يتحتم علينا لكي نستكمل مرتبات الوحدات من الضباط إعداد 30000 ضابط في خلال سنتين، وبحساب طاقة كلياتنا العسكرية المتخصصة في تدريب الضباط، اتضح لي أن أقصى طاقة تعمل بها هذه الكليات هو 3000 ضابط بكل عام،وهذا يعني أننا نحتــاج لعـشر سنوات على الأقل إذا أردنا أن تحل هذه المشكلة بالوسائل التقليدية [1]، ومن ناحية أخرى فإنه لا يجوز السكوت عن هذا الموقف، لأن العجز في كوادر الضباط يؤثر تأثيرا خطيرا على كفاءة القوات المسلحة. إن الضابط هو القائد والمعلم لجنوده، فمن الذي يعلم الجندي ومن الذي يقوده إذا لم يتوافر هذا الضابط؟ لكي أجد مخرجا لهذا الموقف قررت أن أنشئ كوادر جديدة من الضباط يطلق عليها "ضابط حرب "، هذا الضابط يتم انتقاؤه من بين الجنود المثقفين ويجري تدريبه تدريبا مركزا لمدة تتراوح ما بين 4- 5 اشهر في تخصص واحد، بحيث يصبح على مستوى عال في تخصصه على أن تكون معلوماته العامة عن التخصصات الأخرى محدودة وبالقدر الذي يسمح له بالتعاون مع تلك التخصصات [2]. إن تدريب هذا الضابط يهدف إلى تأهيله لتولي وحدة صغرى وأن يبقى بها إلى أن تنتهي الحرب فيتم تسريحه. وعند البحث عن المثقفين من بين الجنود اتضح لي وجود 25000 جندي أو ضابط صف حائز على درجة جامعية، فكان من البديهي أن يكون هؤلاء الجنود هم القاعدة التي يمكن منها أن ننتقي هؤلاء المرشحين للتأهيل لرتبة ضابط، وكنت متحمسا لهذا المشروع لأنه لم يكن يحل لنا مشكلة الضباط فحسب بل لأنه كان سوف يساعدنا على حل إحدى مشكلات الضبط والربط؛ فقد كان هؤلاء الجنود المثقفون دائمي الشجار مع قادتهم من الضباط الأصاغر الذين كانوا في كثير من الأحيان أقل منهم سنا وثقافة عامة، وكانت المشكلات تزداد بين

الطرفين إذا تصادف وجود سابق معرفة بين الضابط والجندي قبل الانخراط في الجندية سواء عن طريق المدرسة أم عن طريق الانتماء إلى قرية واحدة أم حي واحد.

كان في اعتقادي أن الجنود المثقفين سيرحبون بهذه الخطوة ه ولكني فوجئت بعدم تحمسهم لهذا المشروع، فقد كانت الغالبية منهم تفضل البقاء بدرجة جندي أو ضابط صف. كانوا يتصورون إن ترقيتهم لرتبة ضابط قد تربطهم بالقوات المسلحة فلا يسرحون من الخدمة عندما يحين اجل تسريح دورتهم، وقد قمت بإجراء عدة لقاءات معهم لكي اشرح لهم الموقف والدوافع لهذا المشروع ووعدتهم بان تسريح الضابط منهم لن يتأخر يوما واحداً عن ميعاد تسريح الجندي من د فعته، وبعد الكثير من التوعية اقبل الكثيرون منهم على التطوع وأمكن تأهيل وترقية 15000 رجل منهم إلى رتبة الملازم، كما قمنا بتأهيل 10000 آخرين من بين خريجي الجامعات الذين جندوا في عامي 71 و 72، وبذلك كان لدينا قبل يونيو 73 "25000 ضابط حرب"، أضف إلى ذلك 5000 ضابط عادي تم تدريبهم وتأهيلهم في الكليات العسكرية، فاصبح إجمالي من تم تأهيلهم وتدريبهم خلال سنتين هو 30000 ضابط، وقبل بدء العمليات في أكتوبر 73 لم تكن القوات المسلحة استكملت كوادرها من الضباط فحسب، بل كان لدينا فائض يقدر بحوالي 1-2% في كل تخصص لمقابلة الخسائر المحتملة في أثناء القتال.

إن تجنيد الجـندي وتأهيله هي عملية أقل صعوبة من مشكلة انتقاء وتأهيل الضباط، ولكنها مع ذلك لم تكن عملية بسيطة. لقد جندنا ما بين يونيو 71 ويونيو 73 حوالي 400000 شاب حتى يمكننا أن نستكمل وحداتنا التي كانت قائمة فعلا، ولكي نواجه المتطلبات المتعلقة بإنشاء وحدات جديدة. إن مصر ذات ال35 مليون كانت من الناحية الواقعية عاجزة عن إمداد قواتها المسلحة سنويا بحوالي 160000 شاب ذوي مستوى ثقافي وصحي يتناسب مع متطلبات القوات المسلحة. لقد كان عدد الشبان الذين يصلون إلى سن التجنيد سنويا هو حوالي 350000 (ثلاثمائة وخمسون ألفا) ونظرا لانخفاض المستويين الثقافي والصحي بين المجندين لم نكن نستطيع أن نحصل من بينهم على أكثر من 120000 شاب ممن ينطبق عليهم الحد الأدنى من المستويات الثقافية والصحية، وهكذا كانت احتياجاتنا الفعلية تفوق مواردنا بحوالي 40000 رجل سنوياً، وأمام هذا الموقف وجدت نفسي مضطرا إلى قبول مستويات اقل ثقافياً وصحياً رغم المعارضة الشديدة التي أثارها رجال الخدمات الطبية حول خفض مستوى اللياقة الطبية، كذلك حاولت أن أفتح مجال التطوع أمام المرأة للانضمام إلى القوات المسلحة، ولكن نظرا لأن مثل هذا القرار يعتبر من الأمور الاجتماعية التي تهم كل أسرة، فقد طرحت هذا الموضوع للمناقشة في أحد اجتماعاتي الشهرية فأثار اهتمام الجميع، وكانت الغالبية العظمى ضد أي اتجاه للتوسع في فتح الباب أمام المرأة للانضمام إلى القوات المسلحة، وأخيراً استقر الرأي على أن نفتح باب التطوع أمام المرأة لكي تشغل وظائف السكرتارية على أن تقتصر على العمل في القواعد الخلفية وألا ترسل إلى المناطق الأمامية أو المناطق النائية، وهكذا فتحنا باب التطوع للنساء في القوات

المسلحة للقيام بأعمال السكرتارية، واستقبلنا الفوج الأول منهن خلال عام 73 وتخرجت الدفعة الأولى في نوفمبر 1973.

وبإضافة 30000 ضابط و370000 رتبة أخرى إلى القوات المسلحة كان في استطاعتنا أن ننشئ مئات الوحدات خلال العامين ما قبل أكتوبر 73. وأنني لن أقوم بحصر هذه الوحدات وتعدادها نظرا لكثرتها، ولكنني سأذكر فقط بعضا من هذه الوحدات التي ارتبط تشكيلها بخطة العبور ارتباطا وثيقا، كاللواء البرمائي. AMPHIBIOUS BRIGADE لقد بدأنا نفكر في إنشاء هذا اللواء في أواخر عام 1971، واتخذ قرار إنشائه في يناير 1972. وكان الغرض من إنشاء هذا اللواء هو دفعه في عمق العدو عبر البحيرات أو البحر بمهمة شل مراكز قيادة العدو وتعطيل تقدم احتياطياته من العمق. لقد كنا نعلم أن المعديات التي ستقوم بنقل دباباتنا إلى الشاطئ الآخر لن تكون جاهزة للعمل قبل سعت س+ 5 ساعة في حين أن اللواء البرمائي يستطيع أن يعبر البحيرات في اقل من ساعة بأعداد كبيرة من الدبابات والعربات، مما يشكل تهديداً خطيرا لقيادات العدو وتحرك إحتياطياته. لقد شكلنا هذا اللواء على غرار الوحدات الخاصة وزودناه بحوالي 20 دبابة برمائية، و80 مركبة برمائية لنقل المشاة الميكانيكية. MICV وفي 15 من يونيو 72 أصدرت التوجيه رقم 16 الذي ينظم عمل هذا اللواء، وكان هذا التوجيه ينظم الأسلوب الذي تعمل به الكتائب البرمائية عبر المسطحات المائية، وقد أتبعت هذا التوجيه ببيان عملي تم إجراؤه في 28 من أغسطس 72، وبحلول أكتوبر 72 كان اللواء قد أتم تدريبه وقام بأول مشروع تدريبي ليلي في ليلة 23/22 من أكتوبر 72، وفي خلال عام 973 1 استمر اللواء في تدريباته بأسلوب أكثر عنفاً، وقد وصل مستواه إلى الحد الذي جعله يستطيع أن يبقى بمركباته في الماء لمدة تصل إلى 6 ساعات متتالية، وفي ليلة 18 / 9 1 من يوليو 73 قررت أن أختبر كفاءة هذا اللواء بمشروع تدريبي يكون اكثر صعوبة من الواجب الذي سوف نكلفه به أثناء العمليات، **وقد كان المشروع يشمل النقاط التالية:**

من منطقة تجمع قريبة من شاطئ البحر الأبيض تنزل كتائب اللواء إلى الماء ليلا ثم تسبح لمسافة 30 كم ثم تخرج إلى الشاطئ عند نقاط محددة وفي توقيتات محددة.

تتقدم بعد ذلك في العمق، حيث تقوم بتدمير مواقع العدو كما تقوم بصد وعرقلة احتياطات العدو المتقدمة من العمق.

لقد كانت المهمة التدريبية لاختبار اللواء أكثر صعوبة من واجب العمليات، حيث كان واجب العمليات يتضمن عبور اللواء مسطحاً مائيا يتراوح ما بين 5-10 كم، بينما كان المشروع التكتيكي يتطلب منه عبور 30 كم، ولكني كنت دائماً ومازلت أؤمن بضرورة التدريب الشاق حتى لا يفاجأ الجنود بظروف لم يتهيأوا لمجابهتها، لقد بقيت مع عناصر اللواء طوال الليل، وقد نجحت إحدى الكتائب في تنفيذ مهمتها، بينما ضلت الكتيبة الأخرى اتجاهها واستطاعت بصعوبة أن تصل إلى الشاطئ في غير المكان

المحدد لها بعد أن فقدت مركبتين وعشرة أفراد، وفي صباح اليوم التالي تمكنا من إنقاذ سبعة أفراد من العشرة المفقودين وثبت لدينا غرق الباقين وعلى الرغم من خسائرنا في الأفراد والمركبات، فقد تعلمنا دروسا جديدة وكسب الضباط والجنود ثقة اكبر بدباباتهم ومركباتهم، وبعد أقل من 80 يوما عوضنا الله عن تلك الأرواح الثلاث عوضا كريما. لقد كان ثمن هذه الأرواح هو المجد والكبرياء لرجال اللواء البرمائي. الذي عبر البحيرات المرة يوم 6 من أكتوبر 73 في اقل من ساعة زمنية، وكان معه 20 دبابة و 80 مركبة برمائية، دون أية خسائر في المعدات أو الرجال، وعندما تلقيت هذا الخبر السعيد وأنا في غرفة العمليات حوالي الساعة 1500 يوم 6 من أكتوبر تذكرت الشهداء الثلاثة الذين فقدناهم في التدريب وصليت من أجلهم.

لقد كان إنشاء وحدات المهندسين يحظى لدينا دائما بالأولوية؛ لأن عبور القناة هو في المقام الأول عملية مهندسين. إذ كان يتحتم على المهندسين طبقاً للخطة، أن يقوموا بتنفيذ المهام التالية:

فتح 70 ثغرة في الساتر الترابي على الجانب البعيد، كل منها 1500 متر مكعب.

انشاء 10 كباري ثقيلة لعبور الدبابات والمدافع والمعدات الثقيلة.

إنشاء 5 كباري خفيفة حتى يمكنها أن تجتذب نيران العدو، وبالتالي تخفف من هجوم العدو على الكباري الرئيسية، وكانت هذه الكباري تشبه الكباري الثقيلة تماما ولكن حمولتها كانت أربعة أطنان فقط.

بناء 10 كباري اقتحام لعبور المشاة [3]

تجهيز وتشغيل 35 معدية.

تشغيل 720 قاربا مطاطيا لعبور المشاة.

وكانت جميع هذه المهام تتم تقريبا في وقت واحد، فقد كنا نفترض أن يتم فتح هذه الثغرات خلال ما بين 5-7 ساعات وتبدأ المعديات في العمل فور إتمام فتح هذه الثغرات بينما يتم تركيب الكباري بعد ذلك بحوالي ساعتين، وبالإضافة إلى عظم حجم هذه الأعمال وقصر الوقت المخصص لإنجازها يجب ألا ننسى أن جميع هذه الأعمال كان يتم تحت نيران العدو وهجماته المتكررة لذلك كان من واجبنا أن نقوم بعملية حساب دقيقة نستطيع بها أن نحدد حجم الوحدات المطلوبة. لقد كان عدد وحدات المهندسين التي ساهمت في عملية عبور القناة بطريق مباشر حوالي 35 كتيبة من مختلف التخصصات كان نجاح القوات المسلحة في تشكيل وتدريب وحدات المهندسين اللازمة لعملية العبور هو المفاجأة الكبرى في هذه الحرب لأن جميع دول العالم – الصديقة منها والعدوة– كان يعتقد باستحالة التغلب على هذه المشكلات! ولقد سعدت كثيرا عندما قرأت مذكرات الجنرال اليعازر (ر. ا. ح. ق. م) الإسرائيلية خلال حرب أكتوبر عندما تكلم عن هذه النقطة، حيث قال: أنه أثناء مناقشة على مستوى القيادة الإسرائيلية لدراسة احتمال عبور المصريين للقناة، قال ديان وزير الحربية: "لكي يعبر المصريون

قناة السويس، فإنه يلزمهم سلاح المهندسين الأمريكي والسوفيتي مجتمعين لمساعدتهم في ذلك". إن هذه شهادة نعتز ونفخر بها، وإني لا ألوم دايان على المبالغة، لأني اعرف جيدا مدى المجهود الذي بذل لتحقيق هذه المفاجأة!

هوامش الفصل السادس:

(1) إذا حسبنا الخسائر العالية في الضباط نتيجة الوفاة والإحالة على التقاعد خلال هذه السنوات العشر وضرورة تعويضهم فأن هذا يعنى أننا قد نحتاج إلى حوالي 12 سنة.

(2) أن التدريب العادي للضباط يشمل تأهيل الضباط لتولى قيادات متعددة، ونتيجة لذلك فأنه يدرس أسلوب إدارة المعركة المشتركة مما يترتب عليه إجراء دراسة عامة لكل التخصصات قبل أن يتخصص بصفة نهائية في أحدها.

(3) قامت إدارة المهمات ببناء هذه الكباري.

الفصل السابع

مشكلات العبور وكيف تم التغلب عليها

إن تحضير وتجهيز القوات المسلحة للمعركة الهجومية لم يكن مقصورا على إنشاء وتدريب وحدات جديدة تقليدية، حيث إن عبور قناة السويس يعتبر من العمليات العسكرية ذات الطابع الخاص. فالتنظيم العادي والتسليح العادي والعقائد العسكرية السائدة كل ذلك لم يكن ليقدم حلولا لعملية العبور التي تنتظرني لذلك كان يجب علينا أن نلجأ إلى خيالنا وخبراتنا في جميع المجالات لكي نوجد حلولا للمشكلات التي تواجهنا. لقد أدخلنا الكثير من التعديلات في تنظيمات بعض وحداتنا القائمة، كما قمنا بإنشاء وحدات جديدة ذات تنظيم معين لكي تكون قادرة على القيام بمهام محددة كذلك أدخلنا بعض المعدات الجديدة ضمن تنظيم وحداتنا، وكان بعضها من أحدث وأرقى المعدات المستخدمة في العالم، وفي الوقت نفسه لجأنا إلى بعض المعدات البدائية التي كانت تستخدم في العصور القديمة. وبينما كان كل ذلك يجري في وقت واحد كان علينا أن نختبر هذه التنظيمات والمعدات والمهمات والعقائد الجديدة اختبارا ميدانيا تحت ظروف اقرب ما تكون إلى الظروف الواقعية التي سوف تواجهنا. وقد أجرينا مئات التجارب وأدخلنا العديد من التعديلات على أفكارنا وتنظيماتنا ومعداتنا، قبل أن نستقر على قرار نهائي في أي من هذه المواضيع.

قناة السويس كمانع مائي:

لم تعد الأنهار والقنوات تشكل عائقاً كبيرا أمام الجيوش الحديثة بعد تطوير أسلحة القتال وإدخال الدبابات والمركبات البرمائية والدبابات التي تستطيع الغوص في الماء والسير على قاع المانع المائي ضمن تنظيم القوات البرية. لقد اصبح في مقدار القوات البرية أن تقتحم المانع المائي بالهجوم من الحركة وعلى مواجهة واسعة، وذلك بأن تدفع القوات الرئيسية أمامها بمفرزة برمائية تقوم بإنشاء رأس كوبري، ويتبعها المهندسون الذين ينشئون الكوبري الذي تعبر عليه القوات الرئيسية عند وصولها إلى المانع المائي. وإذا كان ذلك ينطبق على جميع الموانع المائية، فإنه لا ينطبق من قريب أو بعيد على قناة السويس، حيث أنها مانع مائي من نوع فريد في طبيعته، وقد أضاف إليها العدو – علاوة على ذلك– كثيرا من العوائق الاصطناعية مما جعلها تبدو في أعين الكثيرين من العسكريين مانعاً مائياً لا يمكن اقتحامه. **ويمكن وصف قناة السويس كمانع مائي – باختصار – بالنقاط التالية:**

مانع مائي صناعي يتراوح عرضه بين 180 و 200 متر، وأجنابها حـــادة الميل ومكسوة بالدبش والحجارة لمنع انهيار الأتربة والرمال إلى القاع، وهذا يجعل من الصعب على أية دبابة برمائية أن تعبرها إلا إذا تم نسف أكتاف الشاطئ وتجهيز منزل ومطلع تستطيع المركبة البرمائية أن تستخدمهما في النزول إلى الماء والخروج منه (الشكل رقم 1)

قيام العدو بإنشاء سد ترابي على الضفة الشرقية للقناة وبارتفاع يصل في الاتجاهات المهمة إلي 20 مترا مما يجعل من المستحيل عبور أية مركبة برمائية إلى الشاطئ الآخر إلا بعد إزالة هذا السد. وقد عمل الإسرائيليون بجد في تعلية هذا السد وزحزحته إلى القناة حتى أصبح ميله يتقابل مع ميل شاطئ القناة أي أنه لم تكن هناك أي مصطبة أو كتف ظاهر لشاطئ القناة من ناحية العدو، وكان هذا ميل السد يتراوح بين 45 و65 درجة طبقا لطبيعة التربة في كل قطاع (الشكل رقم 2)

وعلى طول هذا السد الترابي بنى الإسرائيليون خطاً دفاعياً قوياً أطلق عليه خط بارليف Barlev Line، وقد كان هذا الخط يتكون من 35 حصناً تتراوح المسافة بين كل منها ما بين كيلو متر واحد في الاتجاهات المهمة و 5 كيلومترات في الاتجاهات غير المهمة على طول القناة. أما في منطقة البحيرات فقد كانت هذه الحصون أكثر تباعداً إذ وصلت إلى ما بين 10-15 كم بين كل حصن وآخر. كانت هذه الحصون مدفونة في الأرض وذات أسقف قوية تجعلها قادرة على أن تتحمل قصف المدفعية الثقيلة دون أن تتأثر بذلك، وكانت تحيط بها حقول الغام وأسلاك كثيفة، ويمكن غمر القناة من مز اغل ألد شم بنيران كثيفة، وبين هذه الحصون كانت هناك مرابض نيران للدبابات بمعدل مربض كل 100 متر.

كان العدو لا يحتل هذه المرابض بصفة دائمة. كان يحتلها فقط في حالات التوتر، وكان في استطاعة دبابات العدو أن تتحرك بين مربض وآخر وهي مستورة تماما عن النظر والنيران من جـــانبنا، وكانت حصون خط بارليف لديها الاكتفاء الذاتي لمدة 7 أيام، ولديها وسائل اتصال جيدة مع قيادتها الخلفية، وأما القوات المخصصة لاحتلال خط بارليف فكانت لواء مشاة وثلاثة ألوية مدرعة. كان لواء المشاة

(حوالي 2000-3000 رجل) يحتل الحصون، بينما كانت الألوية المدرعة (360 دبابة) تخصص حوالي ثلث قوتها للعمل كأحتياطيات قريبة تتمركز على مسافة 5-8 كيلومترات شرق القناة. أما باقي المدرعات، فكانت تتمركز على مسافة 25-30 كم شرق القناة. لقد قدرنا أنه لو أمكننا تحقيق المفاجأة التامة وبدأنا القتال دون أن يعدل العدو من أوضاعه فمن المنتظر أن يقوم بهجمات مضادة ضد قواتنا العابرة بواسطة سرايا أو كتائب دبابات في خلال 15-30 دقيقة من بدء الهجوم، وأن يقوم بهجوم مضاد بواسطة اللواءات المدرعة في حدود ساعتين أما إذا شعر العدو بتحضيراتنا للهجوم، فقد ينجح في احتلال الفراغات التي تفصل بين الحصون بواسطة دباباته، وبذلك يمكنه أن يكبدنا خسائر كبيرة أثناء عملية العبور. علاوة على إمكان قيامه بهجمات مضادة على قواتنا التي تنجح في العبور بعد فترات تقل كثيراً عما سبق ذكره.

كأن كل هذه الموانع والعوائق لم تكف لكي تبعث الطمأنينة في نفوس الإسرائيليين والرهبة في نفوس أعدائهم فأرادوا أن يبعثوا اليأس في نفوسنا، فأدخلوا سلاحاً جديداً رهيباً هو النيران المشتعلة فوق سطح الماء لكي تحرق كل من يحاول عبور القناة. ولتنفيذ هذه الفكرة الجهنمية بنوا مستودعات ملأوها بهذا السائل ووصلوا هذه المستودعات بأنابيب تنقل السائل إلى سطح الماء، ونظرا لأن كثافة هذا السائل اقل من كثافة الماء فأنه يطفو على سطح الماء، فإذا اشتعل بطريقة الية أو بواسطة قنبلة فسفورية تحول سطح الماء إلى جحيم. ومع استمرار التغذية بالسائل تستمر النيران المشتعلة. (الشكل رقم 3).

تلك هي قناة السويس، وهذا هو المانع المائي الذي كان علينا اقتحامه، وللتغلب على هذه المشكلة الكبيرة قمنا بتجزئتها إلى مجموعة من المشكلات الأصغر حجما، وأخذنا نعمل على حل كل مشكلة على حدة إلى أن تم التغلب عليها جميعا فكان العبور العظيم في أكتوبر 1973.

فتح الثغرات في الساتر الترابي:
كانت المشكلة الأولى والرئيسية هي فتوح ثغرات في السد الترابي حتى يمكن من خلالها عبور الدبابات وأسلحتنا الثقيلة سواء عبر المعديات أم الكباري. وعندما شغلت منصب(ر. ا. ح. ق.م. م)
كانت العقيدة السائدة لفتح الثغرات في الساتر الترابي تتلخص فيما يلي:
يقوم المهندسون بالعبور في قواربهم المطاطية بمجرد أن تتمكن موجات المشاة من تحقيق الحد الأدنى من الوقاية لهم.

يقوم المهندسون بشق حفرة داخل السد الترابي مستخدمين في ذلك أدوات الحفر اليدوية (لاستحالة استخدام أدوات الحفر الميكانيكية نظرا لتهايل التربة) ثم تملا هذه الحفر بالمتفجرات ويتم تفجيرها بعد أن ينسحب المهندسون إلى مسافة 200 متر بعيدا عن مكان التفجير. قد يبدو من الناحية النظرية أنه كلما عمق المهندسون الحفر داخل السد الترابي، وكلما زادت كمية المتفجرات المدفونة في السد زادت

41

كمية الأتربة المزاحة، أما من الناحية العملية فقد كان الموقف مختلفاً؛ إذ كانت طبيعة التربة التي يتكون منها السد الترابي متهايلة، وكان ذلك يجعل من الصعب تعميق أي حفرة في جسم السد. وكانت الأتربة والرمال على أجناب الحفرة تتهايل إلى داخلها مع كل محاولة لتعميقها، وبالتالي فقد كانت المتفجرات التي نقوم بدفنها داخل السد ليست على عمق كاف يسمح بإزاحة كمية كبيرة من الأتربة. كانت النتائج غير مشجعة وكانت كمية الأتربة المزاحة نتيجة التفجير تصل إلى حوالي 200- 300 متر مكعب تاركة ما يقرب من 1200 متر مكعب أخرى تجب علينا إزاحتها بواسطة العمل اليدوي والميكانيكي.

يستأنف العمل اليدوي لتجهيز مطلع للبولدوزر BULLDOZER الذي يتم نقله على معدية ثم يبدأ البولدوزر في العمل لاستكمال عملية فتح الثغرة.

في خلال شهري مايو ويونيو 71 حضرت عدة بيانات عملية قامت إدارة المهندسين بتنظيمها لإظهار الأسلوب المتبع في فتح الثغرات في السد الترابي نهارا أو ليلا. **كان يعيب هذا الأسلوب النقاط التالية:** أن عملية التنسيق بين المهندسين الذين يقومون بالتفجير، والمشاة التي تعبر أو التي عبرت وأصبحت على الشاطئ الآخر، قد لا تسير على الوجه الأكمل مما قد تترتب عليه إصابة بعض جنودنا نتيجة هذه التفجيرات .

إن تخصيص عدد كبير من المهندسين للقيام بأعمال الحفر اليدوي بعد عملية التفجير قد تترتب عليه زيادة خسائرنا في أفراد المهندسين فيما لو وقعت هذه المجموعة تحت نيران العدو المباشرة أو غير المباشرة .

إن إرسال بلدوزر للعمل في استكمال فتح الثغرة مبكراً قد يعرضه للتدمير بواسطة نيران دبابات العدو، نظرا لكبر حجمه واضطراره للظهور في كثير من الأحيان على خط السماء وإذا تأخرنا في إرساله فسوف يتأخر فتح الثغرات، وبالتالي يتأخر تشغيل المعديات وبناء الكباري فتزداد فترة تعرض مشاتنا لهجمات العدو المضادة.

كان فتح الثغرات بهذا الأسلوب يعتبر باهظ التكاليف في الأفراد والمعدات والمواد، فقد كان فتح الثغرة الواحدة يحتاج إلى 60 فردا وبلدوزر و200 كغم من المتفجرات وعمل يستمر من 5-6 ساعات دون حساب لأي تدخل من العدو .

لم يكن أمامي إلا أن أقبل العمل بهذا الحل إلى أن نجد ما هو افضل منه، ولكني أخبرت اللواء جمال على مدير إدارة المهندسين بضرورة البحث والتفكير في أسلوب أخر لفتح هذه الثغرات. وفي خلال يونيو من العام نفسه اخبرني اللواء حمال علي أن أحد المهندسين يقترح فتح الثغرة في الساتر الترابي بأسلوب ضغط المياه، وأنه قد مارس هذا العمل عندما كان يعمل في السد العالي وكانوا يفتتون

الصخر بقوة اندفاع المياه كانت الفكرة سهلة وبسيطة ولا ينقص إلا تجربتها، وقبل انتهاء شهر يونيو حضرت أول تجربة لاختبار هذه الفكرة. استخدم المهندسون في هذا البيان ثلاث مضخات مياه صغيرة إنجليزية الصنع وكانت النتيجة رائعة. كان واضحاً انه كلما زاد ضغط الماء زادت سرعة تهايل الرمال وبالتالي سرعة فتح الثغرة وبعد عدة تجارب اتضح لنا أن كل متر مكعب من المياه يزيح متراً مكعباً من الرمال، وان العدد المثالي في كل ثغرة هو خمس مضخـــات وفي يوليو 71 تقرر أن يكون أسلوبنا في فتح الثغرات في الساتر الترابي هو أسلوب التجريف (ضغط المياه)، وقررنا شراء300 مضخة مياه إنجليزية وصل قسم منها قبل نهاية العام، والقسم الباقي وصل في أوائل عام 72. وفي خلال عام 72 قررنا شراء150 مضخة أخرى ألمانية الصنع واكثر قوة من المضخة الإنجليزية، وبتخصيص 3 مضخات إنجليزية ومضختين ألمانيتين لكل ثغرة كان من الممكن إزاحة 1500 متر مكعب من الأتربة خلال ساعتين فقط وبعدد من الأفراد يتراوح ما بين 10-15 فردا فقط.

كان هذا حلا رائعا وسهلا ويتلافى جميع العيوب التي كان يتسم بها الأسلوب السابق، فشكرا للمهندس الشاب صاحب الاقتراح وشكرا لجميع رجال المهندسين الذين قاموا بتطوير الفكرة وتهذيبها إلى أن أخذت لونها النهائي قبل حرب أكتوبر 73. ومن الأحداث الغريبة حقا أنه على الرغم من عشرات التجارب التي أجريت بهذا الأسلوب خلال الأعوام 71 و 72 و 73 إلا أن الإسرائيليين لم يعرفوا اكتشافنا لهذا الأسلوب في فتح الثغرات في السد الترابي، وقد تحققنا من ذلك عندما وقع في أيدينا أحد جواسيسهم قبل بدء الحرب بشهرين.

التغلب على النيران المشتعلة:

كانت المشكلة الثانية التي وجبت علينا مجابهتها هي مشكلة النيران المشتعلة فوق سطح الماء وفي شهر يونيو 71 حضرت بيانا عمليا عن أسلوب التغلب على هذه النيران المشتعلة، **وقد تم تنفيذ المشروع كما يلي:**

يقوم بعض الجنود الذين يلبسون ملابس واقية ضد الحريق بركوب أحد القوارب ومع كل منهم واحدة من سعف النخيل (جريدة)، ثم يبدأون بمهاجمة جزر النيران المشتعلة وضربها بالجريد فتنقسم عادة الجزيرة الكبيرة إلى عدة جزر صغيرة، ثم تتكرر العملية، وهكذا

أقترح على خلال هذا البيان أن نستبدل القوارب المطاطية بمركبات برمائية وان يستبدل سعف النخل بمواد كيماوية أو بمعنى أخر تشكيل قوة مطافئ بحرية. لم أقتنع بأنه يمكن إطفاء هذه النيران بسعف النخيل إذ كنا نستخدم في تجربتنا عشرة أطنان من السائل المشتعل، ولكن يجب أن نتصور ماذا يمكن أن يحدث لو أن العدو قذف بخمسين طنا من هذا السائل ثم أخذ يغذيها باستمرار . لاشك أن النيران ستكون اكثر قوة واكثر تماسكا بحيث لا تسمح بوجود جزر عائمة من النيران يمكن لقواتنا المكلفة بالإطفاء أن تهاجمها واحدة بعد الأخرى، كما أن تشكيل وحدات إطفاء بحرية سيشغلنا عن واجبنا

43

الأصلي، فبدلا من أن نعبر ونقتحم فإن مجهودنا سوف يتحول إلى عملية إطفاء حريق وبهذا يتحقق هدف العدو .

وبعد دراسة الموضوع من جميع جوانبه قررت أن تكون عقيدتنا فيما يتعلق بهذه المشكلة هي كما يلي: يجب أن نحرم العدو من فرصة استخدام هذا السلاح الذي يعتمد على ثلاثة أجزاء: خزانات يسع الواحد منها 200 طن من المواد المشتعلة، أنبوبة تصل ما بين هذه الخزانات وسطح مياه القناة ثم وسيلة سيطرة تشمل الفتح والإشعال. فلو أمكننا إفساد أي من هذه الأجزاء لفشل العدو في استخدام هذا السلاح. كانت الخزانات مدفونة دفناً جيداً في الرمال ومن المشكوك فيه إمكان تدميرها بواسطة المدفعية. وكانت الأنابيب التي تنقل السائل هي الأخرى مدفونة ومن الصعب الوصول إليها، ولكن فتحات هذه المواسير كان يمكن رؤيتها بوضوح من جانبنا. وكانت فتحة هذه الأنابيب تختفي تحت سطح المياه عندما يكون هناك "مد" وتظهر فوق سطح المياه عندها يكون هناك "جزر" فلو أمكننا أن نسد هذه الفتحات قبل بدء العمليات لفسدت خطة العدو في استخدام هذا السلاح تماما. لذلك يجب علينا- كجزء من التخطيط- أن نغلق هذه الفتحات وان نضرب الخزانات بالمدفعية أثناء فترة تحضيرات المدفعية التي تسبق عملية الهجوم، وبالإضافة إلى ذلك فإنه يمكننا إرسال جماعات تخريب لتدمير هذه الخزانات قبل هذه المعركة وخلالها.

كان علينا عند انتخاب نقط العبور أن نختارها بحيث تكون فوق اتجاه التيار، حيث أن هذا السائل المحترق يعوم مع التيار، وبالتالي فأنه يعتبر عديم المفعول ضد أي قوات تعبر من فوق اتجاه التيار. إذا حدث واضطررنا لانتخاب قطاع العبور بحيث يكون تحت التيار، ثم فشلت جميع محاولاتنا في إبطال مفعول هذا السلاح ونجح العدو في تشغيله، فإننا نوقف عملية العبور إلى أن ينتهي تأثير هذه النيران. قد يتراوح الوقت اللازم لاحتراق هذا السائل ما بين 15– 30 دقيقة طبقا لكمية السائل المسكوب وليس أمامنا إلا أن نتعامل معه كأنه أحد أسلحة القتال: نحاول أن نتحاشاه إذا كان مؤثرا ونتجاهله إذا ضعف تأثيره، مثله في ذلك مثل منطقة مغمورة بنيران المدفعية: إذا كان الضرب كثيفا ومؤثرا تحاشيناه وإذا كان دون تركيز عبرنا المنطقة بخسائر طفيفة.

أحمال جندي المشاة:

كان في تقديرنا - كما سبق أن قلت - أن تبدأ المعديات في العمل بعد حوالي من 5–7 ساعات من بدء الهجوم، وان تبدأ الكباري في العمل بعد ذلك بحوالي ساعتين، ونتيجة لذلك فإن الدبابات والأسلحة الثقيلة لن تعبر إلى الشاطئ الآخر بأعداد مؤثرة تسمح بتدعيم المشاة في قتالها إلا بعد حوالي 12 ساعة من بدء عبور المشاة أما الوحدات والعناصر الإدارية فإنها لن تصل إلى وحدات المشاة إلا بعد حوالي 18 ساعة من بدء الهجوم. إن هذا الموقف يشبه إلى حد ما موقف وحدات المظلات التي يتم إنزالها في عمق العدو، حيث تبقى هناك لمدة يوم أو يومين إلى أن تتصل بها القوات الرئيسية الصديقة، وهي في

44

خلال هذه الفترة تعتمد اعتمادا كليا ومصيريـا علـى مـا تستطيع حمله معها من أسلحة وعتاد وغذاء وماء. وللحقيقة فإن موقف جندي المشاة المكلف بعبور القناة كان اصعب من موقف جندي المظلات الذي ينزل في العمق، لأن جندي العبور سيواجه بهجمات مضادة مدرعة بمجرد أن يضع قدمه على الشاطئ الآخر، لذلك كان يجب علينا أن نجهز هذا الجندي تجهيزا يسمح له بمقابلة هذه التحديات التي تنتظره، ولتحقيق ذلك كان يجب على هذا الجندي أن يحمل معه عددا كافيا من الأسلحة المضادة للدبابات ولاسيما الصواريخ مالوتكا ATGW حتى يمكنه أن يدمر الدبابات التي تهاجمه، وكان عليه أن يحمل الصواريخ المضادة للطائرات (SAM-7) STRELLA حتى يمكنه أن يدمر الطائرات التي تهاجمه من ارتفاعات منخفضة، وكان عليه أن يحمل ما يكفيه من ذخيرة وطعام ومياه لمدة يوم كامل، وكان عليه علاوة على ذلك أن يحمل ألغاما مضادة للدبابات حتى تساعده في الدفاع عن مواقعه المكتسبة ضد هجمات الدبابات. كانت المشكلة الرئيسية هي تحديد عدد ونوعية الأسلحة وكمية الذخائر التي يحملها جندي المشاة (المترجل). علما بأن أقصى ما يستطيع الجندي المقاتل حمله هو 25 كيلوجراما، فكيف نحقق التوازن بين هذه الطلبات الضرورية جميعها؟ **هنا أطلقت شعار جنود المظلات بين الجنود المشاة المكلفين بالعبور** "أقصى ما يمكن من السلاح والذخيرة وأقل ما يمكن من الاحتياجات الإدارية الأخرى."

كان يلزم كل جندي 2 كجم من الطعام مع 2.5 لتر من المياه، فإذا أضفنا إلى ذلك ومن الحد الأدنى من الملابس والشدة الميدانية والخوذة، فأن وزن جميع هذه الأصناف يصل إلى حوالي 10 كجم، وبذلك يتبقى لدينا 15 كجم لجميع أنواع الأسلحة والذخيرة والمعدات العسكرية. لم يكن هذا الموقف يشكل أية مشكلة بالنسبة لجندي المشاة العادي المسلح ببندقية أوتوماتيكية ومعها 300 رصاصة و 2 قنبلة يدويه حيث أن وزن جميع هذه الأصناف كان يقل عن 15 كجم. ولكن كانت المشكلة الحقيقية تكمن في تلك الأحمال التي يتحتم على أطقم أسلحـة الدعم حملها (المدفع عديم الارتداد ب 10، والمدفع عديم الارتداد ب 11، والمالوتكا، والـ RPG والـ STRELLA، ومدافع الماكينة المتوسطة 7.62 مم، ومدافع الماكينة الثقيلة 12.7 مم، وقوافذ اللهب المحمولة، الخ). إن هذه الأسلحة ولو أنها تدخل تحت نطاق الأسلحة الخفيفة التي يمكن حملها فإن أوزانها -إذا أضيف إليها الحد الأدنى من الذخيرة التي يجب أن ترافقها- تصبح كبيرة وتجعل من المستحيل على طاقمها أن يتحمل وحده عبء حملها هي وذخيرتها. لذلك كان من الواجب علينا أن نوزع هذه الأحمال على باقي أفراد المشاة بطريقة تجمع بين عدالة التوزيع في الأحمال وسهولة الحصول على هذه الأحمال بطريقة لا تؤثر على كفاءة الاستخدام التكتيكي للسلاح. وحيث أن عدالة التوزيع في الأحمال تتعارض مع كفاءة الاستخدام التكتيكي للسلاح والمهام المكلف بها كل جندي، فقد قمنا بعمل كشوفات تفصيلية تشمل كشفا خاصا لكل جندي في فرقة المشاة طبقا لوظيفته وفي هذا الكشف حددنا ما يتحتم على كل جندي أن يحمل. وكانت الأحمال تتراوح بين 23-30 كجم للفرد وفي أحوال نادرة كان يحمل بعض الجنود ما يزيد على 30 كجم[1]

45

لقد بدا واضحا أن الشدة الميدانية (البل) التي كان معمولا بها في القوات المسلحة في ذلك الوقت أصبحت لا تتناسب مع الظروف الجديدة، إن تثبيت الأحمال على جسم الجندي المقاتل هو موضوع بالغ الأهمية. أن هذه الأحمال إذا ما ثبتت بجسم الجندي بحيث تصبح وكأنها جزء من أعضائه فإنه يمكنه أن يتحرك بها في يسر وسهولة دون أن تعوق حركته أو تؤثر على كفاءته، أما إذا لم تثبت هذه الأحمال بطريقة جيدة فأنها سوف تؤثر تأثيرا كبيرا على أداء الجنود، وذلك علاوة على احتمال سقوط وفقد بعض هذه الأحمال دون أن يشعر بها الجندي. إن الشدة الميدانية المثالية هي تلك التي تستطيع أن تستوعب جميع أحمال الجندي بطريقة جيدة، ولكن الظروف التي خلقتها مشكلة عبور قناة السويس قد فرضت علينا ضرورة ابتكار شدة ميدانية تتناسب مع تلك الأحمال الخاصة. كان أمامنا عشرات الأحمال المختلفة، وكان الحل المثالي هو إيجاد شدة خاصة لكل حمل من هذه الأحمال، ولكن ذلك كان كفيلا بأن يخلق لنا مشكلات إدارية ضخمة، وقد قامت إدارة المهمات بالكثير من التجارب حول هذا الموضوع إلى أن توصلنا إلى خمس عينات مختلفة، بحيث تستطيع كل منها أن تخدم عدة أحمال. في 12 من يوليو 72 تمت الموافقة على هذه العينات وقبل نهاية أكتوبر 72 كان قد تم عمل 50000 شدة ميدانية من هذه الأنواع الجديدة [2]

كذلك قمنا بتغيير زمزمية المياه التي يحملها جنود العبور. كانت الزمزمية المستخدمة في القوات المسلحة تسع ثلاثة أرباع اللتر من المياه فاستبدلناها بأخرى تسع 2.5 لتر حتى يكون مع جندي العبور ما يكفيه من المياه لمدة يوم كامل (هذه الكمية هي الحد الأدنى من المياه التي يحتاج إليها الفرد)، وقد أمكن إنتاج 50000 من هذه الزمزميات قبل نهاية عام 1971.

عربة الجر اليدوي:

وعلى الرغم من الأحمال الثقيلة التي كلفنا جنود المشاة بحملها، إلا أني لم أكن مطمئنا بالقدر الكافي على قدرة مشاتنا في الاستمرار في المعركة لمدة طويلة. لقد كانت الذخيرة التي يحملونها قليلة جدا ومن الممكن أن تستهلك في قتال عنيف خلال ساعة زمنية واحدة وعلاوة على ذلك فإنهم لا يحملون ألغاما أو كاشفات الغام، أو وسائل مواصلات كافية، أو علامات إرشاد الخ، وكان الحل الأمثل لكل هذه المشكلات هو إدخال عربة جر يدوية يمكن جرها بواسطة فرد بعد تحميلها بحوالي 150 كجم من الذخائر أو المعدات العسكرية. كيف صنعنا وادخلنا هذه العربة ضمن خطة عبور قناة السويس؟ إنها قصة طريفة سوف ارويها للتاريخ.

عندما عينت قائدا لمنطقة البحر الأحمر العسكرية في يناير 1970 كان أول عمل قمت به هو دراسة العمليات العسكرية السابقة التي قام بها العدو في هذه المنطقة على الطبيعة، وكان من ضمن هذه العمليات قيام العدو بقصف ميناء سفاجة بالمدفعية ليلا وذلك قبل أن أتولى قيادة المنطقة ببضعة أشهر. عندما ذهبت إلى سفاجة عاينت الحفر المتخلفة من قصف المدفعية فاتضح لي أنها لابد أن تكون نتيجة قصف هاون من عيار 120 ملليمتر، وبحساب مدى الهاون 120، وانسب الأماكن للهبوط بطائرة

الهليكوبتر سألت نفسي"لو أني مكان العدو لنزلت في هذا المكان أو ذاك المكان؟". انتقلت إلى المكانين اللذين تصورت أن يكون العدو قد عمل من أي منهما، فوجدت في أحدهما جميع الشواهد التي تؤكد صدق تخميني. لقد كانت بقايا ومخلفات القصف مازالت في مكانها وبجوارها عربة صغيرة ذات أربع عجلات، ولها ذراع طويلة للجر وكان واضحا أن طاقم الهاون الإسرائيلي قد نقل طلقات الهاون في هذه العربة إلى مربض النيران الذي كان يبعد حوالي 400 متر من مكان هبوط الطائرات لقد أعجبت كثيرا بهذه العربة وأخذتها عند عودتي إلى مركز قيادتي واستدعيت رئيس الشؤون الفنية بالمنطقة وعرضت عليه العربة وقلت له: "أريد أن تصنع لي 6 عربات مثل هذه العربة"، وبعد أن فحصها قال لي إنه يستطيع أن يصنع أفضل منها ولكن المشكلة الوحيدة هي العجلات، حيث إن القوات المسلحة لا تستخدم عجلات من هذا النوع الصغير، ولكنه أضاف أن أنسب العجلات التي يمكن استخدامها هي عجلات الدراجة النارية الإيطالية الصنع . VESPA قام رئيس الشؤون الفنية بشراء العجلات المطلوبة (24 عجلة) من سوق الكانتو في القاهرة[3] . لقد صممنا أن نصنع عربة جر أفضل من العربة الإسرائيلية، وهكذا قمنا بعدة درا سات وتجارب ميدانية على العينتين الأوليين حتى يمكننا أن نحدد انسب الأبعاد وأقصى الحمولة، وبعد عدة تجارب وجدنا أن أقصى حمولة يمكن جرها بواسطة فردين فوق ارض غير ممهدة ولمسافة 5 كيلومترات هي 150 كجم. كما قمنا بتعديل في طولها حتى يمكن تحميل صواريخ القاذف الصاروخي جراد ــ ب الذي كان تسليحنا في منطقة البحر الأحمر، وكانت عملية حملها بواسطة الأفراد تعتبر مشكلة صعبة، وفي نهاية الأمر أصبحت لدينا في منطقة البحر الأحمر 6 عربات جر تستطيع الواحدة منها أن تحمل 150 كجم من الأسلحة والعتاد ويمكن جرها بواسطة فردين لمسافة 5 كم عبر ارض غير ممهدة.

وبينما كنت أفكر في مشكلات عبور القناة وأنا (ر.١. ح.ق.م. م) تذكرت عربات الجر الست التي تركتها في البحر الأحمر، استدعيت اللواء جمال صدقي مدير إدارة المركبات في القوات المسلحة في 21 من يوليو 1971 وعرضت عليه واحدة من هذه العربات ، وقلت له: "أريد أن تصنع لي 1000 عربة مثل هذه العربة"، وبعد عدة أيام عاد لي ليخبرني انه لو اشترى جميع العجلات المتيسرة في السوق المحلية فإنه لن يستطيع أن يصنع اكثر من 100 عربة، أما إذا أعطيته مهلة 6 اشهر، فإنه سيكون قادرا على تصنيع جميع هذه العربات بعد أن يكون قد استورد العجلات المطلوبة من الخارج. ووافقت على مهلة الأشهر الستة، وفي اللواء جمال صدقي بوعده فكان لدينا خـلال يناير 72 ألف عربة من هذا النوع، طلبت منه تصنيع ألف عربة أخرى فكانت جـاهزة قبل أكتوبر 72، ثم طلبت ألفا ثالثا فكانت جاهزة في إبريل 1973 ، وعندما اقتحمت مشاتنا قناة السويس في أكتوبر 73 كانت تجر معها 2240 عربة من هذه العربات محملة بذخائر وألغام ومعدات عسكرية يبلغ وزنها 336 طنا. شكرا للعدو الإسرائيلي صاحب الفكرة، وشكرا لجميع رجال إدارة المركبات الذين قاموا بتصنيع هذه العربة. لقد سبق لنا أن علمنا أن الرجل العادي يستطيع أن يحمل 15 كجم زيادة على ما يحمله من

طعام ومياه ومهمات عسكرية وهذا يعني إننا كنا سوف نحتـاج إلى 22400 (اثنين وعشرين ألفا وأربعمائة) من الحمالين غير المسلحين حتى يستطيعوا حمل ما قامت بنقله هذه العربات.

تجهيز أفراد المشاة بمعدات خاصة:

لقد جهزنا جندي المشاة أيضا بالكثير من المعدات الحديثة، فبحلول يوليو 72 كان قد تم تجهيز جـميع وحداتنا من المشاة بأجهزة الرؤية الليلية، فمنها ما كان يعمل بنظرية الأشعة تحت الحمراء ومنها ما كان يعمل بنظرية تقوية وتكبير ضوء النجوم STAR LIGHTER ، وإلى جانب هذه الأجهزة الحديثة كانت هناك أجهزة ومعدات بدائية وغاية في البساطة، ومن بين ذلك النظارات السوداء المعتمة وسلالم الحبال. فأما النظارات السوداء فهي مصنوعة من زجاج سميك معتم من نوع الزجاج الذي يستخدمه عمال لحام الاوكسجين وذلك حتى يلبسه الأفراد عندما يستخدم العدو أشعة Zenon البالغة القوة في تعميتهم. لقد تعلمنا هذا الدرس خلال حرب الاستنزاف عندما كنا نبعث برجال الصاعقة لاصطياد دبابات العدو، وبعد عدة لقاءات ناجحة استخدم العدو الضوء المبهر المركب على دباباته في شل إبصار جنودنا، فكان ردنا على ذلك هو أن يلبس الجندي هذه النظارة ثم يوجه قذيفته إلى مصدر الضوء فيدمره. أما سلم الحبال فهو يشبه السلالم المستخدمة في الوحدات البحرية، أجنابه من الحبال ولكن درجاته من الخشب، يسهل طيه وحمله ثم فرده على السد الترابي وبذلك يستطيع جندي المشاة أن يتسلق الساتر الترابي دون أن تغوص قدماه في التراب، كما أنه بوضع سلمين متجاورين نستطيع أن نجر مدافعنا وعربات الجر التي ترافقنا فوق هذا الساتر دون أن تغوص عجلاتها في الرمال.

توقف المشاة انتظارا لوصول أسلحة الدعم:

والآن وبعد أن تم تجهيز جندي المشاة بأفضل الأسلحة والمعدات وبعد أن تم تحميله بأقصى ما يستطيع أن يحمل، فقد زادت قدراته القتالية زيادة كبيرة واصبح خصما قويا وعنيدا للدبابة والطائرات ولكن بقى سؤال أخير: هل يستطيع 32,000 ضابط وجندي من المشاة- يعبرون في 12 موجة على مدى ثلاث ساعات- أن يتحدوا قوة العدو التي تتكون من ثلاثة الوية مدرعة ولواء مشاة متحصنة بخط باريليف وأمامهم قناة السويس بعوائقها كلها وإذا جاز لنا أن نتصور انهم قادرون على ذلك، فهل في استطاعتهم بعد ذلك أن يصدوا الهجوم المضاد الكبير الذي حذر مدير المخابرات الحربية من أن العدو سوف يقوم به بعد 6-8 ساعات من بدء الهجوم؟ لقد كانت حساباتنا تدعو إلى الاطمئنان بأن مشاتنا إذا قاتلت بعناد فإنها تستطيع أن تهزم قوة العدو التكتيكية (لواء مشاة + 3 ألوية مدرعة) التي تدافع عن القناة أما إذا دفع العدو باحتياطه التعبوي الذي قدرته إدارة مخابراتنا بأربعة ألوية مدرعة و أربعة ألوية مشاة ميكانيكية بعد 6-8 ساعات من بدء الهجوم- فأن الموقف يصبح خطيرا جدا، لذلك كان لابد من اتخاذ إجراءات معينة لمقابلة هذا الموقف كان الإجراء الأول هو تقديم المعاونة بالنيران لقواتنا شرق القناة بجميع الأسلحة الثقيلة المتيسرة في غرب القناة أما الإجراء الثاني فكان يتلخص في فرض قيود

مشددة على سرعة تقدم المشاة وذلك لضمان وجودها دائما في مدى المعاونة بالنيران من الضفة الغربية ولتقصير خطوطها الدفاعية، وبذلك تزداد إمكاناتها في صد هجوم الدبابات وتطبيقا لذلك كان راس الكوبري لكل فرقة مشاة يصل تدريجيا إلى عمق 5 كم وقاعدة 8 كم بعد 4 ساعات من بدء الهجوم وعند الوصول إلى هذا الخط يجب على المشاة أن تتوقف إلى أن تصلها أسلحة الدعم التي تعبر على المعديات والكباري والتي ينتظر أن تبدأ في الوصول حوالي س+ 10 ساعة، وبعد وصول أسلحة الدعم وإعادة التنظيم تستأنف المشاة تقدمها بحيث يصبح راس كوبري الفرقة 8 كم في العمق و 16 كم في القاعدة بحلول س+18 ساعة، وإذا سارت الأمور طبقا للسيناريو الذي تصورناه فإنه يمكن القول بان معركة العبور تكون قد تأكدت بعد 18 ساعة من بدء الهجوم[(4)]

السيطرة على عملية العبور:

أن عبور مانع مائي شبيه بقناة السويس هو عملية بالغة التعقيد وتحتاج إلى إجراءات دقيقة وتفصيلية، وإذا لم تتم هذه الإجراءات طبقا لنظام دقيق وتحت سيطرة حاسمة من الانضباط فإن العملية بأكملها قد تتحول إلى فوضى عارمة. لقد قسمنا وحدات المشاة المكلفة بالعبور إلى مجموعتين: المجموعة الأولى هي مجموعة المترجلين الذين يقتحمون القناة في قوارب مطاطية ثم يعتمدون على أرجلهم في التحرك بعد وصولهم إلى الشاطئ الآخر، أما المجموعة الثانية فتشمل الوحدات والأطقم ذات الأسلحة الثقيلة التي تنتظر على الجانب الغربي إلى أن يتم فتح الممرات في السد الترابي وتشغيل المعديات والكباري. كان العبور على المعديات والكباري لا يتم بالوحدات المتكاملة بل كان يتم تبعا لأهمية كل مركبة ومدى حاجة المشاة إليها، ومن اجل ذلك تم تقسيم مركبات كل فرقة مشاة إلى 6 أسبقيات.

كانت الأسبقية الأولى تشمل الدبابات وعربات القتال وعربات اللاسلكي والهاونات الثقيلة وعددا محدودا من العربات التي تنقل الذخيرة، وتبلغ هذه المجموعة 200 دبابة و 750 مركبة. وكانت الأسبقية الثانية تشمل وحدات المدفعية ووحدات الدفاع الجوي وعددا إضافيا من العربات التي تحمل الذخيرة لكي يصل إجمالي الذخيرة التي مع المشاة المترجلة إلى وحدة نارية، وتبلغ هذه المجموعة 700 مركبة. أما الأسبقية الثالثة فكانت تشمل باقي العناصر الإدارية التابعة لكتائب المشاة وكتائب المدفعية المضادة للطائرات، وكان مجموع هذه الأسبقية 600 مركبة. وكانت الأسبقية الرابعة تتكون من الوحدات الإدارية التي على مستوى الأولوية وتصل في مجموعها إلى 400 مركبة. والأسبقية الخامسة تشمل الوحدات الإدارية التي على مستوى الفرقة وتصل في مجموعها إلى 250 مركبة. والأسبقية السادسة تشمل العربات المخصصة لركوب أفراد المشاة الذين عبروا في القوارب وتبلغ هذه المجموعة 80 مركبة، وقد كانت الأوامر صريحة بعدم السماح بعبور أية عربة من عربات هذه المجموعة قبل مرور 48 ساعة من بدء الهجوم.

كانت هذه الأسبقيات تعني أن كل كتيبة مشاة تقوم بتقسيم مركباتها إلى 4 مجموعات(1، 2، 3، 6) ، وان كل مجموعة من تلك المجموعات عليها أن تقابل المجموعات ذات الأسبقية الواحدة في مكان

ووقت محددين وبترتيب معين ثم تسير على طريق معين إلى معبر معين وفي وقت محدد وان تعبر بسرعة معينة وبعد أن يتم عبورها فإنها تسلك طريقا محددا وتصل إلى وحدتها الأم في مكان ووقت معينين. أما وحدات الدبابات والمدفعية فقد كانت أفضل حالا من وحدات المشاة حيث أنها تقسم إلى أسبقيتين فقط (1 و 3 بالنسبة للدبابات و 2 و 3 بالنسبة للمدفعية). إن عبور 32,000 رجل في القوارب، وعلى مدى 2 1 رحلة خلال ثلاث ساعات ثم تدعيمهم بعد ذلك بحوالي 1000 دبابة و 13500 مركبة خلال 6 ساعات من بدء تشغيل المعديات والكباري بينما المعركة تدور على أشدها- لهو عمل شاق يحتاج إلى الكثير من المهارة وإلى قدر كبير من الانضباط ومستوى عال من السيطرة. **ولتحقيق هذه السيطرة قمنا باتخاذ الإجراءات التالية:**

ترقيم القوارب المخصصة لنقل المشاة بأرقام متسلسلة من اليمين إلى اليسار داخل الفرقة من رقم 1 إلى رقم 144.

تحديد نقطة انطلاق كل قارب من ناحيتنا ونقطة وصوله إلى الجانب الآخر بعلامة إرشاد كبيرة يمكن رؤيتها وتمييز رقمها نهارا أو ليلا من الجانب الآخر، وذلك حتى يعرف كل قارب وجهته في الذهاب والعودة

تم تخطيط طرق طولية تسلكها الوحدات في طريقها إلى نقط العبور، وأعطي لكل طريق رقم ولون مميز .

تم تخطيط طرق عرضية تربط بين الطرق الطولية وأعطيت لها أسماء(أ.ب ج.. الخ)
قمنا بعمل رسم تخطيطي لمنطقة شرق القناة حتى عمق 6 كم، ورسمنا عليه خطوطا طولية تتقابل مع الخطوط الطولية التي في ناحيتنا، وتحمل الرقم واللون نفسيهما.
تم تمييز كل وحدة ووحدة فرعية بعلامة مميزة توضع على خوذة الجندي.
تقوم وحدات الشرطة العسكرية التي تعبر مع المشاة بحمل علامات التمييز والفوانيس التي تمكنها من تحديد الطرق شرق القناة طبقا للمخطط الذي سبقت الإشارة إليه (البند5 عاليه) وبالألوان المحددة نفسها.

قمنا بطبع علامات مميزة تحدد أسبقية العبور، ويتم لصق هذه العلامة على زجاج ا لعربات.
أعطي لكل مركبة رقم مسلسل (طباشيري) يحدد أسبقية عبورها داخل وحدتها
قمنا بصنع جداول تفصيلية تحدد الوقت الذي تخرج فيه عربات كل وحدة من منطقة التجمع والطريق الذي تسلكه والمعبر المحدد لها والتوقيت الذي تبدأ فيه بالعبور (جميع التوقيتات تم تقديرها على أساس ساعة الصفر مضافة إليها كذا.. دقيقة)
كان تلقين المعلومات يصل إلى مستوى الجندي وسائق المركبة، فقد كان كل فرد يعرف ما يخصه بالتفصيل ويترك الباقي لقائدة ، كان الجندي مثلا مطلوب منه أن يعرف رقم قاربه والأفراد الذين يركبون معه في القارب وترتيب الركوب وترتيب النزول ومن هو الجندي الذي يكون على يمينه ومن

هو الجندي الذي يكون على يساره أثناء ركوب القارب الخ. أما السائق فكان يجب عليه أن يعرف رقمه (الطباشيري)، والوقت الذي يجب عليه أن يخرج فيه من حفرة الوقاية، والطريق الذي يسلكه، وأسبقيته داخل رتل وحدته، وأسبقيته في العبور، ورقم المعبر الذي يعبر عليه، وسرعة العبور، ثم رقم ولون الطريق الذي يسلكه بعد عبوره والاسم والعلامة المميزة للوحدة الفرعية التي سوف ينضم إليهما إلخ.

تم تشكيل قيادة خاصة للسيطرة على عملية العبور.

قد يتساءل القارئ، ماذا يمكن أن يحدث لو تدخل العدو وانقلبت هذه التوقيتات رأسا على عقب؟ أليس من الممكن أن يتحول هذا العبور المنظم إلى فوضى عارمة ؟ وللإجابة عن ذلك أود أن أوضح أن جميع توقيتاتنا قد أدخلت في حسابها مثل هذا التدخل، وان التوقيتات التي ذكرنا تزيد كثيرا على التوقيتات التي أمكن تحقيقها في التدريب كما أن توقيتات العمليات حسبت على أساس حوالي ضعف التوقيتـات التي يمكننا تحقيقها في التدريب نهارا وحوالي 50% زيادة على التوقيتات التي يمكننا تحقيقها في التدريب ليلا، وبالتالي فإن توقيتاتنا المحسوبة تستطيع أن تستوعب مثل هذا التدخل ما لم يتطور مثل هذا التدخل في بعض ا لقطاعات إلى أعمال غير متوقعة.ومع ذلك فلكي نقابل مثل هذا الاحتمال أنشأنا قيادة خاصة لتنظيم عملية العبور وزودناها بكل ما تحتاجه من إمكانات وكان على قمة هذه القيادة في كل فرقة رئيس أركان الفرقة، كما كان رئيس أركان كل جيش هو المسئول الأول عن السيطرة على عملية العبور. كانت هذه القيادة تسيطر على 40 نقطة عبور للمشاة في كل 18 قاربا و3 معبر معدية في كل 2-3 معدية و5 1 كوبريا (10 ثقيل و 5 خفيف)، ولكي تستطيع الوحدات الفرعية الوصول إلى هذه النقط فإنه يحتم عليها أن تمر في سلسلة من نقط المراجعة التي تملك سلطة السماح لها بالمرور أو إيقافها وذلك طبقا لخطة العبور وسير العمليات وقد أعطيت هذه القيادة سلطة التعديل في خطة العبور طبقا للموقف، فلو فرضنا مثلا انه تم تدمير أحد الكباري تدميراً كبيراً وأنه لن يمكن إصلاحه إلا بعد بضع ساعات فإنه يمكن تحويل العبور إلى كوبري آخر بالأسبقية نفسها التي كانت لها على الكوبري المدمر، وحتى نضمن السيطرة الكاملة على عملية العبور فقد خصصنا لهذه المهمة 500 ضابط و1000 ضابط صف وجندي ومعهم 500 جهاز لاسلكي و 200 هاتف ميداني وما يزيد على 750 كيلومترا من أسلاك الهاتف الميدانية

هوامش الفصل السابع:

(1) قد ساعدني في تحرير هذه الكشوفات خبرتي السابقة كضابط مظلات فقد سبق لي أن جهزت هذه الكشوفات عن كل فرد في الكتيبة عندما كنت قائدا لكتيبة المظلات ثم قمت بعمل هذه الكشوفات عن

كل فرد في اللواء عندما كنت قائدا للقوات الخاصة لذلك عندما بدأت في عمل الكشوفات الخاصة بالفرقة كان الجزء الأكبر من هذا العمل قد سبق لي إنجازه

(2) قوات المشاة المترجلين المكلفين بالعبور طبقا للخطة كان عددهم 2000 ضابط و. 30000 رتبة أخرى، وبذلك أصبح لدينا من الشدات الميدانية ما يغطي مطالبنا، بالإضافة إلى احتياطي مخازن حوالي 50.%

(3) سوق تباع وتشترى فيها الأصناف القديمة

(4) سوف نرى أن هذا السيناريو هو ما حدث فعلا –عدا أن هجوم العدو المضاد التعبوي الذي حذر مدير المخابرات الحربية من وقوعه بعد ما بين 8-6 ساعات لم يحدث– وبحلول صباح يوم 7 من أكتوبر 73 كانت عملية العبور العظيم قد تمت بنجاح باهر.

الفصل الثامن

إدخال عقائد جديدة

التصرف تجاه القنابل الزمنية:

كانت العقيدة السائدة في القوات المسلحة عند التعامل مع القنابل التي لم تتفجر تتلخص في أن نقوم بإخلاء المنطقة من جميع الأفراد ثم نتعامل مع القنبلة بعد 24 ساعة سواء برفعها أو تفجيرها، كان ذلك يعني أن القنبلة التي لا تنفجر تعتبر اكثر وابعد تأثيراً من القنبلة التي تنفجر فعلا. أن العدو في ظل هذه العقيدة يستطع أن يسقط قنابل زمنية فوق الكباري وممرات الإقلاع في المطارات ضمن مجموعة أخرى من القنابل شديدة الانفجار، فإذا أصاب هذه الأهداف إصابات مباشرة فانه سوف يضمن أن إصلاح هذه الأهداف لن يبدأ إلا بعد مرور 24 ساعة، وإذا ما فشل في إصابة هذه الأهداف فإنه سوف يضمن أيضا تعطيل استخدام هذه الأهداف لمدة 24 ساعة على الأقل. وتصحيحا لهذا الوضع أصدرت تعليماتي بتعديل هذه العقيدة لتكون كما يلي:
القنابل التي لم تنفجر يتم التعامل معها بواسطة المهندسين فورا وفي أقصر وقت ممكن. وكنت أعلم أن هذه القنبلة قد تكون قنبلة زمنية وإنها قد تنفجر في أية لحظة طبقا للتوقيت الذي حدده العدو لها، ومع ذلك فان من واجبنا أن نقبل هذه المخاطرة.

إذا سقطت إحدى القنابل أثناء المعركة بجوار أحد الكباري ولم تنفجر فإن تدفق قواتنا عبر الكوبري يستمر، كما لو انه لم يحدث شيء. ومما لاشك فيه أن هناك احتمالا أن تنفجر مثل هذه القنبلة قبل أن ينجح المهندسون في تأمينها، ولكن حتى لو حدث ذلك فأن خسائرنا في الأفراد قد تتراوح ما بين 5-20 رجلا، فإذا تصورنا انه خلال ساعة زمنية واحدة يمكن أن تعبر حوالي 200 عربة قتال وقارنا

52

بين تعطل عبور هذه القوة المقاتلة – ومن احتمال – قد لا يحدث مطلقا – أن نخسر حياة عدد من الرجال اتضح لنا أن المخاطرة التـي ركبناها هي مخاطرة محسوبة. إنها الحرب وليست هناك حرب دون خسائر، وواجب القادة في النهاية هو الاختيار بين أخف الضررين .

إذا ما سقطت قنبلة زمنية على أحد ممرات الطائرات من مطاراتنا العسكرية فان الإقلاع والهبوط يستمران في المطارات مادام إن ذلك لا يعوقهما عمليا، بينما يقوم المهندسون بإبطال مفعول القنبلة.

العبور نهاراً:

من العقائد الأخرى التي قمنا بتغييرها في القوات المسلحة هو استمرار العبور على الكباري نهاراً. لقد كانت عقيدتنا حتى أوائل 1973 تقضى بالا يتم العبور إلا ليلا، وقبل بزوغ الفجر نكون قد قمنا بفك الكباري وإخفائها ، ويستمر الحال على ذلك طوال النهار . فإذا جاء وقت العشاء (آخر ضوء) نبدأ في تركيب الكباري مرة أخرى لكي تعمل ليلا وهكذا. كان الهدف الأساسي من هذا الإجراء هو تلافى القصف الجوى المعادي ولكنني عندما بدأت في إجراء الحسابات التفصيلية للعبور اتضح لي انه لن يمكننا – طبقا لهذا الأسلوب – إتمام العبور إلا على مدى ثلاث ليال، وهذا موقف خطير لا يمكن قبوله. لقد كان كل تفكيرنا قبل أن نتفق مع إخواننا السوريين هو أن نبدأ عملياتنا ليلا. إن ساعات الظلام بين العشاء والفجر هي تقريبا 8 ساعات فإذا انقصنا من هذه المدة 4 ساعات لتركيب وفك الكوبري فإن الوقت المتبقي للعبور يكون 4 ساعات فقط أما الليلة الأولى للهجوم فسوف تستنفد في فتح الممرات في السد الترابي الذي يحتاج إلى 5-7 ساعات بعد بدء الهجوم، وبالتالي لن يكون هناك وقت لتركيب الكباري، معنى ذلك أن نبدأ في تركيب الكباري خـلال الليلة الثانية ونستخدمها في احسن الظروف لمدة 4 ساعات ثم نستخدمها في الليلة الثالثة لمدة 4 ساعات أخرى، أي إن العبور يتم على مدى ثلاث ليال متتالية . إن عبورا بهذا الأسلوب لا يمكن أن نضمن له النجاح، واعتبارا من منتصف عام 1972 قررنا أن يستمر عبور قواتنا على الكباري نهارا إلى أن يتم عبور جميع القوات. هذا ويمكن الإقلال من تأثير القصف الجوى المعادى سلبيا عن طريق استخدام الدخان والكباري الهيكلية، وإيجابيا عن طريق تقوية الدفاع الجوى عن الكباري.

تخصيص كوبريين لكل فرقة:

إن تخصيص كوبريين لكل فرقة من فرق النسق الأول كان من أهم القرارات التي اتخذت خـلال فترة التخطيط والتحضير للعمليات. لقد كانت خطتنا حتى عام 1972 هي أن نخصص كوبريا واحد، لكل فرقة من فرق النسق الأول، ولكنى عندما كنت أقوم بتجهيز" التوجيه رقم 41" خلال الربع الأخير من عام 72 اتضح لي أن تخصيص كوبري واحد للفرقة لن يكون كافيا. لقد كانت المعلومات المتيسرة لدينا في هذا الوقت هي أن العدو سوف يقوم بضربته المضادة التعبوية بعد 12 ساعة من بدء الهجوم.

كنا نتوقع أن يوجه العدو ضرباته إلى ثلاثة رؤوس كباري من الخمسة التي قمنا بإنشائها بمعدل 2-3 ألوية مدرعة في كل اتجاه، لذلك قمنا بإجراء حساباتنا على أساس أن يكون لدى كل فرقة الأسلحة الكافية التي تمكنها من صد مثل هذا الهجوم، ولكن اتضح لنا أن كوبريا واحد لن يسمح بعبور جميع هذه الأسلحة في الوقت المناسب الذي يتيح لها الاشتراك في معركة صد الهجوم المضاد، لذلك كان لابد لنا من تخصيص كوبريين لكل فرقة وهنا يجب أن نتوقف قليلا، حيث إن جميع الكباري الثقيلة التي كانت متيسرة لدينا- بما في ذلك المتفق على استيرادها- هو 12 كوبريا ، ولاشك أن استخدام عشرة كباري في اليوم الأول من الحرب بينما كل ما نملكه هو 12 فقط كان يعتبر نوعا من المخاطرة ولكنها كانت مخاطرة محسوبة. لقد كنت مقتنعا بأنه كلما أسرعنا في العبور زادت فرصتنا في النجاح.

الفصل التاسع

البحث في جميع المجالات

قامت جميع هيئات وإدارات القوات المسلحة بالعديد من البحوث التي كانت تهدف إلى البحث عن حلول للمشكلات التي تتعلق بالمعركة الهجومية بصفة عامة وبمعركة العبور بصفة خاصة. كانت هذه البحوث تتعلق بالتنظيم، والتسليح، والمعدات الفنية والإدارية، وما يرتديه الجندي من ملابس ومهمات، وما يأكله أثناء المعركة الخ. كانت هذه البحوث تحاول أن تبتكر أسلحة ومعدات جديدة أو أن تقوم بتحسين وتطوير الأداء بالنسبة للأسلحة والمعدات المتيسرة وقد اشتركت معنا في عدد من هذه البحوث وزارة البحث العلمي وبعض الإدارات الحكومية الأخرى، وقد بلغ مجموع هذه البحوث ما بين يوليو 71 ويوليو 73 اكثر من مائة بحثا ولعل أكثرها طموحا هو البحث الخاص بـ" الرجل الطائر "، وقد نجحت بعض هذه البحوث بينما فشل بعضها الآخر في التوصل إلى حلول للمشكلات التي كانت تعالجها. وسوف اذكر هنا بعضا من تلك البحوث التي تمت خلال السنتين اللتين سبقتا حرب أكتوبر 73.

القاهر والظافر:

لقد قيل الكثير عن امتلاك مصر لصواريخ يطلق عليها اسم "القاهر" ويصل مداها إلى حوالي 200 كيلومتر أو اكثر، ويبدو أن السلطات المصرية كان يسعدها تشجيع هذه الأقوال وتغذيتها، وقد كان الصاروخ القاهر عنصر 2 دائما في جميع الاستعراضات العسكرية المصرية قبل حرب 1967، وبعد هزيمة يونيو 1967 اخذ المصريون يتهامسون "أين القاهر؟ هل استخدم في هذه الحرب أم لا ؟" ولم تكن هناك أية إجابة عن هذه التساؤلات إلا الصمت الرهيب من السلطات المختصة جميعها.

وعندمــا استلمت أعمال (ر. ا. ح. ق. م. م) لم يتطوع أحد ليخبرني بشيء عن "القاهر" أو "الظافر" ولكنى تذكرتهما فجأة وأخذت أتقصى أخبارهما إلى أن عرفت القصة بأكملها. لن أقص كيف بدأت الحكاية، وكيف أنفقت ملايين الجنيهات على هذا المشروع، وكيف توقف، وكيف ساهم الإعلام المصري في تزوير الحقائق وخداع شعب مصر. إني اترك ذلك كله للتاريخ ولكنى سأتكلم فقط عن الحالة التى وجدت فيها هذا السلاح وكيف حاولت أن استفيد- بقدر ما أستطيع- من المجهود والمال اللذين أنفقا فيه. لقد وجدت أن المشروع قد شطب نهائيا وتم توزيع الأفراد الذين كانوا يعملون فيه على وظائف الدولة المختلفة، أما القاهر، والظافر، فكانت هناك عدة صواريخ منهما ترقد راكدة في المخازن. لقد كانت عيوبهما كثيرة وفوائدهما قليلة ولكنى قررت أن استفيد منهما بقدر ما تسمح به خصائصهما، وقد حضرت بيانا عمليا لإطلاق "القاهر" يوم 3 من سبتمبر 1971. لقد كانت قذيفته تزن 2.5 طن وتحدث حفرة في الأرض المتوسطة الصلابة بقطر 27 مترا وعمق 12 مترا، وتبلغ كمية الأتربة المزاحة حوالي 2300 متر مكعب وكما يبدو فإن القوة التدميرية لهذا السلاح تعتبر رائعة ولكن كفاءة السلاح الميداني لا تقاس فقط بقوة التدمير، فقد كانت هناك عيوب جوهرية في هذا السلاح تجعله اقرب ما يكون إلى المقلاع أو المنجنيق اللذين كانا يستخدمان خلال القرون الوسطى. لقد كان كبير الحجم والوزن، إذا تحرك فإن مركبته تسير بسرعة 8- 10 كيلومترات في الساعة وعلى ارض ممهدة أو صلبة، وإذا أطلق فإنه يطلق بالتوجيه العام، حيث انه ليست لديه أية وسيلة لتحديد الاتجاه سوى توجيه القاذف في اتجاه الهدف قبل تحميل المقذوف على القاذف ، أقصى مدى يمكن أن يصل إليه هو ثمانية كيلومترات ولا يمكن التحكم في المسافة إلا في حدود ضيقة وعن طريق رفع زاوية الإطلاق أو خفضها. وفى أثناء التجربة أطلقنا 4 مقذوفات بالاتجاه نفسه والزاوية نفسها فكانت نسبة الخطأ تصل إلى 800 متر، وعلى الرغم من ذلك كله فقد قررت أن أستهلك هذه الصواريخ خلال حرب أكتوبر وشكلت وحدة خاصة لهذا السلاح، وأطلقنا عليه اسم "التين "، ولم يكن في استطاعتنا طبعا أن نستخدمه ضد أي هدف يقع شرق القناة مباشرة لأن عدم دقة السلاح قد يترتب عليها سقوط القذيفة على مواقعنا التي تقع غرب القناة ولا يفصلها عن مواقع العدو سوى 200 متر فقط ولم يكن في وسعنا أن نبعث به إلى الجبهة قبل بدء العمليات، حيث إنه لو حدث واكتشف العدو وجوده فقد يعتقد الإسرائيليون- بناء على ضخامة حجمه- أنه قادر على ضرب تل أبيب، لذلك أجلنا تحركــه حتى ليلة الهجوم، أي انه تحرك إلى الجبهة خلال ليلة 5/6 من أكتوبر 73.

لم تكن نتائج استخدامه طيبة، ولكننا- كما سبق أن قلت- حصلنا عليه من بين الأصناف الراكدة ولم نكن لنخسر شيئا نتيجة لاستخدامه، ولكنى فوجئت بان الرئيس السادات يعلن صباح يوم 23 من أكتوبر 73 إننا أطلقنا "القاهر" على العدو الذي يحتل منطقة الدفرسوار قبل وقف إطلاق النار مساء يوم 23 من أكتوبر ببضع دقائق، وإني أعلن وأقر أن هذا الادعاء باطل ولم يحدث مطلقا. ان كل ما حدث هو إطلاق ثلاث قذائف سوفيتية الصنع بواسطة من R17E [1]، وأنى لأتعجب! من الذين يريد السادات

55

خداعهم: أمريكا أم إسرائيل أم شعب مصر؟ ان من السذاجة انه يعتقد السادات انه يستطيع ان يخدع أمريكا او إسرائيل بمثل هذا القول. حيث أن إمكانات أمريكا الاستطلاعية بواسطة الأقمار الصناعية وطائرات الاستطلاع التي تطير خارج مدى صواريخنا، ووسائل الاستطلاع الإلكتروني، كل ذلك كفيل بأن يجعل مثل هذا الادعاء مثارا للضحك. إذن فالمقصود هو شعب مصر الذي لا يسمع ولا يقرا إلا ما يقوله حاكم مصر. لا أعرف كيف سيرد السادات على هذه الكذبة، وأن كنت لا أستبعد ان يرد عليها بان يرتكب كذبة أخرى.

أما صاروخ الظافر، فهو الأخ الأصغر للقاهر، لقد كان اصغر حجما واقصر مدى. وقد قامت الكلية الفنية العسكرية بتطويره بحيث يمكن إطلاق 4 قذائف دفعة واحدة. لقد كان اكثر دقة من القاهر ولكنه مع ذلك لا يمكن اعتباره بين الأسلحة الدقيقة. ولقد حضرت أيضا بيانا عمليا عن إطلاقه يوم 23 من سبتمبر 71، ثم حضرت عدة بيانات عملية أخرى لإطلاقه بعد ذلك وقررت استهلاك الموجود منه خلال حرب أكتوبر 73. وفعلا تم تشكيل وحدة خاصة به و أعيدت تسميته لتكون "الزيتون". وقمنا بدفعه إلى الجبهة خلال الليالي الثلاث الأخيرة قبل المعركة. لقد كانت نتائجه فى العمليات الحربية أفضل من أخيه القاهر، وكانت حرب أكتوبر هي الفرصة التي أمكن بها إسدال الستار نهائيا على "القاهر" و"الظافر" او – طبقا لاسميهما الجديدين– "التين والزيتون."

ألحوامات: hovercraft

وفى مجال البحث عن المعدات الحديثة التي يمكن الاستفادة منها فى عملية العبور فكرت فى ألحوامات hovercraft استقبلت مندوب الشركـــة الإنجليزية فى مكتبي يوم 21 من يوليو 72، ولكني بعد ان درست معه خصائص جميع الأنواع المتيسرة لديهم لم أجد ان أيا منها يمكن ان يقدم حلولا جذرية لما يجول بخاطري. كانت اكبر هذه ألحوامات ذات حمولة 17 طنا وسرعة 60 عقدة فى الساعة، و أخيرا قلت لمندوب "الشركة، هل تستطيع ان تصنع لي حوامة ذات حمولة 50 طنا، ولا يهمني السرعة العالية، فإن 30 عقدة تعتبر كافية حيث إنني أريد ان استخدمها لنقل الدبابات، بحيث تستطيع الواحدة منها ان تنقل دبابة واحدة فى كل مرة ؟ أجاب مندوب الشركة بأنه يعتقد ان هذه المشكلة يمكن حلها فنيا، وانه سيبحث الموضوع مع شركته ثم يخبرني بالنتيجة. وفي خلال سبتمبر من العام نفسه عاد إلي ليبلغني بان الشركة قد قامت بصنع التصميم اللازم للطلبات التي حددتها لهم، وانه فى استطاعة الشركة القيام بإنتاج ألحوامات المطلوبة. لم يكن ذلك فحسب، بل انه احضر معه نموذجا مصغرا لهذه الحوامة،   و لقد كان النموذج رائعا ويحقق كل ما كنت أفكر فيه. ولكن للأسف الشديد فإن ثمن خمس حوامات كنت أود الحصول عليها لم يكن متيسرا ولم أستطع الحصول عليه وهكذا وضع المشروع على الرف. لقد كان هدفي هو ان أستخدم هذه ألحوامات فى نقل عدد من الدبابات عبر بحيرة التمساح والبحيرات المرة لقد عبرنا تلك البحيرات خلال حرب اكتوبر بواسطة الدبابات والمركبات البرمائية، ولكن شتان ما بين الدبابة البرمائية ذات الدرع الحفيف والمدفع عيار 76 مم والدبابة ت 54 او ت

55 ذات المدفع ..1مم أو الدبابة ت 62 ذات المدفع 115 مم. لو إننا كنا نملك هذه ألحوا مات قبل حرب أكتوبر 73 لأمكننا ان نزيد من عدد دباباتنا التي ندفع بها فى مؤخرة العدو. وبالتالي كان من الممكن ان نحصل على نتائج افضل، أنى أقول هذه القصة لألفت النظر إلى ان هذه ألحوا مات سوف تلعب دورا مهما فى نقل الدبابات فى حروب المستقبل.

كوبري مروان

اتصل بي اللواء طلاس وزير الدفاع السوري خلال شهر مايو 73، وأخبرني ان أحد ضباط سلاح الهندسة فى الجيش السوري قد أخطره بأن لديه أفكارا جديدة فيما يتعلق بالكباري التي نقيمها على قناة السويس، وان هذه الكباري الجديدة يمكن ان توفر لنا الكثير من الوقت، وانه على استعداد لإرسال هذا الضابط إلى مصر ليكون تحت تصرفنا لأية فترة. رحبت بالفكرة حيث ان توفير ساعة زمنية واحدة كان يعني بالنسبة لنا عبور حوالي 1200 دبابة او 3000 مركبة (كانت حساباتنا على أساس ان طاقة كل كوبري فى الساعة هي عبور حوالي 120 دبابة او 200 مركبة. فإذا ضربنا هذا الرقم في 10 كباري ،فإن توفير ساعة زمنية واحدة تعني عبور 1200 دبابة او 2000 مركبة). استقبلت الرائد السوري المهندس مروان فى مكتبي يوم 30 من مايو 73، وحضر المقابلة كل من مدير إدارة المهندسين في القوات المسلحة والمدير العام لشركة التمساح التى كان عليها ان تقوم بصنع العينة الأولى من الكباري بعد الاستماع إلى الفكرة

كانت فكرة المهندس مروان تعتمد على أساس ان يتفادى فتح ممرات فى الساتر الترابي، وذلك بان يكون نصف الكوبري الذي من ناحية قواتنا عائما على الماء ثم يرتفع النصف الآخر، بحيث يستند طرفه البعيد على قمة الساتر الترابي، ونظرا لارتفاع الساتر الترابي ألى حوالي 20 مترا- كما سبق ان ذكرنا- فقد كان هذا يعني أن زاوية ميل الجزء المعلق من الكوبري ستكون كبيرة إذا بد أ الجزء المعلق في الارتفاع داخل السدس الأخير من القناة أما إذا بدأ الجزء المعلق في الارتفاع عن سطح المياه قبل ذلك فسوف تقل زاوية الارتفاع ولكن مقابل التضحية بقوة تحمل الكوبري وثباته. لم يتحمس مهندسونا للفكرة و أثاروا الكثير من نقاط التشكيك ولو انهم اعترفوا بأنه من الممكن تنفيذها هندسيا وأنا أيضا كنت أرى ان تطبيق الفكرة سوف يخلق لنا الكثير من المشكلات من وجهة نظر العمليات. إن عبور كوبري بهذا الميل سوف يحتاج إلى تدريب خاص ومستوى عال فى قيادة المركبات قد يكون من الصعب توافره بين جميع السائقين. ماذا يحدث لو ان إحدى الدبابات أو العربات الثقيلة تراجعت للخلف فصدمت ودمرت المركبة التى خلفها؟ ماذا يحدث لو أن الجزء المعلق من الكوبري دمر بواسطة العدو؟ ان إصلاح الكوبري العائم باستبدال جزء أخر يتم فى سهولة ويسر اما بالنسبة للكوبري المعلق فأن الوضع يختلف، كما ان فرصة العدو في إصابة الكوبري المعلق او المركبة التى تعبر عليه افضل بكثير من فرصة إصابة المركبة وهى تعبر على الكوبري العائم (انظر شكل رقم 4)

وعلى الرغم من هذه المشكلات كلها، فقد وافقت على ان نقوم بعمل عينة للكوبري، وبعد عمل العينة حضرت إجراء تجربتها ولكن النتائج لم تكن مشجعة. اقترح المهند س مروان ان نرسي طرف الكوبري على نقطة متوسطة من الساتر الترابي ثم نرسل بولد وزر الى الشاطئ الآخر يقوم بالعمل فى الساتر الترابي إلى ان ينفض ارتفاعه إلى مستوى معقول يستقر عليه طرف الكوبري ثم نبدأ فى العبور فوق الكوبري كان هذا التعديل الجديد يزيد العملية تعقيدا ومع ذلك تركت المهندس مروان فى تجاربه كنوع من استمرار الدراسة وكعمل من أعمال الخداع [2]. كانت آخر تجربة حضرتها عن كوبري مروان يوم 33 من سبتمبر 73، وبعد حضور هذه التجربة طلب منى الرائد مروان ان يعود إلى بلاده فوافقت بعد ان شكرته على المجهودات الضخمة التى بذلها خلال أربعة اشهر متتالية، وعلى الرغم من ان كوبري مروان لم يكتب له النجاح إلا ان القصة تدل على ان العقول المصرية والسورية لم تتوان عن التعاون معا لحل المشكلات التى تعترضها مهما كانت التحديات والتضحيات.

الاستشعار من بعد:

في خلال شهر مايو 73 وصلني خطاب من الدكتور عبدا لهادي-الأستاذ المصري فى جامعة أوكلاهوما في الولايات المتحدة-أبلغني فيه انه يريد أن يطلعني على نظام جديد يمكن بمقتضاه اكتشاف أية معادن أو مياه تحت سطح الأرض بموجب معدات خاصة يتم تركيبها فى الطائرات وانه يعتقد انه من الممكن ان نستفيد من تطبيق هذه النظرية فى النواحي العسكريـة، كما أخطرني بأنه قد سبق له ان أرسل عدة خطابات إلى العديد من المسئولين لعرض هذا الموضوع، ولكن لم يستجب إليه أحد. وفى خلال أيام كان الدكتور عبد الهادي يشرح لي في مكتبي النظرية الجديدة التى قال عنها إن شركات البترول تستخدمها الآن فى البحث عن حقول البترول، إن النظرية تعتمد أساسا على ان كل مادة لها درجة حرارة تختلف عن درجة حرارة المواد الأخرى التى تتواجد معها فى المحيط نفسه. ونتيجة لذلك، فإن المياه الجوفية أو النفط فى باطن الأرض تكون درجـة حرارته مختلفة عن درجـة حرارة الأرض التى تحيط به، كذلك فإن الدبابة أو العربة إن وضعت داخل جراج فإن درجة حرارتها تكون مختلفة عن درجـة حرارة حوائط وسقف الجراج. وتطبيقا لهذه النظرية فإنه إذا أمكن قياس درجات حرارة هذه الأجسام على شكل نبضات تلتقطها أجهزة الطائرات فإنه يمكن تسجيل هذه النبضات وتفسيرها على شكل صورة، وإذ ا كان الفرق فى درجات الحرارة بين الجسم الذي نرغب فى اكتشافه وبين الأجسـام التى تحيط به يزيد على 2،. من الدرجة المئوية. وقد أطلعني على إحدى المجلات العلمية، وكان بها مقالة عن الدول. التى تستخدم هذه النظرية وكانت إسرائيل من بين تلك الدول، لقد كان كلام الدكتور عبد الهادي واضحا ومنطقيا ولم يكن ينقصني إلا التجربة العملية لكي نتحقق مما يقول فوافق على ذلك. وفى أثناء مناقشاتنا علمت منه أن هناك أجهزة للالتقاط وهي أجهزة سهلة وبسيطة وهي معه حاليا فى مصر، أما أجهزة التفسير فهي أجهزة معقدة ثقيلة ولا توجد معه ولذلك يجب أن يرسل الأفلام الملتقطة إلى الجامعة فى أوكلاهوما لتفسيرها، وهنا كانت المشكلة. فقد كنا فى

مصر فى ذلك الوقت سواء على المستوى الشعبي أم على المستوى الرسمي- لا نفرق بين أمريكا وإسرائيل، فكل سر تعرفه أمريكا عنا نفترض- بطريقة آلية أنه قد انتقل إلى العدو. أبديت شكوكي وتخوفي من هذه النقطة فأراد أن يطمئنني بأن أنتخب مكان التصوير لأغراض التجربة بحيث يكون بعيدا عن أي هدف عسكري، وبعد ان اقتنع بالتجربة فإننا نعمل على تدبير أجهزة التفسير الخاصة بنا. والتالي يصبح لدينا جهاز مستقل للالتقاط والتفسير، فوافقت على ذلك.

بعد هذه المقابلة استدعيت بعض مساعدي لبحث الموضوع معهم، ولكنى فوجئت بمدير إدارة المخابرات الحربية يقول لي. لقد ذهلت عندما علمت بان سيادتكم قد قابلتم الدكتور عبد الهادي. إنه معروف لدينا بأنه عميل لوكالة المخابرات الأمريكية CIA (3). سألته عما إذا كانت لديه أية اتهامات محددة يمكن ان يوجهها إليه، فأفاد بالنفي، فقلت له: "لحسن الحظ فإن أخلاقي وطباعي تختلف عن طبيعة رجال الخدمة السرية، أنى أتعامل مع كل وطني على أنه رجل شريف إلى أن يثبت العكس، أما أنتم فإنكم تشككون فى كل فرد إلى‌أن يثبت العكس. أنا لا اعتقد ان الدكتور عبد الهادي هو جـاسوس لمجــرد انه امريكي الميول والاتجاهات". وفى النهاية اتفقنا على أن نسير فى إجراء التجــربة مع اتخاذ الإجراءات التى تضمن عدم تسرب المعلومات.

في يوم 16 من يونيو 73 استقبلت الدكتور عبد الهادي مرة أخرى بحضور اللواءين إبراهيم عبد الفتاح ومصطفى كمال، حيث تم الاتفاق معه على الإجراءات الخاصة بالتجربة، وخصصنا إحدى الطائرات وحددنا القطاع الذي يتم تصويره ليلا، وتمت التجــربة وجاءت نتائج تفسير الفيلم رائعة وتدل على سلامة النظرية فى التطبيق العملي. كان الوقت يقترب بسرعة من موعد حرب اكتوبر ولم استطع تمصير جهاز الاستشعار من بعد قبل الحرب، ولكنني نجحت فى وضع النواة التى آمل ان تنمو وتكبر على مر الأيام (4)

العلاقة بين التكاليف وقدرة الأداء: cost effectiveness

فى ذات يوم من عام 1973 استدعيت رئيس هيئة الشئون المالية فى القوات المسلحة وسألته عن تكلفة إنشاء وإدامة كل وحدة من وحدات القوات المسلحة، ولكنه أخبرني بأنه لا توجد لديه إجابة حاضرة وسريعة عن هذا السؤال، فإن تحضيره يحتاج إلى مجهود ووقت طويلين، لماذا ؟ لأن ميزانية القوات المسلحة يتم تحضيرها على أسـاس الصنف وليس على أساس الوحدة المتكاملة، أي أن هناك ميزانية للتسليح وميزانية للمركبات وميزانية للمباني والمعسكرات وميزانية للملابس وهكذا. وحيث إن كل وحدة هي فى الواقع خليط من كل هذا، فإنه للإجابة عن سؤالي يجب ان يأخذ كل وحدة ويقوم بتحليلها إلى تلك العناصر ثم يقوم بإجراء حسـاب التكاليف لكل عنصر من هذه العناصر داخل الوحدة الواحـدة ثم يقوم بتجميع حساب على الرقم الإجمالي لحساب تكلفة هذه العناصر لكي يحصل الوحدة قلت له: كيف يمكنني أن أفضل بين لواء صواريخ مضادة للطائرات وبين سرب من المقاتلات إذا لم أكن على علم بمعرفة تكلفة إنشاء و إدامة كل منهما حتى تكون الأفضلية على أساس ثمن التأثير cost"

أجـاب بأنه يقدر أهمية هذا الموضوع وأنه سوف يقوم بتشكيل مجموعة عمل "effectiveness".
لتنفيذ هذه المهمة، ولكنه حذر مقدما من أن ذلك سوف يحتاج إلى وقت طويل وانه لا يستطيع ان
يضمن الدقة التامة لهذه التقديرات .

وكخطوة مبدئية طلبت معرفة نسب توزيع الميزانية العسكرية على أوجه الأنفاق الرئيسية، فاتضح لي
ان ميزانية القوات المسلحة عن عام 73 كانت موزعة طبقا لما يلي:

رواتب وأجور و إيواء	68%
تسليح	13%
صيانة أسلحة ومعدات	9%
تحصينات	6%
أصناف أخرى متنوعة	4%
أجمالي	100%

فى البلاد المتطورة – حيث لا تكون هناك أية قيود على شراء السلاح– يبدأ تسليح القوات المسلحة
بالقرار الذي تتخذه الدولة من حيث تحديد المبالغ المخصصـــة لشئون الدفاع، وعلى أثر ذلك يشرع
المختصون بشئون الدفاع فى بحث افضل الطرق لاستخدام هذه الاعتمادات الماليـــة– ومع أن القرار
الأصل هو قرار سياسي فى المقام الأول والقرار الثاني هو قرار عسكري فى المقام الأول، فإن
صانعي القرار فى كلتا الحالتين يتأثرون بالحوار الذي يجرى بين الطرفين قبل اتخاذ هذه القرارات.
هذا ما يحدث فى البلاد المتطورة اما فى البلاد التى مازالت فى مرحلة التطوير –او بكلمة اعم فى دول
العالم الثالث– فإن الموقف ليس بهذه السهولة. ان سوق السلاح تسيطر عليها الكتلتان الكبريان: الكتلة
الشرقية والكتلة الغربية، إن قرار أي من أمريكا او الاتحاد السوفيتي إمداد إحدى دول العالم الثالث
بالسلاح يخضع لعوامل كثيرة اهمها الحفاظ على توازن القوى بين مصالح الدولتين العظميين فى
المنطقة، والتقدم الفني والتكنولوجي ومدى القدرة على استيعاب الأسلحة المتقدمة، ومقدرة الدولة على
دفع ثمن السلاح، ومدى التزام الدولة التى تشترى السلاح بالخط السياسي الذي لا يتعارض مع مصالح
الدولة المصدرة له. وهكذا فإن صانعي القرار فى دول العالم الثالث ليست لديهم الكلمة الأخيرة فى
تحديد واختيار السلاح الذي يريدونه.

وإذا قارنا أوجه الإنفاق فى ميزانيتنا العسكريـــة عام 73 بمثيلاتها فى الدول الغربية فإننا نجد تباينا
واضحا. فعلى الرغم من انخفاض الرواتب والأجور التى يحصل عليها الجندي والضابط المصريين،
وعلى الرغم من مستوى المعيشة المتواضع جدا الذي توفره القوات المسلحة لرجالها فإن تكلفة الرجال
وحدهم تشكل 68% من اعتمادات الدفاع مقابل 50% في كل من الولايات المتحدة وبريطانيا [5]. إن
اول ما يتبادر إلى الذهن نتيجة لهذه الأرقام هو أننا نستخدم عددا اكثر من الأفراد لتشغيل معداتنا

60

الحديثة، وأننا مازلنا نعتمد على الجندي المسلح بالبندقية أكثر من اعتمادنا على الأسلحة المتقدمة والإلكترونية، ولاشك أن هناك نصيبا كبيرا من الحقيقة فى هذا القول، ولكن هناك أيضا عوامل أخرى كثيرة لا مجال لبحثها الآن.

فى مساء يوم 26 من أغسطس 73 كنت مدعوا على العشاء فى فندق ميناهاوس من قبل السيد حسين الشافعي، الذي كان يقوم بأعمال رئيس الجمهورية بالنيابة– نظرا لوجود الرئيس السادات خارج القطر – وكان يقيم مأدبة عشاء على شرف الرئيس معمر القذافى الذي كـان قد حضر فجأة إلى القاهرة فى اليوم السـابق. كان يجلس بجواري الدكتور حجازي نائب رئيس الوزراء ووزير الاقتصاد (6). تحدثت مع الدكتور حجازي بخصوص مناقشتي مع رئيس هيئة الشئون المالية بالقوات المسلحة بغرض تحـديد تكلفة إنشاء وإدامة كل وحـدة من وحدات القوات المسلحة، وسـألته عما إن كـان يستطيع مساعدتنا فى هذا الموضوع. فما إن سمع الدكتور حجازي كلامي عن هذا الموضوع حتـى قفز فرحا وقال سوف أقدم مساعدتي فى هذا الموضوع، ليس بصفتي وزيرا للاقتصاد والماليـة ولكن بصفتي الدكتور حجازي الذي حصل على شهادة الدكتوراه فى الموضوع نفسه الذي تحدثني عنه وتطلب مساعدتي فيه. لقد حاولت أنا نفسي ان أفعل ما تريده أنت الآن فيما يتعلق بالميزانية المدنية ولكنى لم انجح. إن تنفيذ هذا الموضوع يحتاج إلى انضباط شد يد وأنا لم أستطع أن أفرض هذا الانضباط على الجهات المدنيـة، اما فى القوات المسلحة فإن فرصتنا فى النجاح ستكون افضل بكثير. إن الانضباط موجود وعلاوة على ذلك فإن رئيس أركان حرب القوات المسلحة يؤيد هذا المشـروع ويسانده، لقد نجح ماكنمارا فى تعديل ميزانية الدفاع فى القوات المسلحة الأمريكية بالأسلوب الذي تطلبه أنت الآن، وإني أعتقد أن بإمكاننا أن نحقق فى مصر ما استطاع ماكنمارا ان يحققه فى أمريكا."

كان الدكتور حجازى شديد التحمس لهذا الموضوع واتفقنا على أن نتقابل بعد عودته من رحلة إلى الخـارج كان يزمع القيام بها، وذلك لمناقشة التفاصيل والاتفاق على الخطوط العريضة التى سوف تتبع لدراسة هذا الموضوع. لقد كانت تلك المأدبة بعـد يومين فقط من إنهاء المؤتمر المشترك بين القيادتين العسكريتين المصرية والسورية. والتي تم الاتفاق فيها على تحديد يوم الهجوم، وكنا فقط في انتظار تصديق الرئيسين السادات وحافظ الأسد. كانت عجلة الحرب قد بدأت في الدوران وكان واضحا انه لن يتسع الوقت لإجراء هذه الدراسات وعدت الدكتور حجازي بأني سأتصل به مرة ثانية بعد عود ته من الخـارج ولكنى لم أفعل ذلك فقد كنت مشغولا بوضع اللمسـات الأخيرة للمعركة الهجومية التي بدأت في 6 من أكتوبر.

(1) يطلق عليه الغرب اسم."SCUD"

(2) كان ميعاد الحرب قد تحدد في أواخر أغسطس وكان واضحا انه حتى بفرض نجاح الفكرة فإن عامل الوقت لن يسمح باستخدامها لعدم توافر الوقت اللازم لإنتاج الكباري المطلوبة وتدريب السائقين.

(3) ليتني اعرف رأى مدير إدارة المخابرات السابق، الآن وبعد مرور اكثر من ثمان سنوات على هذا اللقاء.

(4) قامت مصر بعد حرب أكتوبر 73، وبمساعدة الدكتور عبد الهادي نفسه بإنشاء المركز الخاص بالاستشعار من بعد.

(5) في أوائل الستينيات كانت هذه النسبة 40% في بريطانيا، و 30% في الولايات المتحدة.

(6) عين رئيسا للوزراء في عام 1974.

الفصل العاشر

تطور الدفاع الجوي في مصر

انهيار الدفاع الجوى عام 1969:

لقد بدأنا في بناء القوات المسلحة المصرية بعد هزيمة يونيو 1967 بجد وحماس شديدين، وبحلول سبتمبر 68 كانت قواتنا البرية قد وصلت إلى مستوى يسمح لها بتعدي الوجود الإسرائيلي شرق القناة، وهكذا بدأ ت حرب الاستنزاف. لقد كان الهدف العسكري من هذه الحرب هو رفع معنويات جنودنا التي اهتزت نتيجة هزيمة 67 النكراء وفى الوقت نفسه إرهاق العدو وتكبيده اكبر ما يمكن من الخسائر في الأرواح، وقد كان أسلوبنا في ذلك هو قصف مواقع العدو شرق القناة بالمدفعية وإرسال الدوريات عبر الشاطئ الآخر للقيام بأعمال الكمائن والإغارة ليلا، والتي كان يقع عبئها الأكبر على عاتق رجال الصاعقة وكانت القيادة العامة للقوات المسلحة قد قررت إيقاف هذه العمليات بعد أن قامت إسرائيل بدفع جماعات التخريب المنقولة جوا إلى أعماق مصر وقامت بنسف بعض الأهداف الحيوية ومنها محطة كهرباء نجع حماد، وبعد توقف دام حوالي أربعة أشهر إستؤنفت حرب الاستنزاف مرة أخرى في مارس 69 ورد العدو على ذلك بتصعيد عمليات إغارته على أهدافنا في العمق.

وفى خلال يوليو 69 دفع العدو بقواته الجوية في معارك الاستنزاف وقام بتدمير دفاعنا الجوى في القطاع الشمالي من القناة وبذلك فتح ثغرة واسعة في وسط الدفاع الجوى ما بين بور سعيد شمالا والإسماعيلية جنوبا، وأصبح في استطاعته أن يعبر بطيرانه من خلال هذه الثغرة إلى قلب الدلتا. وفى صباح 9 من سبتمبر عبرت قوة إسرائيلية خليج السويس وأنزلت 9 دبابات، وعددا من عربات القتال الأخرى في منطقة الزعفرانة، حيث قامت هذه القوة- تحت حماية الطائرات الإسرائيلية- بمهاجمة

وتدمير بعض أهدافنا الأرضية الموجودة في المنطقة ثم انسحبت دون أي تدخل من قواتنا الجوية أو البحرية، حيث أن طيران العدو كان يسيطر على سماء المنطقة طول فترة الإغارات لقد كانت هذه الإغارة دليلا ساطعا على مدى ما يستطيع أن يفعله العدو في ظل سيطرة جوية كاملة. لقد اختار العدو منطقة ا لزعفرانة لهذه العملية بعناية فائقة. فقد كانت هذه المنطقة من وجهة نظر القيادة العامة للقوات المسلحة ذات أهمية ثانوية وبالتالي فإن القوات التي خصصت لها كانت قليلة ومنتشرة وضعيفة التسليح فقد كان واجبهم الأساسي هو المراقبة والعمل ضد جماعات التخريب الصغيرة التي تتسلل إلى المنطقة ولكن ليس لقتال قوة مدرعة. لقد كانت لديهم بعض الأسلحة المضادة للدبابات التي يصل أقصى مداها إلى 600 متر، بينما كانت دبابات العدو تستطيع أن تدمر هذه الأسلحة وهي على مسافة 2000 متر دون أن يكون في ذلك أية مغامرة.

وقد بلغت مشكلة الدفاع الجوي في مصر أقصاها عندما كثف العدو غاراته في العمق، فدمر دفاعنا الجوي ثم بدا يوجه غاراته على الأهداف المدنية من مصانع وكباري ومدارس الخ. ولكي يستعرض العدو إمكاناته وسيطرتة الجوية قام بعملية فريدة في نوعها غريبة في طبيعتها. إذ قام بعملية إغارة على محطة رادار في منطقة البحر الأحمر ثم قام بفك الجهاز وتحميله في إحدى طائرات الهليكبتر وعاد به من حيث أتى، وبنهاية عام 1969 كان دفاعنا الجوي قد انهار تماما و أصبحت سماء مصر مفتوحة أمام الطائرات الإسرائيلية تمرح فيها مثلما تشاء وحيث تشاء.

عناصر الدفاع الجوى:

إن أي نظام للدفاع الجوى المتكامل يجب أن يشتمل على أربعة عناصر رئيسية، ودونها فإن هذا النظام يعتبر نظاما هيكليا يسهل اختراقه وتدميره جزءاً جزءاً إلى أن يتم الإجهاز عليه نهائيا بواسطة الخصم. واصل هذه العناصر هو اكتشاف ومتابعة الطائرات المعادية على مسافة بعيدة تسمح لوسائل الدفاع الجوى الإيجابي والسلبي بان تتخذ الإجراءات المناسبة لمقابلة الطائرات المغيرة والعنصر الثاني هو توافر طائرة مقاتلة تكون في مستوى افضل من الطائرات المغيرة أو على اقل تقدير في مستواها حتى يمكنها أن تعترض الطائرات المغيرة وتشتبك معها وتطاردها إلى خارج الحدود. أما العنصر الثالث فهو شبكة متكاملة من الصواريخ المضادة للطائرات التي تقوم بالدفاع الثابت عن الأهداف الحيوية مثل المطارات والسدود والكباري والمناطق الصناعية والمناطق المأهولة بالسكان الخ، ويجب أن تكون شبكة الصواريخ هذه في تطور مستمر يتمشى مع تطور طائرات العدو وقذائفه جو ارض ASM إن أية شبكة دفاع جوي حديثة يمكن أن تصبح عديمة القيمة بمجرد حصول العدو على نوع متطور من القذائف جو ارض، وعلى سبيل المثال فإن شبكة الدفاع الجوى المصري التي كانت تعتبر من أكفأ شبكات الدفاع الجوى في العالم في أكتوبر 71، والتي كان في استطاعتها ان تصيب أهدافها وهى على مسافة حوالي 20000 متر قد أصبحت الآن عديمة القيمة تماما بعد ان امتلكت إسرائيل القذائف جو ارض الأمريكية condor وبعد ان طورت القذيفة الإسرائيلية Gabriel لكي تطلق من الجو وبعد ان

قررت إسرائيل تصنيع القذيفة LOZ محليا في إسرائيل على ان تكون فى خدمة جيشها فى أوائل الثمانينيات وتعتبر هذه القذيفة الأخيرة افضل من القذيفتين السابقتين حيث ان مداها يصل إلى 80كم.

ان طائرات إسرائيل تستطيع ان تدمر شبكة الصواريخ المصرية بالقذائف Gabriel من مسافة 40 كم او بواسطة القذائف LOZ من مسافة 80كم دون أن تعطى الفرصة لشبكة الصواريخ المصرية ان تطلق قذيفة واحدة أما العنصر الرابع من عناصر الدفاع الجوى فهو الأجهزة الإلكترونية، ان اكتشاف طائرات العدو المغيرة يعتمد عليها كما ان القذائف جو جو AAM والقذائف جو ارض ASM التي تطلقها الطائرات على أهدافها تعتمد على الأجهزة الإلكترونية، وكذلك القذائف التي تطلق من الأرض إلى الجو SAM على الطائرات المغيرة تعتمد أيضا على الأجهزة الإلكترونية، فضلا عن ان التقدم العلمي ليس له حدود يتوقف عندها. ان أي جهاز إلكتروني يمكن إبطال مفعوله بإجراء إلكتروني مضاد، وهذا الإجراء الإلكتروني المضاد يمكن إبطاله مرة أخرى بإجراء مضاد للمضاد، وهذا الإجراء المضاد للمضاد يمكن إبطاله مرة أخرى بإجراء مضاد للمضاد المضاد وهكذا دواليك. لذلك فان نجاح واستمرار أي دفاع جوى يتوقف على ارتباطه الوثيق بالتقدم الإلكتروني والتطوير المستمر فى الأجهزة الإلكترونية المستخدمة.

ان الدفاع الجوى هو عملية باهظة التكاليف، ولكنه لا يقبل أنصاف الحلول فإما ان يكون هناك دفاع جوى متكامل ودائم التطور بحيث يستطيع ان يتمشى مع تطور القوات الجوية المعادية، و إما ان توفر الدولة أموالها ومجهودها وتبنى سياستها على أساس انه ليس لديها دفاع جوي. انه من الغباء والإسفاف ان تنفق مئات الملايين على دفاع جوى يستطيع العدو ان يدمره دون ان يخسر طائرة واحدة ودون ان تكون هناك أي فرصة لرجال الدفاع الجوى ان يطلقوا مقذوفا واحدا.

السوفيت يشاركون فى الدفاع الجوي:

في نهاية ديسمبر 1969 استطاع الرئيس جمال عبد الناصر بواقعيته وحسه المرهف ان يلم بهذه الحقائق. لقد أدرك جمال عبد الناصر ان دفاعنا الجوى يخوض معركة غير متكافئة ضد عدو يتفوق تفوقا ساحقا فى إمكاناته. كان جمال عبد الناصر يعرف ان رجال الدفاع الجوى فى مصر لم يكن تنقصهم الشجاعة او الرغبة فى الفداء، بل كان ينقصهم السلاح الذي يستطيعون به ان يواجهوا هذه الهجمات الضارية. لذلك سافر عبد الناصر إلى موسكو فى يناير 70 لكي يطلب من الروس ان يشاركوا بقواتهم فى الدفاع الجوي عن مصر، وقد استجاب الاتحاد السوفيتي لطلب عبد الناصر وبدأت الإمدادات الروسية تصل إلى مصر خلال فبراير ومارس فى سرية تامة، وبحلول شهر أبريل كانت الوحدات السوفيتية قد أصبحت جاهزة للقيام بمهامها القتالية. كانت هذه الوحدات تشمل جميع العناصر الرئيسية الأربعة فى الدفاع الجوي، وكانت معها معدات حديثة لم يسبق لمصر ان حصلت عليها [1]. كان معها الرادارات والطائرات والصواريخ المضادة للطائرات SAM ومن بينها SAM-6 والوحدات الإلكترونيـة. وفى يوم 18 من أبريل 70 عرف العالم بوجود قوات سوفيتية فى مصر،

وذلك بعد ان قام بعض الطيارين السوفيت بمطاردة بعض الطائرات الإسرائيلية المغيرة حتى خارج الحدود، وقد كانت جميع محادثاتهم اللاسلكية أثناء هذه العملية تتم باللغة الروسية، وبعد هذا التاريخ أوقفت إسرائيل غاراتها فى العمق وبذلك أعطت الفرصة لعناصر الدفاع الجوي المصري التي كانت قد أنهكت تماما لكي تعيد بناء نفسها من جديد. لقد قام العدو ما بين يناير وأبريل 1970 بالعديد من الغارات بلغت فى مجموعها 3300 ساعة، واسقط خـــلالها 8800 طن من المتفجرات، وفى أواخر يوليو 70 تحركت كتائب الصواريخ المصرية SAM بوثبات من العمق وفى اتجاه الجبهة، وفى خـــلال الأسبوع الأول من شهر يوليو 70 تمكنا من إسقاط 10 طائرات معادية سقطت سبع منها فوق أرضنا، فأطلق على هذا الأسبوع لقب "أسبوع تســاقط الطائرات"، وقد اصبح عيدا سنويا لوحدات الدفاع الجوى المصري. ان يوم 30 من يوليو 70 الذي تم فيه إسقاط أول طائرتين من طراز F4 بواسطة صواريخنا SAM يعتبر يوما مشهودا في حياتنا، انه يعلن بعث الحياة من جديد فى دفاعنا الجوى ويمثل فتحا جديدا لعصر الصراع بين القذيفة SAM وبين الطائرة ،لقد كان الصراع بين الطائرة والقذيفة صراعا مريرا خلال حرب أكتوبر دون ان يستطيع أي منهما ان يدعي بان له التفوق على الآخر، ففي بعض الأحيان انتصرت الطائرة ودمرت او أبطلت بعض قواعد الصواريخ، وفى أحيان أخرى انتصرت قواعد الصواريخ ودمرت الطائرات المغيرة وقد كانت الأجهزة الإلكترونية التي يستخدمها كل من الطرفين هي العامل الحاسم فى تحديد نتائج المعركة، وسوف يستمر الصراع فى الحروب القادمة بين الطائرة والقذيفة. ولن يستطيع أي منهما أن يلغي وجود الطرف الآخر. وليست هناك إجابة مطلقة تحدد من سينتصر ومن سينهزم – سينتصر من يملك الأفضل نوعا.. ستنتصر الطائرة إذا سلحت بقذائف جو ارض ASM أبعد مدى من قذائفSAM و كانت تملك أجهزة إلكترونية تستطيع بها ان تبطل عمل الأجهزة الإلكترونية المعادية عموما والتي تساعد فى توجيه القذائف SAM بصفة خاصة. وستنتصر القذائف SAM على الطائرات المعادية إذا كانت هذه الطائرات غير مسلحة بقذائف جو ارض ASM ذات مدى يزيد على مدى القذائف ارض جو وإذا كان لدى الدفاع الجوى أجهزة إلكترونية تستطيع ان تبطل مفعول الأجهزة الإلكترونية المعادية سواء الإيجابي منها ام السلبي.

تطور قواتنا الجوية بعد هزيمة يوليو 67:

كانت خسائرنا في الطيارين خلال حرب يونيو 67 قليلة، حيث إننا خسرنا قواتنا الجوية فى هذه الحرب بينما كانت ما تزال رابضة على ارض المطارات مما وضعنا فى موقف يسمح لنا بإعادة بناء قواتنا الجوية فى وقت أسرع مما لو كنا قد فقدنا الكثير من طيا رينا. ومع ذلك فلم يكن من السهل إعادة بناء قواتنا الجوية بشكل يسمح لها باللحاق بمستوى قوات العدو او تضييق الفجوة بين القوات الجوية الإسرائيلية والقوات الجوية المصرية، كانت القوات الجوية الإسرائيلية تسبقنا بعشر سنوات على الأقل. كان طيارونا اقل عددا واقل خبرة حيث ان خلق الطيار الكف عمل اكثر صعوبة من شراء الطائرات لأنه يحتاج إلى 5 سنوات على الأقل، ثم يحتاج بعد ذلك إلى 5 سنوات أخرى لكي يصل إلى

قمة كفاءته. فى خلال عام 1971 كان عدد الطائرات ميج 21 التى لدينا يزيد على عدد الطيارين، وذلك علاوة على قيام الروس بتشغيل 80 طائرة ميج 21 مصرية بطيارين سوفييت.

لقد بدأت عملية إعادة بناء القوات الجوية فى الأسابيع الأولى بعد هزيمة 67 تحت ظروف بالغة الصعوبة، فقد كان على الطيارين القدامى ان يكونوا على استعداد دائم للإقلاع بطائراتهم كواجب من واجبات الدفاع الجوي، وكان عليهم فى الوقت نفسه ان يقوموا ببعض الرحلات التدريبية لتدريب أنفسهم أو لتدريب الطيارين الجدد ونتيجة لإرهاقهم زادت نسبة الحوادث بينهم أثناء التدريب زيادة كبيرة مما اضطر القيادة العامة إلى التخفيف من الواجبات الملقاة على عاتقهم سواء بالنسبة لواجب العمليات أم بالنسبة لساعات التدريب وبينما كانت قواتنا الجوية تمر بهذه الظروف الصعبة كانت القوات الجوية المعادية تتطور تحت ظروف مواتية بل مثالية. لقد كانوا فى وضع يسمح لهم بالاطمئنان وعدم الخوف من أية هجمة جوية معاديه، وبالتالى فلم تكن هناك ضغوط على طيار يهم للقيام بأعمال المناوبة المستمرة فى الدفاع الجوى وكانت لديهم الخبرة والفن، وكانوا يأخذون الوقت الكافي فى التدريب وتدريب طيارين جدد، وبالإضافة إلى ذلك كله كانت لديهم الطائرة الفضلى والأسلحة والأجهزة الإلكترونية الفضلى. تحت كل هذه التحديات بدأت القيادة العامة للقوات المسلحة فى إعادة بناء القوات الجوية منذ الأسابيع الأولى لهزيمة يونيو67. كان البناء يتم فى جميع الاتجاهات استعدادا للمعركة التالية: كان تدريب الطيارين يجرى على قدم وساق، كانت القواعد الجوية يجرى بناؤها فى أماكن متفرقة من القطر، كانت الملاجئ الخرسانية تبنّى فى القواعد لحماية الطائرات والطيارين من أي هجوم جوي مفاجئ، كانت عملية الدفاع الجوى والأرضي عن المطارات فى تطور مستمر، كانت المجهودات تبذل فى كل اتجاه بإعادة بناء قواتنا الجوية.

المهندسون وتامين الدفاع الجوي:

إن تطوير وبناء الدفاع الجوى فى مصر قد ألقى بمشكلات ومسئوليات جديدة على عاتق المهندسين، فقد قاموا ما بين عامى 68 و 73 بأعمال ضخمة لصالح الدفاع الجوى إذ بنوا للقوات الجوية حوالى 500 ملجأ من ملاجئ الطائرات فى حوالى 20 قاعدة جوية عسكرية وذلك علاوة على ملاجئ الطيارين وغرف العمليات والمستشفيات وجميع الخدمات الأخرى داخل تلك القواعد الجوية. أما قوات الدفاع الجوى فقد حظيت بالنصيب الأكبر من مجهودات المهندسين، حيث تم بناء المئات من مواقع الصواريخ ارض جو SAM ومهدت مئات الكيلومترات من الطرق لربط هذه الشبكة داخليا وخارجيا. أما القوات البحرية والقوات البرية، فقد كانت متطلباتهما من الدفاع الجوى اقل بكثير من متطلبات القوات الجوية وقوات الدفاع الجوى، حيث إنها كانت تعتمد أساسا على الملاجئ الخفيفة، ان من الصعوبة بمكان حصر الأعمال الهندسية التفصيلية التي قام بها المهندسون لتأمين القوات المسلحة

المصرية ضد الهجمات الجوية المعادية بين 67 و 73، ولكن من الممكن تصورها من حجم الأعمال التالية التي تم تنفيذها خلال هذه الفترة:

30	مليون متر مكعب من أعمال الردم والحفر
3	ملايين متر مكعب من الخرسانة
2000	كيلومتر من الطرق
100	ألف ملجأ من الملاجئ الخفيفة 2x4 أمتار أو ما يعادلها.

سحب الوحدات السوفيتية وأثره على الدفاع الجوي :

بحلول منتصف عام 1973 كان من الممكن القول ان الدفاع الجوي قد وصل إلى مستوى مقبول، وفجأة وقع ما لم يكن فى الحسبان عندما قرر الرئيس السادات دون ان يستشير أحدا من رجال القوات المسلحة طرد جميع الوحدات السوفيتية الموجودة فى مصر فى يوليو 72. كانت جميع الوحدات الروسية التي فى مصر هي وحدات تقوم بواجب الدفاع الجوي، حيث كان السوفيت يقومون بتشغيل 30% من الطائرات ميج 21 التي تقوم بالدفاع الجوي وكانوا يقومون بتشغيل 20% من كتائب الصواريخ أرض جوSAM، كما كانوا يقومون بتشغيل الغالبية العظمى من الوحدات الإلكترونية وكانت بعض المعدات الإلكترونية ممتلكات سوفيتية متطورة لم يوافق السوفيت على بيعها لنا على اعتبار إنها على درجة عالية من السرية. وهكذا غادرت هذه المعدات الإلكترونية مصر مع الوحدات السوفيتية، وقد أثر قرار سحب هذه القوات السوفيتية على قدراتنا فى الدفاع الجوى تأثيرا كبيرا، ومع ذلك كان من الواجب علينا ان نعمل بجد لتخفيف هنا الأثر بقدر المستطاع. لقد استطاعت قوات الدفاع الجوى (أقصد وحدات الصواريخ ارض جو) SAM ان تهيئ الأفراد المدربين اللازمين لتشغيل كتائب الصواريخ التي كان يقوم الروس بتشغيلها وذلك بحلول نهاية 72، أما القوات الجوية فقد عانت مرة أخرى من المشكلة القديمة وهى زيادة عدد الطائرات على عدد الطيارين، وقد دفعني هذا الموقف لأن اطلب من كوريا الشمالية ان تمدنا بعدد من الطيارين المدربين على قيادة طائرات الميج 21 فاستجابت لهذا الطلب وأرسلت لنا 20 طيارا وصلوا إلى مصر فى شهر يوليو 73، ولهذا الموضوع قصة.

الطيارون الكوريون في مصر:

فى خلال مارس 73 كان نائب رئيس جمهورية كوريا الديمقراطية فى زيارة رسمية لمصر، وكان يرافقه فى الزيارة الجنرال زانج زونـج Zang Zong نائب وزير الدفاع الكوري. الذي أبدى رغبته في ان يزور جبهة قناة السويس، وفي يوم 6 من مارس توجهت معه إلى الجبهة وفى خـلال الرحلة أخذنا نتناقش ونتبادل الرأي فى الموضوعات العسكرية، وقد تحدثت له عن متاعبنا بخصوص إعداد الطيارين وان لدينا ميج 21 اكثر مما نستطيع تشغيله، ولاسيما بعد ان سحب السوفيت حوالي 100 طيار كانوا يقومون بتشغيل 75 طائرة، ثم انتهزت الفرصة وقلت له "ترى هل يمكنكم ان تمدونا بعدد

67

من طياري الميج 21؟ أن ذلك سيكون ذا فائدة مشتركة للطرفين من ناحيتنا فإنكم ستحلون لنا مشكلة النقص فى الطيارين وتسهمون فى الدفاع الجوى، ومن ناحيتكم فأن طياريكم سيكتسبون خبرة قتالية ميدانية لأن الإسرائيليين يستخدمون نفس الطائرات ويتبعون نفس التكتيكات التي ينتظر من عدوكم المنتظر فى المنطقة ان يستخدمها ويتبعها". سألني عن عدد الطيارين الذين نحتاج إليهم، فقلت له: إننا لا نتوقع منكم ان تملأوا الفراغ الذي تركه السوفيت ولو أنكم أرسلتم سربا واحدا لكان كافيا. وإذا احتاج الأمر مستقبلا لإرسال سرب آخر، فإنه يمكن بحث ذلك فيما بعد. كنا نتناقش كعسكريين ولكن كنا نعلم جيدا أن هذا الموضوع يحتاج إلى قرار سياسي من الطرفين، وقد وعد كل منا الآخر ان يبذل جهده فى إقناع الجانب السياسي عنده لاتخاذ القرار المطلوب.

لم أجد أية صعوبة أنا فى إقناع وزير الحربية ولكنه أخبرني بأنه سوف يستأذن أولا رئيس الجمهورية ، وبعد ذلك بعدة أيام وافق الرئيس السادات على الفكرة وجلست انتظر الرد الكوري بعد حوالي أسبوعين من رحيل الوفد الكوري عاد الجنرال زانـج زونـج مرة أخرى إلى مصر واخبرني بأن الرئيس الكوري كيم أيل سو نج Kim IL Song وافق هو الآخر، ولكنهم يدعونني إلى زيارة رسمية إلى كوريا لمعاينة الطيارين بنفسي قبل إرسالهم إلى مصر، وفى يوم 2 من ابريل 73 بدأت رحلتي إلى بيونج يا نج P iong Yang عاصمة كوريا الشمالية.

كانت رحلتي تمر بشنغهاي فى الصين نظرا لعدم وجود أية خطوط جوية مباشرة إلى بيونج يا نج ، ولذلك قررت الحكومة الصينية مشكورة أن تستضيفني لمدة ثلاثة أيام قبل أن اصل إلى بيونج يا نج يوم 6 من أبريل. لم تكن زيارتي للصين زيارة رسمية ومع ذلك فقد احتفى الجانب الصيني بى وبالوفد المرافق لي احتفاء كبيرا، فقد أقام رئيس أركان حرب القوات المسلحة الصينية حفل عشاء على شرفي تبادلنا خلاله الآراء حول بعض الموضوعات العسكرية والسياسية، كما نظمت لي بعض الرحلات الترفيهية، فقمت بزيارة سور الصين العظيم فى أقصى الشمال، وزرت الملاجئ العديدة التي أعدتها الصين لمقاومة أي هجوم نووي، كما زرت مترو أنفاق بكين الجديد والعديد من المتاحف. إن البساطة والاعتماد على النفس وإنكار الذات التي لمستها فى الشعب الصيني وفى قيادته السياسية خلال إقامتي القصيرة فى الصين ستبقى دائما من الذكريات الحية التي لا يستطيع الزمن أن يمحوها من ا لذا كرة.

استقبلت فى بيونج يا نج استقبالا حماسيا وأحيطت الزيارة بهالة كبيره من التكريم والتشريف كنت أينما ذهبت– سواء أكان مؤسسة عسكرية او مصنعا فى مغارة داخل الجبل الخ– أقابل بآلاف من الناس يرحبون ويغنون ويلوحون بالأعلام، وبعد هذا الاستقبال الحار يبدأ الأفراد فى استعراض خبراتهم وفنهم الذي كان يزيدني إثارة وفى إحدى الزيارات حضرت بيانا عمليا عن ضرب نار تقوم به وحدة من وحدات الحرس الوطني المكلفة بأعمال الدفاع الجوى، كانت الوحدة جميعها من الشابات الصغيرات، كن صغيرات الحجم حتى اعتقدت إنهن دون الخامسة عشرة ولكن قيل لي إنهن فى الثامنة

عشرة او اكثر، كانت نتائج تدريبهن ممتازة وعندما قمت بتفقدهن بعد انتهاء المشروع التدريبي قلت لهن: "أني أشكركن على ما اظهرته من كفاءة فى ضرب النار وليس عندي ما أستطيع به من تقديري سوى ان أهديكن تلك "البيريه " التي ألبسها ثم خلعت "البيريه " القرمزية الخاصة برجال المظلات والتي كنت البسها أثناء الزيارة وسلمتها إلى قائد الوحدة."

هناك الكثير مما يمكن أن يقال عن كوريا الشمالية وعن رئيسها Kim IL Song إن ما أمكن تحقيقه خلال السنوات العشرين الماضية فى هذه البلاد يعتبر شيئا من الصعب تصديقه، انهم لم يعيدوا بناء بلادهم بعد ان هدمتها الحرب الأهلية، بل استطاعوا أن يعتمدوا على أنفسهم فى كل شئ، انهم اصبحوا قادرين على إنتاج الغالبية العظمى مما يحتاجون إليه عسكريا ومدنيا، انهم ينتجون الدبابة والمدفع والجرار والماكينة الخ.. وإذا كانت الصين بمواردها الطبيعية الهائلة وبعدد سكانها الكبير قد استطاعت ان تعتمد على نفسها فى تطوير نفسها دون عون خارجي من الدول المتقدمة [2]، فإن كوريا الشمالية التي كان تعدادها 15 مليون نسمة فقط تعتبر مثالا فريدا لما يمكن ان تقوم به دولة صغيرة من عمل نحو تطوير نفسها دون الاعتماد على أي عون خارجي. إن الشعب الكوري بأكمله قد نظم وكأنه فى ثكنة عسكرية كبيرة، ففي الساعة السابعة صباحا نرى التلاميذ الصغار وهم يحملون الفؤوس وأدوات الحفر الصغيرة التي تتناسب مع أحجامهم وهم يغنون أثناء سيرهم إلى منطقة العمل التي سوف يعملون فيها. إن كل فرد في الدولة سواء أكان كبيرا أم صغيرا يتحــتم عليه ان يؤدى ساعات محددة من العمل اليدوي لمصلحــة الدولة دون اجر. وتطبيقا لذلك فإن رصف الطرق وصيانتها وإنشاء الأنفاق والملاجئ إلى غير ذلك من المنافع العامة يتم إنشاؤها طبقا لجدول عمل ينظم هذا المجهود البشرى الضخم، وقد استفاد الكوريون من طبيعة بلادهم الجبلية ومن وفرة الأيدي العامة فى بناء الأنفاق الواقية من القنابل الذرية، وقد نقلوا إلى هذه الأنفاق مصانعهم وحتى مطار اتهم، فقد شاهدت اكثر من مصنع فى باطن الجبل كما شاهدت مطارا كاملا لا يظهر منه سوى ممر الإقلاع، أما جميع المنشات الأخرى، فقد كانت فى باطن الجبل، لقد كان عملا رائعا يدعو إلى الانبهار حقا. عندما قابلت الرئيس Kim IL Song قلت له: "سيادة الرئيس.. إذا قامت حرب نووية فأخشى ان يدمر العالم بأجمعه وألا يبقى سوى كوريا الديمقراطية". ضحك الرئيس وقال: "اسمع يا سيادة الفريق.. أنا أعرف تماما أنني لا أستطيع ان أتحدى الأمريكيين في الجو، لذلك فإن الحل الوحيد الباقي هو تلافي ضرباتهم الجوية ببناء الأنفاق ثم بعد ذلك نقوم بغمر سمائنا بنيران المدافع والرشاشات [3].

قمت بالتفتيش ومعاينة الطيارين الذين تقرر سفرهم إلى مصر، لقد كانوا من الطيارين ذوى الخبرة الجيدة وكان الكثيرون منهم لديه ما يزيد على 2000 ساعة طيران، وتم الاتفاق على ان تصرف لهم مرتبات بالجنيه المصري تتطابق تماما مع رواتب الطيارين المصريين. وقد وعدت الرئيس كيم إل سو نج بأني شخصيا سأشرف على راحتهم وأننا لن نزج بهم فى معركة داخل إسرائيل او فوق الأراضي التي تحتلها إسرائيل، وأن عملهم سيقتصر على الدفاع الجوي عن العمق، وقد طلبت من الرئيس

69

الكوري أن يبعث لنا ببعض الخبراء فى الأنفاق حتى يمكننا الاستفادة من خبراتهم فوافق على ذلك، وعدت إلى مصر يوم 15 من أبريل بعد رحلة من أمتع الرحلات التي قمت بها.

وبمجرد عودتي إلى القاهرة، قمت بتشكيل مجموعة من المهندسين ليكونوا نواة لفرع جديد فى الهندسة يطلق عليه "فرع الأنفاق" وفى اول مايو وصل الفريق الكوري من خبراء الأنفاق حيث مكث فى مصر لمدة ثمانية أيام قام خلالها بإجراء دراسات ميدانية مع فريق المهندسين المصريين، وعندما زارني الوفد للتحية قبل العودة إلى بلاده قال لي رئيسه: "إن رئيس مجموعة المهندسين المصريين لديه خبرة نظرية ممتازة فى الأنفاق ولكن تنقصه الخبرة العملية". كانت الدراسات والتوجيهات التي قدمها خبراء الأنفاق الكوريون مفيدة للغاية، وبعد سفرهم مباشرة قمت بتشكيل مجموعة عمل هدفها وضع التصميم الخاص ببناء مطار فى باطن الجبل. كنت ألتقي مع هذه المجموعة مرة كل اسبوع او كل أسبوعين لأناقشهم فيما أمكن التوصل إليه. وعندما قامت حرب أكتوبر 73 كانت المجموعة مازالت تعمل فى رسم المشروع ووضع تفصيلاته، وكنا قد أحرزنا تقدما كبيرا فى هذا الصدد. كنت احرص على الاجتماع الدوري بهذه المجموعة لسببين: السبب الأول هو اهتمامي بالموضوع، والسبب الثاني هو لون من ألوان الخداع بأن الحرب ليست وشيكة الوقوع، إذ لا يمكن ان يتصور ان يضيع (ر. ا. ح. ق. م. م) جزء ا من وقته لوضع تصميم مطار قد يحتاج إنشاؤه إلى خمس سنوات بينما تكون الحرب وشيكة الوقوع. كان من ضمن مجموعة العمل هذه أحد ضباط فرع العمليات فى قيادة القوات الجوية. وعندما شاهده اللواء حسني مبارك مشغولا بجمع المعلومات وصنع الرسومات وكان ذلك قبل بدء العمليات بأقل من أسبوعين، نهره وقال له: أليس عندك ما هو أهم من ذلك. فرد عليه قائلا: ان الفريق الشاذلي هو الذي طلب منه ذلك، فتعجب حسني مبارك وقال له سوف أسأل رئيس الأركان لأتحقق مما تقول، وعندما قابلني حسني مبارك بعد ذلك بيومين حكى لي القصة وضحكنا نحن الاثنين.

فى أوائل يونيو 73 بدا الطيارون الكوريون فى الوصول، وقد اكتمل تشكيل السرب الذي يعملون به خـلال شهر يوليو، وفى 15 من أغسطس أذاع راديو إسرائيل ان هناك طيارين كوريين فى مصر، فاتصل بي الدكتور اشرف غربال المستشار الصحفي لرئيس الجمهورية، وسألني عن صحة الخبر، فأخبرته بأن الخبر صحيح ولكن إذاعته و عدم إذاعته هو قرار سياسي ولاسيما ان هناك دولة أجنبية أخرى يجب استطلاع رأيها قبل إعلانه، والآن وبعد مرور خمس سنوات على هذه القصة وبعد ان عاد الكوريون واصبح تدعيمهم لنا وقت الحرب جزا من التاريخ، فقد قررت ان أحكي القصة بكاملها حتى يعرف شعب مصر كل من وقفوا معه وقت الشدة ان أمريكا وإسرائيل والاتحاد السوفيتي يعلمون حقائق الدعم الكوري، ان الطيارين اثناء تدريبهم اليومي يتحدثون باللاسلكي باللغة الكورية مع أعضاء التشكيل ومع الموجهين الأرضيين، وفى استطاعة أية إدارة مخابرات أجنبية ان تسجل هذه المحادثات، وإذا كان كل من يهمهم الأمر يعرفون، فلماذا نخفى هذه الحقائق عن شعب مصر وعن الشعب العربي؟

إن التجريدة الكورية التي أرسلتها كوريا الشمالية الى مصر تعتبر من اصغر التجريدات التي أرسلتها دولة صديقة أخرى فى تاريخ الحروب. لقد كان عدد هذه التجريدة 30 طيارا و 8 موجهين جويين، و5 مترجمين و 3 عناصر للقيادة والسيطرة وطبيبا وطباخا، كانت القاعدة التي خدموا بها تضم 3000 مصري، وكان المصريون يديرون شبكات الرادار والدفاع الجوى والدفاع الأرضي عن القاعدة وجميع الشئون الإدارية الخاصة بالسرب، وقد زرت تلك القاعدة عدة مرات لأتأكد من عدم وجود مشكلات ولكنى كنت دائما أجد ان كل شئ يسير على ما يرام،كانت العلاقة بين الكوريين والمصريين تسير على احسن مايرام. كان الكوريون بالنسبة لرجالنا شخصيات غريبة, فقد كان الطيارون يعتمدون على أنفسهم فى كل شئ، انهم ينظفون أماكن سكنهم بأنفسهم ويشغلون أنفسهم دائما بشيء ما.. فأحدهم إما ان يكون في مهمة تدريبية او انه يقوم بالدراسة او بأعمال رياضية.. ليس لديهم أي وقت للفراغ، وليست لديهم أية متاعب ادارية يشكون منها، وقد وقع اشتباكان او ثلاثة بين الطيارين الكوريين والإسرائيليين قبل حرب أكتوبر ووقع الكثير خلال الحرب نفسها .

نصب كمين دفاع جوى لطائرة إسرائيلية:

ان إسرائيل لم تحترم قط أي قرار لوقف إطلاق النار فيما يتعلق باستخدام قواتها الجوية، انهم كانوا يودون ان يذكرونا دائما بتفوقهم الجوي فكانوا يتعمدون دائما ان يخترقوا مجالنا الجوي، كانوا ينتخبون قطاعات اختراقهم بعناية فائقة بحيث يتفادون الدخول دائما ضمن مرمى نيران صواريخنا المضاد للطائرات وبالتالي فقد كانوا دائما يدخلون ويخرجون دون ان ينالوا أي عقاب، وقد ضقت ذرعا بهذه اللعبة وقررت ان ألقنهم درسا فى ذلك.

لقد كانت مواقع صواريخنا ارض جو تبعد حوالي 15–20 كم غرب القناة لكي تكون خارج مرمى مدفعية ميدان العدو، وقد كان ذلك يحد من مدى قدرتنا على إسقاط الطائرات التي تطير شرق القناة وكان العدو يقوم بعملية استطلاع إلكتروني بصفة دورية بواسطة طائرة ستراتو كر وزر محملة بأجهزة إلكترونية بالغة الدقة والحساسية. كانت هذه الطائرة ترصد وتحدد جميع مواقع صواريخنا ورادراتنا وأجهزتنا الإلكترونية وهي تطير على ارتفاع متوسط فى خط مواز للقناة وشرقها بحوالي 3 كم، وكانت بذلك تضمن ان تكون خارج مدى صواريخنا. وباتفاق سرى بيني وبين اللواء محمد على فهمي قائد الدفاع الجوى قررنا ان ننصب كمينا لهذه الطائرة وذلك بأن ننقل ليلا إحدى كتائب الصواريخ إلى موقع متقدم يقع غرب القناة بحوالي 5 كم. ثم يقتنص الطائرة الإسرائيلية عند مرورها المعتاد، تم تجهيز الكمين واتصل بى فهمي اللواء محمد على يوم 16 من سبتمبر ليؤكد استعداده لتنفيذ المهمة ويطلب التصديق النهائي على تنفيذ المهمة فصدقت عليها. وفى تمام الساعة 1511 يوم 17 من سبتمبر 71 كانت طائرة الاستطلاع الإلكترونية، ذلك الهدف الثمين، قد أصبحت أشلاء صغيرة متناثرة جنوب البحيرات [4]. انسحب الكمين بسرعة بعد إسقاط الطائرة المعادية، وأخذت أعد العدة لمقابلة

الانتقام المنتظر من العدو فرفعت درجات الاستعداد في القوات الجوية والدفاع الجوى وبعض عناصر القوات الأرضية والبحريه.

كان رد فعل العدو سريعا وفوريا, فقد جاء في اليوم التالي مباشرة أي فى يوم 18 من سبتمبر، ولكن كان واضحا ان رد العدو يتميز بالعصبية وسوء التقدير. لقد قامت طائراته بإطلاق قذائفها جو أرض ASM طراز شرايك من مسافة 10 كم شرق القناة على مواقع رادراتنا التي كانت على بعد حوالي 20 كم غرب القناة فلم تتمكن أية قذيفة من الوصول إلى هدفها. لقد كان واضحا ان الطيارين كانوا يخشون الاقتراب من القناة إلى مسافة تقل عن 10 كم خوفا من وجود كمين أخر، فكان ذلك فى حد ذاته نصرا لنا، كما ان استخدامه للقذائف Shrike كانت فرصة جيدة لتدريب قواتنا، كنا نعلم ان العدو لديه هذه القذائف وكانت لدينا خطط لمقاومتها، وكنا ننتظر الفرصة لتجربة هذا الأسلوب فى مقاومة القذائف "شرايك" فأعطانا العدو هذه الفرصة مما أكد لنا نجاح الأسلوب الذي كنا قد أعددناه لذلك.

العدو ينصب لنا كمينا جوياً:

في يوم 13 من يونيو 72 وفى تمام الساعة 1619 اخترقت طائرتان إسرائيليتان من طراز فانتوم مجالنا الجوي في منطقة راس العش وتوغلت فى اتجاه الدلتا، و أقلعت طائرتان مصريتان من طراز ميج 21 من مطار المنصورة لاعتراض الطائرتين الإسرائيليتين. هربت الطائرتان المعاديتان فى اتجاه البحر بينما استمرت طائرتانا فى مطاردتهما، وفجأة وقعت طائرتانا فى الكمين الجوى الذي اعد لهما والذي لعبت فيه الطائرتان المعاديتان دور الطعم لسحبهما إلى منطقة الكمين، وفى الوقت الذي اكتشف فيه القائد المناوب فى غرفة العمليات وجود الكمين المعادي على شبكة الرادار كان الوقت قد فات لتحذيرهما او لتدعيمهما، د فعنا ثمانى طائرات ميج 21 أخرى لتعزيز طائرتينا السابقتين ولكن العدو كان قد أسقطهما وغادر المكان قبل وصول تعزيزاتنا إلى المنطقة.

إن هذه القصة تبين المشكـلات التي تعترض المسئولين عن الدفاع الجوى. أن العدو يستطيــع دائما ان يخترق أجواءنا، فإذا لم نقم باعتراضه فإنه سيزداد غرورا وصلفا، وإذا نحن أردنا ان نقوم باعتراضه بسرعة فإننا ندفع بطيارينا إلى السماء دون أية خطة لمقابلة خصم قد خطط وجهز واعد لكل شئ عدته. ولتلافى وقوع مثل هذه الأحداث مرة أخرى اصدرت تعليمات جديدة تنظم الخطوات التي تتبع فى حالة الاختراقات الجوية المعادية، وكانت هذه التعليمات تشمل النقاط الأساسية التالية:

1- تتخذ طائرتانا أوضاعها على شكل مظلات جوية في المناطق السابق تحد يدها.

2 -يتم تقييم الموقف بهدوء وتفكير بدلا من مجرد مطاردة طائرات العدو دون أية خطة.

3 -لا يسمح بالدخول في معركة جوية من موقف غير متكافئ:

وقد أراد العدو أن يكرر الأسلوب نفسه بعد ذلك بيومين فقام باختراقات على طول منطقة البحر الأحمر بعد ظهر يوم 15 من يوليو، ولكن تعليماتى السابقة كانت نافذة ولم تبتلع قواتنا الجوية الطعم الذي كان يعرض عليها.

دفاعنا الجوى يسيطر على سماء القناة:

في يوم 24 من يوليو 72 حاول العدو ان يستفيد من الأنباء الخاصة بطرد الخبراء السوفيت من مصر، فاقترب بطائراته من القناة بأكثر مما كان يسمح به لنفسه فى الماضي فاسقطنا له فى الساعة 1645 من هذا اليوم إحدى طائراته التي كانت تطير على مسافة 10 كيلومترات شرق القناة ومنذ ذلك الحين اصبح لا يقترب بطائراته إلى مسافة تقل عن 14 كم من القناة وفى يوم 10 من أكتوبر 72 حاول ان يكسر هذه القاعدة فاقترب بأحد تشكيلاته من القناة فأطلقنا عليه قذيفتى ارض جو. فطاشت إحداها و أسقطت الثانية إحدى الطائرات كان يبدو أن العدو يحاول اختبار أسلوب جديد فى الهجوم لأنه حاول فى الوقت نفسه ان يعوق عن العمل راداراتنا المخصصة للإنذار وراداراتنا المخصصة لإدارة النيران، لقد كانت فرصة تدريبية لكلا الطرفين.

وفى يوم 28 من يونيو 73 حاول العدو الطيران مرة أخرى فوق المنطقة غير المسموح بها، فاسقطنا له فى الساعة 1612 إحدى طائراته ومنذ ذلك الوقت وحتى حرب أكتوبر فى العام نفسه لم يحاول طيران العدو قط أن يقترب إلى القناة مسافة تقل عن عشرة كيلومترات لقد فرضنا سيطرتنا الجوية فوق هذه الشقة من الأرض بواسطة صواريخنا ارض جو. وهكذا مهدنا الظروف لعملية العبور التي كنا نعد لها.

هوامش الفصل العاشر:

(1) كانت العناصر السوفيتية تقوم بتشغيل عدد من الرادارات و 80 طائرة ميج 21 و 27 كتيبة صواريخ SAM ووحدات إلكترونية متعددة و 4 طائرات ميج 25 للقيام بأعمال الاستطلاع، وكان مجموع القوات الروسية فى مصر حوالى 6000 رجل.

(2) لقد بدأت الصين اعتبارا من عام 78 تنشد التكنولوجيا الغربية وذلك رغبة فى إسراع الخطى نحو تطوير نفسها وكانت أمريكا وحلفاؤها الغربيون يشجعون ويباركون هذا الاتجاه رغبة منهم فى خلق عنصر تهديد على الحدود الشرقية السوفيتية.

(3) أنا شخصيا لا اتفق معه فى الرأي بأنه يمكن تحقيق دفاع جوى إيجابي بهذا الأسلوب، ولكن مما لاشك فيه ان توزيع أعداد كبيرة من هذه الأسلحة فى جميع أراضى الجمهورية يمكن ان يكون مصدر مضايقة كبيرة للطائرات المغيرة ويمكن القول إن هذه النيران تعتبر نيران إزعاج .Harassing Fire

(4) لم يعلن العدو عن إسقاطنا لإحدى طائراته ولم نعلنه نحن أيضا بطبيعة الحال.

الفصل الحادي عشر

موقف القوات البحرية

لم تتحمل قواتنا البحرية خسائر تذكر خلال حرب يونيو 67 وبعد أقل من أربعة أشهر من وقف إطلاق النار خلال تلك الحرب قامت قواتنا البحرية بتـوجيه ضربة قوية إلى القوات البحرية الإسرائيلية وذلك بإغراقها المدمرة إيلات، لقد كانت إيلات تقوم بأعمال الدورية على السواحل الشمالية لسيناء المواجهة لبور سعيد. وكـانت مهمتها تقترب أحيانا حتى مسافـة 5 و 6 أميال من بور سعيد، وقد صدرت الأوامر إلى سرب بحري زوارق الصواريخ بإغراق هذه السفينة إذا تجاوزت حدود 12 ميلا. وفى يوم 21 من أكتوبر 67 قامت السفينة باختراقها المعهود، فظل سرب الصواريخ صامتا إلى أن أصبحت على مسافة 9 أميال فأطلق عليها مقذوفين سطح سطح SSM فأغرقها، ويعتبر هذا التاريخ ذا أهمية كبيرة فى تطور الحروب البحرية بصفة عامة وفى تاريخ بحريتنا بصفة خاصة، فعلى الرغم من أن القوارب كومار والقذيفتين اللتين استخدمتا فى إغراق إيلات كـانت جميعها سوفيتية الصنع إلا ان المصريين كانوا أول من يستخدم هذه الصواريخ فى الحروب البحرية فى تاريخ العالم.

لقد احدث إغراق ايلات – وهى قطعة بحرية كبيرة بواسطة قارب صغير – تغييرا كبيرا في تصور المفكرين بالنسبة للحروب البحرية القادمة، وقد كان التأثير كبيرا فى إسرائيل نفسها" فمنذ هذا التاريخ أخـذت إسرائيل تبنى قواتها على أساس أن القوارب الصغيرة السريعة والمسلحـة بالصواريخ سطح سطح هي أساس القوة الضاربة البحرية الإسرائيلية، وقد بدأت إسرائيل بشراء13 قاربا من طراز سعر SAAR من فرنسا وسلحته بصواريخ جبريل التي قامت بتصنيعها محليا، وفى الوقت نفسه بدءوا فى بناء نوع جديد من القوارب السريعة فى ترسانة حيفا، واطلقوا عليه اسم Reshefوقد قامت إسرائيل بتدشين أول قارب من هذا النوع يوم 19 من فبراير 73، ومنذ ذلك التاريخ وهى مستمرة فى بناء هذه القوارب بمعدل قاربين فى كل عام، وبنهاية عام 78 أصبح لديها 12 قاربا من هذا النوع، وقد تم تطوير القذيفة جبريل SSMبحيث يصل مداها إلى40 ميـلا. وسلح كل من القوارب سعر وريشيف وتبلغ حمولة القارب ريشيف 413 طنا ويحمل 7 قذائف جبريل. ومداه 1500ميل. و أقصى سرعة له هي 32 عقدة فى الساعة، وطاقمه 45 رجلا، وقد قامت إسرائيل أيضا ببناء قوارب أخرى صغيرة حمولة إحداها 35 طنا وطاقمه 6 أفراد وأطلقوا عليه اسم الدبور Dabur ،تجهيز هذا القارب لأغراض مختلفة، فمنها ما يجهز بأنابيب لإطلاق الطوربيد، ومنها ما يجهز بالرشاشات، ومن مزايا هذه القوارب أنها صممت على أساس إمكان نقلها برا. وهكذا فإن إسرائيل تستطيع نقلها من البحر الأبيض إلى البحر الأحمر والعكس باستخدام ناقلات برية[1]

74

وعلى الرغم من قوارب سعر التي اشترتها إسرائيل من فرنسا وعلى الرغم أيضا من خطة إسـرائيل لبناء القوارب، فقد كانت قواتنا البحرية متفوقة على القوات البحرية الإسرائيليـة من حيث الكم والكيف خلال الفترة ما بين 67 و 73، ولكن نظرا للتفوق الجوي الإسرائيلي فقد أصبحت قواتنا البحرية عاجزة عن الحركة بل وأحيانا كنا عاجزين عن توفير الحماية الجوية لها، وهى داخل موانئها. ومن هنا فلم تكن هناك حاجة ماسة لتطوير وتدعيم قواتنا البحرية، ما الفائدة التي يمكن ان نجنيها من زيادة قدرة قواتنا البحرية فى الكم والكيف إذا كـانت هذه القوات لا تسـتطيع أن تعمل فى ظل تفوق جوى مضادا إن النظرة الواعية من وجهة نظر مصـر هي التركـيز أولا على الدفاع الجوي والقوات الجوية قبل الانتقال إلى مرحلة تقوية القوات البحرية، ونتيجة لهذا التفكير المنطقي فإن القوات البحرية المصرية لم تتطور خلال تلك الفترة إلا نادرا وبالنسبة فقط لبعض المعدات التكميلية، ولا أعتقد أنه من الحكمة العمل على تطوير القوات البحرية الآن إلا بعد حل مشكلة الدفـاع الجوي، لقد كنا حتى أكتوبر 73 نستطيع أن نتحرك ليلا، حـيث يقل تأثير القوات الجوية المعادية. أمـا بالنسبة لحروب المستقبل، فإن القوات الجوية الإسرائيلية تستطيع أن تحرم قواتـنا البحـرية حتى من التحرك ليـلا. إن الطائرات الإسرائيلية طراز F4 ، كفير ، F-16 المسلحة بقذائف جو ارض ASM تستطيع أن تصيب أية سفينة معاديـة نهارا او ليلا وهى على مسـافة 110 كم إذا استخدمت قذيفة هاربون Harpoon ومن مسـافة 60-80كم إذا استخدمتCondor الأمريكية او قذيفة LOZ الإسرائيلية، وليس هناك من وسيلة لمقابلة هذا التهديد سوى باعتراض الطائرات المعادية وإسقاطها قبل أن تصبح مقذوفاتها جو سطح فى مدى قطعنا البحرية (حوالي 110 كم) ونظرا لضيق الرقعة التي تفصل إسرائيل عن مصر فإن هذا الوضع لا يمكن ان يتحقق إلا إذا حصلت مصر على السـيطرة الجوية، وهذا سوف يعيدنا مرة أخرى إلى ان تقوية الدفاع الجوي والقوات الجوية يجب أن تأتي فى المقام الأول قبل التفكير فى تقوية وتطوير القوات البحرية .

هامش الفصل الحادي عشر:

(1) كان ذلك على أساس إغلاق قناة السويس فى وجه السفن الإسرائيلية.

الفصل الثاني عشر

يمكن القول أن خطة التعبئة العامة فى مصر حتى منتصف 1972 كانت تعتبر من أسوأ خطط التعبئة فى العالم، وأنى لا ألقى اللوم فى ذلك على أحد، وذلك لعدة أسباب: السبب الأول هو عدم توافر السلاح، فقد كان السلاح دائما من القلة بحيث لا يكاد يكفى احتياجات القوات العاملة، وتحت هذه الظروف فإن بناء جيش كبير من الاحتياطى دون ان يكون لدى الدولة السلاح الذى تستطيع ان تسلح به هذا الجيش، يعتبر مجهودا ضائعا. أما السبب الثانى، فهو اضطرارنا فى مصر – نتيجة السيطرة الجوية للعدو – إلى الاحتفاظ بقوات أرضية كبيرة فى الجيش العامل، وذلك لحماية أهدافنا المتعددة فى العمق ضد جماعات العدو المنقولة جوا او المنقولة بحــرا، ونتيجة لهذا فإنه لا يمكننا كما هو الحال فى إسرائيل مثلا– أن نحتفظ بنسبة قليلة من قواتنا المسلحة فى الجيش العامل وان نبقى الجزء الأكبر من قواتنا المسلحة فى الاحتياط، ففى إسرائيل تمثل القوات العاملة حوالى 30 – 40% من حجم قواتها المسلحة وتستطيع ان تعبئ قواتها المسلحة الآن (1978) فى خلال 24 ساعة، وتعتمد إسرائيل على قواتها الجوية المتفوقة فى ستر وحماية عملية التعبئة العامة إذا ما فوجئت بهجوم مباغت كما حدث خــلال حرب أكتوبر 1073 ا ما بالنســبة إلى مصر فنظرا لضعف قواتها الجوية فإنها إذا ما فوجئت بهجوم مباغت وكان حوالى 60% من قواتها المسلحة فى الاحتياط فقد تجد نفسها فى موقف صعب للغاية، وقد يتم حسم المعركة قبل ان تكتمل التعبئة. أما السبب الثالث والأخير الذى دعا المصريين إلى عدم الاهتمام الكبير بموضوع التعبئة فهو القرار الخاص بإيقاف النقل إلى الاحتياط (عدم تسريح الجنود عند قيامهم بإتمام مدة الخدمة الإلزامية) اعتبــارا من عام 1967 واستمرار سريان هذا الأمر حتى منتصف يوليو 1972، وبالتالى فقد اختفى العنصر الأساسى لتكوين القوات الاحتياطية. عندما وصلت قواتنا المسلحة العاملة خلال النصف الأول من عام 72 إلى حوالى مليون رجل بدأت الحكومة تطالب بضرورة تسريح جزء من القوات المسلحــة ممن طالت مدة تجنيدهم التى وصل بعضها إلى ما يزيد على 6 سنوات وكانت الحكومة ترمى من وراء ذلك إلى ثلاثة أهداف. كان الهدف الأول هو التوفير، و الهدف الثانى هو الاستفادة من الكثير من عناصر المثقفين المجندين فى القوات المسلحة، فقد كان من بينهم الكثيرون من الأطباء والمهندسين والمعلمين الخ.. ممن تحتاج إليهم الدولة سواء للخدمة داخل مصر أو لإعارتهم للدول العربية التى كانت فى حاجة ماسة إلى خدماتهم. أما الهدف الثالث، فقد كان يرمى إلى رفع معنويات المجندين– ولا سيما خريجى الجامعات– الذين طالت مدة خدمتهم دون أن يعرفوا متى سوف تنتهى. كان الكثيرون منهم يتوقون إلى أن يبنوا مستقبلهم أو يؤسسوا ا سراً وكانوا يؤجلون ذلك عاما بعد والآن اصبحوا يقولون لنا بصراحة "متى ؟حددوا لنا تاريخ انتهاء خدمتنا فى القوات المسلحة حتى نستطيع أن نرتب

76

حياتنا"، وهكذا اتخذ القرار خلال شهر يوليو 72 بأن نقوم بتسريح 30000 رجل من القوات المسلحة في الأول من يوليو 72.

في ظل هذه الظروف الجديدة وجدت نفسي مضطرا لدراسة خطط التعبئة في مصر وفي البلاد الأخرى المشهورة بكفاءة خطط تعبئتها وهى السويد وسويسرا وإسرائيل، **وقد اتضح لي أن خطة التعبئة المصرية مليئة بالعيوب ويمكن تلخيص العيوب الرئيسية فيما يلي:**

1- كان تسجيل البيانات سيئا للغاية، وكان نتيجة ذلك التسجيل السيئ أنه عندما يستدعى أحد جنود الاحتياط فإنه كثيرا ما طلب إليه العمل في وظيفة لم يؤهل لها وأن يستخدم سلاحا لم يسبق له أن تدرب عليه.

2- كانت تذاكر التسجيل وحفظها وبالتالي استدعاء جندي الاحتياط يتم على أساس مكان ميلاد الشخص ولا يحدد طبقا لمكان سكن الفرد بعد تسريحه من الخدمة، وبالتالي فلم يكن من السهل العثور على الفرد والاتصال به لاستدعائه.

3- لم تستخدم الأجهزة الحديثة مثل العقل الإلكتروني (الكمبيوتر) Computer، بل كانت التعبئة تتم بواسطة الأعمال اليدوية وهو عمل شاق ويحتاج إلى وقت طويل، ونتيجة لذلك– وتحت ضغط عامل الوقت– كــان يتم الاستدعاء بأعداد اقل مما هو مطلوب بالنسبة لبعض التخصصات وبأعداد اكثر مما هو مطلوب بالنسبة لتخصصات أخرى.

4- كانت خطة التعبئة المصرية– نظرا لعدم حبك أطرافها– تعتمد على المركزية الشديدة فقد كان على كل جندي احتياطي أن يصل إلى مركز التعبئة في القاهرة حيث تصرف له البندقية كســلاح شخصي وتصرف له مهماته العسكرية ثم يرحل بعد ذلك إلى مراكز تدريب الأسلحة المختلفة(مشاة مدرعات مدفعية .. الخ) وبعد قضاء فترة تدريب مركزة في مراكز التدريب هذه يتم ترحيله إلى الوحدة التي سيخدم فيها [1]، وهكذا يجد الفرد نفسه في وحدة لا يعرف فيها أحدا ولا يربطه بها آي نوع من الحب او الذكريات انه غريب بين مجموعة من الغرباء

5- كان الضباط العاملون الذين يشكلون كوادر هذه الوحدات الاحتياطية ينتخبون من أضعف المستويات وكانت الغالبية العظمى منهم من الضباط المشاغبين أو ذوي المستوى الضعيف في التدريب أو الانضباط العسكري ممن رفضتهم وحداتهم رغبة في التخلص منهم، وهكذا فإن هؤلاء الضباط يذهبون إلى تلك الوحدات الاحتياطية بقلوب كسيرة وبمعنويات منخفضة فيضيفون مشكلات جديدة لهذه الوحدات بدلا من العمل على حل مشكلاتها.

وبعد دراسة خطة التعبئة السويسرية استبعدتها لسببين: السبب الأول هو أن الحكومة السويسرية تسمح للجندي المسرح بأن يحتفظ بملابسه وسلاحه الشخصي في مسكنه، وهذا موضوع

77

لا يمكن أن تسمح به القيادة السياسية المصرية،أما السبب الآخر فهو أن الأغلبية العظمى في القوات البرية السويسرية- نتيجة لطبيعة أرضها الجبلية- هي من جنود المشاة الذين يمثلون اسهل المشكلات في موضوع التعبئة، وبدراسة تفاصيل خطة التعبئة الإسرائيلية اتضح لي إنها تعتمد أساسا على أسلوب التعبئة السويدية بعد إدخال بعض التعديلات إليها لكي تتمشى مع طبيعة إسرائيل العدوانية.

كانت خطة التعبئة السويدية تعكس الفكر العسكري السويدي. كانت خطة التعبئة تخدم خطة دفاعية ثابتة، أن جميع الأسلحة الثقيلة من دبابات ومدافع وعربات الخ في مخازن متفرقة في المناطق التي سوف تعمل فيها طبقا للخطة، كان جميع الأفراد الذين سيقومون بتشغيل هذه الأسلحة يعيشون فعلا في المناطق التي سيعملون فيها وعلى مسافات قريبة من أماكن تخزين الأسلحة والمعدات التي سوف يقومون بتشغيلها، ويجرى باستمرار تعديل أفراد الوحدة طبقا لانتقال الفرد من مكان لآخر. فلو فرضنا مثلا إن شخصا ما كان يعمل في شمال البلاد، وكان بالتالي ينتمي إلى وحدة ستعمل في الشمال، ثم نقل هذا الفرد إقامته الدائمة إلى الجنوب فإنه يتم نقله من كشوفات وحدته في الشمال إلى وحدة قريبة من مقر عمله. ومما لا شك فيه أن هذا الأسلوب يعتبر أسلوبا رائعا في كثير من مظاهره، إنه يخفض وقت التعبئة إلى اقل وقت ممكن ويخفف الضغط على وسائل المواصلات المطلوبة لنقل كل فرد من مكان إقامته إلى وحدته. إن معظم أفراد الوحدة يعرفون بعضهم بعضاً لأنهم جميعاً يعيشون بصفة دائمة في منطقة واحدة. ومن الممكن استدعاؤهم سنويا للتدريب في يسر وسهولة نظرا لقرب الأفراد من مكان الاستدعاء كما انه يمكن توقيت الاستدعاء في التوقيتات المناسبة، بحيث لا يؤثر على الإنتاج [(2)].

وأخيرا فإن هذا الأسلوب يثبت في ذهن الفرد بأنه لا يقاتل في سبيل وطنه فقط، بل إنه يدافع أيضا عن كيانه الشخصي. أنه يدافع عن منزله وعن أسرته وأرضه، وإذا اكتسحها العدو فإنه سوف يخسر كل شيئ، وبالتالي فإنه يكون أكثر حماسا وأكثر إقبالا على الفداء. وعلى الرغم من هذه المزايا كلها فإن خطة التعبئة السويدية كان بها بعض العيوب، إذ تنقصها المرونة وتظهر بوضوح خطة البلاد الدفاعية مما يمكن العدو المهاجم من استغلال نقاط الضعف فيها.

وبعد هذه الدراسات قررت أن تعتمد خطة تعبئتنا أساسا على بعض أفكار الخطة السويدية مع إدخال بعض التعديلات التي تتمشى مع ظروفنا الحربية والسياسية والاقتصادية، فلم يكن من الممكن أن تتم التعبئة جغرافيا وأن يدافع كل فرد في إقليمه لأن الهجمة الصهيونية التي تتعرض لها مصر تأتي من اتجاه سيناء ولذلك يجب علينا أن نحشد جميع مواردنا في هذا الاتجاه أما بخصوص إنشاء الوحدات الاحتياطية، فقد رأيت أن من الأفضل أن تشكل هذه الوحدات من دفعات متعددة على مدى 9 سنوات وهى المدة التي يحددها قانون التجنيد المصري للخدمة في الاحتياط أي أن حجم القوات الاحتياطية في نهاية 9 سنوات من بدء تنفيذ الخطة يصل إلى ما يعادل حجم المسرحين في خلال 9 سنوات أي ما يعادل حوالي 1.5 مليون رجل، ثم يجرى بعد ذلك تغيير تسع هذه القوة سنويا، وذلك بإنهاء خدمة القدامى خدمة نهائيا من الخدمة في وحدات الاحتياط على أن تحل محلهم عناصر

78

جديدة من الجنود المسرحين حديثا من الخـدمة في القوات العاملة. وكمرحلة انتـقالية تسبق تشكيل الوحدات الاحتياطية وجدنا انه يمكن للوحدات العاملة أن تعمل بنسبة استكمال 85- 90% من مرتباتها من الأفراد بعد نقل بعض أفرادهـا إلى الاحتياط ، أي أنه في حالة نقل عدد من أفراد من وحدات الجـيش العامل إلى الاحتـياط فان هذه الوحدة العاملة تحتفظ بوظائف هؤلاء المجندين المنقولين إلى الاحـتياط شـاغرة طالما كان هذا النقص يتراوح ما بين 10- 15 %من قوة الوحدة في كل تخصص. وعند التعبئة يعود الفرد إلى وحدتـه التي كان يعمل بها وإلى وظيفته التي كان يشغلها، وكأنه كان في إجازة طويلة من الوحدة.

وتطبيقا لهده الأفكار الجديدة اتخذنا الإجراءات التالية:

1- قمنا بإدخال تعديلات جوهرية في أسلوب التسجيل بحيث أمكن به تلافى جميع العيوب السابقة.

2- أدخلنا نظام الميكنة والكمبيوتر ووضعنا البرامج التي تخدم جميع مطالبنا، وبذلك أصبح بإمكاننا أن نستدعى أي عدد محدد نطلبه، سواء أكان ذلك طبقا للوظيفة أم طبقا للوحدة أم تاريخ التجنيد أم التخصص أو السلاح. الخ..

3- افتتحنا 100 مركز تعبئة (الهدف النهائي هو إنشاء350- 400 مركز تعبئة بحيث يتوافر مركز واحد لخدمة كل تجـمع سكاني يبلغ 100, 000 نسمـة، وبحيث لا تزيد المسافة بين المركز وبين أبعد منطقة يخدمها على 10 كيلومترات أيهما أفضل)

4- عندما ينقل أي فرد إلى الاحتياط فإنه يذهب إلى مركز التعبئة المخصص له، حيث يقوم بتسليم مهماته العسكرية وينهى جميع علاقاته بالقوات المسلحة.

5- يتم استدعاء الفرد عن طريق مركـز التعبئـة، وفى هذه الحالة يتوجه الفرد إلى المركز حيث يتسلم مهماته العسكرية ويترك ملابسه المدنية ثم يسافر فورا إلى وحدته طبقا لما يلي:

أ- خلال المرحلة الانتقالية فإنه يتوجه مباشرة إلى وحـدته الأصلية في القوات العاملة، حيث يستلم العمل نفسه الذي كان يقوم به قبل النقل إلى الاحتياط

ب- بعد أن تنتهي الفترة الانتقالية فإنه ينتقل من مركز التعبئة إلى منطقة حشد الوحدة، حيث تكون الأسلحة والمعدات الخـاصة بالوحدات الاحتياطية في التخزين، ويتم تشكيل الوحدة في هذا المكان قبل أن تتحرك لتنفيذ واجبها في العمليات. ويلاحظ هنا أن نظامنا يختلف عن الأسلوب السويدي الذي يعتمد أساسا على التعبئة جغرافيا في حين أننا نجمـع بين الأساس الجغرافي واتجاه العمليـات المستقبلة، فقد أخذنا بالمبدأ الجغرافي فيما يتعلق بالفرد وأخـذنا

بمبدأ اتجاه العمليات بالنسبة للأسلحة والمعدات الثـقيلة، لأن نقل الفرد أسهل بكثـير من نقل الأسلحة والمعدات ولاسيما الثقيل منها.

وبمحض الصدفـة كان رئيس أركان حرب القوات المسلحـة السويدية في زيارة خـاصة لمصر في أواخر شهر يونيو، فلما علمت بوجوده دعوته للغداء يوم 26 من يونيو 72 في نادي الضباط، وفى أثناء تناول الغداء تحدثت معه عن أسلوب التعبئة في السويد وأخبرته أني قرأته وأعجبت به ولكن هناك بعض التساؤلات التي أريد أن أستوضحها والتمست منه الموافقة على أن أرسل ضابطين مصريين إلى السويد لإجراء دراسة ميدانيـة على هذا الأسلوب لاستيضاح النقاط التي مازالت خـافية علينا. اعتذر (ر. ا. ح. ق. م) السويدية بأدب جم وقال إنه يخشى إن هو قبل ذلك أن يكون هذا التصرف خرقا لموقف السـويد الحيادي الذي تحرص عليه كل الحرص، وقد سارعت بالاعتذار له لأنني فاتحته في هذا الموضوع ورجوته أن يعتبر الموضوع منتهيا. وفى 4 من أغسطس من العام نفسه وصلني منه كتاب من السويد مرفق بمطبوعات كثيرة عن نظام التعبئة في السويد، يعلمني فيه بأنه يوافق على حضور ضابطين مصريين لاستكمال الدراسة الميدانية في السويد لمدة أسبوعين. وعلى الفور قمنا بدراسة المطبوعات الجديدة بعناية وأعلنت عن مسابقة لاختيار هذين الضابطين، وفى 14 من أكتوبر 72 أقلعا إلى استكهولم، وبعد عودتهما ناقشتهما فيما شاهداه ورأياه فازددت يقينا من أننا نسير في الاتجاه السليم.

تم تطبيق الخطة الجديدة للتعبئة على كل من ينقل إلى الاحتياط اعتبـارا من شهر يونيو 1972 ، وكان عددهم 30000 [3]، ولكن للأسف لم نتمكن من تطبيق هذا النظام على تلك الدفعة بنسبة 100% نظرا لأننا لم نتمكن من إنشاء مراكز التعبئـة المائة التي كنا نريد إنشاءها قبل الأول من يونيو 72، أما الدفعات التالية، فقد تم تطبيق النظام الجديد عليها 100%. ولتصحيح وضع دفعة يونيو 72 قمنا باستدعائها في الفترة ما بين 5- 10 من أكتوبر 72، وتم تصحيح أوضاعها طبقا للنظام الجديد. كان أجمالي المسرحين من دفعة يونيو 72 ودفعة ديسمبر 72 ودفعة يونيو 73 حوالي 100000 رجل وأصبح في إمكاننا استدعاء هذا العدد الضخم و إشراكه في القتال في فترة تتراوح بين 24 و 48 ساعة فقط.

لقد نجحت الخطة الجديدة للتعبئة نجاحا عظيما، لقد كنت أ تصور أنه قد تلزمنا 48 لاستكمال التعبئة، ولكن التجارب المتكررة التي أجريتها خلال عام 73 لاختبار الخطة قد أثبتت أن نسبة كـبيرة من الأفراد تتراوح بين 70 و 80% تصل في اليوم الأول. كـان أفراد الاحتيـاط يشعرون بالسعادة لـذهابهم إلى وحداتهم القديمة، وكان ضبـاط وجنود وحداتهم يقابلونهم بالموسيقى والعناق، وفيما بين يناير وسبتمبر 73 قمت بتنفيذ 33 عملية استدعاء، بعضها كان لبضعة أيام وأطولها كان لمدة أسبوعين. كانت العملية تتم في يسر وسهولة فإذا أعلنا أن الاستدعاء لمدة أسبوع

واحد التزمنا بما وعدنا به و هكذا تولدت الثقة بين الجميع، وأصبحت فترات الاستدعاء هذه فرصة طيبة لتدريب جهاز التعبئة وإعادة تدريب وصقل جنود الاحتياط والأهم من ذلك كله تعود العدو على عمليات التعبئة لأغراض التدريب دون أن يشعر بالقلق. وفى يوم 27 من سبتمبر بدأنا عملية التعبئة الحقيقية بطلب استدعاء 70000 رجل، وفى يوم 30 من سبتمبر طلبنا استدعاء 50000 رجل أخر، ولكى نخدع العناصر العميلة التى تراقب أعمالنا قمنا بتسريح 20000 رجل يوم 4 من أكتوبر من الدفعة الأولى التى استدعيناها يوم 27 سبتمبر، وهكذا سارت الأمور فى يسر وسهولة وابتلع العدو الطعم الذى كنا نقوم بإعداده منذ مدة طويلة وفوجئ بالحرب يوم 6 من أكتوبر دون أن يشــعر بتعبئة 100, 000 رجل. والآن يجب أن نتساءل: لو لم يكن لدينا هذا الأسلوب المحكم فى التعبئة، هل كان من الممكن أن نستدعي هذا العدد الضخــم من الأفراد دون أن يشعر العدو وبالتالي تضيع منا المفاجأة التى لعبت دورا مهما فى تحقيق نجاح عبور قناة السويس ؟

هوامش الفصل الثاني عشر:

(1) إن هذا الأسلوب هو الأسلوب نفسه المتبع عند التجنيد مــع فارق واحد هو اختصار وضغط المدة اللازمة للتحضير والتدريب قبل الانضمام إلى الوحدة التى سيعمل فيها، ففي حــالة التجنيد لأول مرة تمتد هذه الفترة إلى 6–9 اشهر، أما فى حالة الاستدعاء للخدمة فى الاحتياط فإنه يتم ضغط هذه الفترة إلى حوالي 30 يوما.

(2) على سبيل المثال لا يتم الاستدعاء لأغراض التدريب السنوي فى أوقات جنى محصول زراعي فى منطقة ما. وبالتالي فان تواريخ الاستدعاء يمكن أن تختلف ما بين منطقة وأخرى.

(3) كانت هذه أول دفعة تنتقل إلى الاحتياط اعتبارا من يونيو 1967.

الفصل الثالث عشر

التدريب العام والخاص:

بالإضافة إلى مسئولية (ر.١. ح. ق. م. م.) بصفة عامة عن مستوى التدريب في القوات المسلحة فهو مسئول بصفة خاصة عن تدريب القيادات التي تليه مباشرة [1]، وابتداء من هزيمة يونيو ٦٧ أعطى الاسم الكودي (تحرير) متبوعا برقم لكل مشروع يقوم به (ر.١. ح. ق. م .م) لتدريب أية قيادة من تلك القيادات سواء أكانت مجتمعة لم كــان المشروع يخص إحداها، وقد كان اول مشروع أتولى إدارته بموجب منصبي هو "تحرير 18 " الذي بدأ في 21 من مايو 71، وكان آخرها هو "تحرير 35" الذي بدا في 24 من يونيو 73، وهذا يعنى أنني قمت بإدارة 18 مشروعا تدريبيا لهذه القيادات خلال 25 شهراً، وكان كل مشروع يستغرق حوالي 3-6 أيام، وكان يفترض مواقف من المنتظر أن يواجهها القادة خلال الحرب الفعلية، وكنت أعيش هذه الفترة بين القوات والقيادات واقطع صلتي بالأعمال الروتينية الكثيرة التي كــانت تفرضها على واجبات وظيفتي. كنت اشعر بالسعادة العظيمة خلال تلك الأيام لأني كنت أعيش الحياة التي أحببتها دائما وهى حياة الضابط الميداني وأتخلص ـ و لو مؤقتا ـ من الأعمال الروتينية المتعددة.

لقد كنت دائما واحدا من القادة الميدانيين الذين يهتمون اهتماما كبيرا بالتكتيكات الصغرى. إن افضل الخطط ليس من الممكن تنفيذها إذا عجز الجندي أو الضابط الصغير عن تنفيذ الجزء الخاص به، لذلك فإن كل قائد ـ مهما كان حجم القوات التي تحت قيادته ـ يجب ألا يفقد الاتصال بينه وبين الجندي الفرد الذي هو أساس القوات المسلحة: إنه الحجر الذي يمكن به أن نبني به اضخم بناء إذا صلح الجوهر، و لا نستطيع أن نبني به أي شئ إذا كــان الجوهر سيئا، وإن هؤلاء القادة الذين إذا علت مراتبهم اعتمدوا على القادة المرؤوسين واكتفوا بقيادة قواتهم عن طريق الهاتف والخريطة هم اعجز أنواع القادة. كنت عن طريق زياراتي الكثيرة للوحدات وحديثي مع الجنود وتوجيه بعض الأسئلة إليهم أستطيع أن ألمس نقاط الضعف لديهم وبالتالي اتخذ الإجراءات اللازمة لإصلاحها، وللتغلب على نقاط الضعف هذه أصدرت 8 كتيبات و 53 توجيهاً خلال فترة عملي (ر.أ.ح.ق.م.م)

إن التجربة العملية هي الحكم الفصل في صلاحية أية فكرة ولم يحدث قط إن اعتمدنا أي سلاح جديد أو فكرة جديدة دون أن يمرا في مرحلتين كانت المرحلة الأولى هي اختبار السلاح أو المعدة أو الفكرة، وتكرار هذه التجارب عدة مرات، وإجراء الكثير من التعديلات بغرض الوصول إلــى افضل النتائج قبل أن نعتمدها بصفة نهائية. أما المرحلة الثــانية فهي قيامنا بإجراء بيان عملي ندعو إليه مئات من المختصين لحضور التجربة لتعليمهم الأسلوب الصحيح لهذا الاستخدام، وقد حضرت مئات التجــــارب ومئات البيانات العملية التي كانت تجرى تحت ظروف مشابهة لما ينتظر أن

نقابله خلال العمليات الحربية. **وفيما يلي بعض الموضوعات المهمة التي قمنا بعمل الكثير من التجارب عليها والكثير من البيانات العملية** [2]

1- فتح الممرات في السـد الترابي، بناء الكباري وتشغيل المعديات نهارا وليلا (أعوام 71 و 72 و 73)

2- تأثير النيران العائمة على العبور (الأعوام 71 و 72)

3- كتيبة مشاة تقوم باقتحـام مانع مائي في القوارب وتتسلق السـاتر الترابي ومعها أسلحتها ومعداتها (الأعوام 71 و 72 و 73)

4- أثر المدفعية المتوسطة والهاونات الثقيلة على التحصينات الشبيبة بخط بارليف (الأعوام 71 و 72 و 73)

5- اختبار وتطوير القاهر والظافر (الأعوام 71 و 72)

6- كتيبة برمائية ولواء برمائي يعبر مسطحا مائيا (الأعوام 72 و 73)

7- اسـتخـدام أجهزة الرؤية الليليـة تحت الحمـراء، وضوء النجوم، الزينون (ZENON)، والأنوار الكاشفة (الأعوام 72 و 73)

8- استخدام أشعة الليزر في تقدير المسافة، وقد تمت هذه التجربة قبل بدء العمليات ببضعة أشهر، ولم نتمكن من إدخال هذا الأسلوب في دباباتنا قبل بدء القتال في أكتوبر 73.

9- القاذفات TU-16 تقوم بإطلاق قذائف على أهداف من بعد 100 كم (مايو 73)

التدريب بالمغامرة Adventure Training

التدريب بالمغامرة هو اصطلاح معروف في بعض الجيوش الغربية، ولاسيما القوات البريطانية، ولكنه موضوع لم يكن معروفا في القوات المسلحة المصرية، إلى أن أدخلت هذا الأسلوب التدريبي في قواتنا المسلحة خلال عام 1972ء وكان قد سبق لي أن تعلمت هذا الأسلوب عندما كنت ملحقا عسكريا في لندن خلال الأعوام 61-63. **وتتلخص فكرة هذا النوع من التدريب في النقاط التالية:**

1- قيام القادة الأصاغر مع جنودهم ببعض الرحلات بعيدا عن وحداتهم وقادتهم يولد فيهم روح الاعتماد على النفس والابتكار واتخاذ القرارات.

2- إن التحرك خارج الثكنات العسكرية أو المعسكرات المستديمة سوف يولد نوعا من الألفة بين الضابط وجنوده ويساعد على إظهار الأخلاق الحقيقية التي قد تبقى كامنة أو مختفية في ظل التجمعات الكبيرة.

3- أن هذه الرحلات يجب أن تكون محببة للنفس وليست جافة فهي تجمع ما بين التدريب والترفيه مثل زيارة جهات نائية بها بعض الآثار أو زيارة بعض المناطق السياحية والترفيهية.

اصدرت توجيها ينظم هذا النوع من التدريب وبموجبه اصبح من حق الوحدة القائمة بهذا النوع من التدريب أن تستخدم الحملة العسكرية وان تصرف لها التعيينات والإسعافات الأولية، وكان على قائد كل فصيلة تقوم بهذا النوع من التدريب أن يقدم تقريرا مكتوبا عن الرحلة وان تمنح مكافآت تشجيعية لأفضل تقرير يقدم في كل تشكيل. ولكي أعطي أهمية كبيرة لهذا المشروع أعلنت أنني شخصيا سأطلع على تقارير الدفعة الأولى التي تقوم بهذا النوع من التدريب وكان افضل التقارير التي قدمت ألي هو تقرير الملازم أول عاطف عبد الباقي السيد، وقد طلبت حضوره إلى مكتبي يوم 25 من سبتمبر 72، ومعه قائد فرقته حيث شكرته وقدمت له جائزة على تقريره.

هوامش الفصل الثالث عشر:

(1) يبلغ عددها 14 قيادة، تشمل القوات الجوية والقوات البحرية وقوات الدفاع الجوى والجيوش الميدانية وقيادات المناطق العسكرية وقيادات المظلات والصاعقة.

(2) هناك عشرات من التجارب الأخرى، كتركيب مدفع 100 مم على الدبابة ت 34 وتركيب أسلحة أخرى على عربات جنزير أو جيب، كذلك تعديلات في الأسلحة أو المعدات الفنية أو المهمات الخ.

الفصل الرابع عشر

الروح المعنوية بعد هزيمة يونيو 67:

إن رفع الروح المعنوية لجيش مهزوم هو عملية شاقة ولاسيما إن كانت أسباب الهزيمة غير معروفة. لم تكن الحقائق عن أسباب هزيمة يونيو 67 معروفة للشعب المصري، فقد كان الشعب حائرا بين ما يسمعه من أقوال متناقضة، فقد كانت القيادة السياسية تلقى باللوم على القيادة العامة للقوات المسلحة، بينما كانت القيادة العامة للقوات المسلحة تشيع سرا أن القيادة السياسية هي المسئولة عن الهزيمة لأنها حرمت على القيادة العسكرية القيام بتوجيه الضربة الأولى وترتب على ذلك قيام إسرائيل بتوجيه الضربة الأولى وتدمير قواتنا الجوية. ومن وجهة نظري فأني اعتقد إن قواتنا المسلحة كانت تنهزم في عام 67 حتى لو قامت بتوجيه الضربة الأولى. لقد أخطأت القيادة السياسية والقيادة العامة للقوات المسلحة كلتاهما في حساباتهما.

وبينما كان الشعب المصري حائرا بين الآراء المتعارضة حول لأسباب الهزيمة لم يجد صورة يعبر بها عن سخطه سوى أن يلقى باللوم على كل رجل عسكري يراه. كان الناس يستهزئون من كل رجل يمر في الطريق العام مرتديا ملابس عسكرية وينكتون عليه، وكانت الهزيمة قد أثرت في الروح المعنوية للجنود فجاءت هذه الأستهزاءات من الشعب لتزيدها هبوطا، وفى ظل هذه الظروف القاسية أخذت القيادة العامة الجديدة للقوات المسلحة على عاتقها رفع الروح المعنوية للرجال ما بين يونيو 67 وأكتوبر 73. لقد كانت معركة رأس العش دارت يوم أول يوليو 67 هي أول عمل عسكري يعيد الثقة إلى النفوس. سواء على مستوى القوات المسلحة أم على مستوى الشعب، ففي هذه المعركة قام رجال الصاعقة المصريون باعتراض قوة إسرائيلية كانت تتقدم شمالا في اتجاه بور فؤاد لاحتلالها فهزموها واضطروها إلى الفرار وبعد اكثر من ثلاثة أشهر وعلى وجه التحديد بتاريخ 21 من أكتوبر 67 قام رجال البحرية المصرية بإغراق المدمرة الإسرائيلية إيلات التي كانت تقوم بأعمال الدورية أمام بور سعيد، ثم بدأت حرب الاستنزاف في سبتمبر 68، وما صاحب ذلك من عمليات عبور جريئة قان بها رجال الصاعقة، حيث نصبوا الكمائن وأثاروا الذعر بين صفوف الإسرائيليين واستعادت القوات المسلحة ثقتها الكاملة بنفسها في يونيو 1970 عندما نجحت قوات الدفاع الجوى في إسقاط عشر طائرات إسرائيلية خلال الأسبوع الأول من شهر يوليو عام 1970.

العناصر الأساسية لارتفاع الروح المعنوية:

عندما توليت منصب (ر. ا. ح. ق. م. م) في مايو 71 كانت الروح المعنوية للقوات المسلحة جيدة ومع ذلك فقد كان هناك الكثير مما يمكن عمله في هذا المجال، كان أسلوبي في رفع معنويات الجنود يعتمد على ثلاثة عناصر: العنصر الأول هر المعرفة، والعنصر الثاني هو الإلمام بالقدرات الحقيقية للفرد أما العنصر الأخير فهو أن يكتسب القادة ثقة جنودهم.

العلم والمعرفة:

إن العلم والمعرفة لا حدود لهما فكلما ازداد الشخص معرفة ازداد إلمامه بما يمكن أن يفعله عندما تعترضه المشكلات وعلى سبيل المثال فإن أي سلاح مهما كان حديثا فإنه لا يمكن أن يخلوا من بعض نقاط الضعف. فلو استطاع الفرد أن يعرف نقاط القوة والضعف لكل سلاح من أسلحة العدو فإنه يستطيع بهذه المعرفة أن يتحاشى نقاط القوة وان يهاجم نقاط الضعف وبالتالي فإنه يستطيع أن يحقق أفضل النتائج. وينطبق ذلك على أسلوب العدو في القتال وعلى موضوعات أخرى كثيرة، **ولتحقيق هذا الهدف اتخذت الخطوات التالية:**

1- إجراء 26 "مؤتمر شهري" مع القادة حتى مستوى قائد الفرقة.

2- إجراء 18 "مشروع تحرير" لتدريب القيادات على المشكلات التي ينتظر أن تواجههم أثناء العمليات.

3- إصدار 53 توجيها ثم توزيع الجزء الأكبر منها حتى مستوى سرية.

4- إصدار 8 كتيبات توزع على مستوى الجنود .

5- تنظيم مئات البيانات العملية توضح للقادة والجنود الأسلوب الصحيح للتغلب على مشاكل معينة.

6- إصدار تعليمات إلى هيئة البحوث العسكرية في القوات المسلحة لكي تصدر نشرة شهريه عن أحدث المخترعات الحربية و أن توزع هذه النشرة حتى مستوى كل وحدة.

تقويم القدرات الذاتية:

"رحم الله امرأ عرف قدر نفسه" هذا هو العنصر الثاني من عناصر القوة والروح المعنوية، فما من أحد يستطيع أن يفعل كل شئ. إن كل شخص له قدرات محدودة يقف عاجزا إذا حاول اجتيازها، وان تكليف الفرد بما لا يطيق خطأ بليغ، لأنه سوف يفشل في تحقيق ما يطلب منه وسوف يؤثر هذا الفشل على روحه المعنوية. قال تعالى: "لا يكلف الله نفسا إلا وسعها" فكيف ننسى نحن البشر هذه النصيحة الربانية إن المبالغة في القدرات هي غرور قاتل، كان التقليل المتعمد من القدرات الحقيقية هو تصرف سيئ أيضا، لذلك يجب أن نقدر لنفسنا وجنودنا وطاقاتنا حق قدرها إذا أردنا النجاح في أعمالنا. ومن هنا فقد كنت دائما أ شجع الصراحة والمناقشة الحرة والنقد الذاتي حتى يمكننا أن نعرف الحقائق والقدرات، وما كان يدور خلال المؤتمرات الشهرية من مناقشات يوضح لنا كيف كانت الآراء المتضاربة تتصارع بحثا عن الحقيقة وبحثا عن معرفة حقيقة القدرات سواء بالنسبة لنا أم بالنسبة للعدو، وإذا كنت قد نجحت في خلق هذا الشعور بالمسئولية في جميع القيادات المرؤوسة في القوات المسلحة، فأنني لم استطع أن أحقق ما أصبو إليه بالنسبة للقيادات السياسية، وقد

كان ذلك من الأسباب الرئيسية للخلاف الذي دار بيني من ناحية، وبين كل من رئيس الجمهورية ووزير الحربية من الناحية الأخرى، كما سوف نرى في الباب السابع من هذا الكتاب.

الثقة بين الرئيس والمرؤوس:

إن القائد لا يستطيع أن يكتسب ثقة جنوده بمجرد الشعارات البراقة أو عن طريق إصدار التعليمات والتوجيهات والنداءات، و إنما عن طريق القدوة الحسنة والعلاقات المتبادلة التي أساسها الصراحة واحترام الذات إن القائد يستطيع أن يكتسب ثقة واحترام جنوده إذا توافرت فيه الصفات التي تجتذب الجندي، وأهمها: المعرفة، والشجاعة، والخشونة، والصدق في القول. والعدل بين المرؤوسين، وعدم المحاباة على أساس القرابة والصداقة. إن الجندي لا يهتم بما يسمع فهو يعلم بغريزته أن ليس كل ما يقال حقيقة، ولكنه يرى ويحس بما يدور حوله. إنه لمن السذاجة أن يطلب القائد من جنوده التقشف بينما هو يعيش عيشة مرفهة، انهم سيسمعون، وأدبا سيسكتون، ولكنهم فيما بينهم سينتقدون ويستهزئون. لقد حاولت طوال مدة خدمتي في القوات المسلحة أن اغرس المثل العليا في نفوس الضباط والجنود. فعندما كنت قائداً لمنطقة البحر الأحمر العسكرية 70-71 كنت اسكن في ملجأ 2 متر * 4 أمتار. لقد كان في استطاعتي أن اسكن في فيلا جميلة ولكني فضلت أن أعيش في المستوى نفسه الذي يعيش فيه ضابط برتبة ملازم أو نقيب في القوات المسلحة، لم يحدث قط أن اشتكى لي أحد الضباط أو الجنود من الحياة الشاقة التي يعيشونها لأنهم كانوا يرون بأعينهم كيف أعيش وكيف أشاركهم حياتهم.

وعندما توليت منصب (ر. ا. ح. ق. م. م.) حاولت أن اثبت المثل العليا التي كنت أؤمن بها في جميع أرجاء القوات المسلحة لكي اخلق جو الثقة بين الجنود والقائد لم اكن اهتم في ذلك بشخصي لأن خدمتي في القوات المسلحة لمدة 30 سنة سابقة كانت كافية لكي يعرف الضباط والجنود أخلاقي ومبادئي، فكثيرون منهم إما أن يكونوا قد خدموا تحت قيادتي أو سمعوا من بعض زملائهم الذين خدموا تحت قيادتي. كان همي أن اخلق روح الثقة هذه بين القادة على مختلف المستويات وبين الجنود وبصفة أساسية بين الاف الضباط الأصاغر وبين جنودهم، ومن بين الإجراءات التي اتخذتها في هذا الاتجاه. موضوع "التدريب بالمغامرة" الذي سبق الحديث عنه، وكذلك إعادة إدخال الرياضة والمنافسات الرياضية في القوات المسلحة بعد أن كانت قد أوقفت منذ يوليو 1967. واعتبارا من يناير عام 1972 بدأت المنافسات الرياضية بين 14 قيادة عسكرية رئيسية في 7 العاب. أي انه طوال العام تتم اكثر من 450 مقابلة رياضية، وقد استقبل القادة والجنود هذه المنافسات بحماس شديد، وحققت أكثر من هدف: فقد حطمت الحواجز بين الضباط والجنود، وخلقت روح الفريق، وبالإضافة إلى ذلك فقد كانت توفر مناسبة ترفيهية لآلاف الضباط والجنود الذين

يحضرونها لتشجيع فرقهم الرياضية، لم تتوقف المنافسات الرياضية خلال عام 73 بل ازداد عدد الألعاب التي يجري عليها التنافس وازدادت العلاقة بين الضباط والجنود عمقاً.

بنك الدم الاشتراكي:

كانت مصارف الدم في القوات المسلحة تعتمد في الحصول على الدم على المتطوعين من الجنود والمدنيين لقاء اجر معلوم مقابل كل زجاجة دم، وكان من الطبيعي ألا يلجأ إلى ذلك إلا الجندي الفقير الذي يضطر إلى أن يبيع دمه لقاء ما يحصل عليه من اجر. لقد شعرت بالخجل والـلاإنسانية عندما علمت مصادفة بهذا الوضع. وفي عام 73 بينما كنت أبحث موضوع تخزين احتياطي الدم قبل دخول المعركة أصدرت أوامري بإلغاء هذا النظام فوراً، وفرضت على كل ضابط وجندي دون الأربعين من العمر أن يتبرع بزجاجتين من الدم مرة واحدة خلال فترة خدمته في القوات المسلحة إذا ما كانت حالته الصحية والطبية تسمح بذلك. لقد كـانت حساباتي قبل إصدار هذا الأمر تثبت أن هذه الكمية ليست كافية لتـغطية احتياـجاتنا الاعتيادية فقط، بل إنها تكفي أيضاً لخلق احتياطي من "الدم" يكفي ويزيد على كل ما قد نحتاجه خلال المعركة، وحيث إن الدم الطازج يجب أن يحول إلى بلازما بعد مضى 30 يوما، فقد كان مطلوباً منا أن نحصل على الدم يومياً وطبقاً لجدول زمني دقيق على مدار السنة، وهذا ما فعلناه فقد أصدرت "التوجيه رقم 39" وكان عنوانه هو "القوات المسلحة لا تبيع دماءها وإنما تضـحي بها من اجل الوطن"، ومع أن التوجيه كان يفرض التبرع على كل من هو دون إل. 4 سنة، ومع أني كنت في الخـمسين من عمري- فقد قررت- طبقا لمبادئي التي تلزمني بان أشارك رجالي في كل شئ- أن افتتح الحملة بأن تبرعت بزجاجتين من دمي يوم 31 من مارس 1973، وقبل أن تبدأ عملياتنا في 6 من أكتوبر كان لدينا 20000 زجاجة من الدم كاحتياطي عمليات.

أن الروح المعنوية للجندي هي محـصلة لمئات العوامل الكبيرة التي لا مـجال لذكرها الآن ولكني أود أن أركز بصفة خاصة على العناصر التي سبق أن ذكرتها وهي المعرفة والإلمام بالقدرات والقدوة الحـسنة. يجب أن يعلم كل جندي بقدراته الحقيقية لا أكثر ولا اقل، يجب أن يكون فخوراً في حدود قدراته الحقيقية لا قدرات أجداده وأسلافه. إن التفاخر بأن آباءنا قد بنوا الأهرام منذ أكثر من 5 آلاف سنة شئ جميل إذا كان ذلك مقروناً بالتفاخر بقدراتنا الحالية، كما أن التفاخر بأننا عبرنا قناة السويس في أكتوبر 73 شئ عظيم، ولكن بشرط ألا تكون قوتنا العسكرية اليوم في 78 اقل مما كانت عليه منذ 5 سنوات. إن من يتكلم عن الماضي فقط دون الحاضر هم الضعفاء الذين يريدون أن يعيشوا في أحـلام الماضي ولا يستطيعون أن يحـسنوا حاضرهم ومستقبلهم. والقدوة الحـسنة هي أسـاس النجاح. إن الجندي المصري إذا وجد القدوة الحسنة فإنه يستطيـع أن يحقق العجائب وقد بذلنا الكثير لخلق هذه القدوة الحسنة على جميع المستويات، ولقد

أثبتت الحرب أن مجهوداتنا في هذا الاتجاه قد حققت نجاحاً كبيراً فقد قاتل الجندي المصري، كما لم يقاتل من قبل في تاريخه الحديث، قاتل بشجاعة وروح معنوية عاليـة وأعاد إلى الأذهان قول رسول الله "إذا فتح الله عليكم بمصر فاتخذوا منها جنداً كثيفاً فإن بها خير أجناد الأرض."

الباب الثالث

السادات وصادق وأنا

الفصل الخامس عشر

مؤتمر الرئيس في ديسمبر 70:

بعد ان تم انتخاب السادات رئيسا للجمهورية فى 14 من اكتوبر 70 دعا الى اجتماع مع قادة القوات المسلحة يوم 19 من اكتوبر، وفى هذا الاجتماع أثنى على المرحوم جمال عبد الناصر، ووعدنا بأنه سيسير على هدى خطواته وفى 30 من ديسمبر من العام نفسه حضر اجتماعا أخر مع القادة، ولكن فى هذا الاجتماع كان المتكلم الرئيسي هو الفريق فوزي – وزير الحربية والقائد العام للقوات المسلحة– الذي استعرض فى تقريره موقف القوات المسلحة المصرية وقدراتها القتالية، وبعد ان أتم الفريق فوزي من قراءة تقريره تكلم الرئيس السادات فأكــد انه لن يكون هناك تمديد لوقف إطلاق النار عندما ينتهي اجله فى 4 من فبراير 71، وطلب إلينا ان نكون على أهبة الاستعداد لاستئناف العمليات العسكرية بالأسلحة التى في أيدينا [1]، وكان مما قاله السادات "لا تصدقوا الدعاية الأمريكية والإسرائيلية التى تقول إن علاقتنا مع الاتحاد السوفيتي سيئة إنهم يريدونها كذلك ولكنها ليست كما يتمنون."

مؤتمر الرئيس مارس 71:

فى 23 من مارس 1971 عقد الرئيس مؤتمرا عاما للضباط وقد طلب إلى ان أحضر معي 4 ضباط من مختلف الرتب من منطقة البحر الأحمر العسكرية لحضور هذا المؤتمر، وقد بدا الرئيس حديثه بشرح الأسباب التى دعته الى تمديد فترة وقف إطلاق النار التى انتهت فى 4 من فبراير الماضي فقال: "إن جهود مصر الدبلوماسية قد نجحت فى عزل إسرائيل عن العالم فقد تم عزلها عن أمريكا وبريطانيا ودول أوروبا الغربية وإسبانيا وإيران "، وعن موقف إسرائيل قال السادات: "لأول مرة تعترف إسرائيل فى وثيقة رسمية أرسلتها الى السكرتير العام للأمم المتحدة بتاريخ 21 من فبراير 71 بأنها لن تنسحب الى خطوط 4 من يونيو 67، وبذلك وضحت نواياها أمام العالم اجمع "، وعن علاقاتنا مع أمريكا قال: "نحن لا نثق بأمريكا فقد وعدتنا كثيرا ولكنها لم تف بوعودها، وقد أخطرت نيكسون بأننا لا نثق بوعود أمريكا ولكننا على استعداد لأن نثق بالأفعال "، وعن المعركة مع إسرائيل قال السادات: " إن المعركة القادمة هي معركة شعب وليست معركة القوات المسلحة، و يجب علينا أن نحصل على التوازن الدقيق بين مزايا بدء المعركة الآن وبين مزايا الانتظار، وأني أعدكم بأننا لن نقدم ميعاد المعركة يوما واحدا ولن نؤخرها يوما واحدا عن توقيتها الصحيح "، وفى خلال قيام الرئيس بإلقاء كلمته وزع على الحاضرين خريطة تبين الأراضي التى تريد إسرائيل أن تحتفظ بها، والأراضي التى هي مستعدة لإعادتها إلى العرب وقد علق الرئيس على هذه الخريطة وهو يستثير حماس الضباط هل تريدون أن تقبلوا هذا الهوان ؟" ، وكان الرد حماسيا من الجميع "لا لا لن يكون هذا" (انظر الخريطة رقم 1)

وفى سياق حديثه عن علاقة مصر بالدول العربية هاجم السادات بعنف جميع الدول العربية وخص بهجومه الرئيس هوارى بومدين الذي قال عنه " إن الرئيس هوارى بومدين قد باع نفسه للأمريكيين، لا سياسيا فحسب بل اقتصاديا. لقد وقع أخيرا مع الشركات الأمريكية عقدا يضمن إمداد أمريكا بالبترول والغاز السائل لعشرات السنين وبذلك سوف يصبح اقتصاد بلاده معتمدا كليا على أمريكا."

مؤتمر وزير الحربية في أبريل 71:

في يوم 18 من أبريل 71 اجتمع المجلس الأعلى للقوات المسلحة تحــت رئاسة الفريق فوزي. لم تكن وظيفتي التي أشغلها كقائد لمنطقة البحر الأحمر العسكرية تؤهلني لعضوية هذا المجلس، ولكنى دعيت لحـــضور هذا المؤتمر، وقد كان الموضوع الرئيسي لهذا المؤتمر هو بحث موضوع "اتحاد الجمهوريات العربية"، وقد بدا الفريق فوزي حديثه بمقدمة مفادها عدم علمه المسبق بهذا الإعلان وانه علم به رسميا حوالي الساعة الواحدة صباحا أي قبل إذاعته في الصحف بخمس ساعات فقط، وتساءل عن الفوائد التي يمكن أن نجنيها من هذا الاتحاد ولاسيما إن علاقتنا الحالية مع سوريا طيبة جدا واخبرنا بأنه يوجد اتفاق سرى بين مصر وسوريا تم في نوفمبر 70 وبموجبه أصبحت لوزير الحربية المصري سلطة قيادة القوات السورية أيضا، كما اخبرنا بأنه لا يوافق على الحل المقترح بانسحاب إسرائيل الجزئي من الضفة الشرقية [2]، ثم أنهى حديثه قائلا إن آراء الفريق صادق (الذي كان يشغل منصب "ر. ا. ح. ق. م. م " في ذلك الوقت) متفقة تماما مع آرائه وانه طلب حضورنا لكي يستمع إلى وجهة نظرنا في هذا الموضوع.

كان المؤتمر يضم 16 ضابطا بالإضافة إلى سكرتير المجلس الذي يقوم بإجراء التسجيل الرسمي دون أن يطلب إليه إبداء الرأي، و كان ترتيبي في سلم الأقدمية بين الحاضرين هو الثاني عشر. وعلى الرغم من أن هناك تقليدا عسكريا هو أن يستمع لرأى الضابط الأحدث قبل الضابط الأقدم حتى لا يتأثر الضابط الأحدث برأي من هو أقدم منه أو من هو رئيسه، فقد خالف الفريق فوزي هذا التقليد عندما أعلن رأيه قبل أن يستمع إلى أقوالنا، ثم خالفه مرة أخرى عندما بدأ بالاستماع لرأى الأقدم قبل الأحدث ثم خالفه مرة ثالثة عندما تخطى الفريق صادق وسأل من يليه في الأقدمية وذلك ليقنع الجميع أن الفريق صادق متفق معه في الرأي تماما، كما سبق أن قال . هاجم المتحدثون الذين سبقوني جميعهم انضمام مصر إلى هذا الاتحاد وبذلك كانت معركة التصويت قد حسمت فلو أنني والأربعة الذين من بعدي عارضنا هذا الاتفاق فإن ذلك لم يكن ليغير من الأمر شيئا، وعندما جاء دوري في الكلام أيدت الاتحاد وفندت الأسباب المختلفة التي اعتمد عليها الآخرون في معارضتهم له، وشرحت لهم المواد الخاصة بالاتحاد وخرجت بخلاصة وهي "إذا لم يكن هناك نفع لمصر من هذا الاتحاد فإنه ليس هناك أي غرم، ولذلك فأنى أباركه."

كان تصرفي هذا تصرفا يمليه المبدأ والاقتناع، وان كان يبدو في أعين بعضهم نوعا من الجهل بأصول اللعبة السياسية. لقد كان الجميع في مصر وفى خارج مصر يعلمون أن الرئيس السـادات هو رئيس لا سلطات له وان السلطة الحقيقية كانت في أيدي اللجنة التنفيذية العليا للاتحاد الاشتراكي، وقد لمح الفريق فوزي في حديثه معنا إلى أن الجهات السياسية العليا ترفض هذه الاتفاقية وانه بعد أن ينتهي من اجتماعه معنا فإنه سوف يتوجه لحضور اجتماع سياسي على أعلى مستوى، وأنه سوف يقوم بإبلاغ هذه الجهات السياسية برأي القوات المسلحة، ومع هذه الإيضاحات كلها ومع وقوف غالبية القادة في القوات المسلحة ضد هذا الاتحاد فقد اخترت أن أقف إلى جانب ما أعتقد الحق مهما كان سبب ذللك لي من مشكلات. وبينما كنت أقوم بشرح وجهة نظري هاجمني أحد الأعضاء القدامى، ولكن الوزير تدخل وطلب منه عدم مقاطعتي. لقد كانت لفتة كريمة من الوزير ولكنها لم تغير من الحقيقة وهي أني قد اخترت أن أسير في الطريق الصعب، ولكنه كان طريقاً أعتقد أنه كان في صالح مصر .

بعد أن أنهيت حديثي تكلم الأربعة الآخرون، فعارضوا الاتفاقية. كان الفريق فوزي سعيداً بهذه النتيجة، وقد عقب قائلاً:"والآن فإنني أستطيع القول بأنكم جميعاً فيما عدا اللواء الشاذلي تعارضون هذا الإتحاد، وسوف أنقل خلاصة رأيكم هذه إلى الإجتماع السياسي المهم الذي سوف أذهب الآن لحضوره. وفى هذه اللحظة تدخل العضو نفسه الذي هاجمني وقال: "أننا لم نسمع رأى السيد رئيس الأركان، ونود أن نعرف رأيه قبل أن ننصرف من هذا المكان ". نظر الوزير إلى الفريق صادق وطلب إليه أن يبدي رأيه، تكلم الفريق صادق بحذر شديد، نظرا لأن طبيعة الشك التي تولدت عند الفريق صادق عندما كان مديرا للمخابرات الحربية قد لازمته عندما اصبح (ر. أ. ح. ق.م.م.م) كما ظلت تلازمه وهو وزير للحربية كما سنرى فيما بعد. قال الفريق صادق: " إني قلق من نقطتين رئيسيتين: النقطة الأولى هي قيام الاتحاد السوفيتي بتأييد هذا الاتحاد وهذا عمل غير منطقي يثير الشكوك، والنقطة الثانية هي انضمام سوريا إلى الاتحاد بعد التجربة المريرة التي مررنا بها في عام 1958، ثم انفصمت عراها في 1961، ولولا هاتان النقطتان لكنت من المؤيدين لهنا الاتحاد "فرد عليه العضو نفسه الذي طلب منه أن يبدي رأيه قائلا: "إننا نريد إجابة صريحة بنعم أو لا على الاتحـاد في صورته المعروضة، فرد الفريق صادق بأنه يعارض الاتحاد، وهكذا انتهت المناقشات بان اصبح 15 عضوا في المجلس الأعلى يعارضون الاتحاد وعضو واحد فقط هو الذي يؤيد، وأنا، علما بأني لم اكن عضوا دائما في المجلس.

سافرت صباح اليوم التالي إلى مقر عملي في البحر الأحمر، ولكنى أخذت اعد نفسي لأسوا الاحتمالات، كان الصراع على السلطة في مصر قد لصبح يتخذ شكلا حادا. ففي 2 من مايو أذيع بيان جاء فيه أن الرئيس السادات أقال السيد على صبري من وظيفته كنائب لرئيس الجمهورية ، وكذلك من جميع مناصبه الأخرى، وفى يوم 10 من مايو استدعيت إلى القاهرة لحـضور مؤتمر برئاسة السيد

الوزير تقرر عقده صباح اليوم التالي، ولكن عندما ذهبت إلى الاجتماع اتضح أن رئيس الجمهورية هو الذي سيرأس الاجتماع. كان هذا هو الاجتماع الرابع الذي يعقده الرئيس السادات مع قادة القوات المسلحة منذ انتخابه رئيسا للجمهورية في أكتوبر الماضي.

مؤتمر الرئيس في 11 من مايو 71:

كان اجتماع السادات يوم 11 من مايو 71 مختلفا عن جميع اجتماعاته السابقة- كانت لهجته تنم عن التحدي لخصومه السياسيين، وكان يتكلم بثقة اكبر. كان يستخدم كلمة "أنا" كثيرا بعد أن كان في جميع محادثاته السابقة يستخدم كلمة "نحن"، مشيرا بذلك إلى القيادة الجماعية. كان قد أخطرنا في إجتماع 23 من مارس أن قرار تمديد وقف النار في 5 من فبراير 71 قد اقترن بتقد يم مبادرة مصرية ولكنه لم يوضح لنا تفاصيل هذه المبادرة [3]، **وفى هذا المؤتمر اخبرنا بالأقوال التالية:**

1- إعادة فتح قناة السويس، وانسحاب إسرائيل إلى ما هو شرق العريش، وتتم هذه المرحلة خلال مدة 6ا شهر .

2- تبدأ المرحلة الثانية مباشرة ويتم خلالها الانسحاب الإسرائيلي الكامل [4]

3- في أثناء مقابلتي الأخيرة منذ أيام مع المستر روجرز، أخبرتها بان شروطي لإعادة فتح القناة ليست قابلة للتفاوض وانه يجب أن تعبر قواتنا القناة وتقيم خطأ دفاعيا في الشرق لتأمين حرية الملاحة بالقناة وان فترة وقف إطلاق النار لإتمام المرحلة الثانية تكون فترة محددة، وقد علق روجرز على ذلك قائلا "لا أحد يمكنه أن يطلب من مصر اكثر من ذلك، لقد ذهبتم إلى ابعد ما تستطيعون!" [5].

4- طلبت من روجرز إجابة محددة عن سؤالي: "هل أمريكا تؤيد إسرائيل في احتـــلال أراضينا أم إنها تضمن سلامة إسرائيل داخل حدودها فقط ، وقد سلمت روجرز مذكرة مكتوبة تتضمن جميع هذه التفاصيل.

5- بعد عودة سيسكو [6] من إسرائيل أخبرني بأنهم في إسرائيل يثيرون النقاط التالية:

أ- بعد إعادة فتح القناة هل ستسمح للسفن الإسرائيلية بعبور القناة أم أن ذلك لن يكون إلا بعد انسحابها الكامل؟

ب- إن مدى انسحابهم شرق القناة يتوقف على طول مدة وقف إطلاق النار، فكلما طالت هذه الفترة زادت إسرائيل من المساحة التي تنسحب منها.

ت- إنهم لا يوافقون مطلقا على عبور قواتنا شرق القناة.

ث- انهم يطالبون بتخفيف قواتنا غرب القناة.

ج- إنهم يرفضون إعطاء أي تعهد بالانسحاب إلى حدود 4 من يونيو 67.

ح‐   أن أي اتفاق يتم التوصل إليه لا يكون نافذا إلا بعد أن يوافق عليه البرلمان الإسرائيلي .

6‐ تكلم الرئيس مره أخرى عن علاقتنا مع الاتحاد السوفييتي فقال إنها ممتازة و إن الاتحاد السوفيتي يقوم ببناء مشروعات صناعية في مصر قيمتها 460 مليون دولار، وإن هذا سيمكننا من بناء القاعدة الاقتصادية التي هي أساس الاستقلال السياسي.

7‐ أشاد الرئيس السادات بالدور الذي تقوم به القوات المسلحة في تدعيم السياسة الخارجية، وذكر أن أمريكا ما كانت لتتحرك وترسل روجرز إلى القاهرة لو لم تكن تعلم بان قوتنا العسكرية قد أصبحت قادرة على تحدى الغرور الإسرائيلي ومصممة على استعادة موقعها القيادي بين الدول العربية. ثم تحدث عن اهتمامه بالقوات الجوية حتى يمكننا أن نتحدى السيطرة الجوية الإسرائيلية، فقال في هذا المجال: " إنني لن أنام وأنا مطمئن البال إلا بعد أن يكون لدينا 1000 طيار ."

تعييني رئيسا لأركان حرب القوات المسلحة المصرية:

عدت إلى البحر الأحمر يوم 12 من مايو 71، ولكن الأحداث بدأت تتحرك بسرعة مذهلة. ففي يوم 13 من مايو أعلن عن استقالة الغالبية العظمى من أعضاء اللجنة التنفيذية العليا للاتحاد الاشتراكي، وكذلك عدد من الوزراء بما فيهم وزير الحربية والقائد العلم للقوات المسلحة، وتبع ذلك أيضا استقالة عدد من أعضاء اللجنة المركزية، وبدا الموقف وكأنه انهيار سياسي. وفى 15 من مايو قام السادات بانقلاب عسكري ضد خصومه السياسيين واشترك في هذا الانقلاب كل من اللواء الليثي ناصف قائد الحرس الجمهوري، والفريق محمد صادق رئيس أركان حرب القوات المسلحة، وكان الرجل الثالث من رجال الانقلاب هو السيد ممدوح سالم وهو ضابط بوليس قضى معظم خدمته في المباحث العامة، وكان آخر منصب شغله قبل الاشتراك في انقلاب السادات هو محافظ الإسكندرية، حيث قام اللواء الليثي ناصف قائد الحرس الجمهوري وتحت قيادته لواء مدرع ولواء مشاة بالدور الرئيسي في الانقلاب، بينما لعب الفريق صـادق (ر. أ. ح. ق. م. م) دور المؤيد للانقلاب، أما ممدوح سالم، فكانت مسئوليته تنحصر في السيطرة على المباحث السرية والبوليس، وتجميع المعلومات عن خصوم السادات السياسيين.

مازال هناك الكثير من الأسرار حول انقلاب السادات في 15 من مايو 71: كيف تم ؟ لماذا وكيف سكت 14 قائدا عسكريا اشتركوا مع وزير الحربية في التصويت يوم 18 من أبريل 71 ضد مشروع الاتحاد الذي كان في الحقيقة تصويتا ضد رئيس الجمهورية ؟ لقد قام السـادات بالتخلص من الفريق صادق في أكتوبر72، وهو الآن في مصر لايستطيع أن يغادرها ولا يستطيع أن يتكلم، أما الفريق الليثي ناصف فقد مات في حادث غامض في لندن يوم 30 من أغسطس 73، أما ممدوح سالم

و هو الأقل خطرا لأنه لا يملك القوة العسكرية التي تشكل خطرا على النظام- فقد عين وزيرا للداخلية ثم بعد ذلك رئيسا للوزارة في أبريل 75، ثم لفظه السادات بعد أن حقق أهدافه منه، وكان ذلك في أوائل أكتوبر 78، وبذلك تم التخلص نهائيا من كل من عاونوه في انقلاب عام 1971.

في يوم 16 من مايو عدت مرة أخرى إلى القاهرة التي كنت منذ ثلاثة أيام لأستلام منصبي الجديد كرئيس لأركان حرب القوات المسلحة المصرية، متخطيا بذلك اكثر من 30 ضابطا يسبقوني في الأقدمية العامة. قد يعتقد بعضهم أن هذا التعيين جاء بناء على موقفي في مؤتمر المجلس الأعلى للقوات المسلحة الذي انعقد في 18 من أبريل 71. ولو أخذنا بهذا التفسير لكان منطقيا أن يقوم السادات بالتخلص من جميع الأعضاء الأربعة عشر الذين وقفوا ضده لكي يأمن شرهم، ولكن هذا لم يحدث، كل ما حدث هو أن الشخص الذي هاجم الفريق صادق مرتين خلال هذا المؤتمر قد تم نقله من القوات المسلحة إلى وظيفة مدنية، وكان واضحا أن الفريق صادق وليس رئيس الجمهورية هو الذي وراء هذا النقل، وفي يوم 17 من مايو قابلت رئيس الجمهورية في منزله بالجيزة برفقة الفريق صادق، حيث أشاد بما يعرفه عني من قدرات وإمكانات وانضباط عسكري ولأنه يثق بي ثقة كبيرة ثم أخذنا نتجاذب الحديث نحن الثلاثة في أمور تخص القوات المسلحة لمدة ساعتين تقريبا، انصرفت بعدها لأبدأ مرحلة من العمل المضني الجاد لإعداد القوات المسلحة للحرب، كما جاء في البابين الأول والثاني من هذا الكتاب وكما سوف يجئ ذكره في حينه في الأبواب القادمة.

هوامش الفصل الخامس عشر:

(1) قد وافق السادات بعد ذلك على تمديد وقف إطلاق النار، ما الذي جرى خلال تلك الأسابيع الخمسة لكي يغير سياسته ؟

(2) كان في هذا القول إشارة خفية إلى أن السادات في اتصالاته السرية مع روجرز وزير الخارجية الأمريكي قد وافق على انسحاب إسرائيلي جزئي من الضفة الشرقية للقناة.

(3) يدعي السادات في مذكراته (الصفحة رقم 300) بأنه لم يستشر أحدا من القيادات السياسية وانه فاجأهم بها عندما أعلنها أمام البرلمان يوم 4 من فبراير. 7. ويقول السيد على صبري في مذكراته التي نشرت في مجلة 23 يوليو (العدد 14 بتاريخ 4 من يونيو 79) إن السادات عرض هذه المبادرة على مجلس الدفاع القومي يوم 2 من فبراير ولم يوافق المجلس عليها وإن السادات قرر إعلانها رغم ذلك على الرغم من المحاولات المكثفة التي بذلها أعضاء القيادة السياسية لثنيه عن إعلانها، وإن هذه المحاولات استمرت حتى في بهو مجلس الشعب قبل ميعاد إلقاء الرئيس خطابه بدقائق.

(4) يلاحظ أن الرئيس عند ذكره كلمة الانسحاب الكامل لم يوضح ما إذا كان يخبئ في صدره أنه يعنى الانسحاب من سيناء فقط أم الانسحاب من جميع الأراضي العربية، ولكن طبقا للمفهوم السائد في ذلك الوقت فإن معنى كلمة الانسحاب الكامل كانت تعنى الانسحاب من جميع الأراضي العربية التي احتلت في يونيو 1967، والآن وبعد اكثر من 10 سنوات من هذا اللقاء يتساءل المرء عما إذا كانت اتفاقية كامب ديفيد في 17 من سبتمبر 78 هي أفكار السادات نفسها في مايو 71.

(5) تعرف رحلة روجرز إلى كل من مصر و إسرائيل خلال مايو 71 ب "مشروع روجرز للسلام رقم 3"، ومن المعروف الآن أن السادات وافق على كل ما طلب منه ولكن المسز مائير لم تعط أي رد إيجابي، وكل ما عاد به روجرز إلى واشنطن هو وعد من المسز مائير بأنهم سيقومون بالدراسة.

كان "مشروع روجرز للسلام رقم 1" هو دعوة كل من إسرائيل ومصر والأردن للتفاوض غير المباشر تحت إشراف كل من أمريكا والاتحاد السوفيتي، ولكن الاتحاد السوفيتي رفض الانضمام إلى هذه المبادرة فقام روجرز بإرسالها للأطراف الثلاثة في 28 من أكتوبر 1968. رفض جمال عبد الناصر هذه الخطوة ووصف أمريكا بأنها العدو رقم 1 للعرب كذلك رفضت المسز مائير هذه المبادرة على أساس انه لا يجوز أن تشارك أو تسهم الدولتان العظميان في المفاوضات، وان المفاوضات يجب أن تكون مباشرة بين إسرائيل والعرب.

كان "مشروع روجرز للسلام رقم 2" هو المشروع الذي تقدم به في 19 من يونيو 70 والذي كان يدعو إلى وقف إطلاق النار لمدة 90 يوما على أن تتم خلالها مفاوضات غير مباشرة بين مصر وإسرائيل والأردن، وقبل عبد الناصر المبادرة واضطرت إسرائيل –التي كانت تصر على المفاوضات المباشرة– إلى قبول المشروع بعد أن أخذت طائراتها تتساقط بواسطة دفاعنا الجوي خلال الأسبوع الأول من شهر يوليو 70.

(6) أحد معاوني المستر روجرز والذي رافقه في زيارته إلى مصر ثم إلى إسرائيل.

الفصل السادس عشر

مؤتمر الرئيس في 3 من يونيو 71

في يوم 3 من يونيو 71 اجتمع المجلس الأعلى للقوات المسلحة برئاسة الرئيس السادات وقد بدأ الرئيس المؤتمر بشرح ما وصفه بالمؤامرة التي كانت تريد أن تتخلص منه، وخص بالذكر كـــلا من الفريق فوزي وأمين هويدي، وشعراوي جمعة، وسامي شرف، ومجدي حسنين. وبعد ذلك انتقل إلى خط السياسة الخارجية، فقال: " أن استراتيجيتنا يجب أن تكون واضحة لكم، وهى تتلخص في نقطتين: النقطة الأولى هي الحفاظ على علاقتنا مع السوفيت والتمسك بها حتى يمكننا بناء الدولة الحديثة اقتصاديا وعسكريا، إذ أن الحركة الصهيونية هي هجمة صليبية وسوف تستمر عشرات السنين وان صداقتنا مع الاتحاد السوفيتي هي التي سوف تساعدنا في التصدي لهذه الهجمة. أما النقطة الثانية فهي الوحدة العربية. وإننا ملتزمون بهذين الهدفين ونسير قدما في إتمامهما"، وفى تعليقه على زيارة الرئيس بودجورني [1] قال: "لم يحدث مطلقا أن حاول بودجورني أو أي من أعضاء الوفد السوفيتي التدخل في شئوننا الداخلية، ولكن في لقاء بيني وبين الرئيس بودجورني، سألني لماذا اخترت هذا الوقت بالذات لطرد علي صبري ؟ فقلت له: لقد رأيت أن أعجل بذلك قبل حضور روجرز إلى القاهرة حتى لا يفسر طردي لعلي صبري إذا ما تم بعد زيارة روجرز على انه ثمن صفقة أمريكية، وقد رد على بودجورني قائلا: " أنهم في القيادة السوفيتية تصوروا هذا التفسير نفسه"

وردا على سؤال بخصوص التنظيم الطليعي أجاب الرئيس "لقد كانت فكرة جمال عبد الناصر في هذا الموضوع هي إنشاء تنظيم من العناصر القيادية الشابة دون أن تعرف أسماؤهم حـــتى لا يكونوا هدفا لهجوم عناصر مضادة من داخل الاتحاد الاشتراكي أو من خارجــه ممن تستبد بهم الغيرة والحقد، وقد كانت هذه العناصر تنتخب من القاعدة حتى القمة، وقد استغلت بعض العناصر –التي كانت تريد أن ترث جمال عبد الناصر – هذا التنظيم لكي تفرض سيطرتها على الشعب فدربتهم عسكريا وهيأت وخزنت الســلاح اللازم لاستخدامه في الوقت المناسب ولحسن الحظ تمكنا من وضع يدنا على السلاح قبل توزيعه عليهم.

وردا على سؤال يتعلق بالشائعات الدائرة حول مطالبة الروس بقواعد عسكرية في مصر أجاب الرئيس" هذا غير حقيقي، أنا لا أعطي قواعد لأحد، وبهذه المناسبة أود أن اقول لكم إنه أثناء زيارة روجرز الأخيرة فإني أخبرته بأنني سأنشئ أكاديمية جوية وأني سأستعين بالروس لإنشائها وإنني لن أستطيع النوم قبل أن يصبح لدينا 1000 طيار مدرب، قلت له كذلك: أن الأمريكان يعلمون جيدا أننا أصحاب الكلمة في أرضنا، وقد أخبرت روجرز أيضا بأنه إذا فرض علينا الاحتلال الإسرائيلي فإنني سأعيد التفكير في كلمة عدم الانحياز."

وردًا على سؤال خاص بالنواقص التعبوية التي تؤثر على المعركة الهجومية قال الرئيس : "إنكم مطالبون بالعمل في حدود الإمكانات المتاحة لكم، لو إنكم عبرتم القناة واحتللتم عشرة سنتيمترات فقط شرق القناة و أقول ذلك طبعا للمبالغة، فإن ذلك سوف يغير الموقف السياسي دوليا وعربيا."

كنت أقوم بزيارة الوحدات البحرية في الإسكندرية خلال يومي 6 و 7 من يوليو، وكان يرافقني في هذه الزيارة عدد من كبار القادة الذين هم أعضاء في المجلس الأعلى للقوات المسلحة، وقد انتهزت فرصة وجودنا في الإسكندرية لأعرض عليهم أفكاري فيما يتعلق بالمعركة الهجومية المحدودة وذلك قبل انعقاد المجلس بصفة رسمية يوم 8 من يوليو في القاهرة واجتمعنا ظهر يوم 7 من يوليو في الكلية البحرية وشرحت لهم أفكاري عن الحرب المحدودة [2]. اجتمع المجلس بكامل هيئته في القاهرة برئاسة السيد الوزير يوم 8 من يوليو الساعة 1900 واستمر حتى منتصف الليل، وقد ظهر بصفة علنية ولأول مرة التصادم الفكري بيني وبين الفريق صادق بخصوص شكل المعركة الهجومية، فقد كنت أرى أن تخضع الخطة للإمكانات المتاحة، بينما كان الفريق صادق يرى أن نضع الخطة على اسلس تحرير الأرض بكاملها دون التقيد بالإمكانات المتيسرة ثم نعمل بذلك على تدبير الإمكانات المطلوبة، وذلك كما سبق أن بينت بالتفصيل في الباب الأول.

مؤتمر الرئيس يوم 4 من نوفمبر 71:

في يوم 4 من نوفمبر 71 عقد مؤتمر برئاسة السيد الرئيس حضره كل من الفريق صادق وأنا واللواء عبد القادر حسن واللواء بغدادي واللواء محمد على فهمي واللواء الليثي ناصف والجنرال أوكينيف OKENEV كبير المستشارين السوفيت، وقد امتد المؤتمر من الساعة التاسعة مساء حتى الواحدة بعد منتصف الليل، ودار فيه ما يلي:

1- أدلى الرئيس بما يلي:

أ-   اجتمعت امس بمجلس الأمن القومي وسوف تعبأ جميع موارد الدولة لأغراض المعركة.

ب-   سوف أعلن يوم الخميس القادم 11 من نوفمبر سحب مبادرتي لفتح قناة السويس التي كنت قد أعلنتها فى 4 من فبراير الماضي تحت شروط خاصة.

ت-   قال موجها كلامه إلى الجنرال أوكينيف: لأعلمك، فقد أرسلت إلى أمريكا اخبرهم بأننا سندخل سيناء حتى لو بالبنادق فقط."

ث-   أعلن نفسي منذ الآن قائدا عاما للقوات المسلحة [3]، وعليه يجرى تخصيص مكتب لي في القيادة [4].

2- أدلى الجنرال اوكينيف بما يلي:

أ‍–   ستصل الطائرات TU-16 ومعها الأطقم اللازمة لتدريب الطيارين والملاحين المصريين فورا [5].

ب‍–   إن المارشال جريشكو وزير الدفاع في الاتحـاد السوفيتي يطالب بان يتم تدريب فوج الكوادرات (سام 6) في الاتحاد السوفيتي، حيث إن تسهيلات التدريب لهذا الفوج ليست متيسرة في مصر [6].

ت‍–   لقد وصلتني من الاتحاد السوفيتي صور عن سيناء التقطتها الأقمار الصناعية السوفيتية، وأني أضعها تحت تصرف القيادة المصرية.

مؤتمر الرئيس في 19 من نوفمبر 71:

في يوم 19 من نوفمبر 71 عقد الرئيس مؤتمرا في قاعدة إنشاص الجوية، حضره كل من الفريق صادق وأنا واللواء بغدادي واللواء حسني مبارك واللواء الليثى والسفير السوفيتي في مصر والجنرال اوكينيف، وقد دار خلال هذا المؤتمر الحديث التالي :

الرئيس:

وصلني بيرجس [7] أمس الأول، وقد قلت له أن خبرتي السابقة معكم تجعلني لا أثق بكم " وإنكم تحاولون تحويل مبادرتي إلى معنى لم أقصده إطلاقا بحيث تصبح لصالح إسرائيل، لقد سبق لهم أن سألوني (يقصد الأمريكيين): إذا سارت عملية الانسحاب طبقا لمبادرتي فهل يمكن تمديد فترة وقف إطلاق النار؟ فأجبتهم بأن ذلك ممكن ويمكننا أن نمدد هذه الفترة ثلاثة أشهر فثلاثة أخرى لمدة أقصاها سنة، ولكنى سحبت ذلك كله في مقابلتي أول أمس، وقد سألني بيرجس: "هل أقوم بإبلاغ واشنطن بأنك لا تثق بنا و أنك لن تتفاهم معنا إلا بعد أن ترد إسرائيل على مذكرة يارنج بالإيجاب ؟" فقلت له نعم، وقد أخبرني هو بأنه علم أنه قد وصلتنا طائرات قادرة على إطلاق صواريخ أسرع من الصوت، وأنها مصممة أساسا لضرب السفن الحربية وأن ذلك يقلق حكومة واشنطن لأنه يدخل ضمن حساب توازن القوى بينهما وبين الاتحاد السوفيتي. أخبرته بأني لن أعلن الحرب على أمريكا ولكن يجب أن تعرفوا أن ضرب العمق عندي سيقابل بضرب العمق الإسرائيلي، وقلت له أيضا: يجب ن تخجلوا من أنفسكم، وذكرها الرئيس مرة أخرى باللغة الإنجليزية you should be ashamed of yourselfلهذا القلق الذي تشعرون به، إنكم تعطون إسرائيل الفانتوم التي تستطيع بها أن تضرب العمق عندي، ثم تقولون إنكم تشعرون بالقلق عندما أستطيع أن احصل على السلاح الذي يمكنني من ضرب العمق الإسرائيلي.

اللواء بغدادي:

لقد علمت من رئيس المستشارين في القوات الجوية أن سرعة هذه الصواريخ هي 1200 كم في الساعة، وفي اعتقادي أنه ما لم تكن سرعتها تعادل ضعف سرعة الصوت فإن هذه الصواريخ تكون عديمة القيمة.

الجنرال أوكينيف:

هذه معلومات غير صحيحة ثم شرح بعد ذلك أنواع الصواريخ التي تقرر إمدادنا بها وخصائص كل منها، وأني اعتذر للقارئ عن عدم إمكان إذاعة هذه المعلومات.

الرئيس:

أني اقبل تفسير الجنرال أوكينيف

الجنرال أوكينيف:

إن المشكلة الحقيقية هي تدريب الملاحين. أن كل ملاح يحتاج إلى 500 ساعة تدريبيه.

الرئيس:

لقد استدعى الأمريكيون الجنرال دايان لزيارة أمريكا، ولاشك انهم سيطلعونه على معلوماتهم عن الطائرة 16 T U حاملة الصواريخ، وأخشى أن يقوم العدو بضربة مفاجئة ليسبقنا بالهجوم، لذلك فإني اطلب من الجانب السوفيتي أن يستطلع لنا سيناء بواسطة الطائرات M-500 (8). وأن يقوم أيضا باستطلاع إسرائيل نفسها بواسطة الأقمار الصناعية .

اللواء بغدادي:

أن الخمسين طائرة ميج 21 M F التي قيل إنها ستصل إلينا خلال عام 71 تحتاج إلى 3 اشهر للتركيب ه كذلك فإن ورش عمرة (تجديد المحركات وأصلاحها بعد فترة تشغيل معينة كما هو الحال في محركات العربات) محركات الطائرات التي يقوم السوفيت بإنشائها في مصر لم يتم الانتهاء منها، وأني أرجو السرعة في إنهاء هذه الأمور .

الرئيس:

اطلب من السيد السفير إبلاغ الزعماء السوفيت بسرعة توريد ما اتفقنا عليه، وإحاطتي بمواعيد وصول هذه الإمدادات، كذلك اطلب سرعة تشغيل مصنع الطائرات وورش العمرة.

زيارة الجبهة:

لقد كان يوم 19 نوفمبر 71 يوافق اليوم الثاني من أيام عيد الفطر المبارك، وبعد انتهاء المؤتمر رافقت السيد الرئيس في زيارته للقوات المسلحة فاجتمع برجال القوات الجوية والقوات الخاصة في اليوم نفسه ثم انطلقنا إلى الإسماعيلية، حيث قضينا الليلة هناك والتقينا برجال الجيش

الثاني، ثم انطلقنا في صباح اليوم التالي إلى الجنوب حيث التقى الرئيس برجال الجيش، ثم عدنا إلى القاهرة في مساء يوم 20 من نوفمبر.

وفى خلال الفترة ما بين 21 من نوفمبر وحتى نهاية الشهر كــان مجهودي الرئيسي موجها للقيام بالتزاماتي تجاه الجامعة العربية بصفتي الأمين العسكري المساعد لها، فبموجب هذا المنصب كنت أقوم بأعمال رئيس الهيئة الاستشارية العسكرية التي تتكون من رؤساء أركان حرب الجيوش العربية، أقوم بأعمال السكرتارية لمجلس الدفاع المشترك العربي الذي يتكون من وزراء الخارجية والدفاع في الدول العربية. وقد كان رؤساء أركان حرب القوات المسلحة في الدول العربية سوف يبدأ وصولهم إلى القاهرة اعتبارا من 21 من نوفمبر و تنتهي اجتماعتهم في 26 نوفمبر ثم يبدأ بعد ذلك اجتماع مجلس الدفاع المشترك في الفترة ما بين 27- 30 نوفمبر [9].

مؤتمر الرئيس يوم 2 من يناير 1972:

انعقد المجلس الأعلى للقوات المسلحة برئاسة الرئيس السادات يوم 2 من يناير 72، وفيما يلى ما جرى خلال هنا المؤتمر:

الرئيس:

"أن أمريكا تدعم إسرائيل بكل شئ في حين أن الاتحاد السوفيتي لم يمدنا بما وعدني به في أكتوبر الماضي. أن الاتفاقية التي وقع عليها اللواء عبد القادر حسن مؤخرا في موسكو لم تشمل الأصناف كلها التي وعدني بها القادة السوفيت أن أمريكا لن تقوم بممارسة أي ضغط على إسرائيل وانهم يقولون أن الدور الذي يقومون به هو عامل مساعد فقط (ا ستخدم الرئيس الكلمة الإنجليزية .CATALIST) أن اندلاع الحرب الهندية الباكستانية يجعلني أ راجع جميع حساباتي حيث أن الحرب بين الهند وباكستان لم تنته بل إنها في الحقيقة قد بدأت" [10] طلب الرئيس بعد ذلك الاستماع إلى تقارير القادة فكانت كما يلي:

لواء محمد على فهمي (قائد الدفاع الجوى):

"إن مشكلتي تتحصر في أنه مطلوب منى أن أقاتل في معركة هجومية بأسلحة دفاعية."

محمود فهمي (قائد القوات البحرية):

"يجب أن نمارس الضغط على الاتحاد السوفيتي، يحب أن نغلق الموانئ المصرية في وجه الأسطول الروسي، ويمكن أن يتم ذلك بالتدريج شيئا فشيئا إلى أن يتم المنع نهائيا إذا لم يستجيبوا لمطالبنا ."

اللواء بغدادي (قائد القوات الجوية):

"احتاج إلى طائرات ردع تستطيع أن تصل إلى عمق إسرائيل."

اللواء علي عبد الخبير (قائد المنطقة المركزية):

"هناك اوجه قصور كثيرة في القوات المسلحة بالنسبة للمعركة الهجومية، أهمها ضعف الطيران، والنقص في الحركة، والنقص في وسائل الواصلات، وأسلوب فتح الثغرات في حقول الألغام."

اللواء سعيد الماحي (قائد المدفعية):

"يجب أن نقوم بعمل ما في حدود إمكاناتنا."

الفريق الشاذلي:

"على الرغم من قلة الإمكانات إلا أن القوات المسلحة قادرة على القيام بعملية هجومية محدودة. يجب أن يقوم سيادة الرئيس بالاتصال بالجانب السوفيتي ويعرف موقفهم في حالة قيامنا بعملية هجومية، حيث أن لديهم قوات كبيرة في مصر. إن لديهم لواءين "طائرات قتال " وفرقة دفاع جوى، وهم يسيطرون على إمكانات الحرب الإلكترونية، ويجب أن نعلم كقادة هل سيشترك معنا السوفيت أم لا، وفى حالة اشتراكهم فيجب أن نعلم حدود هذا الاشتراك حتى يمكن أن يكون تخطيطنا سليما."

الفريق صادق:

"إننا جميعا على أستعداد للقتال الفوري ولكن يجب أن يكون النصر مضمونا. إن البلاد لا تتحمل ما هو اقل من النصر. إننا سنقوم باستكمال العجز من الكتلة الغربية وسأخبر سيادتكم بمجرد الانتهاء من ذلك.

قصة الضباب:

لاشك أن السادات قد شعر بالارتياح العظيم عندما سمع باندلاع الحرب الهندية الباكستانية في 3 من ديسمبر 1971، إذ انه لا يمكن أن يعترف بخطئه، وهو دائما يبحث عن شخص أو سبب ليحمله مسئولية الخطأ. لقد قضى طوال عام 71 وهو يدق طبول الحرب ويقول أن عام 71 هو عام الحسم " أما سلما وأما حربا، وها قد انتهى عام 71 دون أي حسم، وقد بدا الشعب المصري –الذي يمارس الديمقراطية فقط من خلال النكتة– يطلق النكات ومن بين هذه النكات نكتة تقول: "إن الرئيس قد أصدر قرارا جمهوريا باعتبار عام 72 امتدادا لعام 71، ومحرم على أي فرد أن يستخدم الرقم 72"، وكــان على السادات أن يرد على هذه النكات وأن يجد المبرر لعدم قيامنا بالهجوم على إسرائيل خلال عام 71، فلم يجد سببا إلا الحرب الهندية الباكستانية وحكاية "الضباب "الباكستانية، وعن قصة الضباب قال السادات:

"لقد أمر جمال القوات الجوية ذات يوم بان تقصف قوات العدو المتمركزة شرق القناة فلما ذهبت طائراتنا إلى المنطقة وجدت أن هناك ضبابا كثيفا يغطى المنطقة ويحجب الرؤية فعادت إلى

قواعدها دون أن تنفذ المهمة التي كلفت بها، فأمر جمال بأن تقوم القوات الجوية بتنفيذ المهمة بعد ساعة أو ساعتين يكون فيها قد انقشع من فوق المنطقة، ولكن قواتنا لم تتمكن من تنفيذ المهمة للمرة الثانية لأنها وجدت أن الضباب كان مازال موجودا. أمر جمال بتكرار العملية للمرة الثالثة ولكن طائراتنا عادت للمرة الثالثة دون أن تستطيع تنفيذ المهمة، وهنا قال جمال: خلاص باه. يمكن ربنا مش عوزنا نقوم بهذه الضربة"،[11] وبعد هذه القصة المثيرة عن الضباب انتقل السادات إلى قصة الحرب الهندية الباكستانية وقارن بينها وبين الضباب الذي منع جمال عبد الناصر من تنفيذ الغارة الجوية على المواقع الإسرائيلية، وخلص من ذلك إلى أنه لولا قيام الحرب الهندية الباكستانية لقامت الحرب عام 71، ولكان عام 71 هو عام الحسم كما سبق أن قال!

لقد أخطأ الرئيس السادات عندما اعتقد أن الشعب المصري يستطيع أن يبتلع ويهضم قصة الضباب وعلى العكس من ذلك فقد جعل الشعب المصري من قصة الضباب مادة جديدة للنكتة والسخرية.

اجتماع المجلس الأعلى للقوات المسلحة:

في يوم 18 من مارس 72 اجتمع المجلس الأعلى للقوات المسلحة برئاسة الفريق صادق حيث أبلغنا بما يلي:

1- هناك شائعات تقول أن هناك خلافا بين الفريق صادق والسيد عزيز صدقي [12]، وهذا غير صحيح.

2- هناك شائعات بأن الفريق صادق على خلاف مع الاتحاد السوفيتي، وهذا غير صحيح، حيث أن الخلاف هو خلاف مبادئ.

3- هناك شائعة بأن القوات البحرية في مرسى مطروح والإسكندرية قد وضعت تحت سيطرة السوفيت وهذا غير صحيح.

4- لقد عاد الفريق عبد القادر من موسكو دون أن يوقع على الاتفاقية الجديدة حيث إن الروس طلبوا أن ندفع ثمن الطائرات TU22 والدبابات T62 والذخيرة بالعملة الصعبة وبالثمن الكامل، وبالتالي فان الطائرة TU22 يصبح ثمنها 5.6 مليون روبل والدبابة T62 يصبح ثمنها 250000 روبل، وقد رفض الجانب المصري التوقيع على الاتفاقية بهذه الشروط وبالتالي فأن هذه الأصناف لن تحضر [13].

في غياب الديمقراطية فإن الشائعة هي السلاح الوحيد الذي يستطيع بواسطته الشعب أن يعبر عن رأيه ولكن في كثير من الأحيان فإن القيادة السياسية تعمد هي نفسها إلى خلق وترويج بعض الشائعات لكي تخدم غرضا معينا، وفى اعتقادي أن ما ذكره الفريق صادق من شائعات في اجتماع

المجلس الأعلى يوم 18 من مارس هو من هذا النوع من الشائعات التي فجرها لكي يخلق العداوة بين أفراد القوات المسلحة وبين الاتحاد السوفيتي ولكي يظهر وكأنه هو الذي يحمى مصر من تيار الشيوعية. أن الفريق صادق يكره الشيوعية كراهية شديدة، وهذا أمر يخصه وليس لأحد أن يحاسبه على ذلك، ولكن عداوته للشيوعية قد أعمت بصيرته فأصبح لا يفرق بين الشيوعية كمذهب أيديولوجي والاتحاد السوفيتي كدولة عظمى تقوم بإمدادنا بالسلاح الذي يمكننا من تحرير أرضنا المحتلة. كان كل من يدعو إلى تصفية الجو وتحسين العلاقات مع الاتحاد السوفيتي من اجل مصر هو عدو شخصي للفريق صادق، بل قد يذهب إلى ابعد من ذلك فيتهمه بالانتماء إلى الشيوعية والعمالة للاتحاد السوفيتي، لذلك فإن ما قاله صادق في هذا المؤتمر كان في الواقع هجوما على عزيز صدقي وليس نفيا لهذه الشائعة.

ولنفرض إنني أخطأت في تحليلي هذا وان صادق لم يخلق هذه الشائعات و إنما وصلت إليه عن طريق استطلاع الرأي الذي يجرى في القوات المسلحة من وقت لآخر بطريقة دورية، فإن هذه الشائعات لا يمكن النظر إليها بجدية نظرا للأسلوب الخاطئ الذي تتبعه القوات المسلحة المصرية للحصول على هذه المعلومات ليس سرا أن إدارة المخابرات الحربية لديها مندوبون غير معروفين في كل وحدة من وحدات القوات المسلحة، وان هؤلاء الأفراد يقومون بإبلاغ إدارة المخابرات سرا بكل ما يرون وما يسمعون، فلو فرضنا مثلا أن مندوبا واحدا من ضمن آلاف الوحدات سمع شائعة كهذه فإنها تسجل ضمن الشائعات الدائرة سواء كانت نسبتها واحدا في الألف أم كانت من تأليف شخص واحد. أن هذا الأسلوب هو إهدار للفكر البشرى لأنه لا يمكن لجميع البشر أن يتفقوا على كل شئ، وان المناقشة الحرة وتسجيل الآراء في أسئلة محددة ثم القيام بإحصاءات شريفة عن هذه الإجابات هي الأسلوب العلمي الصحيح لاستطلاع الرأي. وقد هاجمت هذا الأسلوب في أحد مؤتمراتي الشهرية و أوضحت أن مثل هذه التقارير التي تقدمها إدارة المخابرات الحربية للسيد رئيس الجمهورية وللسيد الوزير لا تمثل الرأي العام الحقيقي في القوات المسلحة. وقد شعر جميع القادة الذين حضروا المؤتمر بسعادة غامرة وأنا أدلي بهذا القول وأيدوني تأييدا، مطلقا في كل ما قلته، ولكنى مع ذلك لم استطع أن اصلح هذا الأسلوب الغريب في استطلاع الرأي، لأن إدارة المخابرات الحربية كانت تخضع لوزير الحربية مباشرة وعلاقة (ر. ا. ح. ق. م. م.) بها تنحصر في الفرع الخاص باستطلاع العدو، أما فرع الأمن وتقارير الإدارة بخصوص أمن القوات المسلحة فكانت ترفع إلى رئيس الجمهورية والى وزير الحربية، وإذا أرسلت صورة إلى (ر. ا. ح. ق. م. م.) فهي للعلم فقط. والغريب هنا أن هذا النظام استمر أيضا بعد عزل الفريق صادق وتعيين الفريق أحمد إسماعيل بدلا منه في أكتوبر 1972.

أن إدارة المخابرات الحربية في مصر هي جزء من النظام المصري. إنها أحد الأجهزة الثلاثة التي يعتمد عليها الحاكم في مصر لكي يسيطر على أفراد الشعب. هناك هيئة المخابرات العامة التي تتبع رئيس الجمهورية مباشرة وهناك المباحث العامة التي تتبع وزير الداخلية ثم هناك

إدارة المخابرات الحربية التابعة لوزير الحربية، وتقوم كل من هذه الجهات الثلاث بإرسال تقرير شهري- إذا لم يكن هناك ما يستدعي إرسال تقرير خاص- إلى رئيس الجمهورية، ومن هنا يظهر التنافس بين الثلاثة أن كلا منها تعتقد انه كلما كان التقرير اكثر تفصيلا كان ذلك شاهدا على مدى إخلاص الإدارة للنظام، كما إنها تخشى أن تسقط خبرا أو شائعة قد تظهر في تقارير الإدارتين الأخريين فيكون ذلك اتهاما لها بأنها تغض الطرف عن شئ معين لسبب تريد إخفاءه عن رئيس الجمهورية، ومن هنا كــان الصـراع المهني بين الأجهزة الثلاثة. ويتم ذلك كله بتشجيع من رئيس الجمهورية الذي يرى أن تنافس تلك الأجهزة الثلاثة سوف يضمن له عدم قيام أي عمل انقلابي ضده في صباح يوم 19 من مارس اجتمعت مع السيد الوزير والجنرال اوكينيف، حيث عرض علينا صورا التقطت بواسطة الأقمار الصناعية السوفيتية، وقد أرسلت هذه الصور مع مندوب خاص من الاتحاد السوفيتي حتى يمكننا أن نطلع عليها ونستخرج منها كل ما نريد من معلومات بشرط واحد وهو ألا نعيد تصويرها أو نأخذ فيلما عنها. وبعد أن اطلعنا على الصور انسحب المندوب السوفيتي الذي كان يحمل هذه الصور ومعه أحد ضباطنا لنقل المعلومات من الخريطة .

بعد ذلك انضم إلينا الفريق عبد القادر حسن ودار الحديث كما يلي:

الجنرال اوكينيف:

- لقد قابلت أمس أنا والسفير السوفيتي الرئيس السادات وعرضنا عليه هذه الصور الجوية. وقد اخبرنا بأنه هو الذي قال لرئيس الوزراء السيد عزيز صدقي أن يتم الدفع بالعملة الصعبة.

- و أن الرئيس قال: إننا مستعدون للدفع كاملا وبالعملة الحرة بالنسبة للطائرات ميج 21 والطائرات M-500 ولكن ليس بالنسبة للطائرات TU22 لأنها قاذفة فقط وتحتاج إلى حماية وأننا سنستعيض عنها بسربي ليتننج من السعودية وسرب ليتننج من الكويت وأننا سنرسل الطيارين المصريين للتدريب على هذه الطائرة في الأسبوع القادم" [14].

- وبخصوص الدبابات T62 قال الرئيس: "إننا نحتاج إلى هذه الدبابات ولكنها غالية جدا وهناك مشكلات بخصوص قيام ليبيا بدفع ثمنها".

- و ان الرئيس قد وافق على أن تقوم مصر بدفع ثمن الذخيرة بالعملة الصعبة.

- وان الرئيس قد وافق على تسليم 12 كتيبة صواريخ فقط من الأصدقاء بدلا من 18 كتيبة، كما ورد في خطاب وزير الحربية المصري إلى وزير الدفاع السوفيتي [15]،

- وقد لمح الجنرال أوكينيف بأن سحب هذه الكتائب الآن قد يؤثر على محادثات بريجنيف- نيكسون التي كان مقررا عقدها في موسكو في شهر مايو القادم.

الفريق صادق:

"ليس لدى علم بهذه المسائل وسوف اتصل بالسيد الرئيس وأقوم بتنفيذ ما يأمر به."

انسحب الجنرال اوكينيف بعد ذلك وبقيت أنا والوزير والفريق عبد القادر حسن، وقد اتصل الوزير بالرئيس هاتفيا في حضورنا وابلغه بما سمعه من الجنرال اوكينيف، فأيد الرئيس كل ما قاله الجنرال اوكينيف فيما عدا موضوع الذخيرة فقد قال الرئيس: و أن ما يقصده بالدفع بالعملة الصعبة بالنسبة للذخيرة هو ما يدفع لقاء توسيع خط الإنتاج المصري للذخيرة وليس ثمن الذخيرة نفسها.

وبعد هذه المحادثات الهاتفية غادر السيد الوزير مكتبه إلى مطار القاهرة حيث استقل الطائرة إلى السعودية. كانت الساعة حوالي العاشرة والنصف من صباح الأحد 19 من مارس عندما غادر السيد الوزير مبنى الوزارة متجها إلى السعودية، وبينما أنا منهمك في اتخاذ الإجراءات والمراسيم التي تتعلق بتسلم 12 كتيبة صواريخ من الأطقم السوفيتية اتصل بي مكتب الرئيس وطلب مني الحضور فورا لمقابلة الرئيس في منزله بالجيزة وان احضر معي الفريق عبد القادر حسن المختص بالاتفاقات السوفيتية المصرية، والذي كان قد وصل من الاتحاد السوفيتي في اليوم السابق، وفى الساعة 12:30 كنا في منزل الرئيس حيث كان معه السيد حـــافظ إسماعيل مستشاره لشئون الأمن القومي.

قام الفريق عبد القادر حسن بشرح تقريره بخصوص رحلته الأخيرة واستمع إليه الرئيس دون أن يوجه إليه أي سؤال ودون أن يعلق على التقرير بطريق مباشر. ولكنه علق عليه بطريق غير مباشر، لقد علم الرئيس أن صـادق قد اتخذ من تقرير عبد القادر حسن ذريعة لكي يهاجم الاتحاد السوفيتي، و ها هو ذا السادات يريد أن يـستمع إلى تقرير عبد القادر حسن لكي يستخدمه ذريعة للدفاع عن الاتحاد السوفيتي. **ويتلخص ما قاله الرئيس فيما يلي:**

1- إن صداقتنا مع الاتحاد السوفيتي هي خط استراتيجي يجب المحافظة عليه لأنه الورقة الوحيدة التي نلعب بها.

2- أن المعلومات التي نوقشت أمس على مستوى المجلس الأعلى للقوات المسلحة يجب ألا تنتقل إلى أي مستوى اقل من ذلك.

3- أننا لن نعطي قواعد للسوفيت ولكننا سنقدم لهم التسهيلات فقط. وقد احضر الرئيس أمامنا شخصا قال انه ضابط بوليس كان أحد أقاربه ضابط في القوات المسلحة وإن قريبه هذا اخبره بان المخابرات الحربية كانت تستطلـع رأى القوات المسلحة حول ما يطلبه الروس من قواعد بحرية وحول ما يطلبونه من أن يتم دفع ثمن السلاح بالعملة الصعبة [16]

بعد ذلك خرج عبد القادر حسن وبقيت أنا لمناقشة بعض المسائل الأخرى مع السـيد الرئيس.

هوامش الباب السادس عشر:

(1) كان الرئيس بودجورنى رئيس الاتحاد السوفيتي قد زار مصر خلال الفترة ما بين 25-28 من مايو 71، وتم التوقيع خلال هذه الزيارة على معاهدة صداقة بين الدولتين مدتها خمسة عشر عاما (قام السادات بإلغاء هذه المعاهدة فى مارس 76).

(2) سبق ذكر تفاصيل المعركة المحدودة فى الباب الأول، وهى الخطة التى تعتمد على الإمكانات الفعلية لا الإمكانات الفرضية.

(3) تنص المادة 150 من الدستور على أن رئيس الجمهورية هو القائد الأعلى للقوات المسلحة وهى وظيفة شرفية يقصد بها توجيه السياسة العليا، اما القائد العام للقوات المسلمة فهو المسئول عن القيادة والمشكلات اليومية للقوات المسلحة ولابد ان يكون شخصا متفرغا لهنا العمل وحده — وان السادات بهذا التصرف وهذا القرار الذي اتخذ. تحت ستار الأعداد للمعركة، يكون قد قام بانقلاب عسكري ثان بهدف وضع القوات المسلحة تحت سيطرته الكاملة.

(4) تم تخصيص جناح للرئيس فى الدور الأول من وزارة الحربية، ونظرا لأن الرئيس مريض القلب فقد جرى إنشاء مصعد كهربائي خاص، ولم يحدث قط ان استخدم الرئيس هذا الجناح بعد ذلك.

(5) خطرني الجنرال اوكينيف فى اليوم التالي بان الطائرات ستبدأ فى الوصول طبقا للجدول التالي:

المجموع	11/27	11/25	11/21	11/11	11/6	11/5
10	2	1	2	2	1	2

(6) طلب الجانب المصري تدبير إمكانات التدريب فى مصر، ولكن الجنرال اوكينيف أثار عدة مشكلات بخصوص هذا الموضوع، وانتهى الأمر بان قال أنه سيبلغ موسكو، وفى اليوم التالي أبلغني بأن الجانب السوفيتي يعتذر عن عدم إمكان تدريب الفوج فى مصر.

(7) ممثل وزارة الخارجية الأمريكية المسئول عن المصالح الأمريكية فى مصر.

(8) الأسم الكودي للطائرة ميج 25.

(9) سوف نذكر هذه الاجتماعات بالتفصيل في الباب السادس من هذا الكتاب

(10) إن الحرب كانت قد توقفت عسكريا باجتياح الهند باكستان الشرقية و إعلان دولة بنجلاديش، ويبدو أن الرئيس كان يقصد أن الصراع بين روسيا وأمريكا قد بدا، وسيحتدم في هذه المنطقة من العالم.

(11) يلاحظ أن السادات بدا عمله كرئيس جمهورية عام 1970 بان انحنى أمام تمثال جمال عبد الناصر ليعلن للمصريين جميعا انه مخلص وأمين لخط جمال عبد الناصر. وطوال أعوام 71 و 72 و 73 كان يبرر أي عمل يقوم به بان جمال عبد الناصر كان يريد ذلك حتى يستطيع أن يضمن سكوت الشعب وقبوله لما يقول. وفى خلال عامي 74 و 5 بدأ يوجه وسائل إعلامه لمهاجمة جمال عبد الناصر، وفى الوقت نفسه يعلن رسميا انه يشارك جمال عبد الناصر في

مسئولياته جميعها. واعتبارا من 76 بدا هو نفسه يهاجم جمال عبد الناصر هجوما شديدا ويتصل من كل مسئولية خلال حكمه، وتوج ذلك بمذكراته التي نشرها عام 78 والتي ملاها بالهجوم على عبد الناصر و أعفى نفسه من كل مسئولية عن أخطائه.

(12) كان عزيز صدقي يشغل منصب رئيس الوزراء وكان معروفا عنه انه من دعاة التعاون مع الاتحاد السوفيتي.

(13) كان الجانب السوفيتي منذ أيام عبد الناصر يبيع لنا الأسلحة بنصف ثمنها ويتنازل عن النصف الثاني، كما أن النصف الذي كنا نقوم بدفعه كان بالجنيه المصري وبالتقسيط بسعر فائدة 2%. ويبدأ الدفع بعد استلامنا الأصناف وبعد فترة سماح طويلة.

(14) انظر تفاصيل الموضوع الخاص بالطائرات ليتننج في الباب السادس.

(15) كان السوفيت يقومون بتشغيل كتائب صواريخ مصرية "سام " لعدم توافر الأفراد المصريين المدربين، وبعد أن تم تدريب الأفراد اللازمين لتشغيل هذه الكتائب طلبت القيادة المسلحـة المصرية الاستغناء عن الأطقم السوفيتية، وهكذا أرسل وزير الحربية كتابا إلى زميله السوفيتي يخبره فيه بالاستغناء عن الأطقم السوفيتية التي تقوم بتشغيل 18 كتيبة صواريخ سام.

(16) هذا يبين اهتمام النظام المصري بوجود تنافس بين أجهزة المخابرات الثلاثة في الدولة حتى يمكنه أن يضرب واحدا بالآخر .

الفصل السابع عشر

أعمدة السلطة الثلاثة:

لقد كانت القوات المسلحة المصرية هي أداة التغيير في ثورة 23 يوليو عام 52. وقد كانت الثورة تعتبر ولاء القوات المسلحة من أهم أهدافها، وقد كان تعيين عبد الحكيم عامر قائدا عاما للقوات المسلحة يهدف في المقام الأول إلى تأمين القوات المسلحة وضمان ولائها .

كانت وظيفة القائد العام للقوات المسلحة هي وظيفة جديدة خلقتها الثورة، وهي وظيفة غير موجودة إطلاقا لا في التنظيم الغربي ولا في التنظيم الشرقي، حيث يعتبر (راح ق م م) في كل من الكتلتين الشرقية والغربية هو قمة الجهاز العسكري ويتبع وزير الحربية الذي يمثل القيادة السياسية. أما في مصر فإن إدخال هذا النظام قد خلق تنازعا على السلطات وأضاع   المسئولية بين القيادة السياسية والقيادة العسكرية، فبينما لا يوجد خـلاف حول. شخصية(راح ق م م) من حيث كونه رجلا عسكريا فهناك جدل كبير حول شخصية وزير الحربية والقائد العام للقوات المسلحة. هل هو رجل عسكري أم مدني. هل أي خطأ يرتكبه يعتبر خطأ للقيادة السياسية أم لا هل أي قرار يتخذه يعتبر هو المسئول عنه كقائد عسكري أم أن مسئوليته تتوقف عند القرار السياسي.

وفى سبيل أن يضمن عبد الحكيم عامر ولاء القوات المسلحة جعل ثلاث إدارات تتبع له تبعية مباشرة بحيث لا يكون لرئيس أركان حرب القوات المسلحة اي سلطات عليها، اللهم إلا من ناحية الشكل فقط وهذه الإدارات هي إدارة المخابرات الحربية، وإدارة شئون الضباط وهيئـة الشئون المالية. إنه عن طريق إدارة المخابرات الحربية يستطيع أن يحدد من هم الموالون ومن هم السـاخطون. وهو عن طريق إدارة شئون الضبـاط يستطيع أن يقصر القيادات والمناصب الحسـاسة على العناصر الموالية له، وعن طريق الهيئة المالية والحسابات السرية يستطيع أن يغدق عطائه على المخلصين والتابعين. وبعد ذهاب المشير عامر حل محله الفريق فوزي فحافظ على التراث وقننه. كان عبد الحكيم عامر يستمد قوته وسلطاته من الشرعية الثورية بحكم انتمائه إلى الثورة وكونه عضوا بارزا في مجلس قيادة الثورة، فلم يكن في حاجة إلى قانون أو قرار جمهوري يحدد له سلطاته، بل العكس هو الصحيح. فمنذ أوائل الستينيات كان قد اصبح في استطاعته أن يتحدى سلطات رئيس الجمهورية. فلما ورث الفريق محمد فوزي هذا المنصب لم يكن يطمع في تحدى سلطات رئيس الجمهورية ولكنه كان يطمع في كل ما هو دون ذلك ه فاستصدر من رئيس الجمهورية قرارا جمهوريا يعطى له سلطات ضخمة وكانت جميع هذه السلطات طبعا على حساب سلطات راح ق م، وبذلك اصبح الفريق محمد فوزي يمارس سلطاته طبقا لقرار جمهوري. ثم جـاء من بعده الفريق محمد صادق فوجد هذه السلطات فبدا يمارسها بالأسلوب نفسه الذي كان يمارسها به عبد الحكيم عامر ومحمد فوزي.

لقد كان هذا هو الوضع عندما تسلمت عملي راح ق م. وجدت نفسي مبعدا تماما عن تلك الإدارات الثلاث لم تكن لدى أية رغبة في أن أقحم نفسي في مشكلات السلطة، فقد كانت أمامي مجالات كثيرة للعمل يمكن أن تستنفد طاقاتي كلها، ولكن تتابع الأحداث جرفني لكي أجد نفسي في قلب المشكلة.

كنت اجلس في أحد الأيام في نادي هليوبوليس الرياضي ومعي أحد الضباط القدامى الذي كان قد ترك القوات المسلحة في أوائل الخمسينيات وعين في وزارة الخـارجيـة ووصل إلى درجة سفير بها، ثم تقاعد بعد ذلك. اشتكى لي بأنه لا يستطيع الحصول على تأشيرة خروج من مصر إلا إذا حصل على موافقة من القوات المسلحة لأنه كان ضابطا يوما من الأيام، على الرغم من انه ترك القوات المسلحة منذ اكثر من 18 عاما. تعجبت من هذه الأوامر التعسفية ووعدته بان ابحث الموضوع. طلبت مدير المخابرات الحربية وبحثت معه الموقف فاتضح أن ما قاله السيد السفير كان صحيحا. فطلبت إليه إلغاء هذه التعليمات ولكنه طلب مني بأدب أن ابحث الموضوع مع السيد الوزير. بحثت الموضوع مع السيد الوزير فوجدته يرى بضرورة الإبقاء على هذا النظام [1], لماذا لأن بعض الضباط القدامى مقيدين في القائمة السوداء التي بموجبها لا يصرح لهم بمغادرة البلاد. قلت له "لماذا لا ترسلون القائمة السوداء إلى إدارة الجوازات وبذلك تعفون ألا ف الضباط غير المقيدين في تلك القائمة من تلك القيود البيروقراطية ؟" قال لأننا لا نريد أن يعرف من هو في القائمة السوداء انه مقيد عندنا وذلك لأغراض الأمن" ولعلم القارئ فان الاصطلاح "لأغراض الأمن " هو الاصطلاح الذي يمكن به إنهاء أية مناقشة، وتحت ستار هذا الاصطلاح تتعاظم سلطة الحاكم ومعاونيه في النظم الاوتوقراطية وتمتهـن الديمقراطية وتنتهك الحرمات، أي أمن هذا؟! كيف تحافظ إسرائيل على أمنها وهي في الوقت نفسه تمارس الديمقراطية وتحترم حرية الفرد اليهودي إلى ابعد ا لحدود!!

كانت إدارة شئون الضباط في وضع مختلف. فقد كنت بحكم وظيفتي أعتبر رئيسا للجنة شئون الضباط التي تتكون من حوالي 15 ضابطا من رتبة لواء، وتختص هذه اللجنة بالنظر في شئون الضباط من ترقية وطرد وعقاب ولكنها لا تختص بشئون التعيين في وظائف القيادة أو النقل من وظيفة إلى أخرى، حيث أن ذلك يتم بتعليمات مباشرة من الوزير إلى مدير إدارة شئون الضباط. كنا نجتمع في هذه اللجنة في المساء وكان اجتماعنا يمتد إلى ما بعد منتصف الليل لعدة ليال متتالية لكي نقوم بهذا العمل بما يرضى الله والضمير. كنا نستمع إلى جميع الآراء ثم نجري التصويت. ويكون القرار دائما طبقا لرأي الأغلبية. وبعد كل هذا العناء كان يتحتم عرض قرار اللجنة على السيد الوزير. كنت أظن أن تصديق الوزير هو أمر شكلي إذ لا يعقل أن يبحث الوزير في خلال خمس دقائق ما قام به 15 ضابطا كبيرا في ثلاثين ساعة عمل (أي 450 رجل ساعة)!! ولكنى كنت مخطئا في تصوري! إن الوزير يقوم بشطب أي قرار لا يعجبه ويضع بدلا منه قراره هو فإذا ناقشته في ذلك فإنه يقول "أنا أعرف هذا الضابط اكثر منكم،، قلت له لماذا إذن أضيع وقتي ووقت 14 جنرالا معي في عمل يمكن

أن يشطب بجرة قلم منك؟ لماذا لا تقوم أنت بالعمل كله وتعفينا من هذا العناء!. لقد كان صادق هو أحد رجال الانقلاب الذي قام به السادات في مايو 71، وكانت هذه الصفة بالإضافة إلى كونه وزيرا للحربية وقائدا علما للقوات المسلحة تعطيه سلطات واسعة على المستويين السياسي والعسكري. كان الجميع يعرفون قوة صادق بما فيهم أنا طبعا. ولكنه مع ذلك- كبشر- كان أحيانا يحب أن يستعرض هذه القوة وفى ساعة من ساعات التجلي كنت في مكتبه أتناقش معه في بعض الموضوعات قبل سفره إلى السعودية في طائرة بوينج خاصة تنتظره في المطار، فاخرج من جيبه كتابا ناولني إياه وقال لي أقرأ، كان الكتاب في ظرف غير مغلق وهو معنون باسم الملك فيصل، وموقع من قبل الرئيس السادات، وفيه يقول السادات للملك فيصل: أن الفريق صادق هو موضع ثقتي الكاملة، أن أي شيء يقوله أو يعد به هو باسمي تستطيع أن تتكلم وتتعامل معه كما لو كنت تتعامل معي ".(2)

قاتل الله السلطة التي تجمح بصاحبها فتدمره لقد أخذت سلطات صادق تتعاظم يوما بعد يوم حتى دمرته. لقد ارتكب صادق أخطاء من سبقوه نفسها. أنه يبطش بأي ضابط يعترض طريقه ويغدق العطاء على من يسير في ركابه. ويضيق صدره إذا سمع رأيا يختلف عن رأيه. لقد بدأت السلطة تجمح به في أواخر عام 1971 وبدا الخلاف بيني وبينه يظهر ولم نكن قد عملنا معا سوى ستة أشهر. لقد كان صادق صديقا عزيزا لي منذ أيام شبابنا. وأنا مازلت احبه و أقدره إني اختلف معه في كثير من الآراء ولكني مازلت اعتقد انه عنصر وطني يمكن أن يخطئ وأني اقف بجانبه ضد الاتهامات الباطلة التي يوجهها إليه السادات اليوم دون أن يعطيه الفرصة للدفاع عن نفسه. أن كل ما ألوم صادق عليه هو انه خضع للسلطة فجمحت به حتى اصبح لا يطيق أن يسمع رأيا يخالف رأيه. انه الضعف الإنساني. لم يكن صادق أول هؤلاء ولن يكون قطعا أخرهم أخرهم أني اشعر أن من واجبي أن أظهر هذه الحقائق عسى أن يستفيد منها بعضهم فلا يقعوا في الخطأ الذي نفسه وقع فيه أسلافهم.

الخلاف أثناء اجتماع مجلس الدفاع المشترك:

وقع أول تصادم بيني وبين صادق في أواخر نوفمبر 71 خلال فترة انعقاد مجلس الدفاع العربي المشترك.(3) كنت اعرض مشروعا جديدا على المجلس بصفتي الأمين المساعد العسكري للجامعة العربية" بينما كان هو يحضر الاجتماع مندوبا عن مصر بصفته وزيرا للحربية. لم يعجبه الخط الذي كنت أسير فيه فجاء يلومني خلال فترة الاستراحة بين الجلسات ويطلب إليّ تغيير المسار لكي يتفق مع وجهة نظره فرفضت فرفضت قائلا " أنك بصفتك وزيرا للحربية في مصر تستطيع أن تصدر إليّ التوجيهات بصفتي (ر. أ. ح. ق. م. م)، أما بصفتي الأمين العام المساعد العسكري للجامعة العربية فإنه ليس من حقك أن تصدر إليّ أية توجيهات انك تمثل مصر وتستطيع أن تتكلم باسم مصر كيفما تشاء ويستمع إليك الآخرون ويناقشونك أما أنا فإنني أتكلم باسم جميع رؤساء أركان حرب القوات المسلحة العربية،، فرد غاضبا بنبرة لا تخلو من التهديد "ولكنك تعلم أن وظيفتك أمينا عسكريا مساعدا

للجامعة العربية هي نتيجة لكونك (ر. ا. ح. ق. م. م)، فأجبت نعم اعرف ذلك ولكنى لن أساوم على حريتي في العمل أمينا مساعدا للاحتفاظ بوظيفتي (ر. ا. ح. ق. م. م)، وهذه الحقيقة يجب أن تعرفها جيدا."

الخلاف حول سلطات (ر. ا. ح. ق. م. م)

حاول صادق أن يتوسع في سلطاته في شئون القوات المسلحة كما لو انه ليس من يشغل منصب راح ق م م، وكان علىّ أن أقف ضده كان يعتقد انه بصفته وزيرا للحربية وقائدا عاما للقوات المسلحة فإنه هو وحده الذي له سلطة اتخاذ القرار وأنه يتحتم على أن أخطره بكل شيء والا اتخذ أي قرار، قلت له "إنك تريدني أن أقوم بأعمال مدير مكتب وليس ر. ا. ح. ق. م. م وهذا ما لا أقبله!". فما كان منه إلا أن اخرج من مكتبه القرار الجمهوري الذي استصدره سلفه الفريق فوزي وقال لي"تفضل واقرأ هذا القرار وأنت تعرف أني اعمل في حدود سلطاتي!. لقد كان القرار غامضاً في بعض النواحي ولكنه كــان على العموم يعطي سلطات واسعة للقائد العام للقوات المسلحة الذي قام هو نفسه بتحريره والتصديق عليه من رئيس الجـمهورية دون أيـة دراسة من الأجهزة الفنية المتخصصة. ان هذا هو أحد الدروس التي يجب أن نتعلمها في مصر من أخطاء الماضي. "عندما يكون شخص ما في السلطة فإنه يقوم باستصدار قانون أو قرار جمهوري يخدم أغراضه ويقنن تصرفاته."

ولإصلاح هذا الوضع بالنسبة للأجيال القادمة دعيت لجنة لدراسة هذا الموضوع، تتكون من اللواء عمر جوهر رئيس هيئة التنظيم واللواء محــمد عبـد الغني الجمسي رئيس هيئة العمليات وآخرين. وقد كــان رأي الجميع دون استثناء هو أن تكون هناك شخصيــة سياسية هي شخص وزير الحربية وتختص باتخاذ القرار السياسي والقرار الاستراتيجي، أما جميع القرارات ما دون ذلك بما في ذلك– إدارة العمليات الحربية والسيطرة والإدارة اليومية للقوات المسلحة– فإنها تكون من اختصاص وظيفة عسـكرية هي رئيس أركان حرب القوات المسلحة. وحتى لايكون هناك أي إحراج لأحد، اقترحت أن يطبق هذا النظام بعد تغيير كل من وزير الحربية الحالي ورئيس أركان الحرب الحــالي حتى لا يتهمني أحـد بأنني أبحث عن السلطة. ولما عرضت هذه الاقتراحات على الوزير رفضها.

الخلاف حول توزيع الدبابات ت 62:

في خلال المفاوضات بين مصر والسوفيات في فبراير 72 وافق الجــانب السوفيتي على إمدادنا بعدد من الدبابات ت 62. وفي يوم 26 من فبراير اجتمعت لجنة برئاسة الوزير لبحث طريقة استيـعاب وتنظيم هذه الدبابات. لقد كان رأي الوزير ومعه رئيس هيئة العمليات ورئيس هيئة التنظيم هو أن نسلم هذه الدبابات إلى اللواءين المدرعين المستقلين، و أن تحل الدبابات ت 54 و ت

55- التي كــانت أصلا ضـمن تنظيم هذين اللواءين- مــحل الدبابات ت 34 في التشكيلات الأخـرى. أما أنا فقد عارضت هذا الرأي وطالبت بتسليم الدبابات ت 62 إلى الفرقتين المدرعتين بدلا من اللواءين المستقلين. وقد بنيت رأيي على أساس أن وجود هذه الدبابة القوية ذات المدفع 115 مم ضمن الفرق المدرعة وفي احتياط القوات المسلحة يجعلنا قادرين على توجيه ضـربة قوية وحاسمة في الاتجاه الذي قد يظهر لنا أثناء المعركة.(4) أما توزيعها على الألوية المدرعة المستقله فسوف يترتب عليه ان تستخدم هذه الألوية في الأغراض الأولى من المعركة وفي اتجاهات قد لا تكون ذات أهمية كبيرة وقد وافقني الفريق عبد القادر حسن على هذا الرأي.

في اليوم التالي اجتمعنا مرة أخرى لبحث الموضوع نفسه ولكن في هذه المرة بعد أن انضم إلينا الجنرال او كينيف وبعض المستشارين السوفيت. قام السيد الوزير بصفته رئيسا للمؤتمر بطلب رأي الحــاضرين واحدا بعد الآخر. أيد الجمسي وعمر جوهر رأيهم السابق وعدل عبد القادر حسن رأيه لكي ينضم أليه. أما أنا فقد قمت بتأكيد رأيي الذي أعلنته في اليوم السابق، وبذلك أصبحت المعارض الوحيد لوجهة نظر الوزير. استمعنا بعد ذلك إلى رأي المستشارين فكانوا جميعا ذوى رأي واحد يتطابق مع وجهة نظري. وهنا علق الوزير موجها كلامه إلى كبير المستشارين بأسلوب لا يخلو من الغمز "أرى انك تتفق تماما مع الفريق الشاذلي "! (5)

وقد عرفت فيما بعد أن السبب الحقيقي الذي دفع صادق للوقوف ضد اقتراحي هو انه كان يشك في ولاء العميد عادل سوكه الذي كان قائدا لإحدى الفرق المدرعة. وان تسليم 100 دبابة جديدة ت 62 إليه قد يخل بالتوازن الأمني الداخلي الذي تضعه القيادة السياسية المصرية دومــا في مقدمــة المتطلبات العسكرية للمعركة. وهكذا اتخذ الوزير القرار بتسليم الدبابات ت 62 إلى كل من اللواءين المدرعين المستقلين 15 و 25.

موضوع اللواء عبد الرؤوف:

كان يوم 20 من أبريل 72 هو قمة الخلاف بيني وبين الفريق صادق، وذلك عندما اتخذ صادق إجراء تعسفيــا ضد اللواء عبد الرؤوف كان اللواء عبد الرؤوف يعمل في تصفية أعمال القيادة العربية الموحدة وكان البند الثامن من قرارات مجلس الدفاع المشترك في دورته الثانية عشرة التي انعقدت في القاهرة ما بين 27 و 3 . نوفمبر 71 ينص على "تخصيص مبلغ مليون ونصف المليون جنيه إسترليني من الرصيد المتبقي من القيادة العربية الموحدة لشراء لنشى مساحة، على أن تقوم جمهورية مصر العربية بتدبير الفنيين اللازمين لتشغيل هذين اللنشين وعلى أن تلتزم بعملية المسح الهيدروغرافي لجميع السواحل العربية طبقا للأسبقية التي يضعها مجلس الدفاع المشترك" .لقد وافقت جميع الدول العربية بالإجماع -بما فيها مصر- على هذه القرارات وكنت بحكم وظيفتي أمينا مســـاعدا عسكريا للجامعة العربية مسئولا عن تنفيذ هذا القرار. وبعد القيام بالدراسات الأولية قررت

إرسال اللواء عبد الرؤوف إلى لندن للقيام بالإجراءات النهائية والتوقيع على العقود اللازمة. وفى يوم سفر اللواء عبد الرؤوف قام الفريق صادق بإجراء تعسفي عنيف ضده أثناء قيامه بتنفيذ هذه المهمة.

لقد أمر صادق رجــال مخابراته بإيقافه في المطار أثناء تحركه في اتجاه الطائرة وعومل في المطار معاملة غير كريمة وكأنه طفل هارب !! لقد كـان خطأ كبيرا من صادق لا يليق بجمهورية مصر العربية – إنني لم أرغب في إثارة هذا الموضوع على المستوى العربي حينذاك خوفا من أن يؤثر ذلك على العلاقات والتعاون الذي يربط مصر– بصفتها الدولة المضيفة لمنظمات جامعة الدول العربية– بباقي الدول العربية. أما الآن وبعد أن مضى اكثر من سبع سنوات على هذا الحادث، فإن من حق الدول العربية أن تعرف هذه الحقيقة حتى تعمل على ضمان عدم تكرار مثل هذه الحوادث في المستقبل ! لذلك فأنى أثير السؤال التالي أمام العرب كلهم:

"هل من حق السلطات المصرية أن تتخذ إجراءات تعسفية ضد المصريين الذين يعملون في الجامعة العربية بطريقة تمنعهم من تنفيذ قرارات اتخذتها الجامعة العربية ومنظماتها المختلفة؟ إذا كانت الإجـابة من الناحية النظرية هي"لا"، فما الضمانات التي تكفلها الجامعة العربية لموظفيها حتى يمكنهم أن يحتفظوا بحريتهم في العمل وعدم خضوعهم للإرهاب الذي قد تمارسه السلطات المصرية ضدهم كما حدث للواء عبد الرؤوف"؟

لقد قضيت نهار يوم 20 من أبريل 72 في الجيش الثـالث، حيث كانت الفرقة الرابعة المدرعة تقوم بإجراء مشروع تدريبي. وعندما وصلت إلى مكتبي حوالي السـاعة 1730 علمت بالحادث المحزن الخاص باللواء عبد الرؤوف. وفى الساعة 2000 قابلت الوزير في مكتبه. لقد كانت مقابلة صاخبة. وقد قلت له "لا يمكن أن تسير الأمور بهذا الشكل، يجب أن نقابل رئيس الجمهورية ليحكم بيننا" وعندما قلت له ذلك ثار غضبه وكأن عقربا قد لدغه وصاح قائلا "فكرة كويسة. لازم نروح لرئيس الجمهورية. سوف أقول لرئيس الجمهورية يجب أن يختار يا أنا يا سعد الشاذلي في القوات المسلحة!". كانت الساعة حوالي التاسعة من مساء يوم الخميس عندما غادرت مكتب الوزير على أمل أن نقابل الرئيس يوم السبت التالي. إن صادق الرجل القوى الذي لم يكن ليخشى رئيس الجمهورية لم يضع الوقت سدى ، فاصدر أمرا بعزل اللواء عبد الرؤوف من منصبه وعين اللواء طلعت حسن علي بدلا منه. وتحت مختلف أساليب القهر والتهديد أرغم اللواء عبد الرؤوف على إرسال برقية إلى لندن لاسترجاع الأموال التي حولها البنك الأهلي المصري لتكون تحت تصرف اللواء عبد الرؤوف واللجنة المرافقة له. وهكذا خلال يوم الجمعة– وهو عطلة رسمية– أتم صادق تنفيذ ما يريده، وعند عرض الموضوع على الرئيس فإنه سوف يجد نفسه أمام الأمر الواقع Fait accompli

في تمام الساعة 1130 من يوم 23 من أبريل ذهبت أنا وصادق إلى منزل الرئيس في الجيزة. وفى حضور صادق أخبرت الرئيس بكل شيء، أخبرته بقصة اللواء عبد الرؤوف. أخبرته بقصــة توزيع الدبابات ت 062 أخبرته كيف ينفرد صادق بالسلطة في المخابرات الحربية وشئون

الضباط و أضفت قائلا" سيادة الرئيس تحت هذه الظروف حيث لا سلطان لي على إدارة المخابرات الحربية و لا على إدارة شئون الضباط فأني لا يمكن أن أكون مسئولا عن أمن القوات المسلحة [6] ! كان دفاع الفريق صادق لتبرير تصرفاته عنيفا من وجهـة نظري على الأقل. فيما يتعلق بقصة اللواء عبد الرؤوف ذكر أن المبالغ المحولة إلى لندن كان من الممكن صرفها من البنك بتوقيع واحـد هو توقيع اللواء عبد الرؤوف، وأن ذلك يعطيه الحق في التصرف في هذه الأموال كأنها أمواله الشـخصية و أضاف قائلا: " إننا نعرف في إدارة المخابرات الكثير عن اللواء عبد الرؤوف مما لا يعرفه الفريق الشاذلي. [7] لقد أمرت يا سيادة الرئيس بإجراء تحقيق في هذا الموضوع وسأعرضه عليكم خلال أيام ". وفيما يتعلق بإدارة المخابرات تكلم بغموض وعدم تحديد فقال إنه يوافق على أن يقوم بإخباري بما يجري في إدارة المخابرات، ولكن هذا لايعني بالضرورة انه يتحتم عليه أن يأخذ رأيي في كل شئ حيث إن هذا يعنى فرض حدود على حريته في العمل. وفيما يتعلق بإدارة شئون الضباط قال إن من حقه اعتماد قرارات لجنة شئون الضباط و انه لم يمارس حقه في تعديل هذه القرارات إلا مرة أو مرتين [8] رددت عليه" إن المسالة مسالة مبدأ إذا كان لك أن تنقض قرار لجنة مكونة من 15 ضابطا كبيرا فيجب أن تكون هناك أسباب قوية، أسباب أقوى من مجرد معـرفتك الشخصية لهذا الضابط. إن مستقبل الضباط يجب ألا يترك في يد شخص واحد ا و على الرغم من شعوري بأن ما أقوله كان منطقيا فقد حاول صادق أن يستخدمه ضدي وصاح قائلا شوف يا سيادة الرئيس سعد الشاذلي عايز يحرمني من سلطاتي!!" [9] وفيما يتعلق بقصة الدبابات ت 62 أتهمني صادق بأني اقف دائما ضده وفى صف المستشارين السوفيت. لقد مكثنا مع الرئيس حوالي ثلاث ساعات ولم يتخذ الرئيس أي قرار حاسم بخصوص الموضوع. كل ما قاله هو بعض النصائح العامة. قال موجها كلامه لصادق " لا يا محمد لازم تقول لسعد على كل حاجة في المخابرات وتستشيره في تعيينات وتنقلات الضباط الراجل مشترك في المسئولية!"، وقال موجها كلامه لي "شوف يا سعد، لازم تأخذ بالك، الروس حي خدعوك، كل الناس بتكرههم حا يحاولوا يستغلوك حتكون أنت الخسران!".

كان واضحا من كلام الرئيس أن صادق نجح في أ ن يزرع الشكوك في نفسه على اعتبار إني صديق للروس. ولكـني رددت بحدة "سيـادة الرئيس.. إذا تصادف وكانت أرائي أحيانا متطابقة مع آراء الروس، فليس معنى ذلك أني أتعاون معهم ضد أي شخص. إني أقول دائما وبصراحة ما اعتقد انه الحق وانه في مصلحة بلادي، بصرف النظر عما إذا كان ذلك يتمشى مع إنسان ما أو يتعارض معه ". وهنا علق الرئيس قائلا: إني اعرف انك رجل وطني وانك لا يمكن أن تقوم بعمل ضد وطنك ولكن أخشى أن يخدعوك وان يجروك إلى الاتجاه الخاطئ". وهكذا غادرنا منزل الرئيس دون أن نحل أية مشكلة. سـارت الأمور في هدوء ويسـر لمدة أسابيع قليلة ثم ارتدت مرة ثانية إلى طبيعتها السابقة. [10]

ولكي يثبت الفريق صادق أن اللواء عبد الرؤوف لم يكن أهلا ليؤتمن على ما يقرب من مليون جنيه إسترليني، فإنه أمر بتشكيل لجنة تحقيق لبحث أية مخالفات مالية يكون قد ارتكبها أثناء قيامه بعمله كرئيس أركان بالنيابة للقيادة العربية الموحدة، وكان رئيس هذه اللجنة هو اللواء طلعت حسن علي الذي عينه صادق ليحل محل اللواء عبد الرؤوف. [11] كان قرار مجلس التحقيق مخيبا للآمال، فقد وجه اللوم إلى اللواء عبد الرؤوف لارتكابه بعض الأخطاء المالية التافهة مثال ذلك استخدامه الهاتف الرسمي في مكالمة خاصة مع ابنته في أمريكا دون أن يدفع ثمنها، وقيامه بشراء قلم حبر من الأموال العربية لا المصرية لاستعماله الخاص، وغير ذلك من المخالفات التافهة. [12]

ومع أنني شخصيا لا أؤيد أية مخالفة سواء أكانت كبيرة أم صغيرة فإنني أود أن أعلن أن هناك أخطاء جسيمة ترتكب يوميا من قبل كبار الشخصيات المصرية، أخطاء تزيد في جسامتها مئات المرات على تلك الأخطاء التي نسبت إلى اللواء عبد الرؤوف، ما قيمة مكالمة هاتفية إلى أمريكا إذا قورنت بهاتف خاص ذي خط خاص إلى جميع بلاد غرب أوربا؟ ما قيمة ثمن قلم حبر إذا قورنت باستخدام طائرة تملكها الدولة وتتسع لأكثر من 100 راكب من قبل فرد واحد في تنقلاته وأحيانا زوجته وأولاده؟ لماذا عندما يسافر بعض المصريين للخارج- وإلى لندن بالذات- يصرف لبعضهم بدل سفر يومي 10 جنيهات إسترلينية بينما بعض المحظيين يكون لهم حساب مفتوح، وينفق بعضهم حوالي مائتي جنيه إسترليني في اليوم؟ة هناك الكثير من المخالفات المالية ولكن لم يأت بعد وقت الحساب. عموما فإن هذا هو المنطق السائد في مصر .. منطق القول عندما يكون الشخص في السلطة فإن كل ما يقوم به من عمل هو صحيح وقانوني، فإذا سقط فإن من في السلطة يستطيع دائما أن يبحث، وان يستخرج الكثير من الأخطاء. لقد حاكم السادات وشوه سمعة الكثيرين ممن خدموا في عهد عبد الناصر. و ها هم أولاء رجاله يرتكبون أضعاف أضعاف ما نسب إلى رجال عبد الناصر، ألا يعلم هؤلاء الناس أن عجلة الزمن تدور دون توقف و أ نه سيأتي اليوم الذي يحاسبون فيه؟!

هوامش الفصل السابع عشر

(1) لو أن الفريق محمد صادق فكر انه فى يوم من الأيام سوف يتقاعد، وانه لن يستطيع ان يغادر مصر دون تصريح من وزير الحربية الذي فى السلطة لاقتنع بكلامي وألغى هذا النظام.

(2) يا للعجب ! ويا لسخرية القدر. بعد عام واحد وبالذات فى نوفمبر 72 اتهم السادات الفريق صادق أمامي وأمام ممدوح سالم، ووصفه بأنه "عميل للملك فيصل " وبالطبع فإن السادات وهو يوجه هذا الاتهام للفريق صادق لم يكن يدرى ان صادق قد أطلعني على خطاب السادات إلى الملك فيصل.

(3) التفاصيل فى الباب السادس.

(4) ترى ماذا كان يمكن ان يحدث خلال معركة الثغرة لو انه أخذ بالاقتراح الذي قدمته ؟

(5) إن هذا الموضوع وكثير غيره يوضح لنا ضيق الأفق فيما يتعلق بحرية الرأي فى مصر. إن أي شخص حر يبدى رأيا قد يتطابق احيانا مع   أمريكي أو رأى سوفيتي، فهل أي اتفاق في الرأي مع إحدى الدولتين العظميين يعنى العمالة؟ لو أخذنا بهذا الرأي لأصبح المصريون كلهم عملاء. إما عملاء للسوفييت وإما عملاء للأمريكيين!! وهذا شئ محزن حقا.

(6) قبل مرور ستة اشهر على هذا اللقاء وقعت محاولة انقلاب فاشلة بواسطة النقيب على حسنى عيد، ولابد أن الرئيس تذكر فى ذلك اليوم ما سبق أن حذرت منه يوم 23 من أبريل.

(7) أسلوب المخابرات الغامض للبطش بأعداء من بيده السلطة.

(8) الحقيقة اكثر من ذلك.

(9) لم يكن الرئيس راغبا فى الأخذ بوجهة نظري–وإن لم يعلن ذلك صراحـــة– لأنه هو نفسـه يمارس سلطات دكتاتورية ويستطيع ان ينقض أي قرار يتخذه معاونوه ومرؤ وسوه

(10) فى يوم 23 من أبريل 72 اصدر الرئيس السادات قرارا بتعيين اللواء حسنى مبارك قائدا للقوات الجوية بدلا من اللواء بغدادي. وفى الساعة 1900 أبلغت كلا منهما بهذا القرار، على الرغم من أنني كنت مع الرئيس فى حوالي الساعة 1500 من اليوم نفسه، ولم أعلم بهذا الخبر إلا حوالي الساعة 1900.

(11) من الملاحظ ان الرئيس السادات لم يتحمس كثيرا لموضوع اللواء عبد الرؤوف أثناء مقابلتي له مما قد يوحي بان الفريق صادق قد اتصل به قبل مقابلتنا الرسمية واخبره ببعض المعلومات ولا استبعد ان يكون قد اخبره أيضا بطريقة ما بقراره الخاص بإيقافه وتعيين اللواء طلعت حسن علي بدلا منه، ولكن إلى ان يتكلم الفريق صادق فإنه لا يمكن التأكد من ذلك.

(12) بعد تشكيل مجلس التحقيق فاتحت الرئيس مرة أخرى فى موضوع اللواء عبد الرؤوف، ولكنى وجدت أنه يريد ان يغلق الموضوع .

الفصل الثامن عشر

وأخيرا تم التوقيع على الصفقة:

فى يوم 27 من أبريل سافر الرئيس إلى موسكو للمرة الثانية خـــلال فترة اقل من ثلاثة شهور [1]
وعاد فى 10 من مايو، فكانت بذلك أطول زيارة قضاها فى الاتحاد السوفيتى. وفى 14 من مايو، أي
بعد عودة الرئيس السادات بأربعة أيام فقط– وصل المارشال جريشكو. وفى اليوم نفسه قام المارشال
جريشكو والسفير السوفيتى فى الساعة السابعة مساء بزيارة السيد الرئيس، ولم يحضر هذه الزيارة أي
من الفريق صادق وزير الحربية أو السيد مراد غالب وزير الخارجية. لقد كانت الترتيبات تقضى بان
المارشال جريشكو ستستمر زيارته للرئيس لمدة ساعة يقوم بعدها بزيارة مجاملة للفريق صادق فى
منزله ثم يحضر الوزيران إلى نادى الضباط بالزمالك لحضور حفل العشاء الذي يقام على شرف
المارشال جريشكو. ولكن زيارة المارشال جـــريشكو للرئيس امتدت حتى الســاعة الحادية عشـــرة
وعندما وصل المارشال أخيرا إلى منزل صادق بادره قائلا "ليس لدى شئ أعطيه لك، لقد اخذ الرئيس
كل ما كـــان فى جيوبي "، ورد عليه صادق " أرجو ان يكون الرئيس قد اخذ من جيوبك كل ما
نريده". وفى خلال حفل العشاء تم الاتفاق على أن يقوم الفريق عبد القادر حسن بالتوقيع صباح اليوم
التالي على الاتفاقية.

وفى صباح اليوم التالي كنت مع الفريق صادق في مكتبه ننتظر زيارة مجاملة يقوم بها
المارشال جـــريشكو إلى السيد الوزير. فسألته عن الأصناف التي تم الاتفاق عليها، فـــاقسم يمينا
مغلظا بأنه لا يعرف. واستدعينا الفريق عبد القادر حسن الذي كان مجـــتمعا مع الجانب السوفيتى
لسؤاله فقال إن الجانب السوفيتى يعرض:

- 16   طائرة SU-17
- 8   كتائب بيتشورا (SAM-3)
- 1   فوج كوادرات (SAM-6) يتم تسليمه عام 73
- 200   دبابة T-62 يتم توريد نصفها خلال عام 72 والنصف الباقي خلال عام 73.
- قطع غيار مختلفة.

سألت الفريق عبد القادر حسن عن الأثمان فقال انه لم يصل معهم بعد إلى هذه النقطة.
ولكنه سيقوم بإخطارنا عندما يعرف هو ذلك. بعد خروج الفريق عبد القادر حسن قلت لصادق. لماذا لا
تتصل بالرئيس لتسأله عما تم الاتفاق عليه وتخطر به عبد القادر حسن. ان لم تفعل فإنك تترك عبد
القادر حسن فى موقف صعب للغاية"، وهنا طلب الوزير الرئيس هاتفيا. وفى أثناء المكالمة حـــاول
صادق ان يلفت نظري إلى ما يقوله السـادات على الطرف الآخر وذلك بأنه تعمد تكرار ما يقوله
السادات:لا تناقش الأسعار .. لا تناقش توقيتات التوريد. فيما يتعلق بالدبابات لقد اتفقنا ان يتم توريد 60
دبابة خلال شهر يوليو، 60 دبابة خلال 72، 80 خلال 73، فوج الكوادرات يتم توريده خلال 72.

وبعد انتهاء الحديث التفت إليّ وقال "لقد سمعت المحادثة. انك الشاهد الوحيد أمام الله وأمام التاريخ. سوف أوقع الاتفاقية دون مناقشة الأسعار ودون مناقشة توقيتات التوريد. ومع ذلك فإني سوف أمارس بعض الضغط بغرض الحصول على جميع الأصناف قبل نهاية عام 73، ولكن إذا لم يوافق الجانب السوفيتي فسوف أوقع على الاتفاقية "، فقلت له "تأكد أنني أقول الصدق دائما". وبعد خروجي من مكتب الوزير قمت بتسجيل ما دار من حديث فى مذكرتي الخاصة.

إنني لا اعرف ماذا دار بين السادات والقيادة السياسية السوفيتية خلال زيارته الأخيرة ولكنى أتصور انه قال لهم وسمع منهم ان صادق هو العقبة الكؤود في سبيل تحسين العلاقات بين روسيا ومصر، ولا أستبعد ان يكون قد وعدهم بأنه سيطرده وأن قيام السادات باستبعاد صادق من المفاوضات الخاصة بالصفقة الأخيرة كان الغرض منه هو ان يثبت للجانب السوفيتي انه هو وحده الرجل القوى فى مصر، ومن ناحية الاتحاد السوفيتي فأنه كان يرمى إلى الوصول إلى اتفاق مع مصر حول هذه الصفقة، حتى يمكنه ان يحضر مؤتمر قمة بريجنيف– نيكسون، الذي كان مزمعا عقده فى موسكو فى 20 من مايو 72 من موقع قوة.

مؤتمر الرئيس فى القناطر الخيرية 6 من يونيو 72:

فى 6 من يونيو 72 اجتمعنا فى استراحة الرئيس فى القناطر الخيرية. كان اجتماعا مصغرا ولا يشمل سوى الدائرة الصغرى من أعضاء المجلس الأعلى للقوات المسلحة. وقد حضر هذا المؤتمر كل من: صادق، الشاذلي، محمد على فهمي محمود على فهمي، المسيرى [2]، محرز، الجمسي، على عبد الخبير، عمر جوهر، حسن الجر يدلي (للسكرتارية). وبناء على تكليف من صادق اخذ الجمسي يقرأ عن تقريرا عن موقف القوات المسلحة تم إعداده خلال فترة زيارتي للعراق (26 من مايو– 2 من يونيو)، **كما أشير أيضا إلى تقرير أعده اللواء أحمد إسماعيل بصفته مدير المخابرات العامة وبه يؤكد ان القوات المسلحة ليست فى وضع يسمح لها بالقيام بعملية هجومية؛ وبعد ذلك فتح باب المناقشة طبقا لما يلي:**

الرئيس:

أ.يجب ان نفرق بين رجال السياسة ورجال الحرب ويجب ان تركزوا على المعركة القادمة. انا والفريق صادق يشاركني الرأي انه يجب ألا نعمل إلا بعد تكوين قوة الردع أي أن يكون عندنا طيران يستطيع ان يضرب عمق العدو [3] " ولكن يجب ان نفكر ما هو العمل إذا اضطرنا الموقف السياسي إلى بدء المعركة قبل الانتهاء من بناء قوة الردع؟."

الشاذلي:

إن ما ورد فى التقرير حقائق لا يمكن إنكارها و المجادلة في صحتها، ولكن السؤال الآن هو : "ما العمل؟ ما هو الممكن عمله ؟" إن ربط المعركة بإعداد القوات البرية المصرية

يعنى تأجيل المعركة سنوات أخرى لا يعلم أحد مداها. إن الفجوة التي بين القوات الجوية الإسرائيلية والقوات الجوية المصرية تميل إلى الاتساع لا إلى الضيق. إن الاستراتيجية الأمريكية المعلنة والمنفذة فى المنطقة هي. الإبقاء على إسرائيل قوية بحيث تكون– قواتها أكثر قوة من القوات الجوية للدول العربية مجتمعة. إننا لم نحصل بعد على طائرة ردع يمكن مقارنتها بطائرات الفانتوم التي يملكها العدو، وحتى لو حصلنا الآن على طائرة مماثلة فإن قدرتنا على استيعاب هذه الطائرة ستحتاج إلى فترة طويلة تكون إسرائيل قد حصلت خلالها على طائرة أخرى اكثر تقدما، وهكذا فإني لا أرى أملا فى إغلاق أو تضييق الفجوة التي بيننا وبين إسرائيل فى القوات الجوية فى المستقبل القريب. لذلك فإني أرى انه يجب علينا أن نخطط لمعركة هجومية محدودة في ظل تفوق جوي معاد، ويمكننا ان نعتمد فى تحدينا للتفوق الجوي خلال تلك المعركة على الصواريخ المضادة للطائرات سام.

المسيرى:

أوافق تماما على كل ما قاله الفريق الشاذلي.

الرئيس (مازحا):

والله يا مسيري إذا ما كنتم تحـــاربوا كويس لأربطك فى شجرة فى الجنينة دى وأ شنقك كمان.

رحلة صادق إلى موسكو يونيو 72:

سافر الفريق صادق إلى الاتحاد السوفيتي فى الفترة ما بين 8 و 13 يونيو 72. وفى يوم 20 من يونيو دعا الوزير إلى مؤتمر مصغر حضره– بالإضافة إلى الوزير – أنا وقائد القوات الجوية وقائد الدفاع الجـــوي وقائد البحرية وقائد الجيش الثاني وقائد الجيش الثالث ومدير إدارة المخابرات الحربية. وقد افتتح صادق المؤتمر بان طلب إلــى مدير المخابرات أن يقرأ تقريرا كان قد سبق إعداده وقد جاء فى التقرير ان وفدا من الصحفيين السوفيت زار بعض الوحدات الميدانية وكان يوجـــه الأسئلة الآتية "ان إسرائيل لديها أسلحة حـــديثة ومتقدمة. وعندما نقوم بأمدادكم بأسلحة متقدمة فإنكم تكتشفون ان إسرائيل قد أصبحت لديها أسلحة اكثر تقدما فتطلبون منا أسلحة أخرى اكثر تقدما وهكذا. ان الفجوة بينكم وبين إسرائيل قد تبقى كما هي بل قد تزيد، فهل يعني هذا أنكم لن تقاتلوا لتحرير أرضكم؟ لماذا يقاتل الفيتناميون أمريكا بالأسلحة نفسها التي معكم، يقاتلون الرأس أما انتم فتواجهون الذنب ؟ ." وهنا علق الفريق صادق قائلا "إن هذا هو نفس كلام سعد الشاذلي". [4]

الوزير: شرح الوزير تفاصيل زيارته وتتلخص أقواله فيما يلي:

1- رأى المارشال جريشكو:

أ‌- يجب تجهيز القوات المسلحة والدولة والشعب لمعركة طويلة الأمد.

ب‌- يجب ان تحصلوا على ما تحتــاجون إليه من أسلحــة هجومية بالأعداد التي
تطلبونها لضمان كسب المعركة. (5)

2- رأى المستر بريجنيف:

أ‌- إن الموقف الداخلي فى مصر غير مستقر. مازال هناك أفراد من الجيل القديم
يحاولون إرجاع الماضي. هناك فى مصر من ينظر إلى الشرق ولكن هناك
أيضــا من ينظر إلى الغرب.

ب‌- إن الموقف فى الشرق الأوسط بالغ التعقيد. إن إسرائيل تعرض حلولا لا يمكن
قبولها من قبل مصر ولا يمكن قبولها من قبلنا.

ت‌- أننا نؤمن بأن ما أخذ بالقوة لا يسترد بغير القوة، وإننا متضامنون معكم ونؤيدكم
فى نضالكم.

ث‌- يجب ان نعمل معا فى المحافل الدولية اعتمادا على قرار مجلس الأمن 242.

ج‌- إن تحرير الأرض يتطلب أولا بناء الجيش الدفاعي لمنع العدو من توسيع رقعة
الأرض التي يحتلها، وبعد ذلك يجرى بناء الجيش الهجومي الذي يقوم بتحرير
الأرض. ولكن قبل بناء الجيش الهجومي يجب التأكد مما إذا كان هذا الجيش
سيحارب أم لا؟ فقد لا يحارب الجيش بعد هذا كله. (6)

ح‌- إن الإبقاء على المستشارين السوفيت فى مصر ضرورة دولية. (7)

خ‌- لن نقوم بعقد اتفاقية مع أمريكا على حساب مصر.

د‌- أنت من واجبك (الكلام موجه إلى صادق) تحرير الأرض ومســاعدة أصدقائكم
فى سوريا.

3- انطباع الفريق صادق:

أ‌- إن السوفيت مهتمون جدا بالجبهة الداخلية، بل انهم طلبوا تنحية الأشخاص الذين
تتعارض سياستهم مع الاتجاه السوفيتي.

ب‌- إنه لا تغيير فى السياسة السوفيتية بعد مؤتمر قمة بريجنيف- نيكسون.

ت‌- إن السوفيت يريدون تهدئة الموقف فى المنطقة إلى أن ينجح نيكسون فى
الانتخابات فى نوفمبر القادم، وبعد نجاحه فانهم سوف يماطلون في إمدادنا
بالســلاح لتمييع القضية، بأمل الوصول إلى حل سلمى للقضية.

تأمين الأهداف الحيوية ضد العمليات الإرهابية

عند بحث الإجـراءات المضادة التي نتخـذها فى مواجهة العمليات الإرهابية، كان هناك اقتراح بان تقوم القوات المسلحة بالتعاون مع الشرطة فى توفير الحماية للأهداف المدنية. وقد أوضحت أنه يكاد يكون من المستحيل تدبير القوات اللازمة لتوفير الحماية لجميع الأهداف، وإننا سوف نكون ضعفاء فى كل مكان. إننا لا نستطيع ان نحمى جـميع الفنادق والمدارس والنوادي ودور السينما ومكاتب الحكومة وآلافا غيرها من الأهداف. ولمقابلة هذا التهديد فإنه يجب ان نوفر قدرا من الدفاع الذاتي لكل هدف من هذه الأهداف مع الاحـتفاظ بقوة خفيفة الحركة يمكن د فعها فورا إلى المكان الذي يكون هدفا للهجوم.

ولتحقيق هذه الفكرة فإن ذلك يتطلب توزيع بعض الأسلحة على المدنيين الذين يعملون فى تلك الأمكنة، ولكن هذه الفكرة كانت مرفوضـة تماما لأنها– كما يقول رجال الأمن– تعرض الأمن الداخلي للخطر. وكحل بديل اقترحت ان يسمح لضباط القوات المسلحة بان يحملوا أسلحتهم معهم أينما ذهبوا، لأن هذا الإجراء سيوفر لنا بصفة مستديمة حوالي 10000 رجل مسلح خارج المعسكرات منتشرين فى طول البـلاد وعرضها. فإذا وقع اعتداء على أي هدف من أهدافنا المدنية فإن هؤلاء الرجـال المسلحين يستطيعون القيـام بما يستطيعون إلى ان تصل إليهم النجدة من القوة الاحتياطية المخصصة لنجدة هذا الموقف. وعندما عرضت هذه الفكرة على الوزير فى 3 من يوليو 72 أخبرني بأنه سيقوم بإبلاغ ذلك إلى الرئيس.

فى 5 من يوليو 72–أي بعد فترة امتدت أكثر من شهر تصورت خلالها ان الاقتراح قد رفض– أخطرني الوزير بأن الرئيس قد وافق على ان يسمح للضباط بحمل السلاح خارج معسكراتهم، والآن فإن المرء ليتساءل ما الذي دفع الرئيس إلى ان يتردد طوال هذه المدة؟ هل هناك علاقة ما بين هذا القرار وقرار طرد المستشارين والوحدات السوفيتية الذي كان قد بدأ يتبلور فى رأس السادات؟

مغامرة النقيب عيد:

فى حوالـي الساعة 1845 يوم 12 من أكتوبر 72 رن جرس الهاتف في منزلي وكان المتكلم هو الفريق سعد الدين الشريف كبير الياوران بالنيـابة. أخطرني الفريق بان عددا من الدبابات قد دخلت القاهرة وإنها تعصى أوامر الشرطة العسكرية، وقال ان هذا الموقف يهدد أمن وسلامة الرئيس ويشكل خطورة على موكب الرئيس المزمع تحركه الليلة لحضور اجتماع مجلس الأمة الاتحادي فى مصر الجديدة كما أخبرني بأنه اخطر الفريق صادق بهذا الحـادث قبل ان يتصل بى مبـاشـرة تحركت فورا إلى مكتبي حـيـث علمت ان الشـرطة العسكرية قد قبضت على قائد تلك القوة وأخذته إلى قيادة المنطقة المركزية فتحركت على الفور إلى هنـاك حيث وجدت الفريق صادق قد حضر قبلي بدقائق، وبعد أقل من نصف ساعة حضر اللواء عبد الخبير قائد المنطقة العسكرية المركزية، وقد ظهر أن قائد القوة الذي قبضت عليه الشرطة العسكرية هو النقيب على حسني عيد وهو

قائد سرية مشاة ميكانيكية ضمن لواء مدرع يتمركز شرق القاهرة بحوالي 20 كيلومترا. تتلخص رواية النقيب عيد فيما يلي: "لقد كانت سريتي مكلفة بواجب القضاء على أية جماعات منقولة جوا قد يقوم العدو بإسقاطها فى المنطقة. وقد رأيت ان أقوم بتدريب رجالي على تنفيذ المهمة التي كلفنا بها واختبار مدى كفاءتهم فى تنفيذها، وفى الساعة 1400 بدأ المشروع التدريبي وبعد الانتهاء من التدريب فكرت فى ان نقوم بأداء صلاة المغرب فى جامع الحسين بالقاهرة. وعند وصولنا إلى الجامع تركنا عرباتنا فى ميدان الحسين ودخلنا الجامع، حيث صلينا وبعد الانتهاء من الصلاة فوجئنا بالشرطة العسكرية تحيط بنا وتقبض علينا.

كان الفريق صادق يتولى التحقيق بنفسه بينما كنت أنا واللواء على عبد الخبير نستمع إلى أقوال النقيب المذكور والشهود وندتخل من وقت لآخر لتوجيه سؤال أو لاستيضاح نقطة غامضة.[8] لقد كانت قصة النقيب عيد غير منطقية وليست هناك اجابة مقبولة للعديد من الأسئلة. لماذا آشرك النقيب عيد معه أفرادا ومركبات أخرى من الكتيبة، مع ا نهم ليسوا ضمن تنظيم السرية التي يقودها هو؟، لماذا لم يخطر قائد كتيبته مسبقا بأنه ينوى القيام بإجراء مثل هذا المشروع حتى يمكن اتخاذ إجـراءات الأمن الداخلي المعتـادة؟ لماذا لم يمتثل لأوامر الشرطة العسكرية التي تقف على مدخل مدينة القاهرة لمنع أية قوات مسلحـة من دخول القاهرة إلا إذا كان ذلك طبقا لتصديق كتابي مسـبق ومبلغة صورة منه إلى الشـرطة العسكرية؟ هل من المعتاد أن يذهب المرء إلى الجامع راكبا دبابة أو عربة قتال مدرعة؟

و من أقوال ضباط الصف والجنود اتضح ان النقيب عيد أخطر أفراد كتيبته بأنه سيقوم بمشروع تدريبي، وانه تحرك من منطقة تجمعه فى 12 عربة قتال مدرعة مجنزرة (6 مركبات من سريته، و 6 مركبات من باقي سـرايا الكتيبة)، وبعد أن غادر منطقة معسكرات هاكستب تحوّل إلى طريق القاهرة ثم مر خلال نقطة الشرطة التي عند مدخل القاهرة (علامة الكيلو 1405) بالقوة وقد استطاعت 7 مركبات أن تتبعه ولكن الخمس الأخريات امتثلت لأوامر الشرطة وتوقفت عند هذه النقطة. اندفع النقيب عيد داخل شوارع القاهرة بتلك المركبات السبع بسرعة عالية وأخذ يصدر باللاسلكي أوامر وتعليمـات غير واضحة وبعض الآيات القرآنية. بدا الشك يخـامر نفوس بعضهم فـتوقفت أربع مركبات أخرى فى منتصف الطريق داخل شوارع القاهرة وهى لا تدرى ماذا تفعل. وصل النقيب ومعه ثلاث مركبات إلى ميدان سيدنا الحسين حيث ترجلوا ودخلوا المسجد للصلاة.

فى أثناء استجواب النقيب كان يظهر شيئا من عدم الاتزان والتعصب الدينـى ويتهم المجتمع المصري بأنه نسى الله ونسى دينه، وكان يتوقف عن الإجابة فى كثير من الأحيان لكي يتمتم بآيات من القرآن الكريم. وبعد انتهاء التحقيق أخطرني صادق بأنه سوف يقوم بإبلاغ نتيجـة التحقيق بنفسه إلى الرئيس. أعلن بعد ذلك أن النقيب عيد مجنون وأرسل للمستشفى، وبالتالي لم يحاكم على هذه المغامرة المثيرة.

لقد قام الرئيس السادات بطرد الفريق صادق بعد أسبوعين من هذا الحادث ومهما قال الرئيس فى أسباب هذا الطرد فإن مغامرة النقيب عيد لابد أنها كانت أحد الأسباب الرئيسية. وقد أكد لي هذا الشعور ما قاله لي السادات بعد ذلك بأنه لم يصدق ما قاله له صادق بأن النقيب عيد هو شخص مريض وغير متزن العقل. [9]

مؤتمر الرئيس يوم 24 من أكتوبر 72:

كان يوم 24 من أكتوبر 72 يوما حافلا بالأحداث السريعة والمتلاحقة، فقد بدأت فى الساعة التاسعة من صباح هذا اليوم مؤتمري الشهري المعتاد ولكني فوجئت بان الوزير يطلب الاجتماع بى وبأعضاء المجلس الأعلى للقوات المسلحة فى الساعة الثانية عشرة مما اضطرني إلى انهاء مؤتمري حوالي الساعة 1130. كان الهدف من مؤتمر الوزير هو الاستماع إلى رأي القادة عن الموقف العسكري وذلك قبل حضورنا اجتماعا آخر فى الساعة 2030 من اليوم نفسه بمنزل الرئيس بالجيزة تكلم كل من أعضاء المجلس عن موقف قواته وعن المتاعب والمشكلات، التي مازالت تواجهه. وفى نهاية الحديث علق الوزير كما يلي"إن كل ما أريده هو ان يقوم كل منكم بإعطاء صورة حقيقية عن موقف قواته أمام الرئيس هذا المساء. إن الرئيس يعتقد إنني أبالغ فى ذكر المشكلات ولذلك فإنه يريد ان يسمعها منكم شخصيا"، فأجاب الجميع بأنهم سيفعلون ذلك. وان ما قالوه أمام الوزير سوف يقولونه أمام الرئيس.

لقد بدأنا نتوافد على منزل الرئيس بالجيزة اعتبارا من الساعة 2030 وبدأ الاجتماع فى الساعة التاسعة مساء وامتد حتى منتصف الليل. وقد بدأ الرئيس باستعراض الموقف وتطور العلاقات بينه وبين السوفيت منذ توليه الحكم وحتى هذا التاريخ، **وكان أهم ما جاء فى حديثه هو ما يلي:**

1- إن رحلاتي إلى الاتحاد السوفيتي فى مارس 71 وأكتوبر 71 وفبراير 72، كانت بناء على طلبي، أما رحلاتي فى أبريل 72 فكانت بناء على طلب القيادة السياسية السوفيتية.

2- أخطرت القيادة السوفيتية فى ابريل 72 بان القضية لن تتحرك سياسيا إلا إذا أمكن تحريكها عسكريا. وقلت لهم أن إعداد الهند للقيام بحربها ضد باكستان قد استغرق منكم ستة شهور ويمكنكم أيضا ان تفعلوا الأمر نفسه مع مصر. إني اتفق معكم على العمل على إعادة انتخاب نيكسون فى انتخابات الرئاسة الأمريكية القادمة فى نوفمبر 72 حيث إنه سيكون أفضل من رئيس جديد يصل الى الحكم وتحكم تصرفاته رغبته فى البقاء فى الحكم لفترة ثانية. [10]

3- عندما حضر المارشال جريشكو فى مايو 72 أرسلت معه كتابا الى القيادة السياسية السوفيتية طلبت فيه تزويدنا بطائرات ميج 25 ومعدات وأجهزة الحرب الإلكترونية. وقد

أخبرتهم صراحة بأنني لا اقبل بقاء أية وحدات سوفيتية فى مصر ليست تحت القيادة المصرية.

4- فى يوم 6 من يوليو قيل لى ان السفير السوفيتي يطلب مقابلتي، ولكنى حددت يوم الزيارة ليكون يوم 8 يوليو، وعندما قابلني للسفير وجدت الرسالة لم تتعرض للرد على رسالتي المرسلة لهم. وبعد انتهاء السفير من قراءة الرسالة قلت له إن الرسـالة مرفوضة ثم أبلغته بقراري الخاص بإنهاء عمل المستشارين والوحدات السوفيتية. [11]

5- قبل إعلان قراري فى 17 من يوليو 72 أرسلت عزيز صدقي- رئيس الوزراء- إلى موسكو ليشرح لهم الموقف وليعرض عليهم إصدار بيان مشترك حول هذا الموضوع، ولكنهم لم يوافقوا. قالوا ان السادات اتخذ هذا القرار من جانب واحد لذلك فإن الإعلان أيضا يجب أن يكون من جانب واحد. لقد كانوا يظنون أنني لا أعنى ما أقول ولكن عزيز صدقي أكد لهم إننا جادون فى تنفيذ ذلك.

6- بعد الاجتماع بنيكسون فى موسكو فى مايو 72 وصل الروس والأمريكيون الى وفاق، بل عناق وانتهت الحرب البارد ة نهائيا، وينتظر ان يستمر هذا الوفاق لمدة عشرين سنة على الأقل. وكان ذلك أحد الأسباب الرئيسية لكي اتخذ قراراتي فى يوليو 72 حتى اقف على أرض صلبة. ومنذ ذلك التـاريخ اتصل بي الأمريكيون والإنجليز والفرنسيون والإيطاليون. القضية ابتدأت تتحرك لأننا أصبحنا أولياء أمور أنفسنا. [12]

7- حاول الروس الاتصـال بي مرة أخرى في 31 من يوليو 72، ولكنى تعمدت ان امكث شهرا قبل أن أرد عليهم فى 31 من أغسطس 72 [13]

8- تدخل الرئيس حافظ الأسد لتحسين العلاقات بين مصر والاتحاد السوفيتي وسافر سرا إلى الاتحاد السوفيتي فوجد منهم استعدادا طيبا لتحسين العلاقات سافر على اثر ذلك عزيز صدقي إلى موسكو ودخل معهم فى مناقشات عنيفة أكدوا بعدها ان سيـاسـتهم تجاه مصر لم ولن تتغير على الرغم من قرار السيد الرئيس بإنهاء عمل المسـتشارين الروس فى مصر. وكانت حصيلة هذه الزيارة هي إدخال الروس فى الفورمة حـتى تكون علاقتهم معنا فى المرحلة القادمة على أساس عدم التدخل فى شئوننا وقد وعدوا عزيز صدقي بإمدادنا بالأسلحة التالية:

- 1 سرب ميج 23 فى الربع الثالث من عام 73
- 1 سرب سوخوى 20 فى الربع الثالث من عام 73
- 1 وحدة صواريخ سطح سطح SSM مداه 300 كيلومتر ويتم إبلاغنا فى أوائل 73 عن تواريخ التوريد.

9- ويمكنني أن ألخص الموقف العام على ضوء ما سبق فى أن أمريكا حـاولت أن تقوم بتحويل مبادرتي لكي تصبح حلا جزئيا يشمل انسحاب إسرائيل وعبور قواتنا للقناة على أن يخـضع الانسحاب الكامل لمرحلة أخرى من المفاوضـات. لقد أخبرت الفريق صادق منذ الصيف الماضي بأنه يجب ان تتحرك القضية عسكريا قبل ان ندخل الجولة الثانيـة مع إسرائيل بعد الانتخابات الأمريكية. كان ذلك يعتبر قرارا أبلغكم به وليس لأخذ رأيكم، حيث إن هذا الموقف يعتبر اختبارا للقوات المسلحة. وإذا لم نقم بعمل عسكري قبل نهاية هذا العام فإن القضية سوف تنتهي ويفقد المصريون والعرب ثقتهم بأنفسهم.

10- تكلم الرئيس بعد ذلك عن التصنيع العسكري، وعن ضرورة تصنيع الطائرة المقاتلة والحوامة والزوارق والعربات المجنزرة وأجهزة الحرب الإلكترونية، واتهم من سبقوه بالسفه لأنهم لم يفهموا قيمة الجنزير فى حرب الصحراء ولم يشتروا العربات المجنزرة التي كانت تباع بعد الحرب الثانية بتراب الفلوس. (14)

11- عندما تكلم الرئيس عن موقف السوفيت من المعركة كان كلامه متناقضا، ففي بعض الأحيان قال إن الاتفاق الودي بين روسيا وأمريكا هو أساس الاستراتيجية السوفيتية لمدة 10-25 سنة، وانهم لذلك لا يرغبون فى قيام حرب جديدة بيننا وبين إسرائيل، حيث أن ذلك قد يجرهم إلى نوع من التدخل والاشتراك، فإنهم يفضلون الوصول إلى حل سلمى للمشكلة. وفى أحيان أخرى قال أن السوفيت ليست لديهم الثقة بعزمنا على القتال، وانهم لذلك يترددون فى إمدادنا بالسلاح. وقد علق الرئيس على هذه النقطة قائلا "كـان الروس فيما مضى يشيرون إلينا بأسلوب خفي بأنه يجب علينـا أن نبدأ القتال أما هذه المرة فقد قالوها بصراحة لعزيز صدقي. قالوا له لو إننا فى مثل موقفكم لقاتلنا لتحرير أرضنا حتى لو لم يكن لدينا سوى البنادق ! وأنى واثق أنهم كانوا يودون لوأ نهم قالوا اكـثر من ذلك لأني اعرف ما قاله الرئيس بودجورنى عنا فى تركيـا بعد هزيمة 67". وفى مناسبة ثالثة قال الرئيس : إن الروس قد أخطروا عزيز صدقي خلال زيارته الأخيرة بان علاقاتهم معنا والتزامهم بإمدادنا بالسلاح لن يتأثر نتيجة الاتفاق الودي الذي عقد بينهم وبين أمريكا.

وبعد هذا الاستعراض للموقف فتح باب المناقشة والأسئلة.
الجمسي:

ما موقف سوريا وليبيا من المعركة؟

الرئيس:

الرئيس حافظ الأسد سيشترك معنا عن قناعة إنه مقتنع تماما بان أي عمل نقوم به سوف يكون أفضل مما نحن فيه الآن مهما كانت التضحيات. سوف يسافر الفريق صادق قريبا

إلى سوريا للتنسيق بين الجبهتين، [15] أما ليبيا فإنها تضع ما لديها كله للمعركة. إن ليبيا لديها خمسون طائرة ميراج جاهز منها للمعركة سرب واحد، وكذلك عندها 24 مدفعا 155 مم ذاتي الحركة و 100 عربة مدرعـة لنقل المشاة وعدد من الهاونات 130 مم المحملة على عربات جنزير.

عبد المنعم واصل:

إن التدريب والروح المعنوية على مستوى عال، ولكن يجب ان نعلم انه إذا قمنا بالهجوم فى ظل الأوضاع الحالية فيجب علينا ان نتوقع خسائر كبيرة ان الساتر الترابي الذي أقامه العدو على الضفة الشرقية قد اصبح متصلا وبارتفاع يصل فى بعض أجزائه إلى 20 مترا. إن العدو يراني ويكشف موقعي لمسافة طويلة وأنا لا أراه ولا اعرف ما يدور خلف هذا الساتر. وتحت هذه الظروف فإنه يستطيع ان يحدث خسائر كبيرة فى قواتنا المهاجمة. يجب ان نزيد من ارتفاع الساتر الترابي من ناحيتنا حتى يصل إلى ارتفاع سـاتر العدو او يزيد، وبذلك نستطيع ان نكشف العدو ونحرمه من فرصة التدخل ضد قواتنا المهاجمة.

الشاذلي:

سيادة الرئيس، هل ستقوم سيادتكم بتحرك عربي لتعبئة القوى العربية، أم ان المعركة ستكون مقصورة على دول الاتحاد؟

الرئيس:

ستكون المعركة مصرية أساسا، وسوف يقف العرب موقف المتفرج [16] فى البداية، ولكنهم سوف يجدون أنفسهم فى موقف صعب أمام شعوبهم فيضطرون فى النهاية إلى أن يغيروا من موقفهم.

الوزير:

يجب أن نأخذ فى حسابنا قدرة العدو الضرب فى العمق، وأنه من المحتمل جدا أن تقوم إسرائيل- بتشجيع من الولايات المتحدة وآخرين لا أريد تسـميتهم- بهجوم مفاجئ على مصـر. إنهم جميعا يتآمرون على مصر بهدف تدمير قواتها المسلحة التي تشكل تحديا خطيرا لإسرائيل.

الرئيس:

أني أوافق تماما، قد تبدأ إسرائيل ضربتها قبل 7 من نوفمبر القادم، وفى هذه الحالة سوف ينسى العالم المشكلة الأصلية ويبدأ فى الحديث عن وقف إطلاق النار.

علي عبد الخبير:

إن القوات المسلحــة لم يتم تدعيمها بأية أسلحة جديدة تزيد من قدراتها الهجومية، بل العكس هو الصحيح. إن الاستهلاك العادي فى أسلحتنا يجعل قوتنا في تناقص وليس فى تزايد. إن ضعف قواتنا الجوية مازال كما هو، ألا تكفي هذه العوامل المهمة كلها لكي نفكر جيدا قبل أ ن نقرر الدخول فى حرب نتحمل فيها خسائر جسيمة ؟

الرئيس:

لو أنني أجريت حـساباتي على هذا الأساس لما اتخـذت قراري بطرد الروس فى 8 من يوليو. إن المشكلة الآن هي "to be or not to be" [17] يجب ألا نلقي باللوم كله على الروس. لقد قام الروس بإمدادنا بأسلحة مكنتنا من تسليــح جيشين ميدانيين، بصرف النظر عن أنهم هم الذين يختارون السلاح الذي يمدوننا به.

على عبد الخبير :

إذا كنا نقول "نكون أو لا نكون " فإنه يجب علينا أن نعبئ مواردنا لإمكاناتنا كلها للمجهود الحربي كما تفعل الدول الأخرى عندما تقرر الدخول فى حرب

الرئيس:

إن تعبئــة موارد الدولة للمجهود الحربي هي مسئوليتي وليست مسئوليتك، الكثير من الناس لا يصدقون انه ستكون هناك حرب. وإذا بقينا كما نحن الآن فسوف تنهار الجبهـة الداخلية، يجب ان نقبل المخاطرة المحسوبة.

على عبد الخبير :

المخاطرة المحسوبة؟ لماذا لانعمل على تلافى الخطرة

نوال السعيد:

هل المقصود هو تحرير الأرض أم تنشيط العمليات لإعطاء الفرصة للحل السياسي؟

الرئيس:

لقد سبق أن قلت ذلك للفريق صادق منذ أغسطس وهو "كسر وقف إطلاق النار."

عبد القادر حسن:

قد نبدأ بمعركة محدودة ولكنها قد تتطور إلى حرب شاملة.. قد ننجح فى المراحل الأولى من المعركة ولكننا سوف نتحول فى النهاية إلى اتخــاذ موقف دفاعي. ستبقى إسرائيل فى شرم الشيخ وفى معظم سيناء وستكون فى موقف افضل من موقفها الحالي، وقد يدفعها ذلك إلى أن تدعى حقـوقا فى تلك الأراضي التي تكون مازالت فى قبضتها.. يجب أن نضع فى حسابنا قدرة العدو على ضرب العمق عندنا وعند سوريا اكثر، لأن سوريا لم تستكمل دفاعها الجوى. لا يصح ان ندفع أنفسنا إلى وضع قد يضطرنا إلى ان نصرخ طالبين النجدة من الاتحاد السوفيتي مرة أخرى ونقول له "ولع."

الرئيس (بغضب):

يا عبد القادر دي تاني مرة تغلط فيها. أنا مسئول عن استقلال البلد، وأنا اعرف ماذا اعمل.

يجب ألا تتدخل فى شئ ليس من اختصاصك أنت رجل عسكري ولست رجـــلا سياسيا!

محمود فهمي (محاولا تلطيف الجو):

إننا جميعا نؤمن بأن المشكلة لن تحل سلميا، وان الحرب هي الأسلوب الوحيد لحلها، وإذا كان هناك رأي او سؤال فإن المقصود منه هو الحرص على مصر ومصلحتها.

الرئيس (بغضب):

هل تدافع عن عبد القادر حسن ؟ كل واحد لازم يتكلم فى حدوده أنا لا اقبل من أحد ان يفهمني و اجبي.

الرئيس (فى صوت هادئ وبعد فترة صمت طويلة):

....إننا اليوم نواجه تحديا صعبا.to be or not to be هناك حل جزئي معروض علي وينتظر موافقتي ولكنى لم اقبله [18] قد يقبل شخص آخر هذا الحل الجزئي أما أنا فإني لن اقبله، وان عليكم بالتخطيط الجيد، والتغلب على نواحي النقص الموجودة فى قواتنا المسلحة وفقكم الله... وانتهى الاجتماع بعد منتصف الليل بقليل.

غادرت منزل الرئيس بعد منتصف ليل 24 من أكتوبر بقليل، وبينما كنت أهم بركوب عربتي لحق بى أحـــد معاوني الرئيس وأخبرني بان الرئيس يطلبني فلما عدت وجـدته ينتظرني فى مكتبه بالطابق الأرض فقال لي "لقد أبلغوني أنك ستقوم بتزويج إحدى بناتك وانك ترغب فى دعوتي لحضور حفل عقد القران " فقلت له نعم يا سيادة الرئيس ولكنى وجـدت ان الوقت غير مناسب للحديث فى مثل هذا الموضوع الليلة بعد هذا الاجـتماع الصاخب،، فقال "لا لا مش مهم. متى سيكون تاريخ عقد القران؟ "، فأجبته بأنني لم احدده بعد انتظارا لمعرفة التواريخ المناسبة لسيادته، وبعد مناقشة قصيرة تحدد يوم 9 من نوفمبر ليكون تاريخ عقد القران.[19]

هوامش الفصل الثامن عشر

(1) زيارات الرئيس السادات الاتحاد السوفيتي:

الأولى أول مارس 71

الثانية 11 من أكتوبر 71

الثالثة 2 من فبراير 72

الرابعة 27 من أبريل 72

(2) اللواء المسيري مندوبا عن القوات الجوية بدلا من اللواء حسنى مبارك.

(3) هذا اللقاء مسجل وهو يثبت بوضوح ان السادات لم يكن ينوى الدخول فى حرب فى نوفمبر 72، لأن قوة الطيران الرادعة لا يمكن بناؤها فى خمسة شهور.

(4) بعد إنهاء المؤتمر حضر إلى مكتبي كل من اللواء سعد مأمون قائد الجيش الثاني واللواء عبد المنعم واصل قائد الجيش الثالث، وكلاهما لم يحضر مؤتمر الرئيس فى القناطر الخيرية يوم 6 من يونيو 72. سألني ماذا يقصد الوزير بتعليقه "هذا هو نفس كلام سعد الشاذلي" فذكرت لهم ما دار فى مؤتمر القناطر الخيرية ورأيي بخصوص عدم ربط توقيت المعركة بإغلاق الفجوة بين قواتنا الجوية وقوات إسرائيل الجوية !! ألفت نظر القاري إلى ما ورد فى خطاب السادات إلى القيادة السوفيتية فى أغسطس 72 (صفحة 433 من مذكرات السادات) حيث ذكر وجهة نظري الخاصة نفسها بازدياد الفجوة اتساعا بين قواتنا الجوية وقوات العدو الجوية.

(5) يلاحظ أن هذا التصريح يتعارض مع تصاريحهم السابقة لكنه يتمشى مع وجهة نظر الفريق صادق. وإن واجب الأمانة يفرض علىّ أن اكتب ما ذكره الفريق صادق. أن الروس كانوا يتهموننا دائما بأننا نبالغ فى طلباتنا من الأسلحة، وأنى أتعجب كيف يمكن للمارشال جريشكوأن يقول "يجب ان تحصلوا على ما تحتاجون إليه من أسلحة هجومية بالأعداد التي تطلبونها!!". بل أني اشك فى ان يكون قد قال ذلك أصلا.

(6) يلاحظ ان أقوال بريجنيف تتعارض مع الأقوال المنسوبة إلى المارشال جريشكو. ولكن هذه الأقوال قد تثير التساؤل عن نتائج مؤتمر قمة بريجنيف –نيكسون الذي انعقد فى 20 من مايو السابق والذي اتفق فيه على تهدئة الموقف فى الشرق الأوسط هل كان هدف كل من جريشكو وبريجنيف تأجيل المعركة،وان كان كل منهما قد استخدم الفاظا مختلفة؟

(7) إن هذا الكلام من بريجنيف جاء قبل شهر من قيام السادات بطرد المستشارين والوحدات السوفيتية من مصر، يعنى ان السوفيت كانوا يعلمون بما يدور فى ذهن السادات وما يقوم بالتحضير له"

(8) من سخرية القدر ان يتم القبض على اللواء على عبد الخبير نفسه بعد شهر من هذا الحادث بتهمة تدبير انقلاب ضد السادات وما هو أشد سخرية ان الأهداف التي كان ينادي بها على عبد الخبير في نوفمبر 72 والتي حوكم من اجلها وسجن وهى "إنقاذ مصر"، هي نفسها التي تؤيدها وتهلل لها اليوم وسائل الإعلام المصرية ! ما الخطأ وما الصواب؟ أني أستطيع ان أميز بينهما ولكنى أشفق على شباب مصر. إنه سوف يتمزق ويضيع.

(9) يدعي السادات ان السبب الرئيسي لطرد صادق هو ان صادق لم يكن يرغب فى د خول الحرب عام 72، ولكن من يطلع على محضر مؤتمر القناطر فى 6 من يونيو 72، يعرف تماما ان

السادات هو الآخر لم يكن يرغب فى دخول الحرب عام 72. لقد كان هناك صراع خفى على السلطة بين الرئيس السادات وصادق، وكان السادات ينتظر الفرصة للتخلص منه. ولاشك انه اخذ يعد نفسه خلال عام 72 لهذا اليوم وربما كان تعيين حسنى مبارك قادا للقوات الجوية هو إحدى الخطوات على هذا الطريق. كانت مغامرة النقيب عيد هى الضوء الأحمر الذى دفع السادات ان يعجل بضرب صادق.

(10) قياسا على مفهوم السادات للعمالة والخيانة، لابد ان نيكسون رئيس الولايات المتحدة رجل خائن وعميل الاتحاد السوفيتى، لأن الاتحاد السوفيتى يفضل بقاءه

(11) تسجيلات هذا المؤتمر تؤكد مرة أخرى ان قرار الرئيس بالاستغناء عن المستشارين السوفيت قد اتخذ يوم 8 من يوليو وليس يوم 6 من يوليو 72 كما يحاول السادات الآن ان يدعى.

(12) ما طبيعة هذه الاتصالات؟ هل بخصوص توريد أسلحة غربية؟ ام بخصوص السعى لحل سلمى؟ أن السادات لم يوضح ذلك ولكن كل هذا يوضح حقيقة يريد إخفاءها وهى أنه لم يكن راغبا فى دخول المعركة حقا فى خلال عام 72.

(13) لم يذكر الرئيس محتويات أية من الرسالتين ولكنه نشر خطابه إليهم المؤرخ فى 31 من أغسطس 72 فى كتابه فى الصفحات 419– 435 وهو استعراض للعلاقات المصرية السوفيتية منذ توليه الحكم فى مصر.

(14) كلام يقوله السادات بغرض التسجيل فقط، اما الحقيقة فإنه لم يفعل شيئا فى مجال التصنيع، فبينما تنتج إسرائيل طائرة مقاتلة سرعتها 2.3 ماخ (ماخ = سرعة الصوت) تحاول مصر ان تصنع طائرة تدريب وبينما تنتج إسرائيل الدبابة فإن السادات يتعاقد على إنشاء مصنع عربات جيب لقد كانت مصر قبل اكتوبر 73 تملك حوالى 4000 مركبة مجنزرة ما بين دبابة ومدفع ذاتى الحركة وعربة قتال مدرعة وليس بين كل هذا العدد مركبة مجنزرة واحدة من مخلفات الحرب العالمية الثانية، هل يستطيع السادات ان يذكر لنا كم عدد المجنزرات التى أضافها للقوات المسلحة فى خلال السنوات الثمان الماضية؟ ما اسهل الاتهام إذا غابت لغة الأرقام!

(15) قام الرئيس بعزل الفريق صادق بعد اقل من 48 ساعة من هذا المؤتمر.

(16) فى خلال زيارتى لرؤساء الدول العربية تم الاتفاق على إشراك بعض وحدات من هذه الدول فى المعركة ولم يكن يدرى بهذا الاتفاق أحد من الحاضرين فى هذا المؤتمر سوى الرئيس والوزير. وعندما وجهت إلى الرئيس هذا السؤال فقد كنت اقصد أن أذكره بان الوقت قد حان لكى نطلب إلى تلك الدول إرسال تلك القوات. ولكن عندما أجاب الرئيس بتلك الإجابة لم أشأ أن أناقش معه هذا الموضوع وسط هذا الجمع الكبير وفضلت ان اوجل مناقشة هذا الموضوع معه الى حين آخر.

(17) قالها الرئيس بالإنجليزية ومعناها" نكون أو لا نكون."

(18) أنى أشفق على من يدرسون التاريخ بصفة عامة، وتاريخ مصر بصفة خـــاصة. سوف يصدم هؤلاء عندما يقراون أحاديث السادات فى تلك المؤتمرات الرسمية التى عقدت ما بين اكتوبر 70 وأكتوبر 72، ثم بعد ذلك يطلعون على تصرفاته فى الأعوام 76- 81 وقيامه بعقد المعاهدة المصرية الإسرائيلية فى 26 من مارس 79 التى هي حل جزئي مهما حاول السادات أن يقول غير ذلك.

(19) لقد ذكرت هذه القصة حيث إن ميعاد عقد قران كريمتي قد اختير من قبل اللواء على عبد الخبير توقيتا للقيام فيه بانقلاب ضد السادات

الباب الرابع

السادات واحمد إسماعيل وأنا

الفصل التاسع عشر

خلفيات الخلاف بين أحمد إسماعيل و الشاذلي:

لم اكن قط على علاقة طيبة مع احمد إسماعيل. لقد كنا شخصيتين مختلفتين تماما لا يمكن لهما أن تتفقا. وقد بدا أول خلاف بيننا عندما كنت أقود الكتيبة العربية التي كانت ضمن قوات الأمم المتحدة فى الكونجو عام 1960. كان العميد أحمد إسماعيل قد أرسلته مصر على رأس بعثة عسكرية لدراسة ما يمكن لمصر ان تقدمه للنهوض بالجيش الكونجولي. وقبل وصول البعثة بعدة أيام سقطت حكومة لومومبا التي كانت تؤيدها مصر بعد نجاح انقلاب عسكري دبره الكولونيل موبوتو الذي كان يشغل وظيفة رئيس أركان حرب الجيش الكونجولى، وقد كانت ميول موبوتو والحكومة الجديدة تتعارض تماما مع الخط الذي كانت تنتهجه مصر، وهكذا وجدت البعثة نفسها دون أي عمل منذ اليوم الأول لحضورها. وبدلا من أن تعود البعثة إلى مصر أخذ أحمد إسماعيل يخلق لنفسه مبررا للبقاء فى ليوبولدقيل على أساس ان يقوم بإعداد تقرير عن الموقف.. وتحت ستار هذا العمل بقى مع اللجنة ما يزيد على شهرين. وفى خلال تلك الفترة حاول ان يفرض سلطته على باعتبار انه ضابط برتبة عميد بينما كنت أنا وقتئذ برتبة عقيد، وبالتالي تصور أن من حقه ان يصدر إلي التعليمات والتوجيهات. رفضت هذا المنطق رفضا باتا وقلت له إنني لا اعترف له بأية سلطة علىّ او على قواتي. وقد تبادلنا الكلمات الخشنة حتى كدنا نشتبك بالأيدي. وبعد ان علمت القاهرة بذلك استدعت اللجنة إلى القاهرة وانتهى الصراع فى ليوبولدقيل ولكن آثاره بقيت فى أعماق كل منا. كنا نتقابل فى بعض المناسبات مقابلات عابرة ولكن كان كل منا يحاول ان يتحاشى الآخر بقدر ما يستطيع. واستمر الحال كذلك إلى ان عين اللواء أحمد إسماعيل رئيسا لأركان حرب القوات المسلحة المصرية فى مارس 69.

وبتعيين اللواء احمد إسماعيل ر. ا. ح. ق. م.م اختلف الوضع كثيرا، إذ لم يعد ممكنا أن أتحاشى لقاءه وألا يكون هناك أي اتصال مباشر بيني وبينه. ان وظيفته هذه تجعل سلطاته تمتد لتغطي القوات المسلحة كلها، لذلك قررت ان استقيل. وبمجرد سماعي بنبا تعيين احمد إسماعيل رئيسا للأركان تركت قيادتي فى انشاص وتوجهت إلى مكتب وزير الحربية حيث قدمت استقالتي وذكرت فيها الأسباب التي دفعتني إلى ذلك ثم توجهت إلى منزلي. مكثت فى منزلي ثلاثة أيام بذلت فيها جهود كبيرة لإثنائي عن الاستقالة ولكنى تمسكت بها، وفى اليوم الثالث حضر إلى منزلي أشرف مروان زوج ابنة الرئيس وأخبرني بأن الرئيس عبد الناصر قد بعثه لكي يبلغني الرسالة التالية: "إن الرئيس عبد الناصر يعتبر استقالتك كأنها نقد موجه إليه شخصيا حيث إنه هو الذي عين أحمد إسماعيل "ر. ا. ح. ق. م. م ". أوضحت وجهة نظري فى احمد إسماعيل وأنني لا أعني مطلقا أن أنتقد الرئيس، ولكنى لا أستطيع ان اعمل تحت رئاسة أحمد إسماعيل، ولأن الثقة بيني وبينه معدومة. نقل اشرف مروان

إجابتي إلى الرئيس عبد الناصر ثم عاد مرة أخرى ليقول "إن الرئيس تفهم جيدا وجهة نظرك. إنه يطلب إليك ان تعود إلى عملك وأنه يؤكد لك ان أحمد إسماعيل لن يحتك بك ". وبناء على هذا الوعد عدت إلى عملي فى اليوم الرابع. وهنا يجب ان، أؤكد ان جمال عبد الناصر قد وفى بما وعدني به. ففى خـلال الأشهر الستة التي قضاها اللواء احمـد إسماعيل فى وظيفتــه ر. ا. ح. ق. م.م ، لم تطأ قدماه قط قاعدة انشاص حيث كانت تتمركز القوات الخاصة التابعة لي ، كما انه لم يحاول قط ان يحتك بى.

ومنذ ان قام الرئيس عبد الناصر بعزل احمد إسماعيل من منصب ر. ا. ح. ق. م. م فى سبتمبر 69، فإني لم أره قط إلى ان قام الرئيس السادات باستدعائه من التقاعد فى 15 مايو 71، لكي يعينه رئيسا لهيئة المخابرات العامة. وهكذا بينما كنت أنا أشغل منصب ر. ا. ح. ق. م. م كان أحمد إسماعيل يشغل منصب رئيس هيئة المخابرات العامة، وبالتالي أخذنا نتقابل احيانا فى بعض المناسبات الرسمية او الاجتماعية وكنا نتبادل التحيات الشكلية ولكن علاقاتنا بقيت باردة.

كيف عين أحمد إسماعيل وزيرا للحربية:

في منتصف يوم 26 أكتوبر 72 أبلغني مكتب الرئيس أن الرئيس يطلب حضوري إلى منزله فى الجيزة فى تمام الساعة 1530 من اليوم نفسه، وفى هذه المقابلة أبلغني الرئيس انه قرر إقالة وزير الحـربية وانه يعتبرني منذ هذه اللحظة قائدا عاما للقوات المسلحة بالنيابة، ونظر فى ساعته. سألته عما إذا كان قد اخطر صادق بهذا القرار فقال لا، سألته عما إذا كان ينوى إخطاره بذلك أم انه سيترك لي ذلك؟ أجاب بأنه سيرسل له سكرتيره الخاص بعد حوالي ساعتين من لقائه معي لكي يعطى لي الفرصة لاتخاذ بعض الإجراءات الأمنية.

أخطرني الرئيس بعد ذلك بقراره بطرد كل من اللواء عبد القادر حسن واللواء على عبد الخبير، ولم أستطع ان أجادله فيما يتعلق بهذا القرار، حيث انه كان يعتبر هذا القرار تأمينا شخصيا له، بــاعتبــارهما من مؤيدي الفريق صادق. ولكنه عندما أخبرني بأقالة كل من اللواءين محمود فهمي قائد البحرية، وعبد المنعم واصل قائد الجيش الثالث، تدخلت أملا أن أنقذهما فوجه إلى الرئيس كــلام مندهشا "كيف تقول ذلك ؟ ألم تسمع ما قالاه فى مؤتمر أمس الأول ؟ لقد كنت أظن ان عبد المنعم واصل ضابط ممتاز وأنه "راجل "! ولكن هل سمعت ما قال؟ ". فقلت :"إن عبد المنعم واصل "راجل، وضابط ممتاز. أن كل ما قاله هو إبداء قلقه من الخسائر المحتملة. كان ما قاله عن الساتر الترابي هو حقيقة يجب ان ندخلها فى الاعتبار. أني أرجو سيادتكم أ ن تعطوه الفرصــة لكي يثبت ذاته..أما بخصوص اللواء محمود على فهمي فهو من ا كفأ ضباط البحرية لدينا وان طرده سيكون خسارة كبيرة لنا". أجاب الرئيس بشيء من الحدة " قد تكون على معرفة بعبد المنعم واصل لأنه ضابط جيش

مثلك. اما محمود فهمي فأنا أعرفه اكثر منك أنه من هذا الطراز الذي يحب الإطراء والتفخيم مثله في ذلك مثل صادق. لقد اكتشف صادق هذه الصفات في محمود فهمي كما ان محمود فهمي قد اكتشف ذلك في صادق فأخذ كلاهما يكيل المديح للآخـــر إلى ان صدق كل منهما ما يقوله الآخر. أنى اعرفهما أكثر منك."

وبعد فترة سكون قال الرئيس "والآن لنفكر معا فيمن سيكون وزيرا للحربية". لم أعلق. واستمر الرئيس" إني أفكر في احمد إسماعيل" لقد فوجئت بالاسم و علقت بطريقة فورية سيادة الرئيس إن هناك تاريخا طويـــلا من الخلافات بيني وبيـن احمد إسماعيل يمتد إلى حوالي 12 سنة مضت منذ ان تقابلنا في الكونجو عام 60، وأن علاقاتنا حتى الآن تتسم بالفتور و البرود واعتقد ان التـــعاون بيننا سيكون صعبا". قال الرئيس إني اعلم تماما بتاريـــخ هذا الخلاف وتفاصيله، ولكني أؤكد لك ان علاقتك به ستكون افضل بكثير من علاقتك بصادق". كررت وجهة نظري وأبديت مخاوفي من ان هذه العلاقة قد تؤثر على الموقف العسكري بينما نقوم بالإعداد للمعركـــة التى سوف تحدد مصير بلدنا لعدة سنوات قادمة، ولكنه كرر وجهة نظره و أكد لى انه لن يحدث شئ من هذا الذي أتخوف منه. لقد كان الموقف يتطلب مني قرارا فوريا: إما ان أقبل و اما ان استقيل.

لقد كان علي أن أجري في ذهني تقديرا سريعا للموقف وان اصل الى قراري بهذا الخصوص اثناء تلك المقابلة. لقد كنا قائمين بالإعداد لمعركة المصير، ولقد بذلت مجهودا خلال عام ونصف العام كرئيس للأركان العامة ولقد مضت الأيام الصعبة، وأن الأيام المقبلة لن تكون مثل الأيام الماضية. وإنه ليصعب على ان استقيل واترك خلفي الجهد والعرق اللذين بذلتهما دون ان استمتع بنصر تحققه القوات المسلحة بعد هذا العناء كله. قلت لنفسي: قد تتحقق تأكيدات الرئيس بأنه لن يحدث خلاف بيننا كما تحققت تأكيدات الرئيس عبد الناصر عام 69. وعموما فإذا لم تتحقق تأكيدات السادات فإنه يمكنني أن أستقيل عندئذ. وعلاوة على ذلك فلو أنني استقلت الآن فإن هذه الاستقالة سوف تفسر على إنها تضامن مع صادق في الاستقالة. وقد يفسرها بعضهم بأني لا أريد دخول الحـــرب في حين أن الحقيقة هي عكس ذلك تماما. وهكذا أقنعت نفسي بعدم الاستقالة، وانصرفت من منزل الرئيس بعد ان امتدت مقابلتنا الى حوالي الساعة.

وبينما أنا في مكتبي تلقيت أول مكالمة هاتفيـــة من أحمد إسماعيل في حوالي السـاعة 2230 يخطرني فيها بأن السيد الرئيس قد استدعاه الى منزله وعينه وزيرا للحربية وقائدا عاما للقوات المسلحة. وفى المكالمة نفسها أبلغني بقرار الرئيس بطرد اللواء محمود فهمي قائد البحرية وتعيين اللواء ذكري بدلا منه.

لماذا اختار السادات الفريق أحمد إسماعيل:

أن طرد صادق وتعيين احمد إسماعيل فى مكانه كانا خطوة مهمة اتخذها السادات لتدعيم مركزه كما قلت فيما سبق. فقد كان صادق هو أحد الرجال الثلاثة الذين أعتمد عليهم السادات فى انقلاب 15 مايو 71، ونتيجة لذلك فقد كان صادق يشعر بأنه يجب أن يكون له نصيب أكبر فى ممارسـة السلطة. حيث كان يعبر عن آرائه بصراحة وعلنية حتى وإن كانت هذه الآراء تتعارض مع آراء السادات كان صادق بالإضافة الى ذلك شخصية محبوبة نتيجة اللمسات الانسانية والخدمات التى يؤديها للكثيرين من الضباط والجنود كتحسين الرواتب والمعاشات وتوزيع الأوسمة، وإيفاد بعضهم فى رحلات ترفيهية إلى الخارج، والإغداق على بعض المحيطين به بالأموال و الامتيازات الخ. وان شخصية بهذه المواصفات لابد إنها تنازع رئيس الجمهورية سلطاته وتعارض الهدف الذي كان يعمل السـادات من اجله، والذي كان يرمي إلى أن يجعل من نفسه حاكما مطلقا لا ينازعه فى السلطة أحد. وقد وجد السادات فى احمد إسماعيل الصفات جميعها التى يبحث عنها فى شخص يعينه وزيرا للحـربية وقائدا عاما للقوات المسلحة، وكان **أهم هذه الصفات** ما يلي:

1- كراهيته الشديدة لعبد الناصر: كان احمد إسماعيل يكره عبد الناصر كراهية شديدة لأنه قام بطرده من القوات المسلحة مرتين. كـانت المرة الأولى فى أعقاب هزيمة يونيو 67، حيث كان احمد إسماعيل يشغل منصب رئيس أركان جبهة سيناء، ولكن عبد الناصر أعاده إلى الخدمة بعد ان تدخل بعض الأصدقاء لديه لكي يعفو عنه. ثم قام بطرده من القوات المسلحة للمرة الثانية فى سبتمبر 69 بعد ان شغل منصب ر.، ح. ق. م. م لمدة ستة اشهر فقط وقد جـاء الطرد هذه المرة فى أعقاب عملية إغارة ناجحة قام بها العدو فى منطقة البحر الأحمر. ففي صباح يوم 9 من سبتمبر 69 عبر العدو خليج السويس بقوة بحرية برمائية وانزل فى منطقة الزعفرانة قوة تتكهن من 10 دبابات وعدد من العربات المجنزرة، وقامت هذه القوة بمهاجمة عدة أهداف في المنطقة ثم انسحبت بعد حوالي عشر ساعات من نزولها دون أي تدخل من القيادة العامة للقوات المسلحة، بل حتى دون ان يعلم ر.ا.ح. ق. م. م بهذه الإغارة إلا بعد انسحابها!! وكان العدو قد قام بعمليـة إغارة فى الليلة السابقة دمر لنا خلالها قاربين من قوارب الطوربيد التى كانت تتمركز فى المنطقة. وهكذا قام العدو بتنفيذ إغارته دون أي تدخل من جانب قواتنا الجوية او البحرية.

2- ولاؤه المطلق للسادات: بعد ان بقى احمد إسماعيل متقاعدا لمدة تزيد على عشرين شهرا، قام الرئيس السادات باستدعائه إلى الخدمة وعينه رئيسـا لهيئة المخابرات العامة، و ها هو ذا بعد ثمانية عشر شهرا- أخرى يعينه وزيرا للحربية وقائدا عاما للقوات المسلحة. لقد كان ذلك اكثر مما يستطيع أحمد إسماعيل أن يحلم به. لقد كان يعتقد ان حياته العملية قد انتهت فى سبتمبر 69، ولكن ها هو ذا السادات يبعث فيه الحياة من جديد. لقد كان ينظر الى

السادات على انه سيده وولى نعمته. وبالتالي فلا يجوز له ان يعارضه او يعصى أمرا من أوامره

3- شخصيته الضعيفة: لقد كان لطرد أحمد إسماعيل من الخدمة في القوات المسلحة مـرتين خلال عهد جمال عبد الناصر اثر كبير على أخلاقه، حيـث اصبح بعـد ذلـك يخشـى المسئولية واتخـاذ القرارات، ولصبح يفضل ان يتلقى الأوامر وينفذها علىأ ن يصـدرها، وقد زاد في ترسيخ هذه الصفات الحادث الذي يتعلق بقيام العـدو بسـرقة محطة رادار كـاملة من منطقة البحر الأحمر في ديسمبر 69. ومع ان هذه الواقعة حدثت بعد عزله من منصب ر. ا. ح. ق .م. بثلاثة اشهر، فإن أسمه كان قد ذكر فى اثناء التحقيق فـى هـذا الحـادث على أساس انه اتخذ قرارا نتج عنه إعطاء الفرصة للعدو لتنفيذ هـذه العمليـة. لقد وقع حـادث سرقة الرادار خلال فترة حرب الاستنزاف، وكان العدو خـلال النصـف الثاني من عام 69 يستخدم قواته الجوية فى قصف وتدمير أهدافنا الحيوية بصفة عامـة وأهداف ومواقع الدفاع الجوى بصفة خاصة. ورغبة منا فى امتصاص بعض هجمات العدو الجوية، فقد أقمنا بعض المواقع الهيكلية لمواقع الرادارات والـدفاع الجـوى، ولكـن هـذه المواقع الهيكلية لم تخدع العدو ولم يحدث قط ان قام بقصفها بينما استمر فى قصف مواقعنا الأصلية. لقد كـان أهم ما ينقص المواقع الهيكلية هو مظاهر الحيـاة التى لا يمكن توفيرها إلا بالرجال [1]. كان موقـع الرادار الأصلي يشغله حوالي 300 رجل (فنيـون، و أطقم رشاشات ومدافع مضادة للطائرات، وعناصر إدارية، الخ)، بينما كان الموقع الهيكلي لـيس به فرد واحد. وهنا فكر أحـد القادة المحليين فى منطقة البحر الأحمـر لمـاذا لا ننقل الرادار الأصلي ومـعه عشرة أفراد فقط، لتشغيله إلى الموقع الهيكلي بينما ننقل الـرادار الهيكلي إلى الموقع الأصلي؟ لقد اعتقد هذا الضابط أنه بفكرته هذه سوف ينجح أيضـا فـى خداع وسائل استطلاع العدو الإلكترونية التى تحدد مواقع راداراتنا نتيجة النبضات التـى ترسلها اثناء التشـغيل اعتمادا على ان المسافة بين الرادار الأصلي والـرادار الهيكلـي حوالي كيلو متر واحد. وان هذه المسافة التى تعتبر قصيرة نسبيا يمكن ان تنخـدع بهـا وسائل الاستطلاع الإلكتروني. ولاسيما إن كانت نتائجها تتعارض مـع ظـواهر الحيـاة الأخرى التى يحصل عليها العدو نتيجة التصوير الجوي. وكأية أفكار جديدة فقد أرسلت الفكرة إلى القيادة العامة للحصول على موافقة رئيس أركان حرب القوات المسلحـة فوافق على الفكرة. لم ينخدع العدو بهذه الإجراءات وقام بعملية إغارة ليليـة علـى الـرادار المنعزل الذي كان هدفا مثاليا لعملية إغارة ناجحة. فطبقا لنظام الخدمة والراحة لـم يكـن مستيقظا لحراسة الرادار سوى فردين. بينما كان الثمانية الآخرون نائمين. قام العدو بهجوم ليلى مفاجئ اشترك فيه 60 رجـلا فقتل الحارسين وقتل واسر باقي أفراد الطاقم ثـم

سرق الرادار وعاد به، وقد حدث ذلك كله فى سكون وهدوء لم يتنبه له الموقع الأصلى الذى كان يبعد عن موقعه كيلومترا واحدا.

4- **كان رجلا مريضا**: لقد كان احمد إسماعيل رجلا مريضا وكان السادات يعلم ذلك. لقد مات أحمد إسماعيل بمرض السرطان فى ديسمبر 74 فى مستشفى ولنجتون فى لندن، وقد سجل الأطباء فى تقريرهم الطبى ان إصابته بهذا المرض لابد إنها كانت واضحة وظاهرة قبل ذلك بثلاث سنوات على الأقل. وفى إحدى خطب الرئيس عام 1977، اعترف بأنه كان يعلم بمرض احمد إسماعيل قبل و اثناء حرب اكتوبر 73، وان الأطباء أخطروه بأن حالته الصحية لا تسمح له باتخاذ القرارات أن مثل هذا الموقف يجب ألا يمر دون مناقشة جادة ان الصحة هى هبة من الله يشكر أصحابها ربهم على ما آتاهم به من فضله وكرمه، ولا يجوز لأحد ان يتباهى بها على غيره من المرضى. ولكن هل يعنى ذلك أن نكلف المريض بما لا يستطيع ولاسيما إذا كان خطؤه نتيجـة مرضه قد تعرض للخطر حياة الآخرين؟ إننا لكى نمنح رخصة قيادة سيارة خاصة لأحد الأفراد نقوم بإجراء الكشف الطبى عليه للتأكد من سلامة نظره وقدرته على قيـادة السيارة حتى لا تعرض حياة الآخرين الذين يسيرون على الطريق العام للخطر فكيف و الحال هكذا نقوم بتعيين رجل مريض لا يستطيع ان يتخذ قرارا، قائدا عاما للقوات المسلحة!! ان أى خطأ يرتكبه هنا الرجل لن يؤثر على حياة آلاف المواطنين فحسب بل انه قد يؤثر أيضا على تاريخ ومستقبل أمة! ان اعتراف السادات بتعيين احمد إسماعيل قائدا عاما- وهو يعلم بمرضـه- يعتبر جريمة كبرى يرتكبها فى حق الشعب والوطن لا لشيء إلا لكى يصون مصالحه الشخصية ونزعته الدكتاتورية.

5- **كان شخصية غير محبوبة**: كانت شخصية احمد إسماعيل من الشخصيات غير المحبوبة بين أفراد القوات المسلحة. كانت مناقشاته مع الضبـاط والجنود تتسم بالخشونة والغلظة. كان لا يعير اهتماما للعوامل النفسية والمشكلات العائلية للأفراد، فى الوقت الذى يهتم فيه هو شخصيا بمشكلاته العائلية ويقبل الوساطة من الوزراء ورجال الدولة الأقوياء، ولقاء ذلك يطلب أيضا وساطتهم لخدمة أفراد عائلته، فكان ذلك يبعده عن قلوب الضباط والجنود.

6- **كان على خلافات مع (ر. ا. ح. م. م)**: كان الخلاف بين احمد إسماعيل وبين سـعد الدين الشاذلى أيضا من الأسباب القوية التى تدعو السـادات إلى تعيينه وزيرا للحربية وقائدا عاما للقوات المسلحة. لقد كـان السادات يطبق مبدأ "فرق تسد" الذى مارسه الحكام الطغاة منذ فجر التاريخ.

ولهذه الأسباب كلها فاني اقرر أن تعيين احمد إسماعيل وزيرا للحربية وقائدا عاما كان قرارا خاطئا. كان قرارا لا يخدم مصالح مصر بل يخدم مصالح السادات وطموحه فقط لقد كان فى استطاعتنا أن نحقق خلال حرب اكتوبر 73 نتائج أفضل بكثير مما حققناه فى هذه الحرب لو ان هناك قائدا عاما اكثر قوة وأقوى شخصية من الفريق أحمد إسماعيل. لو تيسر هذا لكان فى إمكاننا ان نكبح جماح الرئيس السادات ونرفض تدخله في الشؤون العسكرية البحتة. لو تيسر هذا لما كان فى استطاعة العدو أحداث ثغرة الدفرسوار. ولو افترض وحدثت الثغرة لكان فى استطاعتنا ان تقضى عليها فور وقوعها. لو تيسر قائد عام قوى يستطيع معارضة السادات لاستمر القتال طبقا للأسلوب الذي نريده وليس طبقا للأسلوب الذي يختاره العدو.

أني اشعر بالأسف وأنا أتكلم بمثل هذه الصراحة على رجل ميت ولكنه السادات هو الذي دفعني إلى ذلك. إنه يريد أن يخفي الحـقائق عن الشعب فيدعي ان سبب الثغرة هو أنني ضيعت ليلة كاملة لكي أ شكل فيها قيادة أنافس بها غريمي احمد إسماعيل، وهو إدعاء باطل لا أساس له من الصحة.[2] وبالإضافة الى ذلك فإن ما قلته هو حقائق وهو ملك التاريخ تاريخ مصر وتاريخ العرب. وأنى أرجو الله تعالى ان تتعلم الأجيال المصرية والعربية القادمة من تلك الأخطاء التى ارتكبها أسلافهم.

أحمد إسماعيل والمحسوبية:

أني أومن بضرورة تكافؤ الفرص، وأومن بأن الحصول على وظيفة او الترقي الى درجة أعلى يجب ان يخضع لكفاءة وقدرات الفرد دون ان يكون للوساطة والقرابة اعتبار فى ذ لك. وتطبيقا لهذا المبدأ فإنه لم يحدث مطلقا أنني قمت بدفع أحد أفراد عائلتي الى أي منصب او أ ية ترقية. وإن مثل هذا التصرف يعتبر أمرا غريبا فى مصر حيث الوساطة والقرابة هما من الأمور المعترف بها فى التعامل بين الأفراد على الرغم من كل ما يقال خلاف ذلك. ولتغطية مثل هذه الأفعال فإن الأشخاص ذوي السيطرة والقوة يتبادلون الخدمات فيما بينهم، فيقوم كل منهم بتأدية الخدمـات والوساطات لعائلة الآخر وبذلك ينكر الجميع ان أيا منهم قد أدى خدمة لأحد أقربائه بطريق مباشــر، وتأييدا لذلك فإنه يندر ان تجد أحدا من أبناء هذه الفئة المحظوظة لا يشغل منصبا ممتازا.

بعد تعييني رئيسا للأركان وجدت نفسي هدفا لكثير من الوساطات، ولكن حيث أني لم اكن انتظر أية وساطة من أحد فقد كنت ارفض كل وساطة غير قانونية. كنت ادرس كل موضوع على حدة وأخذ فيه القرار الذي يرضى ضميري، يتمشى مع العدل وروح القانون، ونتيجة لذلك فقد رفضت الكثير من الوساطات مما آثار ضدي بعضـا من الشخصيات القوية، وكان من بين الحالات التى رفضتها ابن إسماعيل فهمي الذي كان وقتئذ وزيرا للسياحة.[3]

لقد كـــان ابن إسماعيل فهمي جنديا في القوات المسلحة، وفي أحد الأيام عرضت على مذكرة من هيئة التنظيم والإدارة تقترح إنهاء خدمة الجندي المذكور حيث انه مطلوب للعمل فى هيئة المخابرات العامة فرفضت، فقيل لي إنه ابن إسماعيل فهمي، فقلت لهم حتى ولو كان ابن السادات فأنى لن أخالف في القانون. حاول رئيس هيئة التنظيم ان يقنعني بأن هذه الحالة في حدود القانون اعتمادا على مادة في قانون التجنيد تعطى وزير الحـــربية الحق فى إعفاء أي فرد او مجـــموعة أفراد من الخدمة العسكرية الإجبارية إذا كان يقوم بعمل من الأعمال المهمة التى تساعد فى المجـــهود الحربي، وحيث ان المخابرات العامة تعتبر من الأجهزة المهمة فى الدولة التى تساعد فى المجهود الحربي فإن حالة هذا الجندي تعتبر فى حدود القانون. لم اقتنع بهذا التفسير وقلت له إن هذا إسراف فى التفسير ولا يتمشى مع روح القانون.. ما هو الدور المهم الذي سوف يلعبه ابن إسماعيل فهمي فى المجهود الحربي؟ لماذا لم نوافق على التماس وزير الكهرباء إعفاء مهندسي الكـــهرباء، على الرغم من انه لم يحدد اسما معينا، وعلى الرغم من انهم مطلوبون لإدارة شبكة الكهرباء التى هي فى الواقع جـــزء مهم من المجهود الحربي ؟ لماذا لم نوافق على التماس وزير التربية والتعليم إعفاء المدرسين على الرغم من ان عدم إعفائهم سوف يؤثر على عدد الفصول التعليمية الجديدة التى سوف يقوم بافتـــاحها فى العام الدراسي الجديد لم اقتنع بأن عدم إعفاء ابن إسماعيل فهمي قد يؤثر على المجهود الحربي للدولة، وبالتالي اشّرت على المذكرة"لا أوافق " ووقعت على ذلك.

وبعد حوالي يومين اتصل بي اللواء أحمد زكي وكيل وزارة السياحة، وهو زميل قديم كان قد ترك القوات المسلحة منذ سنتين فقط، وكـــان قبل ذلك رئيسا لهيئة التنظيم والإدارة في القوات المسلحة ويعرف قانون التجنيد معرفة جيدة كلمني احمد زكي في موضوع ابن إسماعيل فهمي فكررت له وجهة نظري وكرر هو نص المادة التى تعطى لوزير الحربية الحق فى إعفاء من يتأثر من المجهود الحربي نتيجة عدم إعفائهم، فقلت له " حـــسنا يمكن للوزير أن يعفيه " فرد قائلا"ولكنك وضعت الوزير في مأزق بوضع رأيك هذا" ثم اقترح أن تعاد كتابة مذكرة جديدة وتعرض عليّ من جديد فإذا كنت ما أزال غير مقتنع بالموافقة فإني أفوض الأمر للوزير وبذلك اترك له الباب مفتوحاً، ولكني رفضت هذا الاقتراح. [4]

وقد علمت فيما بعد أن مذكرة أخرى بالموضوع عرضت على الوزير مباشرة دون أن تمر علي، وان احمد إسماعيل- الذي كان يعلم بالقصة من أولها إلى آخرها- صدق على إنهاء خدمة الجندي ابن الوزير إسماعيل فهمي حيث أن بقاءه في الخدمة وعدم نقله إلى المخابرات العامة سوف يؤثران على المجهود الحربي للدولة. وبعد فترة وجيزة من نقل ابن إسماعيل فهمي إلى المخابرات العامة قامت المخابرات العامة بإنهاء خدمته بها وتمكن والده من أن يجد له وظيفة في نيويورك أكثر راحة وأوفر مالا! وهكذا بينما كان أبناء مصر يقتحـــمون قناة السويس في أكتوبر 73 ويموتون وهم يهتفون "الله اكبر"، كان ابن إسماعيل فهمي وغيره من أبناء الطبقة المحظية في مصر يتسكعون في

143

شوارع نيويورك وغيرها من المدن الأمريكية والأوروبية. لم يكن احمد إسماعيل ليقدم هذه الخـدمة إلى إسماعيل فهمي دون مقابل. لقد كانت صفقة مشتركة كانت نتيجتها أن عين ابن احمد إسماعيل أيضا ضمن وفد مصر في الأمم المتحدة في نيويورك.

لم أخلق من مشكلة ابن إسماعيل فهمي موضوع خـلاف ومجـابهة بيني وبين أحمـد إسماعيل، فقد كانت هناك موضوعات أخرى اكثر أهمية واشد خطورة تستحوذ على تفكيري وجهودي، وهي إعداد القوات المسلحـة للحرب، وكل ما هو دون ذلك يمكن التغاضي عنه ولو مؤقتا.

علاقتي مع أحمد إسماعيل في أثناء الحرب وبعدها:

في خلال الأحد عشر شهرا التي قضاها احمد إسماعيل وزيراً للحربية قبل حرب أكتوبر 73 لم تكن هناك خلافات تذكر بيننا. كان كل منا يحاول أن يتحاشى هذه الخلافات بقدر ما يستطيع. لقد استمر في ممارسة سلطاته المباشرة على إدارة المخابرات الحربية وإدارة شئون الضباط، شأنه في ذلك شان جميع من سبقوه في هذا المنصب. أما بخصوص العمليات فلم يكن هناك إلا القليل لكي نناقشه، كـانت لدينا خططنا التي أدخلنا عليها– بـالتأكيد– بعض التعديلات الطفيفة نتيجة للتطور المستمر في قوات العدو وفى قواتنا، ولكن جوهرها بقى كما هو .[5]

في أثناء الحـرب كان الموقف مختلفا. لقد قاسيت الكثير من كل من الرئيس السادات والفريق احمد إسماعيل [6]. كانا يعترضان على كل اقتراح أتقدم به و عندما يكتشفان بعد يومين او ثلاثة ان وجهة نظري كانت سليمة يكون الوقت قد فات. استمر الوضع على هذا الحال منذ 13 من اكتوبر 73 وحتى وقف إطلاق النار، بل حتى بعد ذلك. لابد ان السادات اقتنع بينه وبين نفسه انه هو ووزير الحربية كـانا على خطأ في قراراتهما الخاصة بإدارة العمليات الحـربية وأنني كنت على صواب. ولاشك ان السادات قد اقتنع بأنه لو عرفت الحقائق لاهتز موقفه ولأصبح الفريق الشاذلي شخصية شعبية تهدد سلطانه وجبروته. وهنا عمد بعد الحرب الى ان يكيل اليّ اتهامات باطلة هو اول من يعلم ببطلانها لأنه هو خالقها. وسكت ولم أرد، لا عزوفا عن ذكر الحقيقة، حيث أن هذه الحقائق ملك للتاريخ وليس من الأمانة اخفاءها، ولكنى صمت لأن الوقت لم يكن مناسبا لكي أتكلم. لم اكن أريد ان أحكي كيف خدع السادات أشقاءنا السوريين؟ لم اكن أريد ان أعطيه الفرصة ليتهمني بأنني أعرقل جهوده للحصول على السلم المشرف الذي كان ينادى به، وهو الانسحاب الكامل من جميع الأراضي المحتلة و إقامة الدولة الفلسطينية، اما الآن و بعد ان سقطت جميع الأقنعة فقد حان الوقت لكي أقول كلمة الحق للشعب العربي الكريم.

كان أحمد إسماعيل أقل سوءا من السادات إنه لم يخف قط كراهيته لي فى مقابلاته الخاصة ولكنه لم يهاجمني قط بطريقة علنية. لقد حكى لي أحد النقاد العسكريين الإنجليز قصة طريفة عن هذا الموضوع، بينما كنت سفيرا لمصر فى لندن. لقد ذهب هذا الرجل – لا أريد ان أذكر اسمه الآن –

لمقابلة احمد إسماعيل لمناقشته فى بعض الأمور التى تتعلق بالحرب وقد نصحه المصريون الذين رتبوا المقابلة بالا يذكر اسم سعد الشاذلي مطلقا خلال المقابلة، وكما قال لي هذا الناقد الإنجليزي اخذ يتحاشى ذكر أسمي، ولكنه وجد ذلك مستحيلا. فاستخدم منصب (ر. ا. ح. ق. م. م) كبديل عن ذكر أسمي. وعلى الرغم من ذلك فقد تجهم وجه احمد إسماعيل وهاجمني بما فيه الكفاية. ومع ذلك كله فإن الله كبير ذو اقتدار يمهل ولا يهمل ولابد ان يظهر الحق مهما طال الظلم. وإليكم القصة التالية التى تظهر قوة الخالق وعظمته:

بينما كنت سفيرا لمصر فى لندن حضر احمد إسماعيل الى لندن للعلاج خلال عام 74، وقد قمت بزيارته فى المستشفى عدد ا من المرات وفى زيارتي الأخيرة له كانت حالته قد تدهورت ولابد انه شعر بقرب منيته، وأراد ان يطهر نفسه من الأوزار التى ارتكبها ضدي فقال " إنني أعلم انك كنت هدفا لهجوم شـــرس وظالم، ولكنى أريد أن أؤكد لك أنني لست أنا الذي وراء ذلك. إنه الرئيس والرئيس شخصيـا. وحتى الفيلم التسجيلي الذي أعددناه عن حرب أكتوبر، فقد أمر بإسقاط اسمك وصورك منه، ولكنى قلت له إن سعد الشاذلي جزء من تاريخ هذه الحرب ولا يمكن إسقاطه. وقد تمكنت بصعوبة ان أقنعه بأن تظهر فى عدد من الصور". كنت انظر إلى رجل يتكلم وهو على فراش الموت وشعرت وقتئذ بتفاهة الحياة وقلت لنفسي لماذا يتصــارع الناس فى هذه الحياة ؟ أن الصراع الشريف هو فى مصلحة البشرية اما الصراع غير الشريف والادعاء الباطل على الخصوم فهما عملان لا أخلاقيان سوف يحاسب الفرد عليهما فى دنياه وفى أخرته. اللهم لا شماتة، اللهم أنت القوى الأكبر، اللهم وفقني لأن أقول كلمة الحق وألا أظلم أحدا أبدا. نظرت الى الرجل المريض وهو على فراش الموت وقلت له "الله اعلم بالحقائق والأسرار كلها. انه يعلم أيضا ما نجهر به وما نخفي، الله يجازى كل فرد منا بقدر ما يعلمه عنه " هل نسي السادات الذي يطلق على نفسه لقب الرئيس المؤمن انه سيرقد يوما ما على فراش الموت وانه سوف يمر أمام نظره شريط من الأخطاء والمظالم التى اقترفها فى حياته وأن التوبة لن تقبل منه وهو على فراش الموت؟!

إن الإيمان هو علاقة بين المرء وخـــالقه ولا يمكن ان يكون بقرار جمهوري يصدره الحاكم ليضيف لنفسه لقبا جديدا. ان الإيمان الحقيقي هو صفة لا يعلمها إلا الله عز وجل حيث انه هو الذي يعلم ما في أعماق قلوبنا.

هوامش الفصل التاسع عشر

(1) لقد أخذنا درسا من هذا الموضوع لنستفيد منه خلال حرب اكتوبر 73 وذلك عند بناء الكباري الهيكلية. لقد كانت الكباري الهيكلية التى استخدمناها خلال حرب اكتوبر تماثل تماما الكباري الحقيقية فيما عدا أن حمولتها كانت 4 اطنان بدلا من 80 طنا، ولخلق الحياة على هذه الكباري

قمنا باستخدامها فى عمليات العبور الخفيف أي العربات الخفيفة التى يقل وزنها عن 4 أطنان ، وبالتالي قامت بواجبها على الوجه الأكمل وقام العدو بتركيز هجومه عليها بالدرجة نفسها التى كان يهاجم بها الكباري الأصلية.

(2) القصة الكاملة عن الثغرة فى الباب السابع من هذا الكتاب.

(3) عين بعد ذلك وزيرا للخارجية اعتبارا من نوفمبر 73 وظل يشـغل هذا المنصب حتى نوفمبر 1978.

(4) يلاحظ أن إسماعيل فهمي لم يتصل بى قط وبالتالي فإن موقفه من الناحية القانونية سليم 100%، ولكن هذه القصة تبين بوضوح كيف تتم الوساطة بطريق غير مباشر.

(5) كما ورد فى الباب الأول.

(6) التفاصيل جميعها واردة فى الباب السابع.

إنشاء30 مصطبة جديدة:

بعد أيام قليلة من تعيين احمد إسماعيل وزيرا للحربية، تم تخصيص 23 مليون جنيه مصري من ميزانية الطوارئ لإتمام التحصينات، وإن الأمانة التاريخية تقتضي ان اقرر هنا ان الفريق صادق قد سبق له ان طلب اعتماد هذا المبلغ للغرض نفسه ولكنه لم يوفق في الحصول على التصديق المالي. لقد كنا نطلب هذا المبلغ لإنشاء مصاطب على الضفة الغربية ولتعلية الساتر الترابي الذي فى ناحيتنا، وكان هذا هو الذي دفع اللواء عبد المنعم واصل قائد الجيش الثالث إلى إثارة هذا الموضوع اثناء اجتماع المجلس الأعلى للقوات المسلحة يوم 24 من أكتوبر 72، و أثار غضب الرئيس السادات. وبعد ان حصلنا على الاعتماد المالي بدأنا فوراً في العمل الجـاد لتنفيذ هذه التحصينات. وقبل نهاية عام 72 كنا قد بنينا 30 مصطبة قد يصل ارتفاع كل منها إلى 22 مترا، وتحتوى الواحدة منها على 180000 متر مكعب من الأتربة. كانت هذه المصاطب تشكل أحد التجهيزات الهندسية المهمة لخدمة الخطة الهجومية، فقد كنا نستهدف ان نحتل هذه المصاطب بواسطة الدبابات والأسلحـة المضادة للدبابات الموجهة ATGWS وذلك لتقديم الـعون اللازم لمشاتنا أثناء عملية الاقتحام وتدمير الدبابات المعادية التى تحاول الهجوم المضاد عليها. وعلاوة على ذلك فقد كانت هذه المصاطب توفر لنا مراقبة جيدة لكل ما يجرى فى الجانب الآخر.

ضابط ينتقد الرئيس السادات:

بعد إقالة صادق وقع حادثان مهمان يبينان انه كـان هناك ضبـاط آخرون يشـاركون صادق آراءه فيما يتعلق بالحـرب. وقع الحادث الأول يوم 29 من أكتوبر، أى بعد يومين فقط من الإقالة، إذ أخبرني اللواء سعيد الماحي قائد المدفعية - و هو حاليا كبير ياوران الرئيس السادات- فى الساعة الخامسة بعد ظهر ذلك اليوم أن أحد ضباط المدفعية انتقد علنا رئيس الجمهورية. لقد وقع هذا الحـادث فى مدرسة المدفعية عندما كان قائد المدرسة يقوم بتوعية الضباط عن الأحداث الأخيرة [1]. وأثناء قيام قائد مدرسة المدفعية بالتلقين علق الضابط قائلا" طيب وهو رئيس الجمهورية يعرف حاجة". وقد شكل مجلس تحقيق للتحقيق مع الضابط المذكور فيما نسب إليه ولكنه أنكر - أو بمعنى أصح أوحى إليه ان ينكر - حتى يمكن حـصر الموضوع فى أضيق نطاق، وقد قبل إنكار الضابط ولم يحاول المجلس التعـمق فى البـحث والاستقصاء عن حقيقة ما قاله، وهكذا حفظ الموضوع.

انقلاب فاشل بقيادة اللواء علي عبد الخبير:

اما الحادث الآخر فقد وقع بعد الأول بأقل من أسبوعين ولكنه كان أكثـر خطورة وأبعد أثرا. لقد كان محاولة انقلاب كاملة اشترك فيها بعض كبار الضباط وبعض ضباط المخابرات الحربية.

فقد حدث ان ضابطا برتبة نقيب من المخابرات الحربية وقع على معلومات جعلته يشك في أن هناك بعض ضباط من المخابرات يتعاونون مع المتآمرين، فأبلغ شكوكه إلى أحد أصدقائه الذي قام بدوره بإبلاغها إلى الرئيس. وبعد أن استمع السادات إلى قصة هذا النقيب ازدادت شكوكـه بإدارة المخابرات الحربية وأخذ يعتمد اكثر فأكثر على المخابرات والمباحث العامة. وقد أكدت المراقبة أن ضباطا من المعروفين بولائهم لصادق يجتمعون ولكن اجتماعاتهم ومقابلاتهم كانت تتم تحـت إجراءات أمن مشددة، ولم تستطـع المخابرات أو المباحث العامة ان تعلم بما يدور داخل هذه الاجتماعات. لقد زادت هذه المعلومات من شكوك الرئيس فرأى عدم الانتظار حـتى يتم الحصول على قرائن تدل على التآمر وقرر أن يضرب التنظيم المشتبه فيه قبل أن يستفحل الأمر.

فى الساعة 1745 يوم 11 من نوفمبر 72 ذهبت لمقابلة السيد الرئيس فى منزله بالجيزة بناء على طلبه، وبعد حوالي نصف سـاعة انضم إلينا ممدوح سالم وزير الداخلية (2) "وبعد حوالي نصف ساعة أخرى أنضم إلينا عزت سليمان نائب مدير المخابرات العامة.(3) وقد قرأ علينا عزت سليمان المعلومات المتيسرة لديهم عن تنظيم سري في القوات المسلحـة يسمى "إنقاذ مصر".

قبل أن أحكي قصة هذا الانقلاب الفاشل يجب أن أؤكد مرة أخـرى ان آراء صادق التى أوضحها فى اجتماع 24 من أكتوبر و أيده فيها كل من الفريق عبد القادر حسن واللواء على عبد الخبير، كان يؤمن بها الكثيرون من ضبــاط القوات المسلحة. لقد كانوا يعتقدون أن هناك قوة ســياسية خـفيـة تريد ان تدفع القوات المسلحة المصرية إلى الحـرب قبل أن تسـتكمل استعداداتها بهدف تدميرها. فإذا دمرت القوات المسلحة فسوف يسقط النظام الحاكم وتعم الفوضى البـلاد وبذلك يصبح الجو ملائما لانتشار الشيوعيـة فى مصر ومنها إلى العالم العربي. لقد سمعت هذا الرأي من صادق عدة مرات قبل مؤتمر 24 من أكتوبر 72 ولم أقبله قط وكان ذلك من نقاط الخلاف الرئيسيـة بيني وبينه. ومع ذلك فإني لم اشك مطلقا فى شجاعته ووطنيته. أو أنه يقوم بهذه اللعبة لحساب جهة أجنبيه أخرى. لذلك فقد حزنت كثيرا عندما سمعت السادات يتهمه أمامي بأنه ألعوبة فى يد الملك فيصل ملك المملكة العربية السعودية وعميل له.

ولقد اندفع الرئيس إلى أبعد من ذلك فقال إنه ليحصل على المال والذهب والهدايا الثمينة من الملك السعودي وفى مقابل ذلك فإنه يقوم بتنفيذ كل ما يـأمره به، وقد أيد ممدوح سالم ما يقوله السادات وعلق على ذلك قائلا: "ألم أقل لك هذا منذ زمن يا سيادة الرئيس! لم اكن فى وضع يسـمح لى بأن أؤيد او أنفى ما يقولون، فكنت استمع وأنا صـامت ولكنى كنت اشعر بالحزن والأسى. إني اعرف صادق منذ ان كنا فى العشرينيات من عمرنا، وعلى الرغم من خلافاتنا فى الرأي ونحن فى الخمسينيات من عمرنا فإني لا أتصور مطلقا أن يكون صادق عميلا. وبينما كان السادات يكيل له الاتهامات خلال هذا اللقاء تذكرت فجأة الكتاب الذي كـان السادات قد أرسله إلى الملك فيصل قبل ذلك بعــام وكان يقول فيه له إنه يثق بصادق ثقة مطلقة. لم يكن السادات يعلم ان صادق قد

أطلعني على هذا الكتاب. ولم أشأ أن أثير هذا الموضوع فى مثل هذا الجو الصاخب [4] ولكنى كنت أشعر في قرارة نفسي بالأسى والاشمئزاز من هذا الأسلوب الرخيص فى مهاجمة الخصوم.

كــانت الساعة العاشرة مساء عندما غادرنا نحن الثلاثة– ممدوح سالم وأنا وعزت سليمان– منزل الرئيس فى الجيزة بعد أن تلقينا تعليمات الرئيس بالقبض على المشتبه فيهم واستجوابهم. ذهبنا إلى مبنــى هيئة المخابرات العامة باعتبارها صــاحبة الخيط الرفيع، وعلى أساس الاعتقاد بأن إدارة المخابرات الحربية هي نفسها متورطة فى العــملية وقد مكثنا في المخابرات العامة طوال الليل حيث استدعيت إلى هناك المدعى العسكري العام وأصدرت عددا من الأوامر بالقبض على المشتبه فيهم، وكانت الساعة الخامسة صباحا عندما انتقلت من المخابرات العامــة إلى مكتبي لكي لحــصل على ساعتين من النوم قبل أن أستــأنف عملي فى الصبــاح. وفى هذا اليوم نفسـه أصدر الرئيس الســادات أمرا بطرد اللواء محــرز مدير إدارة المخابرات الحربيــة. وباستمرار التحـقيق خلال يوم 12 نوفمبر ظهرت الحاجة لاستجواب أسماء جديدة وبالتالي إصدار أوامر جديدة للقبض على عدد آخر من الضباط اضطررت للسفر إلى الكويت بعد ظهر يوم 13 من نوفمبر لحضور اجتماع اللجنة المشكلة من عدد من أعضاء مجلس الدفاع المشترك، وعدت بعد ظهر يوم 15 من نوفمبر دون انتظار انتهاء أعمال اللجنة. لقد كان استجواب أفراد تنظيم "إنقاذ مصر" مازال مستمرا.

وفى خلال ليلة 16/15 من نوفمبر طلب إلى المدعي العسكري العام ان اصدر امرا بالقبض على اللواء على عبد الخبير الذي كان قائدا للمنطقة العسكرية منذ أسبوعين فقط نظرا لأن التحقيقات قد أظهرت ارتباطه بهذه العملية وتورطه. وفى تلك الليلة تم القبض على "عبد الخبير" كما تم القبض على عدد آخر من القادة من بينهم العقيد عمران وهو قائد فرقة مشاة ميكانيكية، والعقيد احمد عبد الوهاب وهو رئيس أركان فرقة ميكانيكية، والمقدم عادل وهو ضابط أركان حرب يعمل فى وزارة الحربية، والمقدم عصام وهو قائد مجموعة صاعقة. لقد اتسع التحقيق واتضح لنا مدى خطورة الموقف من حيث عدد الضباط من ذوي الرتب الكبيرة والمناصب الحساسة الذين كانوا يعدون لهذا الانقلاب

بعد طرد اللواء محــرز من وظيفته كمدير لإدارة المخابرات الحربية يوم 12 من نوفمبر انتقل التحقيق من المخابرات العامة إلى المخابرات الحربية، حـيث إن المقبوض عليهم كلهم كــانوا من العسكريين كمــا ان المحقق هو المدعي العسكري العـام. وبعد ظهر يوم 16 من نوفمبر قمت بزيارة مكان التحقيق لكي ألم بآخر التفاصيل. وهناك اطلعت على اعتراف كامل كان قد أدلى به اللواء على عبد الخبير والمقدم عادل. لم أكن أصدق عيني وأنا أقرأ اعترافات علي عبد الخبير التى وقع عليها بإمضائه الذي كنت أعرفه جيدا فطلبت ان أقــابله شخصيا، فلما حضر أمامي ســألته بأسلوب أخوي" هل قمت يا علي بالإدلاء بهذه الأقوال والتوقيع عليها بمحض إرادتك ودون أى ضغط أو تهديد!؟، فقال نعم. لقد كان علي عبد الخــبير رجلا شهما في اعترافه، ولقد أراد ان يتحمل المسئولية كلها ليعفي الآخرين جميعهم من المسئولية. وعلى الرغم من خلافنا فى الرأي فقد كنت أنظر إليه

كصديق وزميل، وزادني موقفه الشجاع أثناء التحقيق احتراماً له. اختليت بالمدعي العسكري العام وقلت له إني رأيت بنفسي على عبد الخبير وأن منظره لا يدل على وقـوع أي اعتـداء جسماني عليه، ولكنى أريد أن أ أؤكد أنه لا يجوز أيضا استخدام التهديد أو الوعيد، وانه هو وزملاءه يجب معاملتهم بمنتهى الاحترام والتقدير اللذين تمليها رتبهم العسكرية. أكـد لي أنه هو شخصيا يؤمن بكل كلمة قلتها وأنه على استعداد لأن يحضر أي شخـص آخر لكي أتأكد بنفسي أنه لم يمارس الضغط على أحد، ولكنى اكتفيت بأقواله. لقد كانت الاعترافـات واضحة وتبين عملية انقلاب محبوكة الأطراف. كانت خطتهم هي أن يقوموا بالعملية ليلة 9 من نوفمبر، وقد اختاروا هذه الليلة بالذات لأنها كانت الليلة المحددة لعقد قران ابنتي ناهد. وكانت الخطة تقضى بأن تهاجم وحدة منهم مكان عقد القران فتعتقل الموجودين كلهم، ولابد ان يكون من بينهم رئيس الجمهورية ووزير الحربية ورئيس الأركان والكثيرون من الوزراء وكبار الضباط. ولكنهم فوجئوا باحتياطات أمن مشددة لحراسة المنطقة مما جعلهم يؤجلون تنفيذ العملية الى وقت آخر.

كنت مدعواً في مساء يوم 16 من نوفمبر لحضور حفل زفاف السيد عبد المنعم الهونى وهو أحد أعضاء مجلس قيادة الثورة الليبية، كـان الحفل يجرى فى نادى الرماية بالهرم وكان الرئيس السادات يحـضر هـذا الاحتفال. انتحيت بالرئيس جانبا و أخبرته بآخر التفصيلات والاعترافات بخصوص الانقلاب الفاشل، وبعد حوالي ساعتين هم الرئيس بالانصراف فنزل معه المضيف لتوصيله الى عربته، بينما بقيت أنا فى الدور العلوي أعد نفسي للرحيل وانتظر عودة الداعي لكي أسلم عليه. وبينما أنا واقف أتحدث الى بعض المدعوين إذا بأكثر من شخص يصرخ "سيادة الرئيس عايزك ". فنزلت الى الدور الأرضي وعند وصولي إلى الباب كان الرئيس قد غادر المكان تاركا من يبلغني بأن اتبعه مباشرة الى منزله فى القبة. وفجأة وجدت نفسي داخل عربة من عربات الحراسة، ألاحق ركب الرئيس فوصلت عقبه، وبينما كان يصعد سلم منزله كنت قد لحقت به.

قال الرئيس" أنت شغلتنتي قوى يا سعد بالكلام اللي قلته "ـ لقد بدا يشعر بأبعاد المؤامرة ولكنى طمأنته و أكدت له انه قد تم القبض على جميع الرؤوس المدبرة. وعلى الرغم من ان اسم الفريق صادق لم يرد ذكره مطلقا على لسان أي من الذين جرى التحقيق معهم إلا أنه كان واضحـا ان المقبوض عليهم جميعهم يدينون بأفكاره نفسها وأنهم كـانوا ينوون القيام بانقلابهم لأنهم كانوا يعتقدون انهم بذلك يؤدون عملا وطنيا لبلادهم. قال الرئيس لا لقد كان صادق يخدعني فيما يتعلق بالأشخاص وكان يزرع رجاله فى المناصب المهمة ويستبعد من يختلف معه فى الرأي، ما رأيك فى عادل سوكه ؟، فقلت له أنه ضابط جيد، فقال طيب ابعت هاتة من تركيا، بكره تبعت تجيبه،(5) فقلت له سيادة الرئيس إذا قبلت نصيحتي فإني اقترح تأجيل ذلك، فاستوضح الرئيس "لماذا؟"، فقلت له "كان الفريق صادق للأسف يتهم كل من يختلف معه فى الرأي بأنه شيوعي، لقد قاسيت أنا نفسي من هذه التلميحـات فإذا نحن أحضرنا عادل سوكه في مثل هذه الظروف فقد يجري تفسير هذا التصرف فى القوات المسلحة تفسيرا

150

خاطئا"، فهز الرئيس رأسه موافقا وقال "اعتقد أنك على حق. أجل هذا الموضوع الآن " ناقشنا بعض الموضوعات الأخرى التى تتعلق بتأمين القوات المسلحة واستغرقت مناقشتنا لهذه الموضوعات حوالى نصف الساعة، عدت بعدها مرة أخرى إلى نادي الرماية لكي آخذ زوجتي وننصرف من الحفل .

هوامش الفصل العشرين

(1) جرت العادة فى القوات المسلحة المصرية أن يتم توعية الضباط بالأحداث المهمة، وان تتم هذه التوعية من أعلى إلى أسفل أي أنه تتم توعية القادة وتحدد لهم النقاط الرئيسية ثم يقوم هؤلاء بنوعية ضباطهم، وقد كانت النقط الرئيسية للتوعية فى ذلك اليوم هي:

- لم يطلب الروس إبعاد الفريق صادق.
- إن قرار طرد المستشارين الروس قرار نابع من الرئيس شخصيا.
- إن سبب إقالة صادق هو أن الرئيس كان قد سبق أن كلفه بمهمة قتالية واتضح له أثناء اجتماع المجلس الأعلى يوم 24 من أكتوبر انه لم ينفذ المهمة.

(2) عين ممدوح سالم رئيسا للوزارة اعتبارا من ابريل 1975، واستمر يشغل هذا المنصب حتى اكتوبر 78.

(3) بعد تعيين احمد إسماعيل وزيرا للحربية بقى منصب رئيس هيئة المخابرات العامة شاغرا لعدة شهور، وكان عزت سليمان هو الذي يتابع شئون الفرع الخاص بالأمن الداخلي، وقد نقل فى أوائل عام 73 إلى وزارة الخارجية.

(4) انظر الفصل السابع عشر.

(5) كان عادل سوكه فى ذلك الوقت ملحقا عسكريا فى تركيا وكان قبل ذلك قائدا للفرقة المدرعة 21.

الباب الخامس

العلاقات المصرية – السوفيتية

في عهد السادات

الفصل الحادي والعشرون

تسهيلات الأسطول السوفيتي فى الموانئ المصرية:

فى الساعة 2000 يوم 19 من مايو 71 اجتمع وفد عسكري سوفيتي مع وفد عسكري مصري لبحث التسهيلات البحرية التى يطلبها الجانب السوفيتي فى الموانئ المصرية. كان الوفد السوفيتي برئاسة الجنرال يفيموف Yeflmov وعضوية الأدميرال فاسيلي Vassily والجنرال اوكينيف OKUNEV، وكان الوفد المصري برئاسة الفريق صادق وزير الحربية وعضوية اللواء الشاذلي (ر.ا. ح. ق.م.م) والعميد أ أمير الناظر الأمين العام لوزارة الحـربيـة. وكان الجانب السوفيتي يطلب زيادة فى التسهيلات البحرية التى كان يمارسها فعلا، وكانت هذه الطلبات الجديدة تشمل ما يلي:

مرسى مطروح:

1- تعميق الميناء ثمانية أمتار أخرى.

2- بناء او تأجير أماكن لإيواء الأفراد بحيث تكون قريبة من المينـاء، وبحيث تكفى لإيواء 2000 رجل و 160 عائلة.

3- بناء مطار على مسافة 35- 40 كيلومترا غرب الميناء

4- رفع كفاءة المطار الحالي فى مرسى مطروح بحيث يصبح قادرا على استيعاب لواء جوي سوف يتم إرساله من الاتحاد السوفيتي لتامين الميناء.

5- بناء محطة رادار على مسافة 100 كيلومتر شرق مرسى مطروح، وأخرى على مسافة مماثلة غربها.

الإسكندرية:

طلب الجانب السوفيتي تدبير مبنى واحد كبير او مجموعة من المباني المتجاورة حتى يمكنهم ان يجمعوا فيها عائلات رجال بحريتهم المتناثرة داخل مدينة الإسكندرية، وكان المطلوب هو تدبير مكان مجمع يتسع لـ200 عائلة، وقد اقترحوا الحصول على فندق سان ستيفانو.

أجاب الفريق صادق بان هذه الطلبات لها جانب سياسي وأنه لا يستطيع البت فى هذه الأمور قبل بحث الموضوع مع السيد الرئيس، وسيكون جاهزا للرد على هذه التساؤلات بعد حوالي أسبوع. وبعد انتهاء اللقاء طلب مني الوزير أن أشكل لجنة برئاستي لبحث هذه المطالب، وكان بين أعضاء هذه اللجنة اللواء بغدادي قائد القوات الجوية واللواء محمود فهمي قائد القوات البحرية. **وبعد عدة لقاءات تقدمنا بالاقتراحات التالية:**

1- الموافقة على إعطاء البحرية السوفيتية تسهيلات فى ميناء مرسى مطروح تشابه التسهيلات الممنوحة لها فى كل من الإسكندرية وبور سعيد.

2- عدم تخصيص أية منطقة محددة لخدمة الوحدات السوفيتية حتى لا يأخذ ذلك شكل قاعدة سوفيتية.

3- الموافقة على تمركز لواء جوي سوفيتي في مرسى مطروح شريطة ألا تقتصر مهمته على الدفاع عن القاعدة البحرية، بل تمتد مسئوليته لكي تشمل الدفاع عن الأراضي المصرية ما بين غرب الإسكندرية وحتى الحدود المصرية الليبية. وان يكون اللواء الجوي السوفيتي تحت القيادة المصرية.

4- يكون تمركز اللواء الجوي السوفيتي في مرسى مطروح بصفة مؤقتة وإلى أن تصبح القوات الجوية المصرية قادرة على تحمل مسئولية الدفاع الجوى عن المنطقة غرب الإسكندرية وتقوم بتخصيص لواء جوي مصري لكي يعفى اللواء الجوي السوفيتي من هذه المهمة.

قمت بتسليم مقترحات اللجنة إلى السيد الوزير الذي عرضها بدوره على السيد الرئيس ثم عاد إلينا ليقول إن الرئيس وافق على تلك المقترحات وأوصى بان تكـون الاتفاقية لمدة 5- 10 سنوات.

اجتمع الوفد العسكري السوفيتي والوفد العسكري المصري مرة أخرى يوم 27 من مايو، وكان رئيس الوفد السوفيتي فى هذه المرة هو الجنرال PAVLOVSKY وهو أحد أفراد وفد الرئيس بودجورنى الذي كـــان فى زيارة رسمية لمصر ما بين 25 و 28 من مـــايو 71 [1].

أخبرنا الجانب السوفيتي "أن الرئيس السادات شخصيا كان قد طلب خلال زيارته الأخيرة لموسكو ان نستخدم ميناء مرسى مطروح وان الفريق فوزي وزير الحربية السابق كان معه فى هذه الزيارة، و أكد الطلب وان كل ما نطلبه الآن هو وضع ترتيبات أسلوب إعاشة الأفراد الذين يستخدمون هذه الميناء وتأمين راحتهم. وان الدفاع عن اللواء الجوي أثناء تواجده على الأرض يستلزم وجود لواء صواريخ مضاد للطائرات" قدم الجانب السوفيتي مقترحاته وقدمنا مقترحاتنا المضادة وطالت المفاوضات والأخذ والرد واستغرقت يومي 27 و 28 من مايو دون الوصول الى أي اتفاق، وفى يوم 29 من مايو عاد الوفد العسكري السوفيتي إلى بلاده دون التوقيع على أي اتفاق.

ضبط شبكة أمريكية تتجسس على السوفيت فى مصر:

فى خلال الأسبوع الأول من سبتمبر 71 تمكنت المخابرات المصرية من القبض على شبكة تجسس أمريكية، وكان المتهم الرئيسي فى هذه الشبكة هو طناشى راندوبولو وهو مصري الجنسية من اصل يوناني، اما العنصر الأمريكي في الحلقة فقد كانت الآنسة سوأن هاريس وهي أمريكية الجنسـية وكانت تعمل فى قسم رعاية المصالح الأمريكية في القاهرة. [2] أدلى طناشى بعد القبض عليه باعتراف كامل اظهر فيه ان المعلومات جميعها التي حصل عليها كانت من أفراد سوفيت من بين أصدقائه العديدين في قاعة جاناكليس الجوية، وأنه كان يقوم بإبلاغ تلك المعلومات الى الآنسة سو فى السفارة

155

الأمريكية. وقد بدأت علاقته مع المستر بيليكوف BELEKOV الذي خدم بالقاعدة من سنة 69 حتى 71 وبعد عودته إلى الاتحاد السوفيتي أرسل له كتابا يقدم فيه خلفه فكتور VICTOR وتوطدت صداقة متينة بين فكتور وطناشى إلى أن تم القبض عليه، وعن طريق فكتور تعرف على يورى (مساعد فكتور) واصبحوا يتزاورون فقام هو بدعوتهما إلى العشاء فى منزله عدة مرات، كما انهما قاما بدعوته إلى العشاء فى القاعدة وقد تجول داخل القاعدة بما فى ذلك غرفهم الخاصة.

كان من بين اعترافات طناشى ما يلي:

1- انه زار أحد ملاجئ (هناجر) الطائرات الخرسانية وكانت مصر اول دولة فى العالم تقوم ببناء هذه الملاجئ الخرسانية وذلك لوقاية طائراتنا من اي هجوم جوى مفاجئ بعد أن دمرت قواتنا الجوية وهي على الأرض مرتين: المرة الأولى من قبل بريطانيا أيام الاعتداء الثلاثي عام 1956، والمرة الثانية من قبل إسرائيل عام 1967.

2- إنه حضر فيلما عن الجاسوسية مع جميع أفراد القاعدة.

3- إن لديهم فى روسيا رادارات افضل بكثير من الرادارات الروسية الموجودة فى مصر.

4- إن المصريين غير مستعدين وغير جاهزين للحرب الآن، وقد يمر وقت طويل قبل ان يصبحوا قادرين على استئناف القتال من جديد.

5- إن هناك أسرابا جوية سوفيتية أخرى فى مصر غير تلك التي في قاعدة جاناكليس وأن تلك القواعد مدافع عنها بصواريخ SAM- 4 وSAM-6 اما قاعدتهم فى جاناكليس فمدافع عنها بصواريخ SAM- 2 وSAM-3 .

ولقد قرر الرئيس السادات الا نضخم هذا الموضوع، وان يكتفى بإبلاغ السوفيت بذلك. وفى يوم 12 من سبتمبر استدعيت كبير المستشارين السوفيت فى مصر و أبلغته القصة كاملة. وطلبت منه ان يلفت نظر جميع الضباط والجنود السوفيت بضرورة مراعاة احتياطات الأمن، والعمل على تلافى وقوع مثل هذا الحادث مستقبلا– واضفت قائلا " إننا على يقين من أن جميع المعلومات التى سلمها طناشى بابادويلو الى الآنسة سوآن هاريس سوف تجد طريقها الى إسرائيل. ورغبة فى الحفاظ على العلاقات الطيبة بين بلدينا نقية وخالية من أية شوائب فقد أمر السيد الرئيس بطي الموضوع تاركين لكم حرية التصرف فى اتخاذ الإجراءات المناسبة ضد الأفراد السوفيت الذين تسببوا فى تسرب تلك المعلومات، كما نرجو أن تتخذوا الإجراءات المناسبة التى تضمن عدم تكرار مثل هذا الحادث مستقبلا." وعد كبير المستشارين الروس بان يتخذ الإجراءات المناسبة، وأخبرني فى صباح اليوم التالي أن جميع الأفراد الذين وردت أسماؤهم فى التحقيق قد تم ترحيلهم إلى الاتحاد السوفيتي، وانه قد تم اتخاذ إجراءات امن مشددة تمنع تكرار مثل هذا الحادث مستقبلا.

أما فيما يتعلق بالآنسة سوءان فقد أمر الرئيس بإخلاء طرفها بعد أيام قليلة من القبض عليها، وهكذا لم يبق سوى طناشى ليكفر عما ارتكب من أفعال.

عقد صفقة أسلحة سوفيتية فى أكتوبر 71:

طلب منى الفريق صـــادق أن أقدم له كشفا بالأسلحة التى يتحـــتم الحصول عليها حتى يمكن تنفيذ " الخطة رقم 41". وفى 6 من سبتمبر 71 عقدت مؤتمرا لهذا الغرض اشترك فيه كل من قائد القوات الجوية وقائد الدفاع الجوي ورئيس هيئة العمليات ورئيس هيئة التنظيم، واستمرت الدراسة عدة أيام. وبعد أن اتفقنا على ما هو مطلوب جهزت كشفا بذلك وقدمته إلى الفريق صادق.

فى 21 من سبتمبر 71 ســافر اللواء عبد القادر حسن واللواء عمر جوهر الى موسكو لعقد المباحثات الأولية مع الجانب السوفيتي بخصوص صفقة أسلحة فى حدود 130 مليون روبل. وفي 8 من اكتوبر سافر الفريق صادق على راس وفد عسكري لإجـراء المباحـثات النهائية والتوقيع على الاتفاقية. وعاد من موسكو يوم 16 من اكتوبر [3] **وفي يوم 17 من اكتوبر عقد الفريق صادق مؤتمرا أعلن فيه ان الاتحاد السوفيتي سيقوم بإمدادنا بالأسلحة التالية:**

10	طائرات تى يو 16 مجهزة بصواريخ جو ارض ذات مدى 150 كيلومترا.
100	طائرة ميج 21. يتم تسليم نصف هذا العدد خلال عام 71 والباقي خلال 72.
20	طائرة ميج 23 خـــلال عام 72 بطياريها السوفيت الى ان يتم تدريب الطيـــارين المصريين على قيادتها.
1	فوج كوادرات (صواريخ مضادة للطائرات خفيفة الحركة تعرف فى الغرب سام 6).
1	كتيبة مدفعية 180 ميللمتر.
1	كتيبة هاون 240 ميللمتر.
1	ثلاثة كبارىPMP

وفى مجـــال إنتاج الأسلحــة أشار الوزير الى ان الاتحاد السوفيتي سوف يقدم جميع المساعدات ليجعلنا قادرين على إنتاج الأصناف التالية:

المدفع 122 مم D-30

الرشاش 23 مم المزدوج (ذو ماسورتين).

البندقية الآلية AKM

القاذف الصاروخي RPG

وفى مجال إنتاج الذخيرة يقوم الاتحاد السوفيتي بتقديم المساعدة ليجعلنا قادرين على إنتاج الذخيرة اللازمة للأسلحة التالية:

23 ميللمتر مضادة للطائرات.

82 ميللمتر للمدفع عديم الارتداد B-10.

122 ميللمتر للمدفع ام 30 والمدفع دى 30

130 ميللمتر للمد فع ام 46.

152 ميللمتر هاوتزر.

120 ميللمتر هاون.

القاذف الصاروخي RPG

القنبلة اليدوية RKG

وفى مجال المعدات وقطع الغيار يقوم الاتحاد السوفيتي بإنشاء المصانع التالية:

مصنع لإنشاء قطع الغيار اللازمة للطائرات ميج 21 والميج 17 والسوخوى 7

مصنع لإنتاج التانكات الاحتياطية للطائرات.DROP TANKS

مصنع لإنتاج الرادار B-15

مصنع لإنتاج الأجهزة اللاسلكية R 123 والأجهزة R 124 التي تستخدم في الدبابات

مصنع لإنتاج الطابات والبوادي

وفى مجـال تنظيم التعاون بين الطرفين فى النواحي العسكرية **وافق الجانب السوفيتي على أن تمتد مسئولية اللواءين الجويين السوفيتي المتمركزين فى مصر إلى خط وهمي يقع على بعد 20 كيلومترا غرب القناة** لكي يشاركا فى الدفاع الجوى (كان القائد المحلى الروسي يريد أن يلتزم بالدفاع حتى خط طول 32 والذي كان يقع غرب ذلك بكثير).

ذكر الوزير أيضا ان الجانب السوفيتي سيسعى لإنجاز الورش الرئيسية وورشة العمرة التى كان بصدد إنشائها لصالح قواتنا الجوية في أسرع وقت ممكن، ولكنه رفض الاستجابة لطلب الفريق صادق بإنشاء مصنع لإنتـاج طائرة الهليوكوبتر مى 24 ووعد ببحث هذا الموضوع فيما بعد.

السوفيت وسنة الحسم:

فى يوم 25 من ديسـمـبـر 71 وصل المارشال جـريشكو الى القاهرة حيث أمضى 24 ساعة فقط قبل أن يغادرها إلى موسكو. لم تكن زيارة جريشكو زيارة رسمية و إنما كانت مرورا عابرا فى طريق عودته من مقديشو (حيث كان فى زيارة رسمية للصومال) إلى موسكو. لقد كانت الزيارة فى أعقاب الحرب الهندية الباكستانية التي انتهت بانتصار الهند واستقلال باكستان الشرقية تحت اسم بنجلاديش. وبالطبع كانت تلك الزيارة الى الصومال فى ذلك الوقت ذات معنى سياسي فى لعبــة الأمم، فقد كان السوفيت يساعدون الهند فى حربها ضـد باكستان، كما كـانت لهم علاقات طيبة مع الصومال. وهكذا كان الاتحـاد السوفيتي يتمتـع بموقف ممتاز فى المحيط الهندي على شاطئيه

الشرقي والغربي. كان المارشال جريشكو فى قمة السعادة خلال حفل العشاء الذي أقامه السفير السوفيتي على شرفه فى هذه الليلة. كان يمزح ويضحك من أعماقه وهو يقول لى تصور انني أنا والوفد الذي يرافقني سبحنا أمس فى المحيط الهندي، كـانت المياه دافئة والجو جميل لاشك أنها كانت مناسبة سـعيدة للسوفيت ان يسبحـوا فى مياه المحيط الهندي الدافئة التى تراود أحلامهم منذ ايام القياصرة!!

لقد تحسنت العلاقات السوفيتية المصرية بعد اتفاقية اكتوبر 71 بعض التحسن، ولكنه كان واضحا انهم لا يشجعوننا على القيام بالهجوم قبل نهاية عام 71 كما كان السادات يعلن دائما. **وكـان السفير السوفيتي قد قابل الرئيس السـادات يوم 20 من ديسمبر وابلغه بان الاتحاد السوفيتي قد علم بما يلى:**

1 – قامت إسرائيل بإدخال قوات جديدة فى سيناء.

2 – حصلت إسرائيل على ضمانات جديدة من أمريكا لتأييدها فى حالة استئناف القتال.

3 – يحتمل ان تقوم إسرائيل بمهاجمةأكثر من دولة عربية فى وقت واحد.

وزير الحربية يهاجم السوفيت:

كان الفريق صادق لا يخفى انتقاده وعدم ثقتـه بالاتحاد السوفيتي فى أحاديثه كلها ولكن هذه الأحاديث وتلك الآراء كانتا دائما على المستويات العليا، وقد بدا يخـرج عن هذه القاعدة اعتبارا من يناير 72. وفى يوم 24 من يناير 72 خطب صادق فى اجـتماع عقد فى المنطقة المركزية حضره عدة آلاف من الضباط من جميع الرتب **وهاجم الاتحاد السوفيتي هجوما عنيفا، و أعلن ما يلى:**

1 – إن الروس لم يقوموا بتوريد الأسلحة المطلوبة، وانهم بذلك هم الذين يحولون دون تحقيق رغبتنا فى الهجوم.

2 – إذا لم يصل الرئيس إلى اتفاق فى لقائه معهم فى نهاية يناير و أوائل فبراير، فإننا سنقوم بشراء السلاح الذي نحتاج إليه من أية جهة أخرى.

3 – إن الروس ينشرون شائعاتهم بين صغار الضـباط والجنود والطلبة بان القوات المسلحة لديها الأسلحة الكافية التى تمكنها من القيام بالهجوم ولكن كـبار القادة هم الذين لا يرغبون فى القتال. وان هذه الشائعات المسمومة غير صحيحة.

هوامش الفصل الحادي والعشرون

(1) في يوم 27 من مايو وقع الرئيسان بودجورنى والسادات على معاهدة صداقة بين الاتحاد السوفيتي ومصر مدتها 15 سنة.

(2) لم تكن هناك علاقات دبلوماسية بين مصر وأمريكا، ولكن كان هناك قسم لرعاية المصالح الأمريكية.

(3) سافر الرئيس السادات الى موسكو بعد صادق بيومين، وعاد منها قبله بيومين.

رحلة السادات الى موسكو فى فبراير 72:

سافر الرئيس الى الاتحاد السوفيتي يوم 2 من فبراير، بينما بدأت أنا رحلتي الى الجزائر والمغرب وليبيا يوم 6 من فبراير، والتي عدت منها يوم 14 من فبراير 72، وقد علمت يوم 15 فبراير ان الاتحاد السوفيتي قد أكد للرئيس التزامه باتفاقية اكتوبر 71 لتوريد الأسلحة و إقامة الصناعات العسكرية وانه وعد علاوة على ذلك بإمدادنا بما يلي: 200 دبابة ت 62 يتم تسليم عشر منها خلال شهر مارس لإجراء تدريب الأطقم عليها على ان يتم توريد باقي الدبابات خلال عام 72.

- 20 طائرة TU-22 يتم توريد اثنتين منها خـلال شهر مارس لتدريب الأطقم عليها، ويتم توريد الباقي خلال عام 72.
- 25 طائرة ميج 17 يتم تسليمها فورا كهدية.

تدعيم وزيادة طاقاتنا فى الحرب الإلكترونية.

اعتذر الجانب السوفيتي عن عدم قيامه بإمدادنا بالطائرات ميج 21 فى التوقيتات السابق تحديدها في اتفاقية أكتوبر، ولكنه وعد بتعويض ذلك بان يورد لنا 70 طائرة فى النصف الأول من عام 72 والثلاثين الأخــرى فى النصف الثاني فى عام 72، كما أكد إمكان تصنيع الطائرة ميج 21 MFتصنيعا كاملا فى مصر عام 1979.

وصل المارشال جريشكو يوم 18 من فبراير فى زيارة رسمية لمصر تستغرق ثلاثة أيام . لقد كانت الزيارة سياسية فى مضمونها وكـان الهدف منها هو تليين الفريق صادق حتى يخفف من حدة هجومه عليهم. وقد حضرت مع الوزيرين عدة لقاءات, ولكن هذه اللقاءات لم تخفف- إن لم تكن قد زادت- من حدة المرارة التى يشعر بها كل طرف تجاه الآخر .وقد تبودلت اثناء هذه اللقاءات بعض الجمل والتعليقات الخشنة، وفى الليلة السابقة لسفر المارشال جريشكو دعاه الفريق صادق الى عشاء خاص وطلب منى حضور هذا العشاء، فاعتذرت لكي أعطى لهما الفرصـة لكي يصفيا ما بنفسيهما. وبعد سفر جريشكو سألت صادق عما يشعر به الآن بعد تلك الزيارة فوجدت ان موقفه لم يتغير، وانه مازال على اعتقاده بان الروس غير مخلصين وغير جادين فى التعاون معنا.

صفقة الأسلحة في مايو 72:

سافر الفريق عبد القادر حسن فى شهر مارس الى موسكو للتوقيع على الاتفاقية بالأصناف التى تم الاتفاق عليها بين الرئيس السادات والقيادة السياسية السوفيتية فى فبراير. ولكنه عاد يوم 19 من مارس دون ان يوقع على البندين الخاصين بالدبابات ت 62 والطائرات TU-22 . دعا الفريق

صادق المجلس الأعلى للقوات المسلحة إلى اجتماع عاجل فى اليوم نفسه وهاجم الاتحاد السوفيتي هجوما عنيفا، لأنه طلب ان يتم دفع ثمن هذين الصنفين كاملا وبالعملة الصعبة.

ولكي يستطع القارئ ان يتفهم معنى دفع الثمن كاملا وبالعملة الصعبة فسوف اشرح بالتفصيل أسلوب الدفع بين مصر والاتحاد السوفيتي فيما يتعلق بثمن الأسلحة والمعدات الحربية. **كان جمال عبد الناصر قد اتفق مع السوفيت على ان يتم دفع ثمن الأسلحة والمعدات التى تشتريها مصر من الاتحاد السوفيتي طبقا لما يلى:**

1- يقوم الاتحاد السوفيتي بخصم 50% من ثمن السلاح، وبالتالي فإن السلاح يباع بنصف الثمن فقط.

2- يقوم الاتحاد السوفيتي بإقراض مصر قرضًا يغطى ثمن السلاح الذي نشتريه(أعنى الـ50% التي يجب على مصر ان تدفعها) ويتم دفع هذا القرض على أقساط سنوية لمدة 10- 15 سنة بفائدة 2%، و يبدأ القسط الأول بعد فترة سماح طويلة.

ونظرا لأن السلاح السوفيتي- دون أي خصم من ثمنه الكامل- يعتبر رخيصا جدا بالنسبة للسلاح الغربي ويمكن القول بأنه فى حالة تعادل الخصائص بين السلاح السوفيتي والسلاح الغربي فإن السلاح السوفيتي يكون ثمنه 50% من ثمن مثيله الغربي. فإذا خصمنا 50% من هذا الثمن، فإن ذلك يعنى ان الثمن الذى تدفعه مصر ثمنا للسلاح الروسى يعادل 25% من ثمنه فى السوق العالمية.

وعلاوة على ذلك فإنه يدفع بالجنيه المصري وبالتقسيط المريح. وتطبيقا لذلك فقد كنا نشترى الطائرة ميج 21 بمبلغ 250000 جنيه مصري وكنا نشترى الدبابة ت 55 بمبلغ 25000 جنيه مصري. كان الوفد المكلف بعقد الصفقة يسافر إلى موسكو وليس معه دولار واحد، فيوقع مثلا على صفقة من الأسلحة تبلغ قيمتها- طبقا للأسعار العالمية- 1000 مليون دولار، ثم يوقع على قرض بحوالي 250 مليون دولار، يدفع بالتقسيط على 10- 15 سنة بفائدة 2% وبعد فترة سماح طويلة. ويتم التسديد بالجنيه المصري وبأية أصناف يمكن لمصر تصديرها.

وهكذا فإن الاتحاد السوفيتي عندما أخطر حسن عبد القادر حسن خلال شهر مارس 72 بان يتم دفع الثمن كاملا وبالعملة الصعبة كان يعنى عدم خصم نسبة إلى 50% المعتادة وان يتم تسديد الثمن بالعملة القابلة للتحويل !! وانه- طبقا لذلك- أصبح ثمن الدبابة ت 62 حوالى 250000 دولار والطائرة TU-22 أصبح ثمنها 5.6 مليون دولار، وهذه الأثمان- وإن كانت لا تزال تعادل حوالي 50% من ثمن مثيلتها الغربية كانت تعتبر من وجهة نظرنا عملا غير مقبول، بل يكاد يكون عدائيا.[1]

فى خلال شهري أبريل ومايو دارت عدة مناقشات ولقاءات- كما سبق ان ذكرنا فى الباب الثالث/ الفصل الثامن عشر انتهت بالتوقيع يوم 15 من مايو 72 على اتفاقية تشمل ما يلي.

16	طائرة سو 17 يتم تسليم 4 منها فى شهر يوليو والبـــاقى يتم تسليمه قبل نهاية عام 72.
8	كتائب صواريخ بتشورا (سام 3) يتم تسليمها خلال عام 73.
1	فوج كوادرات يتم تسليمه عام 73.
200	دبابة ت 62 يتم توريدها خلال عام 72.

مصر تعلن ملكيتها لطائرة الميج 25:

في يوم 15 من مايو وبحـضور الرئيس السادات والمارشـــال جريشكو جرى استـــعراض جوي في مطار غرب القاهرة اشتركت فيه الطائرة ميج 25 والطائرة سو 17. كما حضر هذا العرض أيضا المارشال كوتاكوف KOTAKOV قائد القوات الجوية السوفيتية. وبعد انتهاء العرض الجـــوي منح الرئيس السادات المـــارشال جريشكو وسـام نجمـة الشرف، كـــما منح المارشال كوتاكوف وسام النجمة العسكرية. وفى المساء أمر الرئيس بإصدار بيان وزع على الصحف يعلن امتلاك مصر لطائرة سرعتها 3000 كيلو متر فى الساعة وتطير على ارتفاع 24 كيلومترا وامتلاكها أيضا لطائرات قاذفة مقاتلة بعيدة المدى. كان هذا البيان كاذبا تماما: فلم تكن مصر تملك شيئا مما ذكر فى البيان، كان الروس يمتلكون 4 طائرات ميج 25 وكانت هذه الطائرة تعتبر أفضل ما أنتجته الصناعة السوفيتية وبالتالي فقد كـــانت من الأسرار العسكرية المهمة ولم تعرض قط للبيع، وكان يقوم بتشغيلها طيارون سوفيت. كـــما ان الطائرة سو 17 لا يمكن اعتبارها بأي حال من الأحوال طائرة قاذفة مقاتلة بعيدة المدى. هذه هي صورة أخرى تبين كيف يخدع السادات الشعب المصري وبعض العرب بهذه البيانات الكاذبة. انه قطعا لا يستطيع ان يخدع أمريكا او إسرائيل حيث أن لديهما الوسائل والإمكانات التى تمكنهما من معرفة الحقائق. بل على العكس قد يخدم بذلك إسرائيل إعلاميا فتتمادى في تظاهرها بالضعف وانها كالحمل الوديع الذى تحـــيط به الذئاب العربية التى تتربص به لافتراسه من كل جانب وبذلك تكتسب عطف الراى العام العالمي وتجد المبرر للمطالبة بالمزيد من السلاح.

ولكي يقوم السادات بحبك التمثيلية، قامت طائرتا ميج 25 سوفيتيتان برحلة استطلاعية فوق سيناء مبتدئة من بور فؤاد شمالا وحتى راس محمد جنوبا بعمق 10 – 30 كم داخل سيناء قام العدو باعتراض الطائرتين بطائرتين من طراز فانتوم أقلعتا من مطار المليز (فى وسط سيناء) وطائرتين أخريين من مطار راس نصراني الذى يقع فى الطرف الجنوبي من سيناء. ونظرا لأن طائرة الميج 25 تتفوق على طائرة الفانتوم تفوقا كثيرا من حيث السرعة والقدرة على الارتفاع فإن اعتراض العدو والصواريخ جو جو التى أطلقها عليها لم يكن لها أي تأثير عليها وسقط أحد هذه الصواريخ سليما فى أيدينا فى المنطقة الواقعة غرب القناة، وبفحص هذا الصاروخ اتضح أنه الصاروخ جو جو الأمريكي

طراز سبارو Sparrow وقد ذكرنا هذا الموضوع ضمن التقرير اليومى الذى يرسل الى الرئيس عن الأحداث المهمة فى القوات المسلحـــة، وعندما اطلع الرئيس على التقرير يوم 17 من مايو أمر بتسليم الصاروخ Sparrow إلى الخبراء السوفيت الذين كانوا فى غاية الفرح بالغنيمة الأمريكية.

تدهور العلاقات:

خلال النصف الأول من عام 72 كان يبدو ان الفريق صادق هو العدو رقم واحــد للسوفيت فى مصر، بينما كان السادات يحاول ان يظهر بمظهر الصديق لهم. وبينما كان السادات يقوم بأطول زيارة له للاتحاد السوفيتي خلال الفترة ما بين 27 من ابريل و 10 من مايو 72 وقع حادثان مهمان كان بطلهما الفريق صادق.

فى أوائل شهر مايو أخطرنا الجانب السوفيتي بان بحريتهم فى البحر الأبيض سوف تقوم بمشروع تدريبي وانها تطلب السماح لها ان تنزل بعض أفرادها فى منطقة مرسى مطروح يوم 8 من مايو على ان يتم سحبهم فى اليوم التالي، وذلك كجزء من المشـــروع التدريبي ولكن الفريق صادق رفض هذا الطلب.

أما الحادث الآخر فهو اتهام بعض الأفراد الروس بتهريب الذهب كانت الساعة الخامسة مساء يوم 8 من مايو 72 عندما جاءني كبير المستشارين السوفيت في قيادة المنطقة المركزية، حيث كنت أدير مشروعا لتدريب قيادة المنطقة. قال الجنرال اوكينيف بلهجة ملؤها الحزن والأسى، ان بعض الجنود السوفيت الذين تقترب عودتهم الى الاتحاد السوفيتي بعد انتهاء مدة خدمتهم فى مصر قد جرى تفتيش اثنين منهم فى مطار القاهرة بطريقـــة استفزازية، مما أثار سخط الآخرين فرفضوا التفتيش وهم الآن فى صالة الجمارك. قد يكون بعضهم قد اشترى"دبلة" او خاتما او سواراً لكي يهديها لخطيبته او صديقته. وإن مثل هذه الأشياء التافهة ذات الصفة الشخصية البحتة لا يمكن اعتبارها تهريبا كما يريد المسئولون فى المطار ان يصوروها"، اتصلت هاتفيا بمدير المخابرات الحربية فـــاشار إلى أن المعلومات التى لديهم تفيد بأنهم يحملون كميات كبيرة من المهربات، وانهم كانوا يراقبونهم منذ عدة أسابيع وهم يشترون الذهب بكميات كبيرة وأمام هذا التضارب فى الأقوال قررت الذهاب إلى مكتبي حيث يمكن الاتصال بالجهات المختصة كلها وبحث الموضوع بطريقة افضل.

لم أكد أصل إلى مكتبي حـــتى وصل وزير الحربيـــة وفى أعقابه اللواء حسن الجريدلى الأمين العام للوزارة، كان من الواضح أن وصول الوزير الى المكتب فى هذا الوقت لم يكن مجرد مصادفة و إنما كان لكي يتأكد من ان موضوع التهريب يسير فى الطريق الذى رسمه. ولهذا السبب، فقد تنحيت جانبـــا عن الموضوع وجلست أتفرج على ما يدور بين الوزير والجنرال اوكينيف. كان صادق يقول للجنرال اوكينيف "أنا ليست لدى أية سلطة على رجال الجمارك. إنهم تابعون لوزير الاقتصاد. إنهم يفتشون الوزراء "، ولكنه همس لى أنا واللواء حسن الجريدلى "إن المعلومات التي لدينا

تؤكد ان معهم 80 كيلوجراما من الذهب .", اقترح صادق على أوكينيف ما يلى: "يقوم كل فرد بملء تصريح للجمرك يسجل فيه ما يتحمله من ذهب او خلافه ويقوم بتسليمه إلى الجمرك. يوقع اوكينيف على إقرار يفيد أنه مسئول عن إحضار كل من يطلب من هؤلاء الأفراد من قبل المحكمة. سوف يتدخل صادق بعد ذلك وبعد أن تهدأ نفوس رجال الجمارك لحفظ هذا الموضوع بحيث لن يطلب أحد للمحكمة"، وقد رفض أوكينيف هذا الاقتراح قائلا "ليس لدى الأفراد اى شىء ليصرح لهم به. لابد ان اى فرد سوف ينتابه غضب شديد إذا نحن طلبنا منه ان يسلم "دبلة" أو خاتما اشتراه للذكرى بعد ان خدم فى مصر عاما كاملا أو اكثر." اخذ الكلام يدور بين صادق واوكينيف فى حلقة مفرغة الى أن دق جرس الهاتف فى مكتب الوزير، وكان الوزير يناديه باسم "محمد" [2]. بعد هذه المكالمة اظهر الوزير بعض المرونة ولكنه لم يتخذا أية إجراءات إيجابية لحل الموضوع. وبعد اقل من نصف ساعة رن جرس الهاتف مرة أخرى وكان المتحدث هذه المرة هو "محمد" أيضا بعد تلك المكالمة الثانية تغيـــر موقف صادق تغييرا جذريا وطلب الىّ ان اذهب الى المطار لكي احل الموضوع ولكنى اعتذرت.. لماذا يسألني الآن ؟ إنه هو صاحب هذا الموضوع. انه هو الذى خلقه. وهو الذى عقده وهو الذى يحـــاول الآن أن يجد له حلا. فليحله هو وحده. ذهب اللواء حسن الجريدلى الى المطار مندوبا عن الوزير لحل الموضوع.

كانت مجموعة المستشارين والخبراء السوفيت تقيم حفلا ساهرا فى مساء هذا اليوم احتفالا بعيد النصر وكنت مدعوا لهذا الاحتفال الذى يبدأ فى الثامنة مساءا ولكنى شعرت بأن العلاقات بيننا كانت تخيم عليها الكآبة ففضلت أن أعود مرة أخرى إلى المنطقة المركزية لكي اتابع المشروع التدريبى الذى كنت قد انقطعت عنه لمدة ساعتين شـــاهدت فيهما أحد فصول هذه القصة المثيرة. انني لا أحب أن أمثل دورا لست مقتنعا به وقد وجدت ان ذهابي لحضور حفل الأصدقاء الروس فى مثل هذه الظروف لا يحمل المعنى المقصود من الدعوة فقررت الاعتذار.

وفى صباح اليوم التالى سألت عن موضوع التهريب وكيف تم حله فاتضح ان 71 فرداً سوفيتيا سافروا بعد ان سمح لهم أن يأخذوا معهم الهدايا التى اشتروها، وانه قد تم حصر جميع هذه الهدايا فكان بيانها كما يلى: 26 سلسلة، 45 خاتما، 75 دبلة، 41 قرطا، 7 غوايش، 3 بروش.

كان الوزن الإجمالي لهذه الأصناف جميعها هو حوالي 1200 جرام من الذهب اى بمعدل 17 جراما لكل فرد!

قرار الاستغناء عن الوحدات السوفيتيّة:

فى يوم الأحد 9 من يوليو 72 كنت مدعوا فى سفارة المملكة العربية السعودية لحضور مأدبة عشاء أقامها السيد السفير السعودي على شرف الأمير سلطان وزير الدفاع السعودي.[3] وفي أحد أركان السفارة همس الفريق صادق فى أذني بقرار الرئيس بخصوص طرد المستشارين

والوحدات السوفيتية. كان يقف معي الفريق عبد القادر حسن عندما اخبرنا الوزير بهذا الخبر وطلب إيقاعه سرا حيث أن الرئيس طلب منه الا يخبر أحدا، وقد قص علينا صادق ما يلي "اتصل الرئيس بي هاتفيا في منزلي صباح يوم الجمعة وسألني ماذا أ فعل هذا اليوم فقلت له لا شيء سوى أني سـأقوم بتأدية صلاة الجمعة فى الجامع عندما يحل وقت الصلاة، فقال لي: لماذا لا تحـضر الى استراحـة القناطر وتؤدي الصلاة هنا فأجبته بأنني سأحضر. وعندما وصلت الى هناك أخبرني بأنه قرر طرد جميع المستشارين السوفيت والوحدات السوفيتية المتمركزة فى مصر. وطلب منى ألا أخطر أحدا إلى ان يـعلن هو ذلك فى الأيام القليلة القادمة. وفى خلال اليومين الماضيين كنت أغالب نفسي لكي انفذ تعليمات الرئيس بعدم إخطار أحد ولكنى قررت اليوم ان أخبركما، ولاسيما بعد ان شعرت بان الرئيس قد اخطر غيري بهذا الخبر. قلت له "ولكنك تعلم مدى خطورة هذا القرار، إنه سوف يؤثر تأثيرا كبيرا على قدراتنا القتالية. أن الروس يسهمون إسهاما فعالا فى مسـئوليـة الدفاع الجوى، إن لديهم لواءين جويين وفرقة صواريخ ارض جو والعديد من وحدات الحرب الإلكترونية". أجاب صادق " أنى اعلم ذلك وقد حاولت اثناء الرئيس عن قراره ولكنى لم افلح فقد قال لي أني دعـوتك لكي أخطرك بالقرار وليس لمناقشته،. وللحقيقة فإنه على الرغم من اتجاهات صادق المعادية للسوفيت فقد كان يبدو عليه القلق وعدم الاطمئنان لهذا القرار، وقد أضاف قائلا "لقد كنت أنادى دائما بضرورة ممارسـة الضغط على الاتحاد السوفيتي للحصول على ما نحتاج أليه " ولكنني لم أتصور مطلقا ان نذهب الى هذا المدى" كان الفريق عبد القادر حسن هو الآخر فى غاية الضيق والقلق لهذا القرار.

إذا أعدنا قراءة ما قاله الرئيس بريجنيف للفريق صادق خـلال زيارته لموسكو فى يوليو 72 (الباب الثالث/ الفصل الثامن عشر) فسوف يلفت نظرنا قوله "ان وجود المستشارين السوفيت فى مصر هو ضرورة دولية". وأنى لا اعتقد ان بريجنيف قد قال هذه الجملة بطريقة عفوية. لابد أن الروس قد علموا بان هناك تفكيرا فى هذا الموضوع، وان بريجنيف بقوله هذا كـان يريد أن يوضح الأمور. وإذا كـان هذا الافتراض سليما فمن هم الأشـخاص الذين أسهموا في خلق هذه الفكرة فى ذهن الرئيس السادات وتشجيعه على إخراجها الى حيز الوجود؟ والنقطة التى تثير التساؤل أيضا هي لماذا يحـاول السادات الادعاء بأنه اخطر السفير الروسى بقراره يوم 6من يوليو في حين انه أخطره فعلا يوم 8 يوليو؟ ان ما قاله السادات فى كـتابه من انه أخطر السفير الروسي بقراره يوم 6من يوليو لا يمكن ان يكون خطأ مطبعيا لأنه كان مقرونا بمعلومات تؤكد ان الخطأ مقصود وهو قوله للسفير "وسأعلم وزير الحربية غدا بهذا الأمر" فى حين ان الحقيقة هي أن الرئيس اخطر وزير الحربية يوم الجمعة 7 من يوليو اى قبل ان يخطر السفير. إن هذا يعنى دون شك أن قرار السادات بطرد المستشارين والوحدات السوفيتية لم يكن قرارا عفويا، لقد شاركت فيه عناصر فى الداخل والخارج يحرص الرئيس على أخفائها. أن وصول الأمير سلطان وزير الدفاع السعودي إلى القاهرة قادما من أمريكا واتصاله بالسادات قبل ان يقوم السادات بإبلاغ الفريق صادق يوم 7 من يوليو بقراره بطرد

المستشارين والخبراء والوحدات السوفيتية، يوحي إيحاءً قويا بأن المملكة العربية السعودية والولايات المتحدة قد لعبتا دورا هاما فى دفع السادات لاتخاذ قراره هذا.. وأن حرص السادات على إخفاء تلك الضغوط السعودية الأمريكية عليه، هو الذى دفعه إلى الادعاء بأنه ابلغ السفير السوفيتي بقراره يوم 6 من يوليو وليس يوم 8 من يوليو كما حدث فعلا. و يقول حسنين هيكل فى كتابه "الطريق إلى رمضان" إن السادات اخبر السيد محمود فوزي نائب رئيس الجمهورية يوم 6 من يوليو بطريق عابر بأنه بقراره يفكر فى طرد السوفيت من مصر. يدعو السادات فى كتابه البحث عن الذات (صفحة 312) انه أخطر السفير السوفيتي بطرد السوفيت يوم 6 من يوليو. والسادات يناقض نفسه بنفسه فى مذكراته. فقد نشر فى الصفحة 434 ما يدعي أنها صورة زنكوغرافية عن الكتاب الذي أرسله إلى بريجنيف، وهذه الصورة الزنكوغرافية تؤكد ان السادات استقبل السفير السوفيتي يوم 8 من يوليو ما الذي يريد السادات ان يخفيه او يتستر عليه؟ ان جميع الوثائق الرسمية تؤكد انه اتخذ القرار يوم 8 من يوليو، ومع ذلك فهو يصر على ان يدعى انه اتخذ القرار يوم 6 من يوليو. ترى هل هناك علاقة بين هذا التاريخ وبين زيارة شخصية كبيرة له !؟ سوف نتكلم عن هذا الموضوع بالتفصيل فى الفصل الثامن عشر.[4]

أخطرنا الوحدات بقرار الرئيس بعد ظهر يوم 16 من يوليو على أساس ان يبدأ التنفيذ اعتبارا من صباح اليوم التالي، وفى صباح يوم 17 من يوليو اجتمع الفريق صادق وأنا وكبير المستشارين لمناقشة الخطوط العريضة لتنفيذ قرار الرئيس. **كان الاقتراح المصري بهذا الشان يتضمن ما يلى:**

1- إنهاء عقود الخدمة بجميع المستشارين.[5]

2- إنهاء العقود الخاصة بالخبراء [6] فيما عدا الأشخاص الذين يطلب الجـــانب المصري الاحتفاظ بهم.

3- القوات الصـــديقة [7] التى تقوم بتشغيل أسلحة ومعدات مصرية تقوم بتسليم هذه الأسلحة والمعدات الى الجانب المصري فى خلال اسبوع من الآن.

4- القوات الصـــديقة التى تقوم بتشغيل أسلحة ومعدات من ممتلكات الاتحاد السوفيتي – نظرا لأنه ليس لدينا الأفراد القادرون على تشغيلها– فقد اقترحنا بقاء هذه الوحدات في مصر شريطة ان تكون تحت القيادة المباشرة للقيادة المصرية. وينطبق ذلك بصفة خاصة على وحدات الحرب الإلكترونية وفوج الكوادرات

5- جميع الأفراد الذين تنطبق عليهم شروط الترحيل يجب أن يغادروا الأراضي المصرية قبل اول أغسطس إذا تيسرت وسائل النقل اللازمة لذلك، اما الأفراد الذين لم يتمكنوا من مغادرة الأراضي المصرية قبل هذا التاريخ لعدم توافر وسائل النقل، فإنه يتحتم عليهم التوقف عن ممارسة اى عمل عسكري اعتبارا من هذا التاريخ.

وافق الجنرال اوكينيف على هذه الاقتراحات جميعها فيما عدا البند الرابع الخاص ببقاء الوحدات السوفيتية، فقد أشار الى ان التعليمات التى لديه هي ان يسحب جميع الأفراد وجميع الأسلحة والمعدات السوفيتية، ووعد بأنه سينقل هذه الرغبة الجديدة الى موسكو ثم يقوم بإخطارنا بمجرد ان يتلقى الجواب.

كانت الأيام والأسابيع التالية أياما عصيبة ومشحونة بالأعمال الخاصة بترحيل الوحدات الروسيـة. كنت أتلقى كل يوم عشـرات المكالمات الهاتفية من القوات الجوية والدفاع الجوى على أحداث متعددة "الروس يقومون الآن بفك الرادار الموجود فى بنى سويف ! الروس يقومون الآن بفك الرادار الموجود فى بير عريضة، وسوف يترتب على ذلك ايجاد ثغرة فى التغطية الرادارية ! الروس يقومون الآن بنقل عدة اطنان من قطع الغيار من الوحدات الصديقة التى سوف يسلمونها لنا، الخ.." وفى الوقت نفسه يحضر الجنرال اوكينيف ليقول "بينما كانت قواتنا تقوم بتكديس الأصناف التى سيتم ترحيلها الى الاتحاد السوفيتي اختفى أحد الصواريخ الحديثة غير المستخدمة فى القوات الجوية المصرية ! من الذي سرق هذا الصاروخ ولمصلحة من يعمل ؟" إلى غير ذلك من عشرات الحوادث .

لقد كـانت أوامرنا صريحـة وهي تقضي بان للسوفيت كامل الحق فى سحب معداتهم وأنهم غير مطالبين إلا بتسليم الأسلحة والمعدات التى هي ملك مصر طبعا العقود الرسمية الموقعة عليها من الطرفين. وأني عندما انظر الى الوراء لأرى كيف تمت هذه العملية دون أية حوادث خطيرة فإنه لا يسعني الا ان أثني على كل من القيادة المصرية وكبير المستشارين السوفيت وتعاونهما الصادق للتغلب على المشكلات التى أثارها الضباط الأصاغر والجنود من الطرفين، الذين كانوا اقل قدرة على التحكم فى عواطفهم. عرضنا على الاتحاد السوفيتي المساعدة بتوفير الطائرات والمراكب اللازمة لترحيل الوحدات السوفيتية ولكنهم اعتذروا عن قبول هذه المساعدة وقد أوقفنا الدراسة فى الكلية الحربية فى الفترة ما بين 28 من يوليو و 1 من أغسطس حتى يمكن استخدامها كمنطقة تجمع للأفراد السوفيت الذين يبقون فى مصر بعد اول أغسطس انتظارا لوسائل النقل المختلفة.

كان إجمالي الأفراد المرحلين هو 7752 وتفصيلهم كما يلى: [8]

1000	مستشار وخبير .
6014	إجمالي الأفراد فى الوحدات الصديقة.
738	عائلات المستشارين.
7752	إجمالي.

وبنهاية شهر يوليو كان قد تم ترحيل 2590، تم ترحيل 1973 منهم بواسطة الطائرات، و 617 تم ترحيـلهم بواسطة النقل البحري. وبذلك كـان الباقي هو 5163 (539 من المستشارين

وعائلاتهم، 4633 من الوحدات الصديقة)، وقد تم ترحيلهم جميعا خلال النصف الأول من شهر أغسطس 72، وذلك فيما عدا فوج الكوادرات فقد تم ترحيله فى نهاية أغسطس.

كانت الوحدات الصديقة التى تعمل بمعدات سوفيتية لم يسبق لنا التعاقد على مثلها تشمل الوحدات التالية:

1 رف طائرات ميج 25.

1 سرب استطلاع و إعاقة إلكتروني.

1 وحدة سمالطا وهى وحدة إلكترونية يمكنها ان تعوق جهاز التوجيه فى الصواريخ الهوك.

1 وحدة تاكـــان وهي وحدة إلكترونية يمكنها ان تعوق أجهزة التوجيه فى الطائرات المعادية.

وقد قام السوفيت بسحب هذه الوحدات ورفضوا منذ البداية إبقاءها فى مصر لأنهم كانوا يعتبرون هذه المعدات على درجة عالية من السرية.

اما بخصوص الكوادرات فقد كان الموقف مختلفا، حيث انه سبق لنا ان تعاقدنا على فوجي كوادرات ولكن لم نكن قد انتهينا من تدريب الأفراد اللازمين لتشغيل هذه الصواريخ. عرض الروس أن يسلموا الفوج لنا كواحد من الفوجين المتعاقد عليهما فرفضنا.[9] عرض الرئيس السادات أن يبقى أفراد الفوج فى مصر حتى نهاية عام 72 شريطة الا يقوموا بأية مهمـــة قتالية فرفضوا. واستغرقت هذه المناقشات الكثير من الوقت الى ان أتصل بى قائد المنطقة الجنوبية يوم 29 من أغسطس واخطرني بان الروس قد بدأوا يســــحبون الفوج. اتصلت بالجنرال أوكينيف فأكد بأنه قد وصلته تعليمات بسحب الفوج وإعادته إلى الاتحاد السوفيتي. اتصلت يوم 30 من أغسطس بالرئيس وأبلغته بقرار السوفيت النهائي بخصوص الفوج فعلق قائلا"مع الســـلامة" وهكذا انسحب الفوج. ومعه 18 قطعة شيلكا و 48 ستريلا (سام 7).

هوامش الفصل الثاني والعشرون

(1) كما سبق أن ذكرت فى الفصل الثامن عشر، رفضت مصر بعد ذلك شراء الطائرة TU-22 وتنازل السوفيت عن مطلبهم الخاص بالدفع بالعملة الصعبة وبالثمن الكامل بالنسبة للدبابة ت 62، وبالتالي تم التوقيع على هذه الصفقة بمشروط الدفع السابقة نفسها.

(2) لم أسأل الوزير عن شخصية المتكلم ولكني اعتقد انه كان محمد حافظ إسماعيل مستشار الرئيس للأمن القومي.

(3) كان الأمير سلطان قد وصل من رحلة له الىّ أمريكا يوم 7 من يوليو ، وقد أقام الفريق صادق مأدبة عشاء على شرفه فى نفس اليوم فى نادى الرماية بالهرم .

(4) انظر ما جاء في مذكرات السادات صفحتي 312، 313 من الطبعة العربية وفى صفحتي 229، 230 من الطبعة الإنجليزية.

(5) لفظ "المستشارون السوفيت، كـــان يطلق على الضباط الذين يلحقون بالقيادات المختلفة وذلك لإبداء النصيحة للقادة فى الأمور التكنيكية والإدارية والتدريب، وكان عددهم حوالي 870 مستشارا، كان الاستغناء عن خدماتهم لا يؤثر على قدراتنا

(6) لفظ "الخبير السوفيتي" كان يطلق على الشخص ذي التخصص الفني الذى يرافق معدة فنية حديثة ليدرب الأفراد المصريين عليها وتنتهي مهمته بمجرد انتهائه من تدريب الأطقم المصرية القادرة على تشغيل هذه المعدات وينطبق هذا مثلا على من يقوم بتدريب طيارينا على استخدام الصواريخ جو ارض في الطائرة TU−16 وعلى من يقوم بتدريب أطقمنا على الدبابة ت 62 الخ ، والاستغناء عن هؤلاء الأفراد قبل ان يتم تدريب أفرادا على هذه المعدة لابد ان يعرقل جهودنا فى إعداد القوات للمعركة.

(7) لفظ "الوحدات الصديقة" كان يطلق على الوحدات السوفيتية فى مصر ، وكانت هذه الوحدات الصديقة تنقسم الى مجموعتين المجموعة الأولى وهى الوحدات التى جميع أسلحتها ومعداتها ملكا لمصر، والمجموعة الثانية وهى تلك الوحدات التى تقوم بتشغيل أسلحة ومعدات من ممتلكات الاتحاد السوفيتي.

(8) يدعى السادات فى خطبه ان عدد السوفيت الذين طردهم هو 17000، وقد سبق لوسائل الإعلام الغربية ان ذكرت هذا الرقم، ولعل إصرار السـادات على اسـتخدام هذا الرقم يمكن تفسيره بأحد الاحتمـــالين التاليين: إما الجـــهل بالحقائق و أما المبالغة لكي يظهر نفسه بمظهر الرجل القوى.

(9) رفضنا عام 1972 قبول فوج سام 6 مستخدم. و ها هو ذا السادات عام 1979 يقبل شراء سرب طائرات فانتوم مستخدم سابقا.

رحلة عزيز صدقي إلى موسكو:

تدهورت العلاقات بين مصر والاتحاد السوفيتي بعد قرار الاستغناء عن المستشارين السوفيت على الرغم من المظاهر الشكلية التى كان كل طرف برسمها وفى 4 من اكتوبر طلبت السلطات السوفيتية الإذن لثلاث ناقلات جنود بالتمركز مجددا فى بور سعيد التى كانت قد غادرتها منذ شهرين. اتصلت بالرئيس واقترحت عليه ان نوافق حتى يساعد ذلك على تحسين الجو وخلق فرص طيبة لإنجاح رحلة الدكتور عزيز صدقي رئيس الوزراء إلى موسكو. فقال الرئيس "لا مانع، أن اتفاقية التسهيلات تعتبر سارية المفعول حتى مارس 73، وإذا لم تنجح رحلة عزيز صدقي فسوف أنهى هذه التسهيلات واصدر قرارا بإخراجهم ". وفى يوم 5 من اكتوبر دخلت الناقلات الثلاث ميناء بور سعيد فكانت اول ظاهرة عملية على بدء تحسن العلاقات بين الدولتين.

سافر الدكتور عزيز صدقي إلى موسكو يوم 12اكتوبر وحققت رحلته نجاحا كبيرا، **ووعده القادة السوفيت بإمداد مصر بأسلحة متقدمة لم يسبق إمدادنا بها قبل ذلك، ويشمل ذلك ما يلى:**

1 سرب ميج 23 يتم توريده فى الربع الثالث من 1973.

1 سرب سوخوى 20 يتم توريده فى الربع الثالث من 1973.

1 لواء صواريخ سطح سطح SSM ذات مدى 300 كيلومتر، ويتم إبلاغنا فى أوائل عام 73 عن تواريخ التوريد.

صفقة أسلحة جديدة فى مارس 73:

وفى 5 فبراير 73 وصل الى القاهرة وفد عسكري سوفيتي برئاسة الجنرال لاشنكوف LASHENKOV وعادت اللجنة الى موسكو يوم 12 فبراير بعد ان قامت بدراسة احتياجاتنا. وفى **مارس 73 سافر وزير الحربية لتوقيع اتفاقية جديدة شملت الأصناف الرئيسية التالية:**

1 سرب ميج 23 (يتم إرسال الطيارين المصريين إلى الاتحاد السوفيتي للتدريب خلال شهري مايو و يونيو هذا العام).

1 لواء صواريخ R 17 E [1] يتم توريده خلال الربع الثالث من عام 73.

1 فوج كوادرات.

200 عربة قتال مدرعة ب.م.ب BMP [2] يسلم جزء منها فورا لأغراض التدريب ويسلم الباقي خلال الربع الثالث من عام 1973.

50 مالوتكا يتم توريدها فورا.

العديد من قطع مدفعية الميدان بما في ذلك المدافع 180 مم.

اخبرني الفريق احمد اسماعيل بعد عودته من موسكو في رحلة مارس 73 أن الاتحاد السوفيتي وعده بأنه سيتمركز طائرات الميج 25 الأربع وسرب الاستطلاع والإعاقة الإلكتروني في مصر، إلا أنه لم توقع أية اتفاقية مكتوبة بخصوص هذا الموضوع.

كانت اتفاقية مارس 73 تتويجا للرحلة التي قام بها الدكتور عزيز صدقي في أكـتوبر72، فقد قام السوفيت بتنفيذ وعودهم للدكتور عزيز صدقي كلها وزادوا عليها، وذلك فيما عدا استبدال سرب السوخوي 20 بفوج كوادرات. كانت الصفقة تشمل ثلاثة أسلحة جديدة لم يسبق إدخالها ضـمن القوات المسلحة هي ميج 23 وصواريخ R 17 E وعربة القتال المدرعةBMP .

وفى يوم 9 من يوليو اتصل بي السيد حافظ اسماعيل مستشـار رئيس الجمهورية لشئون الأمن القومي وأخطرني بأنه سيقوم برحلة إلى الاتحاد السوفيتي، وسـألني عن الموضوعات التي يمكنه إثارتها مع القيادة السياسية السوفيتية بخصوص القوات المسلحة، **فطلبت منه ان يستعجل إرسال الأصناف التالية:**

1	لواء الصواريخ R 17 E ضمن اتفاقية مارس 73.
1	سرب الاستطلاع والإعاقة الإلكتروني.
4	طائرة ميج 25.

فى يوم 12 من يوليو اتصل بي الجنرال ساماخودسكي. وهو كبير ضبـاط الاتصال بالسفارة السوفيتية، و أخطرني بأن الجنرال سـابكوفSAPKOV ومعه خمسة ضبـاط سيصلون صباح اليوم التالي لإجراء الترتيبات اللازمة لاستقبال معدات اللواء R 17 E .وفى خلال 8- 10 ايام سوف يصل 63 خبيرا سوفيتيا يعود منهم 26 خبيرا بعد تسليم معدات اللواء، ويبقى في مصـر ال 37 الآخرون لتدريب الأفراد المصـريين. وفى يوم 14 اجتمع في مكتبي الجنرال SAPKOV لبحث الخطوط العريضة لتنظيم وتدريب اللواء الجديد. كان علينا ان نتفق أولا على تنظيم اللواء ثم نقرر الأمكنة اللازمة لتمركزه والمغارات اللازمة للتحفظ فيها على الصواريخ ثم تدبير الضباط والجنود اللازمين طبقا للتنظيم. وفى خلال 48 ساعة تم وضع التنظيم الخاص باللواء على الورق وبدأت المشكلة الحقيقية وهي التشكيل.

عقدت مؤتمرا موسعا مع جميع الأفرع المختصة فى مكتبي يوم 17 من يوليو وأخبرت المجتمعين أن تشكيل هذا اللواء الذى ليس لدينا أى خبرة سابقة به يعتبر تحديا لنا ويجب أن نقبل هذا التحدي، وكان التجاوب رائعا من جميع الحاضرين، وفى خلال أسبوعين كان اللواء قد تم تشكيله، وأصبح جاهزا للتدريب. وبينما كان تشكيل اللواء يجري على قدم وساق كان الخبراء السوفيت يقومون باستلام المعدات وتخزينها فى المغارات التى اختيرت لذلك. وفى الأول من أغسطس بدا اللواء تدريبه

الفني تحت إشراف الخبراء السوفيت، وفى يوم 23 من أكتوبر 73- قبل وقف إطلاق النار ببضع دقائق- احتفل اللواء بانتهاء تدريبه بأن أطلق ثلاث قذائف على العدو فى منطقة الدفرسوار. إن تشكيل هذا اللواء في خلال أسبوعين وإتمام تدريبه في أقل من ثلاثة أشهر يعتبر مفخرة لدقة التنظيم وقوة التحدي لدى أبناء مصر.

أما سرب الميج 23 الذى نص عليه فى اتفاقية مارس 73 فهو السلاح الوحيد الذى لم يشترك فى معركة اكتوبر 73 حيث إنه عند قيام الحرب كان الطيارون مازالوا قيد التدريب في الاتحاد السوفيتي، أما الأصناف الأخرى جميعها فقد تم استيعابها و إشراكها فى الحرب، بما فى ذلك عربات القتال المدرعة BMP التي كانت تدخل قواتنا المسلحة لأول مرة فقد تمكنا من تجهيز كتيبتين بهذه المركبات قبل 12 من سبتمبر 73، وانتهينا من تجهيز ثلاث كتائب أخرى قبل اول أكتوبر 73.

إخفاء نوايانا عن السوفيت:

كان تخطيطنا وتحضيرنا للهجوم يتمان فى سرية تامة دون أى إخطار للاتحاد السوفيتي. وقبل المعركة بأسبوع أمر الرئيس السادات بأن نقوم بأخطار الجانب العسكري السوفيتي باحتمال قيام العمليات ولكن بشكل عام لا يبدو منه نيتنا بالهجوم. وهكذا كلف مدير المخابرات الحربية بأن يقوم بإبلاغ الجنرال ساماخودسكى [3] يوم 2 من اكتوبر بأنه قد وصلتنا معلومات تفيد بان إسرائيل سوف نقوم بعملية إغارة على الأراضي المصرية ولكننا لم نعلم متى وأين ستكون هذه الإغارة ثم يطلب إليه ان يحاول الاتحاد السوفيتي التحقق من هذه المعلومات وفى اليومين الثالث والرابع من اكتوبر يقوم بتصعيد هذه الأخبار فيقول له ان لدينا معلومات مؤكدة بان إسرائيل ستقوم بعملية إغارة واسعة النطاق، وقد تقوم خلالها بضربة جوية مركزة وهكذا سارت الأمور كما هو مخطط لها على الرغم من مظاهر الاستعدادات للهجوم، والتي ما من شك قد أثارت اهتمام الخبراء السوفيت الذين كانوا مازالوا يعملون فى مصر، وبعضهم كان يعيش داخل بعض وحداتنا العسكرية.

لابد ان الخبراء السوفيت قد قاموا بإخطار قياداتهم بالاستعدادات غير العادية التى يرونها تتم داخل الوحدات، ولاشك ان الاتحاد السوفيتي قد أكدت له أقماره الصناعية بأن هناك استعدادات غير عادية تتم على الجبهتين المصرية والسورية مما يؤكد تقارير الخبراء من رجاله. كما انه من المحتمل ان يكون الرئيس السادات او للرئيس حافظ الأسد قد قام بإخطار القيادة السوفيتية بأننا سنقوم بالهجوم.[4]

ان تصرف الاتحاد السوفيتي ليلة 5/4 اكتوبر توحي بأنه كان يعلم او – على الأقل- يحس ويشك بأن الحرب وشيكة الوقوع. ففي خلال هذه الليلة أرسل 4 طائرات نقل كبيرة لإجلاء معظم الخبراء الذين مازالوا يعملون فى مصر، وقبل منتصف نهار الجمعة 5 اكتوبر كان قد أجلى جميع من يريد إجلاءهم من الخبراء والعائلات. ان القول بأنه لماذا اقدم الاتحاد السوفيتي على هذه الخطوة ؟ ان القول بأنه أراد ان يغسل يديه مسبقا من أية مسئولية تترتب على هذه الحرب قول غير مقنع لعدة أسباب: أولا ان

الإجلاء لم يكن شاملا فقد بقى عدد ليس بالقليل من الخبراء السوفيت دون إجلاء. ومنهم خبراء 17 R E ولو أن الاتحاد السوفيتي سحب خبراء E 17 R ليلة 5/4 أكتوبر لما استطاع اللواء ان يتم تدريبه ويطلق قذائفه يوم 22 اكتوبر كما حدث ثانيا أن ارتباط الاتحاد السوفيتي بالحرب ونتائجها هو حقيقة تفرضها الاستراتيجية العالمية، وسواء تواجد بافراد ام لا فإنه بالتأكيد يتأثر بنتيجة المعركة ان نصرا او هزيمة سواء أعلن عن ذلك أم لم يعلن. وثالثا لماذا يسحب الاتحاد السوفيتي خبراءه من مصر ولا يسحبه من سوريا؟ إنى اعتقد ان هناك أسبابا أخرى وراء أقدام الاتحاد السوفيتي على إرسال 4 طائرات نقل من طراز انتنوف 22 ليلة 5/4 أكتوبر 1973.

وكما أخفينا عن الروس نوايانا فى الهجوم، فقد أخفينا عنهم المعلومات التفصيلية كلها خـــلال سير العمليات لم نكن نخطرهم مطلقا بما ننوى عمله فى الأيام المقبلة، ولم نكن نخطرهم بنتائج المعارك الماضية. لم يكن يسمح للجنرال ساماخودسكى بدخول غرفة العمليات وقد كان يحصل على المعلومات من خـــلال أحد ضباط المخابرات بحيث لا تزيد المعلومات التى تسلم إليه على المعلومات التى تصدر فى البيانات الرسمية. وفى الفترة من 16- 22 اكتوبر عندما كان موقف العدو غرب القناة يتطور يوما بعد يوم، كانت بياناتنا الى الجنرال ساماخودسكى دائما مضللة ولا تعطى صورة حقيقية للموقف كان هذا خطأ جسيما وعملا معيبا، كان الأسلوب الذى نتعامل به مع السوفيت بصفته حليفنا الرئيسي يختلف اختلافا كبيرا عن الأسلوب الذى تتعامل به إسرائيل مع حليفتها أمريكا. يقول الجنرال اليعازر -رئيس أركان حرب القوات المسلحة الإسرائيلية خلال حرب اكتوبر 73- فى مذكراته انه بمجرد اندلاع الحرب أجرى الاتصال المباشر مع وزارة الدفاع الأمريكية واخذوا يطلعونهم على خططهم ويطلبون نصيحتهم وحرصوا ان يظل هذا الاتصال مباشرا طوال مدة الحرب لاشك ان هذا التعاون الإسرائيلي الأمريكي على مستوى القيـادات العسكرية العليا هو الأسلوب الصحيح للتعاون بين الحلفاء إذ كيف يستطيع الحليف ان يقدم العون الى حليفه ان لم يكن يعرف حقيقة موقفه؟ ومع ذلك- و للأسف الشديد- فقد كانت تعليمات الرئيس السادات تقضى بالا يعرف حلفاؤنا السوفيت اكثر مما يعلن فى الصحف والبيانات الرسمية.

وكما كان الاتصال مقطوعا بين القيادتين العسكريتين فقد كــان التعاون بين القيادتين السياسيتين فى مصر والاتحاد السوفيتي يكاد يكون معدوما. لقد رفض السادات جميع العروض التى تقدم بها السوفيت لوقف إطلاق النار. ان السـادات يقول انه رفض طلبـات الروس المتكررة لوقف إطلاق النار وقال لهم انه لن يوافق علـى وقف إطلاق النار إلا بعد إتمام المهام التى تتضمنها الخطة. والذى لم يقله السـادات هوا ن الاتحاد السوفيتي- كحليف مشترك معنا فى المشكلـة-ارسل سفيره إليه يوم 9 من أكتوبر يستفسر عن الهدف العسكري الذى تعمل القوات المسلحة المصرية على تحقيقه. فماذا قال السادات؟ نظر الى السفير وقال "انك تتكلم مع القائد الأعلى للقوات المسلحـة.. ان سؤالك

هذا سؤال سياسي لا يوجه الى القائد الأعلى ولذلك فسـأعتبر نفسي وكأني لم اسمع هذا السؤال الذى وجهته. إذا كان لديك سؤال سياسي فيمكنك ان تذهب إلى الدكتور محمود فوزي وتوجهه إليه!!" [5].

هل يمكن أن يكون هناك تعاون بين القيادتين السياسيتين المصرية والسوفيتية إذا كانت القيادة السـياسية السوفيتية لا تعرف ماذا تريد القيادة السياسية المصرية؟؟ ما الذى كان يقصـده السادات عندما طلب من السفير الروسى أن يتصل بـالدكتور محمود فوزي فيما يتعلق بالشئون السـياسية ؟ هل بلغ استهزاء السادات بعقول الناس هذا الحد. وهل يستطيع الدكتور محمود فوزي الإجابة حقا عن هذا السؤال ؟ وبعد انتهاء الحرب وفك الاشتباك الثاني فى سبتمبر 1975، تكلم السادات ولأول مرة بان هدف القوات المسلحة من حرب أكتوبر 73 كان هو "احتلال شريحة من الأرض بعمق حوالي 10 كيلومترات شرق القناة. "لماذا إذن أمرت يا سادات بتطوير الهجوم نحو الشرق يوم 14 من أكتوبر على الرغم من معارضـة القادة جميعهم. ولماذا إذن رفضت يا سادات وقف إطلاق النار وقد حـققت القوات المسلحة هذا الهدف اعتبارا من يوم7 أكتوبر ونجحنا فى صـد الهجمات المضـادة جميعها خلال يومي 8 و 9 من أكتوبر؟ هناك أسئلة كثيرة يجب ان يجيب عنها السادات إذا كان هذا هو هدف القوات المسلحة، فلمـاذا إذن اخذ يضلل القيادة السيـاسـيـة السوفيتيـة ويرفض نصائـحها عندما كانت قواتنا المسلحة فى وضـع ممتاز؟ وبعد أن حـدثت الثغرة لماذا يقلل السادات من أهميتها ويرفض الحلول العملية للقضـاء عليها ثم يطلب وقف إطلاق النار وهو فى موقف ضعف ويأمر قواته بعدم اتخاذ أى إجـراء مسبق لمنع محاصـرة الجيش الثالث؟ إنها جريمة كبرى يجب الا تترك دون تحقيق نزيه حتى يمكننا معرفة هذه الأمور الغامضة.

هوامش الفصل الثالث والعشرون

(1) يعرف R 17 E في الغرب باسم SCUD

(2) هي عربة مجنزرة تنقل جماعة مشاة وتماثل الى حد كبير العربة الألمانية ماردر.

(3) بعد إنهاء عمل المستشارين السوفيت وترحيل الوحدات السوفيتية من مصر خلال شهر يوليو 72، عين الجنرال ساماخودسكى ومعه مجموعة من الضباط للقيام بأعمال الاتصال بين القياديتين العامتين للقوات المسلحة السوفيتية والمصرية. وكان مركز عمله هو السفارة السوفيتية بالقاهرة

(4) يقول السادات فى مذكراته فى الصفحتين رقمي 331، 332 أنه اخطر الاتحاد السوفيتي يوم 3 من أكتوبر، وان الرئيس حافظ الأسد أخطرهم يوم 4 من أكتوبر.

(5) هذه القصة نقلا عن كتاب حسنين هيكل "الطريق الى رمضان" الصفحة 219 النسخة الإنجليزية.

الفصل الرابع والعشرون

حجم الأسلحة السوفيتية:

ليس من الصواب ان نقلل من أهمية المساعدات السوفيتية العسكرية لمصر من ناحية الكم والكيف، حيث ان الأرقام وحدها كفيلة بإثبات خطأ هذا الادعاء. لقد ذكرت فى هذا الباب ما حصلت عليه مصر فى الفترة من اكتوبر 71 الى اكتوبر 73 (أنظر اتفاقيات اكتوبر 71 ومايو 72 ومارس 73) من الأصناف الرئيسية. قد يطول الموقف لو أننا استعرضنا ما حصلت عليه مصر من الاتحاد السوفيتي والكتلة الشرقية منذ ان كسر جمال عبد الناصر احتكار السلاح عام 1955، ولكننا سنكتفي بذكر حجم الأسلحة التى كانت تحت تصرف مصر قبل اكتوبر 73 متناسين ما خسرته مصر فى حربين سابقتين هما حرب عام 1956 وحرب عام 1967. لقد كان حجم القوات المسلحة المصرية صباح يوم 6 اكتوبر 73 كما يلى:

القوات البرية:

19	لواء مشاة راكب (عربات ذات العمل).
8	ألوية مشاة ميكانيكية (عربات جنزير).
10	ألوية مدرعة.
3	ألوية جنود الجو.
1	لواء برمائي.
1	لواء صواريخ ارض ارض E 17 R

وكان مع هذه القوات حوالي 1700 دبابة، 2000 عربة مدرعة. 2500 مدفع وهاون، 700 قاذف صاروخي موجه، 1900 مدفع مضاد للدبابات، 5000 رب.ج RPG عدة آلاف من القنبلة اليدوية المضادة للدبابات رب ج 43.

القوات الجوية:

305	طائرات قتال(أذا أضيفت إليها الطائرات المخصصة للتدريب فإن العدد يرتفع الى ما يزيد على 400 طائرة)
70	طائرة نقل.
140	طائرة هيليوكوبتر.

قوات الدفاع الجوي:

150	كتيبة صواريخ SAM
2500	مدفع مضاد للطائرات من عيار 20 مللمتر فما فوق.

القوات البحرية:

12	غواصة.
5	مدمرات
3	فرقاطات .
12	قناصا .
17	قارب صواريخ.
30	قارب طوربيد .
14	كاسحة الغام .
14	قارب إنزال.

ان حجم السلاح الذى كان تحت يدنا قبل حرب اكتوبر كان يفوق ما لدى الكثير من دول حلف وارسو وحلف الناتو، وقد يدهش الكثيرون اذا علموا ان قواتنا البرية واكـــرر البرية وليس الجوية او البحرية- كانت تتفوق على القوات البرية فى كل من بريطانيا وفرنسا!

ولكن يجب ألا ننسى أيضا ان أمريكا كانت تمد إسرائيل بأسلحة متقدمة وبكميات وفيرة حتى جـعلت منها ترسانة من الأسلحة. كانت سياسة أمريكا- وما تزال- هي ان تضمن لإسرائيل التفوق على جيرانها مجتمعين. لقد كانت القوات الجوية الإسرائيلية مــتفوقة تفوقا كبيرا على القوات الجوية المصرية والسورية مجتمعتين ولقد لعب التفوق الجوى الإسرائيلي دورا كبيرا وفعالا فى إسكات واحتواء قواتنا البرية والبحرية. و اذا أخذنا المعونة السوفيتية لمصر والمعونة الأمريكية لإسرائيل كأساس للمفاضلة فى مدى صداقة كل منهما لحليفه كان واضحا ان صداقة أمريكا لإسرائيل كانت أقوى بكثير من صداقة روسيا لمصر. ان هذه حقيقة لا يمكن إنكارها، ولكن ذلك قد يثير لنا سؤالا أخر وهو هل هناك دولة أخرى فى العالم اجمع تستطع ان تعطى السلاح لمصر بالكم والكيف وأسلوب الدفع الذى كان يقدمه الاتحاد السوفيتي ؟ أعتقد أن الإجابة هي لا. وان هذه الإجابة أيضا هي بديهية و لا يختلف فيها اثنان. ومن هنا فإنه يمكن القول بأمانة "ان الاتحاد السوفيتي لم يكن الصديق المثالى ولكنه كان افضل صديق في الساحة العالمية."

لقد ذكرنا حجم الأسلحة السوفيتية التى كانت فى أيدي أبناء مصر قبل حرب اكتوبر 73، اما إذا حاولنا حصر الأسلحة التى قام الاتحاد السوفيتي بإمداد الدول الغربية بها خلال الثمانى عشرة سنة التى سبقت هذه الحرب فسوف نجد أرقاما تكــاد تكون خرافية (حوالي 7000 دبابة، حوالي 1800 طائرة حوالي 18000 ألف مدفع من مختلف الأعيرة حوالي 150 قطعة بحرية، واكــثر من مليوني قطعة سلاح صغيرة من بنادق ورشاشات و ر.ب. ج. الخ) وإن هذا الحجم من السلاح يوضح لنا مدى قدرة الاتحــاد السوفيتي كدولة عظمى على التأثير فى الأحداث فى منطقة الشرق الأوسط

الإمدادات السوفيتية أثناء حرب أكتوبر 73:

وفى خلال الحرب قام الاتحاد السوفيتي بإقامة اكبر جسر جوي في تاريخه الحربي إلى كل من مصر وسوريا. لقد قام بتنفيذ 900 رحلة بواسطة طائرات انتنوف 12 وانتنوف 22 [1] نقل خلالها 15000 طن من المعدات الحربية. فإذا علمنا أن هذا الكوبري الجوي لم يكن مخططا له، وانه قد بدئ به بعد ثلاثة ايام من بدء الحرب، اتضحت لنا المشكلات والثغرات التى يمكن ان تظهر نتيجة لهذه الظروف. وعلى سبيل المثال فقد كانت معدلات الاستهلاك خـلال حرب اكتوبر مختلفة تماماً عن معدلات استهلاك الحروب السابقة والتي بنى على أساسها حجم وأوزان الأصنـاف التى ترسل بواسطة الكوبري الجوي، فهناك أصناف من الذخيرة كـان استهلاكنا منها أقل بكثير من مما قدرناه وفى نفس الوقت كان استهلاكنا من بعض الأصناف الأخرى اكثـر بكثير مما قدرناه وكان علينا ان نسرع بإخطار الاتحاد السوفيتي بهذه المعلومات لكي يجرى التعديلات اللازمة فى النقل الجوي حتى تتمشى مع احتياجاتنا الفعلية، ولكن هذا لم يمنع أن تصل احيانا بعض الأصناف التى لا نحتاج إليها فى حين كنا نعاني النقص فى صنف أخر. ومع ذلك فإن هذه الأخطاء لا يمكن ان تقلل من تقديرنا للكفاءة والسرعة اللتين تم بهما هذا الكوبري الجوي. إن هذا الكوبري يعتبر مفخرة للاتحاد السوفيتي من حيث الحجم والسرعة فى التخطيط والتنفيذ، ومفخرة لسوريا ومصر من حيث السرعة فى التفريغ والفرز والدفع الى الجبهة بالنسبة لهذا الحجم الكبير من الإمدادات.

لاشك ان هذا الكوبري الجوى السوفيتي يعتبر متواضعا اذا قورن بالكوبري الجوي الأمريكي إلى إسرائيل. لقد نقل الأمريكيون خلال 566 رحلة 22395 طنا من الإمدادات مستخدمين الطائرات سى 5، سى 141 [2] وقد قامت شركة العال الإسرائيلية بنقل 5500 طن أخرى وبذلك أصبح أجمالي الجسر الجوي إلى إسرائيل هو 27895 طنا.[3] فإذا أدخلنا فى حسابنا ان المسافة من أمريكا الى إسرائيل هى 7000 ميل والمسافة من الاتحـاد السوفيتي إلى مصر وسوريا هي 2000 ميل اتضح لنا ان الكوبري الجوي الأمريكي الإسرائيلي يساوى 6.5 مرة الكوبري الجوي السوفيتي على أساس وحدة الطن/ ميل وذلك طبقا لما يلى:

كوبري شركة العال: 5500 طن   7000 x ميل = 38500000 طن ميل.

الكوبري الجوى الأمريكي: 22395 طن x 7000 ميل =
156765000 طن ميل.

الإجمالي الأمريكي الإسرائيلي: 27895 طن x 7000 ميل = 195265000 طن ميل.

الكوبري الجوى السوفيتي: 15000 طن x 2000 ميل = 30000000 طن ميل.

النسبة على أساس طن ميل: 195265000:30000000 = 6.5 مرة

كان الكوبري الجوى الأمريكي يشمل طائرات الفانتوم وطائرات الهليوكوبتر CH-53 والدبابات M-60 واحدث أنواع المعدات الخاصة بالحرب الإلكترونية [4]. اما الكوبري الجوى السوفيتي فقد شمل الدبابات (للجبهة السورية فقط)، وسائل الدفاع الجوي والذخائر. وقد ارسل أكثر من نصف الكوبري الجوي إلى الجبهة السورية.

وعلاوة على الكوبري الجوي فقد قام السوفيت أيضا بعملية نقل بحري واسعة النطاق بلغت- حتى وقت وقف إطلاق النار- 63000 طن. وقد وجه مجهود النقل البحري الرئيسي إلى الجبهة السورية. [5]

نشاط الأسطول السوفيتي فى البحر الأبيض:

اما الأسطول السوفيتي فى البحر الأبيض فقد اخذ يزداد بأقصى سرعة تسمح بها معاهدة مونترو 1936 والتي تحدد عدد القطع الحربية التى تعبر المضائق فى وقت واحد كما تتطلب إخطار تركيا قبل عبور أية قطعة بحرية بثمانية ايام على الأقل. وهكذا عندما بدلت الحرب كان للسوفيت فى البحر الأبيض 20 قطعة قتال بحرية. وبنهاية شهر اكتوبر وصل هذا العدد الى 40 سفينة قتال بينما وصل إجمالي السفن عموما إلى 85 سفينة.

الإنذار السوفيتي:

وبالإضافة إلى المساعدات التى قدمها الاتحاد السوفيتي إلى مصر فقد وقف يوم 23 أكتوبر موقفا حازما كان له اثر واضح فى كبح جماح إسرائيل وإرغامها على احترام وقف إطلاق النار [6]. كانت إسرائيل قد تجاهلت قرار وقف إطلاق النار الذى كانت قد قبلته مساء يوم 22 اكتوبر واستأنفت عملياتها صباح يوم 23 أكتوبر و أكملت حصار الجيش الثالث الميداني. كان هجوم إسرائيل يوم 23 أكتوبر يتم بتنسيق تام مع كيسنجر الذى اغمض عينيه عما تقوم به إسرائيل بهدف الوصول إلى موقف معين يمكن منه فرض شروط الصلح على مصر. أما الاتحاد السوفيتي فقد اتخذ موقفا يختلف تماما عن الموقف الأمريكي. فعلى الصعيد العسكري قام برفع درجة الاستعداد لعدد 6 فرق جنود جو قوامها 45000 رجل وأخذت طائرات النقل تتجمع لنقل هذه القوة فى مناطق تحشدها. وعلى الصعيد السياسي قام الرئيس بريجنيف يوم 24 أكتوبر بإرسال كتاب إلى الرئيس نيكسون قال فيه: "سأقولها بصراحة: إذا لم يكن فى استطاعتكم ان تعملوا معنا فى هذا المجال فسوف نجد أ نفسنا أمام موقف يضطرنا إلى اتخاذ الخطوات التى نراها ضرورية وعاجلة. إن إسرائيل لا يمكن أن يسمح لها بالاستمرار فى تجاهل وقف إطلاق النار."

كان العالم كله يقف على شفا الحرب يوم 24 أكتوبر. فقد ردت أمريكا على الإنذار السوفيتي بأن رفعت درجة استعداد جميع القوات المسلحة الأمريكية فى جميع أنحاء العالم. وقد أثار هذا القرار الأمريكي غضب وقلق حلفاء أمريكا اكثر مما أثار قلق الاتحاد السوفيتي والكتلة الشرقية.

لقد شعر أعضاء حلف الناتو أن أمريكا تعرض السلم العالمي للخطر لكي تحقق بعض المصالح الإقليمية لإسرائيل. وفى سبيل ذلك فإنها مستعدة للتضحية بمصالح حلفائها الغربيين فى حلف الناتو. لقد احدث رفع درجة استعداد الوحدات النووية الأمريكية فى دول حلف الناتو دون أخطار هذه الدول، جرحا غائرا فى العلاقات الأمريكية-الأوربية احتاج إلى عام كامل لكي يلتئم. وبينما كانت أمريكا تتخذ هذا الموقف المتشدد فى مواجهة الإنذار السوفيتي، فإن الإنذار السوفيتي أقنعها بان العدوان الإسرائيلي قد تجاوز الخط الأحمر الذي قد لا يستطيع الاتحاد السوفيتي ان يتحمله، ومن هنا بدأت أمريكا فى ممارسة الضغط الحقيقي على إسرائيل واضطرتها الى قبول وقف إطلاق النار.

السادات وادعاءاته الباطلة:

من مساوئ السادات انه اذا غضب على صديق فإنه لا ينسى فضــائل هذا الصديق كلها فحسب، بل أنه يحاول أن يبدل حسناته بسيئات يبتكرها من عنده. وكما يطبق السادات تلك المبادئ فى علاقاته مع الأفراد فإنه يطبقها أيضا فى علاقاته مع الدول. فإذا رجعنا إلى خطبه فى الأعوام 71 و 72 و 73 وجدناه يكيل المديح الى الاتحاد السوفيتي ولكنه انقلب عليه اعتبارا من عام 74. وهو حر فى أن يمدح من يشاء ويهجو من يشاء ولكن ذلك لا يعطيه الحق فى ان يزور التاريخ من اجل نزواته، يقول السادات أن مصر صنعت 60% من الكباري والمعديات التى استخدمتها قواتنا المسلحة فى عبور قناة السويس كان ال 40% الباقية هي التي أمدنا بها الاتحاد السوفيتي وهى كباري قديمة من ايام الحرب العالمية الثانية. [7]

وإن الأمانة التاريخية تفرض على ان أعطي الأرقام الحقيقية لوسائل العبور. قبل أكتوبر 73 كان لدينا 12 كوبري ثقيل [8] كان اثنان منهما فقط من اصل غربي من طراز بيلى. اما العشرة الأخرى فهي سوفيتية الصنع منها 3 من نوع PMP ، 7 من نوع TPP . ان نوع TPP ولو إنه اقل كفاءة من PMP ،كان افضل بكثير من نوع البيلى. لقد قمنا فعلا بتصنيع خمسة كباري هيكلية بهدف اجتذاب قصف العدو الجوى وبذلك نخفف هجوم العدو الجوي على الكباري الرئيسية ولكي نبعث الحـــياة فى هذه الكباري جعلناها قادرة على تحمل عبور مركبات لا يزيد وزنها الإجمالي على 4 اطنان، واستخدمنا عددا من عربات الجيب لكي تعبر عليها ولكننا لم ندخلها قط ضمن حساباتنا فى عملية العبور. وفى خــلال حرب اكتوبر قام السوفيت بإمدادنا بكوبري PMP ،أخر ضمن الكوبري الجوى الذي أقامه الاتحاد السوفيتي بعد إقامة الحرب بثلاثة أيام. إننا فخورون بما استطعنا تصنيعه محليا لإكمال بعض القصور فى وسائل العبور ولكن هذا الفخر يجب الا يتحول الى غرور كاذب بأن الشعور بالعزة صفة حميدة اما الادعاء بالباطل فهو صفة مرذولة. ان 90% من دباباتنا وعرباتنا قد عبرت على كباري ومعديات سوفيتية الصنع وهذه حقيقة لا تقلل من شأننا حيث إننا نحن الذين عبرنا فوقها. لقد استخدمنا مضخات مياه إنجليزية وألمانية الصنع فى فتح الثغرات فى الساتر الترابي، فهل

يذهب فخر هذا العمل الذى قمنا به الى من صنعوا هذه المضخات ام إلى من استخدموها؟ انه لا يضيرنا مطلقا ان نعترف بان الكبارى كانت سوفيتية وان المضخات كانت إنجليزية وألمانية. إننا نحن أبناء مصر الذين خططنا وعبرنا وانتصرنا.

لقد كذب السادات أيضا عندما ادعى ان الاتحاد السوفيتي لم يكن قط يمدنا بأية صور جوية من تلك التى يلتقطها بواسطة طائراته الميج 25 أو أقماره الصناعية. لقد كان الاتحاد السوفيتي يمدنا بمثل هذه الصور وان لم يكن ذلك بصفة دورية منتظمة. كانت صور الأقمار الصناعية تصل من موسكو برفقة ضابط خاص لكي تعرض علينا ونأخذ منها ما نحتاج إليه شريطة الا نعيد تصويرها، وقد عرضت هذه الصور على السادات مرتين- على الأقل- قبل الحرب وعندما حضر كوسيجين الى القاهرة خلال الحرب فى الفترة من 16- 19 اكتوبر عرض على الرئيس شخصيا صورا تؤكد حجم الاختراق الإسرائيلي غرب القناة وبعد وقف إطلاق النار فى 24 أكتوبر 73 كانت صور الأقمار السوفيتية هي المصدر الرئيسي للمعلومات عن العدو.

الأخطاء السوفيتية:

إن المساعدات العسكرية الضخمة التى قدمها الاتحاد السوفيتي الى مصر لا تعنى ان السوفيت ملائكة وانهم دون أخطاء لقد كانت لهم أخطاء وكنا نختلف معهم فى كثير من الأحيان وسوف اركز هنا على مشكلتين رئيسيتين بصفتهما أساس المشكلات الأخرى كلها. المشكلة الأولى هى القيود المفروضة على السلاح والمشكلة الأخرى هى الأخلاق والطبـــاع السوفيتية.

السلاح السوفيتي:

كان السوفيت هم الذين يحددون حجم ونوعية وتاريخ التوريد بالنسبة للسلاح الذى يتم توريده الى مصر. لقد كان المفاوض المصرى يستطيع ان يطلب ويناور ويحاول إقناع الجانب السوفيتي بحجم ونوعية السلاح الذى نطلبه. وقد ينجح احيانا ولكن نجاحه يتوقف على درجة استعداد الجانب السوفيتي لقبول وجهة النظر المصرية. كان الجانب السوفيتي هو صاحب الكلمة الأخيرة فى القبول او الرفض. **كان هذا الموضوع يمكن ان يكون مجال حديث طويل ولكننا نود ان نلفت النظر الى الحقائق التالية:**

1- أن سياسة الاتحاد السوفيتي فى تأييده للدول العربية واضحة تماما، وهى مبنية على أساس مساعدة الدول العربية فى استعادة أراضيها التى أحتلت بعد عام 1967 وإقامة الدولة الفلسطينية. وهو لا يوافق مطلقا على تدمير دولة إسرائيل. وعن طريق سيطرته على الإمداد بالسلاح فإنه يستطيع ان يؤثر على سير الأحداث بحيث لا تخرج عن المسار الذي رسمه.

2- ان الصراع العربي الإسرائيلي ليس مجرد مشكلة محلية إقليمية. إنها تدخل ضمن الاستراتيجية العالمية وتوازن القوى بين الكتلة الشرقية والكتلة الغربية. وقد وقف العالم على شفا الحـرب مرتين بسبب هذا الصراع. كانت الأولى عام 1956 عندمـا ارسل السوفيت إنذارهم الشهير الى كل من بريطانيا وفرنسا لوقف اعتدائهما على مصر. وكانت الأخيرة يوم 24 اكتوبر 73 عندما ارسل السوفيت إنذارهم الى أمريكا للضغط على إسرائيل وإرغامها على احترام وقف إطلاق النار. أضف الى ذلك الكـتاب العنيف الذي أرسله كوسيجين الى الحكومة الأمريكية فى يناير 70 لكي توقف إسرائيل غاراتها على العمق المصري. وهكذا نجد ان الاتحاد السوفيتي هو عضو أساسي فى المشكلة. ومن هنا فإنه يعتقد ان من حقه ان يسيطر على سير الأحداث فى المنطقة. إن الاتحاد السوفيتي دولة غير غنية اذا ما قورنت بالولايات المتحدة وبالتالي فإنه لا يستطيع أن يغدق العطاء على مصر بالقدر نفسه الذى تغدق به أمريكا على إسرائيل.

3- ان أمريكا كانت تغدق على إسرائيل قبل عام 1973 بما يوازى 1500 مليون دولار سنويا وقد رفعت هذا المبلغ بعد 73 الى ما يوازى 3000 مليون دولار سنويا، وكان هذه المبالغ تفوق بكثير طاقة الاتحاد السوفيتي فى التبرع وطاقة مصر فى الدفع كـثمن للسلاح الذى تريده.

4- إن الأسلحة الحديثة هي أجهزة بالغة التعقيد ويحتاج استيعابها الى مستويات ثقافية عالية والى وقت طويل. وعلى الرغم من ان مصر كانت تعمل بأقصى طاقتها منذ عام 67 لرفع كفاءة قواتها المسلحة، إلا إنها كانت تجد صعـوبة كبيرة فى استيعاب الأسلحة الحديثة كلها التى تقدم لها. وقد اضطرها هذا الموقف إلى الاستعانة بافراد سوفيت لتشغيل بعض هذه المعدات كما حدث عام 1970 حيث اشترك ما يزيد على 6000 فرد روسي فى تشغيل معدات فنية معقدة لا تتوافر الأيدي المصرية لتشغيلها. وقد كانت هذه الصورة ظاهرة بشكل واضح فى القوات الجوية وفى وحدات الحرب الإلكترونية. وبعد إنهاء خدمة الوحدات السوفيتية كـان عدد طائرات الميـج 21 ألتي لدينا يفوق عدد الطيارين الذين يستطيعون قيادتها.

5- هناك حقيـقة أخرى وهي تخلف التكنولوجيا السـوفيتية عن التكنولوجيا الأمريكيـا فى مجـال الأسلحة التقليدية بصفة عامة وفى مجال الطيران بصفة خـاصة. فى أوائل الستينيات كانت أمريكا تسبق الاتحـاد السوفيتي بحوالي جيل كامل.[9] وقد أخذت هذه الفجوة تضيق حتى أغلقت في أوائل السبعينيات. وحيث إن سياسـة الاتحاد السوفيتي هى الا يعطى أفضل ما عنده لأية دولة أجنبية رغبـة منه فى المحافظة على أسرار أسلحته. فإن أفضل أصـدقائه لا يمكن أن يطمح لأكـثر من الرقم الثاني فى أفضلية السلاح، وقد

يحصل الأصدقاء العاديون على الرقم الثالث او الرابع تبعا لقوة صداقتهم مع الاتحاد السوفيتي. اما أمريكا فإنها تعطي أفضل ما عندها من سلاح إلى إسرائيل، إذ ان الأسلحة الحـديثة تدخل فى خدمة القوات المسلحة الإسرائيلية والقوات المسلحة الأمريكية فى وقت واحـد. وتطبيقا لهذه المبادئ فقد كانت الأسلحة المتـاحة لإسرائيل خلال الستينيات تتقدم جيلين عما هو متيسر فى أيدي العرب، وقد ضاقت هذه الفجوة لتصبح جيــلا واحدا خلال السبعينيات وإذا أستمـر تقدم التكنولوجيا السوفيتية بهذا المعدل فمن المحـتمل ان تتسـاوى الأسلحـة التى بين أيدي العرب وإسرائيل في الثمانينيات.

الخشونة في المعاملة:

كانت الأخلاق والطبائع الروسية مثار كثير من الخلافات. كانت أحاديثهم فيها خشونة وغلظة. وكانوا أحيانا يوجهون انتقاداتهم بشكل مثير . مثال ذلك " إنكم تطلبون من الاتحاد السوفيتي ان يمدكم بالأسلحـة وتلوموننا اذا تأخرنا فى توريد هذه الأسلحة، علمـا بأن الاتحاد السوفيتي يتحمل نصف ثمنها ويمدكم بقرض لتمويل النصف الثاني، ومع ذلك فانتم لا تعبئون مواردكم كلها للحرب كما تفعل الدول التى فى حالة حرب وكـما فعلنا نحن خلال الحرب الوطنية الكبرى [10] ان من يسر فى شوارع القاهرة لا يمكن ان يشعر بأن مصر فى حالة حرب. إن الشوارع مليئة بالعربات الفاخرة والحوانيت مليئة بالبضائع وبالذهب والجواهر". كانت هذه الآراء وغيرها بتبادلها المستشارون والخبراء السوفيت الذين يتواجدون فى الوحدات مع نظرائهم المصريين كانت هذه الآراء السوفيتية تجـد تجاوبا وقبولا لدى بعض الأفراد ولكنها كانت تسبب إزعاجا كبيرا للقيادة السياسية لأنها كانت تعتبرها حضا على انتقاد السلطة وتشجيعا لانتشار الشيوعية فى مصر .

وفى حالات اخرى كانوا يعرضون رأيهم وكأنه هو الراي الوحيد الصحيح وليس مجرد راي يقبل المناقشة والجـدل. وقد مررت أنا شخصيا بعدد من مثل هذه الحــالات ولكنى سأقص قصة واحدة كان بطلها هو الجنرال لاشنكوف LASHNEKOV خلال زيارته لمصر فى نوفمبر 1973. لقد كان الجنرال لاشنكوف يعمل كبيرا للمستشارين السوفيت فى مصر خلال عامي 68- 69 وخلال هذه الفترة لم يكن بيني وبينه أي اتصـال مباشر. كنت فى خلال هذه الفترة اشغل منصب قائد القوات الخاصة وكنت التقى به احيانا فى أحد المشاريع التدريبية او البيانات العملية ونتبادل التحية وبعض الكلمات وبعدما توليت منصب (ر. ا. ح. ق. م. م) فى مايو 71 شاهدت الجنرال لاشكنوف مرتين، مرة عندما كان مرافقا للمارشال جريشكو فى إحدى زياراته والأخرى عندما حضر الجنرال لاشكنوف رئيسا للجنة عسكرية سوفيتية خلال شهر فبراير 73. وفى النصف الثاني من شهر نوفمبر 73 حضر على راس وفد لدراسة الموقف فكان هذا هو لقاؤنا الثالث وأنا اشغل منصب ر. ا. ح. ق. م. م.

فى يوم 19 من نوفمبر كان هناك اجتماع مصغر فى غرفة العمليـات فى المركز 10 (مركز عمليـات القوات المسلحة المصرية)، وقد حضر هذا الاجتماع الوزير وأنا واللواء سعد مأمون وحضر معنا الجنرال لاشنكوف. عندما تكلمت عن خبرتنا فى الدفاع ضد الدبابات, أثنيت على المالوتكا وعلى ر.ب. ج 7 ولكنى انتقدت المدافع عديمة الارتداد B-10، B-11[11] لأنها ثقيلة وصعبة التداول بواسطة أفراد المشاة المترجلين. حيث ان المدى المؤثر لهذه المدافع هو 600 – 800 متر ومخصصــة أساسا لكى تغطى الأرض الميتة للمقذوفات الموجهـة المضادة للدبابات (مالوتكا) والتى تصل الى 500 متر[12]. وهنا اقترحت ما يلى "لو ان العلماء السوفيت استطاعوا ان يطوروا المالوتكا بحيث تصبح الأرض الميتة 300 متر فقط أو طوروا ر.ب.ج بحيث يصبح مداه المؤثر 600 متر مثلا لأصبح فى استطاعتنا الاستغناء عن المدفعين B-10، B-11، وان يكون اساس الدفاع المضاد للدبابات لوحدات المشـــاة هو المقذوفات المضادة للدبابات الموجهة (المالوتكا او اى جيل يظهر بعد ذلك) والقاذف الصاروخى ر.ب. ج 7" كنت اعتقد اننى بهذه الأفكار أؤدى خدمة الى الأصدقاء الذين أعطونا السلاح. فهم صنعوا هذا السلاح ولكنهم لم يقاتلوا به، اما نحن فقد كنا اول من استخدم هذه الأسلحة ضـد عدو حسن التنظيم والتجهيز. ولكنى فوجئت بالجنرال لاشنكوف يقول "ان السلاح الروسى هو افضل سلاح فى العالم. وان العلماء الروس يحسبون كل شىء ولا اعتقد انهم فى انتظار سماع هذه الأفكار". كان ردى عليه فورى وبروح التحدى نفسها وقلت له "أولا أنا لم اقل أن السلاح الروسى ردىء، لقد حاربنا وعبرنا وانتصرنا بالسلاح الروسى وإنما أقول عن خبرة قتال لكى نعمل على تحسين مواصفات بعض هذه الأسلحة. لقد صنعتم انتم هذه الأسلحة ولكنكم لم تقاتلوا بها اما نحن فقد قاتلنا بهذه الأسلحة واكتسبنا نتيجة ذلك خبرات قتالية. وإذا كنتم تعرفون كل شىء، فلماذا حضرتم لتسألونا عن تلك الخـبرة القتالية التى اكـتسبناها فى هذه الحرب، وهنا أسرع الفريق احمد إسماعيل بالتدخل لتلطيف الجو وإعطاء تفسيرات هادئة لما قال الجنرال لاشكنوف وما قلته أنا، وقبل ان ننتقل الى موضوع آخر.

وعندما جاء دور الجنرال لاشنكوف فى التعليق على سير العمليات وبدا يتكلم عن دور القوات الجوية المصرية قال "ان مصر لم تستخدم قواتها الجوية بأسلوب جيد كما فعلت سوريا. كان عدد الطلعات التى قامت بها القوات الجوية المصرية خلال فترة القتال تعتبر قليلة جداً إذا قورنت بعدد الطائرات المتيسرة، ولهذا فإن خسائركم فى الطائرات تعتبر قليلة جدا اذا ما قورنت بخسائر سوريا فى الطائرات. وان هذا يدل على أن رئيس حرب اركان القوات المسلحة لم يخصص المهام الكافية للقوات الجوية لكى تقوم بتنفيذها." وقد رددت عليه قائلا "اننى سعيد بما تقول. أن ما تعتقد أنت خطأ اعتبره أنا صوابا. ان سلامة قواتنا الجوية وبقاءها بعد نهاية الحرب سليمة وقوية هو مفخرة اعتز بها." وبعد نهاية المؤتمر جاءنى اللواء سعد ملمون وسألنى على انفراد عما اذا كان هناك خـلاف سابق بينى وبين الجنرال لاشنكوف، فأجبت بالنفى وقلت له أن هذه هى المرة الأولى التى أتعامل فيها مع هذا

185

الرجل، فقال متعجبا، "لقد دهشت عندما سمعتكما تتناقشان، وتصورت انه لابد أن تكون هناك خلافات قديمة بينكما!"

هناك قصة اخرى تبين أيضا أسلوب السوفيت فى توجيه النقد وإن كنت لست طرفا فى هذه القصة ولكنى كنت لحد شهودها. كـان بطلا هذه القصة الرئيس السـادات والمارشال جريشكو. بدأت القصة بأن تقدم السادات فى إحـدى زياراته إلى موسكو بكشف مبينا به كميات الذخيرة ة التى نطلبها، وفى اثناء إحـدى الجلسات علق المارشـال جريشكو على هذا الكشف قائلا: "لماذا تطلبون هذه الذخيرة كلها ؟ إن لديكم كذا مليون طلقة ذخيرة. بما يزيد على اكثر من 1000 طلقة لكل جندي إسرائيلي !". كــان الرقم من وجهة نظر السادات رقما كبيرا ولم يستطع ان يجادل فى هذا الموضـــوع ولكنه قام بكتابة الرقم الذى ذكره المارشال جريشكو عن عدد ملايين الطلقات الموجودة فى قواتنا المسلحة فى سجله الخاص اعتقادا منه أنه قد حصل على معلومة هامة.

وفى أحد اجـتماعات الرئيس مع المجلس الأعلـى للقوات المسلحـة دون أ ن نكون على علم بهذه القصة، التفت إلىّ حيث كنت أجلس على يساره وسألني"كم عدد الطلقات الموجودة فى القوات المسلحة؟". اعتقدت أن الرئيس يمزح فابتسمت وقلت له لا أعرف. كان رد فعل الرئيس يدل على انه لم يكن يمزح، وانه كان يعني ما يقول فقد علق قائلا "كيف– وأنت رئيس أركان حرب القوات المسلحة– لا تعرف عدد الطلقات الموجودة فى القوات المسلحة ؟". فأجبت " سيادة الرئيس.. على مستوى القيادات العليا فى القوات المسلحة فإننا لا نحسب كـمية الذخيرة بالطلقة بل إننا نحسبها بالوحدة النارية [13] وعدد أيام القتال التى يمكن أن تسـتنفد فيها الذخيرة". أجاب الرئيس غاضبا كيف تقول ذلك والمارشال جريشكو يعرف عدد الطلقات التى لدينا وأخبرني بالرقم وهو كذا مليون طلقة!" أجبت قائلا "سيـادة الرئيس.. إن هذه البيانات يمكننا الحصول عليها بواسطة العقل الإلكتروني (الكمبيوتر) فى اى وقت نشاء." فقال الرئيس غاضبا "بصفتك رئيس الأركـان يجب ان تعرف هذه البيانات" ورغبة فى تهدئة الموقف وعدم إحـراجه اكثر من ذلك، قلت له "سوف أقوم بإعداد هذا البيان وعرضه على سيادتكم" لاشك أن السادات قد أحس بان المارشال جريشكو قد غرر به وسخـر منه عندما ذكر له عدد الطلقات الموجودة فى القوات المسلحة المصرية , لأن الرئيس السادات لم يطلب منى قط هذه البيانات بعد هذا اللقاء.

هوامش الفصل الرابع والعشرون

(1) أقصى حمولة الطائرة انتنوف 12 هى 20 طنا، وهى تعادل الطائرة الأمريكية سى 130، أما الطائرة انتنوف 22 فإن أقصى حمولتها هو 80 طنا.

(2) أقصى حمولة الطائرة سى 140 عى 40 طنا، اما حمولة الطائرة سى 5 فتصل إلى 100 طن.

(3) الجسر البحري الأمريكي لإسرائيل بلغ 33210 طنا، وعليه فإن إجمالي الجسر الأمريكي لإسرائيل براً وبحراً بلغ 61105 طنا.

(4) وصل إسرائيل ضمن الكوبري الجوى 38 طائرة فانتوم، وأحدث أنواع معدات الحـــرب الإلكترونية المضادة وصواريخ جو – أرض.

(5) مجموع مجهود الكوبريين الجوي والبحري السوفيتي يساوى 78000 طن.

(6) انظر الباب السابع.

(7) في حديث للسادات نشر بجريدة الأهرام اول اكتوبر 76.

(8) الكوبري الثقيل هو الكوبري الذى تعبر عليه الدبابة وهو الوسيلة الرئيسية للعبور.

(9) الجيل هو سلاح متطير يفوق ش خصائصه الأسلحة التى سبقته ويستمر فى الخدمة إلى ان يحل محله سلاح أخر أفضل منه في خصائصه فيبد أ بذلك جيل جديد.

(10) الاسم الذي يطلقه السوفيت على الحرب العالمية الثانية

(11) ب 10 هو مدفع مضاد للدبابات عد يم الارتداد عيار 82 ممم.
ب 11 هو مدفع مضاد للدبابات عديم الارتداد عيار 107 مم.

(12) المدى المؤثر للمالوتكا يتراوح بين 500 و4000 متر، أي أنه لا يستطيع إصابة الدبابة إذا كانت على مسافة اقل من 500 متر، وعندما نطلق تعبير "الأرض الميتة، لسلاح معين فإننا نقصد الأرض التى لا يستطيع هذا السلاح إصابة الهدف اذا دخل فيها. ولذلك فإنه يجب أ ن نغطى هذه المنطقة بنيران سلاح آخر.

(13) الوحدة النارية للسـلاح هي كمية الذخيرة اللازمة لهذا السلاح خـــلال معركـــة عادية (لا هى شديدة ولا هى بسيطة)، وتختلف الوحدة النارية لكل سلاح تبعا لخصائصه .

الباب السادس

المساعدات العسكرية من الدول العربية

الفصل الخامس والعشرون

أداء يمين الولاء للجامعة العربية:

في يوم 30 من يوليو 1971 وفـي اجتماع عادي لمجلس الجامعة العربية فى القاهرة أديت اليمين القانونية بصفتي الأمين العام المساعد للجامعة العربية للشئون العسكرية. وبموجب هذا المنصب فإني اصبحت رئيسا للجنة الاستشارية العسكرية للجامعة العربية والتي تتكون من رؤسـاء أركان حرب القوات المسلحـة فى جميع الدول العربيــة، و أقوم بتقديم توصيات اللجنة الاستشارية الى مجلس الدفاع فى الدول العربية. وقد بدأت عملي في هذا المنصب بأن قمت بدراسـة حقيقية لمعاهدة الدفاع المشترك ولجميع المحاضر والقرارات التى اتخذت منذ عقد هذه المعاهدة، وقد خرجت من هذه الدراسة بأربع نقاط رئيسية. كانت النقطة الأولى هي التحمس الواضح والخطب الرنانة التى كـانت تلقى خلال هذه الاجتماعات من جميع الأعضاء، ثم القرارات القوية التى يتخذها المجلس حتى ليتصور المرء ورجل الشارع العربي ان كل شىء يسير على احسن ما يكون. وكانت النقطة الثانية هي أن الدول العربية – سواء كانت من دول المواجهة ام من غير دول المواجهة– كانت تنظر الى الدعم العربي على أنه معونة مالية فحسب، فقد كان كل ما تطلبه دول المواجهة هو الدعم المالي، وكانت الدول العربية الأخرى تعتقد أنها بتقديم الدعم المالي لدول المواجهة قد أدت دورها النضالي نحو القضية العربية. وكانت النقطة الثالثة هى عدم فاعلية قرارات مجلس الدفاع المشترك. فعلى الرغم من ان قرارات مجلس الدفاع المشترك– طبقا لمعاهدة الدفاع المشترك– تعتبر ملزمة لجميع الأعضاء، إذا اتخـذ القرار بأغلبية ثلثي الأصوات، الا ان هذه القرارات ولاسيما ما يتعلق منها بالدعم المالي كانت تبقى معطلة وكان يتوقف تنفيذها أو تنفيذ جـزء منها على مدى النشاط والزيارات التى يقوم بها المسئولون فى دول المواجـهة إلى الدول العربيــة الأخرى. اما النقطة الرابعة والأخيرة فهي ان مؤتمرات القمة العربية (الملوك والرؤساء) هي المؤتمرات الوحيدة التى يتحقق فيها شىء من النجاح، لأن الملوك والرؤساء هم الأشخاص الوحيدون الذين يمسكون بزمام السلطة فى البلاد العربية.

قومية المعركة تتطلب عدالة توزيع الأعباء:

قمت بإجراء دراسـة تشمل الدخل القومي والإنفاق العسكري فى كل من الدول العربية وإسرائيل، فكانت الأرقام تثير الدهشة حقا. كان أجمالي الدخل القومي للدول العربية ذات الـ110 ملايين نسمة، هو 26000 مليون دولار، بينما كـان الدخل القومي لإسرائيل (2822000 نسمة) هو 3672 مليون دولار، وهذا يعني ان متوسط دخل الفرد العربي فى العام هو 236 دولارا بينما متوسط دخل الفرد الإسرائيلي هو 1300 دولار فى العام [1]. فإذا نظرنا الى كيفية توزيع الثروة فى المنطقة العربية فإننا نجد تباينا واضحا. ففي بعض الدول العربية نجد أعلى متوسط لدخل الفرد فى العالم، وفى دول عربية اخرى نجد اقل مستويات الدخل فى العالم. واكثر من ذلك فإن جميع الدول

ذات الحدود المشتركة مع إسرائيل والتي تتحمل العبء الأكبر من التهديد الصهيوني هى من مجموعة الدول العربية الفقيرة , اما الدول العربية الغنية فإنها تقع بعيدا عن إسرائيل وبالتالي فإنها لا تشعر بالتهديد الصهيوني والخطر الصهيوني بالقدر نفسه الذى تشعر به وتتحمله الدول الفقيرة المتاخمة لها.

وبدراسة حـجم الإنفاق العسكري فى الدول العربية اتضح لي أن مصر التي كـان متوسط دخل الفرد فيها هو 303 دولارات كانت تنفق 21,1% من دخلها القومي على شئون الدفاع، بينما كانت هناك دول اكثر غنى لا يصل إنفاقها العسكري الى 3% من دخلها القومي.[2]

كانت الأرقام مفجعة ومثيرة للتساؤل. هل حقا المعركة قومية وانها مسئولية العرب جميعا ام أنها مسئولية دول المواجهة ؟ إذا كانت الإجابة بان المعركة قومية كما ينادى الجميع فهل قام العرب بتوزيع أعباء هذه الحرب بأسلوب عادل؟ هنا يجب ان تكون الإجابة لا ثم لا. إذا نحن راعينا العدل الاجتماعي فى توزيع الأعباء فالمفروض ان تتحمل الدول الغنيـة أكثر مما تتحمله الدول الفقيرة ولكن الواقع كان يصرخ ويقول ان العكس هو الصحيح. كانت الدول الفقيرة،- وفى مقدمتها مصـر،- هي التى تدفع أكثر والدول الغنية- او على الأقل معظمها- هى التى تدفع اقل. قد يتصور بعضهم ان مؤتمر الخرطوم المنعقد عام 1967 قد حل هذا التناقض وذلك عندما تعهدت بعض الدول العربية الغنية بان تخصص مبلغا من المال لتدعيم دول المواجهة، ولكن الحقيقة هي غير ذلك.[3] لاشك ان مقررات مؤتمر الخرطوم هي أول خطوة عملية في اتجاه التضامن العربي، وان الدول الثلاث التي أسهمت في هذه المعونة لها ان تفخر بأنها كانت أولى الدول التي حاولت أن تخطو خطوة عملية لمساعدة الأشقاء في معاناتهم بدلا من مجرد كلمات التشجيع الجوفاء ولكن هل كـانت هذه الخطوة كافية؟ وهل يعنى ذلك قومية المعركة ؟ كلا، ثم كلا. ان قومية المعركة تعنى اشتراك الدول العربية جميعها – ليس ثلاثا منها فقط – كل في حدود إمكاناته البشرية والمالية. أن قومية المعركة تعنى أن تقوم الدول الغنية بتخصيص نسبة من دخلها القومي للمعركة تكون اكبر من النسبة التى تخصصها الدول الفقيرة وكلا هذين الشرطين قد أهمل فى مقررات مؤتمر الخرطوم. حاولت أن أطبق شعار قومية المعركة مستعينا بالأرقام. استخدمت أرقام الدخل القومي لكل دولة عربية ومتوسط دخل الفرد السنوي فيها. استخدمت أرقام الأنفاق العسكري فى كل بلد عربي وما تتطلبه المعركة من اعتمادات مالية,الخ.

وفى النهاية تبلور فى ذهني مشروع متكامل يحدد ما يجب ان تخصصـه الدول العربية لشئون الدفاع عنها. كان المشروع يتكون من النقط الرئيسية التالية:

1- تخصص كل دولة لشئون الدفاع النسبة التالية من دخلها القومي سنويا :

النسبة التي تخصصها سنويا من دخلها القومي لشؤون الدفاع	الدولة التي متوسط دخل الفرد السنوي فيها (بالدولار)	
	إلى	من
%10	200	100
%15	500	200
%20	1000	500
%25	2000	1000
%30	فاكثر	2000

2- ينشأ صندوق قومي للمعركة فى الجامعة العربية يتولى توزيع هذه الاعتمادات على جميع الدول حسب احتيـاجـات الدفاع بحيـث لا يقل ما يخصص لدول المواجهة مع إسرائيل عن 50% من تلك الاعتمادات ويخصص الباقي للدول العربية الأخرى جميعها.

3- النسب المذكورة أعلاه هى الحـد الأدنى للإنفاق العسكري في كل دولة عربية طبقـا لمتوسط دخل الفرد. ولكن ليس هناك حد أقصى لمن يريد ان يخصص أكثر من ذلك.

كنت أرى فى هذا المشروع تجسـيدا لقومية المعركة وتكافلا اجتماعيـا بين الدول العربية وتصحيحا للتناقضات الموجودة في العالم العربي حيث يتحمل الفرد في الدول الفقيرة اكثر مما يتحمل الفرد فى الدول الأغنى. وعندما أخذت أناقش هذه الآراء مع بعض المصريين والاخوة العرب لم أجد أحدا على استعداد لأن يقبل ذلك. كانوا يظنون إنها خطوة تقدمية اكثر من اللازم قد تفسر تفسيرات خاطئة. فأحجمت عن تقديم المشروع الى مجلس الدفاع المشترك بصفة رسمية. ومع ذلك فأنى انتهزت فرصة اول اجتماع لى مع رؤساء أركان حرب القوات المسلحة فى الدول العربية فبينت لهم بالأرقام حجم الإنفاق العسكري فى كل دولة ونسبته الى الدخل القومي لكي أبين لهم مدى التناقض الكبير بين ما تنفقه الدول الفقيرة وما تنفقه الدولة الغنية. وطالبت بتعديل هذه الأوضاع المقلوبة، ولكن لم اقترح تلك النسب التصاعدية فى الإنفاق العسكري.

قرارات مجلس الدفاع المشترك:

عندما اجتمع مجلس الدفاع المشترك فى دورته الثانية عشرة فى المدة من 27- 29 نوفمبر 71 تقدمت أليه بمشروعين. كان المشروع الأول يرمى الى تعبئة الإمكانات العسكرية الفعلية فى الدول العربية، وهذا يعنى بحث موقف القوات المسلحة فى كل دولة عربية وتحديد حجم القوات التى تشارك

بها فى المعركة، وهكذا فإنه بدلا من ان تطلب دول المواجهة دعما ماليا من أشقائها العرب فإنها تطلب منهم دعما عسكريا. وقد كنت أرمي من وراء ذلك الاقتراح ان أحقق ثلاثة أهداف: الهدف الأول هو ان أجنب دول المجابهة هوان طلب المال، فقد كان طلب المال ينظر إليه كنوع من الاستجداء وليس بصفته فريضة على جميع الدول العربية. وثانيا، فقد كنت أرمي ان أجعل الدول العربية التى ليست من دول المواجهة، تشعر بالكبرياء وتشعر بالذنب فى وقت واحد. تشعر بالكبرياء إذ تسهم فى المعركة بصورة إيجابية، وفى الوقت نفسه تشعر بالذنب عندما تقارن بين حجم مساعداتها العسكرية وحجم القوات التى تسهم بها دول المواجهة. أما الهدف الثالث فهو توفير الوقت. إن النقود لا تقاتل، وأن تحويل هذه النقود الى قدرات قتالية على شكل لواء مدرع او سرب طائرات الخ قد يحتاج الى سنتين او ثلاث(4). لذلك فإن الوحدة المدرعة لمن يريد ان يقاتل تعتبر افضل بكثير من مجرد التبرع بالمال.

أن الإسهام بسرب من المقاتلات افضل بكثير من التبرع بخمسين مليونا من الدولارات واقتناعا منى بهذا الخط اقترحت ان تقوم الدول العربية التالية بتدعيم دول المواجهة بالتعزيزات التالية:

الجمهورية العراقية:

2 سرب هوكر هنتر 11	[الجبهة الأردنية]
3 سرب ميج 21	[الجبهة السورية]
1 سرب ميج 17	[الجبهة السورية]
1 فرقة مدرعة	[الجبهة الأردنية]
1 فرقة مشاة	[الجبهة الأردنية]

المملكة العربية السعودية:

2 سرب ليتننج (Lightning)	[الجبهة الأردنية]

الجمهورية الليبية:

1 سرب ميراج 3	[الجبهة المصرية]

الجمهورية الجزائرية:

2 سرب ميج 21	[الجبهة المصرية]
2 سرب ميج 17	[الجبهة المصرية]

المملكة المغربية:

1 سرب اف 5	[الجبهة المصرية]
1 لواء مدرع	[الجبهة المصرية]

(تم تحديد هذه القوات بعد زيارتى للملكة المغربية فى فبراير 71)

لم اخطر الفريق صادق بهذا المشروع قبل ان اعرضه على مجلس الدفاع المشترك، إذ انني لم اكن أرى سببا واحدا يدعوني الى ان اخطر وزير الحربية المصري قبل ان اخطر وزراء حربية الدول العربية الأخرى. وعندما كنت أقدم المشروع أمام المجلس لم أذكر أهدافي من هذا المشروع كما ذكرتها فى تلك المذكرات ولكنى ركزت فقط على عامل الوقت وان الاعتمادات المالية لن تتحول الى قدرات قتالية قبل مرور 2-3 سنوات فى حـين ان تلك الوحدات يمكن الاستفادة منها فورا او بعد أشهر قليلة. فوجئ صادق بالمشروع وبتعليقاتي التى كنت اشرح بها المشروع و أسبابه وأهدافه فأرسل لى ورقة كتب فيها"ان هذا الخط الذى تسير فيه يتعارض مع مصالح مصر". بعد ان قرأت ما فى الرسالة استرسلت فى الخط نفسه الذى كنت أنادى به وكــان شيئا لم يحدث كنت ومازلت اعتقد بأن ذلك كان فى مصلحة العرب ومصلحة مصر على السواء.

وفى خلال فترة الراحة انتحى بى الوزير جـانبا وقال لي كـيف تطلب قوات بدلا من المال؟ إننا فى مصر محتاجون الى المال. قلت له "أنا لا امثل مصر فى هذا المجلس أنت الذى تمثل مصر ولك ان تتكلم وتطلب باسم مصر ما تشاء". فقال غاضبا " لماذا لم تخطرني بهذا المشروع قبل ان تعرضه؟". فقلت له "ولماذا اعرضه عليك ؟ وأنى اعرضه على المجلس بصفتي الأمين العام المساعد العسكري للجامعة العربية. وليس بصفتي ر.ا.ح.ق.م.م "، وتطور الحديث بيننا إلى ان قال "سأقوم بإخطار الرئيس بتصرفاتك هذه" فقلت له وتستطيع ان تفعل ما تشاء."

وافق مجلس الدفاع المشترك على المشروع بالإجماع بما فى ذلك مصر. وطلب المجلس منى أن أقوم بزيارة الدول التى أوصى القرار بأن تقوم بتدعيم دول المواجـهة بالوحدات لتأكيد هذا القرار وللتأكد من مستوى كفاءة هذه الوحدات.

كان المشروع التالى الذى تقد مت به هو مشروع رسم خرائط عن أعماق البحار المحيطة بالسواحل العربية. لقد اتضح لى أن السواحل العربية للدول الأعضـاء فى جامعة الدول العربية فى ذلك الوقت تبلغ 16480 كـيلومترا، وهى تأتي بعد الاتحاد السوفيتي الذى يبلغ طول سواحله 19860 كـيلومترا وقبل الولايات المتحدة التى يبلغ طول سواحلها 15530 كـيلومترا. وعلى الرغم من أننا نقف فى المركز الثاني فى العالم من حيث طول سواحلنا العربية إلا انه لم تكن لدينا خريطة عن أعماق البحار حول هذه الشواطئ!! كانت أساطيلنا تعتمد على الخرائط التى قامت البحرية البريطانية والبحرية الفرنسية بوضعها عن بعض السواحل العربية. وحيث ان مثل هذه الخرائط تعتبر من الأسرار الحربية التى لا يجوز للدولة صاحبة الشان ان تعتمد على دولة أجنبية فى عملها فقد رأيت أن نقوم بوضع هذه الخرائط لقد كانت لدينا الخبرة الفنية لرسم هذه الخرائط وكان كل ما ينقصنا هو السفينة والمعدات اللازمة لتنفيذ هذا العمل. وبدراسة الموقف اتضح انه يمكن شراء السفينة والمعدات الفنية المطلوبة من بريطانيــا فى حدود مبلغ مليون ونصف المليون جنيه إسترليني. وكــان المبلغ المطلوب موجودا وبذلك لم تكن هناك أية مشكلة. كانت الدول العربية قد تبرعت منذ عدة سنوات

بمبالغ مالية باسم القيادة العربية الموحدة وكانت هذه القيادة قد جمدت ولكن بقى فى حوزتها مبلغ 3 ملايين جنيه إسترلينى كانت مودعة فى البنك الأهلي المصري باسم تلك القيادة وعندما علمت بوجود هذا المبلغ اقترحت أن نأخذ منه مليونا ونصف المليون لهذا المشروع، وعندما عرضت المشروع على مجلس الدفاع المشترك، صدق المجلس عليه بالإجماع، كما صدق على سحب مبلغ المليون ونصف المليون جنيه إسترلينى من الرصيد المتبقي باسم القيادة العربية. وعلى الرغم من أهمية هذا المشروع ومن توافر الإمكانات الفنية والاعتمادات المالية لتنفيذه إلا انه لم ينفذ لمجرد ان وزير الحربية المصري رأى ان يعرقل تنفيذه!! (5)

الرئيس لا يوافق على زيارتى للجزائر والمغرب:

لكي أقوم بزيارة دول الدعم العسكري (6) تنفيذا لتوصيات مجلس الدفاع المشترك كان على أن أستأذن السيد الرئيس في السفر إلى تلك البلاد. كانت العلاقـات.. بينى وبين وزير الحربية قد ساءت ولم أكن أدرى كيف ينظر السادات إلى هذا الموضوع، ماذا قال له صادق؟ وهل تأثر بكلام صادق أم لا؟ وإذا كان قد تأثر بكلام صادق فلابد انه لا يشعر نحوي بالارتياح، فكيف يمكننى أن أعالج هذا الموضوع؟ قررت الا أثير موضوع خلافي مع صادق أمام الرئيس إلا اذا سألنى شخصيا عن هذا الموضوع، كما قررت الا أتعجل موضوع سفري إلى البلاد العربية واكتفيت بان أرسلت مذكرة إلى السيد الرئيس أخطره فيها بتوصيـة المجلس واطلب منه الإذن بالسفر.

مضت عدة أسابيع دون أن أتلقى اى رد على مذكرتي إلى السيد الرئيس، ولم أحاول أن أساله عن هذا الموضوع فى المناسبات التى كنت أقابله فيها إلى أن جاء يوم 27 من يناير 72، وكان قد مضى ما يقرب من شهرين دون ان يتخـذ الرئيس اى قرار سواء بالرفض أم الموافقة، سألته عن قراره بخصوص هذه الزيارة فقال، لا أوافق أنها مضيعة للوقت ولن تكون هناك أية نتـائج مفيدة لهذه الزيارة.. إنى أوافق على ان تزور ليبيا والسعودية لأن هاتين الدولتين فقط علـى استعداد حـقا لتقد يم العون أما الدول الأخرى– الجـزائـر والمغرب والعراق– فإنها لن تعطى شيئـا. إنهم يزايدون فقط . سوف يستفيدون دعائيا من زيارتك ولكنهم لن يعطوا شيئا للمعركة". قلت له وسوف سفري يكون إلى هذه البلاد بصفتي الأمين العام المسـاعد العسكري للجـامعة العربية وليس بصفتى (ر.ا. ح. ق. م. م) "، قال الرئيس "إن سفرك بصفتك الأمين العام المساعد العسكري للجـامعة العربيـة لن يلغى صفـتك(ر. ا. ح. ق.م. م) وسوف يستغلون صفتك هذه فى دعاياتهم الى ابعد الحدود ". قلت له "سيادة الرئيس، ان علاقة مصر مع تلك الدول سيئه فإذا نجحت زيارتى فى الحصول على اى شىء لمصر فهو مكسب وإذا لم تستطع زيارتى ان تحقق أي نجاح فليس هناك شىء نخسره. وهنا ثار الرئيس وقال غاضبا " شوف يا سعد أنت راجل عسكري محترف ولا تفهم في السياسة. إنى اعمل فى السياسة و أتعامل مـع هؤلاء النـاس منذ عشرين عاما واعرفهم جيدا. انهم يزايدون احيانا، وينتقدون

احيانا، واحيانا يعرضون مساعدتهم بعد ان يفرضوا شروطا غير مقبولة. ليس هناك أى أمل يرجى من هؤلاء الناس. كيف تقوم بزيارة دول تقوم يوميا بالتهجم علينا وانتقاد سياستنا؟ " أجبت بهدوء "سيادة الرئيس– قد تكون لك تجربة سابقة مع بعض الناس جعلتك تفقد الثقة بالناس جميعا، ولكن اسمح لى يا سيادة الرئيس بان أذكرك بقول رسول الله " أحبب حبيبك هونا ما عسى ان يكون بغيضك يوما ما. وابغض بغيضك هونا ما عسى ما يكون حبيبك يوما ما"، أنصت الرئيس الى الحديث النبوي الشريف وطلب منى ان أعيد قوله مرة اخرى ففعلت عاد الهدوء إليه وقال ضاحكا "الله يجازيك يا سعد أنا لم اسمع بهذا الحديث قبل ذلك ولكن كلماته محبوكة ومنطقية. فعلا يجب الا ندمر الجسور بيننا وبينهم يمكنك ان تزورهم وسوف نرى ما سوف تتمخض عنه هذه الزيارة. بدأت فى الإعداد للزيارة مع سفراء المغرب والجزائر وليبيا وبعد التنسيق معهم جميعا تقرر أن أغادر القاهرة يوم 6 من فبراير الى الجزائر ومنها الى المغرب ثم الى ليبيا ومنها الى القاهرة

زيارة الجزائر:

قابلت الرئيس هوارى بومدين صباح يوم 7 من فبراير، أخبرته عن طبيعة مهمتي وأفكاري بخصوص تعبئة الموارد العربية للمعركة، تطبيقا لشعار قومية المعركة. أنصت الرئيس بومدين إلى ما كنت أقوله وعبر عن تحمسه للاشتراك بكل جندي وكل قطعة سلاح تستطيع الجزائر أن تقدمهما للمعركة ولكنه أعرب عن شكوكه فى جدية العزم على استئناف القتال و أضاف قائلا "اذا قامت الحرب فيجب ان تتأكد ان الجزائر ستقوم بإرسال كل ما عندها لكي يقاتل الجزائريون جنبا الى جنب مع إخوانهم المصريين ". قلت "سيادة الرئيس.. أنى أتفهم شكوكك فى انه ليست هناك جدية لإثارة الحرب من جديد– فى مصر أيضا هناك الكثيرون ممن يعتقدون انه لن تكون هناك حرب اخرى وان الكلام عن الحرب هو للاستهلاك المحلى.[7] ولكن عندما تقع الحرب فلن يكون هناك وقت لإرسال القوات الجزائرية الى الجبهة والاستفادة منها فى المعركة. وبالإضافة الى ذلك فإنه لا يمكننا إدخال القوات الصديقة فى الخطة الهجومية ما لم تكن هذه القوات الصديقة موجودة فعلا فى الجبهة. لا يمكن ان ندخل ضمن خطتنا وحدات غيبية قد لاتصل لأي سبب كان، فتترتب على ذلك ارتباكات كبيرة" أبدى الرئيس بومدين اقتناعه برأيي ولكنه لفت نظري الى المشكلات المعنوية والإدارية والاجتماعية التى تترتب على إرسال قوات جزائرية الى مصر حيث تبقى سنة أو اكثر فى انتظار حرب قد تقوم وقد لا تقوم وعلق قائلا " نحن الجزائريين دماؤنا ساخنة، إذا كانت هناك حرب فإننا نقاتل. أن رجالنا عندما نرسلهم للحرب فإنهم سوف يكونون ذوى معنويات عالية وعلى أهبة الاستعداد لها، فإذا طالت المدة دون ان تكون هناك حرب فإنهم سيثيرون المشكلات لكم ولنا وسوف تزداد المشكلات الإدارية: سوف يطلبون ان ترحل لهم عائلاتهم، وسوف يطالبون بإجازات دورية ليقضوها بين عائلاتهم و أهلهم بالجزائر، الخ. أن هذه المشكلات كلها يمكن تلافيها اذا نحن أرسلنا الدعم العسكري الجزائري بعد ان

يتحدد ميعاد المعركة،. كان واضحا ان وصول الدعم العسكري قبل ميعاد المعركة بوقت طويل هو
أمر غير مستحب كما ان إرسالهم عند قيام الحرب او قبلها بأيام هو امر غير مستحب أيضا. وكحل
وسط اتفقنا على ان ترسل الإمدادات الجزائرية الى الجبهة بناء على طلبنا بحيث نضمن ان الحرب
سوف تشتعل في اى وقت وبحد أقصاه 90 يوما من تاريخ طلب هذه القوات، ويتم سحب هذا الدعم أما
من قبل الرئيس السادات شخصيا او من قبلي.

وفى اثناء لقائي مع الرئيس بومدين، تحدث الرئيس بمرارة عن القيادات السياسية المصرية وعن
السادات أنه لم يستعمل قط لفظ القيادة السياسية فى مصر، كذلك لم يذكر قط اسم السادات ولكن
كان واضحا يقول "انتم فى مصر، فقد قال لى الرئيس بومدين "إنكم فى مصر تهاجمونني
باستمرار وتقولون اننى أريد ان انصب نفسي زعيما على العرب بعد موت عبد الناصر. هذا غير
حقيقي وأني أريد أن تفهموا فى مصر إنني لم أفكر فى ذلك مطلقا. أني أريد ان أضع يدي فى أيديكم
بنية صادقة لطرد الإسرائيليين من أراضينا المحتلة. انه من المهانة ان نرى هذه الدولة التوسعية تستمر
فى احتلال الأراضي العربية دون ان نستطيع نحن العرب ان نقوم بردعها."

قضيت اليومين التاليين فى زيارة الوحدات العسكرية والوحدات الجوية الجزائرية، وقد
أدركت مدى المشكلات والتحديات التى واجهت الجزائر منذ استقلالها. لقد حققت الجزائر تقدمـــا كبيرا
منذ استقلالها قبل عشر سنوات مضت فى جميع المجالات. لقد ابتدأت من الصفر. لم تكن هناك حكومة
او جهاز أداري. لم تكن هناك قوات مسلحة نظامية. لم يكن هناك نظام اقتصادي. وأكثر من ذلك لم
تكن هناك لغة. كانت فرنسا قد قضت على اللغة العربية و أحلت محلها الفرنسية التى اخذ الجزائريون
يستخدمونها بينهم. وبعد عشر سنوات تغير كل شيء وكان أهم ما فتنني هو إصرار الدولة على إعادة
تعريب الجزائر بعد فرنستها لمدة تزيد على قرن من الزمان.

زيارة المغرب:

قابلت جلالة الملك الحسن الثاني فى الرباط يوم 9 من فبراير 72، وكانت إجراءات
ومظاهر المقابلة مثيرة للغاية. لقد تحركت أولا إلى مبنى وزارة الحربية حيث استقبلني الجنرال
أوفقير(8) الذى رافقني الى القصر الملكي، وفى مدخل القصر كان هناك حرس شرف بالملابس
العربية، وعلى مدخل باب غرفة الملك كان المعلن يقف ومعه عصاه التقليدية. وبينما كنت أخطو الى
داخل المكتب ضرب المنادى الأرض بعصا. ليلفت الأنظار ثم أعلن بصوت جهوري "الفريق سعد
الشاذلي رئيس أركان حرب القوات المسلحة المصرية،(9) كان الملك يقف فى نهايـــة الغرفة بجوار
مكتبه ويحيط به عدد من مستشاريه. لقد أوحى لى هذا الاستقبال بان الملك يحاول ان يحافظ على
التقاليد العربية بعد ان ادخل عليها بعض اللمسات الغربية وفى خلال الأيام القليلة التى قضيتها بعد ذلك
فى المغرب ازددت اقتناعا بحقيقة ذلك. ان المغرب هى- فى الحقيقة- مزيج غريب من الشرق

197

والغرب" ففي بعض المظاهر قد تبدو شرقية اكثر من اى بلد عربي، وفى مظاهر اخرى قد تبدو المغرب وكأنها غربية اكثر من اى بلد عربي آخر.

حضر مقابلتي مع الملك الجنرال اوفقير ورئيس الديوان الملكي. أنصت الملك الى كلامي ثم علق فى النهاية "ان القوات المسلحة المغربية جميعها تحت تصرفك ان كل فرد فى المغرب سوف يكون سعيدا عندما يرى قواتنا المسلحة تقاتل من اجل القضية العربية". قلت "يا صاحب الجلالة قبل ان احضر الى هنا كانت لدى فكرة عامة عن القوات المغربية من حيث الحجم والتنظيم، وأنى أود ان تتاح لى الفرصة لزيارة تلك الوحدات للتعرف على مستواها التدريبي وقدراتها القتالية"، قال الملك واعتبارا من باكر يمكنك ان تزور أية وحدة ترغب فى زيارتها. وبعد ان تنتهي من زياراتك كلها تعالى لمقابلتي مرة اخرى وقل لى ماذا تريد", ثم أضاف قائلا "لا تشغل نفسك طوال الوقت حاول أن توفر بعض الوقت لكي تزور بلادنا، بعد ان تحدثنا عن هذا الموضوع الرئيسي الذى حضرت من اجله وبعد ان أعطى الملك تعليماته الى الجنرال اوفقير بان يقوم بترتيب بعض الزيارات الترفيهية لى، انتقل الى موضوع آخر هو موضوع العقيد معر القذافي. لقد تكلم الملك بمرارة عن موقف القذافى وقال "ان القذافى يخصص ساعة كل يوم فى الإذاعة الليبية لكي يهاجم المغرب انه يشتمنا ويتهمنا باتهامات باطلة. ماذا يريد منا القذافى ؟ ماذا فعلنا لكي يهاجمنا هذا الهجوم. هل من مصلحة العرب ان نستفد جهودنا فى مهاجمة بعضنا بعضا بدلا من ان نوجهها الى عدونا المشترك ؟ ان القذافى صديقكـم فى مصر وقد تستطيعون ان تنصحوه لكي يقلع عن هذه التصرفات و أرجو ان تقوم بإبلاغ ذلك الى السادات عسى ان يؤثر على صديقة القذافى لكي يعدل موقفه منا."

قضيت اليومين التاليين فى زيارة عدد من الوحدات المغربية حيث قمت ببحث موقفها من حيث التنظيم والتسليح والتدريب وبعد ان انتهيت من هذه الزيارات **قابلت الملك للمرة الثانية وطبت ان تشمل الإمدادات المغربية ما يلى:**

1 سرب اف 5.

1 لواء دبابات.

وافق الملك وسألني عن ملحوظاتي عن الوحدات التى زرتها فذكرت له وجهة نظري بأمانة. ثم ناقشت معه أسلوب نقل هذه الوحدات الى الجبهة وبعض التفصيلات الأخرى وقبل أن اتركه قال بحماس "يا اخ شاذلى قد تكتب مذكراتك فى يوم من الأيام ولسوف تكتب ان شاء الله فيها: لقد وعد الملك الحسن فأوفى بوعده، فقلت له "ان شاء الله " وفى يوم 11 من فبراير غادرت المغرب الى ليبيا.

زيارة ليبيا:

في يوم 12 من فبراير 72 قابلت الرئيس معر القذافى فى مكتبه بمجلس قيادة الثورة وقد حضر هذه المقابلة المقدم أبو بكر يونس ر. ا. ح. ق م الليبية، والرائد مصطفى الخروبى مساعد ر.ا. ح. ق. م والرائد عبد السلام جلود رئيس الوزراء، والرائد عبد المنعم الهونى وزير الداخلية وجميعهم أعضاء مجلس قيادة الثورة الليبية. كانت القوات المسلحة الليبية محدود ة ولم يكن هناك ما يمكن الاستعانة به في ذلك الوقت للمعركة إلا القليل، ولكن القذافى كان يضع قواته المسلحة كلها في خدمة المعركة. كان أهم ما عنده هو طائرات الميراج 3 الفرنسية التي كانت تصله بأعداد لاتستطيع ليبيا استيعابها فكان يستعين بمصر للتغلب على ذلك. كنا نقوم بإرسال الطيارين المصريين وهم يحملون جوازات سفر ليبية إلى فرنسا حيث يتلقون تدريبا أوليا على الطائرة قبل أن يعودوا بها إلى ليبيا. كان في ليبيا في ذلك الوقت سربان عاملان أحدهما كان يقوده طيارون ليبيون مازالوا قيد التدريب أما السرب الآخر فكان يقوده طيارون مصريون وكان متمركزا في ليبيا وجاهزا للتحرك إلى مصر إن دعت الحاجة إلى ذلك، وقد تم ذلك كله بناء على اتصالات ثنائية مباشرة بين مصر وليبيا، وهكذا كانت رحلتي إلى ليبيا تختلف في طبيعتها عن رحلتي إلى الجزائر والمغرب. لقد كان التعاون العسكري بين مصر وليبيا تعاونا كاملا، فقد كانت مدارسنا العسكرية مفتوحة على مصراعيها لتأهيل الضباط وضباط الصف الليبيين من مختلف التخصصات وكان لدينا في ليبيا مئات من الضباط وضباط الصف المصريين لتدريب الوحدات الليبية وتقديم الخبرة الفنية لها، وعلاوة على ذلك فقد كانت بعض الوحدات الميدانية المصرية تتمركز في ليبيا، وكان المصريون يقومون بتشغيل العديد من الأسلحة والمعدات الليبية التي لم يكن في استطاعة ليبيا تدبير الأطقم اللازمة لتشغيلها. ونتيجة لهذا الموقف فقد كان الهدف الأساسي من زيارتي إلى ليبيا هو إطلاع الرئيس القذافي على نتيجة رحلتي إلى الجزائر والمغرب ثم انتهز الفرصة بعد ذلك لكي أصور الوحدات المصرية، التي كانت متمركزة في القواعد الليبية. في مكتب متواضع وبعيدا عن جميع مظاهر الأبهة، اجتمعنا مساء ذلك اليوم. كان الجميع يلبسون الأوفرولات البسيطة حتى خيل إلى وكأني في اجتماع ميداني في أحد مواقعنا النائية في الصحراء أخطرت المجلس بنتيجة لقائي بكل من الرئيس هواري بومدين والملك الحسن ولكني لم أخطرهم بشكوى الملك من هجوم القذافي على النظام الملكي في المغرب م! وبعد أن انتهيت علق القذافي قائلا بأنه لا يعتقد ان الملك الحسن سوف يبعث بقواته إلى الجبهة كما وعد، ولكني قلت له انني اعتقد لنه سيبعث بها، تدخل القذافي قائلا ما الذي يجعلك تقول هذا. فأجبت، إنني أتعامل مع الرجال منذ اكثر من ثلاثين عاما واعتقد أن لدى الخبرة الكافية لكـــي اعرف من يعني ما يقول ومن لايعني ما يقوله، أدار القذافي وجهه إلى أعضاء المجلس وقال "إذا فعل الحسن ذلك فإن ذلك يعني أنه يخشى على نفسه من جيشه وأنه لذلك لن يرسلهم خارج البلد لكي يتخلص منهم ويتفادى تهديدهم لعرشه."

199

تدخلت بسرعة لكيلا أعطى الفرصة لأحد من أعضاء المجلس ان يعلق على ما قاله القذافى وقلت له "سيادة الرئيس لنفترض ان ما تقوله حقيقي، هل يغير ذلك شيئا بالنسبة لك أو بالنسبة لنا مادامت هذه القوات سوف تشترك فى المعركة؟، هز القذافى رأسه وقال "حقا ما تقول.. انه لن يغير شيئا"ـ وبنهاية الجلسة كان القذافى سعيدا جدا بنتائج رحلتي وهو فى قمة السعادة موجها كلامه الى أعضاء مجلس قيادة الثورة "أيها الاخوة. يبدو ان قومية المعركة التى طالبنا بها قد بدأت قد تظهر نتائجها."

قضيت اليومين التاليين فى زيارة بعض الوحدات الليبية والمصرية وعدت الى مصر يوم 14 من فبراير. وفى مساء اليوم نفسه حضرت حفل عشاء كان يقيمه الرئيس السادات تكريما لرئيس الوزراء البلغاري الذى كان فى زيارة رسمية لمصر. وفى كلمتين قصيرتين خلال حفل الاستقبال قلت له "كانت الرحلة ناجحة".

وبعد أيام قليلة قدمت تقريرا كاملا عن الرحلة الى الرئيس. وبعد حوالي ثلاثة أسابيع كنت اجلس مـــع السادات لمناقشة تقريري عن الرحلة. كنت اعتقد انه سيكون سعيدا بهذه النتائج ولكنه قال "ضحكوا عليك وجعلوك تبرئهم بتصريحاتك أنا كنت اتابع تصريحاتك وأنت هناك. الملك الحسن سبق ان أعطى وعودا مماثلة أمام الملوك والرؤساء[10] ولكنه لم ينفذها قط اما بخصوص بومدين فإن الشروط التى يضعها شروط غير مقبولة. كيف يمكننا ان نقول له أن الحرب سوف تبدأ بعد ثلاثة اشهر؟ "حاولت بقدر ما أستطيع أن أوضح ما دار من حديث بيني وبين كل من الملك الحسن والرئيس هوارى بومدين ولكن كان يبدو لى انه غير مقتنع بما أقول وانه كان مقتنعا تماما بأنهما لن يقوما بإرسال اى دعم الى الجبهة وان ما قالاه هو مجرد أقوال."

انتقل الحديث بعد ذلك الى موقف الأردن فهاجم السادات الملك حسين هجوما عنيفا وقال انه غير مخلص ولا أمل يرجىّ منه. وانه قد باع نفسه للأمريكان والاستعمار الغربي وبالتالي فإننا لا يمكن ان نتعامل معه. ورفض رفضا باتا ان اقبل دعوة الأردن لزيارته.

وعلى الرغم من التعليقات المتشائمة التى أدلى بها السادات عن رحلتي الى الجزائر والمغرب، فأن هذه الرحلة قد نجحت فى هدم الحواجز التى كانت تقف بين مصر وبين تلك الدولتين، لقد كنت اول شخصية مصرية كبيرة تزور هاتين الدولتين منذ سنوات، وبعد بضعة اشهر من زيارتى تلك قام وزير خارجية مصر بزيارتهما، وبعد ذلك قام السادات نفسه بزيارة لهما.

هوامش الفصل الخامس والعشرون

(1) جميع هذه الأرقام كتبت على اساس إحصاءات الأمم المتحدة 1970.

(2) سوريا كان متوسط دخل الفرد بها 244 دولارا وتخصص للدفاع 11.8% والأردن كان متوسط دخل الفرد بها 280 دولارا وتخصص للدفاع 13.8%

(3) كانت مقررات مؤتمر الخرطوم هى أن تدفع دولة الكويت 55 مليون جنيه إسترليني والمملكة العربية السعودية 50 مليون جنيه وليبيا 30 مليون جنيه فيكون الإجمالي هو 135 مليون جنيه إسترليني، ويتم توزيع هذا المبلغ على كل من مصر والأردن فيكون نصيب مصر هو 95 مليون جنيه إسترليني سنويا والأردن 40 مليون جنيه إسترليني سنويا.

(4) يحتاج تدريب الطيار الى 3- 5 سنوات ويتكلف خلالها حوالي مليون دولار (طبقا لحسابات عام 1971).

(5) التفاصيل فى الفصل السابع عشر.

(6) المقصود بدول الدعم العسكري. هى الدول العربية التى ليست من دول المواجهة ولكنها سوف تخصص جزئا من قواتها العسكرية لتعزز القوات العسكرية لدول المواجهة.

(7) كانت زوجتي من بين هؤلاء الذين يعتقدون انه ليست هناك حرب أخرى. كانت تطلب منى ان تؤدى فريضة الحج فكنت أقول لها بعد الحرب بأذن الله فكانت تحتج قائلة "لن تكون هناك حرب اخرى. أنكم تقولون ذلك للشعب ولكنكم تعرفون أنكم لن تقوموا بهذه الحرب " فكنت أرد عليها "لو أنى اعلم أنه لن تكون هناك حرب لتركت القوات المسلحة. ستقع الحرب وسنحج معا بإذن الله."

(8) كان الجنرال اوفقير يتولى منصب وزير الداخلية ومنصب وزير الحربية ومنصب رئيس أركان حرب القوات المسلحة المغربية.

(9) لا اعرف إذا كان "المعلن" هذا تقليدا عربيا قديما، ولكنه معمول به فى بريطانيا ويطلق عليه " announcer"وأعتقد ان المملكة المغربية هى الدولة العربية الوحيدة التى تأخذ بهذا التقليد.

(10) الرئيس السادات يقصد هنا مؤتمر الملوك والرؤساء الذى عقد فى الرباط في ديسمبر 1969.

الفصل السادس والعشرون

لجنة الكويت:

لقد كان ضمن قرارات مجلس الجامعة فى دورته رقم 58 المنعقدة بالقاهرة فى المدة من 9 الى 13 من سبتمبر 72، تأليف لجنة من وزراء الخارجية والدفاع فى دول المواجهة والكويت والسعودية لتقييم الموقف من جميع نواحيه ووضـــع الأسس لخطة عمل عربي مشترك محدد الوسائل والالتزامات لمواجهة العدوان الإسرائيلى. كما تقرر ان تجتمع هذه اللجنة فى الكويت فى 15 من نوفمبر 72.[1] بعد ان وصل عدد الدول المشتركة فى هذه اللجنة إلـــى 13 دولة من مجموع 19 دولة هى الدول الأعضاء فى الجامعة العربية فى ذلك الوقت أصبحت اللجنة وكأنها اجتماع محدود لمجلس الدفاع المشترك.

تقدمت أمام اللجنة فى الكويت بتقرير يعتبر اكثر صراحة من التقرير الذى تقدمت به أمام مجلس الدفاع المشترك في نوفمبر 71. وفي الحقيقة فإن كل ما قلته فى نوفمبر 72 كان فى ذهني فى نوفمبر 71 ولكني أحجمت عن ذكره في ذلك الوقت **ويتلخص ما ورد فى التقرير فيما يلى:**

1- أن قومية المعركة أفعال وليست أقوالا. وأن الدول العربية التى ليست من دول المواجهة لا تشارك فى المعركة بالقدر ألكافي، وأن المساعدات التي تقدمها إلى دول المواجهة هي مساعدات محدودة لا يمكن ان ترقى الى مستوى المشاركة فى الأعباء. وللتدليل على ما أقول قدمت لهم الأرقام التالية:

أ‌- أنفقت مصر على قواتها المسلحة منذ 1967 حتى 1972، 25، 4 1 مليون جنيه، فإذا أضفنا الى ذلك خسائرنا فى الممتلكات ارتفع الرقم الى حوالي 4500 مليون جنيه ولا يدخل ضمن هذا الرقم خسائرنا نتيجة إغلاق قناة السويس وفقدان أبار البترول في سيناء مما يصل بهذا الرقم الى حوالي 6000 مليون جنيه.

ب‌- بلغت خسائر مصر فى الأرواح نتيجة أعمال العدو خلال هذه الفترة 2882 شهيدا علاوة على 6285 جريحا.

ت‌- حصلت مصر خلال هذه الفترة على دعم مالي من السعودية والكويت وليبيا يبلغ 566 مليون جنيه.. اى ما يعادل حوالي 9% مما تنفقه مصر دون حساب للأرواح التى تستشهد من اجل القضية العربية.

ث‌- أن الدخل القومي المصري يمثل 36% من أجمالي الدخل القومي العربي، ومع ذلك فإن مصر تتحمل 50% من الإنفاق العسكري العربي.[2]

2- وقد أخبرت اللجنة انه يجب ان تكون لدينا سياسة بعيدة المدى وسياسة اخرى لمجابهة الموقف فى الحاضر والمستقبل القريب، وقد اقترحت أن تشمل سياسة المستقبل القريب ما يلى:

أ- كل دولة عربية يجب ان تلتزم بان تخصص 15% على الأقل من دخلها القومي كميزانية عسكرية مع إعطاء الأولوية للقوات الجوية والدفاع الجوى. لا يمكن أن نقبل المناداة بقومية المعركة، بينما إحـــدى الدول العربيـــة تخصص 22.7% من د خلها القومي للإنفاق العسكري ودولة اخرى تخصص 3% فقط من د خلها القومي للإنفاق العسكري.

ب- إذا كانت إحدى الدول العربية غير قـــادرة على إنفاق نسبة 15% من دخلها القومي لشئون الدفاع نتيجة النقص فى عدد الأفراد أو الفنين فإنها تقوم بتحويل هذا الفائض الذي لا يستطيع استيعابه الى صندوق قومي يطلق عليه "صندوق المعركة" يخصص لدعم دول المواجهة مع إسرائيل.

3- اما السياسة البــعيدة المدى فيجب ان تشــمل ضرورة اعتمادنا على أنفسنا فى إنتاج أسلحتنا بأنفسنا، وقدمت لهم الأمثلة التاريخية التى تؤيد ان الدول التى تصنع أسلحتها تستطيع فى النهاية ان تهزم عدوها الذى لا يقوم بتصنيع أسلحته.

أ- أجريت مقارنة بين الإنتاج الحربى فى إســـرائيل والدول العربية ووضعت أمـــامهم الأرقام التالية:

	عام 1966 بملايين الدولارات	عام 1972 بملايين الدولارات
إسرائيل	90	428
الدول العربية (مصر)	70	93

ب- طالبت بإنشـــاء مؤسسة للإنتاج الحربى تسهم فيها كل دولة عربية بنسبة 2% من دخلها القومي لمدة 5 سنوات متتالية وذلك لتكوين راس مال الشركات التى تنتج مختلف أنواع الأسلحة.

ت- طالبت بان تكون هذه المؤسسة العربية للإنتاج الحربى مستقلة تماما عن الدول العربية جميعها وان تعتمد المؤسسة على المبادئ والأسس الاقتصادية السليمة بحيث يمكنها أن تقوم بإمداد الدول العربية باحتياجاتها من الأسلحة المتطورة بأسعار لا تزيد على الأسعار العالمية مع توزيع الأرباح على المساهمين فيها.[3] هذا ويجب مراعاة توزيع المصانع التابعة لهذه المؤسسة على الدول العربية بحيث يخضع هذا التوزيع إلى العوامل الاستراتيجية والفنية والاقتصادية.

4- أوضحت لهم مدى الضعف العربي و أخبرتهم أن القوات الجوية الإسرائيلية بما لديها من طائرات وطيارين تستطيع ان تقصف دول المواجهة بما يعادل 2500 طن يوميا من القنابل فى حين ان طاقة القوات الجوية المصرية والسورية مجتمعة تعادل 760 طنا من القنابل يوميا. وقد أكدت فى اكثر من مجال ان الدول العربية يجب ان تعمل جاهدة لزيادة مقدرة قواتها الجوية ودفاعها الجوى.

اجتماع رؤساء أركان حرب الجيوش العربية (الهيئة الاستشارية لمجلس الدفاع المشترك):

فى يوم 12 من ديسمبر 1972 اجتمع رؤساء أركـان حرب القوات المسلحـة العرب فى القاهرة وفى هذا الاجتماع التاريخي دارت مناقشات قوية وبناءه [4] انتهت بالتوصيات التالية:

1- تستمر الدول العربية فى تقد يم الدعم العسكري طبقا لمقررات مجلس الدفاع المشترك فى دورته الثانية عشرة فيما عدا التعديلات التالية:

أ- تقوم المملكة العربية السعودية بتقديم سرب ليتننج إلى الجبهة المصرية الآن. وتقوم بتقديم سرب ليتننج آخر عام 74.

ب- تقوم دولة الكويت بتقديم سرب ليتننج للجبهة المصرية الآن وتقوم بتقديم سرب آخر فى وقت يتم الاتفاق عليه فيما بعد.

ت- تقدم ليبيا سربى ميراج الآن، وسوف تعمل على تقديم سرب اخر يتم الاتفاق عليه فيما بعد، وعلاوة على ذلك فإن ليبيا تلتزم بوضع كافة إمكاناتها العسكرية لخدمة المعركة.

2- توصى الهيئـة بأن تلتزم كل دولة عربية بتخصيص 15% على الأقل من د خلها القومي لتطوير ورفع الكفاءة القتالية لقواتها المسلحة مع إعطاء الأسبقية الأولى فى التطوير والدعم للقوات الجوية والدفاع الجوى، وإذا كانت ظروف الدولة لا تتيـح لها إنفاق هذه النسبة على قواتها المسلحة نتيجة نقص فى الأفراد والخبرات فعلى هذه الدولة ان تدعم دول المواجهة بالأموال التى تستكمل بها هذه النسبة.

3- إن الهيئة الاستشارية وهى تؤمن بأهمية بناء قاعدة صناعية حربيـة متطورة داخل الوطن العربي لتحقيق الاكتفاء الذاتي فى الصناعات الحربية للقوات المسلحـة العربية والصمود أمام الاحتكارات العالمية فى مجال توريد الأسلحة توصى بضرورة الإسراع فى إنشاء مؤسسة عربية للإنتاج الحربى تسهم فيها كل دولة بنسبة 2% على الأقل من دخلها القومي ولمدة خمس سنوات. ويجب الا تخضع هذه المؤسسة لسلطة اى بلد عربي بل تكون لها حرية العمل على أسس اقتصادية وتجارية بحتة. وتوضع النقط التالية موضع الاعتبار عند إنشاء المؤسسة:

أ- يشرف على المؤسسة مجلس إدارة من الدول الأكثر اشتراكا فى راس المال والأكثر تعاملا مع المؤسسة.

ب- يتم توزيع المصانع التابعة لهذه المؤسسة على الأراضي العربية جميعها، على أن يوضع في الحسبان

التوزيع الإستراتيجي والاقتصادي ومصادر المواد وتوفير الخبرات والأيدي العاملة.

ت- يجوز للمؤسسة أن تشتري المصانع الحربية القائمة فعلا على الأراضي العربية من الدول صاحبة الشأن وذلك إذا توافرت فيها الشروط الفنية والاقتصادية التى تحقق أهداف المؤسسة.

ث- لا تقوم المؤسسة بتوزيع أرباح عن الأسهم عن السنوات الخمس الأولى.

اعتقد ان توصيات الهيئة الاستشارية فى دورتها الثالثة عشرة تعتبر أهم وأخطر قرارات اتخذها رؤساء الأركان العرب. حقيقة ان قراراتهم فى هذا الشأن لا تعدو أن تكون توصيات وان التنفيذ يتوقف في النهاية على مدى رغبة كل دولة فى تنفيذ التزاماتها. ولكن هذه التوصيات عندما تصدر من القمة العسكرية فى العالم العربي فلابد ان يكون لها أثر بعيد حتى ولو لم تظهر هذه النتائج مباشرة. إن التوصية بان تلتزم كل دولة بإنفاق 15% من دخلها على قواتها المسلحة- كما جاء فى البند رقم 2 تعتبر تجسيدا لقومية المعركة. لقد مضت ست سنوات على هذا القرار وقد تغيرت نسب الإنفاق العسكري فى بعض الدول ولم تتغير فى دول اخرى، ولكن- على الأقل- اصبح هناك مقياس يحسب على أساسه مدى جدية كل دولة في المساهمة الفعالة فى المعركة، كذلك فإن قرار إنشاء المؤسسة العربية للإنتاج ولو انه لم يخرج إلى حيز التنفيذ، فإنه أنار الطريق أمام بعض الدول، فقد قامت مصر والسعودية وقطر والإمارات العربية بالاشتراك فى إنشاء مؤسسة خاصة بها.

لي تحفظات كثيرة حول هذه المؤسسة. وبصفة عامة يمكن القول إن الدعاية التى تصاحب هذه المؤسسة تفوق بكثير حقيقة ما قامت به او ما سوف تقوم به. إن الخطوط التى تسير عليها تختلف تماما عن الخطوط التى كنت أتصورها وارسمها في خيالي عن المؤسسة وأهدافها. إنني إذا نظرت إلى ما حققته تلك المؤسسة التى أسست عام 1975 براس مال قدره 1040 مليون دولار، وجدت أنها لم تحقق شيئا يذكر فى مجال الإنتاج الحربي الحقيقي. إنها تعاقدت لإنتاج محركات لطائرات تدريب وعربات جيب وطائرات مروحية (هيلوكوبتر) LYNX وجميع هذه الأصناف لا يمكن ان تضيف شيئا إلى قوة العرب فى الميدان، وليست هناك أية قيود فى الدول الغربية على بيع هذه الأصناف. إنني أريد ان نصنع الأصناف المتطورة التى تفرض الدول التى تصنعها قيودا علـى بيعها، وكنت أريد أن أعتمد على شـراء العقول والخبرة لتحـقيق ذلك، وليس مجـرد التعـاقد مع الدول

لتصنيع هذه الأصناف لأنني اعلم مسبقا ان تلك الدول لن تساعدنا فى إنتاج السلاح المتطور. لن تساعدنا فى إنتاج طائرة قتال متطورة او دبابة متطورة او صواريخ متطورة. ان الشيء الوحيد الذى يمكن ان نعترف بان هذه المؤسسة قد قامت به هو التعاقد على تصنيع المقذوفات الموجهة سوينج فاير Swing fire مع العلم بأن هذا الصاروخ لم يتم إنتاجه فى مصانع المؤسسة حتى الآن (يوليو 1979). إن فكرة التضامن لإنتاج السلاح هي فكرة صحيحة اما الأسلوب الذى اتبعته تلك المؤسسة والنتائج التى حققتها خلال أربع سنوات من عمرها فتعتبر نتائج محزنة.[5]

عندما قابلت السادات يوم 13 من ديسمبر 72 أخبرته بتوصيات رؤساء الأركان العرب الخاصة بإنشاء الصناعات الحربية، وقلت له "طبقا لتقديراتي فإن راس مال هذه المؤسسة سوف يصل في نهاية السنوات الخمس الى 3000 مليون دولار" فرد السادات " أنك متفائل جدا. إذا استطعنا ان نحصل على 10% فقط من هذا المبلغ فإننا نستطيع ان ننشئ صناعات حربية حقيقية."

قرارات مجلس الدفاع المشترك:

لم يجتمع مجلس الدفاع المشترك فى دورته الثالثة عشرة خلال شهر ديسمبر 72 كما كان مقررا و إنما انعقد فى الفترة من 27-30 يناير 73. وكانت قرارات المجلس تنحصر في تأكيد التزامات كل دولة من الدول التى ليست من دول المواجهة بتقديم الدعم العسكري السابق تحديده بواسطة اللجنة الاستشارية التى تتكون من رؤساء أركان الحرب فى الدول العربية جميعها.

هوامش الفصل السادس والعشرون

(1) اخذ عدد أعضاء الدول التى تنضم إلى اللجنة يزداد حتى اصبح 13 دولة هى: الأردن، تونس، الجزائر،السعودية، السود ان، سوريا، ا لعراق، الكويت. لبنان، ليبيا. مصر، المغرب، فلسطين وهذا يعنى أن الدول العربية التى لم تحضر هذا الاجتماع هى اليمن الشمالي، اليمن الجنوبي، قطر، دولة الإمارات العربية البحرين، وسلطنة عمان.

(2) إن هذه النسبة على اساس 1972. وقد اختلفت الآن اختلافا كبيرا.

(3) يبدأ توزيع الأرباح بعد 5 سنوات من الاتفاق على إنشاء هذه المؤسسة وشلك لتغطية فترة بناء المصانع واكتساب الخبرات الفنية.

(4) يمكن الاطلاع على محضر الجلسات فى محفوظات الجامعة العربية.

(5) قامت كل من السعودية وقطر ودولة الإمارات العربية بالانسحاب من هذه المؤسسة اعتبارا من أول يوليو 1979، وذلك احتجاجا على قيام مصر بالتوقيع على معاهدة السلام مع إسرائيل فى

26 من مارس 79. وأعلن الســـادات أن مصر توافق على تصفية المؤسسة ولكنه أعلن في الوقت نفسه أن مصر ستستمر وحدها فى العمل على تحقيق عمليات التصنيع التى كانت تستهدفها المؤسسة التى تم حلها.

الفصل السابع والعشرون

صدام حسين في القاهرة

قام العراق بإرسال وفد عراقي على مستوى عال الى القاهرة ما بين 26- 28 من مارس
72 وكان يرأس الوفد السيد صدام حسين الرجل الثاني في العراق وأحد الأعمدة الرئيسية التى يرتكز
عليها النظام العراقي، وكان هذا يشير إلى مدى الأهمية التى يعلقها العراق على هذا اللقاء العراقي
المصري. كان هذا اللقاء بناء على مبادرة عراقية إذ تلقت السلطات المصرية إخطارا من بغداد يفيد ان
وفدا عراقيا على مستوى عال سوف يصل الى القاهرة يوم كذا لإجراء مباحثات مهمة. قامت مصر
بتشكيل وفد مصري من الدكتور محمود فوزى نائب رئيس الجمهورية، وحافظ إسماعيل مستشار
الرئيس لشئون الأمن القومي، وممدوح سالم وزير الداخلية، ومراد غالب وزير الخارجية. والفريق
سعد الدين الشاذلي ر.ا. ح. ق. م. م وعبد المنعم النجار سفير مصر فى العراق. فى يوم 23 من
مارس اجتمع الوفد المصري برئاسة الدكتور فوزي اجتماعا تمهيديا بقصد دراسة الموضوعات التى
يحتمل ان يثيرها الوفد العراقي، ثم طلب رئيس الوفد الكلمة من الأعضاء
استمعنا الى تقرير من السفير المصري فى العراق، وكان يتلخص فيما يلى:

1- العراق حريص على تحسين علاقته مع مصر وانه لا يريد ان يتم ذلك على حساب
   العلاقات المصرية السورية. انه يهدف الى أقامة محور بغداد- القاهرة بحـيث يمر لمحور
   خلال دمشق.

2- سواء أكان حزب البعث السوري وحزب البعث العراقي جسمين براس واحد او جسمين
   برأسين، فإنه من الممكن ان يتعايش النظامان مع بعضهما.

3- أن العراق على استعداد للمشاركة فى المعركة بقواته المسلحة بالحجم الذى يراه الأمين
   العام المساعد العسكري للجامعة العربية.

4- ان العراق مستعد للمشاركة فى عملية التصنيع العسكري العربي.

5- ان العراق يؤيد قيام الوحدة العربية. وإذا كان ذلك غير ممكن في الظروف الحالية فإنه يؤيد
   اى إجراء يقرب هذه الوحدة ونصح السفير بان تقوم مصر بتشجيع هذه الخطوة ومباركتها
   حيث أن رجال الحكم فى العراق مخلصون فى أيمانهم بالقومية العربية.

تكلم الأعضاء الآخرون فأظهروا شكوكهم فى تلك المبادرة وتراوح رأيهم بين الحذر
والتخوف وبين الرفض الصريح، الا ان أحد الأعضاء أعلن رفضه بطريقة لا تخلو من الاتهام حين
قال: "لا اعتقد أنهم يرغبون في أي نوع من الاتحاد او الوحدة العربية مهما قالوا ذلك. ولا اعتقد انهم
سوف يشاركون بأية قوات عسكرية فى المعركة ضد إسرائيل مهما قالوا ذلك. ان المبادرة العراقية

ليست سوى مناورة حزبية". (الطبعة الرابعة: كان المتكلم هو ممدوح سالم) وعندما جاء دوري فى الكلام أوصيت بأن نقوم بتشجيع المبادرة العراقية و أدليت بالنقاط الرئيسية التالية:

1- لا يجب ان نتجاهل القوة العسكرية العراقية و أثرها على المعركة ضد إسرائيل. أن العراق من وجهة نظري تعنى 250 طائرة قتال، 4 فرق مشاة وفرقتين مدرعتين. فإذا استطعنا بأية وسيلة كانت ان نشرك تلك القوات او جزءا منها فى المعركة ضد إسرائيل فى الجبهة الشرقية فإن ذلك سوف يضيف أبعادا جديدة للمعركة.

2- أنى اعتقد ان العراق سوف يثير مشكلة القيادة بالنسبة لقواته التى تشترك مع سوريا ولكن كمبدأ عام فإن قوات الدعم العراقية يجب أ ن تخضع للقيادة العامة السورية باعتبارها الدولة المضيفة.

3- قد يقول العراق بأنه سوف يرسل قواته العسكرية الى جبهة القتال عند قيام الحرب ولكن يجب أن نوضح له أن عامل الوقت لن يسمح بأن تكون هذه القوات ذات تأثير فعال على المعركة ما لم تتمركز فى الجبهة السورية قبل المعركة بوقت كاف.

4- قد يذكر العراق أن سبب أحجامه عن إرسال جزء من قواته الجوية والبرية الى الجبهة السورية الآن، هو ضعف الدفاع الجوى فى سوريا، ونتيجة لاتصالاتى بالجـانب السوري فإننا نستطيع ان نؤكد له بان سوريا ترحب بأن يقوم العراق ببناء مطارات متقدمة له فى سوريا وان يجهزها بالدفاع الجوي المناسب قبل ان يرسل قواته الى سوريا.

وفى نهاية الجلسة اتفقنا على ان يخضــع اتجاه الوفد فى مناقشاته مع الجانب العراقي للاعتبارين التاليين:

1- المساعدات التى يمكن للعراق ان يقدمها للمعركة.

2- أن تمركز القوات العراقية فى سوريا يخضع فى النهاية لقرار الحكومة السورية.

اجتمعنا مع الوفد العراقي وأخذنا ندور فى حلقات مفرغة. كان الدكتور محمود فوزى يتكلم باسم الوفد المصري. وكان الدكتور فوزي صاحب مدرسة فى الدبلوماسية التى تعتمد على الكلمات المرنة والمعاني الواسعة. ظل يتكلم لمدة ســاعة او اكثر دون ان يستطيع مستمعوه أن يفهموا حقيقة ما يعنيه ، وبالتالي فانه يترك الباب مفتوحـا للمناورة والمراوغة.[1]

كان الوفد المصري حريصا على الا يخطو أية خطوة فى اتجاه العراق حـتى لا يؤثر ذلك على العلاقات المصرية السورية. وكان لا يأخذ الضمانات والتأكيدات التى يقدمها الوفد العراقي مأخذ الجدية, وانتهت المباحثات دون الوصول الى اى حل وعاد الوفد العراقي الى بلده فى 28 من مارس.

كانت النتيجة الإيجابية الوحيدة هي إصرار صدام حسين على ان أقوم بزيارة رسمية للعراق وان أصور التشكيلات والوحدات العراقية أسوة بما فعلته فى الجزائر والمغرب.

زيارتي للعراق:

عارض الرئيس السادات ان أقوم بزيارة العراق. لقد كان رأيه فى الرئيس حسن البكر لا يقل سوءا عن رأيه فى الرئيس هوارى بومدين والملك الحسن الثاني, ولكنه وافق فى النهاية على ان أقوم بهذه الزيارة من 26 من مايو الى 2 من يونيو 72. كان قيامي بهذه الزيارة الرسمية للعراق يعنى الكثير بالنسبة لمصر وبالنسبة للعراق، فقد كانت اول زيارة رسمية تقوم بها شخصية مصرية كبيرة الى بغداد منذ سنوات عديدة. لذلك فإنه كان ينظر الى هذه الزيارة على إنها بداية لإعادة فتح الجسور بين القاهرة وبغداد. فى بغداد كانت البصمات الثقافية المصرية واضحة فى جميع المجالات. كان هناك عدة آلاف من المدرسين والأساتذة المصريين وكان ارتباط الشعب العراقي بأخبار مصر وفنونها يشكل ظاهرة ملفتة للنظر. كان برنامج زيارتي حافلا فقد زرت الكثير من الوحدات العراقية البرية والجوية فى أقصى المناطق الجبلية فى الشمال، حيث تنخفض درجة الحرارة فى هذا الوقت من السنة الى حوالي الصفر. كمـا زرت الوحدات التى تتمركز فى أقصى الجنوب، حـيث ترتفع درجة الحرارة فى الظل إلى حوالي 45 درجـة مئوية. زرت مناطق الأكراد ومناطق الحدود الـعراقيـة الإيرانية وقمت برحلة بحرية داخل شط العرب المتنازع عليه بين العراق وإيران.[2]

قابلت الرئيس حسن البكر وعددا من الزعامات العراقيـة. **وكانت آراء الجانب العراقي تتلخص فى النقاط التالية:**

1- إن العراق تواجه مشكلتين رئيسيتين، الأولى هى التنازع مع جـارته إيران حول الحدود ولاسيما ما يتعلق منها بشط العرب، والمشكلة الثانية هى ثورة الأكراد فى الشمال، وإن هذا التهديد الذى يأتي من اتجاهين مختلفين يرغم العراق على الاحتفاظ بقواته قريبة من هذه المناطق.

2- إن العراق تمثل الجناح الأيمن للأمة العربية وهـي لذلك يجب ان تكون قوية فى تلك المنطقة حتى تستطيع ان تحمى المصالح العربية من اى هجوم إمبريالي.

3- عندما تبدأ المعركة ستقوم العراق بإرسال جزء من قواتها المسلحة إلى الجبهة الشرقية بحيث لا يؤثر على موقفها فى الجبهة الإيرانية والجبهة الكردية.

4- إنهم سيقومون بإصلاح وتجديد الطائرات هوكرهنتر، ولكنهم يفضلون إرسـالها بعد تمام تجهيزها إلى الجبهة المصرية بدلا من الجبهة السورية أو الجبهة الأردنية.

ذوبان الثلوج بين بغداد والقاهرة:

كانت رحلتي الى العراق محدودة النجاح. كانت هناك وعود عراقية بدعم الجبهة الشرقية (جبهة سوريا) ولكن هذا الدعم كان مشروطا بالموقف على الجبهة الإيرانية وموقف الأكراد فى الشمال كما كان مشروطا بقيام حرب فعلية، وبالتالي فإن الجبهة الشرقية لاتستطع أن تدخل فى حساباتها القوات العراقية أو جزء منها كعنصر أساسي عند التخطيط للمعركة. كان هذا على صعيد العلاقات العربية، اما على صعيد العلاقات المصرية–العراقية فقد فتحت الزيارة الأبواب بين بغداد والقاهرة مؤذنة ببدء مرحلة جديدة من التعاون بين البلدين.

بعد عودتي إلى القاهرة بأربعة ايام فقط وصل اللواء عدنان عبد الجليل مساعد وزير الدفاع العراقي إلى القاهرة وأخبرني بان صدام حسين سوف يقوم بزيارة فرنسا فى المدة ما بين 14–16 يوليو 72 وأن السلطات العراقية تود ان تعرف الأصناف التى ترغب مصر فى أن تشتريها من الغرب بصفة عامة ومن فرنسا بصفة خاصة، حتى يمكنها أن تتعاقد عليها وذلك كنوع من الدعم المادي لمصر. لقد بدأت العلاقات المصرية العراقية تأخذ مظهرا من مظاهر التعاون. وهذا التعاون وان كان محدودا، فإنه كان خطوة كبيرة نحو تفاهم افضل. لقد فتحنا مدارسنا العسكرية لاستقبال بعض الطلبة العراقيين. كما أرسلنا عددا من الخبراء العسكريين المصريين الى العراق. وقامت الحكومـــة العراقيـــة من جانبها بوضع 7 ملايين جنيه إسترليني باسم وزارة الحربيـــة المصريـــة فى أحد مصارف لندن حتى يمكن الإنفاق منها على شراء بعض الأصناف التكميلية الغربية التى قد نحتاج إليها.

وفى 12 من فبراير 73 وصل الفريق عبد الجبار شنشل – رئيس حـــرب أركان حـــرب القوات المسلحة العراقية– فى زيارة رسمية لمصر تستغرق أسبوعا، قام خلالها الفريق شنشل بزيارة الكثير من الوحدات والمنشآت العسكرية واطلع على كل ما يريد الإطلاع عليه، وبهذه الزيارة التى تمت بعد 9 اشهر من زيارتى لبغداد كانت العلاقات المصرية العراقية قد وصلت إلى ما لم تصل إليه من قبل، وبعد حوالي شهر من زيارة الفريق شنشل بدا السرب العراقي من طراز هوكر هنتر يصل الى مصر، حيث بقى بها إلى ان قامت حرب أكتوبر 73 واشترك فيها.[3]

ويجدر لى بهذه المناسبة ان أشيد بالسرب العراقي وبالطيارين العراقيين، فقد كان أداؤهم فى ميدان المعركة رائعا مما جعلهم يحوزون ثقة وحداتنا البرية، ففي اكثر من مناسبة كانت تشكيلاتنا البرية عندما تطلب معاونة جوية ترفق طلبها بالقول " نريد السرب العراقي"، أو "نريد سرب الهوكر هنتر" إن هذا فى حد ذاته يعتبر خير شهادة لكفاءة السـرب العراقي وحسن أدائه خلال حرب اكتوبر.

لم يقتصر الدعم العراقي على الجبهة المصرية ولكنه اسهم إسهاما فعالا فى الجبهة السورية، فبمجرد اندلاع حرب أكتوبر 73 قام العراق بإجراء سريع يهدف إلى تأمين جبهته مع إيران ويسمح له بإرسال جزء من قواته إلى الجبهة السورية، وقد أشـــرك العراق فى القتال 4 أسراب جوية،

وفرقة مدرعة، وفرقة مشاة، فكانت قواته فى الترتيب الثـالث بعد مصر وسوريا من ناحـية الكم والكيف. لقد اشترك اول سربين جويين في القتال يوم 8 من اكتوبر، كما ان العناصر المتقدمة من القوات البرية قد بدأت تصل الى الجبــهة يوم 11 من أكتوبر. ولو ان تلك القوات العراقية كانت متمركزة فى سوريا قبل بدء القتال لتغيرت نتائج القتال على الجبهة الشرقية، وهذا درس يجب ان نستفيد منه فى المستقبل.

هوامش الفصل السابع والعشرون

(1) اثناء حديث للدكتور فوزى خـــلال هذه الاجتماعات وجدت نفسي غير متفهم لما يقوله، فهمست فى أذن جارى وقلت له "أنا مش فاهم الدكتور فوزى عاوز يقول إيه، فرد صاحبي "ولا أنا ولكن هذا هو بالضبط ما يريده الدكتور فوزى. إنه لا يريد لأحد ان يفهم ما يريد ان يقوله."

(2) فى مدينة الجزائر، فى 5 مارس من 1975 تم الاتفاق بين العراق وإيران على تسوية المشكلات المعلقة بين البلدين ولاسيما فيما يتعلق بمشكلة الملاحة والحدود داخل شط العرب والتزام إيران بوقف مساعداتها للأكراد الذين يحاربون السلطة الشرعية فى العراق.

(3) لم يستطع العراق إصلاح جميع طائرات هوكر هنتر التى عنده, وقد كان كل ما استطاع إصلاحه هو ما يمكنه من تشكيل سرب واحد.

213

الفصل الثامن والعشرون

الدعم الليبي:

منذ ان وصل القذافى الى الحكم فى الفاتح من سبتمبر 69 وهو يقوم بمجهود كبير لبناء قوات مسلحة ليبية حديثة. ولكن مشكلتهم فى ليبيا ان طموحهم يفوق قدراتهم. انهم يملكون المال ولكنهم يفتقدون الكثير بعد ذلك. إذ ان النقص فى عدد الأفراد بالنسبة لاتساع الإقليم، والنقص فى الخبرة الفنية والمستوى الثقافي بين الأفراد يشكلان تحديا كبيرا لطموح القذافى ورفاقه. وعلى الرغم من هذه التحديات كلها الا ان ليبيا بذلت مجهودا ضخما لبناء قواتها المسلحة فى السنوات الأربع التى سبقت حرب اكتوبر 73، وقد اعتمدت فى ذلك على معونة مصر الفنية اعتمادا كبيرا. قامت ليبيا بإرسال عدة آلاف من طلبتها الى مراكز التدريب والمدارس العسكرية فى مصر، كما استقدمت مئات من الضباط وضباط الصف المصريين لتدريب الضباط والجنود الليبيين فى ليبيا.

وعندما اشترت ليبيا صفقة طائرات الميراج عام 1970 من فرنسا اعتمدت اساسا على الطيارين المصريين الذين كانوا يحملون جوازات سفر ليبية. وفى خلال عامى 71 و 72 ازداد التعاون بين مصر وليبيا الى الحد الذى بدا وكأنه وحدة قائمة غير معلنة. وقد حاول القذافى ان يجعل من هذه الوحدة القائمة على الممارسة الفعلية وحدة رسمية بوثيقة رسمية ولكنه لم يجد تشجيعا من السادات، فحاول ان يفرض الوحدة على مصر، ونظم مسيرة شعبية ما بين طرابلس والقاهرة خلال شهر يوليو 73، وقد انضم الى هذه المسيرة عدة آلاف من راكبي السيارات وحطموا بوابة الحدود التى تفصل بين البلدين باعتبارها آثرا من آثار الاستعمار الذى خلق هذه الحدود الوهمية بين الدول العربية. كانت ليبيا قيادة وشعبا تصرخ مطالبة بالوحدة، ومع ذلك فقد رفض السادات قبول تلك الوحدة فكان ذلك خطا تاريخيا جسيما.

وعند قيام حرب اكتوبر 73 كانت القوات الليبية المتمركزة فى مصر عبارة عن سربى ميراج (أحدهما يقوده طيارون ليبيون، والآخر يقوده طيارون مصريون) ولواء مدرع. ان حجم هذه القوات يجعل ليبيا فى المركز الثالث بين الدول العربية التى ليست من دول المواجهة، من حيث الدعم العسكري الذى قدمته للمعركة، وهى تأتي بعد العراق والجزائر.

الدعم السعودي:

لم تكن لى أية علاقات مباشرة مع المملكة العربية السعودية سواء على المستوى الثنائي بصفتي(ر.١.ح.ق.م.م) أو على المستوى العربي بصفتي الأمين العام المساعد العسكري للجامعة العربية. لقد كانت الاتصالات مع السعودية تتم على مستويات خاصة: الرئيس السادات، سكرتيره الخاص الدكتور اشرف مروان، وزير الحربية الفريق صادق ومن بعده الفريق أحمد إسماعيل. أما أنا فلم يحدث قط ان زرت السعودية او تفاوضت مع أحد المسئولين فيها طوال الفترة

214

التى شغلت فيها منصب ر.ا. ح.ق. م .م لذلك فإني سأذكر هنا ما اعرفه على وجه اليقين، وإني لا استبعد مطلقا ان تكون السعودية قد قدمت بعض المعونات المالية إلى مصر دون ان يكون لدى اى علم بها.

كنت قد اقترحت فى اجتماع مجلس الدفاع المشترك- كما سبق ان ذكرت فى الفصل الخامس والعشرين (الباب السادس) أن تسهم السعودية بسربى ليتننج لتدعم الجبهة الأردنية، وأقر المجلس ذلك في دورتيه الثانية عشرة والثالثة عشرة وقد كنت أنوى زيارة المملكة العربية السعودية بعد عودتي من زيارة الجزائر والمغرب، ولكن السلطات المصرية أبلغتني ان اسقط من حسابي زيارة السعودية، حيث إنه سيتم تنظيم الدعم العسكري المطلوب منها على مستوى الاتفاق الثنائي بينها وبين مصر وكـان الاتصال وقت ذاك يتم بواسطة الوزير صادق بالتنسيق مع الرئيس السادات مباشرة [1]

أخبرني الفريق صادق بان السلطات السـعودية لا توافق على إرسال الطائرات ليتننج بطيارين سعوديين ولكنها على استعداد لإرسالها إلى الجبهة المصرية على ان يقوم طيارون مصريون بقيـادتها ولذلك فإنه يجب علينا ان نرسل عددا من الطيارين المصـريين إلى السعودية، حيث يجرى تدريبهم هناك على قيادة هذه الطائرات، ثم يعودون بها إلى مصر. كان ذلك نقيض فكرتي تماما. لم نكن لنشكو قط من النقص فى عدد الطائرات. لقد كان عدد الطائرات عندنا يزيد على عدد الطيارين. لقد كان الطيار المدرب هو المشكلة الحقيقية. لقد كان هناك ما يقرب من 100 طيار سوفيتي يقودون 75 طائرة ميج 21، فكيف يمكن ان ندبر 10-15 طيارا لإرسالهم إلى السعودية ؟

لم ترق لى هذه الفكرة و أظهرت اعتراضي عليها، ولكن كـما هى العادة دائما فان القرار السياسي يفرض نفسه فى النهاية. فى 2 من مايو 72 أرسلنا الدفعة الأولى إلى السعودية وكانت تتكون من 7 طيارين و 33 ميكانيكيا وبعد وصول هذه المجموعة الى السعودية بدأت تظهر الكثير من المشكلات درجة الصلاحية فى الطائرات لا تسمح بتدريب الطيارين الذين أرسلوا للتدريب عليها، عدم توافر المدربين الذين يقومون بتدريب الطيـارين، المشكلات الإدارية الخاصـة بالتدريب. الخ. وبعد حوالي عام من المحاولات لم نصل إلـى شـئ. عاد الطيارون والميكانيكيون دون الطائرات ليتننج ولم تشترك تلك الطائرات فى معركة أكتوبر 73 لا بطيارين مصريين ولا بطيارين سعوديين.

فى تمام السـاعة 1830 يوم 9 من يوليو 73 اتصل بى الدكتور أشرف مروان وأخذ يكلمني فى أمور غريبة بالنسبة لى، وليس لدى اى علم بها، فلما أخبرته بأنني لا اعلم شيئا عن هذه الموضوعات قال لى: إن حسنى مبارك يعلم بذلك. **وكـان مما قاله الدكتور اشرف مروان ما يلى:**

1- بخصوص عقد الطائرات Sea King : مطلوب الانتهاء من العقد غدا حتى يمكن تسليمه إلى العقيد عبد الرؤوف الذى سيسافر به إلى السعودية يوم الخميس 12 من يوليو، أما بخصوص الصواريخ والأصناف التكميلية التى لم يكن قد تم الاتفاق النهائي عليها مع الجانب البريطاني فيجرى إدراجها ضمن عقد آخر لاحق. [2]

2- موضوع 32 طائرة ميراج: إن كمية الذخيرة المطلوبة لعقد طائرات الميراج كبيرة جدا وتصل قيمتها إلى 35 مليون دولار، ومطلوب تخفيض هذه الكمية.

3- طائرة هيلوكوبتر هدية للرئيس: إن الملك فيصل قرر إهداء الرئيس السادات طائرة هيلوكوبتر ومطلوب إرسال طيارين مصريين إلى السعودية لاستلامها.

4- لدى السعودية 1000 طلقة عيار 155 مم، ومطلوب تحديد الوقت اللازم لاستلامها.

5- مطلوب تحرير كشف بقطع الغيار المطلوبة للمدافع 155 مم، لتسليمه إلى العقيد عبد الرؤوف قبل سفره إلى السعودية يوم الخميس القادم.

6- الطائرات سى 130 السعودية مطلوب سفرها إلى السعودية كل 15 يوم لإجراء الصيانة ولأغراض سياسية. ويمكن الاستفادة من هذه الطلعات فى نقل الأصناف المرسلة من مصر إلى السعودية وبالعكس.[3]

7- اعتبارا من اليوم فإن الاتصال بين السعودية ومصر يتم على مستوى الملك فيصل والرئيس السادات، ويجب الا يتم على اتصال بين وزير الحربية المصري ووزير الحربية السعودي بخصوص هذه الموضوعات (كان وزير الحربية في زيارة رسمية إلى الصومال وأثيوبيا من 16-7 من يوليو 73).

قمت بالبت فى البنود أرقام 4 و5 و 6 المدرجة أعلاه اما البنود 1 و 2 و 3 فقد أحلتها إلى حسنى مبارك الذى أفادني بأنه لم يطلب ذخيرة فى عقد الميراج، كما أفادني بأنه بمعاينة طائرة الهليوكوبتر التى يريد الملك فيصل أن يهديها إلى الرئيس السادات اتضح إنها من نوع أوجستابل 13 (Augusta Bell)ذات محرك واحد وزلاجات وهى متواضعة جدا وأوصى بأن يعتذر الرئيس عن عدم قبولها.

الدعم السوداني:

إن مشاركة السودان فى تقديم الدعم العسكري للجبهة المصرية كانت تتوقف أولا وأخيرا على العلاقات الثنائية التى تربط مصر بالسودان والتي كانت فى الأعوام 71- 73 متغيرة، فتارة حسنة وتارة سيئة، دون أية أسباب واضحة.

كانت العلاقة بين مصر والسودان على احسن ما يرام بعد ثورة مايو 69 فى السودان ووصول النميرى إلى الحكم. وإظهارا لروح التعاون بين البلدين قام السودان بإرسال لواء مشاة للتمركز فى جبهة قناة السويس. وعندما وقع انقلاب مضاد فى السودان فى 19 من يوليو 71 وقفت مصر بجانب نظام النميرى ورفعنا درجة استعداد لواء المظلات ولكن استبعد التدخل العسكري بعد

أن ترامى إلينا أن الثوار قد سيطروا على الموقف سيطرة تامة. طلب القادة الجـدد سحب لواء المشاة السوداني وبدأنا فى ترحيله وكانت آخر كتائبه تغادر القاهرة يوم 24 يوليو، وقبل ان تغادر الكتيبة الأخيرة القاهرة انهار الانقلاب فجأة بعد أن نجحت ليبيا في القبض على عدد من زعمائه أ ثناء سفرهم فى طائرة مدنيـة من لندن إلى الخرطوم عبر طرابلس. بعد عودة النميرى إلى السلطة بمعاونة أشخاص جـدد- ليسوا من جماعة خـالد عباس-[4] قام بتحـديد سلطات خـالد عباس وأخذت سلطاته كوزير للدفاع تتلاشى شيئا فشيئا حتى اصبح منصبا دون أية سلطة ثم أبعد نهائيا من تلك الوظيفة. سبب إبعاد اللواء خالد عباس من السلطة فتورا فى العلاقات بين السادات و النميرى. واستمر ذلك إلى أن نشطت الثورة فى جنوب السـودان و أصبحت الحكومة المركزية فى الخـرطوم عاجزة عن السيطرة على الموقف فطلبت بعض المعونات الفنية من مصر فى نوفمبر 71.

استجاب السادات لطلب النميرى وصدرت التعليمات يوم 13 نوفمبر بإرسال كميات من قنابل الطائرات وكذلك 400 صـاروخ جو - ارض تستخدم بواسطة طائرات الهليكـوبتر، وقد بلغت فى مجموعها حوالى 100 طن، واعتبارا من يوم 15 نوفمبر قامت طائراتنا من طراز انتنوف 12 بنقل هذه الأصناف ومعها بعض الفنيين إلى جوبا فى جنوب السودان. كانت مساعدتنا للسودان فى قمع الثورة فى الجنوب ذات اثر مبـاشر فى تحـسين العلاقات بين البلدين، وهكذا بدأ لواء المشاة السوداني يعود إلى الجبهة المصرية خلال ربيع عام 72. ولكن لم تكد تمضى ستة اشهر حتى بدأت العلاقات بين السادات والنميرى تتدهور مرة أخرى، وفى يوم 27 من سبتمبر حضر إلى مكتبي العميد سعد بحر قائد لواء المشاة السوداني ومعه المستـشار القانوني للسفارة السودانية فى مصر، وأبلغني أنه قد تلقى أمرا بالاستـعداد للعود ة إلـى السودان ولكنه لا يعرف متى. وفى يوم 5 من اكتوبر تأكدت لديه الأوامر وبدأ اللواء السوداني ينسـحب من الجبهة على ثلاث دفعـات أيام 5 و 12 و 19 من أكتوبر 72. قمت بإخطار السيد الرئيس و بدأنا فى تقديم المساعدات اللازمة لترحيل الإخوان السودانيين للمرة الثانية[5]. وبينما كنا نقوم بترحيل اللواء السوداني إلى الخرطوم وصلتنا معلومات بان منشآتنا التعليمية التى كـانت متمركزة فى السودان بدأت تعانى بعض المضايقات من السلطات السودانية، فاتخذت القاهرة قرارا بتاريخ 14 من أكتوبر بسحب جميع أفرادها العسكريين من السودان، وبدأت عملية الإخلاء جوا وبرا وبحرا اعتبارا من 17 من أكتوبر ولمدة أسبوعين، وتدهورت العلاقات مرة اخرى بين السادات والنميرى.

وفى أثناء اجتماع الهيئة الاستشارية ومجلس الدفاع المشترك فى دورته الثالثة عشرة وعد السودان أن يدعم الجبهة المصرية بلواء مشاة عند قيام الحرب. وهكذا بعد اندلاع حرب اكتوبر 73 بدا لواء المشاة السوداني يعود إلى الجبهة المصرية للمرة الثالثة. ولكنه لم يستطع ان يصل إليها إلا بعد وقف إطلاق النار.

الدعم الجزائري:

كانت العلاقات بين مصر والجزائر قد تدهورت بعد هزيمة يونيو 1967، وقامت الجزائر على اثر ذلك بسحب لواء المشاة الجزائري الذى كان قد ارسل إلى مصر عند قيام الحرب. وقد ساعدت زيارتى الأولى للجزائر التى قمت بها فى فبراير 73 على إعادة فتح الجسور بين البلدين، وفى اثناء زيارتى تلك أخبرني المسؤولون الجزائريون بأنهم عندما سحبوا لواء المشاة الجزائري فإنهم سحبوا الأفراد ومعهم أسلحتهم الخفيفة فقط، أما باقي الأسلحة الثقيلة التابعة للواء فقد تركت فى مصر وانهم لا يرغبون فى استعادة هذه الأسلحة"إنما يطلبون إخطارا بتسلمها حتى يمكنهم تسوية ذلك فى قيودهم، فوعدتهم بتنفيذ ذلك بمجرد عودتي إلى القاهرة حيث لم يكن لدى علم مسبق بهذا الموضوع. وفعلا فور عودتي للقاهرة اصدرت تعليماتى الى مدير إدارة الأسلحة بإرسال وثيقة إلى الجزائر تثبت تسلمنا تلك الأسلحة. وقد قابل الجزائريون هذا التصرف بالشكر والتقدير. وفى ديسمبر من العام نفسه أرسلوا إلينا 24 قطعة مدفعية ميدان فقبلناها شاكرين.

فى يوم 16 من سبتمبر 73 سافرت تحت اسم مستعار إلى الجـزائر، وقابلت الرئيس هوارى بومدين صباح 17 من سبتمبر. أخطرت الرئيس بقرارنا بدخول الحرب سألني عن توقيتها فأجبت بأنه لم يتحدد بعد ولكن من المؤكد انه سيكون قبل مرور الأشهر الثلاثة المتفق عليها. سألني عن كفاءة القوات المسلحة فأجبت بأنها لم تكن فى يوم ما أفضل مما هى عليه الآن. سألني عن مستوى كفاءة القوات السورية فقلت له اننى اعتقد إنها تقريبا فى مستوى القوات المصرية، فعلق قائلا: "إذا كان الموقف هكذا فبماذا تفسر الأسباب التى جعلت القوات الإسرائيلية تسقط 12 طائرة سورية فى المعركة الجوية التى وقعت منذ أربعة ايام ؟" فأجبت "ان القوات الجوية الإسرائيليـة متفوقة على القوات الجوية العربيـة سواء فى ذلك السوريـة أو المصريـة، ويجب علينا ان نعمل تحت هذه الظروف. ومع ذلك فأني أوافق سيـادتكم على انه ما كـان علينا ان نسمح للعدو بان يحقق تلك المكاسب فى معركة جوية واحدة وفى اعتقادي ان إخواننا السوريين لابد انهم ارتكبوا بعض الأخطاء ولابد أنهم وقعوا فى كمين جوى نصبه لهم العدو بمهارة وعموما فهذا مثل للأخطاء التى يمكن أن ترتكب اثناء القتـال، وعلينا ان نتقبلها ونتعلم منها". لقد تحدثنا طويلا ولمدة ساعة ونصف الساعة حول المعركة. وإني اذكر جيدا ما قاله" إن قرار الحرب هو قرار صعب، ولكن اصعب منه ان نبقى– نحن العرب– فى الوضع المهين الذى نحن فيه الآن ". وقبل ان أغادره وعدني بأنه سيتصل بالرئيس السادات بخصوص هذا الموضوع.

بمجرد اندلاع الحرب قامت الجزائر بإرسال الدعم التالى الى الجبهة المصرية:

1	سرب ميج 21	
1	سرب سوخوى 7	(وصلت ايام 9 و 10 و 11 من أكتوبر 73)
1	سرب ميج 17	

وتعتبر الجزائر فى المركز الثانى بين الدول العربية التى ليست من دول المواجهة من حيث الدعم العسكري الذى قدمته للمعركة ويأتى ترتيبها بعد العراق. وعلاوة على الدعم العسكري الذى قدمته الجزائر، فقد سافر الرئيس هوارى بومدين الى موسكو فى نوفمبر 73 حيث دفع للاتحاد السوفيتي 200 مليون دولار ثمنا لأية أسلحة أو ذخائر تحتاج إليها كل من مصر وسوريا وذلك بمعدل 100 مليون دولار لكل منهما.

الدعم المغربي:

غادرت الجزائر الى المغرب بعد ظهر يوم 17 من سبتمبر ووصلت الدار البيضاء ليلا حيث كان السفير المصري فى انتظاري. انطلقنا من الدار البيضـــاء الى الرباط حيث كان فى انتظارنا الكولونيل الدليمى وتناولنا معه العشاء فى منزله،(6) وفى اثناء تناول العشاء أخبرنى الكولونيل الدليمى بأنى قادم لمقابلة الملك فى مهمة سرية وعاجلة ورجوت ان تتم الزيارة بعيدا عن وسائل الإعلام والمظاهر البروتوكولية.

فى الساعة السادسة من بعد ظهر يوم 18 من سبتمبر كنت ادلف أنا والكولونيل الدليمى الى مكتب الملك وبعد ان دعانى الملك للجلوس انسحب الكولونيل الدليمى واغلق الملك الباب من خلفه بالمزلاج ثم عاد الى مكتبه. كنت اعلم قبل سفري الى المغرب انه قد حدث الكثير من المتغيرات فى الفترة الأخيرة مما سوف يؤثر دون شك على اتفاقنا السابق. كنت اعلم ان معظم طيارى السرب اف 5 الذى كان مقررا أن يدعم الجبهة المصرية قد اشترك فى الانقلاب الفاشل ضد الملك, وان طيارى السرب اما مقبوض عليهم او هم ممنوعون من الطيران. كنت اعلم ان لواء الدبابات الوحيد لدى المغرب قد أرسل منذ عدة أسابيع الى الجبهة السورية.

أخبرت الملك بقرار الحرب دون ذكر التاريخ وسألته إذا كان يستطيع ان يخصص وحدات إضافية لتدعيم الجبهة المصرية. وهنا أجاب "يا أخ شاذلى- ان ما سمعته منك الآن من أخبار هو افضل ما سمعت طوال حياتي. أنا سعيد بان اسمع إننا- نحن العرب- سوف نتحدى عدونا وسوف نتخلص من الموقف المهين الذى نحن فيه. إننا سوف نشارك فى المعركة بقوات اكثر من القوات التى وعدتك بها فى لقائنا السابق. أنت تعلم إننا أرسلنا لواء الدبابات الى سوريا ولكننا على استعداد لإرسال لواء مشاة أخر الى الجبهة المصرية."

قضيت يوم 19 من سبتمبر فى بحث تنظيم وتجهيز لواء المشاة الذى سوف يرحل الى الجبهة المصرية وخطة نقله بحرا الى الإسكندرية. عندما قابلت الملك فى اليوم التالى اقترحت ان يتم تجهيز اللواء خلال 7- 10 ايام وان يغادر المغرب فى اول أكتوبر، ولكن الملك عقب قائلا "إننا سوف

نحتاج الى وقت أطول لإعادة تنظيمه وتجهيزه, ثم إننا نحب ان نمنح الضباط والجنود إجازات ليزوروا فيها أهلهم قبل السفر، وسوف يدخل علينا رمضان بعد أيام، لذلك فإنني افضل ان يقضى اللواء هنا شهر رمضـان وعيد الفطر ويكون جـاهزا للترحيل فى النصف الثانى من نوفمبر". لم أحاول الإصرار على ميعاد اقرب من ذلك حتى لا ا كشف يوم بدء القتال.

عندما علم الملك بأنباء الحرب من وكالات الأنباء قرر إرسال لواء المشاة فورا ودون اى انتظار، وقد استخدم فى ذلك جميع وسائل النقل الجوي المتيسرة فى المغرب جميعها بما فى ذلك شركة الخطوط الجوية المغربية، وعندما حضر الكولونيل الدليمى الى مصر لزيارة الوحدات المغربية زارني فى المركز 10 يوم 27 من أكتوبر وقال لي "إن جلالة الملك يهنئك على الأداء الرائع الذى قمتم به ويتمنى لكم التوفيق، وقد طلب منى ان أقول لك لو انك قلت له أن الحرب قريبة الى هذا الحد لأرسل اللواء معك". فشكرته وقلت له "أرجو ان يقدر جلالة الملك دقة موقفي بخصوص هذا الموضوع."

إن الدعم الذي قدمه المغرب للجبهتين السورية والمصرية يجعله يحتل المركز الخامس بين الدول العربية التى ليست من دول المواجهة ويأتي بعد العراق والجزائر و ليبيا والأردن.

السلاح العربي ضد السلاح العربي:

فى أواخر سبتمبر 72 اندلعت الحرب الأهلية بين اليمن الشمالي واليمن الجنوبي، وفى 30 من سبتمبر اتصل بى الدكتور اشرف مروان وأبلغني بأن الرئيس امر بأن ندعم اليمن الشمالي بخمس طائرات ميج 17 وطائرتي اليوشن 28، ولكن دون طيارين على ان نقوم بتسليم الطائرات في مطار عبد الناصر في ليبيا اليوم.**اتصلت بالرئيس السادات لتأكيد معلومات تسليم الطائرات قبل تسليمها في ليبيا فأ شار الرئيس الى ما يلى:**

* يتم ترحيل طائرات الإليوشن 28 بواسطة طياري نا يوم 4 من اكتوبر عن طريق جدة لا يجوز لطيارينا الاشتراك في العمليات في فواجهم هو توصيل الطائرات فقط ولكن لا مانع من قيامهم ببعض الطلعات التدريبية لتدريب الطيارين اليمنيين.

* طائرات الميج 17 يتم تسليمها الى ليبيا، وستتولى ليبيا مع اليمن إرسالها الى هناك.

في يوم 3 من أكتوبر امر الرئيس بزيادة طائرات الاليوشن الى أربع بدلا من اثنتين، وفي حديث أخر مع الرئيس في اليوم نفسه أبلغته بأنه تم تسليم 5 طائرات ميج 17 الى ليبيا يوم 2 من اكتوبر وان طائرات الإليوشن 28 الأربع ستصل ميناء الحديدة يوم 5 من أكتوبر عن طريق جدة وفي يوم 15 من اكتوبر 72 اتخذ الرئيس قرارا سياسيا آخر بتدعيم اليمن الشمالي بعدد 22 دبابة T-34 على ان تسلم أيضا عن طريق جدة وقد تحركت الدبابات بالقطار يوم 18 من اكتوبر الى قنا ومنها الى سفاجة حيث تم تحميلها يوم 3 من نوفمبر و أقلعت بها الباخرة يوم 4 من نوفمبر من سفاجة في

طريقها إلى جدة، وبعد وصول الدبابات إلى جدة طلب إبقاء السائقين مع الدبابات فصدق الرئيس على ذلك.

وأني أحكي هذه القصة لا لشيء الا لأبين لهؤلاء الذين عندما يقارنون بين قوة العرب وإسرائيل يحسبون الأسلحة العربية جميعها مقابل الأسلحة الإسرائيلية، وهذا خطأ جسيم، لأن جزءا كبيرا من السلاح العربي يأكل بعضه بعضا.

هوامش الفصل الثامن والعشرون

(1) يرجى الرجوع الى الفصل السادس عشر القسم الخاص بلقاء السادات مع الجنرال اوكينيف يوم 18 من مارس 1972.

(2) يلاحظ ان طائرة الهليكوبتر أذا لم تسلح بالصواريخ جو- سطح فإنها لا تعدو ان تكون وسيلة نقل مريحة.

(3) كانت ليبيا قد خصصت طائرتي سى 130 للتمركز فى مصر منذ أوائل عام 73، ونتيجة للخلافات السياسية بين القذافى والسادات قامت ليبيا بسحب هاتين الطائرتين فى أواخر يوليو 73 ، فقامت السعودية بإرسال طائرتي سى 130 سعوديتين لتحلا محل الطائرتين الليبيتين (هذه الطائرة هى ما كان يقصدها اشرف مروان فى حديثه).

(4) خالد عباس كان عنصرا رئيسا فى انقلاب مايو 69 وعلى أثره رقى إلى رتبة لواء وتولى وزارة الدفاع فى السودان، وكان ينافس النميرى على السلطة داخل القوات المسلحة وخارجها. وعند وقوع الانقلاب المضاد فى يوليو 71 كان خالد عباس خارج القطر ولم يعد الى السودان الا بعد فشل الانقلاب وعودة النميرئ مرة ثانية الى السلطة.

(5) هناك خفايا فى السياسة المصرية من الصعب معرفتها حتى على مستوى العديد من الشخصيات المسئولة. فأنا على سبيل المثال لا اعرف الخلافات السياسية التى كانت بين السادات والنميرى والتي أدت الى سحب اللواء السوداني وطرد وحداتنا المصرية التى كانت متمركزة فى السودان.

(6) بعد ان فشل الانقلاب الذى دبره الجنرال اوفقير ضد الملك عام 72 ترك منصبا وزير الدفاع ورئيس أركان حرب القوات المسلحة المغربية شاغرين. وصار الملك يشرف بنفسه على شئون الجيش والقوات المسلحة المغربية وكان الكولونيل الدليمى يقوم بعمل مدير مكتب او chef de cabinetللملك فيما يتعلق بالشئون العسكرية .

وإذا نحن حسبنا إجمالي الدعم العسكري الذى قدمته الدول العربيـة إلى دول المواجهة سواء قبل بدء حرب اكتوبر 73 أم بعدها يتضح لنا ان إجمالي هذه القوات كان كما يلى:

الجبهة المصرية:

1	سرب ميج 21	جزائرى
1	سرب سوخوى	جزائري
1	سرب ميج 17	جزائري
2	سرب ميراج	ليبيـــين واحد يقوده طيارون ليبيون وآخر
	يقوده مصريون	
1	سرب هوكر هنتر	عراقي
1	لواء مدرع	جزائري
1	لواء مدرع	ليبي
1	لواء مشاة	مغربي
1	لواء مشاة	سوداني
1	كتيبة مشاة	كويتية
1	كتيبة مشاة	تونسية

الجبهة السورية:

3	سرب ميج 21	عراقي
1	سرب ميج 17	عراقي
1	فرقة مدرعة	عراقية
1	فرقة مشاة	عراقية
2	لواء مدرع	أردني
1	لواء مدرع (عدا كتيبة)	مغربي

الجبهة الأردنية:

1	لواء مشاة	سعودي

وإذا نحن قارنا بين وحـدات الدعم العسكري هذه وبين مقررات مجلس الدفاع المشـترك العربي فى دورتيه الثانية عشرة والثالثـة عشرة نجد ان **هناك وحدات دعم لم ترسل إلى الجبهات طبقا لتلك القرارات وبيانها كما يلى:**

1	سرب ليتننج	سعودي.
1	سرب ليتننج	كويتي.
1	سرب ميج 17	جزائري.[1]
1	سرب F-5	مغربي.[2]

وبصرف النظر عن الأسباب التى منعت تلك الدول من إرسال وحـدات الدعم هذا سواء أكانت ضعف مستوى التدريب ام عدم صلاحية الطائرات ام عدم توافر الطيارين، فإن ذلك لا يقلل مطلقا من مظهر التعاون العربي الذى ظهر فى أجمل صورة له خلال حرب اكتوبر 73 والذى يمكن أن يكون نموذجا لأي عمل عربي مشترك فى المسـتقبل، بعد أن نتحـاشى طبعا الأخطاء التى ارتكبت عند حشد هذه القوات وبعد ان نسـتوعب الدروس التى تعلمناها نتيجة لهذه التجربة.

لقد قامت تسع دول عربية بتقديم الدعم العسكري لدولتي المواجهة، وإذا رغبنا فى تقييم هذا الدعم من ناحية قوة التأثير فإنه يمكن ترتيب هذه الدول تبعًا للأسبقية التالية:[3]

	المركز الأول	الجمهورية العراقية	
	150		
	المركزالثانى	الجمهورية الجزائرية الديمقراطية الشعبية	70
	المركزالثالث	الجمهورية العربية الليبية	
	50		
	المركز الرابع	المملكة الاردنية	
	20		
	المركز الخامس	المملكة المغربية	
	15		
	المركز السادس	المملكة العربية السعودية	
	5		
	المركز السابع	جمهورية السودان الديمقراطية	5
	المركز الثامن	دولة الكويت	
	1		
	المركز التاسع	الجمهورية التونسية	1

هناك 7 دول عربيــة اخرى لم تسهم فى المعركـــة بقوات عسكرية وهى: الإمارات العـــربية المتحدة، دولة البحرين، سلطنة عمان، دولة قطر، الجمهورية اللبنانية، الجمهورية العربية

اليمنية، جمهورية اليمن الديمقراطية الشعبية.[4] ولعل عدم اشتراك هذه الدول فى تقديم الدعم العسكري لا يعنى أحجاما منها عن ذلك وإنما يعنى أنه لم يكن لديها ما تستطيع أن تقدمه للمعركة.

وهكذا يمكن القول إن التعاون العربى خلال حرب اكتوبر كان أفضل صورة ظهر بها العرب منذ إنشاء دولة إسرائيل. ولكن يجب أن نعترف بأخطائنا وان نتعلم منها، فقد كان الخطأ الأول هو التأخير الواضح فى إرسال هذا الدعم العسكري إلى الجبهات المختلفة مما جعل الكثير من وحدات الدعم تصل فى وقت متأخر لا يسمح بان يكون لها تأثير كبير على سير المعركة والخطأ الآخر هو أن بعض وحدات الدعم كان مستوى تجهيزه وتدريبه لا يسمح له بان يدخل فى معركة ضد القوات الإسرائيلية التى كانت على مستوى عال من التجهيز والتدريب.

ولكي نتعلم من أخطاء الماضي فإني أوصى الدول العربية بما يلى:

1- تقوم دول المواجهة ببناء نظام دفاع جوى قوى يستطيع الدفاع عن قواتها المسلحة وعن منشآتها الحيوية والمدنية، وعلاوة على ذلك يستطيع أن يوفر الدفاع الجوى المؤثر لقوات الدعم العربي التى تصل قبل بدء العمليات الحربية مع العدو وبعدها.

2- تقوم دول المواجهة ببناء أعداد إضافية من المطارات تزيد على حاجتها الفعلية بحيث تستطيع هذه المطارات ان تستوعب أسراب الدعم العربي عندما يتقرر حشدها فى الجبهة.

3- تلتزم كل دولة عربية بتنفيذ توصيات رؤساء أركان حرب القوات المسلحة للدول العربية فى الدورة الثالثة عشرة المنعقدة بالقاهرة فى 13 من ديسمبر، بأن تخصص 15% من دخلها القومي لتطوير ورفع الكفاءة القتالية لقواتها المسلحة مع إعطاء الأسبقية الأولى فى التطوير والدعم للقوات الجوية والدفاع الجوى، ثم القوات المدرعة بعد ذلك. إن الحرب القادمة مع إسرائيل سوف تعتمد أساسا على الطائرات والدبابات. ويجب أن نعلم ان الكيف هو اساس النجاح فى المعركة وان الكم يمكن ان يؤثر على المعركة إن كان فارق الكيف ليس كبيرا، اما إذا كان فارق الكيف كبيرا فلن يجدي التفوق فى الكم شيئا. أن الشجاعة والروح المعنوية تلعبان دورا مهما فى إحراز النصر ولكن يجب ان نعلم ان قائد الطائرة F-5 مهما كان شجاعا فإنه لن يستطيع ان يسقط طائرة الفانتوم أو طائرة F-16 أو F-15 ومن هنا يجب ان يعلم العرب كيف ينتقون أسلحتهم، فإما أن يشتروا السلاح الذى يستطيع أن يواجه السلاح الإسرائيلي أو يوفروا أموالهم ولا يشتروا به أى سلاح متخلف تستطيع إسرائيل ان تدمره فى اى وقت تشاء. إن دول المواجهة لا يعوزها فرد المشاة وإنما تعوزها الطائرة والدبابة والصواريخ الموجهة ضد الدبابات والصواريخ الموجهة ضد الطائرات إلى غير ذلك من الأسلحة المتقدمة والمتطورة ومن هنا يجب على كل دولة عربية ترغب فى

ان تقدم دعما عسكريا حقيقيا، ان تشرع فورا فى تطوير قواتها المسلحة ورفع مستواها إلى المستويات العالمية.

4- مرة أخرى أنادى بان تتعاون الدول العربية فى خلق صناعة حربية متطورة طبقا لما جاء فى توصيات رؤساء أركان حرب القوات المسلحة للدول العربية فى ديسمبر 72 نظرا، لأن إقامة صناعات عسكرية تحتاج إلى أموال وخبرة فنية وسوق للسلاح لا يمكن توافره فى دولة واحدة أما إذا اجتمعت الدول العربية فى مجموعة واحدة- او حتى فى مجموعتين- فإنها تستطيع ان تشكل بذلك ظروفا مثالية للإنتاج الحربى.

5- وأخيرا يجب ان تتمركز وحدات الدعم العربي فى دول المواجهة قبل بدء العمليات بوقت كاف حتى يمكن الاستفادة منها على الوجه الأكمل.

الدعم المالي العربي:

لقد ذكرت فيما سبق ان الدعم العسكري العربي لدول المواجهة يفوق فى أفضليته الدعم المادي، حيث إنه يزيد من قوتها وقدراتها القتالية بصفة مباشرة، اما الدعم المادي فإنه يحتاج إلى وقت لكي تظهر نتائجه. وإني لم أتعرض فى هذه المذكرات إلى الدعم العربي المادي، الا فى حالات ثلاث وهى: مقررات مؤتمر الخرطوم 67، والمعونة المالية العراقية لمصر، والمعونة الجزائرية لمصر عام 73. ولا يعنى ان هذا هو كل ما قامت به الدول العربية من دعم مادي لمصر أو دول المواجهة، وإنما يعنى ان تلك هى المعونات الثابتة والمسجلة والتي كنت أنا على علم بها، وإننا نسمع الآن كلاما كثيرا عن معونات مالية كبيرة دفعت إلى مصر، ولكن للأسف الشديد ليست هناك مراجع رسمية تؤكد وتحد د هذه المعونات.

يقول الأستاذ هيكل في كتابه " الطريق إلى رمضان " إنه خلال الأيام الأولى الحرب اكتوبر 73 تبرعت ليبيا بمبلغ 40 مليون دولار، 4 ملايين طن من الزيت، وإن المملكة العربية السعودية تبرعت بمبلغ 200 مليون دولار وإن دولة الإمارات تبرعت بمبلغ 100 مليون دولار. قد تكون هناك تبرعات اخرى من هذه الدول أو من دول عربية أخرى قبل حرب اكتوبر وأثناءها.

ولكي نقيم المساعدات المالية تقييما عادلا، فقد قمت بعمل دراسات تبين تكاليف إنشاء الوحدات المختلفة وأدامتها بالنسبة لأسعار ما قبل عام 1973، فاتضح لى أن كل عشرة ملايين دولار تتبرع بها أية دولة من غير دول المواجهة تعادل نقطة واحدة وبالتالي فإن من يتبرع بمائة مليون دولار فكأنه ساهم في المعركة بعشر نقاط ومن تبرع بألف مليون دولار فإنه يحرز مائة نقطة فى قومية المعركة، وهكذا. فإذا نحن عرفنا على وجه اليقين الأموال التى تبرعت بها كل دولة عربية فإنه يصبح فى إمكاننا إعادة النظر فى الترتيب الذى ذكرناه.

هوامش الفصل التاسع والعشرون

(1) أرسلت الجزائر لواء مدرعا بدلا من سرب ميج 17.

(2) ارسل المغرب لواء مشاة بدلا من سرب F-5

(3) لقد أجرى تقييم الدعم العربي بناء على الأسس التالية:

1	سرب جوى يعادل	20 نقطة.
1	لواء مدرع يعادل	10 نقاط.
1	لواء مشاة يعادل	5 نقاط.
1	كتيبة مشاة تعادل	نقطة واحدة.

وفى حالة التعادل تعطى الأسبقية لتاريخ الوصول.

(4) الدول الآتية لم تكن قد انضمت بعد الى الجامعة العربية قبل اكتوبر 73: الصومال، موريتانيا، جيبوتي.

الباب السابع

إدارة العمليات الحربية

الفصل الثلاثون

الاجتماع المصري- السوري فى الإسكندرية أغسطس73:

فى تمام الساعة 1400 يوم 21 من أغسطس 73 دخلت ميناء الإسكندرية باخرة ركاب سوفيتية وعليها 6 رجال سوريين كان يتوقف على قرارهم مصير الحـرب والسلام فى منطقة الشرق الأوسط. كـان هؤلاء هم اللواء طلاس وزير الدفاع، واللواء يوسف شكور (ر.أ.ح.ق. م. س)، واللواء ناجى جميل قـائد القوات الجوية والدفاع الجوى، واللواء حكمت الشهابي مدير المخابرات الحربية، واللواء عبد الرزاق الدردرى رئيس هيئة العمليات، والعميد فضل حسين قائد القوات البحرية. كانوا جميعا بملابسهم المدنية ولم تخطر وسائل الإعلام فى مصر او فى سوريا بأي شىء عن هذا الموضوع سواء قبل وصول الوفد ام بعده. كنت أنا فى استقبالهم على رصيف الميناء حيث خرجنا دون أية مراسم إلى نادى الضباط حيث أنزلوا خلال فترة إقامتهم بالإسكندرية.

وفى الساعة 1800 من اليوم نفسه اجتمع الوفدان المصرى والسورى فى مبنى قيادة القوات البحرية المصرية فى قصر رأس التين بالإسكندرية. كان الوفد المصرى يتكون من الفريق اول احمد إسماعيل وزير الحـربية، والفريق سعد الدين الشاذلى (ر. ا. ح. ق. م. م)، واللواء محمد على فهمي قائد الدفاع الجـوى، واللواء حسنى مبارك قائد القوات الجوية، واللواء فؤاد ذكرى قائد القوات البحرية، واللواء عبـد الغنى الجمسى رئيس هيئة العمليات، واللواء فؤاد نصار مدير المخابرات الحربيـة. كان هؤلاء الرجال الثلاثة عشـر هم المجلس الأعلى للقوات المصرية والسورية المشتركة، وكان يقوم بأعمال السكرتارية لهذا المجلس اللواء بهى الدين نوفل.

كان الهدف من اجتماع هذا المجلس هو الاتفاق على ميعاد الحرب. وحيث إن قرار الحرب هو فى النهاية قرار سياسى وليس قرارا عسكريا فقد كانت مسئوليتنا تنحصر فى إعطاء الإشارة للقيادة السياسية فى كل من مصر وسوريا بأننا جاهزون للحرب فى حدود الخطط المتفق عليها، وأن نحدد لهم أفضل التواريخ المناسبة من وجهة نظرنا استمرت اجتـماعاتنا خلال يوم 22 من أغسطس، وفى صباح يوم 23 من أغسطس كنا قد اتفقنا على كل شىء وأخـذنا نعد الوثائق الرسميـة لهذا الاجتماع التاريخي. وكـان قرارنا يتلخص في أننا مستعدون وجاهزون للحرب وفيما يتعلق بتاريخ الحرب **فقد اقترحنا توقيتين أحدهما خلال الفترة من 7 ألى 11 من سبتمبر والثاني خلال الفترة من 5 ألي 11 من أكتوبر 73. وعلاوة على ذلك فقد اقترحنا أفضل الأيام داخل كل مجموعة من التوقيتات وقد طالبنا للقيادة السياسية بأن تخطرنا بالقرار الخاص بتوقيت الحرب قبل بدء القتال بخمسة عشر يوما، وقد حرر محضر الاجتماع من صورتين وتم التوقيع عليهما من قبل كل من ر اح ق م السوري والمصري (اللواء يوسف شكورعن الجانب السوري، والفريق سعد الدين الشاذلي عن الجانب المصري).** كان انتخاب توقيت سبتمبر يعنى أن القيادة السياسية يتحتم عليها اتخاذ القرار و

إخطارنا به قبل يوم 27 من أغسطس أي بعد 4 أيام على الأكثر من تاريخ انتهاء المؤتمر، فلما جاء يوم 28 دون أن نخطر بشيء بدا واضحا أن الحرب ستكون في 5 من أكتوبر او بعد ذلك بقليل.

فرض قيود مشددة لإخفاء نوايانا:

تم في اجتماع الإسكندرية تنسيق الخطط المصرية السورية الخاصة بـالسرية والأمن والخداع التعبوي والإستراتيجي والسياسي، وأنى أذكر تلك اللحظة التي انتحى فيها بي اللواء يوسف شكور جانبا وقال هامسا" يجب أن تفرض احتياطات أمن مشددة حول هؤلاء الضباط الأربعة عشر الذين حضروا اجتماع الإسكندرية. يجب ألا يسافر أي منهم إلى خارج البلاد يجب ألا يركب أحدهم أية طائرة حتى في الخطوط الداخلية. إن اختطاف أحـدهم قد يسبب لنا مشكلات كبيرة !" ولم يكن ما همس به اللواء يوسف شكور إلا بعضا من عشرات الإجراءات التي اتخذت لتأمين السرية والخداع والأمن بالنسبة للقوات والقادة و إخفاء نوايانا عن العدو.

بدأ أعضاء الوفد السوري في العودة إلى بلادهم اعتبارا من يوم 24 من أغسطس، ولكن بأسلوب مختلف تماما عن أسلوب حضورهم. فمنهم من عاد جوا عن طريق السعودية، ومنهم من عاد بطريق البحـر، ومنهم من بقى عدة أيام أخرى ، واعتبارا من 21 من سبتمبر بدأ العد التنازلي نحو حرب أكتوبر. كان علينا أن نقوم بالكثير خلال تلك الأيام الخمسة عشر لكي نتخذ أوضاع الهجـوم النهائية: حشد وحدات المدفعية، حشد وحدات المهندسين التعبئة واستدعاء الاحتياطي، تحرك الغواصات واتخاذ أوضاعها، الخ.. وكنا قد اعددنا جدولا محددا يشمل جميع هذه الإجراءات وما يجب أن يتم في كل ليلة وعلى طول امتداد فترة العد التنازلي. **وفى الأول من أكتوبر 73 أخطرنا قائدي الجيش الثاني والثالث بان تمام الاستعداد لتنفيذ الخطة بدر هو يوم 6 من أكتوبر، وقد فرضنا عليهما أن يجرى تبليغ قادة الفرق يوم 3 من أكتوبر فقط وقادة الألوية يوم 4 من أكتوبر وقادة الكتائب والسرايا يوم 5 من أكتوبر وقادة الفصائل وضباط الصف والجنود بتمام الاستعداد قبل بدء الهجوم بـ6 ساعات فقط.** لقد كانت عملية إخفاء أخبار الحرب عن رجالنا عملية شاقة حقا فهناك بعض الأفعال والتصرفات التي يمكـن للجندي المحترف أن يفسرها بسهولة على إنها الحرب حتى دون أن يخطره أحد بذلك، مثـال ذلك التصرفات التي تتم خـلال فترة العد التنازلي: فتـح القوات واتخاذ أوضاع الهجوم بدلا من أوضاع الدفاع، الخ.. ومن هنا كـان من الواجب علينا ان نجد تفسيرات أخرى لمثل هذه التصرفات، وقد اعددنا خطة لذلك واعتقد أننا نجحنا إلى حد كبير في حجب قرار الحرب وتوقيتها عن رجالنا حتى المواعيد المحددة لذلك والتي سبق لي إن ذكرتها.

ولكي أعطى صورة لمدى السرية التي فرضت على رجالنا فأنى سـوف أحكي القصـة التالية: لقد تحركت يوم الجمعة 5 من أكتوبر إلى الجبهة حيث زرت كلا من الجيشين الثاني والثالث للتأكد من تمام الاستعداد و ان كل شيء يسـير طبقا للجدول الزمني السابق تحديده وبينما كنت في

الجيش الثاني جال بخاطري أن ألقى نظرة أخيرة على مواقع العدو شرق القناة فتحركت ومعي اللواء سعد مأمون إلى نقطة ملاحظة لنا لا يفصلها عن مواقع العدو سوى اقل من 200 متر. كان كل شيء هادئاً تماماً ولا توجد أية مظاهر تدل على أن العدو قد شعر باستعداداتنا وانه يقوم بتحضيرات مضادة التفت إلى سعد مأمون وقلت له: "يبدو أن العدو لا يشعر بشيء مما يدور في جانبنا، ولكن ترى ماذا يعتقد رجالنا؟ هل يفسرون تصرفاتنا على أنها الحرب أم انهم يصدقون تفسيراتنا؟ فأجاب سعد مأمون: "نعم هناك الكثير ممن يعتقدون أن الحرب وشيكة ولكنها مجرد شكوك لم تصل إلى درجة اليقين، وحتى من تم إخطارهم بتمام الاستعداد فإنهم مازالوا متشككين. لقد حضر إلى أمس أحد قادة ألوية المشاة وقال لي هامساً: هل هي الحرب أم أنه مجرد تنفيذ مشروع تدريبي كما قيل لنا، فأجبته بان يتم استعداده في التوقيتات المحددة له كما لو كانت الحرب فعلا. أما بخصوص خداع العدو عن نوايانا بالهجوم فقد كانت لدينا خطة متكاملة تشمل الخداع التكتيكي والتعبوي والإستراتيجي والسياسي. وقد تم تنسيق خططنا للخداع مع خطط الجانب السوري خلال مؤتمر الإسكندرية في أغسطس 73. كانت الخطة تعتمد على سلسلة من الأحداث تقع في عدة تواريخ محددة على المستويين العسكري والسياسي مما يعطي انطباعا بأن الحرب ليست متوقعة في الوقت الذي حددناه لها. وفي هذا المقام يجب إلا ننسى إجراءين مهمين لعبا دوراً أساسيا في عملية الخداع، وكان أولهما قد بدأ منذ عدة سنوات أما الثاني فكان قد بدأ اعتبارًا من أكتوبر 1973. كنا قد حشدنا للدفاع عن قناة السويس 7 فرق (5 فرق مشاة + فرقتين مدرعتين). كانت فرق المشاة الخمس تحتل النسق الأول في الدفاع (النسق الأول يعني الخط الأول). وكانت مواقع هذه الفرق تبدأ من الحافة الغربية للقناة وتستمر بضعة كيلومترات إلى الغرب)، وكانت الفرقتان المدرعتان تحتلان النسق الثاني للدفاع وكانت تتجمع خلف فرق المشاة وعلى مسافة 20 إلى 25 كيلومترا غرب القناة كانت خطتنا الهجومية تعتمد على أن تقوم فرق المشاة الخمس هذه باقتحام قناة السويس، كل واحدة في حدود قطاع معين يدخل ضمن حدود القطاع الذي كانت مكلفة بالدفاع عنه. وقد كان حشد قواتنا بهذا الأسلوب يسمح لنا بالاستغناء عن الكثير من التحركات التي يحتّمها حشد القوات لاتخاذ أوضاع الهجوم[1]. أما الإجراء الثاني فقد كان تعديل نظام التعبئة في القوات المسلحة المصرية اعتبارا من شهر يوليو 72، كما سبق أن بينت في الباب الثاني. **لقد كان أول استدعاء طبقا للنظام الجديد هو 5 إلى 10 من أكتوبر 72، وتوالت بعد ذلك الاستدعاءات بأشكال مختلفة حتى بلغت 22 استدعاء قبل أكتوبر 73. وكان الاستدعاء رقم 23 هو الاستدعاء للحرب، فاعتقد العدو أن هذا الاستدعاء لا يختلف عن غيره من الاستدعاءات الأخرى.** وهكذا فإن المفاجأة التي حققناها يوم 6 من أكتوبر 73 كانت نتيجة سلسلة من الإجراءات المتعددة التي كان يجرى تنفيذها ضمن خطة محبوكة الأطراف تم وضع أسسها قبل بدء الحرب بمدة طويلة.

عدت من رحلتي السرية إلى الجزائر والمغرب في الساعة الواحدة والنصف بعد منتصف ليل 22/21 من سبتمبر، وفي الساعة التاسعة صباحًا كنت احضر المؤتمر الشهري مع القادة لقد كان مؤتمري السادس والعشرين. كنت أحس بشعور غريب خلال هذا المؤتمر. لم يبق سوى 14 يومًا على بدء الحرب وهأنذا أجتمع بالقادة الميدانيين وكبار ضباط القيادة العامة للقوات المسلحة جميعهم. هؤلاء الرجال الذين وضعت مصر ثقتها بهم.. هؤلاء الرجال الذين سوف يقودون اصعب عملية عبور في التاريخ. لقد كنت أشعر بالثقة بأننا سوف ننتصر. لقد أعددنا العدة لكل شيء وقدرنا الاحتمالات جميعها فلماذا لا ننتصر؟ إن كلا من هؤلاء القادة- بل والمستويات الأقل منهم- يعلم دوره في العملية الهجومية والإجراءات التي يتحتم عليه القيام بها، بتفاصيلها كلها منذ بدء الهجوم وحتى 24 ساعة بعد ذلك بتفاصيل التفاصيل وبالساعة والدقيقة والمكان.

إنهم يعلمون أيضا تفاصيل الإجراءات التي يقومون بها قبل بدء الهجــوم. إن كل ما ينقصهم هو معرفة يوم الهجوم وساعته وعندئذ تدور عجلة الحرب الرهيبة التي يشترك فيها بصفة مباشرة ما يقرب من 400000 رجل من أبناء مصر (قوات برية وجوية ودفاع جوى وبحرية) بينما يحمى خطوط مواصلاتهم وقواعدهم ومنشآتهم حوالي 800000 رجل آخر، ومن ورائهم يقف 35 مليون مصري. لقد جال ذلك بخاطري وأنا أقف أمام هؤلاء الرجال الذين ستكتب أعمالهم تاريخ مصر. لقد قلت لهم في بعض مؤتمراتي السابقة: عندما ننجح في عبور القناة وتحطيم خط بارليف سوف يسجل هذا العمل كأعظم عمل عسكري في تاريخ الحروب، وسيكون مجال فخر لكل رجل عسكري أن يذكر بكل اعتزاز لأبنائه وأحفاده أنه خدم في القوات المسلحة المصرية خلال تلك الفترة [2]. أما في ذلك اليوم 22 من سبتمبر فلم أذكر أية كلمة عن الحرب واحتمالاتها وحبست شعوري إلى أن انتهى مؤتمرنا في الساعة الرابعة والنصف من بعد ظهر ذلك اليوم. وفيما بين الساعة 1900 و 2200 من اليوم نفسه حضرت اجتماعًا برئاسة الوزير وحضر معنا اللواءات: حسني مبارك، ومحمد على فهمي، الجمسى، ونوفل، وحسن الجر يدلي وقد استمعنا خلال هذا اللقاء إلى التعديلات الأخيرة التي أدخلت على خطة القوات الجوية السورية.

في الأيام التالية وحتى بدء القتال وزعت وقتي بين مهام العمليات والعمل الروتيني. لقد كنت حريصا ألا أقوم بإلغاء أي التزام اجتماعي أو روتيني حتى لا يستطيع أحد أن يستنتج شيئًا. لقد كانت زوجتي هي الأخرى أحد أهدافي في عملية الخداع وقد أعددت العدة لذلك قبل بدء القتال بفترة طويلة. لقد عودتها طوال الفترة التي اشغل فيها منصب (ر. ا. ح. ق. م. م) أن تتلقى فجأة هاتفا من مكتبي يخطرها بأنني أقوم بزيارة الوحدات، وأن أتغيب لمدة أسبوع دون أن اتصل بها. وهكذا أمكنني أن أقوم برحلتي السرية إلى الجزائر والمغرب ما بين 16 و 22 من سبتمبر دون أن تعرف إنني خارج القطر، وعندما انتقلت إلى المركز 10 اعتبارا من أول أكتوبر وانقطعت أخباري عن المنزل

لم يكن ذلك شيئا غريبا عليها، إذ أنها تعودت على ذلك، إلى أن استمعت إلى أخبار الحرب من الإذاعة والتليفزيون مثلها في ذلك مثل أية مواطنة مصرية عادية.

كانت الأمور تسير في مجراها الطبيعي، ففي يوم 27 من سبتمبر دعا وزير الحربية رفاقه من الوزراء لزيارة القيادة العامة للقوات المسلحة حيث شرح لهم تنظيم القيادة وأسلوب عملها. وكان أكثر ما شـد انتباههم هو الماكينات المكتبية Office machines ألتي كانت قد وصلتنا منذ عدة أشهر فقط[3]. وفي صباح 27 من سبتمبر رافقت الوزير ومعنا عدد من ضباط القوات المسلحة لزيارة قبر الرئيس عبد الناصر ثم حضرنا حفل تأبين له في القيادة العامة حضره عدة مئات من الضباط من مختلف فروع القوات المسلحة. وفى المساء حضرت الحفل الذي أقامه الاتحاد الاشتراكي بمناسبـة ذكرى الرئيس الراحل عبد الناصر، وقد ألقى الرئيس السادات خطابا بهذه المناسبـة ولكن كان خطاباً معتدلا بعكس خطاباته السابقة كلها التى كان يدق فيها طبول للحـرب. وبين تلك المناسبات الاجتماعية كنت ألتقي بأحد القادة أو أحضر مؤتمرا من مؤتمرات العمليات لتدقيق خطة أو بحث مشكلة طارئة.

كانت الحلقة الأخيرة من سلسلة الإجراءات الخداعية هي الإعلان المسـبق بقيامنا بإجراء المشروع الإستراتيجي السنوي في المدة ما بين أول أكتوبر وحتى 7 من أكتوبر، وتحت هذا الستار كنا سنقوم باستدعاء الاحتياطي وننتقل من مراكز القيادة العادية إلى مراكز القيادة الميدانية[4]. وفى خلال تلك الفترة كنت اركز مجهودي على ثلاثة مواضيع رئيسية: الأول هو عملية استدعاء الاحتياط طبقا للتخطيط المسبق، والثاني هو استمرار عملية حـشد القوات ولاسيما عناصر المدفعية ومعدات العبور التى كانت مؤجلة حتى آخـر وقت ممكن، والأخير هو مراقبة مدى نجـاح خطة الخداع وتقييم أعمال العدو، حتى يمكننا أن نستنتج من تلك الأعمال ما إذا كان قد اكتشف نوايانا للهجوم أو لا. وإلى جـانب ذلك كانت هناك عشرات المواضيع الأخرى الأقل أهمية. مثال ذلك اختبار خطة المواصلات، تنظيم واختبار خطة الدفاع عن المركز 10. مراجعة البيانين الأول والثاني اللذين ستصـدرهما القيادة العامة للقوات المسلحة بعد بدء العمليات الخ...

اللمسات الأخيرة قبل المعركة:

في الأول من أكتوبر اجتمع المجلس الأعلى للقوات المسلحة تحت رئاسة الرئيس السادات. قام كل قائد بإعطاء الإشارة أمام الرئيس بأنه مستعد وقادر على تنفيذ المهمة المكلف بها، واتبع ذلك بعض الكلمات المشجعة من الرئيس، وانتهى الاجتماع بعد ساعتين فقط[5]. وفى يوم 3 من أكتوبر سافر الوزير إلى سوريا ومعه اللواء نوفل وبعد عودته قال لي"لقد كان السوريون يريدون أن يؤجلوا يوم ى (يوم بدء القتال) لمدة 48 ساعة ولكنى قلت لهم إن هذا لا يمكن الآن، إن مثل هذا التأجيل قد يضيع عامل المفاجأة، فكروا في موقف الفريق الشاذلي على الجبهة المصرية وما يمكن أن يسببه ذلك

له من مشكلات، لا اعتقد أنه يمكن أن يوافق على هذا التأجيل، وقد وافقوا في النهاية على أن يبقى يوم ى كما هو وأن تكون ساعة س هى 1400 يوم 6 من أكتوبر 73، لقد كان فعلا من المستحيل إيقاف عجلة الحـرب أو تأجيلها لقد كـانت الحرب قد بدأت فعـلا بالنسبة لبعض الوحـدات. لقد أبحرت بعض غواصاتنا يوم الأول من أكتوبر لتتخذ أوضاع القتال وتقوم بتنفيذ المهام المتخصصة لها في التوقيتات المحددة لذلك، ولأغراض الأمن والسرية فقد فرضنا صمتا لاسلكيا ولم تكن هناك أية وسيلة للاتصال بهذه الغواصات إلا بعد بدء العمليات الفعلية. وقد تذكرت في تلك اللحظة اللواء ذكرى قائد البحـرية عندما اتصل بي قبل أن تخرج الغواصات إلى البـحـر وقـال "ستخرج الغواصات إلـى البحـر الآن، إني أؤكد لك مرة أخرى انه ليس هناك من وسيلة للاتصال بهم لإجراء أي تعديل في التوقيت. هل أعطى لهم الأمر بالخروج؟ قلت له نعم لا تغيير في أي شيء."

وفى يوم 4 من أكتوبر وقع حادث مهم كـان من الممكن أن يكشف نوايانا للهجوم، ففي هذا اليوم قامت شـركـة مصر للطيران بإلغاء رحلاتها وبدأت تقوم بتنفيـذ خطـة إخـلاء لطائراتها، وعندما علمنا في القيادة بهذا التصرف الغريب واستفسرنا عن أسبابه قيل لنا إنه تم بناء على تعليمات من وزير الطيران، وقد اتصل وزير الحربية بزميله وزير الطيران وطلب منه إلغاء تعليماته السابقة والعودة إلى الحـالـة العادية، وصباح يوم الجمعة 5 من أكتوبر كان العمل في شركة مصر للطيران قد عاد إلى حالته الطبيعية[(6)].

الله أكبر.. الله أكبر:

في صباح يوم الجمعة تحركت إلى الجبهة لكي أتأكد بنفسي من أن كل شيء كان يسير على ما يرام، د خلت على اللواء عبد المنعم واصل قائد الجيش الثـالث في مركز قيادته فوجدته يراجع الكلمة التى سوف يلقيها على جنوده عند بدء القتـال، فعرضها عليّ وطلب رأيي فيها. كانت كلمة قوية ومشجعة حقا قلت له "إنها ممتازة ولكنى لا أتصور أن أحدا سوف يسمعها. إن هدير المدافع والرشاشات وتساقط القتلى والجرحى لن يسمح لأحد بأن يستمع أو ينصت لأحد، فما بالك بهذه الخطبة الطويلة؟"، ثم لمعت في ذهني فكرة بعثها الله تعالى لتوها ولحظتها **إن أفضل شيء يمكن أن يبعث الهمم في النفوس هو نداء الله أكبر، لماذا لا نقوم بتوزيع مكبرات للصوت على طول الجبهة وننادي فيها الله أكبر، الله أكبر سوف يردد الجنود بطريقة آلية هذا النداء وسوف تشتعل الجبهة كلها به؟** إن هذه هي أقصر خطبة و أقواها. وافق على الفور ولكنه أخبرني بأنه ليس لديه العدد الكافي من مكبرات الصوت التى يستطيع بها أن يغطي مواجهة الجيش الثالث، ومن مكتب اللواء عبد المنعم واصل اتصلت بمدير إدارة الشئون العامة وقلت له "أريد منك أن تدبر 50 مكبر صوت ترانزيستور وإن تسلم 20 منها إلى الجيش الثالث و30 للجيش الثاني على أن يتم ذلك قبل الساعة العاشرة صباح غد، حتى لو تطلب تنفيذ هذا الأمر سحب مكبرات الصوت جميعها من وحدات القوات المسلحة التى ليست ضمن

تنظيم الجيشين الثاني والثالث " وطلبت إليه أن يعاود الاتصال بي بعد حوالي ساعتين في قيادة الجيش الثاني.

بعد أن اطمأننت على الجيش الثالث تحركت إلى الجيش الثاني حيث قابلت اللواء سعد مأمون. الذي اشتكى من أن وحدات المهندسين التى كان يتحتم دفعها حتى ليلة أمس لم تصل إليه كاملة واحضر أمامي رئيس المهندسين في الجيش ليدلي بشكواه اتصلت فورا بمدير إدارة المهندسين للقوات المسلحة وتم حل الموضوع، وبينما كنت مع سعد مأمون اتصل بي مدير إدارة الشئون العامة وأعلمني بأنه سوف يكون قادراً على تنفيذ التعليمات التى أصدرتها بخصوص تدبير مكبرات الصوت وتسليمها في التوقيتات التى حددتها له فشكرته على ذلك وأخبرت اللواء سعد مأمون بموضوع مكبرات الصوت التى سوف تسلم له وهتاف الجنود في أثناء اقتحام القناة بالله أكبر. عدت إلى المركز 10 وانا أكثر اقتناعا بأننا سننتصر. لم يبق على بدء المعركة سوى أقل من 24 ساعة وجميع المظاهر تؤكد إن العدو لم يشعر بتحضيراتنا وهذا في حد ذاته يعتبر مكسبا كبيرا. إن إسرائيل تحتاج إلى 72 ساعة لإتمام المرحلة الأولى من تعبئتها (تعبئة القوات المسلحة) وتحتاج إلى 96 ساعة أخرى لإتمام المرحلة الثانية من التعبئة والتى تشمل تعبئة موارد الدولة بأكملها للحرب، فلو فرضنا وعرفت إسرائيل الآن بنوايانا فلن يسعفها الوقت لتعبئة قواتها بشكل مؤثر[7].

شعوري وأفكاري قبل بدء المعركة:

وبنهاية يوم الجمعة قررت أن أنام مبكراً لكي آخذ قسط أكبر من الراحة قبل أن تبدأ العمليات ويصبح من الصعب الحصول على فرصة للنوم أو الراحة. تناولت عشاء خفيفا وأويت إلى فراشي الذي يقع في غرفة ملاصقة لغرفة العمليات حاولت النوم ولكن دون جدوى. كان سيناريو SCENARIO عملية اقتحام قناة السويس وحصار وتدمير خط باريليف يمر في خيالي، وكلما انتهى عرض هذا الفيلم عاد ليعرض نفسه من جديد. وهنا بدأت حوارا مع نفسي حول تصوير المعركة. كنت أناقش مع نفسي فكرتين: إحداهما تنادى بتصوير معركة العبور، والأخرى كانت تعارض الفكرة الأولى. ونظرا لوجاهة الأسباب التى كانت تؤيد كل فكرة فسوف أعرض مزايا وعيوب الفكرتين تاركًا للقارئ حرية الحكم على أفضلية كل منهما[8]. و سوف أذكر فيما يلي كيف كانت الفكرتان تتصارعان في رأسي. و سأرمز بالرأي الذي يعارض التصور بالأول و سأرمز بالرأي الذي يؤيد بالثاني.

فكرة تصوير الفيلم عن معركة العبور:

الأول: إذا قمنا بتصوير فيلم عن معركة العبور فإن قيمته السوقية يمكن أن تزيد على 100 مليون دولار، أما قيمته التاريخية فإنها لا تقدر بثمن. ولكن كيف يمكن تصوير هذا الفيلم دون أن يكون مخرج الفيلم على علم مسبق بالسيناريو والمواقف والتوقيتات كلها. إن هذا يعنى إذاعة أسرار الخطة

للمخرج في الوقت الذي حــجبنا فيه هذه المعلومات عن كثير من القادة، وحتـى القادة فإن كلا منهم يعرف فقط ما يخص القوات التى تحت قيادته ولا يعرف عن عمل باقي القوات الأخرى إلا بالقدر الذي يتيح له التعــاون معها. أما هذا المخرج فيجب أن يعرف كل شيء لكي يمكنه القيام بواجبه على الوجه الأكمل.

الثاني: صباح غد سوف يعلم عشرات الألوف من الضباط والجنود بنبأ الحرب، فماذا لو عرف أيضا مخرج الفيلم ؟ يمكنك أن تدعو أحد المخرجين صباح غد وتكلفه بالمهمة.

الأول: ماذا تقول؟ غدا هذا مستحيل. لن يكون لديه الوقت الضروري لتنفيذ المهمة. إن مخرج الفيلم يحتـاج إلى يوم كامل لفهم السيناريو. ثم يحتـــاج إلى 3 أو 4 أيام لتجهيز نفسه لعملية التصوير.

الثاني: من قال لك ذلك؟

الأول: لا أحد، ولكنى اعتقد ذلك. إن هذا هو التفكير المنطقي.

الثاني: الوقت ليس متأخراً كما تعتقد. ما عليــك إلا أن تستدعى المخرج صباح غد وتكلفه بالمهمة ثم تستمع إلى ما يقول.

الأول: ربما يطلب منى طائرتي هليوكوبتر على الأقل لكي يستخدمهما في التصوير وهناك احتمال ان يقوم رجالنا بإسقاطهما على اعتبار أنهما طائرتان معاديتان، وحتى لو أصدرنا تعليمات مشددة بعدم إطلاق النار على هاتين الطائرتين فلا يمكن لأحد أن يضمن وصول هذه التعليمات إلى الأفراد جميعا وعلاوة على ذلك فان إصدار مثل هذه التعليمات للجنود لتأمين طائرتي تصوير الفيلم قد يخلق لدى الجنود نوعا من التردد في إطلاق النار على طائرات الهليوكوبتر المعادية ظنا منهم أنها طائرات صديقة.

الثاني: أن المزايا التي يمكن الحصول عليها نتيجة تصوير هذا الفيلم تفوق بكثير المخاطرة باحتمال إسقاط طائرتي هليوكوبتر. لقد تعودنا أن نسمع منك في كثير من المناسبات عبارة "المخاطرة المحسوبة" لماذا لا ندخل هذا العمل ضمن "المخاطرة المحسوبة"؟

الأول: هذا شيء مختلف أن هذا العمل لن يكون له أي اثر مباشر أو غير مباشر على نتيجة الحرب انه فقط للتسجيل التاريخي.

الثاني: إن تسجيل التاريخ هو عملية مهمة. إن من حق أبنائنا وأحفادنا أن يعرفوا ما قام به آباؤهم وأجدادهم لكي يفخروا به ويستفيدوا ويتعلموا منه.

الأول: إني مقتنع بما تقول ولكنى مقتنع أيضا بأن إذاعة سيناريو العبور بكامله أمام مخرج الفيلم قبل بدء العمليات الحربية هي مخاطرة كبيرة ليس هناك ما يسوغها.

وبهذه المناسبة يجب أن اقرر هنا أن الصور التى نشرت في الصحافة الوطنية والصحافة العالمية والتى كانت تمثل دباباتنا وهى تعبر فوق الكباري والمعديات وجنودنا المشاة وهم يركبون

القوارب التي يرفرف عليها العلم المصري في أثناء العبور، كلها صور مزيفة لم يتم تصويرها في أثناء المعركة. أنها صور قــام الإعلام المصري بالتقاطها بعد المعركة لأغراض الدعاية وقام بتمثيلها جنود كومبارس وأخذت لهم تلك الصور بعيدا عن قصف المدافع ولعلعة الرشاشات. وأني أعلن أنه لم يدخل مصور وأحد إلى منطقة القتال إلا بعد ظهر يوم 8 من أكتوبر أي بعد بدء القتال بأكثر من 48 ساعة. أني لا أقول هذا لكي ألوم أحدا من المصورين، فلم يطلب من أي مصور الذهاب إلى الجبهة ورفض، ولكن أقول ذلك لأنه الحقيقة، وقد اكتشفت ذلك عندما زرت الجبهة يوم 8 من أكتوبر. فأمرت بإلحاق بعضهم بالوحدات فقاموا بتنفيذ ذلك اعتبارا من بعد ظهر يوم 8 من أكتوبر. لم يكن يهمني أن أقول هذه الحقيقة لو أن الصور التي التقطت تمثل حقا الجندي المصري الشجاع وهو يقتحم القناة ولكني صدمت عندما شاهدت هذه الصور في الصحف الأجنبية. إن بعض هذه الصور يمثل جنودا يعبرون بصورة غوغائية ينعدم فيها الضبط والربط والنظام الدقيق الذي كان مفروضا في أثناء عملية العبور. إنها صور لا تمثل مطلقا الجندي المصري الذي عبر القناة كم اشــعر الآن بتأنيب الضمير لأنني لم استمع إلـــى النداء الذي كان يطلب مني أن نقوم بتصوير هذا العبور ورفضت ذلك من اجل المحافظة على السرية.

ماذا يقصد السوفيت بسحب خبرائهم؟

لابد أني غفوت قليلا بعد هذا الصراع الفكري بيني وبين نفسي حول تصوير فيلم عن عبورنا لقناة الســويس، ولكن هذه الغفوة كانت قصيرة كان ذهني متيقظا وكانت حواسي كلها متيقظة أيضا: كــان ذهني يبقى مستيقظا عندما ترقد عيناي قليلا. كـانت أقدام جنود الحراســة التي تروح وتغدو أمام غرفتي لا تسمح لي بالنوم العميق فكنت أغفو لفترات قصيرة ثم استيقظ فتطول فترة الاستيقاظ نتيجة تزاحم الأفكار. كل فكرة تريد أن تفرض نفسها، ومن بين الأفكار التي شغلتني هذه الليلة قرار السوفيت بسحب خبرائهم من مصر. و كان الحوار بيني و بين نفسي يدور كما يلي.

الأول: ماذا يعني قيام السوفيت بسحب خبرائهم وعائلاتهم قبل بدء المعركة بحوالي 24 ساعة؟

الثاني: لابد انهم لا يريدون أن يتورطوا في هذه الحرب، ولكي يظهروا للعالم اجمع أن أياديهم نظيفة من هذه العملية.

قد يعنــى أيضا انهم لا يوافقون على الخطوة التي اتخــذناها، وأن ما قاموا به هو في الواقع احتجاج صامت. أضف إلى ذلك قرارهم بسحب سفنهم الثلاث التي كانت راسية في ميناء بور سعيد.

الأول: حقا. إننا لسنا في حاجــة إلى مساعدتهم العسكرية ولكننا في حــاجة إلى مساعدتهم وتأييدهم الســياسيين. لابد أن هذا الموقف قد أصاب الرئيس السادات بقلق كبيــر. ترى كيف يفكر الآن ؟

الثاني: قد يصدر قرارا بإيقاف الحرب.

الأول: مستحيل؟

الثاني: لماذا مستحيل؟ أمن أجل الغواصـــات التي في عرض البحـــر ولا يمكن إيقافها عن تنفيذ مهامها؟ إن العالم مستعد لأن يضحي بإغراق باخرة أو باخرتين كثمن لتجنب الحرب.

الأول: وإذا كان ذلك مقبولا على المستوى العالمي، فكيف يقبل على المستوى الوطني؟ لقد تم شحن رجالنا بروح القتال والرغبة في الانتقام من العدو الذي هزمهم عام 67، وان لديهم الآن فرصة كبيرة لتحقيق النصر بعد سلسلة من الهزائم التي هزت ثقتهم بأنفسهم. إذا لم نعط رجالنا هذه الفرصة فقد تموت فيهم روح القتال لعدة أجيال قادمة.

الثاني: انك تتكلم كجندي محترف. أن السياسيين يفكرون بأسلوب مختلف هل نسيت ما قاله لك السادات ألم يقل لك انك لا تفهم في السياسة؟

الأول: نعم أذكر ذلك، ولكن هذا لا يعنى أن الرئيس على حق. إذا كان الرئيس يعنى بالرجل السياسي أن يكون من طراز ميكافيللي فإني أكره أن أكون كذلك. أنا أؤمن بالصدق والصراحة والأمانة ولا أؤمن بالكذب والخديعة. أنا اعلم أن قرار الرجل السياسي العاقل هو القرار الذي يدخل في اعتباره العوامل كلها مهما كانت متعارضة. أن القرار السليم هو في النهاية عبارة عن محصلة لتلك العوامل جميعها التي بينها دون شك الروح المعنوية للشعب والعزة والكرامة والشعور بالفخر والكبرياء أن الفرد هو أغلى عنصر في الثروة البشرية للدولة. أن الفرد المقهور الذي لا يملك ثقته بنفسه لا يمكنه أن يقدم شيئا لبلاده، ولو في أي مجال آخر.

الثاني: انك مازلت تفكر بعقلية الجندي المحترف هناك سؤال يجب أن تفكر فيه الآن: ماذا سنفعل لو أن الرئيـــس أمر بإيقاف وإلغاء العملية الهجومية ؟

الأول: هذا سؤال سخيف لن أجيب عنه.

الثاني: أنت تخشى أن تجيب عن هذا السؤال.

الأول: نعم. أني أريد أن أنام. أن لدينا عملا كبيرا ينتظرنا غدا ويجب أن آخذ قسطا من الراحة. كان نومي طوال هذه الليلة هو سلسلة من الغفوات والاستيقاظات وفى كل مرة استيقظ فيها كنت ابحث مشكلة حتى وكأني بحثت جميع مشكلات القوات المسلحة في تلك الليلة واستيقظت في الصباح وأنا اشعر بنشاط كبير. رغم تلك الليلة التي قضيتها و انا نصف نائم و نصف يقظان.

رقيب يرفض القتال:

في الساعة العاشرة من صباح يوم السبت 6 من أكتوبر أبلغني أحد قادة الجيوش هاتفيا بان لديه ضابط صف برتبة رقيب يرفض القتال عندما أخطر بمهمته في القتال في صباح ذلك اليوم قال لقائده " أن القتل والعنف ليسا من طبيعتي كما انهما يتعارضان مع معتقداتي. وأنا لا أستطيع أن أقوم بتنفيذ هذه المهمة"، وقد حاول أصدقاؤه وقادته أن يثنوه عن هذه الفكرة لكنه أصر على رأيه. كان قائد الجيش في ذروة الغضب وهو يبلغني بهذا الخـــبر. و أضاف قائلا بأنه سوف يأمر بتشكيل مجلس

عسكري عال لمحاكمة الرقيب المذكور. ولكني أخذت الموقف بمنتهى البساطة وقلت له "لا علينا إنه مجرد فرد واحد من 100000 ، سوف يقتحمون القناة بعد ساعات قليلة. إني اعلم أن نسبة الذين يرفضون القتال في الجيوش الأخرى أعلى من ذلك بكثير. لا تشغل نفسك بهذا الموضوع أرسله تحت الحراسة إلى السجن الحربي وسوف نبحث موضوعه فيما بعد. كنت أعرف أن محاكمة هذا الشخص بمجلس عسكري عال وصدور الحكم والتصديق عليـه لم تكن لتستغرق نصف ساعة. إن المتهم يرفض القتال ويعترف بذلك والإعدام هو الجزاء المنتظر لذلك، ومن الممكن أن ينفذ فيه حكم الإعدام أمام أفراد وحده. لقد جال هذا الشريط بسرعة في خيالي فاستبعدته. لم أكن أريد أ ن أبدا عمليتنا الهجومية بإعدام لأحد رجالنا. قد يقال فيما بعد إن المصريين لم يعبروا القناة إلا بعد أن رأوا راس زميلهم معلقا في الهواء، وبذلك يستطيع أعداؤنا أن يشوهوا سمـعة الجندي المصري. لا لن نعطيهم الفرصة لذلك سوف نقدمه للمحكمة فيما بعد. سوف نحاول دراسة نفسيته لكي نعرف كـيف تتولد هذه الأفكار وكيف يمكن التغلب عليها [9]. قد يخجل بعض المصريين الشرفاء من سماع هذه القصة ولكنى أطمئنهم بان هذه الحالات تحدث في الجيوش الأجنبية بنسبة أعلى من ذلك بكـثير. لقد اشترك في حرب أكتوبر بطريق مبـاشر حوالي 400000 رجل عبر منهم حوالي100000 رجل، فهل يضير الشـرف العسكري المصري أن يتخلف منهم رجل واحد؟

هوامش الفصل الثلاثين

(1) كان توزيع قواتنا بهذه الصورة كما كانت خططنا الهجومية اعتبارا من المآذن العالية عام 71، إلى جرانيت 2 عام 72/71، إلى بدر عام 73كانت جميعها تعتمد أساسا على قيام فرق المشاة الخمس بالهجوم من أوضاعها الدفاعية دون أية عملية إعادة تجميع بين الفرق .

(2) نشرت صحيفة الأهرام يوم 25 من يناير 73 حديثا للفريق الشاذلي ألقاه في الضباط والجنود الذين قاموا بتنفيذ مشروع تدريب لعبور قنـاة السويس جاء فيه ما يلي:-

"إننا نعترف بأن ما أقامه العدو من ساتر ترابي ومن تحصينات على ألشاطيء الشرقي للقناة يعتبر من الأعمال الهندسية الضخمة، وأن قناة السويس في صورتها الجديدة قد أصبحت مانعا فريدا، ومع ذلك فإننا نؤكد أننا قادرين على اقتحامه، وسوف نقتحمه، ونثبت للعالم اجمع أننا- نحن أحفاد الفراعنة العظام، والعرب البواسل- قادرين على أن نقدم للعالم نماذج جديدة من قدراتنا القتالية لاسترداد حقنا المسلوب وأرضنا المغتصبة. ليت مصر كلها كانت معنا اليوم لترى، فتزداد ثقتها بنفسـها وبقدرة أبنائها على تحقيق النصر إن شاء الله. إنني أثق بقدرة قواتنا المسلحة وأعشق أن تتاح لنا الفرصة قريبا لكي نثبت للعدو فوق ارض المعركة أن الجندي المصري قادر على الوصول إليـه وهزيمته. وسوف يسجل التاريخ إلى الأبد معركـة الجيش المصري في اقتحام قناة السويس كإحدى المعارك الخالدة في التاريخ العسكري. وسوف يكون

مجرد ذكر أحدكم أنه اشترك في معركة القناة ما يعادل أرفع الأوسمة وستشهد لصاحبها بالبطولة والشجاعة".

(3) قبل ذلك بعامين أدخلنا تعديلات جـــذرية على تنظيم إدارة المطبوعات والنشر. وبعد ذلك قمنا بإدخال العديد من اجهزة المكاتب الحديثة التى تساعد في رفع مستوى ألإدارة في جـــميع القيادات وعلى جميع المستويات.

(4) القيادة العامة للقوات المسلحـــة تنقل إلى المركز رقم 10 خلال المشاريع الاستراتيجية وخلال الحرب.

(5) اجتمـــاعات المجلس الأعلى للقوات المسلحة تستغرق في المتوسط 4 ساعات للاجتماع الواحد. وهناك تسجيل كامل لما دار في هذا الاجتماع أتعشم أن يذاع في يوم من الأيام.

(6) إن هذا التصرف يثير بعض التساؤلات. لابد ان وزير الطيران علم بميعاد الحرب فمن الذي اخبره؟

(7) قامت إسرائيل بعد حرب 73 بتعديل خطة تعبئتها. وهى تدعى اليوم أن بمقدورها تعبئة قواتها كلها خلال 24 ساعة.

(8) الرأي الاول يعارض تصوير الفيلم، أما الرأي الثاني فيؤيد ذلك.

(9) لقد شغلتني أحداث المعركة ولا اعرف حتى الآن مصير هذا الرقيب البائس، ولكني اعتقد أن حالته جديرة بالدراسة العلمية والنفسية.

الفصل الحادي والثلاثون

بدء العمليات الحربية:

في الساعة 1300 يوم 6 من أكتوبر وصل رئيس الجمهورية ومعه وزير الحـربيـة إلى المركز 10 ودخلا غرفة العمليات حيث كان كل فرد في مكانه منذ الصباح. كان الوقت المحدد لعبور الموجـة الأولى من المشاة هو الساعة 1430 ولكن كان هناك الكثير من المهام الأخرى التي يجري تنفيذها قبل ذلك. ولعل أهم هذه المهام هو قيام قواتنا الجوية بتوجيـه ضربة جوية إلى مطارات العدو ومراكز قيادته ومناطق حشد مدفعيته في سيناء وقد اشترك في هذه الضربة الجوية اكثر من 200 طائرة عبرت خـط القنـاة على ارتفاع منخفض جدا في الساعة 1400. وبمجرد عبور قواتنا الجوية لخط القنـاة بدلت مدفعيتنا عملية القصف التحضيري المكثف على مواقع العدو شرق القناة وفي الوقت نفسه تسللت عناصر استطلاع المهندسين وعناصر من الصاعقة إلى الشاطيء الشـرقي للقناة للتأكد من تمام إغلاق المواسير التي تنقل السائل المشتعل إلى سطح القناة.

وبينما كانت تلك الأعمال جميـعها تتم بنجاح كان الجميع ينتظرون أخبار عبور المشاة حيث إن ذلك هو الذي سيحدد مصير المعركة [1]. وبينما كنا ننتظر وكان على رءوسنا الطير وصلت المعلومات بتمام عبور الموجة الأولى ودوت مكبرات الصوت داخل المركز 10 تعلن الخبر المهم الذي بعث الفرحـة والسكينة في نفوس الجميع. أخذت المعلومات عن عبور الموجات التالية للمشاة تتوالى وفي توقيتات تتطابق تماما مع توقعاتنا [2]. وبعد أن اطمئن الرئيس بهذه الأخبار السارة انسحب هو ووزير الحربية من غرفة العمليات للراحة، وحوالي السابعة مساء غادر الرئيس المركز 10 عائدا إلى قصر القاهرة.

وفي الساعة 1830 من يوم 6 أكتوبر كان قد عبر إلى ألشاطيء الآخر 2000 ضابط و 30000 رجل من خمس فرق مشاة واحـتفظوا بخـمسة رءوس كباري قاعدة كل منها تتراوح بين 6-8 كيلومترات وعمق كل منها يتراوح بين 3-5 كيلومترات. كان المهندسون مازالوا يعملون بجد في فتح الثغرات في السـاتر الترابي ولكنهم لم يكونوا قد انتهوا بعد من هذا العمل، وبالتالي لم تكن لدينا دبابات او مركبات على الجانب الآخر، وذلك فيماعدا اللواء البرمائي الذي بدا يعمل في عمق العدو ما بين 1400 و 1500 في قطاع الجيش الثـالث وكان معه 20 دبابة برمائية و 80 مركبة برمائية توباز، وبالإضافة إلى ذلك فقد كانت هناك أعداد محدودة أخرى من المركبات البرمائية التي عبرت بحيرة التمساح لكي تعمل في قطاع الجيش الثـاني. كانت دبابات اللواء 130 البرمائي هي الدبابة ت 76 وهي تشكل قوة نيران كبيرة إذا استخدمت ضـد وحدات العدو الإدارية ومراكز قيادته والمواقع غير الحصينة ولكن خـفة تدريعها وصغر عيار مدفعها يجعلانها ليست ندا لدبابات العدو المتوسطة بأنواعها كلها والتي كانت مسلحـة بالمدفع 105 ملليمتر. لذلك كنت

240

انتظر بفارغ الصبر بتمام عملية فتح الثغرات في السـاتر الترابي للعدو. إن فتح هذه الثغرات هو الذي سيمكننا من البدء في عملية نقل دباباتنا إلى الضفة الشرقية سواء عبر المعديات أو عبر ا لكباري.

في الساعة 1830 وصلت المعلومات عن فتح أول ثغرة وتشـغيل أول معـدية في قطاع الجيش الثاني، ثم توالت الأخبار خلال الساعة التالية عن فتح المزيد من الثغرات، وبالتالي بدأ تشغيل المعديات التي أخذت تنقل دباباتنا إلى ألشاطيء الآخر بإعداد محدودة، وفي الساعة 2030 كان قد تم بناء أول كوبري ثقيل على القناة، وفي الساعة 2230 كـان قد تم بناء7 كباري ثقيلة أخرى، وكانت دباباتنا وأسلحتنا الثقيلة تتدفق نحو الشرق مستخدمة 7 كباري ثقيلة و 31 معدية.

خطة العدو شوفاخ يونيم:

كانت خطة العدو شوفاخ يونيم SHOVACH YONIM تتلخص فيما يلي:

1- تقسيم جبهة قناة السويس إلى ثلاثة قطاعات رئيسية تمثل ثلاثة اتجاهات رئيسـية: القطاع الشمالي ويدافع عن الاتجـاه القنطرة العريش، والقطاع الأوسط ويدافع عن الاتجـاه الإسـمـاعـيـلـيـة -ابو عجـيـلة، والقطاع الجنوبي ويدافع عن الاتجـاهات السويس- ا لممرات.

2- يتم الدفاع على شكل نسقين واحتياط:

أ‌- النسق الأول: خط بارليف ويحتله لواء مشاة ينقوقع داخل 35 حصنـا ونقطة قوية بينها فواصل مجهزة بمرابض نيران للدبابات بمعدل مربض كل 100 متر (3).

ب‌- النسق الثاني: على مسافة 5-8 كـيـلومترات وتحتله 3 كتائب دبابات قوامها 130 دبابة.

ت‌- يتجمع الاحتياط وقوامه ثلاثة ألوية عدا ثـلاث كتائب على مسافة 25-30 كيلومترا شرق القناة، وقوامه 240 دبابة.

3- في حـالات رفع درجات الاستعداد يندفع النسق الثاني لتدعيم النسق الأول ويندفع الاحتياط ليحتل أمكنة النسق الثاني، وبذلك تنضم 130 دبابة إلى بارليف (بعضها يدخل ضمن النقط القوية وبعضها الآخر يحتل الفواصل فيما بينها).

4- كان في تقديرنا أن العدو سوف يقوم بهجـمـات مضادة بقوة سرايا أو كتائب دبابات في حدود 15-30 دقيقة من بدء العبور، وان يقوم بهجمات مضادة بقوة حوالي لواء مدرع بعد حوالي ساعتين من بدئه.

كيف تصارعت الخطة بدر مع الخطة شوفاخ يونيم ساعة بعد ساعة، وكيف انتصرت الخطة بدر؟ هذا ما سوف نقصه في الصفحات القليلة القادمة. إن عملية عبور القوات المسلحة المصرية لقناة السويس يوم 6 أكتوبر 73 تمثل سيمفونية رائعة اشترك فيها عشرات الآلاف من البشر، وكان عمل كل منهم ذا أهمية خاصة في إنجاحها. وإن قيامي بذكر بعض الأحداث في عملية العبور لا يعني مطلقا التقليل من أهمية الأحداث الأخرى، وإنما يعني استحالة تسجيل تلك الأحداث جميعها.

ليلة 5 / 6 من أكتوبر:

قامت عناصر من المهندسين بالتسلل إلى الشاطيء البعيد حيث قامت بإغلاق فتحات الأنابيب التي تنقل السائل الملتهب إلى سطح مياه القناة تسللت بعض دورياتنا إلى مؤخرة العدو.

سعت 1400 يوم 6 أكتوبر:

- عبرت حوالي 200 طائرة قناة السويس على ارتفاع منخفض جدا يكاد يلامس الساتر الترابي للعدو في الضفة الشرقية للقناة وقامت بتوجيه ضربة جوية مركزة ضد مطارات العدو في سيناء ومراكز قيادته ومحطات الرادار والإعاقة الالكترونية ومواقع الهوك (SAM) وبعض مواقع المدفعية.

- وبعد عبور طائراتنا لخط القناة بحوالي 5 دقائق بدأت مدفعيتنا تصب نيرانها فوق حصون خط بارليف. اشترك في هذا التمهيد الناري حوالي 2000 مدفع وهاون وكان كل منها له واجب خاص يحدد له الهدف الذي يقصفه وعدد الطلقات التي يطلقها.

- وتحت ستر نيران المدفعية تسللت عناصر من المهندسين إلى الشاطئ البعيد للتأكد من أن مواسير نقل السائل الملتهب التي أغلقت في اليوم السابق ماتزال مغلقة.

- وتحت ستر نيران المدفعية عبرت بعض عناصر من الصاعقة لكي تسبق العدو في احتلال المواقع والمصاطب التي تقع خلف خط بارليف بحوالي كيلومتر إلى كيلومترين.

- بدا اللواء 130 برمائي عبوره للبحيرات المرة من طرفها الجنوبي بقوة 20 دبابة ت 76 و 80 مركبة توباز.

- بدأت سرية مشاة في عبور بحيرة التمساح مستخدمة في ذلك حوالي 10 مركبات برمائية.

سعت 1420 يوم 6 أكتوبر:

- توقفت المدفعية ذات خط المرور العالي عن قصف النسق الأمامي لخط بارليف ونقلت نيرانها إلى العمق حيث مواقع النسق الثاني للعدو.

- قامت المدفعية ذات خط المرور المسطح بالضرب المباشر على مواقع العدو في الحد الامامي لخط بارليف وذلك بهدف إسكات نيران أية نيران يطلقها العدو على مشاتنا وهي تعبر القناة.

- بدأت الموجة الأولــى من المشاة بركوب القوارب وأخذت تجــدف نحو الشاطـىء الشرقي للقناة وتهتف مع كل ضربة مجداف الله اكبر كان قوام هذه الموجة 4000 رجل يركبون 720 قارب مطاط.

- لقد نجحنا في تحقيق المفاجأة التكتيكية أيضا. إن العدو لم يتمكن من رفع درجة استعداد قواته في منطقة القتال إلى الحالة القصوى قبل أن نبدأ هجومنا. لقد بدأ يدفع دباباته التي تحتل النسق الثـــاني لتدعيم خط بارليف حوالي الســاعة 1420. ولكـــن قواتنا من رجـــال الصاعقة كانت قد سبقته في احــتلال عدد من المصاطب التي كان قد أعدها لنفسه لتكون مرابض نيران له واشتبكت معه ودمرت عددا من دباباته بينما كان يتقدم غربا. كما أن دباباتنا وصواريخنا المضــادة للدبابات التي كانت على الشاطئ الغربي أخـــذت تدمر دباباته المتحركة الواحدة بعد الأخرى.

- نجحت سرية المشاة في عبور بحيرة التمساح بمركبات التوباز.

سعت 1430 يوم 6 أكتوبر:

- لقد وصلت الموجـــة الأولــى من المشاة إلى الشاطئ الشرقي للقناة واحتلت بعض أجزاء السائر الترابي الذي يقع بين حصون خط بارليف. كان كل قارب يحمل معه سلالم حـــبال وعلامة إرشاد كبيرة تحمل رقم القارب. قام أفراد هذه المجموعة بفرد سلالم الحبال وتثبيتها على الساتر الترابي (1440 سلما)، كما قاموا بتثبيت علامات الإرشاد التي تبين رقم القارب (رقم مسلسل من 1 إلى 720)، كانت تلك الأرقام تحدد أمكنة وصول القوارب وقد روعي أن تكون المسافات بينها كما يلي:

  25 متر فاصل بين كل قارب داخل سرية المشاة .

  200 متر فاصل بين كل سرية وأخرى.

  400 متر فاصل بين كل كتيبة وأخرى.

  800 متر فاصل بين كل لواء وآخر.

  وكانت المسافة بين كل فرقة مشاة وأخرى حوالي 15 كيلومترا.

- بدأت عناصر المهندسين العمل في فتح الثغرات في الساتر الترابي باستخدام ضغط المياه وقد اشترك في هذا العمل 70 فصيلة مهندسين معهم 350 مضخة مياه. كـــان المهندسون

- يقومون بفتح هذه الثغرات في الفواصل التي بين الوحــدات الفرعيــة (الألوية والكتائب والسرايا) التي ذكرناها سابقا.

- لقد بدأت القوارب التــي نقلت الموجة الأولى من المشاة تعود مرة أخــرى إلى شاطئنا لكي تنقل الموجات الأخرى، وكان في كل قارب رجلان من وحدات المهندسين.

- المعركة بالنيران مستمرة بين العدو وبين قواتنا وكانت المعركة الرئيسية تدور بين دباباتنا وأسلحتنا المضادة للدبابات التي تحتل موقعها غرب القناة وبين دبابات العدو التي تحاول أن تشق طريقها نحو القناة. وفي الوقت نفسه فإن المعركة بين رشاشاتنا وجميع أسلحتنا ذات خط المرور المسطح، كانت مستمرة بهدف إسكات المواقع الحية في خط باريليف.

- طائراتنا التي قامت بتنفيذ الضربة الجوية تعود إلى قواعدها خــلال ممرات جوية محددة تم الاتفاق عليها بين قيادة القوات الجوية وقيادة الدفاع الجوي من حيث الوقت والارتفاع. وقد خسرنا في هذه الضربة 5 طائرات كانت هي خسائرنا كلها خلال معركة القناة (حتى صباح يوم 7 أكتوبر)

سعت1445- 1530 يوم 6 أكتوبر:

- عبرت الموجة الثانية من المشاة القناة (حوالي 1445) وتلتها الموجات الأخــرى بمعدل حوالي 15 دقيقة بين كل موجة وأخــرى. وبنهاية الموجة الرابعة كان قد عبر لنا 20 كتيبة مشاة قوامها 800 ضابط و 13500 جندي ومعهم الأسلحة التي يستطيعون حملها أو جرها. وقد بدا مشاتنا على الجانب الآخر يتحملون نصيبا اكبر في المعركــة ضد هجمات العدو المضادة. لقد بدا مشاة الموجة الأولى المعركــة ضد دبابات العدو منذ أن وضعوا أقدامهم على الشاطئ الآخر سعت 1430، ولكن الدور الرئيسي للمعركة في ذلك الوقت كان يقع على دباباتنا وأسلحتنــا المضادة للدبابات التي تقع على الشاطئ الغربي. ومع استمرار وصول الموجات المتتالية اخذ العبء الرئيسي للمعركة ينتقل شيئا فشيئا إلى المشاة التي عبرت. وحتى الساعة 1530 لم تكن مشاتنا قد تقدمت اكثر من 200 متر شرق الساتر الترابي.

- المدفعية مستمرة في ضرب الأهداف في عمق العدو وقد اصبح من الممكن توجيه نيرانها بدقة بفضل ضبــاط المدفعية الذين يرافقون المشاة شرق القناة ويقومون بتصــحيح النيران وتحديد الأهداف.

- المهندسون مستمرون في عملهم لفتح الثغرات في الســاتر الترابي، بينما وحــدات المهندسين المكلفة بتشغيل المعديات وبناء الكباري قد تم إنذارها لكي تكون جاهزة للتحرك من مواقع تجمعها إلى النقاط المحددة.

244

- لقد بدأ العدو يقحم قواته الجـوية في المعركة حوالي الساعة 1500 ودخل معـــه دفاعنا الجوي في المعركة وتمكن من إسقاط 7 طائرات.

سعت 1530 - 1630 يوم 6 أكتوبر:

- موجات المشاة مستمرة في العبور وقد عبرت حتى هذا الوقت 8 موجات، وبحلول الساعة 1630 كان قد اصبح لدينا في الجانب الآخر خمسة رؤوس كباري، كل منها قاعدته 6-8 كيلومترات وعمقه كيلومتران، وكانت تحـتـل رؤوس الكباري هذه ثلاثون كتيبة مشاة قوامها. (1500 ضابط ، 22000 رجل).

- وخلال تلك الفترة اشتد ضغط مشـاتنا على حصون خط بارليف ونقطه القوية وسقطت بعض مواقع العدو في أيدي رجالنا. كما تم إسكات مواقع أخرى.

- قواتنا مستمرة في صد هجمات العدو المضادة التي يقوم بها ضد قواتنا، لقد اصبح العبء الأكبر في صد الهجمـــات المضادة يقع الآن على عاتق المشاة التي عبرت وليس على الأسلحة المضادة للدبابات التي كانت ماتزال على الشاطئ الغربي.

- قوات المهندسين تعمل بنشاط في فتح الثغرات، وحدات الكباري تصل إلى النقاط المحدد ة لها وتنزل معداتها في الماء وتبدا المرحلة الأولى من بناء الكباري.

- وحدات المهندسين المكلفة بتشغيل المعديات تتحرك إلى الأمكنة المحـددة لها وتبدأ في الاستعداد والتحضير انتظارا لإتمام فتح الثغرات.

- المدفعية مستمرة في الاشتباك ضد الأهداف التي تحددها المشاة

- الدفاع الجوي مستمر في الاشتباك مع الطائرات المغيرة

سعت 1630 - 1730 يوم 6 أكتوبر:

- لقد أتمت الموجة الثانية عشرة من المشاة عبورها وبحلول الساعة 1730 كان قد اصبح لنا في الشاطئ الآخر 45 كتيبة مشاة قوامها 2000 ضابط و 30000 رجل. لقد اصبح عمق رؤوس الكباري للفرق حوالي 3-4 كيلومترات لكل منها. مشاتنا تهاجم مواقع خط بارليف وتستولي على بعض النقاط.

- قوات الشرطة العسكرية التي عبرت بالقوارب مع المشـاة بدأت تقوم بعملهـا الخاص بتحديد الطرق وترقيمها وتمييزها لمساعدة الدبابات والمركبات التي سوف تعبر على المعديات وعلى الكباري في ألتعـرف على اتجاهها حتى لا تضل الطريق عند تحركها للانضـمام إلى الوحدات الأم التي سوف تقوم بتدعيمها.

- لقد بدأت النيران التي تتبعث من خط بارليف تخف وتضعف نتيجة احتلال بعض المواقع وإسكات بعضها الآخر، ولكن مازال هناك الكثير من المواقع التي- وإن كانت غير قادرة على إطلاق نيران مؤثرة- كانت قادرة على توجيه وإدارة نيران المدفعية والطيران للعدو.

- قوات المهندسين مستمرة في العمل على فتح الثغرات. وحدات الكباري مستمرة في تنفيذ المرحلة الأولى من مراحل البناء. وحدات المعديات مستمرة في تنفيذ مرحلة التجهيز والاستعداد.

- معركة المدفعية مستمرة.

- وحدات الدفاع الجوي مستمرة في الاشتباك مع طائرات العدو المغيرة.

من سعت 1730-1830 يوم 6 من أكتوبر:

- لقد وصلت رؤوس كباري الفرق إلى عمق حوالي 5 كيلومترات، وقد أصبحت معظم أجزاء خط بارليف محاصرة من قبل قواتنا.

- قوات المهندسين مستمرة في فتح الثغرات وتجهيز المطالع على الجانب الآخر، وفي حوالي الساعة 1830 فتحت أول ثغرة في الساتر الترابي، أي بعد 4 ساعات من بدء عبور المشاة.

- أتمت الوحدات المكلفة بتشغيل المعديات تحضيراتها، وأخذت تنتظر انتهاء الوحدات المكلفة بفتح الثغرات في الساتر الترابي.

- وحدات المهندسين المكلفة ببناء الكباري انتهت من المرحلة الأولى، وأصبحت تنتظر الانتهاء من فتح الثغرات حتى يمكنها أن تبدأ المرحلة الثانية والأخيرة من اجل بناء الكباري.

- دبابات ومركبات الأسبقية الأولى التي كان محددا لها أن تعبر على المعديات تتقدم في اتجاه المعابر المحددة لها.

- في حوالي الساعة 1730 تم إبرار 4 كتائب صاعقة بواسطة طائرات الهليوكوبتر في عمق العدو في أمكنة متفرقة داخل سيناء.

من سعت 1830-2030 يوم 6 من أكتوبر:

- المشاة تعزز مواقعها على الشاطئ الشرقي، وتقوم بإرسال ضباط اتصال إلى مخارج المعديات والكباري لاستقبال الدبابات والمركبات وتلقينها واجباتها تبعا لآخر موقف عمليات.

- تم خلال هذه الفترة فتح معظم الثغرات في الساتر الترابي.

- بداء عبور الدبابات والأسلحة الثقيلة عبر المعديات بمجرد إتمام فتح الثـغرات وبحلول الساعة 2030 كان قد أصبح لنا 31 معدية تعمل بين الشاطئين الغربي والشرقي للقناة.
- تم بناء أول كوبري ثقيل على القناة الساعة 2030.
- كانت الدبابات والعناصر ذات الأسبقية الأولى – والتي كـان مقررا لها أن تعبر على الكباري-[4] تتحـــرك في اتجاه الكباري تبعا لمدى التقدم الذي يحرزه المهندسـون في بناء الكباري المختلفة.
- استمرار التراشق المتقطع بالمدفعية.
- استمرار الدفاع الجوى في التصدي للطائرات المغيرة.

سعت 2030 – 2230 يوم 6 من أكتوبر:

- قوات المشاة تستمر في تعزيز مواقعها في رؤوس الكباري شرق القناة.
- أتم المهندسون فتح الثغرات وتشغيل معظم المعديات والكباري [5]. وبحلول الساعة 2230 كان المهندسون قد أتموا إنجاز الأعمال الهندسية التالية:

فتح 60 ثغرة في الساتر الترابي وذلك بتجريف 90000 متر مكعب من الرمال.

إتمام بناء 8 كباري ثقيلة.

إتمام بناء 4 كباري خفيفة هيكلية.

إتمام بناء وتشغيل 31 معدية.

- كانت دباباتنا ومركباتنا تعبر فوق الكباري والمعديات فور تجهيزها وقد بلغت ذروتها في الساعة 2230 عندما كانت وسائل العبور الثقيل جميعها تعمل بأقصى طاقة لها وذلك فيما عدا قطاع الفرقة 19 مشاة حيث ظهرت مشكلات غير متوقعة بخصوص طبيعة التربة.
- استمرار التراشق بالمدفعية.
- العدو يقوم بغارات على الكباري ويتعرض لـه دفاعنا الجوى فيسقط مزيدا من الطائرات وبحلول الساعة 2230 كان قد بلغ ما أسقطه دفاعنا الجوي منذ بدء القتال 27 طائرة.

سعت 2230 يوم 6 من أكتوبر إلى 0800 يوم 7 من أكتوبر:

- قامت الدبابات والأسلحة الثقيلة بالانضمـام إلى المشاة في رؤوس الكباري ما بين الساعة 2230 يوم 6 من أكتوبر والساعة 0100 يوم 7 من أكتوبر.
- قامت المشاة مدعمة بالدبابات وأسلحة الدعم الأخرى بدفع رؤوس الكباري إلى عمق 8 كيلو مترات.

247

- قام العدو خلال الليل بهجمات مضادة وقد نجحت قواتنا في صدها جميعا، ولكن العدو تمكن في حالتين من الوصول إلى خط المياه واستخدام دباباته في تعطيل كوبريين اثنين وتدمير بعض وسائل العبور الأخرى، ولكن الصراع بين مشاتنا وبين دباباته التي نجحت في اختراق مواقعنا استمر طوال الليل واستخدمت فيه ألقواذف RPG والقنابل المضادة للدبابات. وقبل الصباح كان قد تم تدمير الدبابات التي نجحت في اختراقها خلال الليل ولم تنج منها إلا أعداد قليلة جدا شوهدت في الصباح وهى تهرب بأقصى سرعة نحو الشرق.
- المهندسون يقومون بإصلاح الكباري التي تتعطل نتيجة قصف المدفعية والطيران ويعيدون تشغيلها بعد فترة وجيزة

معركة القناة:

بحلول الساعة الثامنة من صباح يوم الأحد 7 من أكتوبر 73 كانت قواتنا قد حـققت نجاحا حاسما في معركة القناة، فقد عبرت اصعب مانع مائي في العالم وحطمت خط بارليف في 18 ساعة، وهو رقم قياسي لم تحققه أية عملية عبور في تاريخ البشرية، وقد تم ذلك بأقل خسائر ممكنـة. فقد بلغت خسائرنا 5 طائرات و20 دبابة و280 شهيدا [6]. ويمثل ذلك 2.5% في الطائرات و 2% في الدبابات و0.3% في الرجال. أما العدو ففقد 30 طائرة و 300 دبابة وعدة آلاف من القتلى وخسر معهم خط بارليف بكامله. لقد تم سحق ثلاثة ألوية مدرعة ولواء مشاة كانت تدافع عن القناة وأصبحت أسطورة خط بارليف التي كـان يتغنى بها الإسرائيليون في خبر كان.

هوامش الفصل الحادي والثلاثين

(1) تفاصيل خطة العبور سبق شرحها في البابين الأول والثاني.

(2) كانت المشاة تعبر في 12 موجة بين كل موجة والتي تليها 15 دقيقة هي زمن رحلة القارب ذهابا وايابا إلى الشاطىء البعيد، بما في ذلك وقت التحميل والتفريغ.

(3) خط بارليف ومواقع العدو سبق شرحها بالتفصيل في الفصل السابع.

(4) بعض الدبابات والأسلحة الثقيلة من الأسبقية الأولى كان مقررا لها ان تعبر فوق المعديات، وهذه كان يتم تشغيلها قبل الكباري بحوالي ساعة إلى ساعتين.

(5) تأخر إنشاء كوبريين اثنين و 4 معديات في القطاع الجنوبي للقناة

(6) اشترك في عملية العبور 100000 رجل، توزيعهم كما يلي بصفة تقريبية:
32000 في قوارب مطاطية
1000 في دبابات ومركبات برمائية عبر المسطحات المائية في البحيرات للمرة وبحيرة المساح.

4500 فوق المعديات.

1500 فوق الكباري الخفيفة.

61000 فوق الكباري الثقيلة.

عبرت القناة 1020 دبابة و 13500 مركبة بوسائل العبور التالية:

المجموع	فوق الكباري الخفيفة	فوق الكباري الثقيلة	فوق معديات	سابحة	
1020	–	800	200	20	دبابات
13500	500	12150	750	100	مركبات

الفصل الثاني والثلاثون

الموقف يوم 7 من أكتوبر:

لقد كان يوم الأحد 7 من أكتوبر يوم فرح وسعادة بالنسبة لنا. لقد انتصرنا في معركة العبور واصبـح لنا على الشاطئ الشرقي خمس فرق مشـاة بكامل أسلحتها الثقيلة ومعها حوالي 1000 دبابة، بينما العدو في تلك المنطقة قد اصبح في حالة فوضى عارمة وقد أبيدت قواته تمامـا. ولكن لم تكن هذه الصورة الوردية للموقف صبـاح يوم 7 من أكتوبر لتنسينا الحقائق التي كانت تفرض نفسها في رؤوسنا. لقد نجـحنا في تحقيق المفاجأة الاستراتيجية وبالتالي فإن العدو لم يقم بإجـراء التعبئة الشاملة، إذن فإن المعارك الكبرى مع قوات العدو الرئيسية كانت لم تبدأ بعد.

لقد كان تقدير مدير المخابرات الحربية أن العدو سيقوم بالهجوم المضاد بقواته الرئيسية بافتراض قيامه بإتمام تعبئة قواته قبل بدء الهجوم بعد 6- 8 ساعات من بدء هجومنا. وحتى صبـاح يوم الأحـد أي بعد 18 ساعة من بدء القتـال- لم تكن هناك أية ظواهر تدل على أن قوات العدو المعبأة قد دخلت المعركـة في الجبهة المصرية. وكان السؤال الذي يدور في رؤوسنا في ذلك الوقت هو "متى يقوم العدو بالهجوم المضاد الرئيسي؟ يوم 8 أم يوم 9 من أكتوبر؟."

لقد كان يوم 7 من أكتوبر هو يوم سباق بيننا وبين العدو استعدادا للمعركة التالية. لقد دفع العدو إلى جبهة سينـاء بخمسة ألوية مدرعة جديدة كما دفع بـ300 دبابـة أخرى لتعويض خسائر الألوية المدرعة الثلاثة التي كانت موجود ة أصلا. وبحلول صباح يوم 8 من أكتوبر كان العدو قد حشد أمامنا ثمانية ألوية مدرعة منظمة في ثلاث فرق: فرقة من ثلاثة ألوية مدرعة في القطاع الشمالي تحت قيادة الجنرال برن ادان، فرقة من ثلاثة ألوية مدرعة في القطاع الأوسط تحـت قيـادة الجنرال شارون ، فرقة من لواءين مدرعين في القطاع الجنوبي تحت قيادة الجنرال ألبرت ماندلر.

ومن ناحيتنا فقد قمنا بالاستفادة من يوم 7 أكتوبر في إنجاز ما يلي:

1- قامت الدبابات والأسلحة الثقيلة الخاصة بالفرقة 19 مشاة بالعبور على كباري الفرقة السابعة.

2- قامت فرق المشاة بتوسيع رؤوس الكباري وسد الثغرات التي بينها وبين الفرق المجاورة داخل كل جيش. وبحلول صباح يوم الاثنين 8 من أكتوبر كانت رؤوس كبـاري الفرق الخمس قد أدمجت في رأسي كوبريين في جيشين كان راس كوبري الجيش الثاني يمتد من القنطرة شمالا إلى الدفرسوار جنوبا،[1] وراس كوبري الجيش الثالث يمتد من البحيرات المرة شمالا حتى بورتوفيق جنوبا. وكان راس كوبري كل جيش يصل في عمقه إلى حوالي 10 كيلو مترات. كان ما يزال هناك ثغرة تفصل بين رأسي الكوبري للجيشين، وكان طولها حوالي 30- 40 كيلومترا، وكانت هذه الثغرة لا تدخل ضمن مظلة الدفاع الجوي،

وبذلك فإن قدرتنا على التحرك داخل هذه المنطقة كانت محدودة جدا، وبهذا الموقف كانت حصون ومواقع خط بارليف جميعها قد سقطت في أيدينا، وذلك فيماعدا موقعين، أحدهما في أقصى الشمال، والآخر في أقصى الجنوب، وإن كان الموقع الجنوبي قد تم حصاره حصارا تاما، واصبح سقوطه في أيدينا مسالة وقت فقط.

3- وفي خلال يوم 7 أكتوبر قامت قواتنا الخاصة التي تعمل في مؤخرة العدو بعدة إعمال نشطة، كــان لها اثر كبير في إرباك قيادات الســدو، وتعطيل تحـرك احتياطيا ته نحو الجبهة. قامت عناصر من اللواء130 مشاة الأسطول (برمائي) بالتقدم خلال ممري متـلا والجدي، حيث قامت بمهاجمة مركز رئاسة القطاع الجنوبي ومحطات الرادار والمعسكرات، وقد تقدمت إحدى سرايا اللواء خلال ممر الجدي حتى وصلت إلى مطار تمادا، الذي يقع على مسافة حوالي 80 كيلومترا شرقي القناة في الوقت نفسه كانت عناصر الصاعقة التي تم إبرازها بطائرات الهليكوبتر قبل آخر ضوء يوم 6 من أكتوبر، تعبث بمؤخرة العدو، وتقوم بمهاجمة قواته التي تتحرك نحو الجبهة، مما أثار الذعر بين صفوفه، وأرغمه على التحرك ببطء وحذر، وبالتالي تأخر وصوله إلى الجبهة.

4- لقد استفدنا أيضا من يوم 7 من أكتوبر في تحسين الموقف الإداري، الذي كان في حاجة ماسة إلى دفعة قوية. إن النجاح الذي أحــرزناه في معركة العبور كان على حساب التضــحية بــالموقف الإداري. لقد كان كل جندي يحـمل تعيينا لمدة يوم واحد، وتعـيينا مخفضا من المياه لمدة يوم واحد [2]، وأقصى ما يستطيع حمله من الذخيرة لقد كان شعارنا- كما سبق أن ذكرت- أقصى ما يمكن من السلاح والذخيرة، اقل ما يمكن من المطالب الإدارية الأخرى"، وعلى الرغم من أن معظم العربات والوحدات الإدارية كانت قد عبرت قبل صباح يوم 7 من أكتوبر، إلا أن الخسائر التي وقعت في تلك العربات نتيجة تدخل العدو، والتأخير غير المتوقع في وسائل العبور في قطاع الفرقة 19، قد حرمنا من بناء احتيــاطي معقول من الاحتياجـات الإدارية شرق القناة، وهكذا كان لابد من بذل مجهود إداري كــبير لتعويض ما استهلك خلال معركة العبور، وبناء احتياطي إداري استعدادا للمعركة القادمة.

مقارنة بين قواتنا والقوات المعادية يوم 8 من أكتوبر:

إذا قارنا بين حجم القوات البرية المصرية والإسرائيلية في جبهة القناة صباح يوم 8 من أكتوبر، نجد أنها تكاد تكون متساوية. لقد كان لدى العدو 8 ألوية مدرعة قوامها 960 دبابة ما بين سنتوريان ، M-48 ، M-60. أما نحن فكان لدينا حوالي 1000 دبابة ما بين ت 62، ت 55، ت 34، ت 76. ومع أن عدد الدبابات كاد يكون متساويا فقد كان هناك عاملان مهمان يمكن أن يكون

251

لهما تأثير حاسم على المعركة، إذا ما حدثت المجابهة بين الدبابات وحدها دون إدخال الأسلحة الأخرى في المعركة، كان العامل الأول هو التسليح، والعامل الآخر هو التجميع.

كانت دبابات العدو جميعها مسلحة بالمدفع 105 ملليمتر، وكانت مجــهزة بوسائل جيدة لتقدير المسافة والتسديد. أما دباباتنا فكان توزيعها كما يلي:

200	دبابة ت 62 مجهزة بالمدفع 115 مم.
500	دبابة ت 54، ت 55 مجهزة بالمدفع 100 مم.
280	دبابة ت 34 مجهزة بالمدفع 85 مم.
20	دبابة ت 76 مجهزة بالمدفع 76 مم.

من هنا يمكن القول إن تسليــح دبابات العدو كــان أفضل من تسليح دبــاباتنا، لكن هذا التفوق النوعي في التسليح يمكن التــغلب عليه إذا نحن احسنا استخدام الأرض وتحــاشينا الدخول مع العدو في معركة دبابات في ارض مفتوحة، حيث يصبح مدى المدفع هو السلاح الحاسم في المعركة.

كان العامل الآخر هو أسلوب الطرفين في تجميــع واستخدام دباباته، حيث كانت دباباتنا مربوطة بالأرض، وكان نصفها ضمن الهيكل التنظيمي لألوية المشــاة على شكل كتائب دبابات. وكان تدريبها مقصورا على تعاون المشاة في الهجوم والدفاع، لكنـها لم تكن مدربة على القيام بالدخول في معارك الدبابات حيث يكون عنصر القتال الرئيسي هو دبابة ضد دبابة. أما النصف الآخر من دباباتنا فقد كان موزعا على فرق المشاة بمعدل لواء مدرع لكل فرقة، وذلك لرفع قدراتها القتالية في صد هجمات العدو المركزة بواسطة الدبابات. لم تكن لدينا الفرصة إذن في أن نناور بدباباتنا من مكان لآخر من الجبهة إلا في حدود ضيقة جدا. أما العدو فقد كانت ظروفه افضل منا بكثير، فلم تكن دباباته ملزمة بأن ترتبط بالأرض للدفاع عن المشاة كما في حالتنا وكان لديه العمق الكافي الذي يسمح له بالمناورة وتحريك ألويته المدرعة من قطاع إلى قطاع بحرية تامة، وخلال ساعات قليلة.

وخلاصة القول. فقد كان العدو يستخدم دباباته الاستخدام الصحيــح، أي انه كان يستخدمها كدبابات أما نحن فقد كنا نستخدمها كمدافع مضادة للدبابات ذاتية الحركة، اكثر من استخدامها كدبابات. ولم يكن ذلك جهلا منا بأصول استخدام الدبابة، بل كان بسبب الظروف التي فرضت نفسها علينا. إذ أن ضعف تسليح دباباتنا، وضعف قواتنا الجوية، كانا يفرضــان علينا أن نستخدم دباباتنا بأسلوب دفاعي، ويدعواننا إلى تحاشي الدخول في معارك دبابات بحتة، وقد أثبتت الأيام التالية أننا كنا على صواب عند اتباع هذا الأسلوب، وان استخدامنا للدبابات ضمن تشكيلات المشاة قد حقق نتائج مبهرة، وعندما قمنا بتغيير هذا الأسلوب في 14 أكتوبر ــ بناء على قرار سياسي كما سيأتي فيما بعد ــ تمكن العدو من أن يدمر لنا 250 دبابة في اقل من ساعتين.

زيارتي الأولى إلى الجبهة يوم 8 من أكتوبر:

في الصباح الباكر من يوم 8 من أكتوبر تحركت إلى الجبهة، لمناقشة الموقف على الطبيعة مع القادة الميدانيين. وبدأت رحلتي بزيارة اللواء سعد مأمون قائد الجيش الثاني- ثم تحركت إلى الفرقة الثانية مشاة ومنها إلى قيادة الجيش الثالث، ومنها إلى الفرقة السابعة مشاة، ثم عدت في نهاية النهار إلى المركز 10 لقد سعدت جدا بهذه الزيارة حيث شاهدت الضباط والجنود وهم في قمة السعادة ويتمتعون بروح معنوية عالية، على الرغم من المجهودين الذهني والجسماني اللذين تحملوهما خلال إل 42 ساعة الماضية، التي تخللتها ليلتان متتاليتان دون نوم، كان الكثيرون منهم يهتفون عند رؤيتي "التوجيه رقم 41 كان ممتازا. كان خير دليل لنا."!!

قابلت العميد حسن أبو سعده- قائد الفرقة الثانية مشاة- في مركز القيادة المتقدم للفرقة، كان يستعد لملاقاة الهجوم المضاد المنتظر من العدو. كان يتمتع بروح معنوية عالية، وكان واثقا من انه سوف ينجح في صد العدو. بعد أن تركت حسن أبو سعده توجهت لزيارة أحد مواقع خط باريليف المواجه لمدينة الإسماعيلية، كان هذا الموقع حصنا منيعا، ولم يسقط في أيدينا إلا فجر يوم 8 من أكتوبر، أي قبل ساعات قليلة من زيارتي له. كان هو الموقع نفسه الذي نظرت إليه يوم الجمعة الماضي قبل بدء العمليات ب 24 ساعة، بغية التعرف على ما إذا كان العدو قد أحس باستعداداتنا للهجوم، أم لا. ما أغرب هذا الشعور الذي أحس به و أنا ادخل الحصن كان حصنا شامخا ومنيعا كغيره من حصون خط باريليف، وظن بنو إسرائيل أن حصونهم ستحميهم من أيدينا، وهانحن أولاء قد دمرنا حصونهم بفضل الله، وهانحن أولاء ندخل حصونهم مرفوعي الرأس والكرامة، ولا شعوريا وجدت نفسي انطق و أنا ادخل هذا الحصن "الحمد لله.. والله اكبر".[3]

بعد أن زرت هذا الحصن أخذت أتجول في ميدان المعركة، فوقع بصري على منظر حزين، منظر أربع دبابات مصرية محترقة يواجه بعضها بعضا، على مسافة تقل عن 500 متر، لقد دمرت بعضها بعضا خطأ، ويظهر من برج إحداها رجل متفحم يشير بيده إلى الدبابات التي في مواجهته. إن مثل هذه الحوادث تحدث بكثرة في الحرب، ولا يمكن تجنبها بتاتا، وإن كان من الممكن الإقلال منها، والشعور بالذنب الذي يستولي على الرجال الذين يقتلون زملائهم خطأ خلال الحرب قد يحولهم إلى حطام، ما لم يجر علاجهم علاجا نفسيا ومساعدتهم على التخلص من تأنيب الضمير الذي يلازمهم. لقد سبق أن قلت إن فرق المشاة كانت تقوم بتوسيع رؤوس الكباري وسد الثغرات التي بينها. وفي فجر يوم 8 من أكتوبر كانت فصيلة دبابات من الفرقة الثانية مشاة تتحرك جنوبا، بينما كانت فصيلة دبابات أخرى من الفرقة 16 مشاة تتحرك شمالا، بهدف التلاقي وإكمال حصار موقع العدو في الإسماعيلية شرق[4]" وبعد أن عبرت الدبابات الثلاث المتقدمة شمالا أحد التلال فوجئت بالدبابات الثلاث الأخرى المتقدمة جنوبا. كان وقع المفاجأة عنيفا على الطرفين، وتصرف كل منهما بما تمليه الغريزة في ميدان القتال، فأطلقت كل فصيلة النار على

253

الأخـرى، وكانت النتيجة تدمير دبابتين من كل فصيلة من الطلقة الأولى. لم يطلق سوى أربع طلقات وكانت خسائرنا أربع دبابات و أربعة أطقم. لقد وقفت خاشعا أمام دباباتنا المحطمة، لكنني لم أستطع أن اكتم شعورا داخليا بـالفرحة لمستوى الجندي المصري، من حيث الروح القتالية ومستوى التدريب مهما كانت الأسباب لهذا الحادث المحزن فإنه يشهد لأصحابه بأن المفاجئة لم تشل تفكيرهم وانهم أطلقوا نيرانهم في وقت واحد، وان تسديدهم كان دقيقا للغاية.

عند وصولي إلى قطاع الفرقة السابعة مشاة وجدت الطريق المؤدي للكوبري مزدحما، مما دفعني إلى الترجل والسير بضع مئات من الأمتار للوصول إلى الكوبري، وهناك وجدت قائد الفرقة العميد بدوي يقف بجوار الكوبري، عبرنا الكوبري سيرا على الأقدام حيث ركبنا عربة قائد الفرقة التي كانت تنتظره شرق القناة وأخذنا نقوم بجولة على القوات داخل راس كوبري ألفرقه لم تكن الأمور قد استقرت تماما في قطاع الفرقة فقد عثرنا على ملازم ومعه ثلاث دبابات في مكان منعزل دون أن يعرف مكان وحدته الأم. كان الموقف الإداري ليس جيدا، فقد شاهدت بعض الجنود وهم يعبرون إلى الشاطئ الغربي، ومعهم صفائح فارغة لملئها بالمياه [5].

لقد كان ما اكثر ما أزعجني خلال تلك الزيارة هو موقف الكباري، لقد بلغت خسـائرنا ما يعادل في مجموعه ثلاثة كباري ثقيلة، وقد كان ذلك يمثل حوالي 25% من مجموع الكباري التي بدأنا بها الحرب قد يبدو هذا الرقم مقبولا بالنسبة لعملية عبور بهذا الحجم، لكنني كنت أفكر فيما قد يحدث بعد أسابيع أو اشهر، ماذا يمكن أن يحدث لو أن العدو ركز مجهوده الجوي ومدفعيته البعيدة المدى على الكباري سوف نسقط له العديد من طائراته ما في ذلك من شك لكن في الوقت نفسه سوف يتمكن من تدمير عدد إضافي من الكباري، ويخلق لنا موقفا صعبا، وهنا برزت في ذهني فكرة بناء كباري صماء من الرمل والحجارة بدلا من الكبـاري العائمة التي نستخدمها، إن مثل هذه الكباري لا تستطيـع الطائرات أن تدمرها بسهولة، إننا نستطيع دائما أن نصلح الحفر التي تحدثها قنابل الطائرات المغيرة في هذه الكباري، بأن نردم تلك الحفر بمزيد من الرمل والحجارة فكرت مليا في هذه الفكرة وأخذت اقلبها بيني وبين نفسي في أثناء عودتي من الفرقة السابعة، متجها إلى قيادة الجيش الثالث.

وفيما يلي الحوار الذي دار بيني وبين نفسي، وكأننا شخصان يتحدثان:

الأول: أنها فكرة جيدة لكن هل من الممكن تنفيذها من الناحية الهندسية؟

الثاني: اعتقد أن ذلك ممكن. أنها لن تكون اصعب من السد العالي.

الأول: إن بناء السد العالي استغرق 10 سنوات، فهل تريد أن ننتظر عشر سنوات.

الثاني: بالتأكيد لا.. أني أريد أن تكون جاهزة خلال أسبوعين ، أو ثلاثة، أو أربعة على الأكثر. إني لا أريدها سدا مسـتديما مثل السد العالي. إني أريدها سدا مؤقتـا. إني أتصور أن نقوم بردم جزء من القناة، بإلقاء الرمل والحجارة في المجرى المائي، ثم نمهد الجزء العلوي لكي يتحمل مرور

الدبابات والنقل الثقيل، لا خرسانة ولا حديد ولا شيء من هذا القبيل، وبمجرد انتهاء الحرب يتم رفعها، وتطهير مجرى القناة من بقاياها.

الأول: اسأل المهندسين. إنهم هم الذين يستطيعون أن يقولوا إذا كانت مثل هذه الفكرة ممكنة أم لا.

الثاني: بالتأكيد.. سوف اسأل المهندسين، بل سوف أسأل اكثر من مهندس، لأن المهندسين كثيرا ما تختلف آراؤهم.

لم ارغب في الانتظار حتى عودتي إلى المركز 10، لكي ابحث مع مدير المهندسين فكرتي عن بناء كـباري صمـاء فوق القناة وصممت أن أسـتشير أول مهندس أقابله، وفي أثناء وجودي في قيادة الجيش الثالث استدعيت رئيس المهندسين بـالجيش الثالث، وانتحيت به جـانبا، حيث أطلعته على الفكرة، وسألته عن رأيه من الناحية الفنية. أجاب دون تردد بان ذلك ممكن من الناحية الهندسية. وعندما ســألته عن الوقت اللازم لإنشاء3 كباري من هذا النوع. أجاب قـائلا: ولكي أجـيب عن هذا السـؤال هل لي أعرف أولا من الذي سيقوم بإنشـاء هذه الكباري، وهل سـيتم ذلك بإمكانات القوات المسلحة وحدها، أم أن ذلك سوف يتم بإمكانات الدولة كلها؟ ". قلت له إنه بمجرد أن يتخـذ القرار بخصـوص هذا الموضوع فسوف توضع إمكانات الدولة في خدمة المشروع. فأجاب قائلا: "في هذه الحالة يمكن بناء هذه الكباري الثلاثة في إسبوع"، "إسبوع؟ ألست تغالي في هذا التقدير؟" صـرخت في وجهه صراخا مفعما بالدهشة والفرح. لكنه عاد يؤكد لي مرة أخرى بأن هذا ممكن. وأضـاف قائلا: إنها عملية بسيطة جدا، إننا سوف نحتاج فقط إلى بولدوزرات، اما الرمال التي سوف تردم بها القناة فإنها هناك في مكان العمل، ولن نحتاج إلى نقلها."

بعد عودتي من الجـبهة إلى المركز 10 في نهاية ذلك اليوم، أخبرت الوزير بالفكرة، لكنه كان مترددا للـغاية. أوضحـت له خطورة الموقف وما يمكن أن يحدث لو أن خسـائرنا في الكباري استمرت بهذا المعدل، فاضطر في النهاية أن يقول انه سيخطر الرئيس فيما بعد. لم أرغب في أن أضيع وقتي واقف ساكنا إلى أن يأذن أو لا يأذن الرئيس لي بذلك، وقررت أن اتخـذ بعض الخطوات الإيجابيـة في هذا الاتجاه بحـثت الفكرة مع اللواء جـمـال على مدير المهندسين، فنصح بأن نناقش الموضوع كله مع كل من الدكتور بدران وزير الإصلاح الزراعي، والمهندس مشهور احمد مشهور رئيس هيئة قناة السويس، والمهندس عثمان احمد عثمان مدير شركة المقاولين العرب. وفى الساعة 2100 من اليوم نفسه كان جميعهم ومعهم اللواء جمال علي في مكتبي في المركز 10 لبحث هذا الموضوع. شرحت الأسباب التي دفعتني إلى ذلك وسألتهم العون والمشورة كان رد الفعل لدى المهندس عثمان احمد عثمان سريعا ومؤيدا، ومد يده إلي مصافحا وهو يقول: "سيادة الفريق – أهنئك على هذه الفكرة، لقد فكرت فيها أنا شخصيا وكنت أفكر في أن أتقدم بها إلى القوات المسلحة، إنها فكرة رائعة ويمكن تنفيذها بسهولة. آما بخصوص الوقت اللازم لإتمام هذه الكباري فأني احتاج إلى

بعض الوقت لإنجاز الحسابات اللازمة لذلك ". آما فيما يتعلق بالمهندس مشهور أحمد مشهور فقد أصيب بدهشة وخيبة أمل كبيرتين بما سمع مني، وعلق قائلا: كيف تفكر في ردم القناة ، علما بان الرئيس اتصل بي اليوم وأخبرني بان اعد العدة والخطة لتطهير القناة، وإعادة فتحها للملاحة[6] قلت له: " إنني لا اردم القناة أنني أريد أن ابني عليها الكباري التي تحقق لنا النصر، ثم أننا لن نبدأ العمل في هذا المشروع إلا بعد الحصول على تصديق رئيس الجمهورية وسوف يقوم وزير الحربية بالاتصال به وطلب الإذن منه بذلك" قام المهندس عثمان احمد عثمان بطمأنة المهندس مشهور، وقال له انه يستطيع أن يرفع هذه الكباري من مجرى القناة في خلال أيام قليلة بعد انتهاء الحرب وفى نهاية المؤتمر اتفقنا على أن يتولى المهندس عثمان احمد عثمان تنفيذ المشروع، على أن تضع هيئه قناة السويس ووزارة الإصلاح الزراعي إمكاناتها جميعها في خدمته.

لقد كانت الساعة 2300 عندما خرج الرجال الأربعة من مكتبي في طريقهم إلى مكتب عثمان احمد عثمان، لإجراء الدراسات الخاصة بالمشروع. **وفى مساء 9 من أكتوبر كانت مجموعة العمل قد انتهت من دراسة المشروع، وتقدم المهندس عثمان احمد عثمان بتقريره. الذي كان يشمل النقاط التالية:**

1- انه من الصعوبة بمكان إنشاء كوبري من هذا النوع في الشط أو في مكان في قطاع الجيش الثالث، حيث أن سرعة تيار المياه في هذا القطاع تجعل إنشاء كوبري أصم في هذه المناطق عملية باهظة التكاليف.

2- إن منطقة الدفرسوار والفردان والقنطرة هي أفضل الأمكنة لإنشاء هذه الكباري. وتعتبر الدفرسوار أفضلها جميعا، حيث أن سرعة التيار في هذه المنطقة تصل إلى الصفر تقريبا.

3- بمجرد إصدار الأمر بالبدء في التنفيذ فإنه يحتاج إلى سبعة أيام، لحشد ونقل المعدات إلى مناطق العمل، ثم يحتاج إلى 9 أيام أخرى لإنجاز العمل (المجموع 16 يوما).

4- إن إنجاز المشروع في الوقت المذكور يعتمد على أن يقوم المقاولون العرب بسحب البلدوزرات والمعدات الميكانيكية التي تعمل في مشاريع لهم في ليبيا، وهم يلتمسون أن نتصل بالسلطات الليبية لاستئذانها في ذلك.

حاولت الضغط مرة أخرى للحصول على موافقة الرئيس، وفى النهاية جاءت موافقته مساء يوم 10 من أكتوبر وشرعت فورا في اتخاذ الخطوات التنفيذية، لكن نجاح العدو في اختراق مواقعنا عند الدفرسوار يوم 16 من أكتوبر سبب إسقاط مشروع بناء الكوبري في تلك المنطقة. **استمر العمل في بناء كوبري في منطقـة الفردان، وآخر في منطقة القنطرة وبعد سلسلة من المتاعب والمشكلات الهندسية تم بناء الأول في الأول من ديسمبر، والآخـر في 9 من ديسمبر 73** [7]. **والغريب حقا. أن يتبنى العدو الفكرة نفسها التي جالت بخاطري، وان يقوم ببناء كوبري أصم في**

المكان نفسه الذي حـددناه لذلك. وقد انتهى العدو من إنشـاء هذا الكوبري في منطقة الدفرسوار، وإفتتحه في 7 من ديسمبر 1973.

فشل الهجمات المضادة التي قام بها العدو:

نعود مرة أخرى إلى هجوم العدو المضاد الذي كنا نتوقعـه يوم 8 من أكتوبر، فقد كنا نتوقع أن يقوم باستغلال حرية المناورة التي يتمتع بها، ويقوم بحشد دباباته في اتجاه أحد القطاعات ويوجه له ضربة قوية تمكنه من الحصول على نتائج حاسمـة. لكننا فوجئنا بأنه يتصرف عكس ما توقعناه تماما، فقد استخـدم دباباته في توجيه ضربات متفرقة، وفى عدة اتجاهات مما ترتب عليـه فشل هذه الهجمات جميعا. ففي صباح يوم 8 من أكتوبر هاجم العدو الفرقة 18 مشاة بأحد ألويته المدرعة في اتجـاه القنطرة، وفى الوقت نفسه هاجم لواء مدرع آخر الفرقة الثانية مشاة في اتجاه الفردان، وقد تمكنت قواتنا من صد الهجومين

وبعد ظهر اليوم نفسه قام العدو بهجوم آخر أشرك فيه ثلاثة ألوية مدرعة، اثنان منهما كانا يهاجمان الفرقة الثـانية مشاة في اتجاه الفردان، بينما اللواء الثالث يهاجم الفرقة 16 مشاة فى اتجاه الإسماعيلية، وقد نجحت الفرقة الثانية مشاة فى إبادة احد الألوية إبادة تامه بينما انسحب اللواء الآخر بعد ان تكبد خسائر كبيرة كذلك نجحت الفرقة 16 مشاة فى صد هجوم العدو، وإرغامه على الانسحاب.

وفى اليوم التالى (الثلاثاء 9 من اكتوبر) عاود العدو هجومه مرة اخرى واستخدم هذه المرة لواءين مدرعين ضد الفرقة 16 مشاة ولكن العدو فشل مرة لخرى فى إحراز اى نجاح، و لم يقم العدو بعد هنا التاريخ باية هجمات قوية. وبالتالى يمكن القول إن هجـومه المضاد الرئيسى قد تم صده يومى 8 و 9 من اكتوبر.

فى يوم 10 من اكتربر حوالى الساعة 1645 أبلغتنا الفرقة الثانية مشـاة بأن العدو قد هاجم جناحها الأيسر بقوة تقدر بكتيبة دبـابات مدعمة بعناصر من المشاة فى عربات مدرعة وان هذه القوة تمكنت من اختراق مواقع الفرقة إلى عمق حوالى كيلومترين، ولكن هذه القوة ارغمت على الانسحب خلال الليل.[8]

الطيران المعادى يشتت لواء المشاة الأول:

فى خلال يوم 10 من اكتوبر قامت عناصر من لواء المشاة الأول بالتقدم جنوبا واحتلت مواقع عيهن موسى[9]، وفى خلال ليلة 10/ 11 من اكتوبر تلقينا إشارة خطيرة أثارت القلق والانزعاج. كانت الإشـارة تقول، لقد فقد لواء المشاة الأول 90% من رجالـه وأسلحته ومعداته. كانت المعلومات التى تصل إلينا من الجيـش الثالث ومن الفرقة 19 مشاة تدل على فقدان الاتصال تماما بين اللواء الأول والقيادات جميعها، وبالتالى فـلا احد يعرف على وجه التحديد ماذا حدث لهذا

اللواء. ارسلت ضابط اتصــال برتبة كبيرة إلى الجبهة بمهمة جمع الحقائق عن هذا اللواء لقد كان اللواء الأول مكلفا بالتحرك ليلا إلى الجنوب واحتلال منطقة سدر، ولكن قائد اللواء فكر في أن يبدأ تحركه قبل غروب الشمس ببضع ساعات وقد كانت القوات الجوية الإسرائيلية تراقبة عن كثب فتركته يتقدم جنوبا الى أن خرج تماما من تحت مظلة دفاعنا الجوى وأصبح يعبر أرضا ضيقة لا تسمح له بالانتشار إذا ما هوجم من الجو، وهنا انطلقت القوات الجوية الإسرائيلية فى هجومها الشرس على اللواء الذى لم تكن لديه الوسيلة الفعالة للدفاع ضد هذا الهجوم. إن هذه المعركة تعتبر مثالا لما يمكن أن تحققه القوات الجوية المجهزة بالصواريخ جـو - أرض ضد قوة برية لا تملك دفامحا جويا مؤثرا وخـفيف الحركة. لم تشترك أية قوأت أرضية معادية فى المعركة، ومع ذلك فقد نجح طيران، لعدو فى تشتيت اللواء [10]. وقد أمكن خلال الأيام التالية جمع الكثيرين من أفراده وإنقاذ الكثير من معداته مما جعل خسائره اقل بكثير من رقم 90% الذي جاء في أول بلاغ ولكن الحقيقة الثابتة هي أن اللواء خرج من المعركة وفقد الاعتبار كقوة مقاتلة لعدة أيام إلى أن تمت إعادة تنظيمه وتعويض خسائره.

زيارتي الثانية للجبهة:

لقد كان واضحا من هجمات العدو المضادة يومي 8 و 9 من أكتوبر أن العدو يركز هجومه على اتجاه القطاع الأوسط محور الطاسه -الاسماعيليه الذي يقع في حدود الجيش الثاني. لذلك قررت أن ازور الجيش الثاني مرة أخرى .

في صباح يوم الخميس 11 من أكتوبر تحركت إلى الجبهة للمرة الثانية فوجدت الموقف فيها مطمئنا وكنا جميعا مقتنعين بأن قواتنا قادرة على صد أي هجوم مدرع آخر. ولتعزيز دفاعاتنا ضد أية هجمات أخرى قررت صرف 10000 لغم مضاد للدبابات فورا لتعزيز الدفاع في الجيش الثاني.

لقد عدت من تلك الزيارة الثانية وأنا اكثر اقتناعا بقدرتنا على صد أي هجوم مضاد آخر، ولكن اكتشفت نقطة ضعف خطيرة لم تكن قد ظهرت في أثناء رحلتي الأولى تلك هي مدى السيطرة على الكباري ووسائل العبور المختلفة. لقد كانت تعليماتي خلال مرحلة العبور تقضى بان يكون رئيس أركان كل فرقة هو المسئول الأول عن تنظيم العبور والسيطرة عليه ومن هنا تمت عملية العبور بنظام وتحت سيطرة حازمة واستمر ذلك خلال فترة زيارتي الأولى. أما بعد ذلك فقد ترك رؤساء أركان هذه الفرق المسئولية لبعض صغار الضباط وضباط الصف، ومن هنا بدأت الفوضى تظهر في منطقة الكباري لم يكن من الممكن أن نحرم فرق المشاة من رؤساء أركانها بصفة دائمة لكي يشرفوا على تنظيم المعابر، ولكن لم يكن أيضا من المقبول أن نترك هذه المسئولية في أيدي صغار الضباط. **لذلك قررت أن أقوم بتشكيل قيادة خاصة لهذه المهمة، وقد عينت اللواء صالح أمين قائدا للمجموعة التي**

تعمل في خدمة للجيش الثاني، والعميد منير سامي قائدا للمجموعة التي تعمل في الجيش الثالث، ومع كل منهما عددا من الضباط من ذوي الرتب الكبيرة.

هوامش الفصل الثاني والثلاثين

(1) الدفرسوار تدخل ضمن مسئولية الجيش الثاني.

(2) يحتاج الجندي الذي يقاتل في الأجواء الحارة إلى 5 لترات مياه يوميا وقد قمنا بتخصيص لترين ونصف اللتر فقط لكل جندي.

(3) عندما زار الجنرال بوفر الفرنسي ميدان المعركة بعد وقف إطلاق النار رافقته في زيارته، وعندما شاهد هذا الحصن فغر فاه مستغربا وقال كيف استطعتم أن تتغلبوا على هذا الحصن؟ " وعندما شاهد حفرة ضخمة من حفر المدفعية في فناء الحصن سأل مستغربا !حفرة أي مدفع هذه؟، فقلت له إنها حفرة هاون 240 مللیمتر.

(4) هو الموقع نفسه الذي زرته، ويطلق العدو عليه اسم بركان PURKAN ويتحكم في طريق الإسماعيلية الطاسة.

(5) يلاحظ أن استخدام كباري الفرقة السابعة لعبور الفرقة 19 مشاة قد ألقى عبئا ثقيلا على تلك الكباري.

(6) إن تطور الأحداث في الأعوام 74- 79، تجعلنا نتوقف لدراسة ماذا كان يقصد السادات يوم 8 من أكتوبر عندما طلب إلى المهندس مشهور أحمد مشهور أن يضع الخطة لتطهير القناة و إعادة فتحها للملاحة.

(7) لقد سبب تيار المياه في القناة متاعب ضخمة عند بناء الكباري الصماء، فقد كنا كلما اقتربنا من منتصف القناة زادت سرعة اندفاع المياه وأخذت تلتهم ما نقذف به من رمال في وسط المجرى- وفى النهاية اقتنع المهندسون المصريون بضرورة أن نترك فتحة لمرور المياه عرضها حوالي 40 أو 50 مترا. وهكذا تطورت فكرتي ف النهاية إلى تضييق مجرى القناة إلى 40 أو 50 مترا وقد تم بناء كوبرى عائم فوق هذا المجرى.

(8) من المعتقد أن هذه القوة المعادية كانت مكلفة بواجب الاستطلاع بقوة

(9) كانت عيون موسى مازالت تقع تحت مظلة شبكة دفاعنا الجوي SAM

(10) إن هذا يوضح لنا عدم فعالية القوات المصرية التي تحتل سيناء طبقا لاتفاقية الصلح المصرية حيث إن تلك المـعاهدة تحرم على مصر إقامة أي دفاع صاروخي مضاد للطائرات SAM في سيناء.

الفصل الثالث والثلاثون

القرار السياسي الخاطئ:

بعد عودتي من الجبهة يوم الخميس 11 من أكتوبر فاتحني الوزير في موضوع تطوير هجومنا نحو المضايق. ولكني عارضت الفكرة للأسباب نفسها التي سبق أن ذكرتها سابقا [1]. وأضفت قائلا "مازالت القوات الجوية الإسرائيلية قوية وتشكل تهديدا خطيرا لأية قوات برية تتحرك في العراء دون غطاء جوي. يجب أن نأخذ درسا من التجربة القاسية التي مر بها اللواء الأول مشاة أمس". وبدا لي وكأنه اقتنع بهذا واغلق الموضوع. ولكنه عاد وفاتحني في الموضوع مرة أخرى في صباح اليوم التالي مدعيا هذه المرة أن الهدف من هجومنا هو تخفيف الضغط على الجبهة السورية. عارضت الفكرة مرة أخرى على أساس أن هجومنا لن ينجح ولن يخفف الضغط على الجبهة السورية وأضفت قائلا: " إن لدى العدو 8 ألوية مدرعة أمامنا ولن يحتاج ألى سحب قوات إضافية من الجبهة السورية حيث أن هذه القوات قادرة على صد أي هجوم نقوم به. ليس لدينا دفاع جوى متحرك إلا أعدادا قليلة جدا من سام 6 لا تكفى لحماية قواتنا. وقواتنا الجوية ضعيفة ولا تستطيع تحدى القوات الجوية الإسرائيلية في معارك جوية وبالتالي فإن قواتنا البرية ستقع فريسة للقوات الجوية الإسرائيلية بمجرد خروجها من تحت مظلة الدفاع الجوي أي بعد حوالي 15 كيلومترا شرق القناة. إذا نحن قمنا بهذه العملية فإننا سوف ندمر قواتنا دون أن نقدم أية مساعدة لتخفيف الضغط على الجبهة السورية". وحوالي الظهر تطرق الوزير لهذا الموضوع للمرة الثالثة خلال 24 ساعة. وقال هذه المرة: "القرار السياسي يحتم علينا ضرورة تطوير الهجوم نحو المضايق، ويجب أن يبدا ذلك صباح غد 13 من أكتوبر".

وحوالي الساعة 1330 كانت التعليمات الخاصة بتطوير الهجوم قد تم أعدادها وتحرك اللواء غنيم إلى الجيش الثاني واللواء طه المجدوب إلى الجيش الثالث حاملين معهم تلك الأوامر إلى قائدي الجيشين .

وحوالي الساعة 1530 كان اللواء سعد مأمون قائد الجيش الثاني يطلبني على الهاتف وقد قال بغضب "سيادة الفريق أنا مستقيل. أنا لا أستطيع أن أقوم بتنفيذ التعليمات التي أرسلتموها مع اللواء غنيم"، ولم يمض بضع دقائق حتى كان اللواء عبد المنعم واصل هو الآخر على الخط الهاتفي وأبدى معارضة شديدة لتلك التعليمات التي وصلته مع اللواء طه المجدوب. وفى محادثتي مع كل من اللواءين سعد مأمون وعبد المنعم واصل لم أخف عنهما أنني أنا أيضا قد عارضت هذه التعليمات ولكنى أجبرت عليها.

فاتحت الوزير مرة أخرى في الموضوع وتقرر استدعاء سعد مأمون وعبد المنعم واصل لحضور مؤتمر بالقيادة في الساعة 1800 من اليوم نفسه، وفى خلال هذا المؤتمر الذي امتد حتى الساعة 2300 كرر كل منا وجهة نظره مرارا وتكرارا، ولكن كان هناك إصرار من الوزير على أن القرار سياسي ويجب أن نلتزم به. وكل ما أمكن عمله هو تأجيل الهجوم إلى فجر يوم 14 بدلا من فجر يوم 13 كما كان محددا.

لقد كان هذا القرار هو أول غلطة كبيرة ترتكبها القيادة المصرية خلال الحرب وقد جرتنا هذه الغلطة إلى سلسلة أخرى من الأخطاء التي كان لها اثر كبير على سير الحرب ونتائجها، ولكي نطور هجومنا للشرق مع المحافظة على رؤوس الكباري قوية ومؤمنة كان لابد لنا من ان ندفع الأنساق الثانية إلى المعركة. وفى خلال ليلة 12/13 وليلة 13/ 14 عبرت الفرقة 21 مدرعة من خلال الفرقة 16 مشاه بينما عبرت الفرقة الرابعة المدرعة عدا لواء مدرع من خلال رأس كوبري الجيش الثالث

كانت خطتنا في الهجوم تشمل استخدام 4 ألوية مدرعة ولواء مشاة ميكانيكيا في أربعة اتجاهات مختلفة طبقا لما يلي:

1	لواء مدرع في اتجاه ممر ممتلا (القطاع الجنوبي).
1	لواء مشاة ميكانيكي في اتجاه ممر الجدي (القطاع الجنوبي).
2	لواء مدرع في اتجاه الطاسة (القطاع الأوسط).
1	لواء مدرع في اتجاه بالوظة (القطاع الشمالي).

لقد خسر العدو خلال قتال يومي 8 و 9 من أكتوبر حوالي 260 دبابة وكان خلال هذين اليومين يستخدم دباباته في اقتحام مواقع المشاة بالأسلوب القديم نفسه الذي كان يعتمد على سرعة التحرك وأحداث الصدمة النفسية لدى جندي المشاة نتيجة اقتحـام المدرعات. ولكنه سرعان ما اكتشف أن المشاة المصريين بما لديهم من أسلحة مضادة للدبابات، وبما يتمتعون به من روح معنوية عالية قادرون على سحق المدرعات التي تستخدم هذا الأسلوب. واعتبارا من يوم 10 من أكتوبر بدا يستخدم دباباته بأسلوب حذر يعتمد على التحرك البطيء والاستفادة من الأرض والسوا تر الطبيعية، ونتيجة لذلك انخفضت خسائره في الدبابات انخفاضا ملحوظا. وقام العدو بتعويض الجزء الأكبر من خسائره في الدبابات بحيث وصل عدد الدبابات التي في ألويته المدرعة الثمانية التي أمامنا يوم 13 من أكتوبر إلى 900 دبابة.

كان علينا يوم 14 من أكتوبر أن نهاجم 900 دبابة معادية في المكان الذي يختاره العدو لهذا اللقاء وتحت سيطرة جوية معادية بقوة 400 دبابة مصرية فقط هل كان هذا القرار نتيجة الجهل أم المقامرة أم الخيانة؟ مازال هناك كثير من الغموض يحيط بهذا الموضوع. لقد نجح العدو في استدراج ألويتنا المهاجمة إلى مناطق قتال اختارها بعناية، ونجح في تدمير معظم دباباتنا. لقد فقدنا في هذا اليوم الأسود 250 دبابة، وهو رقم يزيد على مجموع خسائرنا في الأيام الثمانية الأولى للحرب وحول ظهر يوم 14 انسحبت قواتنا مرة أخرى إلى داخل رؤوس الكباري شرق القناة [2].

في الساعة 1100 من يوم 14 من أكتوبر حاولت الاتصال هاتفيا باللواء سعد مأمون ولكن قيل لي انه في الراحة، لم يكن هذا بالأمر العادي إذ انه لا يجوز للقائد أن يكون في الراحة بينما تكون

قواته مشتبكة في معركة كبيرة ولكنى تصورت أنه لابد أن يكون في غاية الإرهاق لكي يتصرف مثل هذا التصرف.

وفى حوالي الساعة 1300 وصل الرئيس إلى المركز 10 بعد أن اخبره الوزير بالموقف. أمرني الرئيس بأن أتحرك إلى الجبهة لرفع معنويات الجنود وفى الساعة 1400 كنت في طريقي إلى الجبهة للمرة الثالثة، وفى الساعة 1600 كنت في مركز قيادة الجيش الثاني. لم يكن اللواء سعد مأمون في غرفة العمليات وعندما سالت عنه عرفت الأسباب الحقيقية لأول مرة. لقد كان لأخبار هزيمة قوات صباح اليوم ذاته اثر كبير عليه فانهار، وكان معاونوه يعتقدون أنه بعد عدة ساعات من النوم سوف يستعيد نشاطه ولذلك حجبوا هذه المعلومات عن القيادة العامة. ذهبت إليه في غرفته حيث كان مستلقيا في فراشه ويجلس بجواره الطبيب الذي يشرف على علاجه. حاول أن يجلس في سريره عند دخولي عليه، ولكن الطبيب منعه من ذلك، وفى حديث خاص بيني وبين الطبيب خارج غرفته اخبرني أن حالته تستدعي رعاية خاصة لا يمكن توافرها في المنطقة الأمامية وانه يجب إخلاؤه إلى الخلف. وعندما أبلغت اللواء سعد مأمون بأننا سنخليه إلى مستشفى المعادى انزعج كثيرا ورجاني أن لا أفعل ذلك مدعيا انه يشعر بأنه يسترد صحته بسرعة وانه يستطيع أن يمارس مسئولياته فورا. وأمام إصراره قررت أن نؤجل إخلاؤه إلى القاهرة إلى صباح اليوم التالي انتظارا لما قد تسفر عنه حالته. وقد اتفقت مع الطبيب أن يتصل بي صباح اليوم التالي ليطلعني على حالته [3].

بعد أن غادرت غرفة اللواء سعد مأمون اجتمعت مع ضباط قيادة الجيش الثاني، وبحثت معهم الموقف كما قمت بالاتصال بقادة الفرق جميعهم وأبلغتهم بتحيات الرئيس وتشجيعه. صممت أن ازور الفرقة المدرعة 21، حيث أنها كانت التشكيل الذي تحمل العبء الأكبر من المعركة صباح هذا اليوم. ولكن العميد عرابي قائد الفرقة نصحني بألا افعل ذلك، حيث أن الظلام قد بدا يهبط وسوف يكون التحرك ليلا في ميدان المعركة عملية بالغة الخطورة وعلى الرغم من تحذيرات عرابي صممت على الذهاب إليه، وبدأ تحركي الساعة 1700 في اتجاه معابر الفرقة 16 مشاة حيث كان أحد الكباري مدمرا فتحركت إلى الكوبري الآخر فوجدته مرفوعا من مكانه ليتفادى التدمير بواسطة مدفعية العدو التي كانت مستمرة في الضرب. لقد خيم الظلام تماما واصبح التحرك بطيئا نتيجة احتياطات الأمن المفروضة على التحركات الليلية فقررت العودة مرة أخرى إلى قيادة الجيش الثاني. وأثناء العودة كانت منطقة الكوبري المدمر تقع تحت نيران المدفعية فعبرنا المنطقة بسرعة عالية لنقلل فرصة التعرض إلى اقل وقت ممكن. لقد كنت أتحرك في عربتين كنت اركب العربة الأولى وكان يركب العربة الثانية جماعة من الحراس. وقد مرقت عربتي من المنطقة المضروبة بالمدفعية دون أن تصاب بأذى. أما العربة التالية فقد أصيبت ببعض الشظايا وأصيب أحد أفراد الحراسة إصابة تستلزم إخلاءه إلى المستشفى.

وأخيرا وصلت إلى قيادة الجيش الثاني مرة أخرى حوالي الساعة 2000، حيث اتصلت مرة أخرى بالعميد عرابي وأخطرته بالموقف وبعد أن أخلينا الجندي المصاب إلى أحد مستشفيات الجيش الثاني تحركت عائدا إلى المركز 10 فوصلته حوالي الساعة 2300، حيث أبلغت الوزير بالموقف. وحوالي منتصف الليل اتصل بي الرئيس وسألني عن الموقف فأعدت على مسامعه ما رأيته كله وما فعلته كله.

لقد كثر الكلام وتعددت الآراء حول الأسباب التي منعت المصريين من تطوير هجومهم إلى الشرق فور نجاحهم في عملية العبور، وقد انتشرت شائعات كثيرة تقول بأنني كنت من أنصـــار الاندفاع الســريع نحو الشرق سواء يوم 14 من أكتوبر أم قبل ذلك بكثير، وقد امتنعت القوات المسلحة عن التعليق على هذه النقطة بالتأييد أو بالنفي سواء على المستوى الإعلامي أم على المستوى العلمي (4)، وهكذا بدأت وسائل الأعلام العالمية تؤكد تلك الشائعات. لقد وصفوني بأنني رجل مظلي قوي، عنيد هجومي، مقدام، الخ.. وانه لمما يسعدني أن استمـــع إلى هذا المديح ولكني لا أود أن نربط بين تلك الصفات الجميلة وبين قرار تطوير الحرب نحو الشرق. إني على استعداد دائم لأن أضحي بحياتي في سبيل وطني ولكني لا أستطيع أن أقامر بمستقبل بلادي لقد كنت دائما ضد فكرة تطوير الهجوم نحو الشرق سواء كان ذلك في مرحلة التخطيط لم في مرحلة إدارة العمليات الحربية للأسباب الكثيرة التي سبق لي أن ذكرتها. وقد أبديت رأيي هذا بصراحة تامة أمام كثيرين ممن ما يزالون أحياء يرزقون.

بماذا يبرر السادات خطاه؟

اما بخصوص ادعاء السادات بأن هجومنا يوم 14 من أكتوبر كان يهدف إلى تخفيف الضغط عن سوريا فهو أيضا ادعاء باطل، الهدف منه هو تسويغ الخطأ الذي ارتكبته القيادة السياسية المصرية، وذلك للأسباب التالية:

1- كان بعد القوات المصرية في جبهة قناة السويس عن قلب إسرائيل (حوالي200 كيلومتر من ارض سيناء المفتوحة) وكان تفوق القوات الجوية الإسرائيلية تفوقا ساحقا يجعل إسرائيل قادرة على احتواء الجبهة المصرية بالقليل من القوات مع حشد الجزء الأكبر من قواتها ضد الجبهة السورية وقد حذرت من هذا الموقف في خلال اجتماعي مع الهيئة الاستشارية العسكرية العربية (التي تتكون من رؤساء أركان حرب القوات المسلحة بالدول العربية)، وكذلك خلال اجتماعات مجلس الدفاع المشترك في دورته الثانية عشرة في نوفمبر 1971، وقد قلت أن الجبهة المصرية لا تستطيـــع أن تمنع إسرائيل من حسم ألمعركة ضد الجبهة الشرقية في خلال أسبوع واحد (5) " وان ما قلته عام 71 كان ما يزال قائما عام 73، وسوف يستمر طالما كانت سيناء محتلة أو منزوعة السلاح وطالما بقيت القوات الجوية المصرية على ضعفها.

2- لقد كان أمام الجبهة المصرية 8 ألوية مدرعة، وقد كانت اكثر من كافية لصد أي هجوم مصري في اتجاه الشرق. وبالتالي فإن قيامنا بالهجوم لن يرغم إسرائيل على سحب جزء من قواتها من الجبهة السورية إلى الجبهة المصرية .

3- لقد استقر الوضع في الجبهة السورية يوم 12 من أكتوبر، فقد وصلت العناصر المتقدمة من فرقتين عراقيتين (فرقة مدرعة+ فرقة مشاة ميكانيكية) إلى الجبهة السورية واشتركت في القتال يوم 11. كذلك دفع الأردن لواءين مدرعين إلى الجبهة السورية، وقد وصل أولهما يوم 13 من أكتوبر، ووصل اللواء الآخر بعد ذلك بأيام. وهكذا فان موقف الجبهة السورية لم يكن بالصورة التي يحاول السادات أن يصورها لكي يجد لنفسه مخرجا من تبعات قراره السياسي الخاطئ.

4- إذا كان دفع الفرقة المدرعة 21 والفرقة المدرعة الرابعة قد تم لتخفيف الضغط عن سوريا، فلماذا لم تسحب الفرقتان إلى الغرب بعد أن فشل الهجوم وصرف النظر نهائيا عن موضوع تطوير الهجوم نحو الشرق؟

أهمية الاحتفاظ باحتياطي من القوات

إن نجاح القوة المهاجمة في اختراق الخط الدفاعي للخصم والنفاذ إلى مؤخرته هو حلم كل قائد مهاجم، لأن الوصول إلى مؤخرة الخصم سوف تمكن المهاجم من تدمير النظام الإداري للقوات المدافعة وتدمير وسائل القيادة والسيطرة وعزل القوات المدافعة عن مناطق إعاشتها وبالتالي يجعل مهمة تدمير تلك القوات المحاصرة مسألة وقت فقط ويمكن للمدافع أن يمنع عدوه المهاجم من تحقيق هذا الهدف بطريقين: الاحتفاظ بقوة احتياطية، والمناورة بالقوات.

من المسلم به في العلم العسكري أنه لا يوجد ما يسمى بالخط الدفاعي الذي لا يمكن اختراقه. فأي خط دفاعي- مهما كانت تحصيناته وتجهيزاته- من الممكن اختراقه بواسطة الخصم الذي يملك التصميم والعزيمة على النصر مهما كان الثمن. لقد اخترق الألمان خط ماجينو الفرنسي في الحرب العالمية الثانية 1940، وقد اخترق الحلفاء خط زيجفريد الألماني عام 1945، وقد اخترق المصريون خط باريليف الإسرائيلي عام 1973. إن أي خط دفاعي لابد أن تكون فيه بعض نقاط الضعف لأنه من المستحيل أن يكون المدافع قويا في كل مكان. وحيث إن المهاجم يتمتع بحرية اختيار المكان الذي يخترق فيه الخط الدفاعي لخصمه فإنه عادة ينتخب هذه النقاط، حيث تكون فرص نجاحه أفضل. ومن هنا كان من الواجب أن يحتفظ المدافع بقوة احتياطية خلف مواقعه تكون مستعدة لضرب أية قوات معادية تنجح في اختراق مواقعه، ويختلف حجمها تابعا لعوامل كثيرة، وتتراوح عادة ما بين الثلث والخمس بالنسبة لحجم القوات المدافعة. ولا يجوز أن يقل حجمها عن 20% إلا في حالات الضرورة القصوى ولفترة قصيرة.

وبينما كنا نعد خططنا لعبور القناة فأننا لم نستبعد مطلقا أن يقوم العدو باختراق مواقعنا سواء في مراحل ما قبل العبور أم في أثنائه أو بعد نجاحه. بل تصورنا أيضا المناطق التي يحتمل أن يعبر منها. وحددنا ثلاث نقاط محتملة كانت الدفرسوار إحداها[6] ووضعنا الخطط اللازمة لضرب هذه الاختراقات فور حدوثهما وحددنا القوات التي تقوم بتنفيذها ودربنا تلك القوات على تنفيذ هذه الواجبات.

ولكي نستطيع أن نسحق أي اختراق في مراحله الأولى فقد حشدنا معظم دبــاباتنا في المنطقة الأمامية. كان مجموع ما نملك من الدبابات عند بداية الحرب هو 1700 دبابة حشدنا منها 1350 في اتجاه القناة ووزعنا 100 أخرى في منطقة البحر الأحمر وأماكن أخرى متفرقة في مصر واحتفظنا بالباقي، وهو 250 دبابة كاحتياطي استراتيجي [7] " وكان يدخل ضمن الاحتياطي الاستراتيجي اللواء المدرع المكلف بحراسة رئاسة الجمهورية وبه 120 دبابة، وقد كان طبقا للخطة أن يعبر الجيش الثاني والثالث بحوالي 1020 دبابة، وان يتم الاحتفاظ ب 330 دبابة غرب القناة بحوالي 20 كيلو مترا، وكانت تلك الدبابات ضمن تشكيل الفرقتين المدرعتين 21 التي كانت تحمي ظهر الجيش الثاني والرابعة التي كانت تحمي ظهر الجيش الثالث [8]. أن بقاء هاتين الفرقتين في أماكنهما غرب القناة كفيل بان يسحق أي اختراق يقوم به العدو على طول الجبهة.

كان قرار تطوير الهجوم الذي اتخذ مساء يوم 12 من أكتوبر، وما ترتب عليه من دفع الفرقتين المدرعتين 21 والرابعة عدا لواء مدرع، خطا كبيرا كما سبق أن بينته واعتبارا من فجر يوم 14 من أكتوبر لم يكن لدينا غرب القناة في منطقة الجيشين الثاني والثالث سوى لواء مدرع واحد. وهنا اختلت الموازين واصبح الموقف مثاليا لكي يقوم العدو بمحـاولة لاختراق مواقعنا.

طائرة استطلاع أمريكية فوق مواقعنا:

في حوالي الساعة 1330 يوم 13 من أكتوبر ظهرت طائرة استطلاع فوق منطقة القتال ولم تكتف بتغطية الجبهة بالكامل بلى طارت فوق الدلتا قبل أن تخرج نهائيا من مجـالنا الجوي دون أن تصاب بأي أذى كنت أراقب تحرك الطائرة على شاشة الدفاع الجوي في غرفة العمليـات في المركز 10 وأتعجب كيف استطاعت أن تبقى في الجو طوال هذه المدة دون أن يتمكن رجال دفاعنا الجوي من إسقاطها حيث أنها كانت تطير فوق مناطق مكتظة بصواريخ SAM طلبت اللواء محمد علي فهمي هاتفيا وسألته عن السبب في عدم إسقاط هذه الطائرة فقال إنها تطير على ارتفاع خارج مدى صواريخنا. وقد عرفنا من ارتفاعها وسرعتها أنها لابد أن تكون الطائرة الأمريكية SR-71A التي تطير على ارتفاع 30 كيلومترا وبسرعة 3 مآخ[9]. كان معنى هذا أن إسرائيل أصبحت تعلم بموقف قواتنا شرق القناة وغربها على وجه اليقين وانه لم يعد هناك ما يمكن إخفاؤه على العدو، وانه يجب علينا أن نفترض أن إسرائيل تعرف موقعنا تماما.

لماذا رفضت القيادة السياسية سحب الفرقتين المدرعتين إلى الغرب؟

في صباح يوم 15 من أكتوبر اقترحت إعادة تجميع الفرقة 21 مدرعة والفرقة الرابعة المدرعة في غرب القناة حتى يمكننا أن نعيد الاتزان إلى موقعنا الدفاعي، ولكن الوزير عارض الاقتراح على أساس أن سحب هذه القوات قد يؤثر على الروح المعنوية للجنود وقد يفسره العدو على انه علامة ضعف فيزيد من ضغطه على قواتنا، ويتحول الانسحاب إلى ذعر[10]. لم اكن لأوافق على هذا الرأي كنا نتكلم بلغتين مختلفتين ولا يستطيع أي منا أن يقتنع بما يقوله الآخر. كان هناك أيضا سبب آخر لعدم سحب القوات ولكنه كان سببا سياسيا. لقد كان مقررا أن يلقي السادات خطابا سياسيا مهما أمام مجلس الشعب المصري، وكان السادات يريد أن يسمع صوته لأمريكا و إسرائيل من موقع قوة[11].

وفي خلال يوم 15 من أكتوبر قامت الطائرة SR-71A برحلة استطلاعية أخرى فوق الجبهة والمنطقة الخلفية، وبذلك تحقق للعدو خلو المنطقة غرب القناة من الدبابات تقريبا. كان من الممكن أن تكون هذه الطلعة الاستطلاعية إنذارا للقيادة المصرية بأن العدو يمكنه أن يقوم باختراق الجبهة وهو مطمئن تماما، وانه يتحتم علينا أن نسحب الفرقة 21 مدرعة والفرقة 4 مدرعة إلى غرب القناة ولكن هذا لم يحدث للأسف الشديد، لا جهلا أو إهمالا من القادة العسكريين ولكن مقامرة وغرورا من القيادة السياسية. لم يضيع العدو الوقت وبدأ عملية اختراق مواقعنا خلال ليلة 15/16 من أكتوبر.

اختراق العدو ليلة 15/16 من أكتوبر:

على مستوى القيادة العامة للقوات المسلحة وصلتنا المعلومات الأولى عن اختراق العدو صباح يوم 16 من أكتوبر. كانت المعلومات مقتضبة ولا تثير أي انزعاج. وكان البلاغ يقول لقد نجحت جماعات صغيرة من العدو في العبور إلى الضفة الغربية ويقوم الجيش باتخاذ الإجراءات اللازمة للقضاء عليها[12]. وعلى الرغم من هذه المعلومات المطمئنة فقد رفعت درجة استعداد اللواء المدرع 23 الموجود في القاهرة وأصدرت إليه أمرا إنذاريا بأن يستعد للتحرك إلى الجبهة في قطاع الجيش الثاني، وفي خلال نهار يوم 16 بدأت المعلومات تصل إلينا بأن عددا من كتائب الصواريخ المضادة للطائرات قد هوجمت بواسطة دبابات العدو وكانت بعض هذه الكتائب تقع على عمق حوالي 15 كيلومترا غرب القناة لقد كان الموقف مائعا وعجزت قيادة الجيش عن تحديد حجم ومكان القوة المعادية. كانت دبابات العدو تظهر فجأة بقوة 7-10 دبابات بالقرب من أحد مواقع تلك الكتائب، ثم تشتبك مع الموقع من مسافة 1500-2000 متر فتقوم بتدميره أو إسكاته، ثم تنسحب فجأة لتظهر في مكان آخر وهكذا. لم تكن كتائب الصواريخ المضادة للطائرات لديهما الأسلحة التي تستطيع أن ترد بها على مثل هذا الهجوم وبالتالي فإن دبابات العدو كانت تنسحب بعد تنفيذ المهمة بها دون أن تتلقى أي عقاب[13].

الصدام بيني وبين الرئيس حول تصفية الثغرة:

عقد مؤتمر بالقيادة بعد ظهر يوم 16 لبحث الموقف واتفقت مع الوزير علـــى أن نقوم بتوجـــيه ضربة قوية ضد العدو في منطقة الاختراق صباح يوم 17، ولكننا اختلفنا مرة أخرى على طريقة توجيه هذه الضربة. لقد كـــانت نظريتي في ضرورة إعادة الاتزان إلى مواقعنا الدفاعية بسحب جزء من قواتنا في الشرق إلى غرب القناة مازالت قائمة ولكن مع تعديل في الأسلوب طبقا للموقف الجديد. لقد اقترحت في اليوم السابق ســحب الفرقة 21 مدرعة والفرقة 4 مدرعة أما اليوم فلم يعد من السهل أن نقوم بسحب الفرقة 21 مدرعة في الوقت الذي تتعرض فيه لضغط العدو. لذلك اقترحت أن نقوم بسحب الفرقة 4 مدرعة، واللواء المدرع 25 من قطاع الجـــيش الثالث خلال الليل. وان نقوم فجـــر باكر بتوجيه الضربة الرئيسية ضد قطاع الاختراق بقوة ثلاثة ألوية مدرعة و لواء مشاه ميكانيكى من غرب القناة وفي اتجاه شمال شرقي، وفي الوقت نفسه يقوم اللواء 116 مشاة بتوجيه ضربة ثانوية من الغرب إلى الشرق، بينما تقوم الفرقة 21 مدرعة بتوجيه ضربة من مواقعها شرق القناة في اتجاه جنوبي بهدف إغلاق الطريق المؤدي للثغرة من الشرق [14].

كان الوزير مـــازال ضد أية فكرة لسـحب القوات من الشرق إلى الغرب وبالتالي رفض سحب الفرقة الرابعة المدرعة وقرر أن يقوم اللواء المدرع 25 بتوجيه ضربة من شرق القناة في اتجاه من الجنوب إلى الشمال لكي يلتقي مع هجوم الفرقة 21 مدرعة وأن يقوم اللواء 116 مشاة بتوجيه ضربة ثانوية من الغرب إلى الشرق. كـــأن هناك إذن خلاف بيني وبين الوزير، فبينما كنت أريد أن تكون ضربتنا الرئيسية موجهة إلى الثغرة من غرب القناة مع توجيه ضربة ثانوية ضد فتحة الثـــغرة شرق القناة كان الوزير يرى العكس تماما، فقد كان يرى أن تكون الضربة الرئيسية من شرق القناة وان تكون الضربة الثانوية من غرب القناة.

كانت المزايا التي يمكن أن تحققها الخطة التي تقدمت بها ما يلي:

1- اللواء المدرع 25 كان من ضمن الواجبـــات التي تدرب عليها قبل بدء القتـــال تدمير العدو إذا نجح في الاختراق في منطقة الدفرسوار، وبالتالي فإن ضباط وجنود اللواء كانوا على إلمام تام بطبيعة الأرض التي تقع غرب القناة ويعرفون كل ثنية أرضية التي سوف يقاتلون عليها، وتلك ميزة عظيمة يجب ألا نضحي بها.

2- إن سحب الفرقة المدرعة الرابعة واللواء المدرع من شرق القناة إلى غربها سوف يـــعيد الاتزان إلى مواقعنا الدفاعية ويجعلنا اكثر قدرة على مقابلة أي تهديد يقوم به العدو للوصول إلى مؤخرة قواتنا

3- إن قيامنا بتوجيه الضربة الرئيسية غرب القناة يضمن لنا إتمامها تحت مظلة الدفاع الجوي ســـام، أما إذا قمنا بها من الشرق فسوف تتم خارج هذه المظلة ويمكن أن تقع قواتنا فريسة

للهجوم الجوي المعادي. وإن حـادث تدمير اللواء الأول مشاة بواسطة طيران العدو لم يكن قد مضى عليه سوى خمسة أيام فقط.

4- إن توجيه الضربة الرئيسية بقوة الفرقة الرابعة المدرعة و اللواء 25 مدرع من غرب القناة يحقق لنا قوة الصدمة التي يمكن أن نوجهها للعدو بالإضافة إلى توفيـر القوات اللازمة لتأمين قاعدة الهجوم وأجنابه. أمـــا إذا قام بها اللواء المدرع 25 من الشرق فإن الضربة ستكون ضعيفة وسوف تكون قاعدة هجومه وجانبه الأيمن معرضين للخطر.

وعلى الرغم من وضوح تلك النقاط بشكل صارخ لأي قـائد عسكري فقد رفض الوزير رفضا باتا سحب اللواء 25 المدرع إلى الغرب. وفي حديث هاتفي مع اللواء عبد المنعم واصل لتبادل الرأي في هذا الموضوع أفاد بأنه يفضل أن يتم سحب اللواء 25 المدرع وان يقوم بتوجيه ضربته ضد الثغرة من الغرب وابلغني بان قائد اللواء 25 المدرع يشاركه هذا الرأي. وعلى الرغم من وجود هذا الإجمـــاع بين القادة العسكريين إلا أن الوزير رفض هذا الاقتراح [15].

وبعد ساعات قليلة وصل الرئيس إلى المركزي10 . لقد كان مازال هناك متسع من الوقت وفكرت أن استعين برئيس الجمهورية لكي ينقض قرار الوزير وان يوافق على وجهة نظري فيما يتعلق بسحب بعض القوات من الشرق وان نقوم بتوجيه ضربتنا الرئيسية ضد الثغرة من الغرب [16]. شرحت الاقتراحـات السابق ذكرها، ولكن الرئيس لم يمهلني لكي أتم مقترحاتي وثار ثورة عارمة وفقد أعصابه واخذ يصرخ في وجهي بعصبية "أنا لا أريد أن اسمـع منك مرة ثانية هذه الاقتراحات الخاصة بسحب القوات من الشرق، إذا أثرت هذا الموضوع مرة أخرى فإني سوف أحاكمك". حاولت أن اشرح له بأن المناورة بالقوات شيء والانسحاب شيء آخر ولكنه كان في ثورة عارمة لا يريد أن يسمع ولا يريدني أن استرسل في الكلام [17]. لقد أصابني كلام السادات بجرح عميق. جال بخـاطري أن أستقيل، ولكن سرعان ما استبعدت هذا الخاطر . كـيف اترك القوات المسلحة في أوقات الشدة؟ ماذا سيقول عني من الخصوم؟ هرب عند وقوع أول أزمة؟ لا لن اقبل ذلك على نفسي. لقد عشت مع القوات المسلحة فترة مجد، ويجب أن اقف معها وقت الشدة حـتى لو لم أستطع أن أنقـذ ما أريد إنقاذه كله. ابتلعت كبريائي والتمست العذر للسادات وقلت لنفسي "لابد أن السادات أعصابه متوترة، حتى انه لم يستطع أن يواجه الموقف. يجب أن أتحمله ولو مؤقتا من اجل مصر" [18]. وهكذا قمنا بإصدار التعليمات الخاصــة بعمليات يوم 17 طبقا للقرار الذي اتخذه الوزير والرئيس كما سبق شرحه [19].

وحوالي منتصف الليل أويت إلى فراشي ولكن ضابط العمليات المناوب أيقظني في الساعة 300. وأخبرني بان اللواء عبد المنعم واصل يطلب محادثتي بصفة عاجلة. أخبرني بان اللواء 25 المدرع لن يستطيع التحرك في هذا اليوم لأسباب فنية. كـان واضحا أن اللواء عبد المنعم واصل وقائد 25 المدرع يتوقعان وقوع كارثة بالنسبة لهذا اللواء وانهما يريدان خلق المشكلات التي قد تؤدي

إلى منع قيامــــه بهذه العملية الانتحارية. لقد كنت أشـــعر في قرارة نفسي بصدق وإحساس كل كلمة يقولها اللواء عبد المنعم واصل ولكن مسئوليتي في ذلك الوقت كانت تحتم على أن أعارض عبد المنعم واصل. كمبدأ عام يمكن للقادة أن يختلفوا عند إبداء وجهة نظرهم قبل اتخاذ القرار، أما بمجرد اتخاذ القرار، فيجب أن يعمل كل منهم قدر طاقته لتنفيذه سواء كان يتفق مع وجهة نظره أم لا. وقد تم اتخاذ القرار ولا سبيل إلى التراجع عنه الآن، وبعد حديث طويل مع عبد المنعم واصل قال لي بيأس شديد "لاحول ولا قوة إلا بالله. سوف اقوم بتنفيذ هذه الأوامر ولكني أقولها مسبقا، سوف يدمر هذا اللواء."

كانت قوات العدو أمام الجبهة اعتبارا من فجر يوم 17 من أكتوبر هي 8 ألوية مدرعة ولوائي مشاة ميكانيكيين وكان توزيعها كما يلي:[20]

- فرقة تقوم بتــامين راس الكوبري في منطقة الدفرسوار، وكان لهذه الفرقة لواء مدرع ولواء مشاة غرب القناة وتحتفظ بلواء مدرع آخر لتامين الثغرة من الشرق.

- لواء مدرع ولواء مشاة يقومان باحتواء الفرقة 21 مدرعة (لواءان مدرعان) التي تؤمن الجناح الأيمن للجيش الثاني.

- لواء مدرع يحتوي مواجهة الجيش الثاني بكامله (الفرقة 18، الفرقة 2، الفرقة 16، ومعها لواءان مدرعان، 12 كتيبة دبابات)[21].

- لواء مدرع يحتوي مواجهة الجيش الثالث بكامله (الفرقة 7، الفرقة 19، لواء المشاة الأول، الفرقة الرابعة المدرعة عدا لواء مدرع، اللواء المدرع 25، وكــان مجموع المدرعات داخل راس كوبري الجيش الثالث 3 ألوية مدرعة و 10 كتائب دبابات).

- فرقة من ثلاثة ألوية مدرعة تتجمع شرق القناة بحوالي 20 كـيلومترا مستعدة للعبور إلى الغرب بمجرد أن يتم تركيب الكوبري على القناة في منطقة الدفرسوار[22].

وأني لأشعر بالخجل وأنا اذكر أوضاع قواتنا فجر يوم 17 من أكـتوبر. ولكن من اجل مصر ومن أجل أن نتعلم من أخطائنا ومن أجل أن يعرف العرب من هم الذين تآمروا على القوات المسلحة لأغراض سياسية خفية. من اجل ذلك كله يجب أ ن أتكلم. **إن أية فرقة مشاة مصرية كان يدخل ضمن تنظيمها 4 كتائب دبابات، كتيبة BMP وكتيبة مقذوفات مضادة للدبابات موجهة مالوتكا، وكتيبة مدفعية مضادة للدبابات، و 11 كتيبة مدفعية ميدانية يمكن استخدامها وقت الضرورة كأسلحة مضادة للدبابات، علاوة على ذلك يوجــد ضمن تنظيم الفرق 90 قطعة ســلاح مضــادة للدبابات ب 10، ب 11 للقتال القريب مع الدبابات، 450 قطعة سلاح RBG مضادة للدبابات للقتال المتلاحم. لقد روعي عند تنظيم فرقة المشاة جعلها قادرة– دون أي دعم خارجي– على أن تصد أي هجوم مدرع يقوم به العدو بقوة تقدر بفرقة مدرعة قوامها ثلاثة ألوية مدرعة.** وعلى الرغم من ذلك إلا أننا دعمنا كــل فرقة– لأهداف العبور– بلواء مدرع إضافي وبأعداد

إضافـية من المقذوفات الصاروخية الموجهة مالوتكا قمنا بسحبها من التشكيلات الأخرى التي لا تشترك بصفة مباشرة في عملية العبور. وكان المفروض أن نقوم بسحب هذه التدعيمات بمجرد أن يستقر الموقف على الضفة الشرقية، فتعود المالوتكا إلى وحداتها الأصلية وتعود الألوية المدرعة أو– على الأقل– الجزء الأكبر منها إلى غرب القناة لكي نشكل احتياطيات مدرعة تستطيع أن تواجه وتتحدى ضربات العدو. ولكن للأسف الشديد فقد حدث العكس تماما. فبدلا من أن نسحب هذه القوات من الشرق إلى الغرب دفعنا يوم 13، 14 الفرقة 4 المدرعة والفرقة 21 المدرعة إلى الشرق. وعندما طالبت بإعادة هاتين الفرقتين إلى الغرب رفض الوزير وثار السادات كما سبق أن بينت. **لقد كان لدينا في الجبهة يوم 17 أكتوبر 8 ألوية مدرعة، وهو عدد يماثل ما لدى العدو، ولكن أوضـاع هذه الألوية صباح يوم 17 من أكتوبر كانت تدعو إلى الرثاء كانت أوضاعها كما يلي:**

- 4 ألوية مدرعة لا تقوم بأي عمل، وهي مربوطة بالأرض في مناطق الفرقة 18 مشاة، الفرقة 2 مشاة الفرقة 7 مشاة الفرقة 19 مشاه.

- اللواء 25 المدرع يتحرك من داخل راس كـوبري الجيش الثـالث شرق القناة في اتجـاه الشمال ولمسافة تصل إلى حوالي 30 كيلومترا خارج مظلة الدفاع الجوي وخارج مدى أية معاونة من مدفعيتنا وفي منطقة نتواجد بها 4 ألوية مدرعة للعدو ويتمتع فيها العدو بسيطرة جوية كاملة [23].

- يقوم لواءان من الفرقـة 21 مدرعة التي أنهكت في القتال خلال الأيام الثـلاثة الماضية بالهجوم جنوبا بهدف إغلاق الطريق المؤدي إلى الثغرة من الشرق.

- لواء آخر يحرس المنطقة الخلفية للجيشين الثاني والثالث.

لقد كان معنى ذلك أن القيادة العامة للقوات المسلحة تحشد لمعركـة الدفرسوار 3 ألوية مدرعة (بما في ذلك اللواء المدرع 25 الذي كانت هناك شكوك في إمكان وصوله إلى منطقة المعركـة) ولواء مشاة في حين أن العدو كان يحتفظ في المنطقة نفسها 6 ألوية مدرعة ولوائي مشاه وهكذا كان للعدو التفوق الساحق في منطقة المعركة. لقد كان هذا القرار هو ثالث خطا كبير ترتكبه القيـادة المصرية [24]، وقد ترتبت على تلك الأخطاء الكبيرة سلسلة أخرى من الأخطاء مما سوف نشرحه بالتفصيل فيما بعد.

كيف سارت معركة الدفرسوار يوم 17 من أكتوبر:

1- تحـرك اللواء 116 مشاة من الغرب إلى الشرق في إتجـاه راس الكوبري الذي كـانت قاعدته حوالي 5 كيلومترات ونجح في تدمير عدد من الدبابات أثناء تقدمه. عندما وصل

إلى بعد حـوالي كيلومترين من القناة وقع تحت نيران كثيفة من العدو اضطرته إلى التقهقر بعد أن أصيب بخسائر كبيرة.

2- نجـحت الفرقة 21 مدرعة في قطع الطريق المؤدي إلى ثغرة الدفرسوار من الشرق ولكنها عجزت عن إحراز أي تقدم جنوب هذا الطريق وبالتالي ظل الطريق الذي يقود إلى الثغرة من الجنوب والجنوب الشرقي مفتوحا.

3- تقدم اللواء 25 المدرع ونظرا لما يتمتع به العدو من تفوق ساحق في المدرعات في تلك المنطقة فقد وجه العدو فرقة مدرعة من ثلاثة ألوية مدرعة لمواجهة هذا اللواء كانت هذه الفرقة تتمركز في الاحتياط وعلى بعد 20 كم شرق القناة). قامت فرقة العدو المدرعة بتخصيص أحد ألويتها لكي يسد طريق تقدم اللواء 25 إلى الشمال بينما تحرك اللواءان الثاني والثالث ليتخذا مواقع إلى اليمين وإلى المؤخرة بالنسبة لاتجاه تقدم اللواء 25 المدرع، وعندما دخل اللواء 25 المدرع منطقة الكمين هوجم بالنيران من ثلاثة اتجاهات وتم تدميره تدميرا تاماً، كما سبق أن توقعت أنا واللواء عبد المنعم واصل وقائد اللواء [25].

تدفق قوات العدو إلى الغرب:

وفي خـلال ليلة 18/17 من أكتوبر نجح العدو في بناء اول كوبري له في منطقة الدفرسوار وعبر عليه لواءان مدرعان من فرقة برن، وبحلول فجر يوم 18 من أكتوبر كانت للعدو غرب القناة فرقتان مدرعتان، كانت إحداهما بقيادة الجنرال شارون وتتكون من لواء مدرع ولواء مشاة وكانت الثانية بقيادة الجنرال برن وتتكون من لواءين مدرعين وضد هذه القوات كلها وجهت القيـادة المصرية اللواء 23 المدرع ليوجه ضربة إلى العدو غرب القناة وكانت النتيجة طبعا هي فشل الهجوم وخسران اللواء عددا كبيرا من دباباته، وبتدمير اللواء 23 المدرع الذي كـان يمثل الاحتياطي الاستراتيجي أصبحت الضـفة الغـربية عارية من الدبابات اللهم إلا من لواء مدرع خلف الجيش الثاني والثالث ولواء الحرس الجمهوري في القاهرة وبحلول ظهر يوم 18 عبر لواء مدرع آخر للعدو وانضم إلى فرقـة برن واصبح للعـدو غرب القنـاة 4 ألوية مدرعة ولواء مشاة (فرقة برن: 3 ألوية مـدرعـة، فرقة شارون: لواء مدرع+ لواء مشاة).

لم يفهم رئيس الجمهورية و وزير الحربية أهمية المناورة بالقوات إلا بعد ظهر يوم 18 من أكتوبر، وبعد أن أصبحت قواتنا مهددة بالتطويق، وبعد أن دمر العدو الكثير من مواقع صواريخنا سام وبعد أن أصبحت القوات الجوية المعادية قادرة على العمل بحرية من خلال الثغرة ألتي أحدثتها في دفاعنا الجـوى وحتى عندما فهما أنني كنت على حق في المطالبة بسحب جزء من قواتنا من الشرق فإنهما لم تكن لديهما المقدرة على تصور ما يمكن أن يحدث بعد يومين أو ثلاثة. كانا يفكران فيما سوف نفعله غدا مفترضين أن العدو سيبقى كما هو خلال تلك الفترة وهذا خطا جسيم. لقد اتخذ أخيرا

قرار بسحب الفرقة الرابعة المدرعة ليلة 19/18 من أكتوبر، وقد كنت أريد أن اسحب هذه الفرقة هي واللواء المدرع 25 ليلة 17/16، ولو تم ذلك لتغير الموقف. أما الآن فإن سحب الفرقة الرابعة المدرعة وحدها لن يجعلنا قادرين على استعادة الموقف. لقد أصبحت للعدو فرقتان مدرعتان غرب القناة وقد تصبح ثلاث فرق مدرعة قبل فجر غد 19 من أكتوبر.

هوامش الفصل الثالث والثلاثين

(1) انظر الباب الأول.

(2) كانت خسائرنا في الدبابات كما يلي:

من يوم 6- 13 أكتوبر	240
يوم 14 أكتوبر	250

وكانت خسائر العدو كما يلي:

يوم 6 أكتوبر وحتى فجر يوم 7 من أكتوبر	300
يوم 8 و 9 من أكتوبر	260
يوم 10- 13 من أكتوبر	50
يوم 14 من أكتوبر	50

(3) في صباح يوم 15 من أكتوبر اتصل بي الطبيب واخبرني بان حالته لم تتحسن، وبالتالي تقرر إخلاؤه ألى مستشفى المعادي حيث بقى فيه إلى ما بعد وقف إطلاق النار.

(4) لم تتعرض السلطات المصرية لهذه. النقطة خلال مناقشات الندوة الدولية لحرب أكتوبر 73 التي انعقدت في القاهرة في الفترة ما بين 27- 31 من أكتوبر 975 1.

(5) يرجى الرجوع إلى محاضر هذه الجلسات المحفوظة في الجامعة العربية ولدى الدول الأعضاء.

(6) الدفرسوار هي المكان الذي اخترق فيه العدو دفاعنا في ليلة 15/ 16 من أكتوبر 73.

(7) كان الاحتياطي الاستراتيجي يتمركز في منطقة القاهرة وكان عبارة عن اللواء 23 المدرع، واللواء المدرع بالحرس الجمهوري.

(8) كلتا الفرقتين المدرعتين 4 و 21 كانت تتكون من لواءين مدرعين ولواء مشاة ميكانيكي، ولأهداف العبور الحق أحد الألوية من الفرقة 21 مدرعة بالفرقة 16 مشاة.

(9) هذه الطائرة تشبه في خصائصها الطائرة السوفيتية ميج 25.

(10) لم يقم احمد إسماعيل بزيارة الجبهة طوال فترة القتال وبذلك لم يكن بينه وبين الجنود ذلك الرباط الذي كان يربطني بهم والذي كان يجعلني قادراً على أن أحس واشعر بما يستطيعون عمله وما لا يستطيعون. لقد كان احمد إسماعيل يعيش ويفكر بعقلية عام 67 ولا يستطيع أن يحس بإمكانات الجندي المصري عام 73 لأنه لم يره.

(11) من السذاجة ان يعتقد السادات أن أمريكا وإسرائيل تصدق ما يقوله ولا تصدق ما تقوله لها أقمارها الصناعية وطائرات استطلاعها، SR-71A .

(12) لقد ثبت فيما بعد أن العدو كان قد عبر خلال الليل بقوة تقدر بلواء مشــاة وكتيبة دبابات قوامها 30 دبابة.

(13) هذا مثل من المتاعب التي يلاقيها المدافع إذا نجح المهاجم في اختراق خطه الدفاعي والوصول إلى مؤخرة قواته. إن الوحدات التي تتمركز في المؤخرة ليست لديها القدرة على مواجهـة هجوم الدبابات.

(14) انظر الخريطة رقم 3.

(15) لم اكن حتى هذه اللحظة على علم باللعبة السياسية. وكنت اعتقد أن معارضــة الوزير في سحب جزء من قواتنا في الشرق هو جمود فكرى من قبله وليس جزءا من لعبــة سياسية كبيرة لذلك فكرت في أن استعين بالرئيس في تصحيح الموقف.

(16) يبدو ان هذا الإصرار من جانب الوزير كان بناء على تعليمات من الرئيس ويمكن استنتاج ذلك من غضب الرئيس وثورته عندما فاتحته في الموضوع من جديد.

(17) هذا يدل على أن المعارضــة في سحب جزء من قواتنا من الشرق إلى الغرب كانت قرارا للسادات اكثر منها قرارا للوزير.

(18) قال تعالى "عسى أن تكرهوا شيئا وهو خير لكم " صدق الله العظيم. لم أكن وقتئذ أعلم أن ثورة السادات أمام حوالي سبعة من الضباط في غرفة العمليات يوم 16 من أكتوبر، هي عمل أراد الله به أن يظهر الخلاف بينــي من جهة وبينه هو والوزير من جهــة أخرى. ولكي يبين بطريقة علنية- لا يستطيع السادات أن ينكرها في المستقبل- أنني كنت على حق وانهما كانا على باطل.

(19) انظر الخريطة رقم 4.

(20) انظر الخريطة رقم 2.

(21) كل 3 كتائب دبابات تعادل تقريبا لواء مدرعا.

(22) لواء المشاة واللواء المدرع اللذان عبرا ليلة 16/15 ليلة 17/16 استخدما القوارب والمعديات

(23) انظر الخريطة رقم 2.

(24) كان الخطأ الأول هو دفع الفرقة الرابعة والفرقة 21 إلى الشرق. وكان الخطأ الثاني هو رفض إعادة هاتين الفرقتين بعد فشل هجوم يوم 14 من أكتوبر.

(25) لكي يغطى السادات وأحمد إسماعيل مسئوليتهما في تدمير هذا اللواء فقد عاملا ضباطه وجنوده بعد الحرب على انهم جبناء وأنهم لم يقاتلوا كما كان يجب عليهم أن يقاتلوا.

الفصل الرابع والثلاثون

القيادة السياسية تخفي الحقائق:

لقد كان لستار السرية الذي فرضته القيادة السياسية على الموقف غرب القناة آثار سيئة للغاية. إنه لم يخدع الشعب المصري فقط عن حقيقة الموقف بل خدع أيضا أفراد القوات المسلحة. لقد كانت الوحدات الإدارية ووحدات الدفاع الجوي ومراكز القيادة غرب القناة تفاجأ بظهور دبابات تطلق النار عليها دون أن تدري هوية هذه الدبابات. وفي الوقت الذي تكتشف فيه حقيقة الموقف تكون هذه الوحدات قد تم تدميرها أو أسرها. كانت العربات والأفراد الذين يتحركون في الضفة الغربية للقناة، وهم يعتقدون بصحة البلاغات المصرية التي تصور أن العدو ليست له سوى 7 دبابات تختبيء في الأشجار في منطقة الدفرسوار، كانوا يفاجأون بمن يظهر أمامهم ويطلق النار عليهم فيقتل فريقا ويأسر آخر. لقد قتل المئات من الجنود وأسر الآلاف دون أن يقاتلوا لأن أحدا منهم لم يكن يتوقع وجود العدو في هذه الأمكنة. لقد كان هذا النوع من القتال هو ما تريده إسرائيل لأغراض الدعاية. إنهم لم يستطيعوا أن يأسروا جنديا واحدا في الضفة الشرقية إلا إذا وقع في أيديهم وهو جريح لا يستطيع أن يقاتل أو يدافع عن نفسه. أما في الضفة الغربية للقناة فهاهم يأسرون المئات دون أي قتال وذلك لأن القيادة المصرية قد خدعت رجالها وأخفت عنهم الحقائق.

وقد كان لتدمير العديد من كتائب صواريخ سام اثر كبير على سير المعركة في الضفة الغربية. فقد دخلت القوات الجوية المعادية المعركة وأصبحت تقدم المعاونة الأرضية للقوات المهاجمة ،بينما كانت قواتنا الجوية عاجزة عن التدخل ضد القوات البرية المعادية لصعوبة التمييز بين الصديق والعدو نظرا لميوعة الموقف. ومما زاد من صعوبة الموقف ضعف إمكانات الدفاع المضاد للدبابات بالنسبة للتشكيلات والوحدات التي في غرب القناة. وكما سبق أن قلت، كنا قد سحبنا وحدات الصواريخ المضادة للدبابات الموجهة (المالوتكا) من التشكيلات التي لا تشترك في العبور لكي ندعم بها التشكيلات المكلفة به. وهكذا فقد كانت هناك كتيبتا مالوتكا في الشرق: واحدة منها تخص الفرقة الثالثة مشاة ميكانيكية والأخرى كانت تخص فرقة المظلات، ودون هاتين الكتيبتين فإن قدرات هاتين الفرقتين في صد المدرعات تنخفض انخفاضا كبيرا. وحيث أن الرئيس والوزير كانا يعارضان سحب أي سلاح من الشرق فقد قررت أن اسحب هاتين الكتيبتين (المالوتكا) دون أن أخطرهما بذلك.

وباتفاق سري بيني وبين اللواء سعيد الماص قائد المدفعية قررت أن اسحب تلك الكتيبتين، وتم فعلا سحب بعض منهما يومي 17 و 18 دون علم الوزير، على الرغم من معارضة قادة التشكيلات التي كان قد تم تدعيمها بهما. إذ قال لي أحد قادة فرق المشاة عندما طلبت إليه إخلاء سرية الصواريخ المضادة للدبابات (مالوتكا) التي كانت قد ألحقت به لأهداف العبور: "إن الموقف الدفاعي للفرقة سيتعرض للخطر إذا انسحبت مني هذه السرية إني اعلم من خبرتي السابقة أن ما قاله قائد

الفرقة هو تسجيل موقف يمكن أن يستخدمه للدفاع عن نفسه فيما لو فشل فعلا في صد هجوم العدو ووجد نفسه موضع تســـاؤل. لقد كان اهتمامي بإنقاذ الموقف في غرب القناة أهم بكثير من أي شيء أخر، ولذلك قلت له "أنا المسؤول عن كل شيء– أرسل السرية فورا هذه الليلة إن هذا الحديث يبين بوضوح أن أبعاد الموقف وخطورته لم يكونا معروفين حتى على مستوى قادة الفرق.

زيارتي الرابعة للجبهة:

في حوالــي الساعة 1400 يوم 18 من أكتوبر وصل رئيس الجمهورية إلى المركز 10 واستمع إلى تقرير عن الموقف من الوزير. لم يسألني الرئيس ولم أبادر أنا بالكلام، وبعد ذلك طلب مني أن أتحرك إلى الجيش الثاني لكي اعمل على رفع الروح المعنوية وابذل ما أستطيع لمنع تدهور الموقف. وقد أبلغت بأن الفرقة الرابعة المدرعة التي تعمل خلف كل من الجيشين الثاني والثالث تعمل بأوامر من القيادة العامة (المركز 10) وليس للجيش الثاني أي سلطان عليها، وهذا يعني أن الجيش الثاني لم تكن لديه دبابة واحدة غرب القناة وجنوب ترعة الإسماعيلية. تحركت من المركز 10 حوالي الساعة 1445 يوم 18 من أكتوبر فوصلت قيادة الجيش الساعة 1730 من اليوم نفسه.[1]

عند وصولي إلى قيادة الجيش الثاني مساء يوم 18 من أكتوبر كانت أوضـــاع الجناح الأيمن للجيش الثاني كما يلي: (انظر الخريطة رقم 5)

1- لقد اضطرت الفرقة 21 مدرعة إلى الارتداد للخلف (في اتجاه الشمال) بعد أن وقعت تحت النيران التي يطلقها عليها العدو من مواقعه في غرب القناة، وقد اصبح الخط الذي تحتله يتحاذى مع سرابيوم على الضفة الغربية للقناة.

2- اللواء 150 مظلات يعمل غرب القناة جنوب ترعة الإسماعيلية ويحاول منع انتشار العدو شمالا في اتجاه الإسماعيلية.

كانت قوات العدو في الضفة الغربية مع أخر ضوء يوم 18 من أكتوبر كما يلي:

1- خلال فترة ما بعد ظهر يوم 18 من أكتوبر عبر إلى الضفة الغربية لواء مدرع أخر وبذلك وصلت قوات العدو غرب القناة في منطقة الدفرسوار غرب القناة إلــى 5 ألوية مدرعة ولواء مشاة وكانت هذه القوة مشكلة من فرقتين مدرعتين: فرقة بقيادة الجنرال شارون وتتكون من لواءين مدرعين ولواء مشاة وتواجه الشمال، وفرقة أخرى بقيادة الجنرال برن وتتكون من 3 ألوية مدرعة وتواجه الغرب والجنوب.

2- يسيطر العدو سيطرة تامة على مسافة 5 كيلومترات شمال الدفرسوار ويحتل المصاطب التي في هذه المنطقة بقواته. بينما يسيطر بالنيران على بضعة كيلومترات أخرى شمال ذلك.

بعد وصولي إلى قيادة الجيش الثاني استمعت إلى قرار اللواء عبد المنعم خليل قائد الجيش، وكان يتلخص فيما يلي:

1- يتم سحب اللواء المدرع 15 من الضفة الشرقية للقناة إلى الضفة الغربية كان تحت قيادة الفرقة 18 مشاة ويتمركز في المنطقة شمال ترعة الإسماعيلية ويعمل كاحتياطي للجيش.

2- يقوم اللواء 150 مظلات بالدفاع النشيط عن الضفة الغربية جنوب ترعة الإسماعيلية ويقوم أيضـا بتأمين مؤخرة الفرقة 21 مدرعة والفرقة 16 مشاة المتمركزة فـي الضفة الشرقية.

3- تقوم كلتا الفرقتين 21 مدرعة و 16 مشاة بالضغط جنوبا في محاولة لإعادة إغلاق الطريق المؤدي إلى الدفرسوار.

4- تتمسك كلتا الفرقتين 2 و 18 مشاة بمواقعهما شرق القناة.

5- تقوم مدفعية الجيش بتركيز نيرانها على منطقة الدفرسوار.

6- القيام بأعمال الإغارة على قوات العدو المتمركزة في منطقة الدفرسوار بواسطة وحدات الصاعقة.

لقد كان للعدو في منطقة الدفرسوار في تلك الليلة فرقتان مدرعتان، كما سبق أن قلت. وكانت فرقة شارون تضغط على قواتنا في اتجاه الشمال بهدف الوصول إلى الإسماعيلية وتطويق الجيش الثاني، ولم يكن لدينا للتصدي له سوى اللواء150 مظلات. لم يكن قائد الجيش ينتظر المعجزات من لواء المظلات لذلك أمر بنسف الكباري التي على ترعة الإسماعيلية جميعها لكي يمنع العدو من عبور هذه الترعة فيما لو نجحت قواته في التغلب على مقاومة لواء المظلات صدقت على قرار قائد الجيش فلم يكن هناك ما يمكن عمله بالنسبة للقتال خلال تلك الليلة ونهار اليوم التالي اكثر من ذلك.

معارك الجيش الثاني 18-20

بدأ لواء المظلات يتقدم جنوبا ليلة 18/19 واحتل عددا من المصاطب إلى أن وصلت عناصـر منه إلى مكـان تستطيع منه أن ترى الكوبري الذي أقامه العدو في الدفرسوار، وقد ساعدنـا في تصحيح نيران المدفعية إلى أن حددنا مكان الكوبري بدقة. ومنذ ذلك الوقت أخذت مدفعيتنا تصب عليه النيران دون هوادة طوال الليل وطوال نهار اليوم التالي، وقد تنبه العدو إلى دقة نيران المدفعية التي تقوم بتوجيهها العناصر المتقدمة من لواء المظلات فقام بهجوم مضاد واحتل المصطبة التي كنا ندير منها نيران المدفعية. وعلى الرغم من أن لواء المظلات عجز عن استرداد تلك المصطبة وعلى

276

الرغم من أنه لم تكن هناك مصطبة بديلة يمكن منها أن نوجه نيران المدفعية ضد الكوبري، فقد كانت المعلومات التي حصلنا عليها من اشتباكاتنا السابقة كافية لأن نستمر في الضرب لأن الإشارات الملتقطة من العدو نتيجة ضرب مدفعيتنا مشجعة للغاية وتفيد بأن العدو قد تحمل خسائر فادحة.

وبمجرد أن وصلتنا المعلومات بقيام العدو بنصب كوبري أخر شمال الكوبري الأول وجهنا نيران مدفعيتنا على الكوبري وأصبناه بخسائر فادحة[2].

إن الدفاع المستميت الذي قام به لواء المظلات وكتيبتان من الصاعقة خلال ليلة 18/19 والأيام التالية كان له الأثر المباشر في منع تقدم العدو شمالا وإفشال محاولته في تطويق الجيش الثاني. يقول الجنرال هوتزوج في كتابه: WAR OF ATONMENT في صفحة 245 ما يلي "لقد قوبلت فرقة شارون المدرعة ولواء المظلات (الإسرائيلي) بمقاومة عنيفة من المشاة والمدفعية (المصرية) وتحملت خسائر فادحة. لقد كانت مهمة شارون هي احتلال الإسماعيلية ولكن المقاومة التي قام بها الكوماندرز المصريين أوقفت تقدمه."[3]

الموقف مساء يوم 20 من أكتوبر:

عدت إلى المركز 10 مساء يوم 20 من أكتوبر بعد أن قضيت حوالي 44 ساعة مع الجيش الثاني. وبعد أن اطلعت على كافة تقارير المخابرات ظهرا أمامي الموقف العام التالي:

1- موقف العدو:

أ- كان للعدو غرب القناة 5 ألوية مدرعة ولواء مظلي، وكانت هذه القوة مشكلة في فرقتين مدرعتين: فرقة بقيادة الجنرال شارون وتتكون من لواءين مدرعين ولواء مظلي وتضغط في اتجاه مؤخرة الجيش الثاني، وفرقة مدرعة أخرى تتكون من ثلاثة ألوية مدرعة بقيادة الجنرال برن وتضغط في اتجاه مؤخرة الجيش الثالث.

ب- كان للعدو فرقتان مدرعتان أخريان شرقي القناة تتكون كل منهما من لواءين مدرعين ولواء مشاة ميكانيكي تقوم بتثبيت قواتنا شرق القناة.

ت- بعد أن نجح العدو في تدمير أو إسكات كتائب صواريخ سام التي تتمركز غرب القناة حتى عمق 15 كيلومترا تقريبا، اصبح في إمكانه -ولأول مرة منذ بدء القتال- أن يستخدم قواته الجوية في تقديم المعاونة الجوية لقواته البرية في أثناء قيامها بعمليات تعرضية.

2- كان موقف الجيش الثاني كما يلي:

أ- في الشرق توجد 3 فرق مشاة وفرقة مدرعة ولواء مدرع.

ب- في الغرب وجنوب ترعة الإسماعيلية يوجد لواء مظلي وكتيبتا صاعقة.

ت‑ في الغرب وشمال ترعة الإسماعيلية يوجد لواء مدرع.

3‑ **كان موقف الجيش الثالث كما يلي:**

أ‑ في الشرق توجد فرقتا مشاة ولواء مدرع ولواء مشاة ولواء برمائي.

ب‑ في الغرب لواء مشاة ميكانيكي [4].

4‑ **النسق الثاني للجبهة:**

الفرقة الرابعة المدرعة، وتأخذ مسئولية الدفاع عن المنطقة الممتدة من ترعة الإسماعيلية شمالا حتى جبل عتاقة جنوبا، وتعمل بأوامر من القيادة العامة.

5‑ **الاحتياطي الإستراتيجي:**

لواء الحرس الجمهوري المدرع ويتمركز في منطقة القاهرة.

المطالبة بسحب أربعة ألوية مدرعة من الشرق:

كان من الواضح أن توزيع قواتنا لا يتماشى مطلقا مع متطلبات المعركة. إن مسئولية كل قائد هو أن يحشد قواته وإمكاناته في المعركة، لا أن يترك جزءا من قواته تقاتل تحت ظروف سيئة بينما تقف باقي القوات موقف المتفرج واللامبالاة لقد أصبحت خطة العدو واضحة وضوح الشمس: إنه يهدف إلى تطويق الجيشين الثاني والثالث، حيث إنه يقوم بتوسيع الثغرة في منطقة الدفرسوار كل يوم، ويجب ألا ننتظر المعجزات من قواتنا التي تقاتل غرب القناة. إن لواء مظليا مصريا يخوض معركة مريرة ضد فرقة مدرعة من لواءين مدرعين ولواء مظلي إسرائيلي، قد يستطيع المقاومة 3 أو 4 أيام أخرى، ولكن لا يمكن أن تستمر مقاومته إلى الأبد. كان جدول مقارنة القوات بيننا وبين العدو يصرخ بالانتقاد. إن نظرة واحدة من رجل مدني لا يفهم في الشئون العسكرية لكفيلة بأن تقنعه بأن هذا التوزيع خاطئ وانه إذا لم يتم إصلاحه فورا فقد تحدث الكارثة . ومع ذلك فإني لم استطع أن أقنع لا وزير الحربية ولا الرئيس السادات بتعديل هذه الأوضاع. كان جـــدول توزيع القوات في جبهة قناة السويس مساء يوم 20 من أكتوبر كما يلي [5]:

	إجمالي		غرب القناة		شرق القناة		توزيع القوات
لواء مدرع	لواء مشاة	لواء مدرع	لواء مشاة	لواء مدرع	لواء مشاة		
9	3	5	1	4	2		العدو
7[6]	20	3	2	4	18		قواتنا

بحثت الموقف مع احمد إسماعيل وقلت له إنه إذا لم نعد توزيع قواتنا لمقابلة التهديد القائم فقد تحدث كارثـــة في خلال ثلاثة أيام أو أربعة، وأن العدو يستطيع أن يدفع بفرقة مدرعة جديدة هذه

الليلة إلى الغرب دون أن تكون هناك أي خطورة على مواقعه في الشرق، وإنه ليست هناك خطورة كبيرة من إمكان تطويق الجيش الثاني نظرا لوجود ترعة الإسماعيلية واللواء المدرع 15 شمال الترعة واللواء 150 مظلات الذي يمكنه أن يقاتل لمدة 3 أو 4 أيام أخرى، ولكن الخطورة الكبرى تقع في الجنوب بالنسبة للجيش الثالث، حيث إن الأرض مناسبة لعمل المدرعات وقد أصبح في إمكان العدو أن يستخدم قوات الجوية ضد قواتنا البرية اليوم ولأول مرة منذ بدء القتال. وإذا قام العدو بنقل فرقة مدرعة أخرى إلى الغرب فسوف يصبح له في القطاع الجنوبي غرب القناة فرقتان مدرعتان تدعمهما القوات الجوية الإسرائيلية مقابل فرقة مدرعة واحدة من جانبنا، ولهذا الموقف يجب أن نسحب ألويتنا المدرعة من الشرق لمقابلة التهديد في الغرب [7]. كان في رأيي أن نسحب هذه الألوية الأربعة من الشرق في خلال الأربع والعشرين ساعة التالية لن يؤثر على سلامة خطوطنا ومواقعنا في الشرق وسوف يزيد من قدرتنا على مقابلة تهديد العدو لنا في الغرب.

استدعاء رئيس الجمهورية إلى المركز 10:

بعد أن فشلت في إقناع الوزير بوجهة نظري، أفضيت لبعض مساعدي بقلقي على الموقف وأفضيت لهم بأنه إذا لم نسحب جزءا من قواتنا من الشرق إلى الغرب فسوف تقع كارثة لا يعلم أبعادها إلا الله، وهنا اقترح علي اللواء سعيد الملحي قائد المدفعية أن أدعو الرئيس وأشرح له الموقف. لم أتحمس أول الأمر لهذا الاقتراح لأني أعرف وجهة نظر الرئيس السادات منذ الخلاف الذي وقع بيني وبينه في غرفة العمليات يوم 16 من أكتوبر، ولاعتقادي بأن احمد إسماعيل -هو رجل عسكري قبل أن يكون سياسيا- ما كان ليقبل مثل هذا الموقف لولا أنه تحت ضغط سياسي، ولكن بعد أن فكرت قليلا وجدت أن استدعاء السادات وشرح الموقف أمامه سوف يضعه أمام مسئوليته التاريخية. ذهبت إلى أحمد إسماعيل في غرفته وقلت له" إن الموقف خطير ويجب أن يحضر الرئيس للاستماع إلى وجهة نظر القادة"[8]. حاول أن يثنيني عن رأيي وقال إن الوقت متأخر ولا داعي لإزعاج الرئيس الآن. ولكني أصررت على ضرورة حضور الرئيس إلى المركز 10 فورا. لأنها مسئولية تاريخية ويجب أن يستمع الرئيس إلى الموقف العسكري بأمانة. لم أخرج من عند الوزير إلا بعد أن وعدني بأنه سيتصل به فورا.

عدت إلى غرفة العمليات وبعد دقائق حضر الوزير وأخبرني بأنه اتصل بالرئيس وقد وعد بأنه سيحضر فورا. اتفقت مع الوزير على أن يحضر هذا اللقاء مع الرئيس كل من أحمد إسماعيل، وسعد الشاذلي، ومحمد علي فهمي. وحسني مبارك، وعبد الغني الجمسي، وسعيد الماحي، وفؤاد نصار. وصل رئيس الجمهورية ومعه المهندس عبد الفتاح عبد الله [9] إلى المركز 10 حوالي الساعة 2230 يوم 20، وتوجه فورا إلى غرفة احمد إسماعيل حيث بقي معه ما يقرب من ساعة، بينما كنت

أنا مجتمعا مع باقي الأعضاء في غرفة المؤتمرات الملاصقة لغرفة العمليات نتبادل وجهات النظر حول الموقف.

وفي النهاية دخل علينا الرئيس ومعه احمد إسماعيل والمهندس عبد الفتاح عبد الله. طلب الرئيس الكلمة من المجتمعين واحدا بعد الآخر. وقد قام كل منهم بشرح موقف القوات بأمانة تامة، وبعد أن استمع إليهم جميعا لم يطلب مني الكلمة وعلق قائلا:" لن نقوم بسحب أي جندي من الشرق ". لم أتكلم ولم اعلق. غمزني المهندس عبد الفتاح عبد الله وهمس في أذني: "قل شيئا" ولكني تجاهلت نصيحته. مـــاذا أتكلم، وقد اتخذ الرئيس القرار ولا يريد أن يسمعني إنني أريد أن اسحب 4 ألوية مدرعة من الشرق وهو يعارض سحب جندي واحد. إنه لم يتخذ هذا القرار عن جهل، بل عن معرفة تامة بالموقف. إنه لا يستطيع أن يدعي بعد ذلك بأنه كان يعتقد أن العدو لديه 7 دبابات في الغرب. انه يعرف الحــقائق كلها عن الموقف وهذا هو قراره.

يدعي السادات في مذكراته (الصفحة 348) بأنني عدت من الجبهة منهارا يوم 19 من أكتوبر وأنني طالبت "بسحب قواتنا في شرق القناة لأن الغرب مهدد ويؤسفني بأن أقول إن هذا كذب رخيص. لقد كنا تسعة أشــخاص مات واحد ومـــازال الثمانية الآخرون أحياء وإني أتحدى إذا كان أحد من هؤلاء الأحياء يستطيع أن يشهد بصدق ما يدعيه السادات. لقد طالبت حقا بسحب جـــزء من قواتنا من الشرق إلى الغرب وكانت مطالبتـــي بهذه العملية يوم 20 من أكتوبر خامس محاولة جادة لإنقاذ الموقف. وكانت هذه المحاولات الخـــمس كما يلي:

1- عارضت دفع الفرقتين المدرعتين 21 و 4 من الضفة الغربية إلى الضفة الشرقية يومي 12 و 13 من أكتوبر.

2- طالبت يوم 15 من أكتوبر بإعادة الفرقتين المدرعتين 21 و 4 إلى الضفة الغربيـــة بعد فشل هجومنا يوم 14 من أكتوبر.

3- طالبت يوم 16 من أكتوبر بســـحب الفرقة 4 المدرعة واللواء 25 المدرع من الضفة الشرقية إلى الضفة الغربية، وثار الرئيس في وجهي ثورة عارمة كما سبق أن بينته.

4- سحبت دون علم الوزير والرئيس يومي 17 و 18 من أكتوبر وحدات فرعية من كتيبتين قواذف صاروخية موجهة "مالوتكا"، كانت تخصان تشكيلاتنا في الغرب، وسحبت منها قبل بدء العمليات لكي ندعم بها فرق المشاة المكلفة بالعبور.

5- طالبت يوم 20 من أكتوبر بسحب 4 ألوية مدرعة من الشرق إلى الغرب[10].

مسئوليه السادات عن حصار الجيش الثالث:

إن شرف القوات المسلحـــة المصرية وتاريخها الرائع الذي كـــتبته بدمائها في أكتوبر 73 يتطلبان منا أن نحـــدد من هو المسئول الحقيقي عن حدوث الثغرة ولماذا لم تدمر في حينها ، ومن هو

المسئول الحقيقي عن حصار الجيش الثالث. إن حصار الجيش الثالث جريمة لا تغتفر وإني لأتهم السادات بأنه هو المسئول الأول عنها. يقول السادات في مذكراتــه صفحة 353 إنه أمر قائد الجيش الثالث بالا يسمح للعدو بتحقيق أي تقدم نحو الجنوب وأن قائد الجيش الثالث أهمل تنفيذ ذلك. هذا كلام غريب لا يعتمد على المنطق أو العلم العسكري. كيف يستطيع قائد الجيش أن يمنع العدو من التقدم جنوبا في الوقت ألذي لا يستطيع فيه أن يسحب جنديا أو أية بندقية من الشرق ولا يملك في الغرب سوى لواء مشاة مقابل فرقتين مدرعتين للعدو. لا أعتقد أن عاقلا يمكنه أن يلوم قائد الجيش الثالث على ذلك.

ومن الغريب حقا أن السادات يعترف في مذكراته (صفحتا 350 و 351) بأنه قرر في هذه الليلة أن يطلب وقف إطلاق النار ولكنه يعطي لذلك أسبابا ومسوغات غريبة. فلو أنه أخذ برأيي أيام (13 و 15 و 16) أكتوبر لما ظهر موقف يوم 20 أكتوبر، ولو اخذ برأيي يوم 20 أكتوبر لما كانت له حــاجة إلى طلب وقف إطلاق النار لأصبح في إمكاننا أن نقــاتل ونمنع العدو من حصار الجيش الثالث وندمر قوات العدو غرب القناة بدلا من أن يطلب وقف إطلاق النار وهو في موقف ضعف. لقد رفض الســادات وقف إطلاق النار عندما كنا في موقف قوة وطلب وقف إطلاق النار عندما أصبحنا في موقف ضعف. إن هذا يدل على انه لايستطيع أن يرى أو يتصور المستقبل. انه يعيش حاضره ومــاضيه فقط، وليس هذا من صفات الرجل السياسي المحنك لقد كان اقتراحي الخاص بسحب 4 ألوية مدرعة من الشرق ليلة 20/21 من أكتوبر هي الفرصة الأخيرة لأنقاذ الشرف العسكري المصري. لقد فقــدنا المبادرة نهائيا بعد ذلك وحتى نهاية الحرب.

حصار الجيش الثالث ومدينة السويس:

في خلال ليلة 20/21 من أكتوبر والليلة التالية دفع العدو بفرقة مدرعة ثالثة إلى الغرب بقيــادة الجنرال ماجن MAGEN و من ثم كــانت فرقــة شارون تضغط شمالا في اتجــاه الإســـاعيلية وفي مواجهتها اللواء المظلي 150، وإلى الغرب والجنوب كــانت فرقتا برن وماجن تضــغطان على الفرقة الرابعة المدرعة بقيــادة قابيل. كان قابيل يقاتل تحت ظروف سيئة جدا، حيث كانت المواجهة واسعة جدا والأرض مناسبة للمدرعات مما يسمح لمدرعات العدو بالتسرب وتفادى المواقع التي تريد أن تتفاداها، كما كانت القوات الجوية الإسرائيلية تقدم معاونة فعالة للوحدات المدرعة وكــانت تسيطر على سماء المعركــة غرب القناة. وعندما دفعنا بقواتنا الجــوية لاعتراض طائرات العدو في منطقة المعارك غرب القناة يوم 20 من أكتوبر، قامت القوات الجوية الإسرائيلية بإسقاط تسع عشرة طائرة لنا في معركــة جوية واحدة. وبالإضافة إلى هذا التفوق الجوي الساحق فقد كان العدو يتفوق أيضا في المدرعات غرب القناة بنسبة تزيد على 2:1.

وعلى الرغم من تلك الظروف السيئة كلها إلا أن العدو لم يكتسب الكثير من الأرض خلال قتاله في الأيام 20 و 21 و 22. ففي الشمال لم تستطع فرقة شارون الوصول إلى ترعة الإسماعيلية، وفى الجنوب توقفت فرقة برن عند جنيفة، وإلى الغرب والشمال منها فرقة ماجن، وإلى الغرب وصلت دبابات العدو إلى حوالي 15 كيلومترا غرب القناة لم يكن العدو يسيطر على هذه المنطقة و كان ما يزال بداخلها بعض وحدات المشاة وكتائب سام التي تفادتها القوات المدرعة وبالتالي فلم تكن هناك خطوط دفاعية. إن وحداتنا التي تركها العدو خلفه تتحكم في خطوط مواصلات دباباته، وفى الوقت نفسه فإن دبابات العدو أصبحت تتحكم في خطوط مواصلات وحداتنا التي تركتها الدبابات المعادية في الخلف. كان هذا هو الموقف عندما اصبح وقف إطلاق النار نافذ المفعول الساعة 1853 يوم 22 أكتوبر 1973 [11]. وقبل وقف إطلاق النار ببضع دقائق أطلقنا 3 قذائف من صواريخنا (SCUD) R-17E على العدو في منطقة الدفرسوار، وقد تم إطلاق هذه القذائف بناء على أوامر من السادات وأعلن لوسائل الإعلام بأنها "القاهر" الذي تم تصنيعه في مصر. كان السادات يريد أن يوهم إسرائيل بان لديه الأسلحة التي يستطيع بها أن يضرب العمق الإسرائيلي. وقد كرر هذا القول في مذكراته في صفحة 390. إذ قال إنه عندما قابل كيسنجر يوم 13 من ديسمبر 1973 قال له: "كان في إمكاني أن اضرب في عمق إسرائيل وهي تعلم ذلك وتعلم أنت أن لدى السلاح الذي يقوم بذلك.[12]

ولكي يفاوض الإسرائيليون من موقف قوة ولكي يملوا شروطهم على السادات استأنفوا القتال صباح يوم 23 من أكتوبر بهدف إتمام حصار الجيش الثالث وبحجة أن الجيش الثالث انتهك قرار وقف إطلاق النار. لقد اعتمدت عملياتهم يوم 23 من أكتوبر على عنصر المفاجأة والعامل النفسي الذي يدفع الفرد إلى التراخي بعد فترة مرهقة من القتال المستمر لعدة أيام متتالية، وفوق هذا وذاك على تفوقهم العسكري الواضح في الدبابات وفي الطيران في المنطقة التي اختاروها لقتالهم. لقد ثبتوا الفرقة الرابعة المدرعة بأحد ألويتهم المدرعة واندفعوا جنوبا بثلاثة ألوية مدرعة ضد لا شيء. ضد وحدات إدارية ومعسكرات نقاهة، إلخ. قاموا بتطويق مدينة السويس واستمروا في اندفاعهم جنوبا على خليج السويس حتى وصلوا إلى ميناء الأدبية التي تقع جنوب مدينة السويس بـ 15 كيلومترا فوصلوها منتصف الليل. كانت الدبابات تضيء كشافاتها وكأنها في طابور استعراض ليلي. كان الجنود المصريون في بعض المواقع المنعزلة يتفرجون على هذا القول من الدبابات وهو يسير على طريق الإسفلت على شكل قطار فردي (دبابة وراء أخرى) و أنوارها مضاءة و لا يتصور أي منهم أن تلك دبابات معادية، فلا هي تطلق النار على أحد ولا أحد يطلق عليها النيران. إن الإسرائيليين يصفون هذه العملية في كتبهم التي نشرت بعد الحرب بـ "الاندفاع المدرع الجرى" نحو الجنوب.. أية شجاعة وأية جرأة هذه؟ أين كانت هذه الجرأة قبل ذلك إن فرقة شارون المدرعة ومعها لواء مظلي ظلت تقاتل لواء مظليا مصريا لمدة أسبوع كامل ولم تستطع أن تكسب اكثر من عشرة

282

كيلومترات، وفرقة برن هي الأخرى تقاتل منذ إسبوع وانضمت إليها فرقة ماجن منذ يومين ولم تستطع الفرقتان المدرعتان أن تتقدما اكثر من 20 كيلومتراً إلى الجنوب من الدفرسوار. وبعد أن يعلن وقف إطلاق النار فإن الجرأة والإقدام يحـلان بالإسرائيليين فجأة فيتقدمون حوالي 35 كيلومترا في يوم واحد هو يوم 23 أكتوبر.!

إن من يريد أن يقوم بأي عمل فإنه يستطيع دائما أن يجـد المسوغ لذلك. لقد ادعت إسرائيل عام 1967 أننا بدأنا القتال ولم يكن ذلك صحيحا. وادعت مصـر عام 1973ان إسرائيل هي التي بدأت القتال ولم يكن ذلك صحيحا أيضا، وقد اعترف كل منا بالحقيقة بعد ذلك. ولذلك فإني لا ألوم إسرائيل على ادعائها يوم 23 من أكتوبر بأنها استأنفت القتال مدعية كذبا بان الجيش الثالث كسر وقف إطلاق النار، ولكني ألوم الجنرال دايان على استمراره في هذا الادعاء البـاطل وذلك في مذكراته التي نشرت عام 1975. إن الأمـانة التاريخـية كانت تفرض عليه أن يقول الحقيقة ولكنه لم يقلها. ومع ذلك فإن في مـذكرات دايان ما يفضح بطلان إدعائهم حيث يقول دايان "أنه طالب الجنرال باريليف قائد الجبهة الجنوبية صباح يوم 22 من أكتوبر بضرورة احتلال جبل عتاقة قبل وقف إطلاق النار". [13]

ويقول أيضا "وبوصول قواتنا إلى ميناء الأدبية واشتراك قواتنا البحرية في إغلاق الممر المائي إلى السويس، تم حصار الجـيش الثالث ومدينة السويس من هذا الاتجاه" لقـد كان الهدف إذن هو حصار الجيش الثالث قبل وقف إطلاق النار حتى يمكن التفاوض والمساومة من موقف قوة فلما لم تتمكن القوات الإسرائيلية من تنفيذ ذلك قبل وقف إطلاق النار يوم 22 من أكتوبر كان لابد من تنفيذ المهمة حتى بعد وقف إطلاق النار. و قد فوجئت الحامية البحرية في الأدبية بدخول الدبابات عليها فنشبت معركة قصيرة غير متكافئة بين رجال البحرية وبين دبابات العدو، وتمكنت الزوارق السريعة من الهرب، وبعد أن اتضحت صورة الموقف قرر قائد قطاع بير عديب القيام بهجوم مضاد فجر يوم 24 من أكتوبر لاسترداد القاعدة وفى الصباح قامت قوة تقدر بسرية مشاة تدعمها 7 دبابات ت 34 بمهاجمة القاعدة، وعلى الرغم من صغر حجم هذه القوة المهاجمة إلا أن العدو – الذي يحتل الميناء- طلب معاونة جـوية. هاجم طيران العدو القوة المهاجمة أصاب دباباتنا السبع إصابات مبـاشرة أصيبت سرية المشاة بخسائر جسيمة. و عندما زرت هذا المكان بعد أيام قليلة وقفت خاشعا أمام تلك الدبابات المحترقة التي تشهد بشجـاعة وإقدام الجندي المصري التي ظهرت بأعلى صورها خلال حرب أكتوبر 73.

وبحلول يوم 24 من أكتوبر اصبح الموقف سيئا للغاية، فقد أتم العدو حصـار قوات الجيش الثالث الموجود شرق القناة وعزلها عن مركز قيادة الجيش الثالث غرب القناة، وقد هاجمت دبابات العدو مركز قيادة عبد المنعم واصل ودمرته ونجا هو بأعجوبة. لقد أصبحت فرقتـا مشاة مدعمتان قوامهما حوالي 45000 ضابط وجندي ومعهم حوالي 250 دبابة ومن خلفهم مدينة السويس،

أصبح هؤلاء كلهم محاصرين حصارا تاما. وقد أصبحت هذه القوة كـلها خارج إمكانات شبكة الدفـاع الجوى SAM وبالتالي أصبحت مهددة بالقصف الجوى المعادى دون أية فرصة لردع الطائرات المهاجمة. لم تكن لدينا في الغرب القوات الكافية التي تسمح لنا بفك الحصار. كان العدو يعلم هذه الحقائق كلها فقامت القوات الجوية المعادية يوم 24 من أكتوبر بهجوم مركز على الجيش الثالث وقامت خـلال هذه الغارات بتدمير وسائل العبور جميعها من كباري ومعـديات كانت ماتزال في منطقة الجيش، وبذلك قضت نهائيا على أية فرصة لانسحاب هذه القوات.

لقد كان القضاء على الثغرة يوم 17 من أكتوبر سهلا ميسورا لو لم يثر السادات في وجهي وكـأني ارتكبت حماقة، وفى يوم 20 من أكتوبر كان الموقف ما يزال تحت سيطرتنا ويمكن القضاء على الثغرة لو أن السادات اخذ برأيي ولم يرفض سحب جزء من قواتنا في الشرق. إن في ذلك لعبرة ودرسا لمصر وأبنائها. أنه درس قاس دفعت مصر والعرب ثمنا غاليا له، ولكنه درس على أي حـال. إن السادات هو أحد مئات من حكام مصر الذين حكموا هذه البلاد عبر 7000 عام سيذهب ويجئ من بعده مئات آخرون، وستبقى مصر شامخة عزيزة الجانب وسيشهد التاريخ أن حرب أكتوبر 73 قد أبلى فيها الجندي المصري احسن بلاء وأن الضباط والجنود جميعا قد بذلوا جهدهم وأدوه أروع أداء، إلا أن حاكم مصر في ذلك الوقت المتعطش إلى السلطة وحب الظهور قد أجهض انتصارهم.

الإنذار السوفيتي:

بينما كانت إسرائيل تدفع بفرقتين مدرعتين صباح يوم 23 أكتوبر لإتمام حصار الجيش الثالث، كان كيسنجر وزير خارجية أمريكا يغمض عينيه وكـأن طائرات الاستطلاع والأقمار الصناعية الأمريكية قد فقدت بصرها. كان كيسنجر يهدف من وراء ذلك مساعدة أبناء شعبه في إسرائيل كي يصلوا إلى موقف يستطيعون منه أن يفاوضوا من موقف قوة وهكذا لم يجد السادات من يلجأ إليه في ذلك الوقت سوى الاتحاد السوفيتي. ومن ثم لجأ السادات إلى الاتحاد السوفيتي مرة أخرى بعد أن لجا إليه يوم 21 من أكتوبر، وبعد أن كان يرفض وساطته منذ بدء القتال وحتى يوم 18 أكتوبر. لجا يطلب منه العون فاستجاب له الاتحاد السوفيتي وفي صباح يوم 24 من أكتوبر انتقد الاتحاد السوفيتي إسرائيل وهاجم أمريكا بصفة علنية في الأمم المتحدة واتهمها بأنها تؤيد قرار وقف إطلاق النار في الأمم المتحدة فإنها تشجع إسرائيل في اعتداءاتها وتمدها بأسلحة بلغ ثمنها 2200 مليون دولار.[14] وفي اليوم نفسه رفع الاتحاد السوفيتي درجة الاستعداد لـ 6 فرق جنود مظلات قوامها 45000 رجل وسلمت رسالة إلى نيكسون من بريجنيف وصفها بعضهم بالإنذار ووصفها آخرون بالعنف الشديد. وعلى الرغم من أن الرسالة لم تنشر بكاملها إلا أنه عرف بعض محتوياتها وفيها يقول "**سوف أقولها بصراحة. إذا لم يكن من الممكن أن تعملوا معنا في هذا**

الموضوع، فقد نجـــد أنفسنا أمام موقف يضطرنا إلى اتخـــاذ الخطوات التي نراها ضرورية وعاجلة.. لا يمكن أن يسمح لإسرائيل بان تستمر في عدوانها هكذا".

وبعد وصول هذه الرسالة الشديدة اللهجة قام نيكسون برفع درجة الاستعداد في القوات المسلحة الأمريكية في جميـــع أنحاء العالم، وبدا الموقف وكان الدولتين العظميين على وشك المجابهة وأصيب العالم بالذعر وكانت الحرب العالمية الثالثة على وشك الحـــدوث، وبضغط خفيف من أمريكا- وبعد أن أتمت إسرائيل حصار الجيش الثـــالث- قبلت إسرائيل إيقاف إطلاق النار مساء يوم 24 من أكتوبر، ولكنها عارضت الالتزام بقرار مجلس الأمن رقم 339 لأنه ينص على أن تنسحب القوات المتحـــاربة فورا إلى خطوط يوم 22أكتوبر، وكـــانت معارضة إسرائيل لهذه النقطة بالذات هي بحـــجة أنها لاتعرف بالضبط ولايمكن لأحد أن يحدد بالضبط أين كـــانت خطوط يوم 22 من أكتوبر مرة أخـــرى فأنا لا ألوم إسرائيل على ادعائها بأنها لاتعرف أين كانت خطوط يوم 22 أكتوبر ولا ألوم أمريكا أيضـــا عن سكوتها على هنا الادعاء إن ذلك كله هو جزء من قواعد اللعبة السياسية- اللعبة التي لاتعتمد إلا على القوة.

وعلى الرغم من إعلان إسرائيل قبولها وقف إطلاق النار الثـــاني الذي اصبح ســـاري المفعول اعتبارا من مساء24 من أكتوبر، إلا أنها استمرت في عملياتها ضد قوات الجيش الثالث ومدينة السويس طوال الأيام 25 و 26 و 27 أكتوبر. كان الإسرائيليون يأملون بذلك أن يستسلم الجيش الثالث المحاصر وأن يدخلوا مدينة السويس قبل أن تصل قوات الأمم المتحـــدة، ولو قدر لهم أن يحققوا ما كـــانوا يهدفون إليه لادعوا أنهم استولوا علي الجيش الثالث يوم 22 من أكتوبر. وهذا يفسر مرة أخرى لماذا ادعت إسرائيل في الأمم المتحدة يوم 24 أكتوبر بأن خطوط وقف إطلاق النار يوم 22 أكتوبر لم تكن معروفة.

وهكذا قام الإسرائيليون بهجمـــات جوية مكثفة ضد وحدات الجيش الثالث المحـــاصرة والتي كانت قد أصبحت خارج مظلة دفاعنا الجوي، واستخدم الإسرائيليون لأول مرة أنواعا جديدة من صواريخ جو- أرض لم تكن لديهم عند بداية الحرب. لقد توالت البـــلاغات بأن بعض الدبابات ألمخندقة أصيبت إصابات مباشرة بواسطة الصواريخ جو- ارض. وهنا ثبت لنا أن العدو قد بدا يستخدم الصـــواريخ الأمريكية الحـــديثة مافريك MAVERICK التي وصلت إليه ضمن الجسر الجوي الأمريكي، ولكن تلك الهجمات الجوية لم تؤثر في معنويات الوحدات المحاصرة فقد سبق لها أن تعودت عليها خلال فترة حرب الاستنزاف 68- 70، وصمدت وحدات الجيش الثالث ولم تستطع إسرائيل أن تحقق هدفها.

العدو يحاول احتلال مدينة السويس:

وفي يوم 24 من أكتوبر هاجم الإسرائيليون مدينة السويس مستخدمين في ذلك ثلاثة ألوية مدرعة ولواء مظليـــا، ولكن مدينة السـويس التي لم تكن بها أية وحدات عسكرية– قاومت الهجوم وصدته. لم تكن بالمدينة أية وحدات عسكرية ولكن بعض الجنود الشاردين نتيجـة القتال الذي دار في يوم 23 من أكتوبر توافدوا إلى المدينة وليس معهم سوى أسلحتهم الشخصيـة من بندقية أو رشاش خفيـف أو ر.ب. ج. وبمبادرة من العميد يوسف عفيفي قائد الفرقة 19 مشاة التي كانت شرق القناة، وبالتعاون مع محافظ مدينة السويس و المقاومة الشعبية برئاسة الشيخ حافظ سلامه قاموا بتجهيز المدينة للمقاومة خـــلال يوم 23 من أكتوبر. لقد تم تجميع الجنود الشاردين وتنظيمهم في مجموعات صغيرة وتم توزيع السلاح على الأهلي المدنين وقام العميد يوسف عفيفي بسحب بعض جماعات اقتناص الدبابات من الشرق ونقلها إلى المدينة في الغرب، وقبل فجر يوم24 من أكتوبر كانت المدينة قد جهزت نفسها للقاء العدو .

في حـوالي السابعة من صبـاح يوم 24 من أكتوبر وبعد قصف مكثف من المدفعيـة والطيران بدا العدو هجومه على مدينة السويس. لواء مدرع يتقدم من الشمال على محور الاسماعيلية السـويس، لواء مدرع مدعم بكتيبة مظلات يتقدم على محور القاهرة السويس،لواء مدرع يتقدم من اتجاه الزيتية (إتجاه جنوب وجنوب شرق)، فشل هجوم اللواء المدرع الذي على المحور الشمالي ولم يستطع دخول المدينة. بينما نجحت دبابات العدو التي تهاجم على المحورين الغربي والجنوبي في الدخول إلى شوارع المدينة ودار قتـــال عنيف مع العدو كان السلاح الرئيسي فيه هو ر.ب. ج RBG والأسلحة الصغيرة وخسر العدو الكثير من الدبابات واضطر إلى الانسحاب من المدينة قبل حلول الظلام تاركـا خلفه دباباته المحطمة ومجموعة كبيرة من المظليين المحاصرين داخل المدينة، وقد حاول العدو سـحب هذه القوة المحاصرة خلال الليل تحت ستار عنيف من قصف المدفعية فافلت بعضـــه وسقط الكثير قتلى. لقد خسر العدو في محاولته احتلال السويس 100 قتيل وحوالي 500 جريح، وعلى الرغم من انه استخدم فرقة مدرعة من ثلاثة ألوية مدرعة ولواء مظلي إلا أن سكان السويس وحفنة من الجنود الشاردين صدوا هجومه. إن ملحمة السويس هي شهادة أخرى للمواطن المصري ومدى قدرته على التحمل والتحدي وقت الشدائد.

ولكي يغطي العدو خيبة الأمل التي أصيب بها بعد فشل هجومه على السويس أطلق على المدينة الباسلة قواته الجوية ومدفعيته واستمر يقصفها طوال الأيام 25 و 26 و 27 أكتوبر.ولم يتوقف القصف إلا صباح يوم 28 من أكتوبر بعد وصول قوات الأمم المتحدة إليها. لقد بلغت خسائر الجيش الثالث ومدينة السويس نتيجة قصف الطيران والمدفعية خلال الفترة من24– 27 أكتوبر حوالي 80 شهيد و425 جريحا.

(1) من الثابت في سجلات الحرب واجتماعات المجلس الأعلى للقوات المسلحة أنني تحركت إلى الجيش الثاني بعد ظهر يوم 18 أكتوبر وأنني عدت في مساء يوم 20 أكتوبر ومن الثابت أيضا من سجلاتنا ومن اعترافات العدو في الكتب التي نشرت بعد الحرب جميعها إن العدو لم يعبر بأية قوات إضافية خلال تلك الفترة . وان الجنرال دايان وزير الدفاع الإسرائيلي يعترف في مذكراته (صفحة 439) بأنه كاد يقتل الساعة 1130 يوم 19 أكتوبر وهو يحاول إن يعبر إلى غرب القناة. وأنه أضطر إلى العودة إلى تل أبيب وعدل عن زيارة الوحدات الإسرائيلية غرب القناة لاستحالة العبور نتيجة قصف المدفعية. ونتيجة لهذه الحقائق الدامغة يدعي السادات في مذكراته (صفحة 348) بأنني ذهبت إلى الجيش الثاني يوم 16 وعدت منه يوم 19 !!!

(2) يقول هرتزوج في كتابه The war of atonement صفحة 239 " لقد كان الكوبري تحت نيران مستمرة وفي ليلة واحدة قتل 41 شخصا من قوة جاكي (المكلفة بتشغيل الكوبري) وجرح عدة المئات .

(3) ماذا يمكن أن يفعل لواء مظلات وكتيبتان من الصاعقة أكثر من ذلك؟ لقد صدت فرقة شارون التي كانت تتكون من لواءين مدرعين ولواء مظلي , أعتباراً من ليلة 18 / 19 أكتوبر حتي نهاية الحرب , وشهد بذلك شاهد من أهلهم وهو الجنرال هرتزوج الأسرائيلي.

(4) لقد ثبت خلال حرب أكتوبر عدم صلاحية المشاة الميكانيكية من حيث التنظيم في قتال المدرعات فإذا كان في الدفاع وفي حفر مستورة فإن مدرعات العدو تستطيع الالتفاف حولها وتطويقها , وإذا كانت في دفاع علي عجل وكانت عرباتها ظاهرة فوق سطح الأرض فأن دبابات العدو تستطيع تدميرها بمدافع 105 مم بينما لا تستطيع المشاة الميكانيكية إن ترد عليها لعد توفر الأسلحة المضادة للدبابات ذات المدى البعيد. وإذا قامت بالهجوم فأن العدو يستطيع أن يدمر مركباتها !!

قد تكون فرقة المشاة الميكانيكية ذات فائدة في بعض الجيوش ولكن بالنسبة لمصر حيث يعتمد العدو في الدفاع والهجوم علي الدبابات فإن هذه الفرق تعتبر قليلة الأهمية.

(5) يتم احتساب كل من اللواء المظلي ولواء المشاة الميكانيكي على انه لواء مشاه. و يلاحظ إننا لم ندخل في حسابنا اللواء المدرع 25 الذي دمر يوم 17 أكتوبر و اللواء المدرع 23 الذي دمر يوم 18 أكتوبر. كذلك سجلنا عدد الالويه دون احتساب الخسائر التي تحملتها علي الرغم من أن ذلك يعطي ميزة للعدو حيث أنه كان يقوم باستمرار بتعويض خسائره في الدبابات من الاحتياطي المتوفر لديه في حين أن ألويتنا المدرعة لم تكن تتلقى أي تعويض عن خسائرها في الدبابات.

(6) يتضح من الجدول إن العدو كان له 5 ألوية مدرعة كاملة في مقابل 3 ألوية مدرعة تحملت الكثير من الخسائر . ولكن أحد ألويتنا المدرعة كان شمال ترعة الإسماعيلية, وبالتالي فان النسبة في منطقة الدفرسوار غرب القناة وجنوب ترعة الإسماعيلية كانت 2:5

(7) في حالة سحب 4 ألوية مدرعة من الغرب فانه يبقى لدينا في الشرق 18 لواء مشاة ومعها 22 كتيبة دبابات و5 كتائب BMP و 5 كتائب مقذوفات موجهة مالوتكا و 5 كتائب مدفعية مضادة للدبابات وحوالي 400 مدفع مضاد للدبابات ب 10 / ب 11 و 2100 قاذف صاروخي RPG و 60 كتيبة ميدان عيار 100مم / 122مم و 15 كتيبة هاون ثقيل من عيار 120 ملليمتر / 160 ملليمتر .

(8) كانت البلاغات الرسمية حتى هذه اللحظة تتكلم عن وجود دبابات معادية في الضفة الغربية للقتال

(9) المهندس عبد الفتاح عبد الله كان يشغل منصب وزير رئاسة الجمهورية , وكان يعمل خلال فترة الحرب مديراً لمكتب الرئيس للشؤون العسكرية.

(10) أذكر القارئ أنه بعد سحب هذه القوات فأن مواقعنا في الشرق تبقى سليمة وقوية ويدافع عنها 18 لواء مشاة و22 كتيبة و5 كتائب BMP و 5 كتائب مقذوفات موجهة مالوتكا و 5 كتائب مدفعية مضادة للدبابات وحوالي 400 مدفع مضاد للدبابات ب 10 / ب 11 و 2100 قاذف صاروخي RPG و 60 كتيبة مدفعية ميدان عيار 100مم / 122مم و 15 كتيبة هاون ثقيل من عيار 120 ملليمتر / 160 ملليمتر .

(11) وقف قوات العدو غرب القناة أنظر الخريطة رقم 6

(12) سبق أن تكلمنا عن هذا الموضوع في الفصل التاسع من الباب الثاني إن هذا الكلام لا يمكن إن يخدع كيسنجر أو وكالة المخابرات المركزية الأمريكية CIA وطائرات والاستطلاع الأمريكية SR - 71 أو أقمار التجسس الأمريكية أو إسرائيل.أن المقصود بهذا الكلام هو خداع الشعب المصري فقط وبعض الأخوان العرب الذين يصدقون ما يقوله لهم السادات.

(13) أنظر الصفحة رقم 441 من كتاب "The Story of my life"

(14) بدأ الكوبري الجوي الأمريكي بإمداد إسرائيل بالأسلحة يوم 14 أكتوبر وأستمر حتى 14 نوفمبر 1973.

الفصل الخامس والثلاثون

صدام آخر بين أحمد إسماعيل و الشاذلي:

في الساعة 1100 يوم 25 من أكتوبر اجتمع المجلس الأعلى للقوات المسلحة برئاسة السيد الوزير لأول مرة منذ اندلاع القتال وكان الموضوع الرئيسي للمناقشة هو كيف يمكن إعادة فتح الطريق إلى الجيش الثالث. وقد تكلم المجتمعون كلهم بإخلاص تام، ولكننا لم نستطع الوصول إلى أي حل وانفض الاجتماع على أساس إجراء الدراسات اللازمة حول هذا الموضوع (انظر الخريطة رقم 7).

في الساعة 1100 يوم 26 من أكتوبر حضر العميد قابيل قائد الفرقة الرابعة المدرعة إلى المركز 10 ليعرض نتيجة دراسته، وكان تقرير العميد قابيل- يؤيده في ذلك اللواء عبد المنعم واصل قائد الجيش الثالث- هو أن الفرقة الرابعة المدرعة لا تستطيع أن تقوم بتنفيذ هذه المهمة. كان كلام قابيل وعبد المنعم واصل كلاما منطقيا يعتمد على قواعد وأصول العلم العسكري ولم اكن أنا شخصيا أتوقع غير ذلك منذ يوم 23 أكتوبر. ولكن الوزير اخذ يحاور قابيل محاورات غريبة. وهنا قال قابيل "إنني وضباط وجنود الفرقة جميعنا مستعدين للقيام بهذه العملية الانتحارية، ولكني لا اعتقد أننا سننجح في فتح الطريق إلى القوات المحاصرة بعد ذلك كله. وإذا دمرت هذه الفرقة فسيكون الطريق مفتوحا أمام العدو إلى القاهرة.

قال الوزير "إذن نعدل المهمة من فتح طريق السويس إلى حماية قولات إدارية تتحرك من القاهرة إلى الجيش الثالث عبر المسالك والطريق الثانوية كدت أصعق وأنا استمع إلى الوزير وهو يدلي بهذا القول. لأن مثل هذا الكلام لا يمكن أن يصدر من شخص بكامل قواه العقلية نظرا لأنه كلام غير منطقي إطلاقا فكيف يصدر من وزير الحربية والقائد العام للقوات المسلحة؟

1- إن الحد الأدنى لمطالب الجندي من التعيينات والمياه وقت الحصار هو 3,5 كيلوجرام في اليوم، وهذا يعني أن القوات المحاصرة -عدا المدنيين الموجودين في مدينة السويس- تحتاج إلى 150 طنا يوميًّا لكيلا يموت الجنود جوعا وعطشًا.

2- إن استخدام المسالك والأرض المفتوحة يتطلب عربات ذات جنازير يمكنها عبور الأراضي المفتوحة ومجاري السيول، ولو حملت كل من هذه العربات 1,5 طن فإننا نحتاج إلى حوالي 100 عربة مجنزرة على الأقل لتنقل احتياجات يوم واحد بفرض أنها جميعا ستصل سليمة ولن ينجح العدو في تدمير أي منها.

3- أن العدو يتمتع بالسيطرة الجوية في تلك المنطقة ويستطيع أن يكشف أية تحركات كبيرة بالحملة عبر هذه المسالك ويقوم بتدميرها.

4- إن مخارج هذه الأراضي المفتوحة جميعا يجب أن تمر في النهاية خلال المنطقة ما بين جبل عتاقة وجبل جنيفة او ما بين جبل جنيفة والبحيرات المرة، وهي مناطق يسيطر عليها العدو.

5- من غير المعقول أن نقوم بهذه المغامرة من اجل إرسال احتياجات يوم واحد، فلو فرضنا إمداد القوات المحاصرة باحتياجات سبعة ايام فإننا نحتاج إلى 700 مركبة مجنزرة للقيام بهذه المهمة الإدارية، وهذا رقم كبير غير متيسر. ولو تيسر لنا هذا العدد من المجنزرات واستخدمناها بهذا الأسلوب الساذج لكان سبة في جبيننا.

6- إذا كانت الفرقة الرابعة المدرعة لا تستطيع أن تفتح الطريق وحدها فكيف نحملها مسئولية عبء ثقيل وهو حماية 700 مركبة تحمل مطالب إدارية؟

هل نترك الباب مفتوحا إلى القاهرة بينما تكون الفرقة الرابعة المدرعة مشـغولة بهذه العملية؟

عارضت الوزير ولكنه أصر وطلب إلى أن اصدر أمرّا كتابيا إلى قائد الفرقة بتنفيذ هذه المهمة فرفضت وقلت له "لن أوقع بإمضائي على هذه المهمة، يمكنك أن توقع على هذا الأمر وحدك ان شئت". وهنا لجـا الوزير إلى مناقشات غير منطقية الهدف منها تسجيل مواقف فقال "أنا لا افهم ماذا تريد بالضبط ؟ هل تريد لهؤلاء الرجال المحاصرين أن يستسلموا؟" فأجبت "بالطبع لا أريد ذلك، ولكن في الوقت نفسه لا أريد أن نفقد الفرقة الرابعة المدرعة دون أن يتغير الموقف في شيء" ، فقال "يجب الا تقول هذا الكلام في حضور قائد الفرقة المكلف بهذه المهمة".[1] قلت "إنني ابدي رأيي بصراحة تحتمها عليّ مسئوليتي، وعموما هناك تقرير مكتوب من قائد الجيش الثالث يتفق مع وجهة نظري". قال الوزير "إذا لم توقع على الأمر للفرقة الرابعة لتنفيذ هذه المهمة فسوف أقوم بإخطار الرئيس بذلك"، أجبت بهدوء "يمكنك أن تفعل ذلك بكل تأكيد". قام الوزير بتوقيع الأمر بعد ذلك وسلمه إلى العميد قابيل.[2] ولكن المهمة ألغيت بعد ذلك ولم تنفذ قط ربما لأن الوزير لم يستطع أن يتحمل وحده مسؤولية هذه العملية الطائشة.

السادات في قبضة كيسنجر:

في الساعة 2300 من يوم 26 من أكتوبر وصلت إلى القاهرة الدفعة الأولى من قوة الطوارئ الدولية وكان عددها 50 فردا. واعتبارا من الساعات الأولى من يوم 27 من أكتوبر وضعت الأطراف جميعها أوراقها على المنضدة ذهب الوزير لمقابلة الرئيس في الساعة الرابعة صباحا وعاد حوالي السادسة، وأدلى بالتعليمات التالية:

1- لقد تلقى الرئيس رسالة من الرئيس نيكسون يخطره بأنه سوف يكون هناك حل مشرف لمشكلة الجيش الثالث.

2- يجب أن نوقف النشاطات العسكرية جميعها اعتبارا من الساعة 1300 اليوم.

3- يدفع اليوم رتل من الحملة يحمل المطالب الإدارية للجيش الثالث. يتحرك ألرتل في الساعة 1300.

4- تبدأ المفاوضــات اليوم الساعة 1500 عند علامة الكيلو 101 طريق مصر - السويس ويرأس الوفد المصري اللواء عبد الغني الجمسي رئيس هيئة العمليات.

ومنذ هذه اللحظة- من الناحية الواقعية منذ 23 من أكتوبر - أصبح الجيش الثالث رهينة في يد إسرائيل وفي يد كيسنجر. لقد اصبح مصير الجيش الثالث مرتبطا بمدى المطالب التي تطلبها إسرائيل وأمريكا ومدى خضوع الســـادات لهذه المطالب. وقد استغلت كل من إسرائيل وأمريكا هذه الرهينة احسن استغلال كما سوف نرى.

مفاوضات الكيلو 101:

كان المصريون يستعجلون الأمور، وكان الإسرائيليون يعلمون ذلك فيتعمدون تأخير كل شيء وتعطيل كل شيء لقد أصبحت المعركة الآن معركة سياسية واصبــح من بيده إمداد الجيش الثالث بكسرة خبز واحدة هو كيسنجر. كان كيسنجر يعلم تلك الحــقيقة وكان يعلم أيضا ان السادات هو الآخر يعلمها، ولكنه كان يريد أن يذكر السادات بهذه الحقيقة باستمرار حتى يستطيع أن يسيطر عليه سيطرة تامة.

كانت الخطة التى وضعها كيسنجر مع إسرائيل تتلخص فيما يلي:

1- كلما طالت مدة حصار الجيش الثالث كــان ذلك افضل، حيث إن ذلك سيعطي إسرائيل وأمريكا فرصة أفضل لتحقيق مطالبهما.

2- يتم إمداد الجيش الثــالث فى أضيق الحدود بحيث يكون دائما "من اليد إلى الفم" وليس لديه أي احتياطي من التعيينات او الاحتيــاجات. ومن هنا يصبح كل يوم يمر عنصر ضغط سياسي على السادات وكأنه يقول له " توافق على هذا الطلب ام نمنع مرور قول التموين إلى الجيش الثالث؟"

3- إن مصر يجب ان تدفع - بســخاء- لكل من إسرائيل وأمريكا ثمنا لإنقاذ الجيش الثالث. كان الثمن الذى تريده أمريكا هو طرد النفوذ السوفيتي من المنطقة، وإلغاء الحظر الذى فرضتــه الدول العربية على إمداد أمريكا والدول الغربية بالوقود- أما إسرائيل فكانت مطالبها كثيرة ومتعددة كما سوف نرى، وكان أهم ما فيها هو اتفاقية يناير 74 الخاصة بفض الاشتبــاك الأول والتي تعهدت فيها مصر بسحب قوات الجيشين الثاني والثالث من المنطقة شرق القناة وذلك فيما عدا 7000 جندي و30 دبابة فقط.

291

بدأت مرحلة ابتزاز النظام المصري واستغلال وجـود الجيش الثالث كرهينة اعتبارا من صباح يوم 27 من أكتوبر. ففي هذا اليوم وبناء على اتفاق السـادات وواشنطن تحرك قول إداري من القاهرة لإمداد الجيش الثالث. كـان القول الإداري مكونا من 109 عربات تحمل 1000 طن من الاحتياجـات من مواد الإعاشة وكان معه 20 عربة إسـعاف لإخلاء الجرحى. ولكن الإسرائيليون رفضوا السماح له بالمرور. كذلك ذهب ألجمسي إلى الكيلو 101 طريق السويس ولكنه عاد لأنه لم يجد أحدا يريد اسـتقبـالـه. واهتزت أسلاك الهاتف بين القاهرة وواشنطن وتل أبيب، ثم قيل للجمسي اذهب مرة أخـرى وميعاد المقـابلة هو منتصف الليل، وذهب الجـمسى إلى الكيلو 101 مرة أخرى ولكنه عاد أيضا دون ان يقابله أحد، واهتـز الهاتف مرة اخرى بين القاهرة وواشنطن. وبعد سلسلة من التأجيـلات وافق الجـانب الإسرائيلي على استقبال الجمسي عند علامة الكيلو 101 الساعة 1200 يوم 29 من أكتوبر 73.

أما بخصوص إمداد الجيش الثالث فقد أثاروا الكثير من العقبات وفرضوا الكثير من القيود التى قبلها الجانب المصري بأكملها لأنه لم تكن لديه أية فرصة للمساومة.[3]

- قالوا إنهم لن يسمحوا إلا بمرور الإمدادات الطبية فقط وبعد مناقشات مطولة وافقوا فى الساعة 1700 يوم 29 من أكتوبر على إمداد القوات المحاصرة بثلاثين طناً فقد من الاحتياجات (20 طن مياه و 8 أطنان تعيينات و2.5 من المواد الطبية)[4]
- كانوا يجرون تفتيشاً دقيقاً ومهيناً للعربات التى تحمل تلك الاحتياجات الإدارية.
- رفضوا السماح للسائقين المصريين أن يتقدموا بتلك العربات بعد علامة الكيلو 101 وأصروا على أن يقودها سائقون إسرائيليون أو سائقون تابعون للأمم المتحدة خلال الرحلة ما بين الكيلو 101 والقوات المحاصرة وقبل المفاوض المصري، وعلى الرغم من هذه التنازلات المهينة كلها إلا أن نسبة كبيرة من إمداداتنا إلى القوات المحاصرة كان ينهبها الإسرائيليون خلال الطريق.

كانت مفاوضات الكيلو 101 غريبة فى طبيعتها. لقد كانت عبارة عن تلقي تعليمات الجانب الإسرائيلي يومياً كثمن لإمداد الجيش الثالث باحتياجاته. فى أول يوم للاجتماع طلب الجانب الإسرائيلي الإفراج عن جاسوس إسرائيلي كان فى قبضتنا أسمه أفيدان Avidan وكان قد حكـم عليه بالسجن بحكم محكمة وكـان حينئذ يقضي العقوبة في أحد سجوننا. وافق الرئيس وفي اليوم التالي كان أفيدان يرافق الجمسي في عربته إلى الكيلو 101 ليسلمه بنفسه إلـى الجانب الإسرائيلي.. كان أفيدان هو المقدمة ثم تبع ذلك المطالبة بتسليـم الجواسيس الإسرائيليين كلهم الذين يقضون أحكاما في السجون المصرية بما فيهم الجاسوس المصري باروخ مزراحي وهو يهودي مصري اختفى قبل ذلك من مصر ثم ضبط فى إحدى الدول العربية تحت اسم آخر وكان يتجسس لحساب إسرائيل. طالبوا بعد ذلك بتبادل

292

أسرى الحرب كانت وجهة نظر مصر أن يؤجل تبادل أسرى الحرب إلى ما بعد التوقيع على اتفاقية فض الاشتباك. رفضت إسرائيل. فعدلت مصر طلبها بأن يكون تبادل الأسرى بعد انسحاب الإسرائيليين إلى خط 22 من أكتوبر فرفضت إسرائيل وأعلنت جولدا مائير فى الكنيست فى 14 من نوفمبر 73 "لن يمر كيلو جرام واحد من الاحتياجات إلى الجيش الثالث إلا بعد أن يصل إلينا رجالنا الأسرى الذين فى يد المصريين "، وأذعن السادات وبدأ تسليم الأسرى اعتبارا من يوم 15 من نوفمبر واستمر حتى 22 من نوفمبر. وعندما اشتد البرد حاولنا إرسال البطانيات والملابس الصوفية إلى رجالنا ولكن الجانب الإسرائيلي رفض السماح بمرور هذه الأصناف.

كيسنجر يستغل حصار الجيش الثالث:

وعندما اشتكت القاهرة الى واشنطن من التعنت الإسرائيلي، وصلت رسالة من الدكتور كيسنجر الى وزير الخارجية المصري فى 4 من ديسمبر 73 تتضمن النقاط التالية:

1- يجب ان تستأنف مفاوضات الكيلو 101 على اساس تبادل المصالح [5].
2- ان مقترحات ياريف YARIV (نظير الجمسي ورئيس الوفد الإسرائيلي فى مفاوضات الكيلو 101) يوم 22 من نوفمبر يمكن ان تكون اساسا لمؤتمر سلام [6].
3- ان عدم رفع قيود البترول قبل انعقاد مؤتمر السلام قد يجعل أمريكا غير قادرة على اتخاذ موقف مؤثر.

ها هو ذا كيسنجر قد بدأ يساوم هو الآخر لصالح أمريكا. إن إمداد الجيش الثالث بالتعيينات والمياه يجب أن يقابله إمداد أمريكا والغرب بالوقود. إن طبيعة سلاح البترول هو أن قوة تأثيره لا تظهر الا بعد بضعة أشهر. وفي الوقت الذي بدأت فيه أمريكا والدول المؤيدة لإسرائيل تشعر بالأثر الاقتصادي نتيجة للحظر الذي فرضته الدول العربية- أقول في هذا الوقت وضع كيسنجر سلاح البترول في كفة الميزان وإنقاذ الجيش الثالث في الكفة الأخرى. كان على السادات أذن أن يلتمس من الإخوان العرب أن يقوموا بوقف استخدام هذا السلاح وهذا ما حدث فعلا. كان السادات هو أكثر الزعماء العرب تحمسا لإلغاء الحظر البترولي ضد أمريكا والدول المؤيدة لإسرائيل. مرة أخرى أقول أني لا ألوم كيسنجر على هذه السياسة فمن واجبه أن يخدم مصالح أمريكا، ولكني ألوم السادات لأنه هو الذى تسبب في حصار الجيش الثالث ولم يتصور ما يمكن أن يجره ذلك من مصائب,

وللاستفادة من حصار الجيش الثالث أرغمتنا إسرائيل على إعلان فك الحصار البحري عنها. كنا قد ألغينا هذا الحصار البحري عمليا يوم اول نوفمبر عندما سمحنا لناقلة بترول تحمل 123000 طن بأن تدخل البحر الأحمر وتتجه شمالا إلى إسرائيل تحت نظرنا وفي مرمى صواريخنا. كان إغراق هذه الباخرة يعني التضحية بالجيش الثالث. كانت إسرائيل تعرف هذه الحقائق وتعرف أن

غواصاتنا ولنشات صواريخنا التي تعمل في جنوب البحر الأحمر كان في استطاعتها أن تغرق هذه الباخرة ولكننا سمحنا لها بالمرور ثمنا لإمداد الجيش الثالث. ولكن هذا لم يكن ليكفي غرور إسرائيل التي كانت تستغل حصار الجيش للقيام بعملية ابتزاز فظيعة، وأرادت أن يكون إلغاء الحصار البحري بطريقة علنية يعلم بها العالم أجمع، وهكذا أعلنت ان الباخرة الإسرائيلية بيرسبع ستتحدى الحصار البحري وستدخل مضيق باب المندب يوم 2 أو 3 من ديسمبر وتتجه شمالا إلى إسرائيل، ودخلت السفينة ومرت أمام قطعنا البحرية وهي تتهادى، بينما ينظر إليها رجالنا في غيظ وحنق مكظومين.

السادات يكذب على الشعب:

وبينما كانت هذه الإجراءات المهينة تجري على المستوى السياسي والعسكري. كان الشعب المصري كالزوج المخدوع أخر من يعلم. لم يكن يدري بما يحدث، كان يسمع ما يقال له وما يكتب له بواسطة وسائل الإعلام التي تسيطر عليها الدولة، وكم من مرة ومرات خدع حكام مصر هذا الشعب و أخفوا عنه الحقائق ؟ ولكن إخفاء حصار جيش يتكون من 45000 رجل ومدينة كاملة لم يكن بالأمر الهين، إذ ان مئات الألوف من أقارب وأصدقاء هؤلاء الرجال بدأوا يتشككون في الموقف ونجح بعضهم في التقاط بعض الإذاعات الأجنبية، وهنا ظهرت الصحف يوم 30 من نوفمبر بعناوين ضخمة " أن قواتنا تسيطر سيطرة تامة على الضفة الغربية تماما ما بين الدفرسوار والسويس- ان معابر الجيش الثالث جميعها سليمة وان الإمداد يتم بانتظام،. وفي حديث للرئيس السادات أمام مجلس الشعب في فبراير 74 نفى أن الجيش الثالث قد حوصر" أني لا أتصور ان يكذب رئيس دولة -يدعي بان نظامه نظام ديمقراطي- بهذه الصورة ثم لا يجد من يسأله أو يراجعه لقد طرد الشعب الأمريكي الرئيس الأمريكي نيكسون لأنه كذب على الشعب الأمريكي كذبة صغيرة لو قيست بأكاذيب السادات لبدت وكأنها لا تدخل ضمن تعريف الكذب وفي خلال اجتماع مجلس الشعب في فبراير 74 قام الرئيس السادات بإخراج تمثيلية ليقنع بها الأعضاء أن هذه التمثيلية مازالت عالقة بالأذهان وقد قام بعضهم بتسجيلها على الفيديو كجزء من تاريخ السادات استدعى الرئيس السادات اللواء بدوي الذي كان قائدا للقوة المحصورة ويشغل الآن منصب (ر. ا. ح. ق م.م) واخذ يوجه له أسئلة ويتلقى أجوبة تثبت ان الجيش الثالث لم يكن محاصرا [7] هل هذا معقول؟ وهل يصل الاستهتار بعقول الشعب أن يتمادى الحاكم في الكذب إلى هذا الحد؟

اتفاقية فض الاشتباك:

في يوم 18 من يناير 1974 تم التوقيع على الاتفاقية الأولى لفض الاشتباك بين مصر وإسرائيل، وكانت بنودها الرئيسية تشمل ما يلي:

1- تقوم إسرائيل بسحب قواتها إلى خط يقع شرق قناة السويس بحوالي 30 كيلومترا.

2- تقوم مصر بسحب قواتها جميعها من شرق القناة وذلك فيما عدا قوة صغيرة لا يزيد عددها
على 7000 رجل وبحيث لا يكون معهم سوى 30 دبابة وألا يتجاوز وجودها شرق القناة
اكثر من 10 كيلومترات

3- تبقى قوات الأمم المتحدة في المنطقة العازلة بين القوات الإسرائيلية والقوات المصرية
وعرضها حوالي 20 كيلومترا.

4- لا تعتبر هذه الاتفاقية معاهدة سلام ولكنها تعتبر مجرد خطوة على الطريق للوصول إلى
معاهدة سلام طبقا لقرار مجلس الأمن رقم 338 وداخل إطار مؤتمر جنيف للسلام [8].

إسرائيل تنهب الأرض المحتلة:

لقد احتلت إسرائيل مساحة في الضفة الغربية لقناة السويس بلغت حوالي 1500 كيلومتر
مربع، وبقيت تحتل هذه البقعة لمدة تزيد على ثلاثة اشهر إلى أن انسحبت منها خلال شهر فبراير 74
بناء على اتفاقية فصل القوات. وفي خلال تلك المدة انتهكت إسرائيل جميع قواعد القانون والعرف
الدوليين ومبادئ الأخلاق. حيث ردموا ترعة المياه. الحلوة التي تنقل المياه من الإسماعيلية إلى مدينة
السويس والجيش الثالث. وفكوا مصنع تكرير الوقود ومصنع السماد اللذين كانا يقعان خارج مدينة
السويس ونقلوهما إلى إسرائيل، أما الأجزاء الثقيلة التي لا يمكن نقلها فقد نسفوها عن أخرها قبل ان
يغادروا المكان. لقد فكوا ألمواقع والمعدات من ميناء الأدبية وأخذوها معهم ثم نسفوا ما لا يستطيعون
نقله. وفكوا خطوط أنابيب المياه وأنابيب البترول التي كانت تمر في المنطقة. ونهبوا واستولوا على
المواشي والمحاصيل التي كانت في حوزة الفلاحين الذين كانوا يسكنون تلك المنطقة. لم تكن عملية
النهب والسلب عملية محلية يرتكبها الجنود والقادة المحليون كما هي العادة دائما بالنسبة لجيوش
الاحتلال، وإنما كانت عملية منظمة تتم بناء على تعليمات من الحكومـــة الإسرائيلية وتأييدها، وهذا هو
الجرم الأكبر. لقد انسحب الإسـرائيليون من تـلك المنطقة بعد ان تركوها خرابا تشهد لهم بأنهم قد
فاقوا القبائل المنغولية التي اجتاحت أسيا وأوربا خلال القرن الثالث عشر الميلادي.

أني أتهـــــــم:

ما أغلى الثمن الذى دفعته مصر نتيجة حصار الجيش الثالث يوم 23 من أكتوبر لقد
أجهض حصار الجيش الثالث انتصارات اكتوبر المجيدة و أجهض سلاح البترول. و أجهض الحصار
البحري الفعال الذى فرضته مصر على إسرائيل. وافقد القيادة السياسية المصرية القدرة على الحركة
والمناورة وجعلها ألعوبة في يد إسرائيل وأمريكا. وفي سبيل إنقاذ الجيش الثالث كانت مصر ترى
إسرائيل وهي تنهب وتسلب ثرواتها وتقف مكتوفة الأيدي لا تستطيع الرد ولا حتى مجرد الأحتجاج.
**وهنا يبرز السؤال مرة أخرى: من هو المسؤول عن حصار الجيش الثالث؟ إذا رغبت مصر في أن
تغسل شرفها العسكري من الشوائب التي أصابته نتيجة حصار الجيش الثالث فإنها يجب أن تبحث**

عن المسئول عن هذه الكارثة. وأني أتهم السادات بهذه الجريمة ولدي الوثائق التي تؤيد هذا الاتهام (انظر خطاب الفريق الشاذلي الى النائب العام فى 21 من يوليو 79 والذى يطلب فيه تقديم السادات للمحاكمة)

هوامش الفصل الخامس والثلاثون

(1) حضر هذا اللقاء علاوة على الوزير وأنا والعميد قابيل كل من اللواء عبد الغني الجمسي، وأللواء سعيد الماحي، واللواء نصار.

(2) يدعي الرئيس السادات في مذكراته في الصفحة 349 بأنه قال للعميد قابيل " ثبت الإسرائيليين ولا تجعلهم يتمكنون من التوسع و إياك أن تشتبك معهم الى ان تصلك الإمدادات "أن الرئيس لم يذكر تاريخ هذا الأمر وأن كان يفهم من المذكرات أن ذلك كان في الساعات الأولى من يوم 20 من اكتوبر. كلام مشوش وغير مفهوم. وإننا نسأل السادات سؤالا صريحا: في أي تاريخ اصبح قابيل قادرا على العمل ضد العدو فى الغرب؟

(3) منذ حصار الجيش الثالث يوم 23 من أكتوبر 73 اصبح السادات كالخاتم في يد كيسنجر. ومن هنا تبرز أهمية تحديد من هو المسئول عن حصار الجيش الثالث المصري.

(4) الحد الأدنى للمطالب الإدارية هو 150 1 طنا يوميا.

(5) إن هذا بالمعنى العام المصري "خد وهات" ولكن للاسف فأن إسرائيل كانت تطلب ثمنا غاليا نظير إمداد الجيش الثالث. وأني لا ألوم إسرائيل على ذلك ولكني ألوم السادات لأنه هو الذي تسبب في حصار الجيش الثالث.

(6) المقصود بمؤتمر السلام هو مؤتمر جنيف الذي كان مقررا عقده قبل نهاية ديسمبر 73.

(7) شغل بدوي بعد ذلك منصب وزير الدفاع والقائد العام للقوات المسلحة، ثم قتل بعد ذلك في حادث سقوط طائرة هيلوكوبتر يوم 2 من مارس 81 . وقد قتل معه في هذا الحادث 12 من كبار القادة العسكريين في مصر.

(8) مؤتمر جنيف للسلام هو المؤتمر الذي تتولى رئاسته كل من أمريكا والاتحاد السوفيتي وتحضره الدول الأطراف في مشكلة الشرق الأوسط جميعها.

الفصل السادس والثلاثون

البيانات العسكرية المصرية وحقيقتها:

لقد اتفقت مع أحمد إسماعيل قبل الحرب على أن تكون بلاغاتنا العسكرية دقيقة وصادقة وأن نذكر الحقائق كلها مجردة من أية مبالغات أو أكاذيب كما كان الحال في حربنا السابقة مع إسرائيل. وقد التزمت القيادة هذا الخط إلى أن جاء يوم 14 من اكتوبر 73 الذى خسرنا فيه حوالي 250 د بابه مقابل خسائر محدودة من العدو. ونظرا لما كان يحس به السادات وأحمد إسماعيل من شعور بالذنب- لأنهما هما اللذان أصرا على هذا الهجوم على الرغم من معارضتي أنا وقادة الجيوش كما سبق أن ذكرت- فقد صـدر البيان العسكري، ولأول مرة منذ بداية الحرب. وفيه تزوير للحقائق.

ثم جاء بعد ذلك اختراق العدو في منطقة الدفرسوار ليلة 16/15 من أكتوبر فكان عاملا جديدا في استمرار بياناتنا العسكرية في أكاذيبها. في خلال الأيام الأولى من الاختراق نفت البيانات العسكرية نفيا قاطعا وجود أي اختراق للعدو غرب القناة وبعد أن تطورت قوة العدو في الغرب إلى الحد الذي أصبح معه مستحيلا إخفاء وجود هذه الاختراقات عمدت البيانات إلى التقليل من أهمية هذا الاختراق[1].

وأني أذكر كيف كان أحمد إسماعيل يتصل هاتفيا من غرفة العمليات بالدكتور حاتم نائب رئيس الوزراء ووزير الإعلام لكي يشرح له الموقف، ومن بين تلك المحـادثات مكالمة هاتفية يوم 18 من اكتوبر، قبل أن أتحرك إلى الجيش الثـالـث ظهر هذا اليوم. كانت قوة العدو في ذلك الوقت تقدر بأربعة ألوية مدرعة ومع ذلك كان أحمد إسماعيل يقول للدكتور حاتم "إن للعدو 7 دبابات فى الغرب وإنهم يتبعون أسلوب حرب العصابات. إذ يظهرون فجأة حيث يضربون ثم يهربون ويخـتفون في الأشجـار ولذلك فإننا نجد صعوبة فى اكتشافهم وتدميرهم ". ومع أني لم أكن اسمع ما يقوله الدكتور حـاتم من الجانب الآخر من الخط إلا أني كنت أستنتج انه لا يسـتطيع أن يتقبل هذا التفسير السـاذج، مما كـان يضطر أحمد إسماعيل إلى ان يعيد ويكرر ما سبق أن قاله مرات ومرات.

وعندما كنت أناقش هذا الموضوع مع الوزير وأطالبه بضرورة إعلان الحقائق فإننا كنا نصطدم معا كعقليتين وعقيدتين مختلفتين تماما. فقد كان يقول إن إذاعة هذه المعلومات السيئة سوف تكون لها اثر سيئ على الروح المعنوية للقوات المسلحة وعلى الشعب. وكنت أقول إن المعلومات السيئة تستحدث الهمم وتولد عند كل مواطن روح التحدي للعدو وتدفعه لأن يقدم لوطنه أقصى ما يستطيع أن يقدمه. كما أن إعلانها للقوات المسلحة سيدفع التشكيـلات والوحدات غير المشتركة في القتال لكي تكون اكثر تعاونا واستعدادا لتقديم المساعدة والدعم للقوات المشتركة في القتال. نظريتان مختلفتان تماما. والنتيجة هى أن الوزير استمر في إصدار البيانات العسكرية الكاذبة- ويعلم السادات بكذبها- طوال مدة الحرب.

مقابلة مع مندوب مجلة نيوزويك الأمريكية:

في الساعة 1700 يوم 5 من ديسمبر 73 أجريت مقابلة صحفية مع المستر أرنولد بورشجريف محرر مجلة نيوزويك الأمريكية، وقد تكلمت معه بمنتهى الحرية والصراحة وأجبت عن أسئلته كلها وذلك فيما عدا المعلومات التى قد يستفيد العدو من إذاعتها. وقد منعت الرقابة المصرية المستر بورشجريف من إرسال هذا الحديث الصحفي إلى مجلته، وقامت بترجمة الحديث إلى اللغة العربية وأرسلته إلى المخابرات الحربية للموافقة على النشر، فقامت المخابرات الحربية بعرض الأمر على السيد الوزير. سألني الوزير عما إذا كنت قد قلت هذا الكلام فأجبت بالإيجاب. قال كان يجب عليك ان تعرضها على المخابرات الحربية قبل إرسالها إلى الصحافة. قلت له وكيف أطلب من المخابرات الحـربية وهى إدارة مرؤوسة لى أن تراجع ما أقول. أنا أعرف ما هو سر وما هو ليس سراً أكثر من مدير المخابرات لأن لدي قدرة تصور أوسع واتصالات عالمية اكثر. لماذا نخفى شيئا يعرفه العالم أجمع إلا شعب مصر؟.. إنني لم أقل شيئا يستطيع العدو أن يستفيد منه. وعلى سبيل المثال فقد امتنعت عن الإجابة عندما طلب منى أن أقارن بين قوتنا وقوة العدو قبل 6 من اكتوبر والآن. لأن الإجابة عن هذا السؤال قد تضطرني إلى إذاعة بعض المعلومات التى ليست معروفة على المستوى الدولي حتى الآن. مثال ذلك خسائرنا في الحرب والإمدادات التى وصلتنا حتى الآن. أما ففي حديث لك مع الأسـتـاذ حسنين هيكل رئيس تحرير جريدة الأهرام، أذعت بيانـا عن خسائرنا في الحرب. ولو استطاع العدو ان يعرف الإمدادات التى وصلت إلينا بعد 6 من أكتوبر وحتى الآن فإنه يستطيع ان يعرف قوتنا على وجه التحديد. لقد كانت مناقشة حادة حقا. طلب منى الوزير أن استدعي بورشجريف وأن اسحب منه ما قلت فرفضت.

جريدة الأهرام تذيع خبرا كاذبا:

في صباح يوم 11 من ديسمبر 73 فوجئت بعنوان ضخم في جريدة الأهرام "قواتنا في الشرق والغرب تتقدم عشرة كيلومترات"، وكانت الجريدة تنسب الخبر إلى قيادة قوة الطوارئ الدولية في القاهرة لقد كان الخبر صورة أخرى من صور التزوير لواقع الأمر. حاولت معرفة مصدر هذا الخبر. اتصلت بقيادة قوة الطوارئ الدولية فنفت نفيا باتا عن ذلك إنها اصدرت بيانا عن ذلك اتصلت بإدارة المخابرات الحربية فنفت هي الأخرى أي علم بمصدر أو مؤلف هذا الخبر. كان الوزير يجلس بجواري في غرفة العمليات وأنا أجري هذه الاتصالات دون أن يعلق بشيء.. مما جعلني اشك أنه هو مصدر هذا الخبر. قلت بصوت عال وبغضب دون أن اوجه كلامي لأحد هذا جنون. ليس هذا هو الأسلوب الصحيح للأعلام. يجب أن نعرف من هو الشخص الذي وراء هذا الخبر ويجب أن يعاقب. وهنا تدخل الوزير قائلا "لماذا تغضب هل أنت وزير الإعلام ؟ قد يعتقدون أن إصدار هذا الخبر في

مصلحة الوطن ". سألت ومن هم الذين يعتقدون ؟"[2] قال "لا أعرف، ولكني أود أن أقول لك لا تتدخل في عمل المخابرات أو في عمل الإعلام ". فأجبته بأنني سوف أتدخل.

وفي اليوم نفسه صممت على أن التقي بالدكتور حاتم. وفي الساعة 1300 كنت في مكتبه في وزارة الإعلام. حكيت له رأيي في الإعلام عموما ثم تطرقنا إلى الخبر الذي نشر في جريدة "الأهرام " صباح ذلك اليوم وقلت له "لقد اتصلت بجميع الجهات التي يمكن أن تكون مصدرا لهذا الخبر وجميعها نفت علمها بهذا الموضوع. هناك شخصان أشتبه فيهما: الشخص الأول هو الأستاذ حسنين هيكل رئيس تحرير "الأهرام"، والشخص الثاني هو وزير الحربية. وحيث أنه ليست لدي أية سلطة لكي استجوب أياً منهما فإني أرجو أن تحقق سيادتكم عن مصدر هذا الخبر". ذكر لي الدكتور حاتم أن الخط الإعلامي للدولة كان مرتبطا بالبلاغات العسكرية التي تصدرها القيادة، وأنه على الرغم من عدم قناعته الشخصية بها إلا انه كان ملتزما بها. أما بخصوص الخبر الذي نشر في جريدة "الأهرام " صباح ذلك اليوم فقد أكد لي عدم علمه بمصدره ووعد بالبحث لمعرفة الحقيقة. وفي صباح يوم 12 من ديسمبر ظهرت جريدة "الأهرام"، وفيها تصحيح للخبر وإعتذار عن الخطأ وأعطت بعض التبريرات لهذا الخطأ. لقد بلغ التحدي بيني وبين السلطة السياسية مداه. إن بقائي سوف يفسد الألاعيب التي يقومون بها. لقد تحملوا مني الكثير وكان لابد ان يتخلصوا مني، وفي مساء يوم 12 من ديسمبر 73 أقالني السادات من منصبي كرئيس لأركان حرب القوات المسلحة المصرية.

كيف علمت بخبر الإقالة؟

لم اذهب إلى منزلي منذ اول اكتوبر حتى 13 من ديسمبر إلا مرة واحدة لمدة ساعتين لإحضار بعض الملابس الإضافية وللاستحمام بالماء الساخن. وحوالي منتصف نوفمبر كانت الأمور قد استقرت واصبح الموقف لا يتطلب أن أكون بصفة دائمة في المركز 10 او بين القوات كما كان الحال في فترة العمليات، وفي منتصف نوفمبر استأنفت القيام بتدريباتي الرياضية اليومية واكتشفت أنني فقدت من وزني 5 كيلوجرامات خلال تلك الفترة الماضية، وعلى الرغم من أنه كان في استطاعتي أن أعود إلى منزلي الذي لم يكن يبعد أكثر من بضعة كيلومترات عن مركز القيادة فإني لم أفعل ذلك. كنت أشعر بالأسى بالنسبة لرجال الجيش الثالث المحاصرين، كيف يمكنني أن أذهب إلى منزلي وهناك 45000 رجل من رجالنا محاصرون؟ حقا إن يدي نظيفتان من مسئولية حصارهم ولكن ليس هذا هو وقت تحديد المسئولية. إنهم أولا وأخيرا أبناء مصر، ويجب أن أشاركهم أحزانهم وقلقهم. صممت ألا أعود إلى منزلي إلا بعد أن يعود هؤلاء الرجال إلى ديارهم.

كان يوم 13 من ديسمبر هو عيد زواجي فأقنعت نفسي مساء يوم 12 من ديسمبر ان أقضي ليلة بالمنزل. وحيث إني أشك فيما يدور حولي كله فقد أخذت معي قبل أن أغادر المركز 10 أوراقي كلها ومذكراتي الخاصة. لم يدر بخلدي قط وأنا اترك المركز 10 في الساعة 1700 يوم

12 من ديسمبر 1973، أن تلك الساعة هي نهاية خدمتي بالقوات المسلحة المصرية. ومع ذلك فإن الحاسة السادسة قد دفعتني إلى أن آخذ معي أوراقي المهمة ومذكراتي جميعها. وقد صدق حدسي حيث إني بعد أن ذهبت إلى مكتبي بعد ذلك بأيام لأجمع باقي أوراقي وجدت أن إدارة المخابرات الحربية قد قامت بواجبها على الوجه الأكمل، فقد اختفت جميع هذه الأوراق بما فيها برقيات التهاني التي كانت قد وصلتني من الأهلين ومن رؤساء أركان الجيوش العربية. كنت في قمة السعادة لأنهم لم يستطيعوا الحصول على ما كانوا يبحثون عنه.

وفي حوالي الساعة 2000 من يوم 12 من ديسمبر 73 وبينما كنت في منزلي رن جرس الهاتف وكان الوزير على الطرف الآخر. أخبرني بأنه يحدثني من مكتبه بالوزارة ويود لو أستطيع أن أحضر لمقابلته. وبعد حوالي نصف ساعة كنت أدخل عليه مكتبه، وعند دخولي عليه وجدت عنده الجمسي وسعد مأمون، وبعد دخولي عليهم قطع الوزير الحديث وطلب من الجمسي وسعد مأمون ان ينسحبا ويتركانا على إنفراد. اخذ الوزير يدور ويلف إلى أن دخل في صلب الموضوع الذي استدعاني من أجله ودار بيني وبينه الحديث التالي:

الوزير:

ان رئيس الجمهورية يقدر ما قدمته من خدمات للقوات المسلحة، و تقديرا منه لهذا الدور فقد قرر إنهاء خدمتكم كرئيس حرب أركان القوات المسلحة وأصدر قرارا جمهوريا بتعيينكم سفيرا في وزارة الخارجية، وعليكم التوجه اعتبارا من الساعة الثامنة صباحا إلى وزارة الخارجية في ميدان التحرير.

الشاذلي:

أشكر الرئيس على هذا التقدير وأرجو أن تقوم بإبلاغه بأنني اعتذر عن قبول منصب السفير وافضل أن أبقى في منزلي.

الوزير:

هل تعني أنك ترفض إطاعة امر الرئيس الذي يقضي بذهابك إلى وزارة الخارجية؟

الشاذلي:

سيادة الوزير يمكنك أن تفسرها كما تشاء. إذا كان الرئيس يعتبر أن هذا التعيين خدمة لي فمن حقي أن اقبل الخدمة أو ارفضها. وإذا كان المقصود بهذا التعيين هو العقاب فأنا ارفضه وافضل أن يكون هناك تحقيق ومحاكمة حتى تظهر الحقائق.

الوزير:

إن ما تقوله شيء خطير .. هل أقوم بإبلاغ الرئيس بما قلته؟

الشاذلي:

طبعا .. الهاتف بجوارك ويمكنك أن تبلغه الآن وفوراً.

الوزير:

حاول الوزير بعد ذلك أن يقنعني بطريق اكثر تهذيبا بأن أقبل هذا المنصب السامي، حيث إن رفضي سوف يغضب الرئيس وانه يقدر عملي ومجهودي اللذين قدمتهما للقوات المسلحة الخ.. الخ!..

الشاذلي:

إني أصــر على الرفض وأفضل ان يكون عزلا وليس نقلا الى وزارة الخـارجيـة، وهذا إعتذار رسمي عن عدم قبول منصب السفير. ماذا سيفعل الرئيس بعد أن يعلم أني رفضت منصب السفير هل سيأمر بمحاكمتي؟ إني أفضل ذلك وأنا على أتم الاستعداد له. ثم قدمت له خطابا مكتوبا أشكر فيه رئيس الجمهورية على هذا التقدير، و اعتذر فيه عن قبول منصب السفير، و اقدم له استقالتي من منصبي كرئيس اركان حرب القوات المسلحة.

وبعد حوار دام حوالي نصف الساعة غادرت مكتب الوزير بعد أن أكدت له أنني لن أذهب غدا لا إلى وزارة الخارجية ولا إلى المركز 10، وأنني سأبقى في منزلي. بعد أن عدت الى منزلي أخبرت زوجتي بما دار بيني وبين الوزير من حوار وقلت لها "الحمد لله الذي جعلهم يتخذون هذه الخطوة. ان كل شيء كان يسيـر مؤخـرا في عكس الاتجاه الذي أريده. لم يكن يسعدني البقاء ولكن لم اكن أستطيع ان أتقدم بالاستقالة في مثل هذه الظروف الصعبة. استقبلت زوجتي الخـبر بشجاعة وأيدت موقفي في رفض منصب السفير وقالت "الحمد لله انك تترك القوات المسلحة بعد أن عبرت بهم القناة ولم يكن أحد يصدق أن هذا عمل ممكن. الحمد لله انك تترك القوات المسلحة ونحن في صحـة جيدة. لو حسبت الوقت الذي قضيته في منزلك منذ أن تزوجنا فانـه لن يزيد على ربع تلك السنين. لنسترح ونسـتمتع بما بقي لنا من عمر". ضحكت وتعجبت لقد كنت أسمع أن خبر التقاعد هو أصعب خبر تتلقاه الزوجات وهاهي ذي زوجتي تتلقى الخبر بفرح وإرتيـاح. إن الخبر بالنسبة لها هو استعادة ألزوج الذي كانت قد فقدته لأنه أعطى وقته واهتمامه كلهما للقوات المسلحة على حساب بيته وعائلته. ضحكنا وأخذنا نتجاذب الحديث وننتظر حضور المستر بورشجريف مراسل جـريدة النيوزويك الأمريكية الذي كنت قد وعدته باستقباله في منزلي تلك الليلة.

بورشجريف أول من يعلم بخبر الإقالة:

كان بورشجريف قد اتصل بي صباح ذلك اليوم وأخطرني بأنه سوف يغادر القاهرة في اليوم التالي، وأنه يرغب في لقائي قبل سفره ليعبر لي عن شكره على الحديث الذي أدليت به له، فوعدت بأن استقبله في منزلي في مساء اليوم نفسه. ولم تكد تمر 15 دقيقة على عودتي إلى المنزل

حتى وصل بورشجريف هو وزوجته. قلت له: مستر بورشجريف.. إنك صحفي محظوظ. سوف أقول لك خـبرا لم يعرفه أي صحفي في العالم حتى الآن. وحكيت له قصة مقابلتي مع الوزير ورفضي لمنصب السفير الذي عرض علي. لم يكن بورشجريف وزوجته يصدقان ما أقول وكانا يعتقدان أنني أمزح وعندما أكدت له ذلك اكثر من مرة قال: فإن الطريقة التي تتكلم بها أنت وزوجتك تدل على انك سعيد ولا يبدو عليك أو على حرمك أي حزن أو أسف" (3). فقلت له هذه فلسفتي. "لو اجتمع أهل الأرض على أن ينفعوك بشيء ما نفعوك الا بشيء كتبه الله لك، ولو اجتمع أهل الأرض على ان يضروك بشيء ما ضروك إلا بشيء كتبه الله لك، جفت الأقلام وطويت الصحف".. وقد جال بخاطر بورشجريف أن يكون حديثي معه هو السبب في إعفائي من منصبي فقال لي على استحياء: وأرجو ألا أكون سببا فيما أصابك؟ فقلت له "لا أعتقد ذلك. أنني على خـلاف معهم في أمور كـثيرة وأن موضوعك يعتـبر واحداً منها ولكنه يكاد يكون ابسطها"، ولكنني شعرت من كثرة تساؤلات بورشجريف حول هذا الموضوع أنه كان يشعر بأنه أحد الأسباب الرئيسية. وعموما فإذا كانت مقابلة بورشجريف يوم 5 من ديسمبر وتكذيب الخبر الذي نشر في جريدة الأهرام يوم 11 من ديسمبر هما من الأسبـاب المباشرة الظاهرة فإنهما لا يعدوان أن يكونا القشة التي قصمت ظهر البعير. لقد كانت الساعة قد بلغت الحادية عشرة مساء عندما غادر منزلي بورشجريف، وهو لا يكاد يصدق ما رآه بعينه وسمعه بأذنيه.

زيارة غير متوقعة من حسني مبارك:

بعد حوالي 15 دقيقة من مغادرة بورشجريف منزلي، رن جرس الهاتف. كان المتحدث هو اللواء حسني مبـارك، حيث قال لي إنه يريد ان يقابلني لأمر مهم. لم أكن أعرف إذا كان قد علم بخبر إقالتي أم لا فحاولت أن أؤجل المقابلة إلى الغد على اعتبار انه أذا لم يكن يعرف الآن فسوف يعرف غدا وينتهي الموضوع، ولكنه أصر على المقابلة. قلت له "لا داعي لهذه المقابلة حيث إني لم أعد رئيس أركان حرب القوات المسلحة". فأجاب لا أنا اعرف ذلك، ولذلك أريد ان أقابلك. إني احمل رسالة لك من السيد الرئيس، فأجبت "أهلا وسهلا.

وفي حوالي الساعة 2330 وصل حسني مبارك. كان ملخص رسالة الرئيس السادات ما يلي:

1- إن الرئيس يقدر تمـاما ما قمت به من أعمال في خـدمة القوات المسلحة وقت السلم وا لحرب.

2- إن الخلافات المستمرة بينك وبين الوزير قد تفاقمت وقد أصبح من الخطورة أن تستمر بهذا الشكل.

3- إن تعيينك سفيرا لا يعني تنزيلا من درجـتك فسوف تستمـر بدرجة وزير وتنال راتب وبدل تمثيل الوزير.

302

4- إن الرئيس ينوى إرسالك سفيرا إلى لندن، وهو أسمى منصب دبلوماسي يطمع فيه إنسان.

5- ولكي يؤكد الرئيس ان هذا التعيين لا يعنى اى تنزيل من مقامك فإنه يرقيك إلى رتبة فريق اول.

6- كان الرئيس يتعشم ان تقبل هذا المنصب.

كانت خــلاصة أقوالي لحسني مبارك ما يلي "لو أن الرئيس استدعاني وقــال لى هذا الكلام لقبلت، ولكن أن يكلف احمد إسماعيل – هو يعلم جهـيدا ما بيني وبينه– بإبلاغي الخبر وبالصورة التى قالها، فإن هذا يعنى أن الرئيس يصدق ما يقوله أحمد إسماعيل ويؤيد موقفه. لذلك فإني ارفض مرة أخرى قبول العرض"، ثم كررت على مسامعه ما سبق أن قلته لأحمد إسماعيل قبل ساعات قليلة "إذا كان الرئيس يعرض على هذا المنصب مكافــأة لى فأرجو إيلاغه شكري واعتذاري عن عدم قبول المنصب، وإذا كــان هذا المنصب عقابا لي فلنضع النقاط على الحروف ولنناقش هذا الموضوع بطريقة علنية. لن أقبل هذا المنصب ولن يستطيع أحد أن يرغمني على قبوله."

غادر حسنى مبارك منزلي بعد منتصف الليل دون أن يستطيع إقناعي بقبول المنصب. وفى صباح يوم 13 من ديسمبر ظهرت صحف الصبــاح وفيها نبأ تعيين الجمسي رئيسا للأركان دون أي ذكر لمصير الفريق سعد الدين الشاذلي. هل أقيل؟ هل استقال؟ هل عين سفيرا؟ هل مات؟ لا شيء على الإطلاق.

مقابلة الرئيس فى أسوان:

على الرغم من عدم ذهابي إلى وزارة الخــارجية او قيامي باستــلام أي عمل فإن الإجراءات الخاصة بتعييني فى الخارجية استمرت فى سيرها كالمعتاد، وبعد حوالي اسبوعين كتبت بعض الصحــف انني عينت سفيرا في لندن. وهنا اتصلت بــالرئاسة وطلبت مقابلة الرئيس لكي أوضح موقفي ولكي أؤكد له أنني أبلغت رفضي لهذا المنصب إلى كل من أحمد إسماعيل وحسني مبارك وأنني مازلت مقيما في منزلي. وبعد بضعة ايام من طلبي المقابلة اتصل بي مكتب الرئيس وأبلغني بأنه سوف يستقبلني في أسوان يوم 6 من يناير 74. وعلى الرغم من ان القرار الجمهوري الخاص بتعييني سفيرا بالدرجة الممتازة كان قد صدر قبل ذلك، إلا أنني لم أكن حتى ذلك الوقت اعترف بهذا القرار الجمهوري، وبالتالي سافرت إلى أسوان على حسابي الخاص ودون أن أخطر وزارة الخــارجيــة بذلك. عندما وصلت طائرتي إلى أسوان كــان ما يزال أمامي ساعتان قبل أن يحل موعد مقابلة الرئيس فذهبت إلى فندق الكتاراكت لكي أقضي بعض الوقت. وهناك قابلت حسنين هيكل رئيس تحرير الأهرام. أخذنا نتجاذب أطراف الحــديث في موضوعات شتى اغلبها يدور حول حرب أكتوبر إلى أن حان ميعاد ذهابي إلى الرئيس فتركته وذهبت للقاء الرئيس.

كان حديث الرئيس ظريفا طيبا، واخذ يسألني عن أحوال زوجتي والعائلة الخ. ثم فاتحني في الموضوع الرئيسي. بدأ الرئيس حديثه بنبرة عتاب ولكنه من نوع العتاب الضاحك الباسم فقال "لا لا لا.. أنا زعلان منك. إزاي تعمل كده ؟ أنت اتجننت ؟ أبعت لك حسني مبارك برسالة مني فترفض الرسالة. أنا لما قال لي حسني إنك رفضت، قلت أبعث أجيبك وأكلمك بنفسي لكن حسني قال لي بلاش دلوقت. ده مصمم وراكب دماغه. قلت طيب بعدين ". قلت له "سيادة الرئيس.. أنا لست منزعجا من أن أترك القوات المسلحة. إن كل ضابط يجب عليه أن يترك القوات المسلحة في يوم ما ليخلي الطريق لغيره، وهذه هي سنة الحياة ولكن ما ضايقني هو الأسلوب الذي أبلغتني به هذا القرار. سيادتك تعلم جيدا ما بيني وبين أحمد إسماعيل، ومع ذلك طلبت من احمد إسماعيل أن يقوم بإبلاغي بهذا القرار". قال الرئيس أنا أعرف ما بينك وبين احمد إسماعيل وعلشان كده لما أبلغني أحمد إسماعيل بأنك رفضت المنصب وقال لي الكلام الذي قلته له، اعتقدت ان احمد إسماعيل يبالغ فقررت أن ارسل لك حسني مبارك فرفضت أيضا. وعندما قلت أحضرك أمامي وأبلغك بنفسي، حسني قال لي بلاش دلوقت". وأضاف ضاحكا "لازم حسني بيخاف منك قل لي ماذا تعمل لكي تجعل مرؤوسيك يخافونك ويخشونك؟"

استرسل الرئيس في حديثه فأثنى علي وأفاض في ذلك كثيرا وقال أنني مازلت موضع ثقته وأن كل ما حدث هو أنه ينقلني من مجال عمل إلى مجال عمل آخر وإن ما أضطره إلى ذلك هو الخلاف الشديد الذي يسود العلاقات بيني وبين أحمد إسماعيل. وحكى لي كيف ولماذا أعفي الدكتور محمود فوزي من رئاسة الوزراء فقال "كان فوزي يشتكي لي كل يوم ويقول لي الوزير فلان والوزير فلان ما يسمعون كلامه. أنا مش فاضي علشان اعمل قاضي بين كبار الموظفين. واستطرد بعد ذلك "وفيما يتعلق بك أنت واحمد إسماعيل كان لازم واحد منكم يمشي. وأنا وجدت انه من الأفضل انك أنت اللي تمشي وعرضت عليك افضل المناصب عندنا. وانا اخترت لك لندن ليس لمركزها الأدبي فحسب بل لأني محتاج لأن يكون لنا رجل ذو خبرة عسكرية كبيرة في لندن. إننا على اتصال الآن مع ألمانيا الغربية وستقوم ألمانيا بإمدادنا بأسلحة متطورة ومتقدمة. وإن سفيرنا في ألمانيا رجل مدني اسمه محمد إبراهيم كامل [4]. كان معي في السجن وانا عينته في الخارجية وبعد ذلك هو الآن سفير في ألمانيا، إنما طبعا لا يفهم في الشئون العسكرية ولا يستطيع ان يتابع عمليات المباحثات والعقود العسكرية. وأنا أهدف إلى أنك من لندن تقوم برحلات مستمرة إلى ألمانيا للإشراف على هذا الموضوع. ان وظيفتك كسفير في لندن ستكون موضوعا ثانويا بالنسبة للوظيفة الأولى وهي تسليح الجيش المصري. وليس لدينا من هو افضل منك للقيام بهذه المهمة،[5] و أفاض في حديثه حتى اعتبرت ان ما قاله هو ترضية كافية وأن منصب سفير مصر في لندن هو امتداد لمسئوليتي في خدمة القوات المسلحة المصرية وتقويتها وقبلت المنصب. انتقلنا بعد ذلك إلى الحديث عن العلاقات المصرية البريطانية والمصريين الذين يعيشون في المملكة المتحدة

وموضوعات اخرى. وكانت الساعة قد بلغت الواحدة والنصف بعد الظهر عندما غادرت استراحة الرئيس في أسوان.

عدت مرة أخرى إلى فندق الكتراكت لكي أتناول الغداء وانتظر الطائرة التي سأعود بها إلى القاهرة وهناك التقطني الأستاذ هيكل حسنين مرة أخرى. وكما كان بورشجريف أول صحفي في العالم يعلم بإعفائي من منصبي ورفضي قبول منصب سفير. كان هيكل اول صحفي في العالم يعرف نتيجة مقابلتي مع الرئيس في أسوان، ولكنه لم اخبره بموضوع تسليح الجيش المصري عن طريق ألمانيا الغربية حيث أن هذا الموضوع- كما ذكر لي الرئيس- كان على مستوى عال من السرية.

السفر إلى لندن:

بعد أن أذيع خبر تعييني سفيراً لمصر في لندن بدأ الناس يتهامسون ويقولون إن تعييني في لندن لا يقصد به إبعادي من القاهرة فحسب بل إنه جزء من مؤامرة لقتلي. إن المخابرات الإسرائيلية والمتطرفين الصهاينة يستطيعون اغتيالي في لندن دون أن يتركوا من ورائهم أثرا يكشف دورهم. إنهم يعتبرونني العدو رقم 1 بالنسبة إليهم. وبدا بعض الناس ينصحونني بعدم الذهاب إلى لندن حفاظا على حياتي، ولكني لم استمع إلى هذه النصائح والتحذيرات وقلت لنفسي "لقد كانت حياتي سلسلة من المخاطر. وان خدمتي في لندن لن تكون سوى امتداد لهذه الحياة التي تحيط بها المخاطر دائما. إنني لا أخشى الموت الآن. وفي الحقيقة فإني أحيانا أتعجب كيف عشت طوال هذه السنين على الرغم من المخاطر كلها التي مررت بها. لو أنني مت اليوم فإني سوف أموت سعيدا. لقد أعطيت بلادي كل ما أستطيع ان أعطيه وقد رأيت ثمرة كفاحي. رأيت جنود مصر بعد أن هزمتهم إسرائيل في ثلاث حروب سابقة .رأيتهم وهم يعبرون قناة السويس ويحطمون خط بارليف ويهتفون الله اكبر. ماذا أريد بعد ذلك كله ؟ لا شيء. أيها الموت أهلا بك فإني لا أخشاك إن الأعمار بيد الله سبحانه وتعالى ولن يستطيع أحد أن يقدم أجلي أو يؤخره عن الوقت الذي حدده الله ولو بثانية واحدة."

وقبل سفري إلى لندن بعدة ايام طلبني اللواء حسنين نائب رئيس المخابرات العامة وأخبرني بأن لديهم معلومات تفيد بان مجموعة من المتعصبين الإسرائيليين سوف يسافرون إلى لندن لاغتيالي وأن المخابرات الإنجليزية لديها المعلومات نفسها ولذلك يطلب مني أن أكون حذرا وأن أتحاشى بقدر الإمكان الإعلان المسبق عن تحركاتي. ولذلك فأن ميعاد سفري إلى لندن يجب أن يبقى سراً وألا أبوح به لأحد[6].

وعملا بنصيحة المخابرات العامة، سافرت سراً من القاهرة إلى لندن يوم 13 من مايو 74 .وبعد وصولي ببضعة اشهر بدأت شكوكي تثور حول السادات وأهدافه فيما يتعلق بشخصي. فقد بدأ يصعد هجومه علي ويوجه إلى اتهامات باطلة، ومن هنا بدأت اعد العدة للمجابهة التي لابد أنها

ستقع بيننا يوما مـــا. وبينما كنت اقدر الموقف استعدادا لهذه المجابهة توصلت إلى نتيجة هي أن السـادات له مصلحة في التخلص في حياتي أكثر من مصلحة المتعصبين الإسرائيليين. إن حياتي تشكل خطراً كبيراً عليه. لذلك يجب أن احتاط ولقد تذكرت كيف مـــات الفريق أليثي ناصف بطريقة غامضة في لندن في أغسطس 73 وكيف قيدت حادثة وفاته على إنها انتحار بينما انتحاره يثور كثير من الجدل والتسـاؤلات حول وفاته. وبطريقة سرية لم يعلم بها أحد من رجال السفارة المصرية أو الليبية حصلت على جواز سفر ليبي لي وآخر لزوجتي ولكن بأسماء مستعارة.

هوامش الفصل السادس والثلاثين

(1) قد يكون من المناسب للباحثين والمؤرخين أن يراجعوا البيانات العسكرية المصـرية وما نشر فى الجرائد المصرية فى ذلك الوقت ومقارنته بالحقائق كما رويتها في هذه المذكرات.

(2) لقد عرفت من كان يقصده الوزير بكلمة "هم" بعد حوالي 4 سنوات ونصف السنة من هذه المجابهة. إنه كان يقصد السادات. وقد اعترف السادات بذلك فى مذكراته فى صفحة 355 عندما قال "فى ديسمبر 73 بدأت قواتنا حرب الاستنزاف. ولم يتوقف ضغطها على الثـغرة لحظة واحدة مما جعلنا نكسب أرضا جديدة كل يوم. تارة بالأمتار وتارة بالكيلومترات ولكننا كنا نكسب دائما"

(3) يقول هيرتزوج فى كتابه "حرب الغفران "، إنه عندما وصلني خبر الإقالة كان عندي صحفي أجنبي وإنني بكيت. وأنا من جانبي أؤكد ان هذه قصة مختلقة.أن بورشجريف مازال حيا يرزق يعمل فى مجلة نيوزويك" ويمكن الرجوع إليه.

(4) محمد إبراهيم كـامل عين وزيرا للخارجية فى ديسمبر 1977 بعد أن استقال إسمـاعيل فهمي احتجاجا على قرار الرئيس الذهاب إلى القدس، ثم استقال إبراهيم كامل بعد ذلك فى سبتمبر 78 احتجاجا على اتفاقية كامب ديفيد.

(5) لم أكن أتصور أن الرئيس يختلق موضوع تسليح الجيش بواسطة أسلحــة ومعدات ألمانية اختلاقا تاما. وبعد وصولي إلى لندن فى مايو 74 أجريت اتصالا مع سفير ألمانيا فى لندن ولم تكن لديه بالطبع أية فكرة عن هذا الموضوع، وبعد عدة اتصالات سرية بينه وبين حكومته فى بون، اتضح أن ما قاله الرئيس لى بخصوص هذا الموضوع كان من نسج خياله.

(6) أرجو ان يفهم الأقارب والأصدقاء الآن السبب الذى دفعني إلى السفر فجأة دون أن أخطرهم، بل أحيانا خدعتهم بان وعدتهم باستقبالهم فى منزلي فى وقت كنت أعلم إنني ساكون في لندن .

الفصل السابع والثلاثون

اجتماع المجلس الأعلى للقوات المسلحة يوم 21 من نوفمبر73:

لابد أن مسئولية ثغرة الدفرسوار وحصار الجيش الثالث كانت تقلق السادات وتدفعه للبحث عن شخص لكي يلقي عليه بهذه المسئولية. هذه هي طبيعة السادات وقد اعترف بها في مذكراته في أكثر من موضع. انه لكي يبرئ نفسه من أية تهمة لا يتردد في أن يتهم شخصا أخر بتهمة لم يرتكبها. لقد روى لنا في مذكراته –دون حياء في الصفحات من 88 إلى 94– كيف انه ادعى كذبا على القاويش وكيل النيابة، وعلى مأمور السجن، وعلى سعيد الجزار، بأنهم كانوا يعذبونه عندما كان في المعتقل، وذلك لكي يفسد القضية ويبرئ نفسه.. وقد بدا السادات يكشف عن نواياه لأول مرة في يوم 21 من نوفمبر 73 اثناء اجتماع المجلس الأعلى للقوات المسلحة. في هذا الاجتماع قال بطريقة عفوية وهو يستعرض أحداث الحرب "إنها ليلة واحدة هي السبب في المشكلات كلها التي حدثت, تلك هي ليلة 18/19 اكتوبر. لو إننا عملنا بحسم وقوة خلال تلك الليلة لقضينا على الثغرة إنها تلك الليلة التي كنت فيها يا سعد في الجيش الثاني"[1] لقد فهمت بسرعة ماذا يقصد الرئيس من وراء هذا وتعجبت لماذا يختار هذه الليلة بالذات وهل يعتقد الرئيس انه بمجرد ان يقول ان هذا كان ممكنا يوم 18 فإن الناس جميعا يجب ان يصدقوا ما يقول. الا يعرف ان هناك علما عسكريا يقرر ما هو ممكن وما هو غير ممكن في كل يوم وفي كل ساعة طبقا للظروف المحيطة ؟ تدخلت بسرعة قائلا "سيادة الرئيس. لقد بذل رجال الجيش الثاني أقصى ما يمكن عمله خلال تلك الليلة". فرد قائلا وبعد أن تنتهي الحرب سوف نقوم بتحقيق لتحديد المسئولية عن عملية اختراق الدفرسوار" فقلت له بصوت لم استطع أن أخفي ما فيه من ثقة وتحد "فعلا. يجب أن نحدد من هو المسئول ؟"[4]

بعد أن انتهى الاجتماع رافقته أنا والوزير إلى عربته كما هي العادة وبعد أن غادر الرئيس مبنى القيادة وفي أثناء عودتنا إلى الداخل قال لي الوزير وكيف تخاطب الرئيس بهذا الشكل؟ ولماذا تأخذ كلام الرئيس على أنه اتهام لك؟ هل أنت قائد الجيش الثاني؟ إذا كانت هناك مسئولية فهي مسئولية الجيش الثاني. قلت له "إن مجرد وجودي في الجيش الثاني يجعلني مسئولا عن كل ما يقوم به الجيش من أعمال. لقد وافقت وشاركت في كل قرار اتخذ في الجيش خلال الفترة التي عشتها معهم". وبعد أن انفض الاجتماع استدعيت اللواء عبد المنعم خليل قائد الجيش الثاني وقلت له "يا عبد المنعم أني أشم رائحة الخيانة والغدر. يبدو انهم يبحثون عن شخص يلقون عليه أوزار أخطائهم كلها. كن حذرا وحافظ على وثائق الجيش حتى لا يقوم أحد بسرقتها أو تزويرها."

في خلال اجتماع المجلس الأعلى للقوات اثار الرئيس موضوعا مهما وركز عليه طويلا وهو موضوع الجيش والسياسة. قال الرئيس "إن القوات المسلحة يجب أن تلتفت إلى عملها وألا تتدخل في السياسة. إن عملية الفصل بين القوات هي عملية سياسية. وسواء تم التوصل إلى اتفاق أم لا فإن

هذا لا يعنيكم في شئ , وعليكم أن تهتموا فقط بأعمالكم، ومن خبرتنا الطويلة في القوات المسلحة فإن مثل هذه التصريحات لا يمكن أن تصدر من رئيس الجمهورية، الا اذا كانت ردا على شائعة أو كان المقصود منها إبلاغ شخـص ما برسالة أو إنذارا بطريقة مستترة من هم يا ترى الأشخاص الذين يعنيهم الرئيس بهذا الكلام ؟ من هم اكثر الناس إلماما بأسرار حرب اكتوبر وخفاياها وبعد ثلاثة أسابيع من هذا اللقاء جاء الرد على هذا التساؤل. لقد أقال الرئيس كلا من الفريق سعد الدين الشاذلي رئيس أركان حرب القوات المسلحة واللواء عبد المنعم خليل قائد الجيش الثاني واللواء عبد المنعم واصل قائد الجيش الثالث من مناصبهم، وفي وقت لاحق أقيل أيضا سعد مأمون الذي قاد الجيش الثاني حتى يوم 14 اكتوبر. لقد عرض الرئيس علينا نحن الأربعة مناصب سامية: حيث عرض علي منصب سفير في لندن بدرجة وزير، وعين عبد المنعم واصل محافظا مدنيا بدرجـة نائب وزير، وعين عبد المنعم خليل مساعدا لوزير الحربية، وعين سعد مأمون في وقت لاحق محافظا مدنيا هو الآخر. ولكن هذه الوظائف السامية لم تستطيع أن تخفي الحقيقة وهي أن السادات تخلص من اكثر الناس بأسرار الحرب.

يشتمني في زفة ويصالحني في عطفة:

وعندما ذهب السادات إلى مجلس الشعب في فبراير 74 لكي يحتفل بتنفيذ الاتـفـاقية الأولى للفصل بين القوات وأخـذ يوزع الأنواط والأوسمة على القادة الذين حـاربوا خلال حرب اكتوبر حدثت همهمة بين الناس واخذوا يتساءلون فيما بينهم: أين الشاذلي ؟ أين عبد المنعم واصل ؟ أين سعد مأمون ؟أين عبد المنعم خليل ؟ كانت تساؤلات خافتة لا يستطيع أحد أن يجاهر بها في ظل نظام أوتوقراطي، ثم إنها كانت مناسبة سعيدة للاحتفال بانتصار أكتوبر ولا أحد يريد أن يثير الجدل حول أي موضوع حتى لا يؤثر في هذا الجو المرح السعيد. ومن سخرية القدر أنه بينما كان مجلس الشعب يحتفل بانتصار حرب اكتوبر كان سعد الدين الشاذلي يتابع هذا الاحتفال على شاشة التليفزيون في منزله. قامت زوجتي بإغلاق التليفزيون وقالت "ما هذا التهريج؟ إن هي إلا تمثيلية سخيفة". ولكني طلبت منها إعادة فتح التليفزيون وقلت لها "إنها حقا تمثيلية ولكنها جزء من تاريخ مصر ويجب أن نشاهدها". وفكرت في هذه اللحظة ما سبق ان قاله سعد مأمون قبل الحرب "اذا فشل العبور فسوف تطير ثلاثة رؤوس في الهواء" لم يكن يتصور سعد مأمون وهو يقول هذا الكلام أن الرؤوس الثلاثة نفسها سوف تطير أيضا لو نجح العبور.

ولكي يثير السادات الشكوك حول مسئولية الثغرة فان اسمي لم يذكر بين أسماء القادة الذي جرى تكريمهم في مجلس الشعب وسلمت إليهم "الأنواط والأوسمة"، ولكن بينما السادات –وأقول السادات وليس مصر– تعمد إسقاط دوري في حرب أكتوبر فإن العرب بصفة عامة وسوريا بصفة خاصة أخنوا يشيدون بالدور الذي قمت به في هذه الحرب. ففي الحفل الكبير الذي أقامته سوريا لتكريم

أبطال حرب اكتوبر لم ينس السوريون دور الفريق سعد الدين الشاذلي وانعموا علي بأعلى وسام عسكري سوري. كان حفل تكريم أبطال الحرب السوريين يذاع على الهواء وكان الكثيرون من الأهلين في مصر يستمعون إليه. عندما ذكر أسمي والوسام الذي منح لي –وعلى الرغم من عدم وجودي بينهم– ضجت القاعة بالتصفيق لمدة طويلة حتى ظن معظم المستمعين المصريين أنني في دمشق. لقد كان التصرف السوري صفعة شديدة للسادات، لقد أراد الأخوة السوريون أن يوضحوا للعالم العربي والمصري أن السادات يتكلم عن الوفاء ولكنه ليس وفيا لأحد، وانه يدعو الناس لكي لا يحقدوا على أحد، وهو الحقود الذي يجري الحقد في دمائه. أراد السادات أن يصلح خطأه تجاهي فارتكب خطأ أخر. ففي خلال عام 1974 –وبينما كنت سفيرا لمصر في لندن– حضر إلى مكتبي ذات يوم الملحق الحربي المصري وهو مرتددا ومتلعشما وهو يكاد ينهار خجلا.. كان مترددا ومتلعشما وهو يحاول أن يتكلم إلى أن شجعته على الكلام فقال "سيادة الفريق.. أني لا اعرف كيف أبدأ الحديث في هذا الموضوع، وكم كنت أتمنى ألا أجد نفسي أبدا في هذا الموقف ولكنها الأوامر صدرت إلى وأنت اعلم بما يجب أن أقوم به لتنفيذها. لقد طلب إلي أن اسلم إليكم نجمة الشرف التي انعم عليكم بها رئيس الجمهورية ". استلمت منه الوسام في هدوء وأنا واثق ان مصر –وليس السادات حاكم مصر– سوف تكرمني في يوم من الأيام بعد أن تعرف حقائق وأسرار حرب أكتوبر. ليس التكريم هو أن أمنح وساما في الخفاء ولكن التكريم هو أن يعلم الشعب بالدور الذي قمت به. سوف يأتي هذا اليوم مهما حاول السادات تأخيره ومهما حاول السادات تزوير التاريخ. أنه لن يستطيع لأنه لا يصح إلا الصحيح.

كان ما قاله السادات خلال اجتماع المجلس الأعلى للقوات المسلحة في 21 من نوفمبر 73 من أن ليلة 18/ 19 من اكتوبر هي سبب كارثة الدفرسوار هو بداية الحملة التي رسمها السادات في خياله ليحملني مسئولية الثغرة ثم جاء بعد ذلك اجتماع مجلس الشعب لتكريم أبطال الحرب وغيابي عن حضور التمثيلية التي أخرجها السادات ثم بدأ بعد ذلك يصعد حملته شيئا فشيئا على شكل أحاديث صحفية وتليفزيونية الخ. وتركته يتكلم ويناقض نفسه بنفسه شهرا بعد شهر وعاما بعد عام إلى أن نشر مذكراته في مايو 1978، فكانت هذه المذكرات ذات فائدة مزدوجة لي. كانت الفائدة الأولى هي استخدام الاعترافات التي وردت على لسان السادات في هذه المذكرات كوثيقة اتهام ضده أما الفائدة الثانية فإنها قد أعطت لي المبرر كي أنشر مذكراتي وأرد فيها على الأكاذيب التي ملا بها مذكراته.

التاريخ الحقيقي لإقالتي:

يدعي السادات في مذكراته (صفحة 341) بأنه عزلني يوم 19 من أكتوبر 73. ولو أنه قال بدلا من ذلك نويت أن أعزله لكان اقرب إلى الصدق منه إلى الكذب لأن العزل معناه الا يمارس الشخص أي عمل بعد عزله، ولكن الحقيقة كانت غير ذلك فقد مكثت أمارس عملي حتى 12 من ديسمبر 73. قد يتعجب بعض الناس لماذا أقول هذا الكلام ؟ وقد يرى الأذكياء منهم أنه خير لي ألف

مرة أن أرحب بهذا الادعاء لأن القوات المسلحة لم تحقق شيئا بعد يوم 19 من اكتوبر، بل على العكس توالت المصائب بعد هذا التاريخ. فبعد هذا التاريخ تم حصار الجيش الثالث، وبعد هذا التاريخ فقدنا المبادرة نهائيا على المستويين العسكري والسياسي. ولهؤلاء أقول أن الأمانة في كتابة التاريخ هي التي تفرض علي أن أقول كل شئ.

لقد كان بقائي عنصر ضغط وتأثير على القرارات حتى لو لم يؤخذ بوجهة نظري. وإذا كان بقائي حتى 12 من ديسمبر لم يحقق شيئا سوى إنقاذ الفرقة الرابعة المدرعة من التدمير و إبقائها سليمة للدفاع ضد أي هجوم معاد لاحتلال القاهرة فإن هذا وحده يكفيني ويجعل من بقائي فائدة لمصر. إن رفضي التوقيع على الأمر هو الذي أرغم الوزير على التراجع. لابد إن الرئيس قد نوى أن يعزلني قبل يوم 19 من اكتوبر بكثير. إن السادات إذا أراد أن يتخلص من أحد فإنه يرسم ويخطط لذلك ويحاول أن يخلق أو يدعّي أسبابا أبعد ما تكون عن الأسباب الحقيقية. فقد فعل ذلك مع الفريق الليثي ناصف، والفريق محمد صادق والدكتور عزيز صدقي، وجاء دوري، ثم جاء من بعدي ممدوح سالم، ثم عبد الغني الجمسي ومحمد علي فهمي، والبقية تأتي. وأني أنصح هؤلاء الذين مازالوا يتعاملون مع السادات أن يأخذوا حذرهم منه وأن يتعظوا مما فعله مع أعوانه السابقين. **أعود وأقول انه لابد أنه عزم على إقالتي اعتبارا من يوم 12 من اكتوبر 73 للأسباب الآتية:**

1- بعد النجاح الرائع الذي حققته القوات المسلحة المصرية في عبور قناة السويس ركزت الصحـافة العربية والأجنبية كلها على النصر الكبير الذي قام به الفريق سعد الدين الشاذلي ر.أ. ح. ق.م.م. ولقد بلغ الأمر أن صورتي كانت تعلق داخل البيوت في مصر والبلاد العربية، وظهرت كصورة غلاف على كثير من المجلات الأجنبية. لقد وصل ذلك كله إلى السادات فدبت الغيرة والحقد في قلبه.

2- وفي يوم 12 من اكتوبر عارضت دفع الفرقة 21 المدرعة و الفرقة 4 المدرعة وأصر السادات. وفي 15 من اكتوبر طالبت بإعادة نفس الفرقتين إلى الضفة الغربية ورفض السادات وفي يوم 16 من اكتوبر اختلفت مع السادات والوزير في أسلوب القضاء على الثغرة، وثار السادات وفقد أعصابه كما سبق أن بينت (الفصل الثالث والثلاثون)

من هنا نرى أن النية في إقالتي لابد أنها بدأت تتكون في فكر السادات منذ الأيام الأولى للحرب نتيجة لعنصر الغيرة ثم أخذت الفكرة تختمر اعتبارا من يوم 13 من اكتوبر نتيجة ما كنت أبديه من معارضة لآرائه[3]. وقد كانت ثورته العارمة يوم 16 من أكتوبر دليلا قاطعا على انه اصبح لا يطيق وجودي ولو أن هجومنا في تصفية الثغرة نجح يوم 17 من اكتوبر طبقا للخطة التي وضعها أحمد إسماعيل ووافق عليها السادات لأعلن بعد الحرب انه عزلني يوم 16 من اكتوبر، ولكن فشل

الهجوم كما توقعت اثبت أني كنت على حق، وبالتالي أصبح يوم 16 من اكتوبر ليس يوما مناسبا لإعلان العزل.

ادعاءات السادات الباطلة ضدي:

1- لم يبدأ السادات في مهاجمتي إلا في أبريل عام 974ا.. ففي حديث أجراه مع الأستاذ سليم أللوزي رئيس مجلة الحوادث ونشر في المجلة المذكورة يدعي أنه أمرني يوم 16 من أكتوبر بما يلي: "عليك أن تكون بعد ساعة ونصف الساعة في الإسماعيلية وتضرب طوقا حول الدفرسوار، بحيث نترك اليهود يدخلون إلى هذه المنطقة بعدها تصبح القوة الإسرائيلية كلها في يدي.. ". وليس لدي تعليق على هذا الكلام سوى أن أقول أنه كلام مصاطب قد تحكيه جدة عجوز ريفي لتساعده على النعاس كما كانت جدة الرئيس تحكي له وهو طفل قصة زهران. ليس هكذا تدار الحرب وليس هكذا تخصص المهام العسكرية. أني اخجل ويخجل معي كل مثقف أن ينسب إلى رئيس جمهورية مصر هذا الكلام. وبعد ذلك كله فلم يحدث أن أمرني السادات أن اذهب إلى الجبهة يوم 16 ولم اذهب الا يوم 18 من اكتوبر وسجلات الحرب المكتوبة تثبت ذلك. إن السادات بهذه القصة تحاشى أن يذكر قصة المواجهة التي دارت بيني وبينه بخصوص تصفية الثغرة كما سبق أن ذكرته .

2- يدعي السادات بأنني طالبت يوم 19 من أكتوبر بالانسحاب الكامل من سيناء وهذه كذبة كبيرة اخرى سبق أن شرحتها بالتفصيل (الفصل الثالث والثلاثون). إن كل ما طالبت به يوم 20 هو سحب 4 ألوية مدرعة وكان سيبقى لنا بعد سحبها 90000 رجل في الشرق. وشتان ما بين حجم هذه القوات وبين حجم القوات التي حددتها اتفاقية فض الاشتباك الأولى، والتي كان بموجبها لا يسمح لمصر بأن تحتفظ شرق القناة بما يزيد على 7000 رجل و30 دبابة.. شتان ما بين ما أمكن أن يحصل عليه السادات بالسياسة، وما كان يمكن أن نحصل عليه بالحرب. فلو قال أنه أقالني لأنني طالبت بسحب 4 ألوية مدرعة وانه سيبقى لنا في الشرق بعد ذلك 90000 رجل ومعهم اكثر من 3500 قطعة سلاح مضاد للدبابات (500 دبابة+ 350 مالوتكا+ حوالي 150 مدفعا 85 ملليمتر + 2500 مدفع مضاد للدبابات ذو مدى قصير0 /1 ب 11/ ر.ب .ج) علاوة على حوالي 700 قطعة مدفعية ميدان يمكن استخدامها وقت الضرورة كأسلحة مضادة للدبابات+ حوالي 250 هاونا ثقيلا 120/ 160 مم [4]. لو قال السادات هذه الحقائق لظهرت ادعاءاته بشكل لا يمكن لعاقل أن يقبله. لذلك ابتكر السادات كذبة كبيرة فربط بين الإقالة وبين سحب القوات كلها من سيناء. وأني أتحدى أن يذكر أحد شهود هذا الاجتماع- وهم ستة أشخاص علاوة على الرئيس والوزير وأنا- أنني طلبت انسحاب القوات كلها من سيناء.

311

وفي الحديث السابق نفسه يتحدث السادات عن نفسه فيقول: "أنني استطعت أن أوقف القتال على خط 22 أكتوبر،، ولم يقل لنا السادات لماذا لم يستطع التمسك بخط 22 أكتوبر". إن من يوقف عدوه عند خط معين يجب أن يكون قادرا على التمسك بهذا الخط إن عدم قدرتنا على التمسك بهذا الخط عندما بدأ العدو هجومه يوم 23 من اكتوبر هو دليل قاطع على ضعف قواتنا العسكرية في هذا الخط ولو أن السادات وافق على اقتراحي بسحب هذه الألوية الأربعة (ثلاثة من الجيش الثاني في الشرق وواحد من الجيش الثالث في الشرق) في ليلة 20/ 21 أكتوبر لظهر أثر ذلك في القتال اعتبارا من صباح يوم 21 من اكتوبر ولكان في إمكاننا ضرب الثغرة يومي 21 و 22 وفي أسوأ الظروف كان يمكن تضييقها. ولو حدث وتوقف القتال وتلك الألوية الأربعة حول الثغرة لما استطاع العدو أن ينتهك وقف إطلاق النار يوم 23 اكتوبر، ولو انتهكه لكنا قادرين على صده وتدميره.إن مسئولية حصار الجيش الثالث يوم 23 اكتوبر تقع أولا وأخيراً على الرئيس السادات وهو يحاول أن يهرب منها.. ولكن هيهات هيهات.

3- اما ادعاؤه بأني عدت منهاراً من الجبهة يوم 19 من اكتوبر فإن هذا قول رخيص. فلست أنا الذي انهار ولم يحدث أن انهرت في حياتي حتى الآن والحمد لله. أنا رجل مظلات يعرفني رجالي ويعرفني أصدقائي جيدا ولا أحد يستطيع أن يصدق ما يدعيه السادات؟ أما السادات فله تاريخ طويل من الانهيار والأمراض النفسية وهذا بيان بعضها:

أ‌- اعترف في حديث له مع همت مصطفى (الإذاعة المصرية) بمناسبة 15 مايو 1977 بأنه أصيب بمرض عصبي نتيجة القبض عليه في الساعة الثالثة صباحا في برد الشتاء القارص في كل من عامي 42، 46 وأن هذا المرض لازمه لمدة سنة ونصف السنة. وقد أضاف السادات قائلا بأنه شفي، وقد أكد هذه القصة بشكل مخفف في مذكراته صفحــة 104. ولكن الذي لا يريد أن يعترف به السادات هو أنــه مازال مريضا وأن هذه الحالة حدثت له اكثر من مرة بعد خروجه من السجن عام 1946.

ب‌- يقول في مذكراته صفحــة 228 عن الحالة التي انتابته بعد هزيمة عام 1967 "استولى عليّ ذهول غريب لم اعد أستطيع معه أن أتبين الزمن أو المسافات أو حتى المكان نفسه في بعض الأحيان."

ت‌- يقول فى مذكراته فى الصفحة 264 عن الحالة التى انتابته بعد وفاة عبد الناصر "بعد ان أصبحت الجنازة على وشك الابتداء أصبت بانهيار مفاجئ فحملوني الى مجلس قيادة الثورة وأعطاني الأطباء خمس حقن لم أفق منها الا حوالي الساعة الواحدة بعد الظهر.

ث-   يقول فى مذكراته في الصفحة 357 عن حالته النفسية يوم 12 ديسمبر "أصبت
     بنزيف لمدة 4 ايام، وقال لي الأطباء إن هذا النزيف بسبب التوتر النفسي"
     ويقول في الصفحة نفسها "كنت في حالة نفسية مرهقة."

ج-   هناك حالة اخرى شهدها كل من الرئيس معمر القذافى والأخ عبد السلام جلود
     ولن أتعرض لذكرها.

إن للسادات تاريخا طويلا فى الأمراض النفسية. أما أنا فأني أحمد الله واشكره لأني لم
اصب طوال حياتي بأي مرض عصبي أو أي حالة نفسية. اللهم لا شماتة وإنما أشكرك على ما أنعمت
به علي وأقول أن السادات – وهو الرجل المريض- يرى فى غيره ما يحس هو به، فيتهم كل من
يختلف معه فى الرأي بأنه انهار. ولست أنا أولهم ولن أكون أخرهم.. فإذا كان السادات قد أتهمني بهذا
الاتهام الباطل، فإنه قد اتهم من بعدى وزيرين للخارجية بالاتهام نفسه. لقد اتهم إسماعيل فهمي وزير
الخارجية الذى رفض أن يسافر معه الى القدس بالتهمة ذاتها وقال عنه فى الصفحة رقم 407 من
مذكراته "مسكين، لم تستطع أعصابه أن تتحمل المبادرة واستقال". وبعد أن رفض محمد إبراهيم كامل
(وزير الخارجية الذى حل محل إسماعيل فهمي) التوقيع على اتفاقية كامب ديفيد واستقال احتجاجــا
على ذلك، اتهمه السادات فى تصريحاته بالاتهام نفسه. إن السادات له تاريخ طويل وثابت يؤكد انه
يعاني أمراضا عصبية ونفسية، وهو فى مرضه هذا يتصور نفسه وكان جميع الناس مرضى وانه هو
وحده الذي لا يعاني هذه الأمراض، وهذا هو أخطر حالات المرض.

هوامش الفصل السابع والثلاثين

(1) يلاحظ ان السادات يقول فى مذكراته إنه أرسلني إلى الجيش الثاني يوم 16. وثابت فى محضر
المجلس الأعلى وبصوته انه قال إنه أرسلني إلى الجبهة يوم 18 من اكتوبر وليس 16.

(2) أن هذا الحديث كله مسجل على أشرطة أرجو ان تذاع فى يوم من الأيام. وإذا حــاول السادات ان
يمسح ما بها كما فعل نيكسون رئيس الولايات المتحدة فسوف يعرف الخبراء ذلك. و الان و
رغم مرور 30 سنه على هذا الحديث لم يجر أي تحقيق لتحديد المسؤول عن لثغرة الدفرسوار
و المسؤول عن حصار الجيش الثالث.

(3) لو أن السادات رجل ديمقراطي لاستمع إلى كل رأي معارض لكي يستفيد منه، ولكن للأسف فإنه
يعتبر كل من يختلف معه فى الرأي متحديا لسلطته.

(4) هذا الموقف هو بعد استنزال جميع الخسائر حتى مساء يوم 20 أكتوبر، وعلى أساس سحب
الألوية الأربعة المدرعة من الشرق.

هذه هي القصة الكاملة والحقيقية لحرب اكتوبر 1973 وهي تختلف كثيرا عن كل ما صدر عن هذه الحرب من كتب. إن هذا هو الكتاب الأول الذي يكتب عن هذه الحرب من وجهة النظر العربية، دون أن يكون تحت أي ضغط من أصحاب السلطة في مصر أو في غيرها. لقد سردت الأحداث بصراحة تامة لم يألفها المصريون حتى ليبدو للكثيرين منهم أني قد أذعت "أسرارا حربية" ما كان يصح لي أن أبوح بها.

ولكي نوضح هذه النقطة يجب أن نتفق أولا على المعنى المقصود من تعبير "أسرار حربية". إن التفسير المنطقي لذلك هو "إذاعة معلومات عن القوات المسلحة الوطنية لم يكن العدو يعرفها، ونتيجة معرفته لهذه المعلومات فإنه يستطيع ان يهدد أمن وسلامة الوطن ". إن حجب المعلومات التي لا ينطبق عليها التفسير السابق عن الشعب المصري والعربي تحت شعار السرية هو إسراف في تفسير تعبير "أسرار حربية" وهو محاولة يائسة من السادات ونظامه لكي يحجب الحقائق عن الشعب المصري، لكي ينقذ نفسه من مسئولية الأخطاء الجسيمة التي ارتكبها في حق مصر وقواتها المسلحة.

ان العدو يعرف جيدا إننا قمنا بدفع الفرقتين المدرعتين 4 و 21 من غرب القناة إلى شرقها ليلتي 13.12 أكتوبر، ويعلم جيدا إننا قمنا بهجوم فاشل يوم 14 من أكتوبر خسرنا فيه 250 دبابة، ويعلم كذلك أنه عبر في منطقة الدفرسوار ليلة 16/15 من أكتوبر بقوة لواء مشاة ولواء مدرع، ويعلم جيداً بخطتنا للهجوم على الدفرسوار يوم 17 من أكتوبر وانه دمر اللواء المدرع 25 بكامله، ويعلم جيداً انه مساء يوم 18 اكتوبر كان له غرب القناة خمسة ألوية مدرعة ولواء مشاة إن العدو يعلم جيدا أنه حاصر الجيش الثالث يومي 23 و 24 أكتوبر وانه عند وقف إطلاق النار يوم 24 من اكتوبر كان له ثلاث فرق مدرعة غرب القناة مقابل فرقة مدرعة مصرية واحدة ,إن مالا يعرفه العدو هو"لماذا يتصرف المصريون بمثل هذه الحماقة، ومن هو المسئول الرئيسي عن هذه القرارات الخاطئة ؟". ليس هناك إذن معلومات سرية يستطيع العدو آن يستفيد منها ضد مصر وإنما هناك أسرار يريد السادات أن يحجبها عن الشعب العربى. وهذه هي مشكلة الديمقراطية في مصر. إن السادات لايريد أن يسمح لشعب مصر أن يقرا ألا ما يريد له السادات أن يقرا. انه لا يريد لأحد من أبناء مصر أن يكتب إلا إذا كان ما يكتبه معبرا عن وجهة نظر حاكم مصر. ومن هنا يكون هذا الكتاب تحديا خطيرا لهذه القواعد القمعية و اللا ديمقراطية التي يمارسها نظام السادات في مصر.

إن هذه الحرب مليئة بالدروس والعبر، و لعل أبرزها و أكثرها تأثيرا على سير العمليات هو الصراع بين القادة العسكرية والسياسيين ذلك الصراع الذي يعد مشكلة كل وقت وزمان، ولكنها لم تكن قط بهذه الصورة التي ظهرت بها خلال حرب أكتوبر 73 على المستوى المصري .

لقد كان في استطاعتنا أن نحقق الكثير لولا تدخل السادات المستمر واصدار سلسلة من القرارات الخاطئة التي كانت تجهض قدراتنا العسكرية. والآن وقد أذيعت الأسرار كلها التي كان

يحرص السادات على إخفائها، فقد آن الأوان لكي نجرى في مصــر حوارا نناقش فيه أخطائنا ونحدد المسئول عن كل خطأ حتى نعرف من هم أبطال هذه الحـــرب الحقيقيون ومن هم الأبطال المزيفون.

نص الخطاب الذي وجهه الفريق سعد الدين الشاذلي إلى النائب العام المصري. وفيه يطلب محاكمـــة السادات

السيد النائب العام:

تحية طيبة.. وبعد

أتشرف أنا الفريق ســعد الدين الشاذلي رئيس أركان حرب القوات المسلحة المصرية في الفترة ما بين 16 من مـــايو 1971 وحتى 12 ديسمبر 1973، أقيم حاليـــا بالجمهورية الجـــزائرية الديمقراطية بمدينة الجزائر العاصمة وعنواني هو صندوق بريد رقم 778 الجزائر – المحطة ALGER. GARE بان اعرض على سيادتكم ما يلي:

أولا:

إني أتهم السيد محمد أنور السادات رئيس جمهورية مصر العربيـــة بأنه خلال الفترة ما بين أكتوبر 1973 ومايو 1978، وحيث كان يشغل منصب رئيس الجمهورية والقائد الأعلى للقوات المسلحة المصرية بأنه ارتكب الجرائم التالية:

1- الإهمال الجسيم:

وذلك انه وبصفته السابق ذكرها أهمل في مسئولياته إهمالا جسيما واصدر عدة قرارات خاطئة تتعـــارض مع التوصيات التي أقرها القادة العسكريون، وقد ترتب على هذه القرارات الخاطئة ما يلي:

أ– نجاح العدو في اختراق مواقعنا في منطقة الدفرسوار ليلة في 15/16 أكتوبر 73 في حين انه كان من الممكن ألا يحدث هذا الاختراق إطلاقا.

ب– فشل قواتنا في تدمير قوات العدو التي اخترقت مواقعنا في الدفرسوار، فى حين أن تدمير هذه القوات كان في قدرة قواتنا، وكان تحقيق ذلك ممكنا لو لم يفرض السادات على القادة العسكريين قراراته الخاطئة.

ت– نجاح العدو في حصار الجيش الثالث يوم 23 من أكـــتوبر 73، في حين أنه كان من الممكن تلافى وقوع هذه الكارثة.

2- تزييف التاريخ:

وذلك انه بصفته السابق ذكرها حاول و لا يزال يحاول أن يزيف تاريخ مصر، ولكي يحقق ذلك فقد نشر مذكراته في كتاب اسماه (البحث عن الذات) وقد ملأ هذه المذكرات بالعديد من المعلومات الخاطئة التي تظهر فيها أركان التزييف المتعمد وليس مجرد الخطأ البريء.

3- الكذب:

وذلك انه كذب على مجلس الشعب وكذب على الشعب المصري في بياناته الرسمية وفى خطبه التي ألقاها على الشعب أذيعت في شتى وسائل الإعلام المصري. وقد نكر العديد من هذه الأكاذيب في مذكراته (البحث عن الذات) ويزيد عددها على خمسين كذبة، اذكــر منها على سبيل المثال لا الحصر مايلي:

أ- ادعاءه بــان العدو الذي اخــترق في منطقــة الدفرسوار هو سبعة دبابات فقط واستمر يردد هذه الكذبة طوال فترة الحرب.

ب- ادعاءه بأن الجــيش الثالث لم يحاصر قط في حين أن الجيش الثالث قد حـوصر بواسطة قوات العدو لمدة تزيد على ثلاثة أشهر.

4- الادعاء الباطل:

وذلك انه ادعى باطلا بأن الفريق الشاذلي رئيس أركان حرب القوات المسلحة المصرية قد عاد من الجبهة منهارا يوم 19 من اكتوبر 73، وانه أوصى بسحب جميع القوات المصرية من شرق القناة، فى حين انه لم يحدث شيء من ذلك مطلقا.

5- إساءة استخدام السلطة:

وذلك ا نه بصفته السابق ذكرها سمح لنفسه بان يتهم خصومه السياسيين بادعاءات باطلة، واستغل وسائل الإعلام الدولة فى ترويج هذه الادعاءات الباطلة. وفى الوقت نفسه فقد حرم خصومه من حق استخــدام وسائل الإعلام المصرية التي تعتبر من الوجهــة القانونية ملكا للشعب- للدفاع عن أنفسهم ضد هذه الاتهامات الباطلة.

ثانيا:

إني أطالب بإقامة الدعوى العمومية ضد الرئيس أنور السادات نظير ارتكابه تلك الجرائم ونظرا لما سببته   هذه الجرائم من أضرار بالنسبة لأمن الوطن ونزاهة الحكم.

ثالثا:

اذا لم يكن من الممكن محــاكمة رئيس الجمهورية فى ظل الدستور الحــالي على تلك الجرائم، فإن اقل ما يمكن للمحافظة على هيبة الحكم هو محاكمتي لأنني تجرأت واتهمت رئيس الجمهورية بهذه التهم التي قد تعتقدون من وجهة نظركم انها اتهامات باطلة .

316

إن البينة على من ادعى وإني أستطيع- بإذن الله- أن أقدم البينة التي تؤدى إلى ثبوت جميع هذه الادعاءات وإذا كان السادات يتهرب من محاكمتي على أساس أن المحاكمة قد تترتب عليها إذاعة بعض الأسـرار، فقد سقطت قيمة هذه الحجة بعد أن قمت بنشر مذكراتي في مجلة "الوطن العربي" في الفـترة ما بين ديسمبر 78 ويوليو 1979 للرد على الأكاذيب والادعاءات الباطلة التي وردت في مذكرات السـادات. لقد اطلع على هذه المذكرات واستمع إلى محتوياتها عشرات الملايين من البشر في العالم العربي ومئات الألوف في مصر.

رابعـــــــــــا:

إذا عجز النظام المصري عن أن يقدمني إلي المحاكمة العلنية بالرغم من تلـك الاتهامـات التي وجهتها إلي رئيس الجمهوريـة فأن ذلك يعتبر أكبر دليل على ثبـوت هـذه الادعـاءات ضـد السادات , كما وأن ذلك ثبت بالدليل القاطع علي أنعدام الديمقراطية في مصر.

ختاما فأني في انتظار ردكم علي عنواني السابق ذكره وأؤكد لكم استعدادي للعـودة إلـى مصر لحضور المحاكمة بمجرد أن يتخذ القرار الخاص بذلك.

وتفضلوا بقبول فائق الاحترام
فريق سعد الدين الشاذلي
21 يوليو 1979

الباب الثامن

تعليقات النقاد والرد عليها

صدر هذا الباب لأول مرة مع الطبعة الرابعة

و يشمل هذا الباب الفصول التالية

"إن مصالح الحكومة ليست دائماً متطابقة مع مصالح الدولة وأن الموظف العام لايمكن إدانته إذا هو أذاع معلومات في حوزته لا تهدد أمن وسلامة الدولة، سيما إذا اتضح له أن الحكومة تحجب حقائق هامة عن الشعب."

حيثيات حكم المحكمة البريطانية بتبرئة
المستر بونتنج في 11 فبراير 1985

"إن طلب الإذن المسبق على النشر يعد مخــالفة دستورية. وأن الفريق الشاذلي سلك حقه في حرية الفكر و الرأي المكفولة له قانونياً. وهذا هو الطريق الذي يجب أن يلتزم به الجميع في كتابة مذكراتهم"

الدكتور محمد عصفور
أستاذ القانون الدستوري

لم أفش أي أسرار عسكرية:

إن اتهامي أمام محكمة عسكرية بأنني أفشيت أسرارا عسكرية في كتابي الذي نشرته عن حرب اكتوبر سنة 1979.. هو اتهام باطل لا يستند إلى أي دليل. أني أتحدى من يدعي بغير ذلك أن يذكر معلومة محددة يعتقد انها- من وجهة نظره- تعتبر معلومة عسكرية سرية. لقد جاء في تعليق مدير إدارة القضاء العسكري الذي نشر في مجلة المجلة بتاريخ 24 أكتوبر 93 "أن الفريق الشاذلي بصفته العسكريــة كرئيس للأركان قد أفشى أسرارا عن اسلحة ومعدات وخطط ومعلومات عن تشكيلات وتحركات وافراد وعتاد واستراتيجيات وتكتيكات القوات المسلحة المصرية. وذلك من خلال ما كتبه في الخارج من مقالات نشرت في مجلة الوطن العربي بالإضافة إلى كتاب صدر في باريس تحت عنوان حـرب اكتوبر، دون إذن خطي من السلطات العسكرية المختصة كـما يوجب القانون "

وأرى أن الجملة الوحيدة الصادقة في كل هذا التصريح هي أنني لم احصل على تصريح كتابي من وزارة الدفاع بنشر كتابي عن حرب اكتوبر. أما كل ما جاء على لسان مدير إدارة القضاء العسكري من اتهامات اخرى فهي ادعاءات لا تستند إلى أي دليل.

نعم لم أطلب تصريحا من وزارة الدفاع لأني أرى أن أي قرار أو قانون يفرض على الأشخاص ضرورة الحصول على إذن مسبق من القيادة العامة للقوات المسلحة، قبل إجراء أي حديث أو قبل نشره هو إجـراء غير دستوري ويتعارض مع مبدأ حرية الرأي التي كفلها الدستور لكافة المواطنين. وان كل مـا تستطيع السلطة التنفيذية عمله– إذا افترضنـا احترامها للدستور– هو أن ترفع الدعوى ضد من تعتقد أنه أفشى اسرارا عسكريـة. ثم يترك الأمر بعد ذلك للقضاء للفصل في الدعوى.

نعم لم اطلب تصريحا من وزير الحـربية لأني لا أعترف بحقه في ذلك. ولو أني اعترفت بحـقه في ذلك لكان معنى ذلك أن أذعن لقراره تجاه طلب التصريح.. فإما أن يوافق أو يرفض، أو يطلب إلى أن أحـذف بعض أجزاء الكتاب أو أضيف إليه ما يشاء. وهذا يعني أن الكتاب الذي يصدر بهذا الأسلوب يكون معبرا عن وجهة النظر الرسمية اكثر من كونه معبرا عن رأي المؤلف. وهو ما كنت ارفضه ولا اقبله على نفسي.

نعم لم اطلب تصريحا من وزير الحـربية لأنني على قناعة بأني لست منه علما أو وطنية عند تقييمي لما اكتب، من حيث أن ما اكتبه يمكن أن يستفيد منه العدو في تهديد أمن وسلامة وطني. وإذا علمنا بالكـم الهائل من المقالات والكتب التي يتحتم عرضها على وزارة الحـربية لاحتوائها على موضوعات عسكرية. وان الوزير وكبار معاونيه لا يستطيعـون مراجعة كل هذه المقالات والكتب. وان الأمور عادة ما تنتهي بإحالة هذه الكتب والمقالات إلى ضباط ينقصهم العلم والخبرة، اتضحت لنا خطورة النتائج التي يمكن أن تسفـر عنها مثل هذه الرقابة. والتي عادة ما تتمسك بالشكل دون المضمون. والتي قد تخضع احيانا لعوامل شخصية وتصفية حسابات قديمة. أو قد تتأثر بموقف انتهازي من الضابط الرقيب إذا شعر أن رفضه التصريح بنشر كـتاب مـا، قد يرضى رئيسه، نظرا لما يعلمه من وجود خلافات سابقة بين المؤلف وبين رئيس الضابط الرقيب.

نعم رفضت طلب التصريح بالنشر من وزير الحـربية، لأن كتابي عن حرب أكـتوبر كان مليئا بالنقد اللاذع لرئيس الجمهورية ولوزير الحربية. ولأنـني طالبت في هذا الكتاب بإلغاء منصب القائد العام للقوات المسلحة، وإبعاد وزير الحربية عن القرارات العسكرية. نعم كنت ومازلت أطالب من أجل مصر بان يصبح رئيس الأركان هو الرجل العسكري الأول، وبأن يصبح وزير الحربية شخصية سياسية تختص فقط باتخاذ القرار السياسي وتحديد الهدف الاستراتيجي دون التدخل في إسلوب التنفيذ. ولم يكن من المعقول أن يوافق وزير الحربية على التصريح بنشر كتابي إذا أنا طلبت منه ذلك (راجع الفصل السابع عشر).

ولو أننا أخذنا بما جاء على لسان مدير إدارة القضاء العسكري عن مفهومه الفضفاض للأسرار العسكرية (تكتيكات، استراتيجيات، تحركات، أسلحة ومعدات، خطط تم تنفيذها) لأصبح الزاما علينا أن نوقف إصدار مجلة الدفاع وأي مجلة عسكرية أخرى تصدرها أفرع القوات المسلحة الرئيسية واسلحة الجيش المختلفة، وآلا نتحدث في الصحف عن المناورات العسكرية التي تقوم بها قواتنا، وآلا نقبل في معاهدنا العسكرية طلبة أجانب حتى لا يدرسوا ما لدينا من تكتيكات واستراتيجيات.. الخ، وأن نمنع المجلات العالمية التي تعالج الشئون العسكرية من دخول مصر.. والتي من ضمنها الكتب التي يصدرها المعهد الدولي للدراسات ألاستراتيجية THE INTERNATIONAL INSTITUTE FOR STRATEGIC STUDIES (IISS) والكتب التي يصدرها SIPRI والكتب التي تصدرها JANES حيث أن هذه الكتب تتحدث عن حجم وتنظيم الوحدات والتشكيلات ومواصفات الأسلحة والمعدات وكل ما جاء على لسان مدير إدارة القضاء العسكري على أنه من الأسرار، ولأصبح الزاما علينا أن نمنع اقمار التجسس التي تعبر فضاءنا الجوي في كل يوم وتقوم برصد كل تحركاتنا العسكرية، أو على اقل تقدير نحتج على مرورها.

الأسرار في عصر الأقمار الصناعية:

لقد لعبت اقمار التجسس دورا مهما في مرحلة ما بعد الحرب العالمية الثانية، سواء من ناحية مراقبة كل من الولايات المتحدة والاتحاد السوفيتي لبعضهما البعض، أما من ناحية تزويد بعض الدول الصديقة لأي منهما بالمعلومات التي تفيدها في صراعها ضد الدول الأخرى المعادية. يقول المستر كيسى CASEY مدير وكالة المخابرات الأمريكية الأسبق" CIA من الصور التي تلتقطها أقمارنا الصناعية، نستطيع أن تعد جميع الدبابات السوفيتية. وبتكرار التصوير على فترات، نستطيع أن نعرف إذا ما كانت هذه الدبابات صالحة للاستخدام من عدمه. وتستطيع وسائل الإنذار المبكر أن تسجل أي تحركات تقوم بها القوات السوفيتية، أو أي مشروع دفاعي كبير يكون في مرحلة التطوير صفحة رقم 221 من كتاب THE SECRET WARS OF THE CIA للكاتب الصحفي بوب ودورد BOB WOODWARD النسخة الإنجليزية، الطبعة الأولى 1987).

ويقول المستر جون Mr John Lehman والذي كان يشغل منصب وزير الحربية في إدارة الرئيس الأمريكي ريجان مابين 81-1987 "إن الولايات المتحدة زودت بريطانيا بمعلومات مهمة خلال حرب الفولكلاند عام 1982، وإن هذه المعلومات كانت بطريقة سرية، وكانت خافية حتى على كثير من كبار المسئولين في الإدارة الأمريكية والحكومة البريطانية، وانه بدون هذه المساعدة ما كان باستطاعة بريطانيا أن تنتصر في هذه الحرب. بل إن بعضا من كبار المسئولين البريطانيين الذين كانوا على علم بتلك المعلومات التي قدمتها إليهم أمريكا – ويشاركهم في ذلك ليمان نفسه–

يعتـقدون أن بريطانيا كانت ستهزم في تلك الحرب لو لم تحصل على تلك المعلومات " مذكرات ليمان صحيفة الجارديان بتاريخ 4/ 1/ 89).

وعن القمر الصناعي KH-11 يقول كيسى "أطلق أول قمر من هذا النوع في ديسمـبر 1976، فكان ذلك اهم انجازات السبعينيات في هذا المجال. فقد كان في استطاعة هذا القمر أن يرسل إلى الأرض ما يلتقطه من صور باشارات تلفزيونية فور تصويرها. وكان ذلك على عكس الجيل السابق من الأقمار الصناعية التي كانت تقوم بقذف الأفلام إلى الأرض بعد استكمال التصوير، حيث كان التقاط هذه الأفلام وتفريغها ثم توزيعها على الجهات المعنية يحتاج إلى الكثير من الوقت الذي قد تصبح فيه هذه المعلومات غير حديثة. أما بواسطة القمر الصناعي KH-11 فإنه اصبح في استطاعتنا في وكالة المخابرات والبنتاجون (وزارة الدفاع الأمريكية) والقادة الميدانيين أن يشاهدوا حركة الدبابات السوفيتية فور حدوثها.

كان القمر الصناعي Electro Optical KH-11 Imaging Satellite محسنا يعتمد على التصوير. وكان ذلك يعني عدم قدرته على إرسال الصور الواضحة في الليل أو في الأيام الغائمة، ثم ظهر بعد ذلك الجيل المتطور من هذه الأقمار التي تستطيع التصوير ليلا، وذلك بتكثيف ضوء النجوم، ثم ظهر الجيل الثالث من الأقمار الصناعية الذي يعتمد على التصوير الراداري، حيث إن الإشارات الرادارية لا تتأثر بالظلام والسحب. وهكذا ظهر مشروع قمر لاكروس وقد وضع اول قمر لاكروس في الفضـاء يوم 3 ديسمبر 1988. (ص30 من المرجع السابق)

وعندما اسقط الاتحاد السوفيتي طائرة الركاب الكورية التي انتهكت الأجواء السوفيتية اثناء رحلتها رقم 7.. في ليلة 31 اغسطس ا ول سبتمبر 1 983 على أساس انها كانت تقوم برحلة تجسسية لحساب امريكـا سخر الخبراء الأمريكيـون من هذا الادعاء وقالوا إن الصور التي تلتقطها اقمارهم من ارتفاع 160 كيلومترا، اظهرت أحد الأشخاص وهو يقرأ صحيفة برافدا في أحد شوارع مدينة تقع في شمال الاتحاد السوفيتي.. وقالوا إن عنوان الصـحيفة كـان ظاهرا ويمكن قراءته من الصورة (نيويورك تايمز، هيرالد تربيون 83/9/12).

وفي لقاء مع عدد من طلاب الجامعـات المصرية في افتتاح إسبوع أنشطة الجامعات في الإسماعيلية، قال الرئيس حسني مبارك "إن المناورات المشتركة مع امريكا لا تضيف شيئا إلى معلومات امريكا عن قواتنا المسلحة. ذلك انهم يعلمون كل شيء عنا، فهم يبيعون لنا السلاح وقطع الغيـار. كما أنهم يمتلكون أجهزة دقيقة للتصـوير والتجسس تمكنهم من معرفة أدق الأسرار. وقد ابلغوا الحكومة المصرية مؤخرا أن هناك 60 جنديا مصـريا على الحدود مع إسرائيل زيادة على اتفاقية كامب ديفيد" (مجلة المستقبل 29 من سبتمبر 1987).

ويعتقد أن الولايات المتحدة كانت اكثر تقدما من الاتحاد السوفيتي في مجال الاستطلاع بالأقمار الصناعية. ولكن الاتحاد السوفيتي لحق بها في منتصف السـتينيات وقد علم الأمريكان بذلك

عندما لفت السوفيت نظرهم بأنهم قاموا بتمويه مرابض صواريخ مينيتمان Minuteman في منطقة مونتانا، وان ذلك يتعارض مع معاهدة سولت–1، وقد أنكر المفاوضون الأمريكيون هذا الاتهام اول الأمر. ولكنهم اكتشفوا بعد ذلك أن الفنيين قد قاموا بتغطية هذه المرابض و حمايتها من الصقيع عندما هبطت الحرارة إلى درجة الصفر. وبعد أن علم المفاوضون الأمريكيون بذلك أمروا برفع هذه الأغطية واعتذروا للسوفيت. ولكن هذا الحـادث أكد لهم أن الاتحـاد السوفيتي لابد أن يكون قد أحرز تقدما كــبيرا في مجـــال الاستطلاع بالأقمار الصناعية.

وفي خلال حرب اكتـوبر 73، استخدم الإسرائيليون الصور التي كانت اقمار التجسس العسكرية الأمريكية تلتقطها لمدينة السويس. فعرفوا منها الشوارع التي كـانت تخلو من القوات المصرية والشعبية. وبناء على هذه المعلومات أخذت قيـادة الجبهة الجنوبيــة (الإسرائيلية) توجه القوات الإسرائيلية التي كانت محاصـرة في مكتب شرطة السويس للإفلات خلال ليلة 24/ 25 أكتوبر.

يقول السادات في الصفحة رقم 375 من كتابه "البحث عن الذات" وهو يتحدث عن حرب 1967، ما يلي "كان جونسون (الرئيس الأمريكي) يستحث الإسرائيليين على المبـادرة بالهجـوم على سيناء، بعدان قدم لهم صور القمر الصناعي الأمريكي عن أوضاع القوات المصرية في سيناء ســاعة بعد ساعة"، وعندمــا كان السادات يتحدث عن حـرب اكتوبر 73، فإنه قال في الصفحة 346 من نفس المرجع السـابق ما يلي "ولكن القمر الصناعي الأمريكي والبنتاجون كـانوا يوافون إسرائيل بالموقف ساعة بعـد ساعة دون أن تطلب ذلك.. وأخبرهم بنقل الفرقة 21 المدرعة من الغرب إلى الشرق." و مرة أخرى يكتب السادات في الصفحة رقم 387 من كتابه "البحث عن الذات" عن لقائه مع وزير الخـارجيـة الأمريكي (كان هذا اللقاء يوم 7 نوفمبـر 73) ومطالبته بضرورة انسحـاب إسرائيل إلى خط 22 أكتـوبر، فـيقول ما يلي "خط 22 أكتوبر سنة 1973 وهو الخط الذي كـان قـائما وقت وقف إطلاق النار، وتعرفه امريكا وروسيـا بأقمارهما الصناعية".. كان هذا يعني اعترافا صريحا آخر من رئيس الجمهورية بقـدرة الأقمار الصناعية في اكتشاف وتوزيع مواقع القوات المتحاربة.

بعد هذا العرض لإمكانات الأقمار الصناعية. وبعد اعتراف السادات بان امريكا كانت تمد إسرائيل بكل المعلومات التي كانت تحصل عليها عن تحركـات قواتنـا بواسطة اقمارها الصناعية.. فهل يمكن لعاقل أن يتصور أن المخابرات الإسرائيلية كانت في حـاجة ماسة إلى معرفة تحركات قواتنا من كتاب الفريق الشاذلي وبعد أن كان قد مضى أكثر من 5 سنوات على تلك الحرب.

العلم العسكري والسر العسكري

الحرب علم وفن، والمكتبات العـامة تزدحم بمئات الكتب والمجلات التي تعالج الحـرب بجــميع فروعها. ولعل اقدم هذه الكتب- والذي مازال يدرس في الكثير من الأكاديميات العسكرية- هو كتاب "فن الحرب الذي ألفه الصيني Sun Tzu عام500 قبل الميلاد أما أحدثها فهو الكتاب الذي نشره الجنرال شوارتزكوبف (SchwartzKopf) عام 1992 عن الحرب التي قادها ضد العراق عام 90/ 91. وبين هذين الكتابــين صدرت الاف الكتب التـي تتحـدث عن التكتيك، والاستراتيجية، والتحركات ومبادىء الحـرب والتنظيم، والخسائر البشرية والمادية لكل حرب، والخلافات بين القيادات السياسية والقيادات العسكرية، الخ. ولم يقل أحد قط- إلا في مصر وفي حــالة الفريق الشاذلي بالذات- إن ما ورد في هذه الكتب يعتبر افشاء للأسرار العسكرية!

وبهذه المناسبة نذكر بما قاله الرئيس حسني مبارك يوم 92/8/12 في أثـنـاء توديعه للقوة المصـرية المسافرة إلى سرايفو. فقد قال "إن حرب اكــتوبر تدرس الآن في جـميع المعاهد العسكرية وغير العسكرية" وانه لفخر لمصر أن تقوم كلية القيادة والأركان الأمريكية بتدريس حرب اكتوبر لطلبتها. وهنا علينا أن نتساءل: من اين حصلت امريكا على المعلومات التي تقوم بتدريسها للطلبة العسكريين. إن كان المرجع هو كتاب الفريق الشــاذلي فهذا فخر للعسكرية المصـرية. إذ يصبح أحد ابنائهــا صاحب كتــاب يصل به إلى العالمية. أما إذا كانت المعلومـات التي تدرس في الأكاديميات العسكرية الأمريكية مصدرها شيء آخــر، فإن هذا يعني ويؤكد أن امريكا حصلت على هذه المعلومات- إذا افترضـنـا سريتها- من مصادر اخرى. وبذلك تنتفي التهمة المنسوبة إلى الفريق الشاذلي فيما يتعلق بافشاء اسرار عسكرية.

وبالإضــافة إلى الكتب العسكرية فهنـاك مئـات المجلات العسكرية التي تصدر بطريقة دورية. بعضها يصدر اسبوعيا وبعضها يصدر شهريا أو سنويا. ولعل أشهر هذه المجلات على المستوى العالمي هي تلك التي تصدر عن الجهات التالية:

- معهد الدراسات الاستراتيجية الدولي International Institute for Strategic Studies
- المعهد الملكي للأسلحة المشتركة لشئون الدفاع Royal United Services for Defence Studies
- مؤسسة جينز Janes

وعن طريق هذه المطبوعات يمكن معرفة ميزانية الدفاع في كل دولة. وما تمتلكه كل دولة من قوات مسلحــة. ويشمل ذلك عدد الأفراد، وعدد الأسلحة الرئيسية، واسلوب تنظيم هذه الأسلحة في

تشكيــلات، ومواصفات وخصائص كل ســلاح ومعدة. كـما تتضمــن دراسات وبحوثا عن المشاكل التكتيكية والاستراتيجية الحاضرة والمستقبلية.

إن تطور اجهزة الرصـد وتنوعها وإقدام الدول الغربية على نشر المعلومات الوفيرة عما تملكه من اسلحة وعما يملكه الآخرون من اسلحة وعتاد، قد جعل كافة الدول عارية تماما من كل سر يتعلق بالقدرات القتالية، و اصبحت كل دولة على معرفة تامة بما تملكه جاراتها من اسلحة وقدرات قتالية، وأصبح على كل طرف أن يبني خطته على أساس أن عدوه المحتمل يعلم عنه كل شيء فيما عدا النوايا التي يخفيها في صدره، إلا أنها– مع أن هذه النوايا يمكن تخمينها بواسطة القادة العسكريين في الطرف الآخر، إلا أنها– مع ذلك– تبقى هي السر الوحيد الباقي إلى أن تبدأ العمليات الحربية، وبمجرد بدء العمليات وتنفيذ النوايا على أرض المعركة تصبح الحرب تاريخا وتصبح خططها جزءاً من التاريخ. وعلى هذا الأساس خططنا لحرب أكتوبر، حيث كنا نعلم عن إسرائيل كل شيء. وكنا نفترض طبعا اتها تعلم عنا كل شيء. وكما يقول السادات في الصفحة رقم 333 من كتابه "البحث عن الذات" أن كانت كل من مصر وإسرائيل تمتلك من أساليب الحرب الالكترونية ما يمكنها من رصد كل ما يحدث على الجانب الآخر.

كانت خططنا للعبور وتدمير خط بارليف هي الشيء الوحيد الذي نحرص على إخفائه وبنجاح خطة العبور والمام إسرائيل بها فقدت الخطة سريتها.

لمن يكون الولاء؟

نعم لمن يكون الولاء للشــعب والدولة؟ أم للحكم والحكومة؟ الإجابة عن هذا السؤال قد حسمت في الأنظمة الديموقراطية. فالشعب هو الذي يختار الحاكم والحكومة دون تدخل من الحكومة التي تشرف على الانتخابات والشعب هو الذي يحدد اختصاصـات الحـاكم والحكومة، وهو الذي يسقطهم إذا وجد منهم انحـرافا عن الحدود والاختصاصـات التي رسمها لهم. ولذلك فإن الولاء الأول يكون للشعب. أما ولاء الشخص للحاكم والحكومة فهو ولاء مشروط وهذا الشرط هو ألا يتعارض هذا الولاء مع ولائه للشعب. وفي بريطانيا التي تعتبر أعرق الديمقراطيات في العالم المعاصر، تأكد هذا المفهوم من خــلال قضية Ponting عام 1985 وقضية Wright عام 1987.

أما القضية الأولى فقد كانت تتعلق بموقـف حكومــة المسز تاتشر من إخفاءها بعض المعلومات التي تتعلق بحرب الفوكلاند التي جرت بين بريطانيا والأرجنتين عام 1983. فقد أدلت حكومـة تاتشــر أمام مجلس العموم البريطاني بان الغواصة البريطانية كــونكيرور Conqueror أغرقت البارجة الأرجنتينية بلجرانو يوم 2 مايو 82، لأنها كانت تشكل خطورة على أمن وسلامة الأسطول البريطاني في المنطقة. وانه عندما صدر القرار السياسي بأغراق البارجة الأرجنتينية لم تكن مسز تاتشر قد علمت بعد بمشروع الاتفاق الذي تقدمت به دولة بيرو لحل النزاع بين بريطانيا

والأرجنتين. ولكن المستر بونتنج– الذي كان يشغل منصبا كبيرا في وزارة الدفاع– سرب إلى حزب العمل المعارض للحكومة وثيقة تؤكد أن الحكومة قد كذبت على مجلس العموم في نقطتين مهمتين: الأولى: هي أن القرار السياسي قد صدر بإغراق البارجة بعد 24 ساعة من إبلاغ الحكومة البريطانية بمشروع الحل السياسي.والثانية: هي انه عندما صدر الأمر بإغراقها، كـانت بلجرانو على مسافة 200 ميل من الأسطول البريطاني، وبالتالي فإنها لم تكن تشكل أي خطورة على الأسطول البريطاني.

قدمت الحكومة البريطانية المستر بونتنج للمحاكمة بتهمة إفشاء أسرار عسكرية أمام محكمة عادية بالتأكيد، حيث إنه في بريطانيا لا تقام الدعوى ضد المدنيين أمام محاكم عسكرية. وفي أثناء المحاكمة دار الحوار بين الادعاء والدفاع حول سؤال مهم هو: لمن يكون الولاء للشعب أم. للحكومة؟ فالدفاع كـان يقول إن إذاعة هذه الأسرار كان بناء على نداء الضمير نحو حق الشعب في معرفة الحقائق. وإنه إذا تعارضت مصلحـة الشعب مع مصلحة الحكومـة، فإن ولاء الموظف يجب أن يكون للشعب. أما الإدعاء فكان يتمسك بان المستر بونتنج قد انتهك القانون الخاص بالأسرار الرسمية عندما أذاع أسرارا كانت بعهدته إلى أشـخاص غير مسئولين. وإنه ليس هناك تناقض بين مصالح الدولة ومصالح الحكومة، حـيث إن مصالح الحكومة القائمة هي مصالح الدولة نفسها.

وفي 11 من فبراير 85 صدر الحكم بتبرئة المسـتر بونتنج من تهمة إذاعة اسرار الدولة. وجاء في الحكم أن مصالح الحكومة ليست دائما متطابقة مع مصالح الدولة. وأن الموظف العام لا تمكن إدانته إذا هو أذاع معلومات في حوزته لا تهدد أمن وسلامة الدولة، ولاسيما إذا اتضح له أن الحكومة تحـجب حـقائق مهمة عن الشعب. وقد هلل الشـعب البريطاني لهذا الحكم وعلق عليه السكرتير العام لموظفي الدولة قائلا "إن هذا الحكم يعتبر انتصـارا عظيما للحريات المدنية. أرجو أن يدفع ذلك الحكومات إلى التوقف عن محاكمة موظفي الدولة الذين تكون كل جريمتهم هي انهم يضعون ولاءهم للشعب في المقام الأول."

أما القضية الثانية فهي قضية المستر رايت Wright الذي كان يعمل ضابطا بالمخابرات البريطانيـة. وبعد تقاعده هاجر إلى استراليا واصدر كتـابا عن الأعمال القذرة التي تقوم بها المخابرات البريطانية والتي كان من بينها التصنت غير القانوني على محادثات الأفراد وسرقة منازلهم. وقتل المستر جيتسكيل Gaitskell زعيم حزب العمال بان دسوا له ميكروب مرض إستوائي قاتل في شـراب من الويسكي. والتآمر لاغتيال الرئيس المصري جمـال عبد الناصر والزعيم القبرصي اليوناني جريفاس. إلخ. وقد قام رايت بنشر كتابه الذي أسماه – قناص الجواسيس Spy Catcher – في أمريكا، ولكن القضاء البريطاني فرض حظر النشر في بريطانيا بـاغلبية ثلاثة ضد اثنين. وقد وقف الشعب البريطاني ضد هذا الحكم. ولجأت بعض الصـحف إلى نشر اجـزاء من الكتـاب. وذهب توني بن Tony Benn –لحد زعماء حزب العمال– إلى حديقة هايد بارك ومعه

نسخة من الطبعة الأمريكية للكتاب واخذ يقرا منها على الجماهير الشعبية التي وقفت تستمع إليه.

وكتبت صحيفة الديلي ميرور في 31 من يوليو 87 تقول "لقد نشر كتاب رايت في أمريكا وتمت قراءته في كل مكان. والانجليز وحدهم هم الذين لا يستطيعون قراءته. إن القضاة الأغبياء قد أصدروا حكما لا يمكن أن يعيش أو يحترم" أما صحيفة الديلي ميل فقد نشرت في 87/8/1 تقول لو قبل الشعب البريطاني بان الحريات التي يتمتع بها هي تلك التي تسمح بها السلطات (يقصد السلطة التنفيذية والسلطة القضائية)، فإن ذلك يعني أننا بدأنا السير على طريق الشمولية"

أما في الأنظمة الاوتقراطية والشمولية. فإن الأمور تسير في عكس هذا الاتجاه تماما. فالولاء للحاكم هو السبيل الوحيدة لشغل المناصب العليا. وفي هذه الأنظمة يشيع النفاق ويتقدم الانتهازيون الصفوف. أما القلة التي ترفض السير في ركب المنافقين وتتمسك بالقيم و المبادئ فإنها تتعرض لحملات ظالمة من وسائل الإعلام التي تملكها الدولة أو تسيطر عليها عن طريق وسائل اخرى متعددة وفي ظل هذه الظروف الصعبة فلا غرابة أن يسود في تلك البلاد شعار يطالب الفرد بان يكون ولاؤه للحاكم والحكومة حتى لو تعارض هذا الولاء مع ولائه لله وللأمة والوطن.

أما المؤمنون والمؤمنات فولاؤهم الأول والأخير لله سبحانه وتعالى مهما سبب لهم ذلك من مشاكل ومتاعب. واما الحاكم فطاعته مشروطة بما جاء في الآية الكريمة (يا أيها الذين آمنوا اطيعوا الله واطيعوا الرسول و أولي الأمر منكم. فإن تنازعتم في شيء فردوه إلى الله والرسول إن كنتم تؤمنون بالله واليوم الآخر. ذلك خير واحسن تأويلا" (النساء/ 59). وقد جرى الخلفاء الراشدون على هذا النهج. فقد قال أبو بكر مخاطبا الناس بعد أن تمت له البيعة (إني وليت عليكم ولست بخيركم. فإن أحسنت فأعينوني وان أسأت فقوموني. أطيعوني ما أطعت الله ورسوله، فإن عصيت الله ورسوله فلا طاعة لي عليكم). وعندما ولي عمر بن الخطاب ردد نفس ما قاله أبو بكر الصديق. فقال له رجل وهو شاهر سيفه "والله يا امير المؤمنين لو رأيناك معوجا لقومناك بسيوفنا" فرد عليه عمر "رحمكم الله الذي جعل فيكم من يقوم عمرا بسيفه". هذا هو الحاكم المسلم حقا. وهذا هو الشعب المسلم الذي يؤمن بالله واليوم الآخر ولا يخشى إلا الذي خلقه وخلق السماوات والأرض وما بينهما.

من الذي يحدد أسرار الدولة؟

تعريف السر: في الأنظمة الديمقراطية تقوم السلطة التشريعية بتعريف السر تعريفا دقيقا قبل تجريمه. وتصدر السلطة القضائية حكمها في الدعوى التي ترفعها السلطة التنفيذية أو أي جهة اخرى ضد من يرتكب جريمة إفشاء السر. وحيث إنه لا يمكن لأي سر أن يبقى سرا إلى الأبد.. وحيث إن وسائل الرصد والحصول على المعلومات تتطور عاما بعد عام، فإن ما كان يمكن أن يعتبر سرا من اسرار الدولة منذ مائة عام أو منذ خمسين عاما، فإنه لا يمكن اعتباره اليوم من أسرار الدولة، نظرا لاستحالة إخفائه عن سمع و انظار الأعداء في عصر الأقمار الصناعية. بل إن

قدرات الأقمار الصناعية تتعاظم عاما بعد عام بحيث أصبح اليوم في استطاعة القائد العسكري أن يشاهد حركة الدبابات والتشكيلات المعادية على شاشة تليفزيونية وهي على بعد مئات أو آلاف الكيلومترات.

وفي ظل هذه المتغيرات السريعة، فإن أفضل تعريف للسر العسكري، هو ما جاء في منطوق حكم المحكمة البريطانية التي برأت المستر بونتنج من تهمة افشاء أسرار عسكرية" في 11 فبراير 1985، فقالت أن "السر العسكري أو سر الدولة هو ذلك السر الذي يترتب على افشائه تهديد أمن و سلامة الدولة."

ومع أن هذا التعريف البريطاني صدر عام 1985.. ومع أن كتابي عن حرب أكتوبر نشر عام 1979، إلا أن مفهومي للسر العسكري كان يتطابق تماما مع مفهوم التعريف البريطاني. ويؤكد ذلك احجامي عن ذكر خصائص الصواريخ جو ارض التي كانت لدينا والتي نوقشت خلال مؤتمر انشاص في 19 من نوفمبر 71 (ص 149 حرب أكتوبر الطبعة الثالثة). ففي خلال هذا المؤتمر تحدث الجنرال أوكينيف عن الصواريخ جو ارض التي قرر الاتحاد السوفيتي إمدادنا بها. وتحدث كذلك عن مواصفات تلك الصواريخ التي يمكن استخدامها بواسطة القاذفات TU-16 ولكنني لم أتطرق في كتابي لمواصفات تلك الصواريخ عندما تبين لي أن مواصفاتها لم تكن قد ظهرت بعد في كتب ومجلات جينس Janes ويبين هذا التصرف العلاقة بين السر والزمن. فما كنت اعتبره سرا عام 79، لا يمكن اعتباره اليوم سرا.. حيث إن مواصفات تلك الصواريخ نشرت بعد ذلك في مطبوعات جينس اللاحقة.

وإذا نحن قبلنا بما تدعيه السلطة التنفيذية في مصر –وتأخذ به المحاكم العسكرية– بأنها هي صاحبة الحق المطلق في تقدير ما هو سر وما هو غير سر. فإن ذلك لابد أن يؤدي إلى إهدار العدالة. وذلك نتيجة تجميع السلطات الثلاث (التنفينية والتشريعية والقضائية) في يد شخص واحد هو الحاكم أو من يكلفه بذلك فالكل يعلم أن وزير الحربية في مصر هو الذي يعين القضاة العسكريين ويعزلهم ويرقيهم ويحيلهم إلى التقاعد، وبالتالي فإنهم جزء من السلطة التنفيذية. فإذا قبلنا بأن وزير الحربية هو صاحب الحق في توصيف أي كتاب أو مقال ينشر بأنه يحوى أسرارا عسكرية. فإن ذلك يعني أن الحكم قد صدر مسبقا بمجرد تقديم المتهم للمحكمة العسكرية.. حيث تصبح مهمة القاضي العسكري في هذه الحالة هي إصدار الحكم على المتهم بناء على شهادة مقدمة من وزارة الحربية بأن ما جاء في كتاب أو مقال المتهم هو إفشاء للأسرار العسكرية.

ونتيجه لهذه السلطات الواسعة وعدم وجود أية ضوابط لتعريف ما هو سر، حدثت تناقضات مؤسفة. فمن كان بالأمس هو صاحب السلطة في إعطاء التصريح للضباط المتقاعدين بنشر كتبهم أو عدم نشرها على أساس أن هذا سر وهذا غير سر. إذا هو –بعد تقاعده– يجد من بين تلاميذه أو تلاميذ تلاميذه من يرفض التصريح له بنشر مذكراته على أساس أنها تحوي أسرارا عسكرية. وفي كـثير

من الحالات كـان رفض التصريح للقادة القدامى بنشر مذكراتهم يخضع لما يسمى تصفية حسابات بين القادة القدامى والقادة الجدد. أو قد يلجأ القادة الذين في السلطة إلى هذا التصرف إرضاء للحاكم إذا استشعروا منه عدم الرضى عن القائد المتقاعد، حتى وإن لم يطلب الحاكم منهم ذلك صراحة.

ففي عام 1970 قام اللواء متقاعد صلاح الحديدي بتأليف كـتاب عن حرب اليمن. واتفق مع أحد الناشرين اللبنانيين على طبعه ونشـره في بيروت دون اخـذ إذن بذلك من وزارة الحربيـة. ولكن المخابرات الحربية علمت بذلك قبل أن يصدر الكتاب، فأبلغت الفريق أول فوزي وزير الحربية. فاستدعى الوزير اللواء صـلاح الحديدي وطلب إليه إلغاء التعاقد وعدم نشر الكتاب. وأذعن صلاح الحديدي لقرار الوزير، لأن البديل لذلك كان هو تقديمه للمحاكمة بتهمة إفشاء أسرار عسكرية. فإذا علمنا أن صلاح الحديدي كان قبل ذلك بسنوات هو مدير المخابرات الحربيـة، وأنه كان- بحكم هذا المنصب- هو الشخص الذي يحـدد- باسم وزير الحربية- ما هو سر لا يجوز نشره وكان هو الشخص الذي يصدق على ما ينشر في وسائل الإعلام (كتـاب وزارة الحربيـة رقم 7/ 4/ 1/ 1/ 1/ 11562 بتـاريخ 13/ 4/ 83 والذي اعتمد عليه المدعي العسكري العام في تقديم الفريق سعد الشاذلي للمحاكمة العسكرية بتهمة إفشاء أسرار عسكرية، يقول إن ما نشره الفريق الشاذلي في كتابه عن حرب أكتوبر يحوي معلومات سرية محظور نشرها إلا بتصديق مسبق من مدير المخابرات الحربية). فهل يعقل أن صلاح الحديدي الذي كان هو الرقيب الأول عندما كان في الخدمة، يصاب فجأة بالعته بتقاعد عندما حتى انه لا يستطيع أن يميز بين ما هو سر وما هو ليس بسر؟

وإذا علمنا أن كتاب صـلاح الحديدي نشر بعد ذلك بسنوات، بعد أن تغير موقف القيادة السياسيـة من حرب اليمن.. اتضح لنا أن أصحاب السلطة في مصر ينظرون إلى السر على أساس انه سر الحـاكم وسر النظام، ثم يدعون ظلما وعدوانا انه سـر من أسرار الدولة. وما حدث مع اللواء الحديدي حدث مع الفريق أول متقاعد محسن مرتجي، عندما رفض الجمسي – عندما كان وزيرا للحربية- التصريح له بنشر مذكراته. ثم تكرر نفس الشيء عام 1983، عندما اتهمت وزارة الحربية الفريق متقاعد محمد فوزي بأن كتابه عن حرب الاستنزاف –الذي نشره حـينئذ- يحوي أسرارا عسكرية. أي أن الفريق أول محمد فوزي الذي أرغم صلاح الحديدي على عدم نشر كتابه عام 1970، شرب هو من الكأس نفسـها عام 1983 عندما اتهم بأنه لا يستطيع أن يفرق بين ما هو سر وما هو ليس بسر!

والأنكى من ذلك أن وزارة الحربية تكيل بمكيالين وربما اكثر من ذلك فيما يتعلق بمن تتهمهم بأنهم أذاعوا أسرارا محظور نشرها قبل حصولهم على إذن مسبق.

وفي حديث أدلى به الفريق سعيد إلماحي –الرئيس الأسبق لجهاز المخابرات العامة- للصحفية سوسن أبو حسين، يقول الماحي "إستدعاني الرئيس السادات ذات يوم في استراحة القناطر الخيرية وقال لي هل قرأت كتاب الفريق سعد الشاذلي عن حرب أكتوبر، فقلت له لا يا سيادة الرئيس.

فأعطاني النسخة الصادرة باللغة الإنجليزية وقال لي أنا عايزك تقرأ هذا الكتاب كويس وتقدم لي عنه تقريرا وافيا وهل يتضمن أسرارا عسكرية أم لا. لأنه اذا كان الأمر كذلك حتما سنقدمه للمحاكمة العسكرية. وبعد يومين عدت إليه وقلت له إن الكتاب يخلو تماما من أية اسرار عسكرية ولاداعي للمحاكمة- لأن تقديم القادة للمحاكمة العسكرية قد يؤدي في النهاية إلى إضافة صفة الأبطال عليهم. وبالفعل أنا كنت صادقاً تماما مع الرئيس السادات ولم أجامل الفريق الشاذلي وقتها في هذه الشهادة". (كتاب سوسن ابو حسين ص ص 226-227)

وعن توصيفه للاسرار العسكرية قال الماحي "الأسرار العسكرية العامة هي كل ما يمكن أن يحصل عليه العدو ويستفيد منه ليستخدمه في الحفاظ على امنه والإضرار بمصالحي وأمن بلادنا. ولذلك فأنا ارى من الأهمية أن تأخذ بعض الوقائع العسكرية طابع الاحتفاظ بالسرية لمدة طويلة حتى لا نعطي فرصة الاستفادة للعدو خاصة في القضايا الاستراتيجية العامة.. وفي الوقت نفسه نتمكن من كتابة الحقيقة الكاملة دون تخوف من محاذير استفادة العدو والتاثير على مصالح الدولة. ومن ناحية اخرى لا يجب على الإطلاق أن نحجب الحقائق عن الشعب، لأن من حقه أن يعرف كل ما يريد معرفته.. خاصة أن العالم من حولنا اصبح قرية صغيرة وان ما لم يعرفه الفرد عن بلاده في الداخل فإنه من الممكن أن يحصل عليه من خارجها. وهو الأمر الذي يحدث فجوة كبيرة في الثقة بين الحاكم والمحكوم.. ويدفع الأخير إلى الاستجابة إلى الشائعات الكاذبة التي لا تتصل مع الحقيقة في شيء. وقد تسيء هذه الشائعات ايضا إلى أمن وسلامة البلاد. (كتاب سوسن ابو حسين ص ص 227-228)

تنويم القوانين وايقاظها

في 13/ 4/ 83 أرسل أمين عام وزارة الدفاع خطابا رقم 11562/1/1/1/1/4/7 إلى المدعي العسكري العام يقول فيه أن ما نشره الفريق الشاذلي في كتابه عن حرب اكتوبر، وما نشره الفريق اول فوزي في كتابه عن حرب الاستنزاف يحوي معلومات سرية محظور نشرها إلا بتصديق مسبق من مدير المخابرات الحربية، كان نشر هذين الكتابين يضر بأمن وسلامة البلاد. والذي يثير التعجب والسخرية هو أن الفريق الشاذلي قدم للمحاكمة في حين أن الفريق اول فوزي لم يقدم للمحاكمة.

أن إفشــــاء أسرار الدولة هو جريمة بشعة تخل بشرف صاحبها وتوجب احتقار من يرتكبها من كل مواطن شريف ولذلك فإن تجميع كل ما يتـــعلق بتوصيفها واقامة الدعوى على من يتهم بها و الحكم عليه في يد شخص واحد هو اهدار للعدالة. وحيث أن جميع هذه السلطات يملكها وزير الحربية.. وحـــيث أن رئيس الجمهورية هو الذي يعين وزير الحـــربية ويعزله.. فإن ذلك يعني أن رئيس الجمهورية يجـــمع في يده سلطات تشريعية وقضائية بالإضافة إلى سلطاته التنفيذية، وهو ما تتنافى مع روح الدستور. ولإصلاح هذه الأوضاع فإني أطالب بأن يكون التعريف الدقيق لهذه

الجـريمة من اختصاص مجلس الشعب. وأن تنحصر مهمة السلطة التنفيذية في إقامة الدعوى ضد من تعتقد انه أفشى اسرارا عسكرية. ثم يكون بعد ذلك القضـاء الطبيعي هو الجهة المختصة بالحكم في أي دعوى سواء بالإدانة أم البراءة. وان الأخذ بهذا الاقتراح – وهو المتبع في الدول الديمقراطية– سوف يقضي على فوضى التفسيرات المتناقضة التي تصدر عن السلطة التنفيذية.

الحرب مدرسة لأولي الألباب:

الحرب عملية باهظة التكلفة، وتكلفتها لا تقاس بمجموع ما يتم إنفاقه خلال فترة العمليات الحربية وما تتحمله الدولة من خسائر بشرية ومادية خـلالها. بل يضاف إليها ما تنفقه الدولة على قواتها المسلحة خلال سنوات السلم لتجهيزها وتدريبها. وما يتم إنفاقه لتأمين الشعب ضد اخطار الحـرب عند اندلاعها. ونتائج كل حرب هي التي تحدد مدى نجاح الدولة في تدبير شئونها العسكرية، من حيث التسليح والتدريب وترشيد الإنفاق، الخ. ولذلك فإن الدروس المستفادة من كل حرب تعتبر ثروة لا تقدر بثمن لأنها تكون رصيدا للدولة اذا ما اشتركت في حرب اخرى. بل أن كل الدول تسعى للحصول على الدروس المستفادة من الحروب التي لم تشارك فيها.

وهذه الدروس المستفادة لا يمكن التوصل إليها إلا اذا عرفت الأخطاء التي ارتكبت بواسطة أحد الأطراف المتنازعة وأدت إلى هزيمته أو أدت إلى وضعه في موقف صعب. وإن اكـتفاءنا بذكر الأعمال المجيدة التي تمت خلال حرب اكتوبر وعدم ذكر الأخطاء التي ارتكبت يمكن أن يولد لدى قادة الأجيال التالية شعورا بالتفوق الزائف، الذي قد يؤدي إلى ارتكابهم نفس الأخطاء التي ارتكبها آباؤهم واجدادهم. ولذلك فإنه يجب علينا أن نعترف بأنه رغم النجاح الباهر الذي حققناه بعبورنا قناة السويس وتدميرنا لخط باريليف في 18 ساعة.. فقد ارتكبنا سلسلة من الأخطاء. أن تطوير الهجوم يوم 14 /10 كـان قرارا خاطئا وهو الذي أدى إلى وقوع الثغرة ليلة 15/ 16 اكتوبر. وإن عدم المناورة بقواتنا المدرعة واستغلال خفة حركتها لكي تتصدى للقوات المدرعة الإسرائيلية التي عبرت إلى الغرب كان تصرفا خـاطئا. فقد كان علينا أن نناور بقواتنا حتى يمكننا حشد القوات بالحجم المناسب في المكان المناسب وفي الوقت المناسب كان اصرار السادات ووسائل الإعلام الحكومية المصرية على وصف ثغرة الدفرسوار بأنها معركة تليفزيونية هو وصف ديماجوجي ومضلل.

أن هذه الحرب المجيدة التي خاضتها قواتنا في أكتوبر 73، أصبحت تدرس الآن في كثير من الأكاديميات العسكرية.. وانهم يشيدون في تلك المعاهد التعليمية بعملية العبور العظيم يوم 6 اكتوبر.. ولكنهم في الوقت نفسه يوجهون اللوم للقيادة العامة للقوات المسلحة المصرية لأنها لم تطبق مبدأ المناورة بالقوات بالسرعة التي تتطلبها ظروف المعركة. وقد ذهب أحد الخبراء العسكريين الأجانب الذين دعتهم لحكومة المصرية عام 1975 للمشاركة في ندوة أكتوبر إلى وصف القيادة المصرية بالشلل. وانه لمن المؤسف حقا أن الإعلام المصري وكتاب السلطة في مصر يعلنون

ويؤكدون لأبنائنا بأنه لم يكن في الإمكان احسن مما كان، وان ضربة الطيران -تزلفا إلى الرئيس حسني مبارك- هي السبب الرئيسي للنصر .. مع أن الحقيقة المرة هي أن القوات الجوية كانت احدى نقاط الضعف الرئيسية في قواتنا المسلحة. والاعتراف بهذه الحقيقة لا يعني هجوما أو نقدا لرئيس الجمهورية الذي كان يشغل حينئذ منصب قائد القوات الجوية. فلم يكن حسني مبارك في ذلك الوقت هو صاحب الكلمة العليا في اختيار الطائرة أو في تخصيص الميزانية الكافية للقوات الجوية.. وبالتالي فإن ضعف قواتنا الجوية هو مسؤولية جماعية تقع على عاتقنا جميعا حكاما و محكومين، لاسباب دولية فرضت علينا. فنحن دولة لا تصنع الطائرات المتطورة، و الذين يصنعون هذه الطائرات هم الذين يتحكمون في عدد و نوع الطائرات التي يبيعونها لنا. ولكن بالرغم من ضعف قواتنا الجوية- مقارنة بالقوات الجوية الإسرائيلية- فقد أظهر طيارونا بطولات وشجاعة. و حققوا أقصى ما يمكن تحقيقه في ظل الظروف التي فرضت عليهم.

أهل الكهف ومفهوم الإسرار

إن من يدعي بأن ما جـــاء في مذكرات الشاذلي عن حرب اكتوبر يعتبر افشاء للاسرار العسكرية هو واحد من اثنين: إما منافق وإما جاهل. فاما المنافق فانه وحده هو الذي يعلم ما في السرائر، وقد امرنا الدين الحنيف الا نحكم على الناس الا بظاهر ما يعملون. فقد قال تعالى "يا أيها الذين آمنوا اجتنبوا كثيرا من الظن ان بعض الظن إثم ولاتجسسوا ولا يغتب بعضكم بعضا. ايحب احدكم أن ياكل لحم اخيه ميتا فكرهتموه واتقوا الله أن الله تواب رحيم" (الحجرات /12). وقال رسول الله (صلى الله عليه وسلم) "أمرت أن احكم على الناس حسب الظواهر، وأن اترك السرائر لله"، وانطلاقا من هذه التشريعات الإلهية فإننا نفترض أن الجهل هو الذي أوقع بعض الناس في خطا الخلط بين ما يمكن أن يعتبر سرا وبين ما هو ليس بسر.

والجهل لا يعتبر نقيصة اذا كان نتيجـــة سبب خارج عن ارادة الإنسان. واذكر بهذه المناسبة حديثا طريفا دار بيني وبين أحد شيوخ القبائل في اليمن عام 1965. كنت في ذلك الوقت قائدا للواء الأول مشاة الذي يتمركز في منطقة الجوف التي تقع في الركن الشمالي الشرقي لليمن. ومنطقة الجوف هذه هي التي تلتقي حدودها مع حدود المملكة العربية السعودية حيث تمتد الصحراء ذات الرمال الناعمة وحيث تنعدم الأمطار. ويعتمد الناس في هذه المنطقة على عدد محدود من الآبار. وعجبت لأمر هؤلاء الناس الذين يعيشون في هذه المنطقة حيث لا زراعة ولا تجارة ولا صناعة ولا أي مصدر للرزق وزارني في مركز قيادتي أحد شيوخ المنطقة، فسألته: ما الذي يدفعكم للبقاء في هذه المنطقة القاحلة التي لا ماء فيها ولا زرع ولا حتى شجر تستظلون به؟ وكانت المفاجأة عندما قال "نحن قطاع طريق. إن طريق قوافل الحج من الجنوب إلى الحجاز تمر عبر أراضينا. واننا نفرض عليهم الإتاوات في مقابل السماح لهم بالعبور أو نستحل أموالهم إذا لم يدفعوا. وما نحصله في موسم

الحج يكفينا طوال العام."،- ثم تطرق الحديث بعد ذلك عن احوالهم المعيشية فقال "والله اليمن كانت افضل بلاد العالم إلى أن جيتم انتم يا مصريين فخربتم الديار، فعجبت لهذا القول وسألته: هل زرت مصر قبل ذلك فأجاب بالنفي، فسألته: وهل زرت أي بلد آخر خارج اليمن فأجاب بالنفي ايضا. فقلت له "وكيف تعرف إذن انها افضل بلاد العالم اذا كان اليمن، هو كل العالم بالنسبة لك. لقد زرت بلادا كثيرة أقول لك أن اليمن هي اكثر البلاد تخلفا من بين كل ما زرته من بلاد العالم"، وعندما خلوت بنفسي تساءلت: ما ذنب هذا الرجل؟ أن العالم بالنسبة إليه هو اكل الثريد واللحم ومعاشرة النساء ومضغ القات.. وكل ذلك ميسور لديه بفضل ما يحصل عليه من مال حرام. وإذا كنا نحن نعتبر أن ما يحصل عليه من إتاوات يفرضها على الحجاج هو عمل غير أخلاقي، فإنه لا يعتبره كذلك. بل انه يعتبره حقا مشروعا له نظير حمايته لهم اثناء عبورهم الديار.

والجهل لا يعتبر نقيصة اذا شب الإنسان في مجتمع مغلق تسيطر فيه الدولة على وسائل العلم والثقافة. مجتمع لا يسمع فيه المرء إلا ما يريد له الحاكم أن يسمعه ولا يقرا فيه الفرد إلا ما يريد له الحاكم أن يقرأه. فينشأ كالإنسان الآلي يتصرف طبقا للبرنامج الذي وضعه الحاكم. فهو عندما يتكلم أو يتصرف إنما يردد- من حيث لا يدري- صوت وأوامر سيده الذي برمجه.

الجهل لا يعتبر نقيصة بالنسبة لأهل الكهف الذين نامت عقولهم مائة عام أو اكثر أو اقل. فمنهم من لم يعرف السيارة ومنهم من لم يعرف الطائرة ومنهم من لم يعرف التليفون، ومنهم من لم يعرف التليفزيون، ومنهم من لم يعرف الأقمار الصناعية ومنهم من لم يسمع عن الصواريخ ارض ارض التي تسبح في الفضاء قاطعة اكثر من عشرة آلاف كيلومتر وانه يتم توجيهها اثناء مسارها بواسطة الأقمار الصناعية لتصل في النهاية إلى الهدف المحدد لها بدقة متناهية، وانها تحمل خلال هذه الرحلة قنبلة نووية تعادل مليون ومائتي ألف طن من المتفجرات (حوالي 60 مرة قوة تفجير القنبلة التي القيت على هيروشيما في أغسطس 1945)، وأن أقصى خطا محتمل بعد هذه الرحلة الطويلة هو 100 متر. أي أن أقصى خطا هو 1 سنتيمتر عن كل كيلو متر ومنهم من لم يسمع عن أن اقمار الإنذار المبكر Early Warning Satellite الامريكية كانت خلال حرب الخليج عام 1991 ترصد عملية اطلاق الصواريخ ارض ارض العراقية من طراز الحسين فور اطلاقها، ثم تبعث بها إلى المحطة الأرضية الأمريكية في نارونجار Narrungar في استراليا، فتقوم بدورها بإرسالها إلى مواقع الصواريخ الأمريكية المضادة للصواريخ باتربوت Patriot التي تتمركز في السعودية عبر اقمار الاتصال.. وكل ذلك يتم بطريقة أوتوماتيكية في اقل من ثانية!

ولكن الجهل يعتبر نقيصة اذا أصر أهل الكهف -الذين نامت عقولهم طوال هذه السنين - على عدم تصديقهم لما يرون بأعينهم ويسمعون بآذانهم- ويصرون على أن هذا من عمل الشيطان. هؤلاء إذن هم الجاهلون حقا بمفهوم العصر الذي نعيش فيه. فمن يتصور أن حجم القوات المسلحة ونوعية تسليحها هو سر من أسرار الدولة جاهل لا يريد أن يتعلم. ومن يتصور أن الخطط التي

قمنا بتنفيذها في حرب أكتوبر هي سر من أسرار الدولة فهو جاهل لا يريد أن يتعلم. ومن يتصور أن ذكر مواصفات وخصائص بعض الأسلحــة والمعدات التي استخدمناها خلال حرب أكتوبر هو سر من أسرار الدولة فهو جــاهل لا يريد أن يتعلم ولا يريد أن يجاري العصر الذي نعيش فيه.

ما السر العسكري؟

وسوف يقودنا هذا التحليل إلى السؤال المهم والأخـير وهو "وهل يعني ذلك أنه لـيست هناك أسرار عسكرية تجب المحــافظة عليها وابادر بالإجابة بان هناك أسرارا عسكرية كثيرة تجب المحافظة عليها. ومن الأمثلة على ذلك إنتاج سلاح جديد، أو خطة عسكرية لم تنفذ بعد. فمن المعروف أن إنتاج سلاح جديد Sophisticated مثل الطائرة أو الدبابة أو المدفع يمر بعدة مراحل. المرحلة الأولى هي مرحلة الابتكار ووضع التصميمات الخاصة بهذا الابتكار على الورق. والمرحلة الثانيــة هي تصنيع عينة من هذا الابتكار و اجراء اختبــارات ميدانية عليها للتأكد من مطابقة المواصفات النظرية على إمكانات المنتج ميدانيا. المرحلة الثالثة وهي مرحلة الإنتاج المكثف. المرحلة الرابعة والأخــيرة فهي توزيع هذا الإنتاج على الوحدات والتشكيلات الميدانية. وهذه المراحل الأربـع تستغرق عادة حوالي عشر سنوات. فإذا كانت الدولة المنتجة للسلاح تعتمد على نفسها اعتمادا كليا في جميع مراحل الإنتاج دون الحــصول على أية مساعدات فنية من أية دولة أجنبية –هذا لم يكن متيسرا إطلاقا إلا بالنسبة لكل من الولايات المتحدة والاتحاد السوفيتي السابق– فإنها يمكن أن تخفي عن الطرف الآخر المنافس المرحلتين الأولى والثانيــة. وهذا يعني إحـراز السبق في مجال الإنتـاج بحوالي 5 سنوات. ولكن بمجـرد بدء الإنتـاج ووصول أعداد قليلة من المنتج إلى التشكيلات العسكرية للتدريب عليه، فإن وسائل الرصد المعادية تصبح قادرة على تصويره وتحديد مواصفاته وأسلوب استخدامه. وتصل المعلومات عن السلاح إلى ذروتها بعد أن تتم متـابعته خـلال المشاريع التدريبية والمناورات وتبقى بعـد ذلك حلقة واحدة وأخيرة وهي متابعة نتيجة اشتراك هذا السلاح في الحرب أو الحصول على عينة من هذا السلاح سواء بالاستيلاء عليه في حرب أم بإغراء بعض العملاء على الهروب به، أم بتهريب الوثائق السرية التي تتعلق بالتصنيع والصيانة والاستخدام والقيود التي تتعلق بالسلاح.

وتحرص الدول المنتجة للسلاح على ألا تبيع الأجيــال الحديثة من سلاحها إلى الدول الأجنبية إلا اذا كانت متأكدة من صداقة هذه الدول.. وكانت على قناعة تامة بان هذه الدول الأجنبية لن تفشي أسرار هذه الأسلحة إلى أي طرف ثالث. حيث أن افشاء الأسرار التي تكون مازالت غير معروفة عن هذا السلاح، يمكن أن يسبب اضرارا كــبيرة ليس بالنسبة للدولة المنتجة للسلاح فحسب. بل لجمِع الدول الصديقة التي تكون قد حصلت على هذا السلاح من الدولة المنتجة.

كذلك فإن الخطط الهجومية والدفاعية التي تقوم الدولة بإعدادها قبل الحرب تعتبر من اسرار الدولة، ولكنها تفقد سريتها عندما يتم تنفيذها على ارض المعركة. واذا كانت وسائل الرصد الحديثة لا تستطيع أن ترصد النوايا التي يحتفظ بها القائد في صدره، فهناك بعض التصرفات التي يمكن أن توحي بهذه النوايا وهنا تبرز اهمية القيام بعمليات الخـداع والتضليل التي ترمي إلى إيهام الخصم بالنية إلى عمل شيء ثم القيام بعمل شيء اخر. ولاشك أن ما قامت به قواتنا المسلحة من عمليات خداع وتضليل قبل أن تشن هجومها يوم 6 اكتوبر يعتبر مثلا رائعا لذلك.

أما دول العالم الثالث التي تستورد التكنولوجيا أو بعضها من الخارج وآلتي تعتمد على تشغيل الخبراء الأجانب في إنتاج الأسلحة فإنها تجد صعوبة كبيرة في المحافظة على سرية انتاج الأسلحـة المتطورة ولعل العراق هو البلد الوحيد من بين تلك الدول الذي نجح في تحقيق ذلك بدرجة تثير الإعجاب فقد نجح قبل عام 1990، في إنشاء مصانـع لإنتاج الغازات، وانتاج صواريخ ارض ارض (صاروخ الحسين 650 كم وصاروخ العباس 50 كم) وانتاج مدافع مختلفة الأعيرة. وانتاج اضخم مدفع في العالم، وقد تم كل ذلك في سرية تامة. ولكن يجب أن نعترف بان الظروف الدولية كانت مواتية، وان العراق احسن استغلال تلك الظروف الدولية. فمن المؤكد أن وسائل الرصد الأمريكي كانت تعلم بمراحل انتاج العراق للغازات السامة في أوائل الثمانينيات ولكنها كانت تغض الطرف عن ذلك حتى يتمكن العراق من صد المد الإسلامي الذي ينبعث من إيران، والذي كان يهدد بسقوط الأنظمة العربية الموالية للغرب وبعد توقف الحرب الإيرانية عام 1988 واندلاع حرب الخليج الثانية عام 1990، انتهزت الولايات المتحـدة الفرصة لكي تقوم بتدمير الترسانة العسكرية العراقية. فكانت المنشآت النووية، ومصانع الغازات وإنتاج الصواريخ هي الأهداف ذات الأسبقية الأولى لقصف القوات الجوية الأمريكية.

وخلاصـة القول إن مساحـة المعلومات التي يمكن للدولة أن تحيطها بسيـاج من السرية أصبحت تضيق عاما بعد عام. كما أن الأفعال ليست كلها ذات طبيعة واحده فمنها ما يعتبر سرا وهو في مرحلة التحضير ثم يفقد الفعل سريته بمجرد التنفيذ. مثال ذلك استعانة مصر بطيارين سوفيت في الدفاع الجوي عن مصر عام 70 والاستعانة بطيارين كـوريين في الدفاع الجوي عام 73. فقد تمت المفاوضات لتحقيق ذلك في الحالتين في سرية تامة. ولكن بمجرد إقلاع الطيارين بطائراتهم من القواعد الجوية المصـرية التي يتمركزون فيها، وتبادلهم الحديث باللغة الروسية أو الكورية، فإن هذا الفعل فقد سريته. وبالتالي فإن القاضي الذي يوكل إليه الحكم في قضية إفشاء أسرار يجب أن يكون متفتحا وذا أفق واسع وعلى دراية تامة بتطور إمكانات الرصد في العالم. وأن يفرق بين ما إذا كان هذا السر هو سر الحاكم والحكومة، أم أنه يعتبر سرا من أسرار الدولة. وأن إفشاء هذا السر يعرض أمن وسلامة الدولة للخطر.

رأي رجال القانون

استطلعت الصحفية سوسن أبو حسين رأي رجــال القانون فيما يمكن أن يعتبره القاضي سرا من أسرار الدولة، ونشرت ذلك عام 1994 في كتاب لها اسمته "سعد الشاذلي قصتي مع السادات" وقد وردت في هذا الكتاب شهادة كل من الدكتور فتحي سرور رئيس مجس الشعب، والدكتورة سعاد الشرقاوي أستاذ القانون الدستوري بكلية الحقوق جامعة القاهرة، والدكتور محمود عاطف ألبنا استاذ القانون الدستوري بجامعـة القاهرة والدكتور محمد عصفور المحلمي المشهور واستاذ القانون الدستوري.

يقول الدكتــور فتحي سرور   إذا كــان نشر الأسرار يؤدي إلى الإضرار بمصالح الشعب فمن واجب الشعب نفسه أن يطالب بعدم نشرها لأنه صــاحب السيــادة العليا والمصلحة العامـة. أما إذا كــانت هناك قضايـا سياسـية معينة ويريد الشعب معرفتها فهذه تتعلق بمصداقية المسئول في قراراته، ومصارحته للشـعب بالحقائق لاتدخل في باب الأسرار.. إن تحديد مفهوم اسرار الدولة من الموضوعات الدقيقة التي تتطلب وضعها في ميزان التوازن بين حق الإنسان في المعرفة وفقا لمبدأ الحريات وبين الحفاظ على النظام العام والمصلحة العامة." (كتاب سوسن ابو حسين ص 211)

وتقول الدكتورة سعاد الشرقاوي "إن إخفاء الحـقائق والأسرار عن الشعب يعتبر انتهاكا دستوريا، لأن حق المعرفة والاطلاع مكفول للجميع في كافة القوانين الدستورية على المستوى الدولي". أمامنا مثال واضح حدث مع الرئيس الأمريكي السابق نيكسون عندما رفض تسليم وثائق قضية ووترجيت للجنة التحقيق بحجـة انها ضمن أسرأر الدولة، ثم صــدر الحكم من المحكمة العليا بضرورة تسليمه وثائق القضيـة، إلا انه رفض الحكم واستقال. وهذا يؤكد حق الشعب والراي العام في معرفة الحقائق. (كتاب سوسن ابو حسين ص 213)

ويقول الدكتور محـمود عاطف البنا "إن تحديد مفهوم أسرار الدولــة تحكمه عدة مبادئ وتوجهات من الصعب تحديدها. فهو يخضع لحالات متعددة، منها تفسيـر كل قانون لمفهوم السرية، والذي يتأثر بدوره بالنظام السياسي لكل دولة ومدى احترامها للحقوق والحريات أو إغفالها. ففي النظم الديمقراطية الحرة والأكثر ليبرالية وتسامحا مع حق النشر والمعرفة يختلف تحديد مفهوم السرية عنه في النظم الشموليـة التي تتوسع في اعتبار أشياء كثيرة جداً من أسرار الدولة، وهي في حقيقة الأمر ليست من الأسرار في شيء. (كتاب سوسن ابو حسين ص 214)

أما الدكتـور عصفور فقد كان اكثر صراحة وتحديدا في إجاباته عن أسئلة الصحفية المذكورة. فهو يعقب على رأي الدكتور سرور بقوله إنه لا يوجد في القانون ما يسمى بفكرة التوازنات، وان هناك نصـوصاً واضحة لايمكن مخالفتها بأي حال. إن مصلحـة الشعب

الأساسية تكون في حصوله على حق الحرية والمعرفة، وانه لا يوجد أي تطابق بين مصالح الشعب ومصلحة النظام. كما أن رأي الدكتور سرور الحالي عن فكرة التوازنات يختلف تماما عما ذكره في كتابه الشرعية الجنائية. (كتاب سوسن ابو حسين ص 211)

وعن سؤال عن الوقائع التي يمكن أن تعتبرها القوات المسلحة إفشاء لأسرارها العسكرية أجاب الدكتور عصفور "الأسرار العسكرية الحقيقية هي خطة الحرب، والإجراءات والتشكيلات والوسائل الدفاعية التي لم يتم تنفيذها بالفعل. ويعتبر إفشاؤها جريمة تستحق الإعدام. أما إذا كانت هذه الوقائع العسكرية قد تداولها البعض في معركة تمت وانتهت سواء كانت نتائجها الفشل أم النجاح، فمن المستحيل– بل من العبث– أن نقول عنها إنها أسرار.. إذا كانت كل الأسلحة التي لدينا نحصل عليها من مصادر خارجية، وكل من أمريكا وإسرائيل على علم بها.. فكيف نخدع انفسنا ونضحك على بعضنا البعض ونقول إن هذه هي أسرار؟! هذا التلاعب بالألفاظ هو مجرد هراء." (كتاب سوسن ابو حسين ص 221)

وعن سؤال حول محاكمة الفريق الشاذلي أجاب الدكتور عصفور إن محاكمة الفريق الشاذلي كانت خطا كبيرا. لأن المحاكمة تمت على أساس غير قانوني، ولم تكتمل اركانها كما انه لا توجد أية وقائع في كتابه تثبت انه أفشى اسرارا عسكرية. ولا أتصور ابدا انه عندما ينتقد تصرفات بعض القادة– كوصفه لوزير الحربية احمد إسماعيل بأنه ضعيف الشخصية ومتردد– أن يكون هذا ضمن الأسرار العسكرية. وجريمة الشاذلي انه لم يحصل على إذن مسبق لكتابة مذكراته. وفي رأيي أن الإذن المسبق على النشر يعد مخالفة دستورية، وان الفريق الشاذلي استخدم حقه في حرية الفكر والرأي المكفول له قانونا. وهذا هو الطريق الذي يجب أن يلتزم به الجميع في كتابة مذكراتهم. وإذا رأت وزارة الدفاع أن ما كتب يضر بمصالحها وامن وسلامة الدولة فلها أن تلجأ إلى القضاء المستقل ليكون الحد الفاصل بين اسرار الدولة وأسرار الحكومة. ولابد أن نصحح مرة اخرى لمن لا يعرف إن إفشاء السرية يجب أن يكون مقصورا على اعطاء معلومات للعدو عن معركة قادمة، ومن الممكن أن يستفيد العدو بهذه المعلومات ويضر بأمن وسلامة البلاد. أما المعارك التي تمت فمن العبث القول بأن العدو سوف يستفيد منها."

وعن رأيه في المحاكم العسكرية أجاب الدكتور عصفور "المفروض أن يحدد القاضي (يقصد القاضي الطبيعي) ما السر، وما طبيعته. وهل يترتب على إفشائه الاضرار بمصلحة الدولة أم لا. ومن الطبيعي أن يعود ذلك لتقدير القاضي. ولكن عندما يعرض هذه القضايا أمام المجالس العسكرية فإن الميزان يختل.. لماذا؟ لأن السلطة للقائد الذي يأمر بتشكيل المجلس العسكري. ولا يوجد بالمجالس العسكرية قضاة قضاة بالمعنى الصحيح. إن القضاء العسكري يلجأ عادة إلى الالتزام بأوامر السلطة التنفيذية وليس لتقدير القاضي."

338

وعن أسرار الدولة التي تتعلق بالسياسة الخارجية أجاب الدكتور عصفور "في الدول الديمقراطية لايمكن أن يستغل بند السرية الطريقة نفسها التي نوظف بها هذا البند في مصر. إن ما يحدث في مصر هو قليل من كثير من المخالفات الصارخة التي يرتكبها نظام الحكم تحت غطاء السرية كوسيلة لحماية عوراته. وعلى سبيل المثال فإن السادات قد أخفى عن مجلس الشعب الملاحق الخاصة باتفاقية كمب ديفيد. وبالتالي فإن الرئيس السادات خدع الشعب ولم يصارحه بالحقائق الكاملة في الاتفاقية، حيث إن ملاحقها فيها قدر كبير من الانتقاص من سيادة الدولة وحريتها. وهذا هو الفرق بين أسرار الدولة وأسرار الحكومة. فماذا لو استطاع أحد الأشخاص الحصول على هذه الملاحق ونشرها.. هل تعتبر هذه الوقائع إفشاء لأسرار الدولة؟ بكل تأكيد لا.. بل إن من يخفيها عن الشعب هو الذي يقع تحت طائلة القانون ويعاقب عليها بتهمة الخداع والغش.

بماذا تحكم أيها القارئ؟

في أوائل الستينيات كنت اشغل منصب المحلق الحربي بسفارة مصر في لندن. وكان التليفزيون البريطاني يعرض من وقت لآخر برنامج بماذا تحكم The Verdict Is Yours . كان التليفزيون البريطاني ينقل خلال هذا البرنامج صورة حية من إحدى المحاكم في قضية من القضايا التي تشغل الرأي العام البريطاني. وكان هذا البرنامج يجتذب اهتمام كل الناس حيث يشاهدون ويستمعون إلى مرافعات الادعاء والدفاع ومناقشة الشهود في أقوالهم إلخ. وقبل أن يصدر القاضي حكمه في نهاية الجلسة يكون كل فرد من المشاهدين قد توصل بينه وبين نفسه إلى قناعة بما يجب أن يكون عليه الحكم العادل في هذه القضية.. فيكون ذلك بمثابة رقابة شعبية على عدالة المحاكمة. وقد كنت احرص كل الحرص إثناء وجودي في لندن على مشاهدة هذا البرنامج وكنت من المعجبين به.

وحيث أن المحكمة العسكرية قد اصدرت حكمها غيابيا بتاريخ 83/7/16 على مؤلف هذا الكتاب بالأشغال الشاقة لمدة ثلاث سنوات بتهمة افشاء اسرار عسكرية.. فقد طالبت عند عودتي إلى الوطن بتاريخ 1992/3/14 بأن تعاد محاكمتي وان تكون المحاكمة علنية أدافع فيها عن نفسي تجاه هذه التهمة الظالمة. ولكن هذا الطلب رفض فتقدمت باستشكال في تنفيذ الحكم الصادر من المحكمة العسكرية امام محكمة امن الدولة العليا التي اصدرت حكمها بتاريخ 93/8/13 بإيقاف تنفيذ الحكم الصادر من المحكمة العسكرية العليا. وقد جاء في حيثيات الحكم ما يلي: "أن الحكم المستشكل في تنفيذه تجرد من أركانه الأساسية ومقومات وجوده كحكم، واصبح هو والعدم سواء بسواء. فإن الاستمرار في تنفيذه وبقاء المحكوم عليه مؤبدا بالسجن على ذمته يعد تعطيلا لحقوقه الأساسية وما كفله له الدستور من ضمانات واعتداء صارخا على حريته". وفي 92 /8/17 (أي بعد أربعة أيام من صدور حكم محكمة امن الدولة العليا كان من بينها يوما الخميس والجمعة) انعقدت محكمة عسكرية

عليـــا بناء على طلب من النيابة العامة العسكرية، واصـــدرت في نفس اليوم حكما غيابيا جــديدا رغم وجودي بالسجن باستمرار تنفيذ العقوبة المحكوم بها من المحكمة العسكرية العليا بتاريخ 83/7/16 .

والآن عزيزي القارئ بعد أن قرأت كتابي عن حرب أكتوبر، وبعد أن قرأت هذا الفصل عن أسرار الدولة واسرار الحكومة.. هل تعتقد أن الفريق الشاذلي أفشى أسراراً عسكرية؟ إن رأيك أهم عندي من حكم القضاة. فالقضـــاة بشر منهم الصالح الذي لايخشي في كلمة الحق لومة لائم. ومنهم الطالح الذي يخضع لجــبروت السلطة الدنيوية فيشتري الحياة الدنيا بالآخرة.. وقد قال عنهم رسول الله(صلى الله عليه وسلم) في حديث شـــريف "قاض في الجنة وقاضـــيان في النار". وحسبنا الله. ومن احسن من الله حكما لقوم يوقنون.

"لا يستطيع أي جيش في العالم أن يدعي أنه كان باستطاعته أن يفعل افضل مما فعله المصريون في تخطيط وادارة واقتحام قناة السويس أما القرار باستغلال النجاح فكان خطأ جسيما ولنتذكر جيدا أن أحد عوامل الرئيسية في الخطة المصرية ، كان هو الاعتراف بالتفوق الكبير للسلاح الجوي الاسرائيلي والتفوق المساوي له تقريبا في حرب المدرعات المتحركة. "

الخبير الأمريكي

الكولونيل تريفور دي بوي

للندوة الدولية عن حرب اكتوبر بالقاهرة 1975

كتاب هيكل عن حرب اكتوبر

في أواخر عام 1993، نشر الأستاذ محمد حسنين هيكل كتابه "اكتوبر 73 السلاح والسياسة". الذي أثار ضجة كبيرة نظرا لما يتمتع به الأستاذ هيكل من شهرة كـبيرة. وقد علقت على هذا الكتاب باستفاضة، ونشر هذا التعليق في صحيفة الأهالي الأسبوعية في ثلاث حلقات كانت كل منها تغطي صفحـة كاملة من الصحيفة، وكان ذلك في الأيام 19 من يناير، و 26 من يناير، و 2 من فبراير 94. كما قامت مجلة المجلة التي تصدر في لندن بنشر ملخص لهذا التعليق في عددها رقم 739 بتاريخ 10 ابريل 1994. وفي 21 من مارس 1995 نشرت صحيفة الشعب تعليقا لي أوضح فيه ما ورد في كتـاب هيكل عن تطوير هجومنا نحو المضايق يوم 14 اكتوبر 1973. وحيث أني كنت و أنا اكـتب هذه التعليقات أفترض أن القارىء لم يقرأ كتابي هذا عن حرب اكتوبر، فقد كنت مضطرا إلى أن اذكر في هذه التعليقات الكثير من الأحداث التي لاشك أن القارىء قد أصبح ملما بها بعد قراءته للفصول السابقة في كتابي هذا، وبالتالي فليس هناك من داع إلى تكرارها. وسوف اكتفي بالإشارة إليها إذا دعت الضرورة إلى ذلك.

وفي هذا الفصل سوف أناقش فقط ما أثير حـول تطوير هجوم قواتنا نحو المضايق. والأسئلة المطروحة للمناقشة هي:

- هل كان من ضمن نوايانا قبل بدء العمليات أن نصل بقواتنا إلى المضايق؟
- هل كان في استطاعة قواتنا أن تصل إلى المضايق بعد نجاحها في عبور قناة السويس وتدمير خط بارليف؟

يقول هيكل إن الخطة التي دخلنا بها الحرب كانت تتضمن الوصول بقواتنا إلى المضايق. وهو يعتمد في هذه المعلومـــة على شهادة المشير عبد الغني الجمسي الذي كان يشغل خلال حرب اكتوبر منصب رئيس هيئة العمليات برتبة لواء وكـــأن هذا المنصب يضع الجمسي في الترتيب الثالث في الهرم القيادي بعد الفريق أول أحمد إسماعيل القائد العام للقوات المسلحة والفريق سعد الشاذلي رئيس أركان حرب القوات المسلحة. ومرة اخرى يقول هيكل في كتابه إن قواتنا كان في استطاعتها أن تتقدم إلى الممرات بعد نجاحها في العبور. وهو يستند في ذلك إلى ثلاثة مصـادر.

- المصدر الأول هو مجموعة من الخبراء في مركز دراسات الأهرام كانت ترى انه كان يجب علينا أن نبدا في تطوير هجومنا نحو المضـــايق يوم 7 أو 8 أكتوبر.
- المصدر الثاني هو ما سمعه من السفير السوفيتي يوم 9 من أكتوبر.

342

- والمصدر الثالث والأخير هو ما جاء في كـتـاب الجمسي يوميات حرب أكتوبر" الذي نشر عام 1992، والذي يقول فيه إنه كان من الممكن أن يتم تطوير الهجوم نحو المضايق بنجاح لو أنه تم يوم 9 أو 10 من أكتوبر.

ومع احترامي لوجهة نظر الأستاذ هيكل، فإن هذا الرد لا يرقى إلى الحقيقة التاريخية.. فالحقائق التاريخية في الحروب لا تتأكد إلا من خلال ثلاثة مصادر اخرى غير ذلك التي اعتمد عليها الاستاذ هيكل.

المصدر الأول هو الوثائق الرسمية التي لاتثار الشكوك حول تزييفها، و المصدر الثاني هو إجماع الشهود أو الغالبية العظمى من الشهود الأقرب إلى المعلومة التي يدور البحث حولها، و المصدر الثالث اجماع الخبراء أو اتفاق الغالبية العظمى منهم على صحة المعلومة نتيجة التحليل السياسي والعسكري في الوقت والتاريخ الذي أثيرت فيه هذه المعلومـة. ويؤسفني جـدا أن أقول إن الأستاذ هيكل تجاهل تماما تلك المصادر الثلاثة عندما تحدث عن موضوع تطوير هجومنا نحو المضايق.

الوثائق الرسمية

على الرغم من أن الأسـتـاذ هيكل نشر في كتابه المذكور 142 وثيقة.. إلا أنه لم تكن بين هذا الكم الهائل من الوثائق الوثيقة التي أصدرتها القيادة العامة إلى قادة الجيوش قبل بدء العمليـات ولو تم نشر هذه الوثيقة لعلم العامة والخاصة انه لم يكن من ضمن خطتنا أن تتقدم قواتنا نحو المضايق سواء يوم 9 من أكتوبر أم 10 من أكتوبر أم قبل ذلك أم بعده أما لماذا لم تتضمن الخطـة عمليـة تطوير هجـومنا نحو المضايق فإن ذلك يرجع إلى أسباب عسكرية كثيرة أهمها هو ضعف قواتنا الجوية وعدم توافر صواريخ مضادة للطائرات خفيفة الحركة تستطيع مرافقة قواتنا البرية المتقدمة وحمايتها ضد هجمات العدو الجوية (راجع الفصول 4,3,2 من هذا الكتاب).

لقد نجحت قواتنا البرية في اقتحام قناة السويس وتدمير خط باريف بينما كانت كتائب صواريخ الدفاع الجوي من طراز سـام 2، سام 3 تحمي سماء قواتنا المهاجمة من مواقعها الثابتة غرب القناة وكانت هذه الصواريخ توفر لقواتنا الحماية ضد هجمات العدو الجوية حتى مسافة 10– 15 كيلومتر، شـرقي القناة وحيث إن احتلال المضايق كـان يحتم علينا التقدم عبر سيناء حوالي 50 كيلومترا، فإن التقدم عبر هذه المسافة دون حماية جوية ودون توافر وسائل الدفاع الجوي الذاتي الحركة (تتحرك على جـنـزير وترافق القوات البرية إثناء تحركـها) سوف يعرض قواتنا البرية للتدمير بواسطة القوات الجوية المعادية.. حيث إن المعركة في هذه الحالة ستكون معركة غير متكافئة،

بل معركة من جانب واحد: معركة بين قوات جوية تملك قدرات هائلة للتدمير وبين قوات برية لا تستطيع أن تدافع عن نفسها ضد هذه الهجمات.

ومع ذلك فيجب أن اعترف بان القيادة العامة للقوات المسلحة المصرية قد قامت بإصدار وثيقة مزورة قبل الحرب، وكان ذلك بناء على أوامر القيادة السياسية. كان الهدف من هذه الوثيقة المزورة هو إقناع السوريين بدخول الحـرب إلى جانبنا في المعركة القادمة، وذلك باخطارهم بأن هدف القوات المسلحـة المصرية هو الوصول إلى المضايق وليس التوقف على مسافة 10-15 كيلومترا شرق القناة كما في الخطة الأصلية . (ذكرت هذه المعلومة في الفصل الرابـع من هذا الكتاب.. كما أشرت إليها في تعليقي على كتاب هيكل، وتم نشرها بصحيفة الأهالي في 19 من يناير 1994)، و هذه الوثيقة المزورة لم تكن ابدا تمثل نوايانا الحقيقية، ويؤكد ذلك ما يلي:

1- فيما عدا الجمسي، فأن أكـثر الناس معرفة بالخطة و أهدافها- كمـا سيرد ذكرهم فـيما بعد- ينكرون أن الوصول إلى المضايق كان هو هدف القوات المسلحة.

2- لم تشمل الخرائط التي عرضت على السوريين التوقيتـات التي يبدأ فيها التحرك نحو المضايق بعد نجـاح العبور، والتوقيتـات التي تصل فيها قواتنا إلى المضايق، بل اكتفي بالقول بأنه بعد وقفة تعبوية تستأنف قواتنا تقدمها نحو المضايق. وكما سبق أن قلت فإن التعبير العسكري وقفة تعبوية يعني التوقف إلى أن تتغير الظروف التي أدت إلى هذا التوقف وقد تكون الوقفة التعبوية عدة أسابيع أو عدة شهور أو اكثر. ويختلف ذلك اختلافـا جذريا مع المشاريع الاستراتيجية التي كنا نتدرب عليها خـلال السنوات 68-72 فقد كنا خلالها نحتل المضايق في اليوم السابع ونحرر سيناء في اليوم الثاني عشـر. وكان يظهر على تلك الخـرائط ما تحققه قواتنا كل يوم. وإن عدم اتباع هذا الأسلوب بالنسبة للخطة التي تقضي باحتلال المضايق يؤكد أننا لم نكـن جادين في تنفيذ هذه المرحلة.

3- تصدر عن كل خطة وثيقة رئيسية تبين الهدف والقوات الرئيسية التي تكلف بتنفيذ هذه الخطة والتوقيتـات التي يتم فيها تحقيق هذه الأهداف. ثم تصـدر بعد ذلك عشرات الوثائق الفرعية توضح قرارات قادة الوحدات المرؤوسة وتنظيم التعاون بينها الخ.. وان عدم اصدار تلك الوثائق الفرعية بالنسبة لمرحلة التقدم للمضايق يؤكد مرة اخرى اننا لم نكن جادين في تنفيذ هذه المرحلة.

فإذا نحن تركنا هذه الوثيقة المزورة رجعنا إلى الوثائق الحقيقية، فإننا نجد تناقضا كبيرا مع تلك الوثيقة المزورة يقول التوجيه الذي أصدره الرئيس السادات إلى الفريق أول احمد إسماعيل ما يلي "الهدف الاستراتيجي للقوات المسلحة هو تحدي نظرية الأمن الإسرائيلي. وذلك عن طريق عمل عسكري حسب إمكانات القوات المسلحة، يكون هدفه الحاق اكبر قدر من الخسائر بالعدو واقناعه بأن

مواصلة احتلاله أراضينا يفرض عليه ثمنا لا يستطيع دفعه. وبالتالي فإن نظريته في الأمن- على أساس التخويف النفسي والسياسي والعسكري- ليست درعا من الفولاذ يحميه لا في المدى القريب ولا في المدى البعيد (كتاب البحث عن الذات ص 441).

إن جوهر الخطة الأصلية التي تم وضعها والتصديق عليها في شهر أغسطس 1971 -أي قبل أن يعين الجمسي رئيسا لهيئة العمليات، وقبل أن يعين احمد اسماعيل قائدا عاما للقوات المسلحة- كان هو أن نفرض على اسرائيل الحرب بأسلوب يختلف اختلافا جذريا عما تعودت عليه في جميع حروبها السابقة. اذ أنها كانت تتفادى الهجوم بالمواجهة وتلجأ إلى عمليات الالتفاف ومهاجمة قواتنا من الخلف فإذا نحن توقفنا شرق القناة بحوالي 10- 15 كيلومترا واستند خطنا الدفاعي على البحر الأبيض شمالا وخليج السويس جنوبا فإنه سيصبح من المستحيل تطويق هذا الخط وبالتالي فإننا سنضع اسرائيل امام خيارين كلاهما مر بالنسبة لإسرائيل وكلاهما حلو بالنسبة لنا. الخيار الأول هو أن تهاجم مواقعنا الدفاعية بالمواجهة وسوف يتيح لنا ذلك الفرصة لأن نكبد إسرائيل خسائر فادحة في الأفراد، وهذا هو المقتل الأول لإسرائيل، أما الخيار الآخر فهو عزوف اسرائيل عن الهجوم فتطول فترة الحرب لعدة اشهر دون أن يكون في استطاعتها إنهاء التعبئة العامة، وبذلك تستنزف قوتها الاقتصادية. وهذا هو المقتل الثاني لإسرائيل (راجع الفصل الثاني من هذا الكتاب).

مما تقدم يتضح أن الوثيقة الخاصة بالتوجيه الذي أصدره السادات إلى القائد العام. والوثيقة الخاصة بالخطة الأصلية. و اصدار عشرات الوثائق الفرعية عن مرحلة العبور معدم اصدار وثائق فرعية تتعلق بالتقدم إلى المضائق... كل ذلك يؤكد أن التوقف عند مسافة 10- 15 كيلومترا شرق القناة كان هو هدفنا النهائي في أكتوبر 73. بل أن السادات ذكر في كتابه "البحث عن الذات" في صفحة 329 ما يلي "في حياة عبد الناصر كنت أقول له على سبيل المبالغة اننا لو أخذنا حتى عشرة سنتيمترات في سيناء ووقفنا فيها ولم ننسحب، فسوف يتغير الموقف شرقا وغربا وكل شيء... وبناء على هذا وضعت توجيهي الاستراتيجي وقلت للقوات المسلحة في فبراير 73، أن الذي يكسب الأربعة والعشرين ساعة الأولى سوف يكسب الحرب.

يقول الفريق اول محمد فوزي في كتابه حرب الثلاث سنوات 1983 انه جهز خطة هجومية هدفها تحرير سيناء على أن يبدا تنفيذها فور انتهاء فترة ايقاف النيران في 17/ 10/ 1970. وكان من المفترض أن يصدق عليها الرئيس عبد الناصر في الأسبوع الأول من سبتمبر. ولكن احداثا اخرى شغلت عبد الناصر عن التصديق على الخطة ثم وافته المنية قبل أن يصدق على الخطة (ص 210). ويقول في نفس المرجع انه أدار مشروعا تدريبيا لاختيار خطة تحرير سيناء، كان هذا المشروع بدا يوم 14/ 3/ 71 وانتهى يوم 25/ 3/ 71 وتأكد من خلاله امكان تحرير سيناء خلال مدة 12 يوما (ص 366).

وبناء على طلب اللواء حسن البدري –رئيس لجنة كتابة تاريخ حرب أكتوبر – تحدد يوم 12 ابريل 1994 لإجراء لقاء بيني وبين الفريق اول محمد فوزي لبحث الخلاف بين ما سبق أن قلته في كتابي بأنه عندما عينت رئيسا للأركان فإنه لم تكن هناك خطة هجومية (راجع الفصل الثاني). وبين ما يقوله الفريق اول فوزي بأنه كانت هناك خطة هجومية. وقد حضر هذا اللقاء كل من اللواء حسن البدري واللواء عبد المنعم خليل. وفي هذا اللقاء سألت الفريق اول فوزي عن الشخص الذي كانت بعهدته وثائق هذه الخطة حتى يمكن سؤاله عن مصير هذه الوثائق، فاجاب بأنه كان يخشى تسليم الوثائق لأي أحد حتى لاتفقد سريتها. وهذه الإجابة تؤكد ما قلته بأنه لم تكن هناك أي خطة هجومية عندما توليت رئاسة الأركان. وإن ما ذكره فوزي ليس إلا افكارا مازالت كانت حبيسة في صدره وفي بعض الأوراق الخاصة به.

ويقول الجمسي في مذكراته "في مصر ظهرت بعض المذكرات والكتب تقول بأنه كانت هناك الخطة 200 التي وضعت عام 1970 لتحرير سيناء في 12 يوما إلا أن الظروف في ذلك الوقت لم تسمح لتنفيذها. ولقد ظهر اسم هذه الخطة والغرض منها في مذكرات أحد القادة العسكريين المصريين السابقين (يقصد الفريق أول فوزي). ومن هنا نقلت إلى مذكرات وكتب اخرى. وسوف يسجل التاريخ أن الخطة 200 كانت خطة دفاعية عن منطقة قناة السويس وضعت بعد حرب 1967، واشتركت في وضعها عندما كنت أعمل رئيسا لأركان جبهة قناة السويس في ذلك الوقت. و وثائقها موجودة في وزارة الدفاع " (مذكرات الجمسي ص 302). وهكذا يؤكد الجمسي ما قلته بأنه لم تكن هناك أي خطة هجومية عندما توليت رئاسة الأركان في مايو 1971.

ويؤكد أمين هويدي وزير الدفاع الأسبق ورئيس جهاز المخابرات العامة الأسبق، والذي كان من المقربين لجمال عبد الناصر – تشككه في أقوال الفريق أول فوزي، فيقول في اجتماع تم مساء يوم 30/9/ 70 في مكتب وزير الحربية الفريق أول فوزي وحضره كل من السادة محمود رياض وزير الخارجية، و شعراوي جمعة وزير الداخلية، وحافظ اسماعيل رئيس اركان المخابرات العامة، وسامي شرف وزير الدولة لشئون رئاسة الجمهورية، ومحمد حسنين هيكل وزير الإرشاد، و أمين هويدي وزير الدولة، للوصول إلى قرار بشان تجديد قرار وقف إطلاق النار الذي كان ينتهي في 17/ 10/ 1970. وقد سئل الفريق فوزي هل يناسبك من الناحية العسكرية أن تبدأ القتال على الفور، ام انك تفضل أن يتاح لك المزيد من الوقت والاستعداد فرد على الفور . إذا منحت فرصة شهرين آخرين فإني أظن أن موقفي سيكون احسن. إذ ستكون بطاريات الصواريخ في مصر العليا قد استقرت في موضعها وسأشعر بمزيد من الأمن. وعلى أي حال أنا جندي. وإذا صدر لي أمر مكتوب فإني سأنفذ ما تطلبه القيادة السياسية . ويستطرد أمين هويدي فيقول وعلى اثر ذلك تقرر مد إيقاف إطلاق النار. ولم يعرض في هذا الاجتماع موضوع خطة 200 أو جرانيت أو عبور قناة السويس. كل ما كان معروضا هو استئناف حرب الاستنزاف مرة اخرى. ولم تكن قواتنا المسلحة

مستعدة لذلك في هذا الوقت، لأن الصعيد بأكمله كـــان مكشوفا ضد الغارات المعادية (أمين هويدي: الفرص الضائعة ص 328 و 329).

شهادة الشهود الأقرب من المعلومة

يتفق كل البـــاحثين على أن الوثيقة هي المصدر الرئيسي للحقيقة. ولكن حيث إن تزوير بعض الوثائق هو احتمال وارد لايمكن استبعاده فإن إجماع الشهود أو الغالبية العظمى منهم على صحـــة الوثيقـــة وصحة مـــا ورد فيها من معلومـــات لابد أن يضيف بعدا جديدا للحقيقة. وعندما نتكلم عن الشهود فإننا نعني بذلك الأشخاص الذين تسمح لهم مناصبهم بأن يلموا بالمعلومة التي يدور البحث حول صحتها من عدمها. وإذا نحن طبقنا ذلك على المعلومة الخاصة بتطوير هجومنا نحو المضايق- فإننا نجد أن اكثر الناس الماما بهذه المعلومة هم الآتون بعد حسب رتبهم ومناصبهم في أكتوبر عام 73:

رئيس الجمهوريــة	الرئيس انـــور الســادات
القائد العام للقوات المسلحة	فريق أول احمد إسماعيل على
رئيس أركان حرب القوات المسلحة	فـــريق سعد الشـــاذلي
رئيس هيئة العمليات	لواء عبد الغنى الجمسي
قائد قـوات الدفـاع الجوي	لواء محمد على فهمي
قــائد القـوات الجوية	لواء محمد حسنى مبـارك
قــائد القوات البحرية	لواء فـؤاد ذكـــري
قائــد المــدفعية	لواء سعيد الماحي
مديـــر المخابرات الحربية	لواء فؤاد نصار
قــائد الجيش الثـــانى	لواء ســعد مـــأمــون
قــائد الجيش الثــالــث	لواء عبد المنعـم واصـل

وفيما عدا اللواء عبد الغنى الجمسي، فلم يذكر أحد من الآخرين أن التقدم إلى المضايق كان ضمن نوايانا في حرب اكتوبر. وبالإضافة إلى الأسماء المذكورة فقد كان هناك شخصان أخران قريبان من تلك المجموعة أدليا برأيهما في هذا الموضوع. أولهما هو السيد حافظ اسماعيل مستشار رئيس الجمهورية لشئون الأمن القومي وثانيهما هو المشير أبو غزالة.

يقول السيد/ حافظ اسماعيل في كتابه "أمن مصر القومي في عصر التحديات تحت عنوان" 10- 13 اكتوبر، وقفة تعبوية، ما يلي كانت قواتنا خلال المرحلة التي انتهت قد اتمت تحقيق الهدف المباشر. وكنت من خلال احاديثى مع الفريق أول احمد إسماعيل قبل نشوب الحرب أدرك انه لا ينوى

347

التقدم حتى الممرات الجبلية وان ما جاء في تعليمات عمليات القيادة العامة بان الهدف هو احتلال المضايق.. انما قصد به حث القيادات الصغرى خلال مرحلة بناء رؤوس الكباري على استمرار التقدم حتى الهدف المباشر" (محمد حافظ اسماعيل/ أمن مصر القومى في عصر التحديات/ الطبعة الأولى ص 323).

ويقول حافل اسماعيل انه في الساعة الأولى من صباح يوم 21 من اكتوبر استدعاه الرئيس السادات، حيث ابلغه انه قرر طلب وقف إطلاق النار غير المشروط بالانسحاب الإسرائيلي (المؤلف: لاحظ أيها القاري أن هذا التوقيت يعني أنه فعل ذلك بعد أن حضر مؤتمر القيادة في المركز 10 والذي امتد حتى منتصف الليل كما جاء في الفصل الرابع والثلاثين تحت عنوان "استدعاء رئيس الجمهورية إلى المركز 10). ويستطرد حافظ إسماعيل فيقول: إن الموقف العسكري كان يحتم ضرورة تخفيف القوات في الشرق حتى يمكن توفير القوات اللازمة- وخاصة المدرعة- للعمل ضد الثغرة في الغرب. إلا أن الرئيس رفض أي اقتراح بسحب قوات من الشرق إلى الغرب (المرجع السابق ص 345).

ويستطرد حافظ إسماعيل في سرده للأحداث فيقول: إن تقييم السادات للموقف كما شرحه لمساعدي الرئيس ونواب رئيس الوزراء ومستشار الأمن القومي بعد قرار مجلس الأمن بوقف إطلاق النار اننا خسرنا يوم 14 اكتوبر 220 دبابة. وكانت هذه المعركة هي المقدمة للاختراق الإسرائيلي في منطقة الدفرسوار. وأوضح أننا دخلنا الحرب لإقناع إسرائيل بأن الحرب لا تحل المشكلات واننا كسبنا الاحترام بدلا من احتقار العالم لنا. ثم أضاف بأننا لانستطيع تحرير سيناء عسكريا"(المرجع السابق ص 348).

وعن انفراد السادات بالقرارات السياسية والعسكرية يقول حافظ إسماعيل في الصفحة 360 من المرجع السابق "لقد اختار السادات أن يواجه الموقف وحده. إذ انه اتخذ وحده من قبل قرارات مصيرية متعددة. وربما لم يجد ضرورة الآن وحدة الأزمة تتصاعد أن يدعو رفاقه ومعاونيه. واختار أن يجتاز الأزمة وحده. لقد اختار أن يكون صاحب النصر عندما ننتصر. وهو الآن يرفض إلا أن يكون المسئول عن تحول المعركة (المؤلف: هذا ليس بصحيح.. فإنه أراد أن يلقي بمسئولية أخطائه على الفريق سعد الشاذلي كما جاء في كتابه البحث عن الذات).

كان وزير الدفاع الأسبق المشير أبو غزالة ضابطا برتبة عميد إبان حرب أكتوبر وكان يشغل منصب قائد مدفعية الجيش الثاني، وإذا كان هذا المنصب لم يكن يؤهله لكي يعرف كل أسرار الحرب.. إلا انه من المؤكد أنه كان يؤهله لمعرفة بعض الأسرار التي على مستوى الجيش. فلو افترضنا أن القيادة العامة للقوات المسلحة كان في نيتها تطوير هجوم قواتنا يوم 9 من اكتوبر كما ذكر الجمسي فإنه كان يتحتم عليها إخطار قادة الجيوش المنوط بهم تنفيذ هذه النوايا. واذا افترضنا أن اللواء سعد مامون قائد الجيش الثاني كان يعلم بهذه النوايا فمن المؤكد انه كان سيطلع

قائد مدفعيته العميد أبو غزالة بذلك. وفي حديث له مع مجلة روز اليوسف نشر بتاريخ 26/3/ 94-

ورغم استخدامه لغة دبلوماسية رفيعة- قام أبو غزالة بنقد شهادة الجمسي على أنها غير مقبولة وغير

منطقية. يقول أبو غزالة "ولايعقل أن تكون أفكار القيادة العامة غير معلومة لقادة الجيوش حتى تكون

الجيوش مستعدة لتنفيذ هذه الأفكار. ولقد ذكر لي كثير من القادة انهم لم يعلموا بأن هناك نية للتطوير

إلا يوم 12 أكتوبر. وكان بهدف تخفيف الضغط عن سوريا أساسا. وأنا لا أقول هنا إن ما قاله

الجمسي ليس صحيحا فهو رأي ولاشك سليم. ولكن كان يجب أن يكون معلوما للقادة والقوات حتى

تكون على استعداد تام لتنفيذ المهمة بكفاءة."

وبشهادة كل من حافظ إسماعيل، وأبو غزالة تصبح شهادة الجمسي هي النشاز الوحيد بين

كل ما أدلى به القادة حــــول موضوع تطوير الهجوم نحو المضايق. ترى مــا الذي دفع الجمسي إلى

هذه الشهادة التي لم يؤيده فيها شخص مسئول واحدة ؟! ثم ما هي الأسباب التي دفعت هيكل إلى أن

يتغاضى عن شهادة عشرات المسئولين ويتبنى من دونهم جميعا شهادة الجمسي ترى هل كان لرسالة

السادات إلى كيسنجر يوم 7 من أكتوبر تأثير كبير على أفكار وآراء هيكل اكثر مما يجب وانه وجـد

في رأي الجمسي ما يستند إليــه لتأكيد أفكاره وشكوكه في السادات.

رأي الخبراء

استعرض أمين هويدي ما جاء في تصريحـات السادات وفي كتابه البحث عن الذات وما

جاء في كـتاب الشاذلي وما جاء في كتاب الجمسي وما جاء من تصريحـات الفريق أول أحمد

إسماعيل للصحافة قبل وفاته، وأضاف إلى ذلك توزيع القوات أثناء عملية عبور قناة السويس وانتهى

في نهاية ذلك إلى القول بان كل ذلك لا يثبت صدق ما ذهب إليه الشاذلي من أن الخطة لم تهدف على

الإطلاق احـتلال خط المضايق (أمين هو يدي/ الفرص الضائعة ص 330- 339). ثم يستطرد بعد

ذلك فيقول "وعلينا أن نلاحظ على السـادات انه كان يتبع الازدواجية في قراراته.. أي أن معظم

قراراته كانت تآمرية بحيث يوافق على القرار ويصدره ولكنه ينفذ قرارا آخر حـتى ولو تم ذلك من

وراء مســاعديه. وانه عندما اجتمـع مع حافظ الأسد في برج العرب في إبريل 73 وأيقن أن الأسد

لن يقاتل إلى جانبه مــا لم يكن الهدف المشترك هو تحرير سيناء والجولان بالضغط المتزامن على

إسرائيل، فإن السادات باعه خطة جرانيت 2 (الوصول بقواتنا إلى المضايق)، بينما كان ينوي تنفيذ

خطة المآذن العالية. ثم يصل هويدي في استنتاجه إلى أن السادات كان يلعب على الأسد وان الأسد

كان يلعب على السادات (عندما اتصل بالاتحاد السوفيتي بعد بداية القتال لاتخاذ قرار بإيقاف النيران

دون علم السادات).. أي أن الرئيسان كانا يلعبان على بعضهما البعض وليس مع بعضهما البعض

(نفس المرجع السابق ص 349 و350).

انعقدت في القاهرة في الفترة ما بين 27 و 31 من اكتوبر 1975، ندوة دولية عن حرب أكتوبر شارك فيها 185 خبيرا اجنبيا ينتمون إلى 50 دولة. وقد قدم هؤلاء الخبراء11 بحثا قيما تناولوا فيها جميع جوانب حـرب اكتوبر. وقد أشادت جميع هذه البحوث بعملية العبور الرائعة التي قامت بها قواتنا المسلحة. ولكنهم في نفس الوقت وجهوا نقدا لاذعا للقيادة العامة للقوات المسلحـة إزاء تصرفاتها تجاه موضوعين رئيسيين: الأول هو تطوير هجومنا نحو المضايق. والأخير هو اسلوب التعامل مع الثغرة، وقد جاء في تعليق الخبير الأمريكي الكولونيل تريفور دي بوي ما يلي:

لا يستطيع أي جيش في العالم أن يدعي أنه كـأن بـاستطاعتـه أن يفعل أفضل مما فعله المصريون في تخطيط وإدارة اقتحام قناة السويس. أما القرار باستغلال النجاح والتقدم نحو المضايق فقد كان خطأ جـسـيما. ولنذكر جيدا أن أحد العوامل الرئيسية في الخطة المصرية، كان هو الاعتراف بالتفوق الكبير للسلاح الجوي الإسرائيلي، والتفوق المساوي له تقريبا في حرب المدرعات الخفيفة. لقد واجه قائدان مهمان في التاريخ نفس المشكلة التي واجهت المشير احمد إسماعيل أحدهما هو الجنرال الأمريكي اندرو جـاكسون في موقعه نيو اورليانز عام 1815، فقد حقق نصرا دفاعيا ضد افضل قوات الجيش البريطاني. وبعد ذلك رفض بحكمة التحـول للمطاردة بعد أن اتضح له أنها ربما تطيح بالنصر الذي أحـرزه. نفس الشيء أيضا فعله الجنرال مونتجومري في معركـة علم حلفا عام 1942 . إذ رفض بحـذر إعطاء رومبل فرصة للهجوم المضاد وتحويل هزيمته إلى انتصار. وعلى ذلك أقول إن أي هجوم مصري في 9 و 10 من أكتوبر، أو بعد هذا التاريخ كان سيلقي نفسه المصير الذي انتهى إليه الهجوم المصري يوم 14 اكتوبر، حتى وان لم يكن سيحسم بنفس الطريقة.

قد يقول قائل ولماذا نفترض صحـة رأي الخبراء الأجانب. وله الحق في ذلك إذا كان رأي الخبير الأجنبي يتعارض مع العلم العـسكري ومع المنطق ومع إجماع آراء الخبراء الوطنيين أما إذا كـان رأي الخبراء الأجانب مؤيدا لوجهة نظر الغالبية العظمى من الخبراء الوطنيين، ومع العلم العسكري، فإن رأيهم في هذه الحـالـة يعتبر دعـما إضـافيا لصحـة رأي القادة والخبراء الوطنيين.

يقول هيكل إنه شكل في الأهرام مــا أطلق عليه "المركز رقم 11"، وإن هذا المركز كـان يضم اللواءات طلعت حسن علي ومصطفي الجمل وحسن البدري. وأن هذا المركز كـان مكلفا بمتابعة مجرى العمليات عن بعد متحررين من ضغوط المعركة وأن يبعثوا بما يعن لهم إلى القيادة العامة للقوات المسلحـة (هيكل أكتوبر 73 ص 437) إن مؤسسة الأهرام حرة في أن تنشئ مركزاً للدراسات الاستراتيجـية وان تطلق عليه ما تشـاء من الأسماء ولكن مع احترامي لهؤلاء الأشـخاص الذين جاء ذكرهم، ومع اعترافي بأنهم من خيرة الضباط إلا أنه لايمكن اعتبار هذا

المركز التابع للأهرام بديلا عن المركز 10 التابع للقيــادة العامــة للقوات المسلحة أو موازيا له. وماذا لو قامت مؤسسة اخبار اليوم بإنشاء مركز مثيل.. ثم ماذا لو تصورنا في ظل التعددية الحزبية الحالية أن صحيفة الشعب التـابعة لحزب العمل المعارض قامت هي الأخرى بإنشاء مركز مثيل!! إن هذه المراكز مهما تعددت ومهما ضمت من ضباط ممتازين فإنها ستكون دائما في حاجة ماسة إلى المعلومات التي تتغير يوما بعد يوم وساعة بعد ساعة والتي لايمكن متابعتها الا من خلال مركز القيادة الرئيسي التابع للقوات المسلحة والذي كان يطلق عليه المركز 10.

وإني أذكر أن اللواء مصطفى الجمل قد زارنا في المركز 10 واقترح أن نقوم بتطوير هجومنا نحو المضــايق. ولكنه لقي معارضة ورفضا من كل من الفريق اول أحمد إسماعيل ومن الفريق سعد الدين الشاذلي رئيس الأركان. وقد أوضحت له بنفسي الأسباب التي تدعو إلى ذلك. وإن رفض الأخذ بتوصية اللواء مصطفى الجمل لاتعني- حاشا لله- الاستخفاف بها.. ولكنها كـانت تعني ببساطة شديدة انه هو وزملاؤه في مركز دراسات الأهرام لم يكونوا على دراية كاملة بموقف قواتنا وقوات العدو في اللحظة التي تقدم فيها باقتراحه.

يتبنى هيكل في كتابه الرأي القائل بأن قواتنا المسلحــة كانت لديها القدرة على التقدم إلى المضايق يوم 9 من اكـتوبر ولكنها لم تفعل ذلك. ويستشهد هيكل على صحة مــا يقول بما سمعه من السفير السوفيتي فينوجراسرف والجنرال السوفيتي ساماخودسكي في الساعات الأولى من يوم 9 من اكتوبر (هيكل/ اكتوبر 73 ص 392 و 393). ويبدو أن هيكل قد وقع في خطأ التصور بان صور الأقمار الصناعية السـوفيتية كانت تصب اولا بأول في السفارة السوفيتية، وأن خريطة الموقف التي شاهدها عند الجنرال ساماخودسكي كانت تبين توزيع قواتنا وقوات العدو حتى آخر لحظة.. حيث أن ذلك هو ابعد ما يكون عن الحقيقة. فقد كانت صور الأقمار السوفيتية تصل إلينا من موسكو برفقة ضابط سوفيتي حيث تسلم مباشرة إلى المركز 10، أما الجنرال ساماخردسكي فقد كـان يزورنا في المركز 10 مرة في كل يوم لكي يحصل منا على المعلومات التي طرأت على الجـبهة خلال الأربــع والعشرين ساعة السابقة.

وبالتالي فإن توصية السفير السوفيتي بتطوير هجومنا نحو المضايق يوم 9 من أكتوبر تتساوى مع توصية مركز الأهرام الدراسات الاستراتيجية في كونها تفتقر إلى المعلومات الصحيحة. وقد حصل هيكل على هذه الإجابة من الفريق سعد الدين الشاذلي عندما اتصل به الساعة الثالثة صباح يوم 9 من اكتوبر، كما حصل على نفس الإجابة من الفريق اول أحمد إسماعيل عندما اتصل به بعد ذلك بثلاث ساعات (المرجع السابق ص 394)

رأي العدو

في حديث تليفزيوني مع BCC بمناسبة مرور 50 سنة علي الصراع العربي الإسرائيلي قال الجنرال يسرائيل طال نائب رئيس أركان حرب القوات المسلحة الإسرائيلية إبان حرب أكتوبر كنا

مجتمعين في مكتب جولدا مائير رئيس الوزراء في الساعات الأولي من يوم 14 أكتوبر لمناقشة ما يجب علينا أن نتخذه تجاه الجبهة المصرية, كان غالبية الحاضرين يرون أنه علينا أن نتحول إلي الهجوم وكان لدينا القدرة علي تحقيق ذلك , وكنت أنا أعارض هذا الرأي وأري أن ننتظر حتى يتقدم المصريون بقواتهم المدرعة في عمق سيناء ثم نقوم بتدمير دباباتهم في معارك بالدبابات ثم نتحول بعد ذلك إلي الهجوم المضاد بهدف عبور القناة . وفي أثناء هذا النقاش دخل علينا ضابط مخابرات ليبلغنا بأن المصريين يتدفقون عبر القناة استعداد للتحرك داخل سيناء.

وهذا يعني أن الإسرائيليين كانوا يشعرون أن لديهم القدرة علي تدمير قواتنا المدرعة ولكن الخلاف كان يدور حول أي الخيارين يتبعون. هل ينتظرون أن يتقدم المصريون داخل سيناء فيدمرونهم في معركة دبابات حيث يتفوقون هم في هذا المجال أم أنهم يبادرون بالهجوم ولا شك أن الخيار الأول بالنسبة لهم هو الأفضل, ولكن يعيبه أن هذا الخيار مرهون بتصرف الطرف الآخر الذي قد تبين له خطورة هذا الحل فلا يقدم عليه فيضطرون في النهاية إلى اتباع الخيار الثاني بعد أن يكون قد مضي بضعة أيام وهذا يعني أننا المصريون قد قدمنا لإسرائيل الفرصة التي كانت تتمناها وهذا دليل قوي أخر علي أن قرار التطوير من جانبنا كان قراراً خاطئاً.

تخفيف الضغط عن سوريا.

حيث إن السادات لم يعلن قط أن الهدف الذي حدده للقوات المسلحة قبل الحرب كان هو الوصول إلى المضايق، وحيث أنه هو نفسه الذي أمر يوم 12 من أكتوبر بالتطوير نحــو المضايق. وحيث إن هجومنا نحو المضايق يوم 14 من أكتوبر – تنفيذا لقرار السادات وعلى الرغم من المعارضة الشديدة من القادة العسكريين – قـد فشلا فشلا سريعا.. فإن السادات لجأ إلى تبرير هذا القرار الخاطىء بان الغرض منه كـان هو تخفيف الضغط عن الجبهة السـورية. وهذا الادعاء هو اكذوبة كبرى من أكاذيب السـادات الكثيرة وقد سبق لي أن أوضحت تلك بالتفصيل في الفصل الثالث والثلاثين وهناك ثلاث حقائق تؤكد عدم مصداقية هذا التبرير وهي:

الحقيقة الأولى: هي ما ذكره السادات لهيكل مسـاء 11 من أكتوبر إذ قال "أنا مرتاح للموقف في سوريا.. السوريين تمكنوا من تثبيت الجبهة. والإمدادات تتدفق عليهم من الاتحاد السوفيتي، وقد وصلتهم اليوم 40 طائرة حمولة (يقصد طائرات انتنوف 22 حمولة كل منها 80 طنا). احمد إسماعيل أول ما دخل كان عاوز يقول لي إن السـوريين استطاعوا تثبيت الهجوم المضاد الإسرائيلي، فقلت له يا أحمد أنا عارف قبل ما تقول لي وأنا مطمئن " (هيكل/ أكتوبر 73 ص 427). فإذا كان هذا هو رأي السادات مساء 11، فما الذي دفعه إلى إصدار الأمر يوم 12 صباح بالتطوير بحجة تخفيف الضغط عن الجبهة السورية ما الذي حدث خلال العشر ساعات السابقة لاتخاذه هذا القرار؟

352

الحقيقة الثانية: هي لغة الأرقام. ففي يوم 12 من اكتوبر كان تحت تصرف قيادة الجبهة السورية 13 لواء مدرع عربي (8 سوري، 3 عراقي، 1أردني، 1مغربي) في مقابل 6 الوية مدرعة إسرائيلي. نعم كــانت الألوية المدرعة العربية قد تحملت بعض الخسائر، ولكن إذا أضفنا إلى عدد الدبابات الأسلحــة المضــادة للدبابات، فإن قدرة سوريا على صد الهجــوم المضاد الإسرائيلي كانت مؤكدة، بل إن الموقف النسبى بين سوريا واسرائيل على الجبهة السورية كــان افضل بكثير من الموقف النسبي بين مصر واسرائيل على الجبهة المصرية، حيث كانت إسرائيل تحشد 8 الوية مدرعة في مواجهة 10 الوية مدرعة مصرية (اللواء المدرع الإسرائيلي 130 دبابة اما اللواء المدرع العربي فهو 90 دبابة).

الحقيقة الثالثة: فإنه طبقا لأصول العلم العسكري، وما تتمتع به إسرائيل من موقع مركزي بين الجبهتين المصرية والسورية مما يمكنها من العمل على خطوط داخلية، واضطرار الجبهتين المصرية والسورية إلى العمل في خطوط خــارجية، وابتعاد الجبهتين عن بعضهما حوالي 250 كيلومترا، والتفوق الجــوي الإسرائيلي الساحق.. فإن كلا من الجــبهة المصرية أو الجبهة الشرقية لا تستطيع أن تخفف الضغط عن الأخرى، وقد أوضحت ذلك في تقرير قدمته بصفتي الأمين العام المســاعد العسكــري للجامعة العربية إلى مجلس الدفاع العربي المشترك في دورته الثانية عشرة عام 71.

فإذا علمنا انه لم يحدث على الجبهة السورية أي تغيير خلال العشر ساعات التي سبقت اتخاذ السادات القرار الخاص بتطوير هجوم قواتنا نحو المضايق.. وإذا افترضنا- كما تؤكد الأحداث وطبقا لما جاء في حــديث الســادات مساء يوم 11- أن الجبهة السورية كــانت متماسكة وابعد ما تكون عن الانهيار.. واذا افترضنا أن القائد العام أحــمد إسماعيل لابد انه اخطر السادات بالمخاطر التي سوف تجابه قواتنا إثناء تحــركها، ويبدو ذلك جليا من الحديث الذي أدلى به احمد إسماعيل إلى هيكل بعــد الحرب يوم 14 نوفمبر 1973 ا.. إذا افترضنا كل ذلك فإنه يتــحتم علينا أن نجــيب عن السؤال المهم الذي يفرض نفســه وهو: "لماذا إذن اتخذ السادات هذا القرار؟

لقد ذهب خصوم السادات إلى حد اتهامه بالخيانة وانه كان عميلا للمخابرات الأمريكية . وانه كان يتقاضى راتبا شهريا من CIA عندما كان نائبا لرئيس الجمهورية. وهم يستندون في ذلك على ما نشر في الصحف الأجنبية عام 1978، ثم ما أكده الصــحفي الأمريكي بوب ودورد Bob Woodward في كتابه الذي نشر في أغسطس 1987
(The Secret Wars of the CIA, Page 352) والذي يعطي لهذا الكتاب الأخير اهمية خاصة هو انه صدر بناء على أحاديث أجراها بوب ودورد مع المستر Caesy مدير وكالة المخابرات الأمريكية.

أما من ناحيتي فأني اعتقد أن ذلك كان يرجع إلى شوفينية كاذبة تولدت وتعظمت لدى السادات بعد نجاح قواتنا في عبور قناة السويس كرد فعل لما عاناه في طفولته البائسة. "ويبدو ذلك جليا لمن يقارن بين ما جاء في كتابه البحث عن الذات. وبين حديثه مع هيكل مساء 11 اكتوبر 73. فهو يصف طفولته في كتاب البحث عن الذات "كنت أسير خلف جدتي صبيا اسمر ضئيل الجسم حافي القدمين يرتدي جلبابا تحته قميص من البفتة لا تفارق عيناه زلعة العسل.. ذلك الكنز الذي استطعنا الحصول عليه أخيرا (ص 11) وهو يشرح في الصفحات التالية كيف كان يخرج في الفجر ليشتغل بالطنبور في ري الأرض، وكيف كان يأخذ البهائم إلى الترعة لتشرب. وانه عندما ذهب إلى المدرسة الثانوية عرف معنى الطبقة والفوارق وأنه كان يعيش تحت خط الفقر- أما في حديثه مع هيكل مساء 11 اكتوبر يوم فإنه يقول "بعثت اليوم للبكر (يقصد الرئيس العراقي حسن البكر) أطلب منه السماح باستخدام طيارة الردع تي يو من بغداد ضد اسرائيل بعث البكر يقول لي حاضر. حكمتك يارب. كل الناس في العالم العربي بياخدوا مني دلوقتي أوامر.. أقول أي شيء يقولوا حاضر يا افندم".

ولنا أن نتصور ما يمكن أن يحدثه هذا التطور الهائل في حياة وتفكير هذا الشخص. لابد أن شياطين الجن والإنس –قد يكشف لنا المستقبل عمن هم شياطين الإنس الذين تكالبوا عليه مساء يوم 11 اكتوبر– قد قالوا له "إن نجاح القوات المسلحة المصرية في عبور قناة السويس وتدمير خط بارليف قد جعل منك بطلا مصرياً.. فلماذا لا تستغل هذا الموقف لكي تصبح بطلا عربيا كصلاح الدين وغيره من القادة الأبطال.

وإذا علمنا أن السادات لم يخدم بالقوات المسلحة سوى ثلاث سنوات في الأربعينيات– وانه ليس بقاريء وليس له أي ثقافة عسكرية. وانه لم يتول أي قيادة ميدانية فإننا لا نتجنى عليه إذا وصفناه بالجهل. وإذا اجتمعت الشوفينية والجهل في شخص ما فهي لابد تؤدي إلى الكوارث. ولاشك أن علماء النفس هم اقدر مني على تحليل شخصية السادات والتوصل إلى الأسباب الحقيقية التي دفعته لاتخاذ قرار التطوير الخاطئ.

الصواريخ المضادة للطائرات

المشير محمد علي فهمي كان إبان حرب أكتوبر برتبة لواء وكان قائدا لقوات الدفاع الجوي. وقد أبلت قوات الدفاع الجوي بلاء حسنا خلال حربي الاستنزاف وأكتوبر 1973. ونظرا لضعف قواتنا الجوية التي من المفترض أنها تتحمل نصيبا من مسؤولية الدفاع الجوي، فقد كانت نتيجة ذلك زيادة الحمل الملقى على عاتق قوات الدفاع الجوي، والذين عاشوا في مصر عام 1970 يعرفون ملحمة بناء قوات الدفاع الجوي، فنهاية عام 1969 كان الدفاع الجوي قد انهار تماما واصبحت الطائرات الإسرائيلية تقوم بغارات شبه يومية لا على الأهداف العسكرية فحسب بل على الأهداف المدنية في العمق أيضا (راجع الفصل العاشر).

وسافر جمال عبد الناصـر إلى موسكو في يناير 70 وطلب من الاتحـاد السوفيتي أن يشاركوا بقواتهم في الدفاع الجوي عن مصر. واستجاب الروس لطلب عبد الناصر وبدأت الامدادات الروسية تصل إلى مصر خـلال شهر فبراير ومارس، وبحلول شهر ابريل كـانت الوحدات السوفيتيـة قد اصبحت جاهزة للقيام بمهامها القتـالية. وقد بلغ عدد أفراد الوحدات السوفيتية في مصر حينئذ 6000 فرد، وكانت تشمل ما يلي:

80	طائرة ميج 21 بأطقمها
37	كتيبة صواريخ سام 2، سام 3 بأطقمها
1	فوج صواريخ سام 6.
4	طائرات ميج 25 بطقمها
1	سرب استطلاع وإعاقة الكتروني
1	وحدة سمالطا يمكنها إعاقة جهاز التوجيه في صواريخ هوك الإسرائيلية
1	وحدة تاكان يمكنها إعاقة أجهزة التوجيه في الطائرات المعادية
1	مجموعة رادارات مختلفة الأنواع

كانت صواريخ سام 2 وسام 3 من النوع الثقيل الذي يستخدم في الدفاع الثابت وتحتاج إلى بناء قواعد وملاجئ من الخرسانة المسلحة.. كان العدو يشن هجمات يومية على المهندسين والعمال الذين يقومون ببناء هذه الملاجئ وفيما بين يناير وابريل 1970 بلغ مجموع الغارات الجوية الإسرائيلية 3300 طلعة أسقط خلالها 8800 طن من المتفجرات، سقط خـلالها بضعة الاف من القتلى كان غالبيتهم من العمال الذين يقومون ببناء قواعد الصواريخ. وفي أواخر يونيو بدأ تحرك كتائب الصواريخ من القاهرة في اتجاه القناة كان التحرك يتم على وثبات، وفي خلال أسبوعين وصل حائط الصواريخ إلى خط يقع حوالي 20 كيلومترا غرب القناة.

وفي عام 1977 نشر محمد علي فهمي كتابه "القوة الرابعة، تاريخ الدفاع الجوي في مصر". ولم يدع في كتابه أن التقدم نحو المضايق كان هو هدف القوات المسلحة في خطة الحرب ولكنه كان حريصا على إلا تتحمل قيادة قوات الدفاع الجوي مسئولية عدم إدراج التطوير في الخطة.. وان عدم توافر كتائب الصواريخ خفيفة الحركة مثل سام– 6 باعداد كافية كان هو أحد الأسباب الرئيسية لذلك. و هو يدافع عن وجهة نظره بهذه النقاط التالية:

• تم ادخال تعديلات فنية على التنظيم والمعدات والتدريب لتسهيل عملية التحرك والاستبانه حتى اصبح من الممكن تجهيز موقع قاعدة الصواريخ في عدة ساعات (المؤلف: لم يذكر الأخ محمد علي فهمي عدد هذه الساعات ولكن على ما اتذكر فإنها كانت تستغرق ثمان

ساعات أثناء التدريب وقت السلم وبدون أي تدخل من العدو. وهي مدة طويلة جدا لا تتناسب مطلقا مع سرعة المعركة الهجومية).

• إن قوات الدفاع الجوي دفعت فعلا عددا من كتائب الصواريخ إلى شرق القناة حينما قررت القيادة العامة للقوات المسلحة تطوير الهجوم شرقا يوم 14 اكتوبر لتخفيف الضغط عن سوريا.

ومع احترامي لوجهة نظر الأخ محمد علي فهمي فأنني أذكره بما يلي:

1- في المؤتمر الذي عقد برئاسة الرئيس السادات في بيته بالجيزة في 2 من يناير 72 قال محمد علي فهمي "مشكلة الدفاع الجوي حاليا أني عاوز أحارب حرب هجومية باسلحة دفاعية. الصواريخ الخفيفة الموجودة عندي من نوع ستريلا وقوتها التدميرية محدودة ومداها لايتعدى كيلو ونصف السوفيت عندهم نوع متقدم ويمكن غير موجود عند الدول الغربية لأنه محمل على وسيلة نقل مجنزرة ويضرب على الكونتراست ولا يضرب بالانفرارد. بالوسائل الموجودة لا نقدر على توفير دفاع كافي امام طائرات سكاي هوك وطائرات الفانتوم. ومن ناحية القيادة والسيطرة ليس لدي وسيلة اتصال مأمونة أثناء التحرك وهذا يضطرني إلى إرسال الإشارات بالشيفرة ومعنى هذا أخذ 20- 30 دقيقة علشان أوصل معلوماتي. العدو عنده امكانات عالية جدا في التصنت والإعاقة والشوشرة اللاسلكية". المؤلف: يلاحظ أن محمد علي فهمي لم يذكر إطلاقا إمكان استخدام سام 2 وسام 3 في العمليات الهجومية. اننا نذكره بالوقت والخسائر التي تحملتها كتائب الدفاع الجوي إثناء تحركها من منطقة القاهرة وحتى 20 كيلومترا غرب القناة في شهر يونيو 1970 - فقد استغرق ذلك حوالي إسبوعين رغم انه كان يتم فوق ارض تسيطر عليها قواتنا البرية سيطرة كاملة، وتستخدم الخطوط التليفونية المؤمنة في القيادة والسيطرة على هذه الكتائب اثناء تحركها واثناء اشتباكها.

2- إن دفع عدد محدود من كتائب الصواريخ إثناء عملية التطوير يوم 14 اكتوبر إلى مسافة حوالي 5 كيلومترات شرق القناة لا ينهض دليلا على امكان استخدام كتائب سام 2 وسام 3 في العمليات الهجومية، حيث انها كانت تنتقل من مكان تسيطر عليه قواتنا البرية إلى مكان آخر تسيطر عليه ايضا قواتنا البرية. وهذا الوضع يختلف تماما إذا كان على هذه الكتائب أن تفتح على مسافة تزيد على 15 كيلومترا شرق القناة.

3- الصواريخ المضادة للطائرات خفيفة الحركة لا تعني مجرد سرعة هذه الصواريخ في الانتقال من موقع مجهز يقع تحت سيطرة قواتنا البرية إلى موقع مجهز يقع ايضا تحت سيطرة قواتنا. بل انها تعني القدرة على القفل والتحرك بعد كل اشتباك حتى تتفادى هجمات

356

طيران العدو ومدفعيته بعد أن يكون قد حدد مواقعها. وبالتالي فانه تكون لها القدرة على مفاجأة طائرات العدو من مواقع متعددة.

4- أن الخسائر الفادحة التي تكبدتها قواتنا البرية اثناء عملية التطوير هي خير شاهد على عدم نجاح كتائب الصواريخ سام 2 وسام 3. كما أن قيام هذه الكتائب بإسقاط عدد من طائراتنا يدل على أن وسائل القيادة والسيطرة لدى تلك الكتائب كانت غير كافية.

5- إذا كان في إمكاننا دفع كتائب صواريخ من طراز سام 2 وسام 3 بمثل هذه السهولة التي يصورها الأخ محمد علي فهمي، فلماذا لم ندفع بكتيبة أو اثنتين من تلك الكتائب مع اللواء الأول مشاه عندما كلف بالتحرك ليلة 10/ 11 إلى سدر- حتى لا يتسبب طيران العدو في تشتت اللواء كما حدث.

6- أذكر الأخ محمد علي فهمي بموقف هذه الكتائب بعد أن نجح العدو في اختراق مواقعنا في منطقة الدفرسوار، وبعد أن اهتزت سيطرتنا على الأرض التي تقع خلف الجيش الثالث حيث تتمركز كتائب الصواريخ. فإن افتقار هذه الكتائب لخفة الحركة قد حد كثيرا من فعاليتها.

7- واخيرا فلو أن صواريخ سام 2 وسام 3 يمكن استخدامها في العمليات الهجومية لما كانت هنالك ضرورة لاختراع الصواريخ المضادة للطائرات الهجومية من طراز سام 4 وسام 6 أو من طراز الصواريخ التي طالب بها قائد قوات الدفاع الجوي في المؤتمر الذي عقد بمنزل الرئيس بالجيزة في 2 من يناير 1972.

تقدير الموقف العسكري علي الجبهة المصرية

يقول الجمسي في كتابه يوميات حرب اكتوبر "كان من رأيي ضرورة استغلال الموقف لتطوير الهجوم شرقا طبقا للخطة دون أن نتوقف طويلا (يعني بعد العبور) حتى نحرم العدو من فرصة تدعيم مواقعه أمام قواتنا. وقد ناقشت الفريق اول احمد اسماعيل في هذا الموضوع يوم 9 من أكتوبر خلال مقابلتين معه. فوجدت منه الحذر الشديد من سرعة التقدم شرقا. حيث كان يرى الانتظار لتكبيد العدو اكبر خسائر ممكنة من خلال اوضاع قواتنا في رؤوس الكباري قبل استئناف الهجوم. وكان الفريق أول احمد إسماعيل يرى أيضا أن القوات البرية القائمة بالهجوم ستتعرض بشدة للطيران الإسرائيلي في وقت لا تتمكن فيه المقاتلات وصواريخ الدفاع الجوي من توفير الحماية الكافية لها. واوضحت له أن استئناف هجومنا يترتب عليه التحام قواتنا مع قوات العدو، الأمر الذي يجعل تأثير السلاح الجوي المعادي الإسرائيلي اقل. وللحد من تأثير السلاح الجوي المعادي، يجب استغلال طاقة قواتنا الجوية التي اثبتت قدرتها ضد طيران العدو خلال الأيام الأربعة 6- 9 اكتوبر. وفضلا عن ذلك فإن صواريخ الدفاع الجوي خفيفة الحركة على الرغم من قلتها إلا إنها مؤثرة وفي الوقت نفسه يمكننا

تحريك بعض كتائب صواريخ دفاعنا الجوي بطيئة الحركة على وثبات للامام (الجمسي/ يوميات حرب أكتوبر ص 150 و151).

وعلى الرغم من أن التطوير يتعارض تماما مع جوهر الخطة كما سبق أن أسلفنا، وكما اتضح من معارضة أحمد اسماعيل لهذا الرأي. إلا أننا حتى لو افترضنا جدلا بانه حتى لو كان التطوير مقررا ضمن نوايانا فهل كان الموقف يوم 9 أو الأيام التالية يسمح بهذا التطوير؟ **لقد بنى الجمسي رأيه على ثلاثة افتراضات جميعها خاطئة.**

1- **الافتراض الأول:** هو أن قواتنا الجوية اثبتت قدرتها ضد طيران العدو خلال الأيام 6- 9 أكتوبر، وهذا الافتراض لا يؤيده عدد الاشتباكات الجوية وعدد خسـائر الطرفين نتيجة هذه الاشتباكات.

2- **الافتراض الثاني:** هو قدرة الدفاع الجوي الصاروخي على حماية تقدم قواتنا داخل سيناء وقد سبق أن ناقشت ذلك.

3- **الافتراض الأخير:** هو التحام قواتنا البرية مع قوات العدو البرية للحد من تأثير السلاح الجوي الإسرائيلي. ومع أن هذه التوصية بالالتحام تحمل اعترافا ضمنيا بعدم اطمئنانه إلى قدرة قواتنا الجوية وقوات الدفاع الجوي على حماية قواتنا البرية. إلا أن هذا الافتراض هو ايضا افتراض خاطيء لقد كان على قواتنا أن تتقدم حوالي 40- 50 كيلومتر، خارج رؤوس الكباري. أي بعيدا عن مظلة الدفاع الجوي الثابته والالتحام الذي يحد من قدرة القوات الجوية الإسرائيلية على التمييز بين دباباتنا ودبابات العدو، يعني الاقتراب منها إلى مسافة 500 متر فأقل.. فهل من المعقول أن القوات الجوية الإسرائيلية ستقف موقف المتفرج اثناء تحركها لمسافة 40- 50 كيلو مترا إلى أن يحدث الالتحام بين القوتين.

لقد مضت 30 سنة على هذه الحرب وان حجم وتوزيع قواتنا وقوات العدو على الجبهة في كل يوم من ايام الحرب بات معروفا. كما وان خسائرنا وخسائر العدو في كل معركة وفي كل يوم قد اصبح معروفا. فلماذا لا نقوم بإجراء تقدير موقف للجبهة المصرية عن كل يوم من ايام الحرب على ضوء المعلومات المؤكدة عن قواتنا وقوات العدو في كل يوم حتى تتبين الحقيقة. إن تشكيل لجنة لتقصي الحقائق يكون من حقها الاطلاع على كل الوثائق واستجواب من تراه من الأشخاص، اصبح ضرورة وطنية. حتى يتعلم الأبناء والأحفاد الدروس المستفادة الصحيحة عن تلك الحرب المجيدة.

احتلال طريق المدفعية

يرى بعض النقاد انه كان يعيب علينا أن نعمق مواقعنا شـرقي القناة حتى تحـتل طريق المدفعية العرضي الذي تستخدمه القوات الإسرائيلية في تحركاتها العرضية. وإلى أصحاب هذا الرأي

نقول أن طريق المدفعية كان يمتد على مسافة حوالي 25 كيلومترا شرقي القناة. وانه كان خارج مدى مظلة الدفاع الجوي. وبالتالي فإن احتلاله والاحتفاظ به كان سيترتب عليه زيادة انتشار قواتنا واتساع الفواصل بين تشكيـــلاتنا مما يعرضها للتطويق بواسطة قوات العدو .

وان احتلال خط دفاعي شرق القناة 10– 15 كيلومترا هو افضل من احتلال خط دفاعي على مسافة 25– 30 كيلومترا شرق القناة للأسباب التالية:

1- يحتاج إلى قوات اقل نظرا لوجود موانع مائية داخل هذا الخط (بحيرة التمساح والبحيرات المرة).

2- يستند جناحه الأيمن على خليج السويس ويستند جناحه الأيسر على البحر الأبيض وبذلك يصعب على العدو تطويقه. أما خط المدفعية فإن جناحه الأيسر يستند على البحر الأبيض في حين أن جناحه الأيمن سيكون معلقا في الهواء وبالتالي يمكن تطويقه. وإذا أردنا أن يستند هذا الخط على خليج السويس فإن ذلك يعني إضافة حوالي 25– 30 كيلومترا للخط الدفاعي. وسوف يؤدي ذلك إما إلى زيادة الفواصل بين التشكيلات فيسهل على العدو تطويق وحداتنا من الأجناب ، وإما إلى احتلال الموقع الدفاعي على نسق واحد وبالتالي يصبح من السهل على العدو اختراقه.

موقفين متعارضين لأحمد إسماعيل

يقول هيكل "كان اختيار الفريق احمد إسماعيل علي اختيارا سليما. فهو من مدرسة نضج اقتناعها بان القتال اصـبح ضرورة سياسية وعسكرية وبالوسـائل المتاحة لتحـقيق هدف محدود أو محدد تتغير به المعادلة السياسية التي جمدت حل الأزمة (هيكل/ أكتوبر 73 ص 296) " وكان هيكل قد ذكر قبل ذلك في الصفحة 267 من نفس المصدر السابق ما يلي "اصدر السادات تعليماته إلى الوزير الجديد الفريق أول احمد إسماعيل بالاستعداد للعمل المسلح على الجبهة في شهرديسمبر72 أي بعد اقل من شهرين من تولي الوزير الجديد مسئوليته الضخمة. وسافر احمد إسماعيل إلى سوريا خـلال الفترة من 10– 13 نوفمبر، وقدم بعد عودته تقريرا إلى السادات نشـره هيكل في الوثيقة رقم 41 وجاء فيه تكليف القيادة العامة للقوات المسلحة السورية بالتخطيط وإعداد القوات للعملية الهجومية على النحو التالي.

• الانتهاء من التخطيط وعرض الخطط في 15 من ديسمبر 72.
• استعداد القوات للعمليات الهجومية في 31 من ديسمبر 72.

والذي يثير الانتباه والتعجب في نفس الوقت أن هيكل لم يشر من قريب أو بعيد إلى التقرير الذي كان أحمد اسماعيل قد بعث به –بصفته رئيس جهاز المخابرات العامة– إلى الرئيس السـادات

في يونيو 72. هذا التقرير الذي حذر فيها احمد اسماعيل من أن تقوم القوات المسلحة بأية عملية هجومية لأسباب متعددة أهمها هو ضعف قواتنا الجوية، وضعف امكاناتنا في الدفاع الجوي الصاروخي ذاتي الحركة. هذا التقرير الذي دعا السادات مجموعة مصغرة من القادة لمناقشته يوم 6 من يونيو 1972 في استراحة الرئيس بالقناطر الخيرية (راجع الفصل الثامن عشر لمعرفة تفاصيل هذا المؤتمر وتعليق الشاذلي بأنه يجب علينا أن نخطط لمعركة هجومية محدودة في ظل تفوق جوي معاد).

و إذا كان السادات قد أعلن في مؤتمر القناطر الخيرية في 6 يونيو 1972 انه يجب علينا ألا نقوم بأية عملية هجومية إلا بعد أن يكون لدينا قوة الردع. أي يكون لدينا طيران يستطيع أن يضرب عمق العدو .فكيف يمكن أن يتحول هذا الموقف إلى نقيضه بعد خمسة اشهر. رغم انه لم يحدث خلال هذا الفاصل الزمني أي تغيير في القوى العسكرية النسبية بيننا وبين العدو؟

رسالة السادات إلى كيسنجر

لقد اثار ضجة كبرى حول الرسالة التي أرسلها السادات إلى كيسنجر يوم 7 أكتوبر والتي قال فيها " إننا لا نعتزم تعميق مدى الاشتباك او توسيع مدى المواجهة" ومع أني لم اعلم بهذه الرسالة إلا بعد نشرها في جريدة الأهالي بتاريخ 18 من مايو 83. ومع إني كنت سأعترض على إرسال مثل هذه الرسالة إذا اخذ رأيي قبل إرسالها. اما وقد أصبحت هذه الرسالة تاريخا، فإني وان كنت أدينها إلا أني في الوقت نفسه لا اعتقد أنها تستحق كل هذه الضجة التي أثارها هيكل حولها. إلا إذا كانت واحده من بينات أخرى تثبت أن السادات كان يتآمر ضد أمن و سلامة الوطن.

يقول هيكل في تعليقه على هذه الرسالة "كانت هذه هي أول مرة في التاريخ كله يقول فيها طرف محارب لعدوه نواياه كاملة ويعطيه من التأكيدات ما يمنحه حرية في الحركة السياسية والعسكرية على النحو الذي يراه ملائما له ". ومع قناعتي بأن هذه الرسالة ستصل إلى إسرائيل، إلا أنني لا أعتقد أن إسرائيل ستفترض أن هذه الرسالة تمثل نوايانا المستقبلية بصفة مؤكدة.. إذ ليس من الممارسات السياسية والعسكرية أن يصدق القادة كل ما يعلنه الأعداء من تصريحات ورسائل. وعن نفسي فلو قيل لي أن جولدا مائير رئيسة وزراء إسرائيل قالت كذا، أو إن موشي دايان وزير الدفاع قال كذا فان أول ما يتبادر إلى ذهني وأتوقعه من إسرائيل هو عكس ما يقولون اللهم ألا إذا كانت لدي قناعة مؤكدة أن المتكلم أو صاحب الخطاب هو عميل مضمون.

إن القادة السياسيين والعسكريين إذا استبعدنا ما يصلهم من معلومات عن طريق الجواسيس والعملاء– لا يتخذون قراراتهم بناء على التصريحات التي تصدر عن أعدائهم، أو التي تصلهم عن طريق تدخل طرف ثالث. ولكنهم يتخذون قراراتهم بناء على ما تسجله وسائل الاستطلاع والرصد والتصنت السلكي واللاسلكي والإلكتروني والبشري. وبناء على ما تسفر عنه نتائج تقدير موقف العدو على ضوء أمكاناته الحقيقية وليس بناء على ما يعلنه ويدعيه.

"لاتشارك الآخرين جريمة التستر على الأخطاء التي تجرى فالأخطاء ليست عيبا. ولكن التستر عليها جريمة في حق الأمن القومي للوطن.

أمين هويدي

رئيس جهاز المخابرات الأسبق ووزير الدفاع الأسبق

الفرص الضائعة / ص 496

"في تقديري كان الشاذلي على حق عندما اقترح مساء يوم 20 سحب أربعة ألوية مدرعة من الشرق لإعادة التوازن المختل إلى الجبهة. ولم يكن سحب هذه الألوية المدرعة وربما اكثر منها أية يسبب خطورة في الشرق."

أمين هويدى

المصدر السابق/ ص 486 و 493

"يبدو أن القادة المصريين أخذوا على غرة بالعبور الإسرائيلي. وتصرفت الرتب العليا وكان على أعينهم غشاوة وتمزقت الهجمات المضادة شر ممزق. بل بدا وكأن القائد العام يفتقر إلى إحتياطي عام"

الخبير السويدي

الليفتنانت جنرال ستمج لوفجرين

الندوة الدولية عن حرب أكتوبر بالقاهرة 1975

الحدود بين الجيوش والمناطق

كثر الحديث بعد الحرب عن انه كان هناك فاصل بين الجيشين الثاني والثالث، وان الإسرائيليين استغلوا وجود هذا الفاصل غير المؤمن فنفذوا من خلاله إلى الضفة الغربية للقناة كان السادات هو أول من أطلق هذه الفرية ليغطي بها قراره الخاطئ بالتطوير الذي ترتب عليه دفع الفرقتين المدرعتين الرابعة والحادية والعشرين من غرب القناة إلى شرقها، ثم قراره الخاطئ الآخر برفض إعادة هاتين الفرقتين إلى مواقعهما غرب القناة بعد فشل هجومهما يوم 14 أكتوبر. وعن طريق السادات نقلت وسائل الإعلام المحلية والعالمية هذه المعلومة. وافترض المحللون العسكريون صحة هذا الخبر عند تقييمهم لموقف القيادة العامة للقوات المسلحة المصرية. ولكن هذه الفرية التي أطلقها السادات، هي أبعد ما تكون عن الحقيقة. فقد كانت الجبهة مؤمنة - طبقا للخطة - من البحر الأبيض شمالا حتى خليج السويس جنوبا. ولم يكن هناك متر واحد لا يقع تحت مسئولية إحدى القيادات. فقد كانت مسئولية قطاع بور سعيد تمتد من البحر الأبيض حتى القنطرة (خارج). وكانت مسئولية الجيش الثاني تمتد من القنطرة (داخل) حتى الدفرسوار (ساحل). وكانت مسئولية الجيش الثالث تمتد من جنوب الدفرسوار بحوالي عشرة كيلومترات حتى ميناء الأدبية على خليج السويس (داخل). ثم كانت مسئولية منطقة البحر الأحمر من جنوب الأدبية بحوالي عشرة كيلومترات حتى أقصى الجنوب. وبالتالي فإن منطقة الدفرسوار كانت تدخل - بصفة مؤكدة - ضمن مسئولية الجيش الثاني (راجع الخريطة رقم 2).

ولكن هذا لا يعني مطلقا انه يتحتم على كل قائد أن يحتل بقواته كل متر من المواجهة التي تقع في نطاق مسئوليته، حيث إن ذلك لابد أن يؤدي إلى أن يصبح ضعيفا في كل مكان. ويتعارض ذلك مع مبدأ مهم من مبادئ الحرب وهو مبدأ الاقتصاد في القوة وبالتالي فإن وجود ثغرات غير محتلة بالجنود بصفة دائمة بين التشكيلات وبين الجيوش يعتبر أمرا طبيعيا، وذلك بشرط أن يقوم القادة باتخاذ الإجراءات اللازمة لتأمين هذه الثغرات. ويكون التأمين عادة برقابة هذه الثغرات بعدد من الدوريات الثابتة أو المتحركة أو الجوية، والاحتفاظ باحتياطي من القوات ومن النيران للتصدي للقوات المعادية إذا ما قامت بالمرور من تلك الثغرات. وبصرف النظر عما اتخذته قيادة الجيشين الثاني والثالث من إجراءات لتأمين الثغرات التي بين تشكيلاتها و تلك التي في أماكن لاتشكل طريقا محتملا لاقتراب العدو (البحيرات المرة على سبيل المثال)، فقد اتخذت القيادة العامة للقوات المسلحة إجراءات إضافية لتدمير أي قوات للعدو قد تنجح في اختراق مواقع الجيشين الثاني والثالث وقطاع بور سعيد.

وقد تصورنا عند وضع الخطة أن العدو قد ينجح في اختراق مواقعنا في واحدة أو اثنتين من ثلاث نقاط محتملة. وكانت الدفرسوار هي واحدة من تلك النقاط الثلاثة وعلى الرغم من أن هذه

362

النقاط الثلاث كانت مؤمنة بالقوات من الشرق بكثافة (كانت الفرقة 16 مشاة تؤمن منطقة الدفرسوار بقوة من شرق القناة)، إلا أننا لم نستبعد مطلقا احتمال نجاح العدو في اختراق مواقعنا في أي من تلك النقاط الثلاث إذا ما ركز هجومه عليها. ولذلك فقد قاست القيادة العامة بالاحتفاظ بالفرقتين المدرعتين الرابعة والحادية والعشرين وبعض الوحدات الأخرى في النسق الثاني للجيوش. وكانت هذه القوات مكلفة بواجب تدمير أي عدو قد ينجح في عبور القناة إلى الغرب بل أن هذه القوات قامت بتنفيذ مشروعات تدريبية لتنفيذ هذا الواجب على نفس الأرض التي سوف تقاتل عليها حتى اصبح تنفيذ هذا الواجب وكـأنه طابور تدريب تكتيكي يعلم كل ضابط وجندي تفاصيله.

ولكن القرار السياسي الخاطئ بضرورة تطوير الهجوم نحو المضايق- والذي سبق أن شرحته بالتفصيل في الفصل السابق، والذي ترتب عليه دفع الفرقة 21 مدرعة، والفرقة الرابعة المدرعة عدا لواء في عملية التطوير- حرم القيادة العامة للقوات المسلحة من أي احتياطات فعالة يمكن أن تتصدى لأية عملية اختراق يقوم بها العدو لمواقعنا شرق القناة. كان القرار السليم- طبقا للموقف وطبقا لأصول العلم العسكري- هو أن نسحب الفرقتين المدرعتين الرابعة والحادية والعشرين بعد فشل هجومنا يوم 14 إلى مواقعهما الأصلية غرب القناة لنعيد الاتزان إلى مواقعنا الدفاعية. ولكن احمد إسماعيل المصاب بعقدة هزيمة 67 عارض هذا الاقتراح على أساس أن سحب هذه القوات قد يؤثر على الروح المعنوية للجنود (راجع الفصل الثالث والثلاثين)

المناورة بالقوات

المناورة بالقوات هي مبدأ مهم جدا من مبادئ الحرب. ويندر أن لم يكن من المستحيل كسب أي حرب دون تطبيقه. والمناورة بالقوات في العلم العسكري تعني أن يقوم القائد بتحريك قوات قبل وأثناء المعركة من مكان إلى آخر، حيث تستطيع من موقعها الجديد أن تحقق نجاحا اكبر في القتال. ففي العمليات الهجومية يستطيع القائد الذي يطبق هذا المبدأ استغلال الفرص التي قد تظهر له أثناء القتال نتيجة سوء توزيع العدو لقواته في الدفاع أو نتيجة بطء حركتها، فيدفع قواته في الاتجاهات الضعيفة حيث يمكن اختراق خطوط خصمه الدفاعية والوصول إلى مؤخرته. ويستطيع القائد أن يحقق هذا المبدأ أيضا في المعارك الدفاعية. فهو يستطيع أن يتظاهر بالضعف في قطاع معين سواء بالتقهقر أمام خصمه في قطاع من الجبهة، أم بأن يترك ثغرة غير مؤمنة بين جناحيه تغري المهاجم على المرور خلالها بغية الوصول إلى مؤخرة القوات المدافعة.. فإذا ما نجح القائد المدافع في استدراج خصمه إلى منطقة القتل التي يريدها التي انقضت عليه قواته من الأمام والخلف والأجناب لإبادتها.

فالمناورة بالقوات إذن شيء والانسحاب شيء أخر. فالأولى هي الاستمرار في القتال في مكان آخر أما الثانية فهي التخلص أو الهروب من المعركة.

وقد بين القرآن العظيم الفرق بين المناورة بالقوات والانسحاب في قوله تعالى "يأيها الذين آمنوا إذا لقيتم الذين كفروا زحفا فلا تولوهم الأدبار. ومن يولهم يومئذ دبره إلا متحرفا لقتال أو متحيزا إلى فئة فقد باء بغضب من الله ومأواهم جهنم وبئس المصير" (16,15 الأنفال). ومن يولهم الأدبار معناها الانسحاب من القتال. أما ألتحرف للقتال أو التحيز إلى فئة فهو ما يطلق عليه اليوم في العلم العسكري مبدأ المناورة بالقوات.

لقد كان الخلاف الرئيسي بيني من جانب وبين السادات وأحمد إسماعيل من الجانب الآخر يدور طول فترة الحرب حول تطبيق هذا المبدأ. واشتد الصراع بيني وبينهما بصفة خاصة خـلال الأيام من 15 وحتى 20 من أكتوبر. ومنعا للتكرار فأرجو مراجعة الفصلين 33 و 34.. حيث أني سأقتصر في هذا الفصل على الرد على ما كتبه النقاد بعد صدور هذا الكتاب.

كنت حريصا منذ البداية على أن نستغل خفة حركة وقوة نيران قواتنا المدرعة، وذلك عن طريق الاحتفاظ بها في الاحتياطات والأنساق الثانية للجيوش وألا نستخدمها إلا في المراحل الأخيرة والحاسمة للحرب، وبعد أن تتحطم قوات العدو المدرعة على صخرة دفاعاتنا شرق القناة هذه الصخرة التي كانت تتكون من 5 فرق مشاة تستطيع كل منها -بما لديها من دبابات وأسلحة مضادة للدبابات تدخل في تنظيمها العضوي – صد هجوم تقوم به ثلاثة ألوية مدرعة قوامها 360 دبابة. فقد كـان يدخل ضمن تنظيم كل فرقة مشـاة ما يلي من الأسلحة:

4	كتيبة دبابات (124 دبابة).
1	كتيبة BMP (40 قطعة).
1	كتيبة قواذف صواريخ موجهة مالوتكا (36 قطعة).
1	كتيبة مدفعية مضادة للدبابات 85 ملليمتر (36 قطعة).
90	مدفع ب10 و ب 11 مضاد للدبابات
459	قاذف صاروخي قصير المدى (ر. ب. ج).
3	كتائب هاون 120 ملليمتر (36 قطعة).
3	كتائب مدفعية 100 ملليمتر (36 قطعة).
3	كتائب هاوتزر 122 ملليمتر (36 قطعة).

ولذلك فإن خطة الهجوم الأصلية (المآذن العالية) لم تكن تتضمن تدعيم الفرقة المشاة أثناء عملية اقتحام قناة السويس بأي وحدات مدرعة. بل أنها كانت أيضا لا تتضمن كتيبة BMP حيث أن هذه الوحدة لم تدخل ضمن تنظيم الفرقة المشاة إلا قبل بدء حرب أكتوبر ببضعة اشهر (تم التعاقد على توريد هذه الكتائب فقط في مارس 1973، ووصلت بعد ذلك ببضعة اشهر).

بعد أن تولى احمد إسماعيل منصب القائد العام للقوات المسلحة، طلب منه السادات أن يضمن سرعة احتلال القنطرة شرق، حيث أنه يريد أ ن يستغل تحريرها سياسيا. وبناء عليه أمر احمد إسماعيل بأن تدعم الفرقة 18 مشاة التي تقع مدينة القنطرة شرق في قطاعها بلواء مدرع. ثم عاد السادات بعد ذلك فطلب منه أيضا ضرورة سرعة تامين مدينتي السويس والإسماعيلية من الشرق فأمر احمد إسماعيل بتدعيم كل من الفرقة 19 مشاة التي تقع السويس في قطاعها والفرقة 16 مشاة التي تقع الإسماعيلية في قطاعها بلواء مدرع. وبعد ذلك اشتكى قائدا الفرقتين المشاة السابعة والثانية، من أن هذا التوزيع سيكون دعوة للعدو لكي يركز هجومه عليهما من دون فرق المشاة الأخرى فأمر احمد إسماعيل بتدعيم كل منهما بلواء مدرع. ومع أن توزيع نصف قواتنا المدرعة بهذا الأسلوب يعتبر استخداما سيئا لخصائص القوات المدرعة، إلا انه كان من الممكن التغاضي عنه مؤقتا على أساس أن هذه الألوية المدرعة سوف تسحب من فرق المشاة وتعود إلى مواقعها غرب القناة بعد أن تنجح فرق المشاة في تجهيز مواقعها الدفاعية. وكان من الممكن أن يحدث ذلك اعتبارا من يوم 10 من أكتوبر. ولكن كما سبق أن أوضحنا فقد اتخذ يوم 12 من أكتوبر قرار بدفع باقي الفرقة 21 مدرعة والفرقة الرابعة المدرعة عدا لواء. وبالتالي فإنه بحلول يوم 14 أكتوبر كان قد اصبح لنا في الشرق 7 ألوية مدرعة. ولم يبق في غرب القناة خلف الجيشين الثاني والثالث سوى لواء مدرع واحد من الفرقة الرابعة المدرعة. وكان يتمركز في منطقة القاهرة لواء مدرع بالإضافة إلى لواء مدرع الحرس الجمهوري.

وثار الخلاف مرة أخرى بيني وبين احمد إسماعيل يوم 15 من أكتوبر عندما اقترحت سحب الفرقتين المدرعتين الرابعة والحادية والعشرين المدرعة إلى مواقعهما السابقة غرب القناة ثم تجدد الخلاف يوم 16 من أكتوبر بعد حدوث الثغرة عندما طالبت بسحب الفرقة الرابعة المدرعة واللواء25 مدرع من الشرق لضرب وتصفية الثغرة من الغرب. ثم بلغ الخلاف بيني وبين السادات ذروته ليلة 20/ 21 من أكتوبر عندما طالبت بسحب أربعة ألوية مدرعة من الشرق إلى الغرب.

رأي النقاد

- يقول أمين هويدي عن اقتراح الشاذلي ليلة 20/ 21 أكتوبر سحب أربعة ألوية مدرعة ما يلي "وفي رأيي فإن اقتراح الشـاذلي- كما سبق أن أوضحت في كتابي كيسنجر وادارة الصراع الدولي- كان أحسن اقتراح عملي متاح في تلك الظروف الحرجة: إن تعليق جمال حماد بالقول بأن الموقف التكتيكي المتردي الذي أصبحت فيه قواتنا يجعل من المستحيل على أي إنسان أن يهتدي إلى حل سليم مهما كانت عبقريته يعني التسليم بالأمر الواقع، وهو ما رفضه الشاذلي. وكان اقتراح الشاذلي فيه مخاطرة مقبولة لأنه لا قتال دون مخاطرة وكان تنفيذ الاقتراح سيطيل أمد القتال، ويكبد العدو مزيدا من الخسائر التي كان

من الصعب عليه الاستمرار في تعويضها حتى في ظل وجود الجسر الجوي الذي اعدته الولايات المتحدة (أمين هويدي/ الفرص الضائعة/ ص 493).

- ويعلق **حافظ اسماعيل** على الموقف في الساعات الأولى من يوم 21 من أكتوبر عندما قرر السادات طلب وقف اطلاق النار بما يلي "كان الاختراق الذي حدث في الجبهة العسكرية منذ 16 من أكتوبر قد تطور الآن بحيث أصبحنا اليوم نواجه هجوما إسرائيليا مضادا واسع النطاق يستهدف عزل قواتنا في شرق القناة وكان مثل هذا التقييم يقتضي تثبيت القوات الإسرائيلية في غرب القناة تمهيدا للقضاء عليها. ولتحقيق ذلك كان من الضروري تخفيف رؤوس الكباري في شرق القناة حتى يمكن توفير القوات اللازمة وخاصة المدرعة للعمل في غرب القناة ضد منطقة الثغرة في الدفرسوار، مع استمرار الحفاظ على مراكزنا في الشرق بصفة فعالة. إلا أن رفض الرئيس أي اقتراح بسحب قوات من الشرق إلى الغرب– بينما كانت قواتنا المتوافرة في غرب القناة اضعف من أن تتمكن من تثبيت القوات الإسرائيلية داخل منطقة الاختراق– جعل من المحتم القبول بوقف اطلاق النار قبل أن تتمكن القوات الإسرائيلية من الانطلاق من منطقة الدفرسوار فتدمر النجاح الذي تحقق.. واحتمال التسوية السياسية المرضية (محمد حافظ اسماعيل/ أمن مصر القومي في عصر التحديات/ ص 345).

- يقول **الكولونيل تريفور دي برى** ما يلي "كان رد الفعل المصري للعبور الإسرائيلي في منطقة الدفرسوار بطيئا. وما من شك في أن هجوما مضادا رئيسيا من جانب مصر يوم 16 بل ويوم 17 من أكتوبر كان يمكن أن يحطم قوة شارون على الشاطئ الغربي لأنها كــانت تتألف من اقل من لواءين (الندوة الدولية لحرب أكتوبر/ القطاع العسكري/ ص 49).

- يقول **الليفتنانت جنرال ستيج لوفجرين** ما يلي "لقد أثبتت القوات المسلحة المصرية قدرتها على إعداد وتنفيذ هذه العملية المعقدة التي هي عبور قناة السويس. ولكن عندما أصبحت الحرب متحركة، ولم تعد تتبع سيناريو معدا من قبل. حاق بالمصريين أسوا ما فيها. ويبدو أن القادة على جميع المستويات أخذوا على غرة بالعبور الإسرائيلي. وتوقفت البيانات، وتصرفت الرتب العليا وكان على أعينهم غشاوة وتمزقت الهجمات المضادة شر ممزق. بل بدا وكان القائد العام يفتقر إلى احتياطي عام (المصدر السابق/ ص 85).

- يقول **الكولونيل ادجار أوبالانس** وهو يتحدث عن الموقف ليلة 21 من أكتوبر ما يلي "و على الضفة الغربية للقنال كان هناك افتقار للسيطرة والقيادات ويبدو أن المستويات العليا من القيادة المصرية أصيبت بحالة من الشلل. (المصدر السابق/ ص 185).

الدفرسوار ليست معركة تليفزيونية

- يقول **أمين هويدي** "لا يجوز أن نسمي ما قام به العدو من اختراق لثغرة الدفرسوار أنه مجـرد معركة تليفزيونية كما أطلق عليها الرئيس السادات أو مجرد قصة جسدتها وسائل الإعلام الإسرائيلية مستغلة عبور بعض القوات الإسرائيلية إلى غرب القناة لإبراز نجاح إسرائيل في هذه المعركة وانه كان من الواجب مقاومة ذلك بخطة دعائية مضادة كما كتب الجمسي في مذكراته. هذه معالجة سيئة لأمور تتعلق بأمننا القومي. فعلاوة على ما في هذا الأسلوب من استخفاف بالرأي العام وافتئـات على الحقائق التاريخية، فهو أيضا تهديد لقواتنا المسلحـة وتغطية لسلبياتها بما يسمح للسوس بأن ينخر في عظامها (أمين هويدي/ الفرص الضائعة/ ص 437)

ويقول **أمين هويدي** في مكان آخر "فليس صحيحا أو ليس في صالح مصر أو جيشها أن يسمي الجمسي ما حدث "قصة الثغرة"، وهي التي نقلتها أحـداثها في فجر أحد الأيام السوداء في تاريخ مصـر من موقعه تحت الأرض في المركز 10 إلى إحـدى الخيام عند الكيلو 101 طريق السويس– القاهرة، ليجري هو وحفنة من الضباط أول محادثاثه مباشرة مع إسرائيل (نفس المصدر السابق ص 472).

وفي تعليقه على ما جاء في صفحة 436 من مذكرات الجمسي التي يقول فيها إن القوات الإسرائيلية الموجودة غرب القناة تحولت من سلاح تضغط به علينا إلى رهينة نضغط بها نحن على إسرائيل ومصدر استنزاف لأرواح ومعدات واقتصاد إسرائيل، يقول أمين هويدي بسخرية "اذكّر الجمسي بما قاله في مذكراته في صفحة 481 بان إسرائيل كانت تتحكم في السماح بإمداد الجيش الثالث ومدينة السويس. و اذكّره بما قاله من إن عينيه اغرورقتا بالدموع عندما وافق السادات يوم 17/ 1/ 74 على اتفاقية فض الاشتباك نظرا لما حوته من شروط مهينة. ولأول مرة نسمع أن الفريسة– كما يصور الجمسي موقف إسرائيل علـى الضفـة الغربية– هي التي بيدها السماح بمرور الأكل للصـياد. ولأول مرة أيضا نسمع أن الفريسة يمكنها الضغط علي الصياد حـتى تبكيه" (المصدر السابق ص 525).

- وعن لهفة المصريين على وقف إطلاق النار طبقا للشروط الإسرائيلية– مما يعكس سوء موقفهم العسكري– يقول **دايان** "حضر نائب سيلاسفو كبير المراقبين الدوليين لمقابلتي في القدس، واخبرني بأنه تلقى برقية من القاهرة تقول إن رد المصريين على شروطنا الثلاثة لقبول وقف إطلاق النار أنهم موافقون موافقون موافقون. وسألته عما إذا كـان المصريون كـرروها ثلاث مرات فأجابني بأنها أربعة (أمين هويدي/ الفرص الضائعة ص 472).

- وفي أثناء المقابلة التي تمت بين الرئيس السادات والمستر كوسيجين رئيس وزراء الاتحاد السوفيتي، بعد ظهر يوم 17/ 10، حاول السادات أن يقلل من أهمية الثغرة فقال له كوسيجين "ان صديقنا السادات يقلل من الخطر الذي تواجهه القوات المصرية. وأنا مضطر لأن أوضح أمامه الحقيقة حتى يستطيع أن يقيم حساباته على أساس سليم ". ثم وضع كوسيجين أمام السادات 18 صورة التقطتها الأقمار الصناعية السوفيتية تظهر فيها قوات للعدو التي في غرب القناة وعلق كوسيجين على تلك الصور بما يلي: "هذه الصور تظهر انه حتى ساعة التقاطها ظهر اليوم، كان لإسرائيل في الغرب 760 قطعة مدرعة ما بين دبابات وعربات مصفحة. وهذه قوة كبيرة وتطويرها مازال مستمرا (مقال هيكل بالأهرام يوم 6/ 12/93 عن السلاح والسياسة).

- وقد كشف الأستاذ حسنين هيكل في صحيفة الأهرام يوم 93/12/11 عن سر جديد فيما يتعلق بموقف السـادات تجاه الثغرة (الحلقة التاسعة من مقالات هيكل عن كـتابه السلاح والسياسة). تقول الوثيقة التي نشرها هيكل: أن حافظ اسماعيل مستشار الرئيس السادات لشئون الأمن القومي، أرسل برقية يوم 2 من نوفمبر إلى وزير الخارجية اسماعيل فهمي الذي كان موجودا حينئذ في واشنطن، يلح فيها على مطالبة كيسنجر بأن يقدم ضمانا تتعهد فيه أمريكا بالاتقوم إسرائيل بأية عمليات عسكرية ضد القوات المصرية في الضفة الغربية من قناة السويس. وان كيسنجر إمعانا في إذلال مصر، ورغبة منه في انتهاز هذا الموقف كتب خطابا لا يلزم أمريكا بشيء بل يمكن أن يعطيها ورقة تضغط بها على السادات للحصول منه على تنازلات في مقابل وعود – مجرد وعود لا توجد أي نية صادقة لتنفيذها– بأن تكبح جماح إسرائيل.

- تقول برقية اسماعيل فهمي إلى الرئيس السادات "بعد حوار طويل سلمني كيسنجر الضـمان المكتوب. وكان يود في أول الأمر عدم توقيعه بالحروف الأولى. ثم وقعه. وأضاف ضاحكا بأنه يرجو ألا ينشر الضمان في الأهرام. ويشير الضمان إلى انه اتصالا بأي اتفاق يتم بين مصر وإسرائيل بخصوص تنفيذ الفقرة الأولى من قرار مجلس الأمن رقم 338، تضمن الولايات المتحدة أنها ستفعل أقصى ما تقدر عليه لمنع عمليات عسكرية هجومية تقوم بها القوات الإسرائيلية في الضفة الغربية ضد القوات المصرية أثناء وجود القوات الإسرائيلية في الضفة الغربية. وكان الضمان مكتوبا بالآلة الكاتبة وعلى ورقة بيضاء ليست الأوراق التي تحمل في أعلاها اسم وزارة الخارجية الأمريكية، كما أن كيسنجر لم يوقعه بالحروف الأولى الكاملة وهي HAK هنري الفريد كيسنجر كمـا هو متـعارف عليه دبلوماسيا بل إنه وقعه بحـرفين هما) H.K هيكل/ أكتوبر 73/ وثيقة رقم 127/ ص 869).

ولعل الأخ الجمسي يقتنع- بعد أن يقرأ كل ذلك- أن اختراق العدو لمواقعنا لم يكن معركة تليفزيونية كما كان يدعي السادات- وان قوات العدو غرب القناة لم تكن رهينة.. بل إن الجيش الثالث هو الذي كان رهينة في يد إسرائيل وفي يد كيسنجر. ولعل الجمسي يقتنع أيضا أن السادات كانت له سياسة ذات وجهين تجاه الثغرة كان يدعي أمام شعب مصر أنها معركة تليفزيونية.. وانه كان في استطاعته تصفيتها.. بل انه ذهب إلى ابعد من ذلك عندما قام بعملية تمثيلية في مجلس الشعب في الجلسة الخاصة بتكريم قادة حرب أكتوبر في فبراير 74. فقد ادعى في تلك الجلسة أن الجيش الثالث لم يحاصر قط ولعل الأخ الجمسي يذكر الحوار الذي دار بين السادات وبين اللواء بدوي في جلسة مجلس الشعب (تولى اللواء بدوي قيادة الجيش الثالث في الحصار). وإلى من لم يشهد تفاصيل هذه الجلسة من جيل الشباب على التليفزيون، فإني أذكر بعضا مما دار فيها من حوار :

السادات: الجيش الثالث كان محاصرا يا بدوي.

بـــدوي: لا يا أفندم.

السادات: الأكل كان بيوصلكم بانتظام يا بدوي.

بـــدوي: ايوه يا أفندم.

كان الراديو والتليفزيون يذيعان هذا الحفل على الهواء. وكان السادات يعلم وهو يدير هذا الحوار بأنه يكذب على شعب مصر وكـان يعلم أن مليون ضابط وجندي في القوات المسلحة – وعن طريقهم يعلم شعب مصر بأكمله- يعلمون أن الجيش الثالث كان محاصراً اعتباراً من يوم 23/ 10 وانه بقي في الحصار أكثر من ثلاثة اشهر إلى أن تم التوصل إلى فك الحصار في إطار تسوية سلمية. كان هذا هو الوجه الذي يواجه به شعب مصر. أما الوجه الآخر الذي يواجه به أمريكا بخصوص هذه المشكلة فقد كـان شيئا آخر. أنه كان يعلم أن قواتنا التي تحيط بالثغرة- كما يبدو من خطاب الضمان الذي يطلبـه من أمريكا- غير قادرة على فك حصار الجيش الثالث.

ونخلص من كل ذلك إلى أن اختراق العدو لمواقعنا في منطقة الدفرسوار لم يكن معركة تليفزيونية. بل إن الاحـتفال الذي أقامه السادات في مجلس الشـعب في فبراير 1974، كان هو المعركة التليفزيونية الحقيقية التي يعلم العالم اجمع بزيفها.

الشرق لن يتأثر

يقول الجمسي في تعليقه على اقتراح الشاذلي ليلة 20/ 21 أكتوبر بسحب أربعة ألوية مدرعة من الشرق إلى الغرب انه يترتب عليه اهتزاز دفاعات قواتنا في الشرق، الأمر الذي لا يمكن

قبوله (الجمسي/ يوميات حرب أكتوبر/ ص 199). وهذا القول لا يستند إلى أي دليل. بل انه يتعارض مع كل ما نقوم بتدريسه لأبنائنا من الضباط والقادة في معاهدنا العسكرية.

لقد روعي عند وضع تنظيم الفرقة المشاة المصرية قبل حرب أكتوبر أن يكون لديها القدرة -وبدون أي دعم خارجي- على صد هجوم تقوم به فرقة مدرعة إسرائيلية تضم ثلاثة ألوية مدرعة قوامها 360 دبابة. فإذا علمنا انه سيبقى لدينا في الشرق بعد سحب هذه الألوية المدرعة 5 فرق مشاة وفي مواجهتها ثلاثة ألوية مدرعة إسرائيلية فقط. فكيف يستقيم القول بان سحب هذه الألوية المدرعة يمكن أن يؤدي إلى اهتزاز دفاعاتنا في الشرق. قد يقال أن فرق المشاة قد تحملت بعض الخسائر خلال الأسبوعين الماضيين وهذه حقيقة. ولكن يقابلها أيضا أن الألوية المدرعة الإسرائيلية هي الأخرى قد تحملت خسائر قد تكون نسبيا اكثر من الخسائر التي تحملتها قواتنا.

وبالإضافة إلى ذلك فإني أقول إلى الأخ الجسمي: كيف تخشى على من هو أقوى ولا تخشى على من هو اضعف ألا تخشى على الموقف في الغرب بعد أن اصبح للعدو ثلاث فرق مدرعة تضم 6 ألوية مدرعة في مقابل فرقة مدرعة مصرية تضم لواءين مدرعين؟ وان هذه القوات المدرعة الإسرائيلية أصبحت تهدد بعزل قواتنا في الشرق؟ وردا على من يقول أن العدو قد يلجأ هو الآخر -إذا نحن سحبنا ألويتنا المدرعة من الغرب- إلى سحب ألويته المدرعة من الشرق إلى الغرب إلى الشرق فيصبح له 9 ألوية مدرعة في الشرق وبذلك يزداد تهديده لقواتنا في الشرق.. فإني أقول لهم: ليته يفعل ذلك.. حيث أن ذلك يعني أننا نجحنا في تصفية الثغرة بالمناورة بالقوات وبدون قتال، وفي نفس الوقت فأن هذه الألوية المدرعة الإسرائيلية التسعة لا يمكن أن تشكل خطورة على 5 فرق مشاة تستطيع كل واحدة منها أن تصد 3 ألوية مدرعة إسرائيلية كما سبق أن أسلفت.

والذي يؤكد سلامة وقدرة فرق المشاة على التمسك بمواقعها وصد هجمات العدو المدرعة دونما حاجة إلى تدعيمها بألوية مدرعة هو القرار الذي اتخذه أحمد اسماعيل بعد وقف إطلاق النار. فعلى الرغم من أن العدو قد دفع إلى الجبهة المصرية بأربعة ألوية مدرعة جديدة ليصبح أمام الجبهة المصرية 12 لواء مدرعا إسرائيليا (كان 6 ألوية مدرعة منها غرب القناة و 6 ألوية أخرى شرق القناة). إلا أن احمد اسماعيل لكي يوفر القوات اللازمة لتنفيذ الخطة "شامل " التي كثر الحديث الإعلامي عنها- فإنه أمر بسحب جميع الألوية المدرعة من الشرق إلى الغرب وهو نفس ما كان يطالب به الشاذلي يوم 20 من أكتوبر (الفرقة 21 مدرعة وبها ل1م. ل14م+ ل24م الذي كان تحت قيادة الفرقة المشاة الثانية)، ولم يكن من الممكن سحب اللواء المدرع الذي كان في الجيش الثالث بعد أن دخل الجيش الثالث بجميع قواته داخل الحصار اعتبارا من 24 من أكتوبر. إلا ترى يا أخ جمسي أن قرار سحب الألوية المدرعة من الشرق إلى الغرب لتوفير القوات اللازمة للخطة شامل، يعتبر اعترافا من احمد إسماعيل وممن يؤيده في هذا القرار بأن فرق المشاة التي في الشرق لديها القدرة

على صد أي هجمات يقوم بها العدو؟ (انظر توزيع الألوية المدرعة الإسرائيلية في الملحق المرفق بهذا الفصل).

ولكن للأسف الشديد فإن قرار احمد اسماعيل جاء متأخرا حوالي أسبوعين عن التاريخ الذي اقترح فيه الشاذلي الأخذ بهذا القرار!

حول مؤتمر القيادة يوم 20

يلومني بعض النقاد بأنني لم أتكلم خلال المؤتمر الذي عقد في المركز 10 مساء يوم 20 من أكتوبر. ولكي أوضح لهم وللقراء السبب في ذلك فإنه يتحتم علي أن اشرح لهم أسلوب إدارة المؤتمرات التي تعقدها القيادة العامة للقوات المسلحة لمناقشة الخطط العسكرية والتصديق عليها. فهذه المؤتمرات تعقد إما تحت رئاسة القائد العام للقوات المسلحة أو تحت رئاسة رئيس الجمهورية، ويحضرها رئيس الأركان ورئيس هيئه العمليات ومدير المخابرات الحربية وقادة الأفرع الرئيسية للقوات المسلحة (القوات الجوية، القوات البحرية، قوات الدفاع الجوي)، وقد يدعى إليها عدد أخر من الرؤساء والقادة إذا دعت الضرورة إلى ذلك. ويقوم رئيس المؤتمر بطلب الكلمة من الحاضرين واحدا بعد الآخر حيث يتكلم كل منهم في تخصصه فقط ويكون أول المتكلمين هو مدير المخابرات حيث يتكلم عن آخر المعلومات عن العدو من حيث حجم قواته وأماكن تمركزها الخ.. ثم يصل في النهاية إلى استنتاج نواياه المستقبلية. ثم يتكلم بعد ذلك المشاركون في المؤتمر طبقا لما يشير إليه رئيس المؤتمر. ولا يجوز لأي من هؤلاء المشاركين أن يتحدث إلا في تخصصه فعلى سبيل المثال لا يتكلم قائد القوات الجوية إلا فيما يتعلق بموقف القوات الجوية. ولا يتكلم قائد قوات الدفاع الجوي إلا فيما يتعلق بموقف قوات الدفاع الجوي. الخ. وبعد أن يستمع القائد العام إلى تقارير الرؤساء فإنه يطلب من رئيس الأركان التقدم بالخطة المقترحة... حيث إن رئيس الأركان هو الوحيد الذي له الحق في تقديم الخطة المقترحة على ضوء تقارير الموقف الذي تقدم به الرؤساء وبعد أن يدلي رئيس الأركان بالخطة المقترحة يصدر القائد العام أو رئيس الجمهورية- إذا كان حاضرا- قراره ويكون إما "تصدق" ويعني التصديق على الخطة المقدمة من رئيس الأركان. و اما "نصدق فيما عدا كذا.." أو أنه يرفض الخطة المقترحة و يصدر قرارا جديدا. وبعد أن يصدر القرار فإنه يجب على الجميع أن يلتزموا بتنفيذه.

وحيـــث أن هذا الأسلوب يحتـــاج إلى كثير من الوقت فإنه وان كان ضروريا في وقت السلم وأثناء تحضير الخطط الحربية قبل اندلاع العمليات الحربية، إلا أننا لا نلتزم به أثناء الحرب، لما قد يسببه ذلك من تعطيل في اتخاذ القرارات وحيث أن رؤساء الأفرع الرئيسية يقومون بإخطار رئيس الأركان بالأحداث فور وقوعها فإن رئيس الأركان ليس في حاجة إلى الدعوة لمثل هذا المؤتمر قبل أن يتقدم للقائد العام بالخطة المقترحة. وإن كان ذلك لا يمنع من القيام بالاستماع إلى واحد

أو اثنين من هؤلاء الرؤساء عن طريق حـديث تليفوني أو عن طريق استدعائه للتشاور معه. والدليل على ذلك هو أن مؤتمر يوم 20 من أكتوبر هو المؤتمر الوحيد الذي عقد خلال فترة العمليات، وذلك على الرغم من عشـرات القرارات التي اتخذت قبل وبعد هذا التاريخ.

ولكي اذكر النقـاد والقراء، اكرر أني أنا الذي طالبت باستدعاء رئيس الجمهورية مساء يوم 20 ليفصل بيني وبين احـمد إسماعيل حول الخطة التي اقترحتها على احمد إسماعيل والتي كانت تقضي بضرورة سحب أربعة ألوية مدرعة من الشرق إلى الغرب حـتى نتمكن من القضاء على الثغرة إذن فقد كانت هناك خطة اقترحها رئيس الأركـان ولم يوافق عليها القائد العام. ونظرا للخطورة التي كنت أتوقعها إذا لم تنفذ الخطة التي اقترحتها، فقد رأيت أن أمن مصر وسلامة القوات المسلحة هي اكبر من أن يتركا في يد القائد العام وحدهـا ولذلك طالبت باستدعاء رئيس الجمهورية لكي أضعه أمام مسئوليته التاريخية.

واذكر القراء أيضا بان السادات بعد حضوره إلى المركز 10، انفرد مع احمد اسماعيل والمهندس عبد الفتاح عبد الله حوالي ساعة. ولاشك انه سمع خلال تلك الساعة عن الخطة التي يقترحـها الشاذلي، حيث إنه حضـر خصيصا لذلك، ولاشك أنه ناقش أيضـا مع القائد العام الحلول البديلة لخطة الشاذلي.. وأنه وصل في النهاية إلى قرار قبل أن يدخل غرفة العمليات.

وتؤكد ذلك تصرفات السادات التالية:

- فهو لم يطلب من الشاذلي أن يعرض خطته لأنه سمعها من احمد إسماعيل. وبالتالي فإنه لم يكن في حاجة إلى سماعها مرة ثانية.

- إنه بعد انتهاء المؤتمر وعود ته إلى قصر القاهرة ابلغ السيد حافظ اسماعيل بأنه اتخذ قرارا بطلب وقف إطلاق النار وطلب إيلاغ ذلك إلى كل من الاتحاد السوفيتي والرئيس حافظ الأسد، وقد أكد حافظ اسماعيل هذه الواقعة في كتابه الذي صدر في عام 1987 (محمد حافظ اسماعيل/ أمن مصر القومي في عصر التحديات/ ص 344). ويقول حافظ إسماعيل أن السادات قد أعطى مبررا لذلك انه لا يستطيع أن يحارب أمريكا. (المؤلف لم اعرف أن السادات طالب بوقف إطلاق النار بعد عود ته مباشرة من المركز10. إلا بعد أن توقف القتال. وهذا يؤكد أنه أتخذ قرارا بطلب وقف اطلاق النار بعد التشاور مع أحـمد إسماعيل قبل أن يجتمع بنا في غرفة العمليات).

- إنه ذكـر في كتابه عن البحث عن الذات أنه اتخـذ قراراً بعزلي من منصب رئيس الأركـان اعتبارا من يوم 19 من أكتوبر (ومع أن الـحـقـيـقـة هي أني بقيت أمارس مسئولياتي كرئيس للأركان حـتى يوم 12 ديسمبر. ومع أن التاريخ الحقيقي للمؤتمر هو يوم 20. فإن المعنى الحـقـيـقي لما ورد على لسان السـادات هو أنه عزلني لأنه لم يوافق

على الخطة التي اقترحتها. وهذا يؤكد أن السادات استمع إلى خطتي من احمد إسماعيل قبل حضوره غرفة العمليات يوم 20 من أكتوبر). لقد طالبت باستدعاء السادات إلى المركز 10 يوم 20 ليفصل في الخـــلاف بيني وبين القائد العام. وقد استمع واتخذ القرار. وإذا كـان قد حاول بعد الحرب أن يبرر قراره بأنني طالبت بسحب كل قواتنا من الشرق، فهذه أكذوبة كبرى كتبها الجمسي في كتابه (يوميات حرب أكتوبر ص 197، 198) وسبق أن كتبها حسني مبارك ومحمد علي فهمي في حديث لهما مع الصـحفي موسى صبري في أوائل عام 1974.

الحرب ضد أمريكا

"السادات بياع شاطر". فهو عندما يريد أن يخـفي خطا ارتكبه أو عندمـــا يريد أن يبرر قرارا لا يقبله المنطق.. فإنه يلجأ إلى تغليف ذلك في سلسـلة من الأكاذيب. فإذا نحـن قرانا تصريحـاته وما نشره في كتابه البحث عن الذات، ثم قارنا ما جاء في هذا الكتاب مع ما جاء في كتب ومذكرات القادة التي نشرت بعد وفاته، فإننا نجد أن السادات ارتكب الكثير من الأكاذيب التي يظهر فيـه العمد واضحا. وسوف أورد بعضها قبل أن انتقل إلى مناقشة موضوع الحرب ضد أمريكا:

1- ادعى أن السوفيت لم يعطونا السلاح والعتاد، وان مصر هي التي قامت بتصنيع الكباري التي عبرت عليها قواتنا المسلحة يوم 6 من أكتوبر، وان الاتحاد السوفيتي لم يكن يطلعنا على المعلومات التي تلتقطها أقمارهم الصناعية عن إسرائيل. وكان السادات بهذه الأكاذيب يمهد الطريق للارتماء في أحضان أمريكا.

2- ادعى أنني ذهبت إلى الجبهة يوم 16 من أكتوبر، وأنني عدت منها يوم 19 من أكتوبر، وأنني قد قضيت يوما كاملا في إنشاء قيادة أنافس بها غريمي أحمد اسماعيل، وقد أكد كل من الجمسي وعبد المنعم خليل أنني ذهبت إلى الجبهة مساء يوم 18 وعدت منها يوم 20 من أكتوبر. وأنني لم أنشئ أي قيادة خاصة بي، بل كنت أمارس القيادة والسيطرة من قيادة الجيش الثاني. وكان السادات يهدف من جراء التلاعب بهذه التواريخ أن يلقي على الشاذلي تبعة عدم القضاء على الثغرة حيث أن العدو يوم 16 كان يقدر بحوالي لواء مشاة وكتيبة دبابات، في حين انه كان قد اصبح مساء يوم 18 أي وقت وصول الشاذلي- فرقتين مدرعتين بهما 5 ألوية مدرعة ولواءان مشاة.

3- ادعى أنني عدت منهاراً من الجبهة وأوصيت بسحب كل قواتنا من الشرق. ولكن الجمسي أكد أنني لم اكن منهاراً عند عودتي من الجـبهة وأنني طالبت فقط بسحب أربعة ألوية مدرعة من الشرق حتى يمكن التصدي بها للعدو في منطقة الدفرسوار في الغرب. وكان السادات يرمي من وراء هذه الأكذوبة أن يبيع إلى الشعب قراره الخاطئ عن طلب وقف

اطلاق النار. وهو في موقف الضعف. فكأنه يريد أن يقول للشعب "الشاذلي يريد أن يسحب كل قواتنا، أما أنا السادات فإني نجحت من خلال اتفاقية فض الاشتباك في أن احتفظ بقوات في شرق القناة تقدر بحوالي 7000 ضابط وجندي."

4- ادعى في كتابه (ص 349) بأنه عزلني من منصبي يوم 19 من أكتوبر في حين أنني بقيت في منصبي حتى 12 من ديسمبر 73. ويؤكد ذلك القرار الجمهوري الذي صدر بنقلي إلى وزارة الخارجية. وكان السادات يريد أن يربط بين قرار العزل والادعاء الباطل الذي إفتراه علي بأنني أطالب بسحب جميع قواتنا من الشرق.

5- ادعى أن مؤتمر القيادة عقد مساء يوم 19، وانه طلب في نفس الليلة السفير السوفيتي ليبلغه بقراره الخاص بوقف اطلاق النار، في حين أن الحقيقة هي أن مؤتمر القيادة كان مساء يوم 20 واستمر حتى منتصف الليل، وبالتالي فإنه قراره بطلب بوقف اطلاق النار. كان في الساعات الأولى ليوم 21. وقد أكد ذلك حافظ إسماعيل في كتابه في الصفحة 345. كما أكد ذلك حسنين هيكل (هيكل/ أكتوبر 73/ ص 518). وقد لجأ السادات إلى التلاعب في هذه التواريخ حتى يتماشى ذلك مع كذبة أخرى قالها أثناء انعقاد المجلس الأعلى للقوات المسلحة يوم 21 من نوفمبر 73، والتي قال فيها: إن ليلة 18/ 19 هي سبب كل المشكلات التي حدثت ولو أننا عملنا بحسم وقوة خلال تلك الليلة لأمكننا القضاء على الثغرة (راجع الفصل السابع والثلاثين) وكان السادات يرمي من وراء هذه الكذبة تحميل مسئولية الثغرة على الشاذلي وقت أن كان في قيادة الجيش، و لذلك أراد أن يربط بين هذه الكذبة وبين تاريخ عودة الشاذلي وتاريخ طلبه وقف إطلاق النار.

6- بعد التوقيع على اتفاقية فض الاشتباك في 17/ 1/ 94، وبعد أن فك حصار الجيش الثالث، دعا السادات مجلس الشعب للانعقاد ودعا إلى هذه الجلسة العميد احمد بدوي قائد الجيش الثالث الذي كان في الحصار واخذ يستنطقه أمام أعضاء المجلس بأن الجيش الثالث لم يكن محاصرا.. بينما كان العالم اجمع والكثير من أبناء الشعب المصري يعلمون أن السادات كان يكذب في غير خجل أو حياء.

7- لكي يقنعني بقبول منصب سفير مصر في لندن، اخبرني بان هناك اتفاقا سريا للحصول على أسلحة من ألمانيا الغربية، وان منصبي سفيرا في لندن هو فقط للتغطية. ولكن سأكون مسئولا عن الإشراف على هذا الموضوع. فقبلت على أساس إن خدمتي سفيرا ستكون امتدادا لخدمتي في القوات المسلحة. ولكن بعد أن ذهبت إلى لندن اكتشفت أن القصة بأكملها كانت من خيال السادات.

8- نعود بعد ذلك إلى الشعار الذي رفعه السادات أنا غير مستعد لأن أحارب أمريكا. إنه شعار قد يصادف هوى لدى الذين ينفرون من الجهاد إن العلاقة الخاصة التي تربط بين

إسرائيل والولايات المتحدة هي علاقة وطيدة يعلمها العامة والخاصة منذ عشرات السنين. فأمريكا تمد إسرائيل بأحدث الأسلحة والمعدات. وتمدها بالتكنولوجيا الحديثة.. وتقدم لها المساعدات المالية والتي يقدر المنظور منها- عسكريا واقتصاديا- بحوالي 4000 مليون دولار سنويا. أما إذا أضيف إلى ذلك المساعدات والمكاسب غير المنظورة فإن الرقم يرتفع إلى حوالي 10000 مليون دولار سنويا وبالإضافة إلى ذلك فإن أمريكا تسمح لمن يرغب من اليهود الأمريكيين بان يحتفظ بالجنسية المزدوجة الأمريكية والإسرائيلية.

وبالتالي فإن الكثير من اليهود الأمريكيين مدرجون في كشوفات الضباط والجنود الاحتياطى في الجيش الإسرائيلى ويتم استدعاؤهم للخدمة في اسرائيل عندما تعلن اسرائيل التعبئة العامة. ولعل هذه المعلومات هي التي دفعت الرئيس الراحل جمال عبد الناصر إلى التقارب مع الاتحاد السوفيتي منذ حوالي 50 سنة لكي يخلق نوعا من التوازل بين التأييد الأمريكي لإسرائيل والتاييد السوفيتي لمصر.

9- ولا يمكن لمنصف ان يقلل من حجم ونوعية الأسلحة والمعدات الفنية الحـديثة التي قام الاتحاد السوفيتي بامدادنا بها قبل واثناء الحرب. وفيما عدا القوات الجوية، فقد كان لدينا قبل حرب اكتوبر أسلحة ومعدات لاتقل كثيرا عما تملكه اسرائيل. وعندما اندلعت الحرب اقام الاتحاد السوفيتي جسرا جويا وبحريا نقل خلاله 78000 طن إلى مصر وسوريا، واقامت أمريكا هي الأخرى جسرا حويا وبحريا نقلت خلاله 61105 اطنان إلى اسرائيل (راجع الفصل الرابع والعشرين).

إن السادات يريد أن يقول إن الجسر الجوي الأمريكي هو السبب الرئيسي الذي دفعه إلى المطالبة بوقف اطلاق النار. وأني أقول هذه مغالطة فلولا تدخل السادات في إدارة العمليات واستجابة احمد اسماعيل لهذه التدخلات لما تأثر موقفنا بهذا الجسر الأمريكي، ولأصبح في استطاعتنا أن نطيل أمد الحرب إلى عدة اشهر أخرى وهو مالا تستطيع إسرائيل أن تتحمله. حيث كان هذا هو جوهر الخطة التي دخلنا بها الحرب.

10- وتحت شعار لا أستطيع محاربة أمريكا دعا السادات إلى لقاء مصغر في قصر الطاهرة مسلم يوم 22 أكتوبر 73. وحضر هذا اللقاء مساعدا الرئيس، نواب رئيس الوزراء، حافظ اسماعيل. وقال لهم: إن الإسرائيليين قد حققوا التفوق نتيجة تدفق الإمداد الأمريكي، وان استمرارنا في القتال سوف يترتب عليه تدمير قواتنا. وأننا لا نستطيع أن نحقق تحرير سيناء عسكريا. وإنه سوف يعمل على عدم تصعيد الموقف العسكري حاليا، بينما يستمر في استخدام البترول كسلاح ضغط ورغم أن ذلك هو ابعد ما يكون عن الحقيقة، إلا أن أحد الحاضرين بلغ من اقتناعه بتلك الأكاذيب أن اقترح على الرئيس بأن يحاط صغار الضباط والجنود علما بان قيادتهم العسكرية هي التي طلبت وقف اطلاق النار. (حافظ اسماعيل/

أمن مصر القومي/ ص 348, 349). ورغم أن حافظ اسماعيل يستطرد فيقول: أن السادات لم يستجب لهذا الاقتراح. إلا أن الاتهامات الباطلة التي وجهها السادات إلى الشاذلي فيما بعد والتي اتهمه فيها بأنه طالب بسحب كل قواتنا من الشرق تؤكد أن اقتراح هذا الانتهازي الذي حضر هذا الاجتماع، قد صادف هوى لدى السادات. وكان هدف السادات من كل ذلك هو التستر على الأخطاء الجسيمة التي ارتكبها خلال تلك الحرب. وهذه هي طبيعة السادات إنه يقول شيئا، ولكنه يفعل شيئا آخر. ولقد استطاع بهذا الأسلوب أن يخدع الكثير من الناس بما في ذلك اقرب المقربين إليه. وعندما تتضح أعماله الشريرة أمام ضحاياه الذين خدعهم، يكون هو قد حقق مآربه، ولم يعد في حاجة إلى إخفاء نواياه التي يقدم لها اكثر من مبرر... ثم يجد من بين بطانته من يدافع عن تلك التصرفات الشريرة.

الثغرة بعد وقف اطلاق النار

يقول السادات في الصفحة 356 من كتابه البحث عن الذات ما يلي:" في ديسمبر 1973 كنت مستعدا لتصفية جيب الثغره. ولكن الخطر الذي كان أمامي كان تدخل أمريكا. ففي 11 من ديسمبر جاء كيسنجر وقلت له أنا مش مستعد أقبل الأسلوب اللي هم ماشيين به و دة أنا حصفي الثغرة. قال لي أنا قبل ما احضر إليك إنك جاهز. أنا طلبت صورة الموقف من البنتاجون فأعطوني تقريرا كاملا. حائط صواريخك يتكون من كذا بطارية. دباباتك حول الثغرة 800 دبابة. مدافعك عددها ما كذا. وتستطيع فعلا أن تصفي الثغرة. ولكن اعلم أنك إذا فعلت هذا سيضربك البنتاجون. سيضربك البنتاجون لسبب واحد. وهو أن السلاح الروسي قد انتصر على السلاح الأمريكي مرة ولن يسمح له في الاستراتيجية العالمية بتاعتنا أن ينتصر للمرة الثانية"، ثم عاد السادات في الصفحة 389 فأضاف أن كيسنجر قال له لا إن دبابات إسرائيل داخل الثغرة 400 وأنت لديك 800 دبابة حولها. ولديك صاروخ ونصف الصاروخ تقريبا لكل دبابة ، وأنت فعلا تستطيع أن تصفي الثغرة بهذه القوات". ويستطرد السادات فيقول في نفس الصفحة 389 إنه خلال مؤتمر جنيف الذي عقد في 21 من ديسمبر اتفق السادات و كيسنجر على فض الاشتباك في يناير 74. والذي يلفت نظري من كل ذلك ما يلي:

- إن السادات يريد أن يوهم الشعب العربي بان مصر كانت قادرة على تصفية الثغرة. ولأنه يعلم انه كذاب اشر، فإنه يريد أن يبعث الثقة في نفس القارئ أو المستمع بزعم أن هذه الأرقام مصدرها الأقمار الصناعية الأمريكية. وحتى لو افترضنا جدلا صحة الرقمين اللذين ذكرهما السادات فهناك عشرات الأرقام الأخرى التي يجب علينا معرفتها قبل أن نقرر ما إذا كان لدينا القدرة على تصفية الثغرة أم لا.

- العقل والمنطق يقولان لو إن إسرائيل أو أمريكا تشك ولو بنسبة واحد في الألف في أن السادات في نيته تصفية الثغرة عسكريا، لكان أسهل الإجراءات لديها هو أن تمنع مرور الإمدادات إلى الجيش الثالث وكما قال الأخ أمين هويدي فهذه هي أول مرة نسمع فيها إن الفريسة هي التي بيدها السماح بمرور الأكل إلى الصياد.

- إن السادات يعلم جيدا انه لا يستطيع أن يبيع هذا الوهم إلى أمريكا أو حتى الاتحاد السوفيتي. ولذلك فقد كان هدفه من كل ذلك هو أن يبيع هذا الوهم إلى قادة القوات المسلحة. آسف إلى بعض قادة القوات المسلحة. ولذلك فإننا نراه يزعم- كما يقول في صفحة 357 -انه عقد في يوم 24 من ديسمبر مؤتمرا لمناقشة خطة تصفية الثغرة. ويبدو أن الجمسي الذي كان قد اصبح رئيسا للأركان اعتبارا من 13 من ديسمبر 73، كان من بين من صدقوا ما يعلنه السادات عن نيته تصفية الثغرة.. حيث انه (أي الجمسي) كما ذكر في صفحة 481 من مذكراته، لم يستطع أن يحبس دموعه عند التوقيع على اتفاقية فض الاشتباك في 17 من يناير 74.

والسؤال الذي يطرح نفسه اليوم هو "ماذا كان يمكن أن يحدث لو وافق احمد اسماعيل والسادات على اقتراح الشاذلي بسحب الأربعة ألوية المدرعة؟ الإجابة من وجهة نظري هي أنه من المؤكد أننا كنا سنكون قادرين خلال يومي 21 و 22 من أكتوبر على حصار الثغرة ومنع انتشارها. ثم ندخل مع العدو بعد ذلك في معارك تصادمية اعتبارا من يوم 23 أكتوبر تمهيدا لتدميره بعد ذلك والذي يلفت النظر حقا انه بعد حوالي أسبوع من وقف إطلاق النار. وبعد أن كان العدو قد أتم حصار الجيش الثالث ومعه أحد الألوية المدرعة التي كان الشاذلي يريد سحبها، اصدر القائد العام أمرا بسحب الألوية المدرعة الثلاثة الباقية -التي كانت مع الجيش الثاني- من الشرق إلى الغرب ولكن التأخير في اتخاذ هذا القرار، وتنفيذه في ظل حصار الجيش الثالث ومدينة السويس وهما رهينتان غاليتان في يد العدو، كان يحد كثيرا من إمكان الاستفادة بها. ولعلنا نتعلم من ذلك درسا مهما وهو أهمية القرار المناسب في الوقت المناسب.

ملحق الفصل الربعين

توزيع الألوية المدرعة الإسرائيلية خلال حرب اكتوبر 73

الجبهة المصرية

اسم القائد	رقم اللواء
جابي أمير	640
امنون ريشيف	14
داني شومرون	40
افراهام بارون	64
اريه قارين	217
ناتك بارام	600
توفيا رافيف	247
حاييم اريز	421

الجبهة السورية

باراك اتزاك بن شوهام	188
افيجدو بن جال	7
يورى اور	79
ران ساريج	17
ميـــــر نقل الى الجبهة المصرية بعد وقف اطلاق النار.	19
بوسي بليد نقل الى الجبهة المصرية بعد وقف اطلاق النار.	20

احتياطي استراتيجي

يفيفر نقل الى الجبهة المصرية بعد وقف اطلاق النار.	70

9 تم تشكيله في 72/10/25 موردخاي بن بورانت نقل الى الجبهة المصرية بعد وقف اطلاق النار.

ملحوظة

اللواء المدرع الاسرائيلي يتكون من 3 كتائب في كل كتيبة 40 دبابة.

الفصل الحادي والأربعون

الأخطاء القيادية الجسيمة

- أطالب بإلغاء منصب القائد العام للقوات المسلحة. هذا المنصب الذي لا نجد له مثيلا إلا في دول العالم الثالث اللاديموقراطيه.

- لو أن السادات لم يرتكب أي جريمة في حق الوطن سوى أنه عين أحمد اسماعيل قائدا عاما للقوات المسلحــة وهو يعلم انه كان مريضا بالسرطان، لكان ذلك دليلا كافيا لإدانته بارتكاب جريمة الخيانة عظمى في حق الوطن.

- إن القائد الذي يخشى أن يسحب جزءا من قواته من القطاعات الغير مهددة للزج بها في القطاعات المهددة بحجة أن ذلك قد يؤثر على الروح المعنوية. هو قائد انهزامي ولن ينجح قط في تحقيق أي نصر في أي معركة.

- لقد عارض السادات واحمد إسماعيل اقتراح الشاذلي بسحب الفرقة الرابعة المدرعة واللواء25 المدرع من الشرق إلى الغرب يوم 16، ولكنهما قاما بسحب الفرقة الرابعة المدرعة يوم 18. وعارضا اقتراح الشاذلي بسحب أربعة ألوية مدرعة من الشرق إلى الغرب يوم 20، ولكنهما قررا الأخذ بهذا الاقتراح يوم 28 أكتوبر. وفي الحالتين جـــاء القرار متــأخرا ولم يحقق الهدف من هذه المناورات. و هذا يبين لنا بوضوح أهمية "القرار المناسب في الوقت المناسب"

- لماذا لم تشكل لجنة قضائية عليا حتى الآن لتقصي الحقائق عن حرب أكتوبر، كـــما حدث في إسرائيل، وكما يحدث في جميع الدول المتحضرة في أعقاب كل حرب؟

- لماذا يخشى انصار السادات قبول دعوة الشاذلي إلى مناظرة علنية كبديل مؤقت للجنة تقصي الحقائق؟

التستر على الخطأ جريمة

فكرت كثيرا قبل أن اختار عنوان هذا الفصل "الأخطاء القيادية الجسيمة". وكان العنوان الذي في رأسي أول الأمر هو "أخطاء أحمد اسماعيل والسادات" ، حيث انهما هما اللذان ارتكبا تلك الأخطاء دون غيرهما.. غير أن المناقشات والتصريحات التي أدلى بها بعض القادة وبعض المحللين العسكريين بعد الحرب كان بعضها يؤيد هذه الأخطاء. وحيث أن تلك الأخطاء التي سوف اسردها تتعارض مع أصول العلم العسكري وما نقوم بتدريسـه لأبنائنا في الكليات والأكـاديميات العسكرية، فقد خشيت أن يقتنع بعض القادة الحاليين وبعض طلاب العلوم العسكرية بتلك الأخطاء فتكون مصيبة

379

كبرى بالنسبة لمستقبل مصر والبلاد العربية. ولذلك فقد اخترت العنوان الذي ذكرته ليكون في نفس الوقت ردا لكل من يؤيد تلك الأخطاء بالصمت أو بالكلمة.

عدم المحافظة على الغرض

المحافظة على الغرض مبدأ أساسي من مبادئ الحرب بل أنها هي المبدأ المحوري الذي تتأثر به جميع مبادئ الحرب الأخرى. ولذلك فإن المهمة التي تخصص للقوات المسلحة يجب أن تكون واضحـة، وان تكون في حدود إمكانـاتها. وحيث أن الحرب هي امتداد للسياسة بوسيلة أخرى، فإن القيادة السياسية هي التي تخصص المهمة التي تكلف بها القوات المسلحة.

ولكن القيادة السياسية تلجأ عادة إلى مناقشة هذه المهمة مع القادة العسكريين قبل إصدارها حتى تضمن إمكان نجاح القوات المسلحة في تنفيذها. ومنذ اليوم الأول لميلاد أول خطة هجوميـة "المآذن العالية" في شهر أغسطس 1971، كانت القيادتان السياسيـة والعسكرية على قناعة بحقائق ثلاث:

1- تفوق العدو الساحق في مجال القوات الجوية.

2- تفوق العدو علينا في مجال الحرب البرقية خفيفة الحركة BLITZ KRIEG كنتيجـة حتمية لتفوقه في القوات الجوية و المدرعات وفي وسائل الاتصال المؤمنة و السريعه بين الجو والأرض.

3- أن أمريكا تؤيد إسرائيل تأييدا مطلقا سياسيا واقتصاديا وعسكريا.

وفي ظل هذه الحقائق كـان يجب أن يكون الهدف متواضعا. حـتى أن الرئيس السادات كان يقول في مؤتمرات القادة قبل الحرب "أريد منكم أن تنجحوا في احتلال عشرة سنتيمترات على الضفة الشرقية وان تحتفظوا بها. وسوف يؤدي ذلك إلى تعديل كبير في موازين القوة سياسيا وعسكريا."

وفي ظل هذه الحقائق وضعت خطة المآذن العالية التي كان هدفها هو عبور قناة السويس وتدمير خط بارليف واحتلال من 10- 12 كيلومترا شرق القناة وفي خلال الفترة من أغسطس 71 حتى أكـتوبر 73، زاد حجم ونوعية قواتنا المسلحة، ولكن كانت تقابلها أيضا زيادة في حـجم ونوعية قوات العدو.. وبالتالي فإن الحـقائق الثـلاث التي أدت إلى الخطة الهجومية بقيت كما هي، وبالتالي فإن الهدف المحدد للقوات المسلحة بقي كما هو. كان كل ذلك يتم شفويا بين القيادتين السياسية والعسكرية، ولكـن أحمد إسماعيل بطبيعته الحذرة طلب من القيادة السياسية أن تحدد مهمة القوات المسلحة في وثيقة مكتوبة. فأصدر السادات في الأول من أكتوبر 73 توجيها إلى القائد العام يحدد له مهمة القوات المسلحة والتي كانت كما يلي تحـدي نظرية الأمن الإسرائيلي، وذلك عن طريق عمل عسكري حسب إمكانات القوات المسلحة، يكون هدفه إلحاق اكبر قدر من الخسائر بالعدو، وإقناعه أن

380

مواصلة احتلاله لأراضينا تفرض عليه ثمنا لا يستطيع دفعه. وبالتالي فإن نظريته في الأمن – على أساس التخويف النفسي والسياسي والعسكري– ليست درعا من الفولاذ يحميه الآن أو في المستقبل."

وكان هذا يتماشى تماما مع جوهر خطة "المآذن العالية" التي تغير اسمها ليصبح جرانيت-2 ثم "بدر". وبحلول يوم 9 من أكتوبر عام 1973 كانت القوات المسلحة قد حققت المهمة التي كلفت بها. فقد نجحت في خلال 18 ساعة في عبور قناة السويس وتدمير خط بارليف. وفي خلال الـ 48 ساعة التالية كانت قد نجحت في صد جميع الهجمات المضادة التي قام بها العدو. واعتبارا من يوم 10 من أكتوبر كان العدو يقف يائسا أمام قواتنا الصامدة. لقد كانت خطتنا تهدف إلى وضع العدو أمام خيارين، كلاهما مر بالنسبة له وكلاهما حلو بالنسبة لنا. كان الخيار الأول :هو أن يقوم بهجمات مضادة على قواتنا، وقد اتبع هذا الخيار يومي 8 و 9 ولكنه فشل في تحقيق أي نجاح. واعتبارا من يوم 10 بدأ يلجأ إلى الخيار الآخر وهو التوقف عن شن هجمات مضادة قوية. كانت المبادأة بأيدينا، وكان العدو يتصرف كما نريد له أن يتصرف طبقا للخطة.

ولو أن القائد العام تمسك بمبدأ المحافظة على الغرض لكان في إمكاننا أن نبقى في هذا الوضع عدة اشهر، بينما لا يستطيع العدو أن يتحمل هذا الوضع بضعة أسابيع، فلم يكن من الصواب إذن أن ننسى تفوق العدو علينا في القوات الجوية وفي أسلوب الحرب البرقية (الحقيقتان الأولى والثانية) وان ندفع بقواتنا في عمق سيناء ولم يكن من المقبول أن يبرر السادات أخطائه بالقول "إني لا أستطيع أن أحارب أمريكا" . فقد كنا نعلم مسبقا أن أمريكا سوف تؤيد إسرائيل سياسيا وعسكريا كما فعلت في الحروب السابقة (الحقيقة الثالثة). ولو أننا التزمنا بمبدأ المحافظة على الغرض لما استطاعت إسرائيل أن تزحزحنا عن مواقعنا شرق القناة مهما تحصل على مساعدات أمريكية.

عدم المناورة بالقوات

المناورة بالقوات أيضا مبدأ مهم من مبادئ الحرب فلو افترضنا وقوع اصطدام بين جيشين متساويين في الحجم وفي المعدات وفي النوعية وفي الروح المعنوية وفي كل شيء آخر .. فإن الغلبة ستكون للجيش الذي يطبق قائده مبدأ المناورة بالقوات. تماما كما يحدث بين لاعبي الشطرنج اللذين يبدآن المباراة بقطع متساوية في العدد والنوعية والمواصفات.. ومع ذلك فإن النصر يكون دائما لمن يحسن تحريك قطعه ونقلها من مكان إلى مكان– فيخلق بذلك لنفسه حشدا متفوقا في الاتجاه الذي يهاجم فيه إذا كان يشن هجوما. وإذا كان اللاعب في الدفاع فعليه إن يستقرئ نوايا خصمه وان يسرع بتحريك قطعه إلى الأماكن المهددة حتى يكون على أهبة الاستعداد لإفشال هجوم خصمه.

ومادمنا نقوم بتعليم أبنائنا في معاهدنا العسكرية، أن تطبيق مبدأ المناورة بالقوات هو مفتاح النصر في كل الحروب على المستوى الاستراتيجي، وفي كل المعارك الكبرى

والصغرى على المستويين التعبوي والتكتيكي. فلكي تكون هناك مصداقية لما نقوله لهم، فإنه يجب علينا أن نعترف بان القائد العام للقوات المسلحة في حرب أكتوبر لم يطبق هذا المبدأ فحسب، بل إنه كان أيضا يرفض النصائح التي كانت تقترح عليه ضرورة المناورة بالقوات. كان أحيانا يبدي تخوفا شديدا من تأثير سحب قوات من قطاع ما على أمن وسلامة هذا القطاع. وكان أحيانا يبدي تخوفه من أن يؤثر هذا السحب على الروح المعنوية للجند وكان أحــيانا يقول: إن الموقف العسكري العام لا يستدعي ضرورة القيــام بهذا الإجـراء. وفي الحالات النادرة التي استجاب فيها إلى تلك النصائح فإنه كان بها بعد تردد كبير، وبعد مضي بضعة أيام تكون فيها تلك المناورة قد أصبحت عديمة القيمة. وأن واجبي الوطني يحتم على أن أوضح لأبنائنا وأحفادنا من قادة المستقبل، ما سببته لنا مواقف احمد إسماعيل المتخاذلة من مصائب مازلنا نقاسي منها حتى يومنا هذا.

إن عدم المناورة بالقوات هو الذي أدى إلى ثغرة الدفرسوار. إن عدم المناورة بالقوات هو الذي سمح لثغرة الدفرسوار أن تتسع.. إن عدم المناورة بالقوات هو الذي أدى إلى حصار الجيش الثالث.. ومدينة السويس.. وأن تطبيق العدو لمبدأ المناورة بالقوات، وإحجامنا عن تطبيقه، هو الذي أدى إلى أن يحقق العدو كل هذا النجاح، رغم أن قواتنا البرية بالجبهة كانت تتفوق في الحـجم ولا تقل في النوعيــة عن القوات الإسرائيلية التي في مواجهتها. وسوف أذكر فيمــا يلي تلك السلوكيات الخاطئـة التي ارتكبها أحمد إسمــاعيل... والتي أدعو قادة المستقبل إلى ضرورة تفاديها.

الحذر الشديد

كان الحــذر الشديد يدفع احمد اسماعيل إلى زيادة حجم القوات المكلفة بالدفاع بشكل يفوق كثيرا متطلبات الدفاع، وعلى سبيل المثال فإن الخطة الهجومية الأصلية "المآذن العالية" لم تكن تتضمن تدعيم فرق المشاة الخمس المكلفة بالهجوم بأية ألوية مدرعة.. حيث إن فرقة المشاة بما لديها من أسلحة عضوية قادرة على صد فرقة مدرعة إسرائيلية تضم ثلاثة ألوية مدرعة.. وكان في تقديراتنا أن أقصى ما يمكن للعدو أن يدفعه في اتجاه الجبهة المصرية هو 8 ألوية مدرعة و 4 ألوية من المشاة الميكانيكية. وبالتالي فإنه لن يستطع تدمير قواتنا التي تعبر إلى الشرق والتي كـان قوامها 5 فرق مشاة إن أقصى مــا يستطيع العدو أن يفعله هو أن يركز هجومه على فرقة واحدة أو اثنتين. وقد ينجح في تدمير إحدى الفرق ولكن بعد أن يكون قد فقد نصف مدرعاته وبالتالي يفقد القدرة على متابعة الهجوم، ويهيئ لنا الظروف للقيام بهجوم مضاد نستعيد به الموقف. ومع كل ذلك فقد أمر أحمد اسماعيل بتدعيم كل فرقة مشاة بلواء مدرع. وهكذا قمنا بتخصيص 5 ألوية مدرعة للفرق المشاة، وكان ذلك بالتأكيد على حساب الاحتياطات التعبوية والاستراتيجية التي كان يتحتم علينا الاحتفاظ بها غرب القناة. كما انه كان يتعارض مع الأسلوب الأمثل في استخدام القوات المدرعة، والذي يحذر من

تفتيت القوات المدرعة، ويدعو إلى استخدامها في حشود كبيرة في المكان والوقت المناسب لحسم المعركة.

وقد كان من الممكن إصلاح هذا الخطأ المؤقت لو أننا قمنا بسحب هذه الألوية المدرعة من الشرق وأعدناها إلى وحداتها الأصلية المكلفة بواجبات الاحتياطات التعبوية والاستراتيجية. وقد كان من الممكن تحقيق ذلك اعتبارا من يوم 10 أكتوبر بعد أن تحطمت هجمات العدو المضادة يومي 8 و 9 أكتوبر. ولكن الحذر الزائد من جانب احمد إسماعيل دفعه إلى الإبقاء على هذه الألوية مع الفرق المشاة بل انه عندما اتخذ يوم 12 قرارا بالتطوير - رغم المعارضة الشديدة من جانب رئيس الأركان وقائدي الجيشين الثاني والثالث – فإنه دفع بلواءين مدرعين إضافيين ولواء مشاة ميكانيكي إلى الشرق. ومرة أخرى كان من الممكن إصلاح هذا الخطأ بعد أن فشلت عملية التطوير يوم 14، وذلك بإعادة الفرقتين المدرعتين الرابعة والحادية والعشرين إلى مواقعهما الأصلية إلى الغرب. ولكنه رفض ذلك أيضا.

عدم القدرة على التنبؤ

إن تقدير قدرات العدو هو العامل الأول في تقدير الموقف الذي يقوم به كل قائد قبل أن يتخذ قرارا سواء كان هذا القائد يقود فصيلة أم كان يقود جيشا أم ما هو أكثر من ذلك. ولكن بالنسبة للقادة الأصاغر فإن الفاصل الزمني بين تقدير الموقف وبين تنفيذ القرار يكاد يكون معدوما. وبالتالي فإن تقدير قدرات العدو خلال فترة تقدير الموقف لا تختلف عن قدراته أثناء تنفيذ القرار. ولكن الأمر يختلف كثيرا بالنسبة للمستويات الأعلى.. حيث إن الفاصل بين الوقت الذي يتخذ فيه قائد الجيش أو القائد العام للقوات المسلحة قراره وبين الوقت الذي يتم فيه تنفيذ القرار قد يمتد إلى 24 ساعة، بل قد يمتد إلى بضعة أيام. وفي خلال هذه الفترة سوف يتغير حتما حجم وأوضاع العدو عما كانت عليه وقت تقدير الموقف. وبالتالي فإن قادة التشكيلات الكبرى يجب أن يكون تقديرهم لقدرات العدو على أساس ما سوف تكون عليه وقت تنفيذ قراراتهم وليس على أساس ما كان عليه العدو عند اتخاذهم القرار. وهذا يتطلب من قادة التشكيلات الكبرى أن يكون لهم القدرة على التنبؤ واستقراء نوايا العدو المستقبلية لبضعة أيام قبل حدوثها.

وللأسف الشديد فإن احمد إسماعيل لم تكن لديه القدرة على استقراء نوايا العدو. لقد اخترق العدو مواقع الجيش الثاني في منطقة الدفرسوار ليلة 15 /16 أكتوبر وبدأت قواته صباح يوم 16 تغير على مواقع كتائب الصواريخ المضادة سام-2، سام-3 غرب القناة بمجموعات من الدبابات تقدر بحوالي 7 دبابات في كل إغارة وعندما ظهر لي أن قيادة الجيش غير قادرة على استعادة الموقف اقترحت في منتصف نهار يوم 16 أن نسحب الفرقة الرابعة المدرعة (كان للفرقة الرابعة لواء مدرع ولواء مشاة ميكانيكي في شرق القناة، بينما كان لها لواء مدرع في غرب القناة) واللواء25 مدرع

383

مستقل من الجيش الثالث إلى غرب القناة. ثم تكليف الفرقة الرابعة المدرعة بالكامل بعد تدعيمها باللواء25 بتوجيه ضربة قوية لتصفية العدو في منطقة الدفرسوار في أول ضوء يوم 17. واعترض احمد إسماعيل على هذه الخطة قائلا: لماذا كل هذه القوات ضد 7 دبابات وعبثا حاولت إقناعه أن قيام العدو بالإغارة على كتائب الصواريخ بقوة 7 دبابات في كل مرة لا تعني أن كل ما يملكه من دبابات غرب القناة هو 7 دبابات؟. ثم إنه بحلول فجر يوم 17 قد يصل حجم هذه الدبابات إلى لواء مدرع أو لواءين!. وكانت الخطة البديلة التي أمر بتنفيذها هي توجيه ضربة من الشرق يقوم بها اللواء25 مدرع. تلك الخطة التي أدت إلى تدمير اللواء25 مدرع (راجع الفصل 33).

التأثير المعنوي على الجنود

كان احمد إسماعيل يخشى أن يؤثر سحب قوات من الشرق إلى الغرب على الروح المعنوية للقوات، وان هذا السحب قد يتحول إلى ذعر تصعب السيطرة عليه. وكان ذلك انعكاسا للعقدة النفسية التي كانت تسيطر عليه منذ هزيمة 1967. تلك العقدة التي جعلته يخلط خلطا مشينا بين انسحاب عام 67 وبين المناورة المقترحة بالقوات عام 73. فقد كانت قواتنا عام 67 تنسحب تحت ضغط من قوات العدو البرية والجوية، وبدون أي دفاع جوي من جانبنا، وبدون أي سيطرة من القيادة العامة للقوات المسلحة. أما المناورة بالقوات عام 73، فقد كانت تقوم بها قوات ليست على اتصال بالعدو. وكانت تتم تحت ستر 5 فرق مشاه وتحت مظلة دفاعنا الجوي، وفي إطار خطة محكمة تحت سيطرة القيادة العامة. وبالتالي فان تحرك هذه القوات كان اقرب إلى أن يكون تحركا إداريا اكثر منه إلى تحركات العمليات. وبالإضافة إلى ذلك فإن انتصارنا في اقتحام القناة قد فجر في الضباط والجنود طاقات معنوية هائلة. إن إحجام وتردد احمد إسماعيل في المناورة بالقوات هو خطأ لايمكن قبوله تحت أي عذر من الأعذار، وان الادعاء بأن المناورة بالقوات ما بين شرق القناة وغربها يمكن أن تؤثر على الروح المعنوية هو ادعاء باطل وانهزامي، ومن يؤمن بهذا الادعاء فإنه لن ينجح في تحقيق الانتصار في أي حرب.

عدم اتخاذ القرار المناسب في الوقت المناسب

كان تردد احمد إسماعيل في اتخاذ القرار المناسب في الوقت المناسب هو أسوا صفات أحمد إسماعيل. ورغم كل ما يقدمه من مبررات، فإن ذلك يرجع أساسا إلى سببين رئيسيين الأول هو العقدة النفسية التي ترسخت في أعماقه نتيجة هزيمة 67 ونتيجة قيام عبد الناصر بإعفائه من منصبه مرتين، مما جعله يخشى المسؤولية ويتردد في اتخاذ القرارات الجريئة.

أما السبب الآخر فهو كونه كان يقود معارك على الخرائط فقط، ولم يزر الجبهة قط إلا بعد وقف إطلاق النار ببضعة أسابيع، وبعد أن أصبحت مزارا لكل الناس بما في ذلك طلبة المدارس. وإن عدم اتصاله بالضباط والجنود لم يسمح له بأن يلمس ما أحدثه نجاحنا في عبور قناة السويس في رفع

384

روحهم المعنوية، وفي استعادة ثقتهم بقادتهم الذين رسموا لهم الخطط وهيئوا لهم الظروف التي مكنتهم من تحقيق هذا النصـر. وبالتالي فإن الصـورة الكئيبة التي شاهدها عام 1967 بقيت مترسخة في أعماقه ووجدانه. فـأصبح يخلط بين المناورة بالقوات وبين الانسحاب . و بمعنى آخر يخشى أن يتطور انتقال أي قوات من الشرق إلى الغرب بهدف القتال أو تشكيل احتياطي إلى انسحاب مذعور تصعب السـيطرة عليه. وعندما يتشجع ويتخذ القرار في النهاية يكون الوقت قد فات.

وفيما يلي أمثلة على القرارات التي لم تتخذ في الوقت المناسب:

1- عدم سحب الألوية المدرعة من الفرق المشــاة بعد نجاح العبور ونجاح قواتنا في صد جميع هجمات العدو المضادة يومي 8 و 9 من أكتوبر .

2- عدم سحب الفرقة الرابعة المدرعة والفرقة 21 المدرعة إلى الغرب بعــد فشل عملية التطوير يوم 14 من أكتوبر .

3- عدم سحب الفرقة الرابعة المدرعة واللواء 25 مدرع يوم 16 بهدف تصفية الثغرة من الغرب. ولكنه عاد فسحب الفرقة المدرعة يوم 18، ولكن انسحابها جاء متأخراً 48 ساعة زاد خلالها انتشار العدو في الغرب واصبح الأمر يحتاج إلى سحب إعداد أكبر. من الألوية المدرعة.

4- عدم سحب الألوية المدرعة التي طالب الشاذلي بسحبها يوم 20 (الفرقة 21 مدرعة وبها لواءين مدرعين+ اللواء24 مدرع الذي كان ضمن تجميع الفرقة الثانية المشاة+ اللواء المدرع الذي كان ضمن تجميع الجيش الثـالث). وقد أدى هذا التردد إلى حصار الجيش الثالث ومدينة السويس. وبعد أن توقف القتال في 28 من أكتوبر ببضعة أيام أصدر أحمد إسماعيل أمرا بسحب جميـع الألوية المدرعة من الشرق إلى الغرب. ولكن هذا القرار الذي جاء متأخرا حوالي عشرة أيام عن التاريخ الذي طالب فيه الشاذلي بسحب هذه الألوية افقدها الكثير من فعالياتها وتأثيرها على سير المعارك.

إغفال تشكيل احتياطيات جديدة

يتحتم على كل قائد أن يحتفظ باحتياطي من القوات والنيران حتى يمكنه أن يواجه به أي تصرفات غير محتملة (راجع الفصل 33). واذا ما دعت الضرورة إلى إقحام الاحتياطيات أو جزء منها في المعركة، فإنه يجب تشكيل احتياطيات جديدة لكي تحل محلها. وحيث إنه ليس من المتيسر على مستوى القيادة العامة للقوات المسلحة تشكيل وحدات جديدة لكي تحل مكان الوحدات التي كانت تشكل الاحتياطيات التعبوية والاستراتيجية.. فإن التغلب على ذلك يمكن أن يتم بالمناورة بالقوات.. تماما كـما يفعل لاعب الشطرنــج الذي يبدأ بعدد محدد من القطع ولا يسمح له بزيادتها إلى أن تنتهي المباراة.

وطبقا للخطة الأصلية "المآذن العالية" فقد كنا نحتفظ في الاحتياطات التعبوية والاستراتيجية بقوات كبيرة قوامها فرقتان مدرعتان وثلاث فرق مشاة ميكانيكية وثلاثة ألوية مدرعة مستقلة (إجمالي الألوية المدرعة عشرة: اثنان في كل فرقة مدرعة وواحد في كل فرقة مشاة ميكانيكية، ولواءان مستقلان. لواء الحرس الجمهوري). ولكن الحذر الزائد من احمد إسماعيل اضطرنا إلى تخصيص 5 ألوية مدرعة لتدعيم الفرق المشاة. وقد كان مفروضا إعادة هذه الألوية إلى الاحتياط بعد أن نجحت الفرق المشاة في تثبيت مواقعها شرق القناة ولكن ذلك لم يحدث. بل إن احمد اسماعيل لجأ إلى زيادة تفتيت الاحتياطات كما سبق أن أوضحنا في الفصول السابقة حتى تأزم الموقف تماما. وفي يوم 20 من أكتوبر كانت الفرصة الوحيدة لإنقاذ الموقف هي سحب الألوية المدرعة الأربعة التي كانت في الشرق لكي نواجه بها الموقف المتأزم في الغرب ومع ذلك فإن احمد إسماعيل عارض هذا الاقتراح وانه لمن المؤسف حقا أن هناك بعضا من القادة يؤيدون اليوم هذا التصرف المعيب لأسباب سياسيه. وإني أقولها صراحة: إذا لم نوضح لأبنائنا من طلبة الأكاديميات العسكرية أن عدم المناورة بالقوات، وتفتيت الاحتياطيات، وعدم تشكيل احتياطيات جديدة بدلا من تلك التي يتم إقحامها كانت جميعها من الأخطاء الجسيمة التي ارتكبها احمد اسماعيل خلال حرب أكتوبر 73. فابشروا بجيل جديد من القادة سيجلبون على مصر هزائم تتضاءل بجانبها هزيمة عام 1967 اللهم قد بلغت.

التدخل السياسي في القرارات العسكرية

ليس هنالك خلاف حول حتمية تبعية القيادة العسكرية للقيادة السياسية، حيث إن الحرب كما قال كلاوزوفيتز هي امتداد للسياسة بوسائل أخرى. ولكن الخلاف يدور حول حدود ومدى هذه التبعية. وتتساوى في ذلك جميع الأنظمة السياسية سواء كانت الديمقراطية أم دكتاتورية أم شمولية، وإن اختلفت الأسباب التي تراها هذه الأنظمة لفرض هذه التبعية. ففي الدول الديمقراطية تكون القيادة السياسية منتخبة بواسطة الشعب، وبالتالي فهي تمثل الشعب وتعمل على تحقيق أهدافه- في حين أن القيادة العسكرية غير منتخبة وبالتالي يجب إخضاعها لإشراف القيادة السياسية المنتخبة. وقد ذهبت بعض الدول الديمقراطية إلى أبعد من ذلك عند تعيين رؤوس القمة العسكرية. ففي الولايات المتحدة يختار الرئيس الأمريكي رئيس الأركان، ولكن هذا الاختيار لا يكتمل إلا بعد عرض هذا الاسم على الكونجرس وإقراره. وقد يلجأ الكونجرس إلى دعوة الشخص المرشح لهذا المنصب لمناقشته والحوار معه عدة جلسات قبل أن يوافق على تعيينه أو رفضه، فإذا رفض الكونجرس هذا التعيين فإنه يتحتم على الرئيس ترشيح شخص آخر يحظى بموافقة الكونجرس.

و قد جرت العادة على أن يتم التشاور بين القيادتين السياسية والعسكرية قبل تخصيص المهمة حتى تكون المهمة التي تكلف بها القوات المسلحة في حدود إمكاناتها. أما بعد تخصيص المهمة

فإن القيادة السياسية يجب ألا تتدخل في أسلوب القيادة العسكرية في التنفيذ. وإن كان هذا لا يمنع عقد لقاءات مشتركة بين القيادتين لتبادل الرأي إذا دعت الضرورة إلى ذلك. وحتى يلم كل طرف بإمكانات وحدود الطرف الآخر. يحدث هذا في كل من دول الكتلة الغربية بزعامة أمريكا ودول الكتلة الشرقية بزعامة الاتحاد السوفيتي السابق. أما بالنسبة لمصر ودول العالم الثالث، فالأمر يختلف. حيث أن جمع وظيفة وزير الحـربية– وهو عضو في القيادة السياسية– ووظيفة القائد العام للقوات المسلحة في شخص واحد، يعني أن نصف هذا الشخص سياسي والنصف الآخر عسكري. فهو إذا تحدث في موضوع معين مع رئيس الأركان حول أسلوب تنفيذ المهمة بصفته وزير الحربية، فإن رئيس الأركان يستطيع أن يناقش و يؤيد أو يرفض ذلك. أما إذا تحـدث معه بصفته القائد العام للقوات المسلحة فإن رئيس الأركان يصبح ملزما بتنفيذ أوامرها وأقصى ما يمكن لرئيس الأركان عمله، هو أن يبين لـه العيوب والمشاكل والمخاطر التي سوف تترتب على تنفيذ هذا الأمر، فإن أصر القائد على التنفيذ فانه يجب على رئيس الأركـان أن ينفذ أوامر القائد وبنفس الحماس الذي عارض به الأمر قبل إقراره بصفة نهائية .. حـيـث إن تقاليد القوات المسلحة وسلامة وأمن أفرادها لا تسمح لأي قائد أو ضابط مرؤوس أن ينفذ من أوامر قائده ما يعجبه ويستبعد منها مالا يعجبه. وفي ظل هذا التنظيم وهذه المفاهيم شاءت المقادير أن يكون الفريق أول احمد إسماعيل هو القائد العام للقوات المسلحـة ووزير الحربية، وكان الفريق سعد الدين الشاذلي هو رئيـس أركان حرب القوات المسلحة، إبان حرب أكتوبر 73. (راجع الفصل التاسع والعشرين).

ولاداعي لأن اكرر هنا ما سبق أن ذكرته في الفصول السابقة عن الخـلافات التي وقعت بيني وبين احمد إسماعيل خلال فترة إدارة العمليات الحربية. فقد عارضت الكثير من قراراته قبل أن يتقرر إرسالها إلى القادة المرؤوسين ولكن الموقف كان في النهاية بضرورة الالتزام بما يأمر به بصفته القائد العام للقوات المسلحة. حدث هذا بالنسبة لقرار التطوير، وبالنسبة لموقفه من مطالبتي بضرورة المناورة بالقوات وبالنسـبة لأسلوبه في التعامل مع الثغرة، وبالنسبة لموقفه يوم 20 من أكتوبر من اقتراحـي بسحب أربعة ألوية مدرعة من الشرق إلى الغرب. ثم كان يوم 25 من أكتوبر عندمــا تمردت على أوامره ورفضت توقيع الأمر الذي يتعلق بدفع الفرقة الرابعة المدرعة لفك حصار الجـيـش، حيث إني كنت على قناعة تامة بان توقيعي على هذا الأمر يعني أنني اشترك في مؤامرة سوف تؤدي إلى تدمير هذه الفرقة (راجع الفصل الخامس والثلاثين).

ومن اجل مصر. ومن اجل سلامة القوات المسلحة فإني أطالب بضرورة إلغاء منصب القائد العام للقوات المسلحة. هذا المنصب الذي لا نجد له مثيلا إلا في أنظمة دول العالم الثالث. التي تضع سـلامة النظام وسلامة الحاكم قبل سلامة و أمن البلاد. وبان نتبع في مصـر نفس الأسلوب الذي تتبعه الدول الديمقراطية وهو أن تكون وظيفة وزير الحـربية وظيفة سياسية فقط فهو كعضو في القيادة السياسية يسـاهم في تخصيص مهمة القوات المسلحة في الحرب والسلم ولكنه لا يتدخل في

أسلوب تنفيذ تلك المهام. فلو أن وظيفة أحمد إسماعيل خـلال حرب أكتوبر كانت هي وزير الحربيــة فقط لكان في إمكاننا تحقيق انتصارات تفوق كثيرا ما حققنـاه وهو يجمع بين وظيفتي وزير الحربية والقائد العام للقوات المسلحة.

أحمد اسماعيل لاعب أم دمية

اعتقد أن أحمد اسماعيل كان اقرب إلى أن يكون دمية في يد السادات من أن يكون شريكا معه في اتخــاذ تلك القرارات المهمة. فعلــى الرغم من أن التوجيه الاستراتيجي الذي أصدره السادات إلى أحمد إسماعيل ينص على أن تقوم القوات المسلحة بعمل عسكري يكون في حــدود إمكاناتها، إلا أننا نجـد أن السـادات كلف القوات المسلحة بعمل يخـرج عن حدود إمكاناتها عندما اتخذ قراراً يوم 12 من أكتوبر بتطوير الهجوم. و قد استجاب أحمد إسماعيل لهذا التكليف رغم علمه بأن العدو يتفوق علينا تفوقا ساحقا في مجال القوات الجوية، وأن هذا الهجوم محكوم عليه بالفشل قبل أن يبدأ ومما يؤكد سيطرة السادات الكاملة على أحمد إسماعيل، ذلك التصريح الذي أطلقه السادات في أحد خطبه عام 1977 والذي قال فيه إنه كان يعلم بمرض احمد إسماعيل بداء السرطان قبل وأثناء حـــرب أكتوبر 73، وان الأطباء أخطروه بان حالته الصحية لاتسمح له باتخاذ القرارات، وإن السادات هو الذي كـــان يتخذ القرارات (راجع الفصل التاسع عشر). ولولا هذه الشهادة التي يدين فيها السـادات نفسـه بنفسـه، لما كان في استطاعة أي محكمة تاريخيـة إدانة السادات على ما ارتكبـه من أخطاء جسيمة أثناء الحرب. إذا ما قدم الدفاع عنه إلى المحكمة وثيقة التوجيه الاسـتراتيجي التي بعثها إلى احمد إسماعيل، والتي يربط فـيها بين المهمة التي تكلف بها القوات المسلحة وبين حدود إمكاناتها.

قد يكون من السهل على النقاد أن يتهموا السادات بالجهل، لأنه لم يخدم في القوات المسلحة سوى ثلاث سنوات وهو برتبة الملازم والنقيب في بداية الأربعينيات، ولأنه لا يحب أن يجهد نفسه في القراءة والبحث. ولكن هذا لا ينطبق على احمد إسماعيل. فلا أحد يستطيع أن يشك في علمه وثقافته العسكرية، كان قد اشتهر بجموده الفكري وخشيته من تحمل المسئولية. ولكن هل من الممكن أن يصل الجمود الفكري بأحمد اسماعيل إلى حد إهمال مبدأ عام وحيوي من مبادئ الحرب لايمكن تحقيق أي نصر بدونه وهو المناورة بالقوات هل يمكن أن يصل الجمود الفكري إلى حد أن يقوم يوم 25 أكتوبر بتكليف الفرقة الرابعة المدرعة بفك حصار الجـيش الثالث، بينما كانت قوات العدو غرب القناة تقدر بحوالي 3 فرق مدرعة وكان يمتلك زمام الجو، ولولا تمردي ورفضي توقيع هذا الأمر لدمرت هذه الفرقة.

وهناك أسئلة كثيرة مازلنا نجهل إجاباتها حتى الآن نذكر منها: هل كان احـمد إسماعيل يعلم بالرسالة التي بعث بها السادات إلى كيسنجر يوم 7 من أكتوبر ؟هل شارك احـمد إسماعيل

السادات بالرأي عندما طلبت بريطانيا يوم 13 من أكتوبر – عن طريق سفيرها في مصر السير فيليب آدامز – أن يبدي السادات رأيه في المشاورة الدائرة في المشاورة بين الأعضاء الدائمين في مجلس الأمن حول إمكان وقف اطلاق النار في المواقع القائمة؟ وهل اتخذ السادات قراره برفض هذا الاقتراح؟ (البحث عن الذات/ ص 344) دون التشاور مع صاحب المنصبين الرئيسيين اللذين لهما علاقة بهذا القرار وهل طلب السادات مشورة احمد إسماعيل– صاحب المنصبين الرئيسيين– عندما رفض الاقتراح الذي تقدم به الاتحاد السوفيتي يوم 13 والأيام التالية، والذي كان أيضا يتضمن وقف اطلاق النار على الخطوط القائمة، أم أن السادات كـان ينفرد باتخاذ القرار وهل كان قرار دفع الفرقة الرابعة المدرعة الذي تقرر إلغاؤه بعد أن رفضت التوقيع على أمر العمليات– صادرا من احمد اسماعيل عن قناعة أم انه كان ينفذ أمر السادات هذه هي بعض الأسئلة التي يتحتم على المرخين الإجابة عنها قبل أن يمكننا أن نحدد طبيعة العلاقة بين الرجلين.

وعمومـا فقد وردت شهادتان على لسان كل من حافظ اسماعيل وحسنين هيكل عن انفراد السادات باتخـاذ القرارات خلال حرب أكتوبر. يقول حافظ في تعليقه على اتخاذ السـادات قرار وقف إطلاق النار يوم 21 أكتوبر على الخطوط الحـالية، دون أن يستشير أحدا ما يلي "كان الرئيس وحيدا. كان هو الذي اختـار أن يواجه الموقف وحده وحده لقد اتخذ من قبل قرارات مصيرية متعددة .. وربما لم يجد ضرورة الآن، وحدة الأزمة تتصاعد، ان يدعو رفاقه ومعاونيه. واختار بان يجتاز الأزمة وحده لقد أراد أن يكون صاحب النصر عندما ننتصر. وهو الآن يرفض إلا أن يكون المسئول عن نتائج تحول المعركة– بينما كنت أظن أن هذه الساعات الحرجة التي نمر بها هي بالضبط الظروف التـي من اجلها بني تنظيم الأمن القومي لكي يدعو ليتحمل مسئوليته ويعاون على اتخاذ القرارات المصيرية.. فلقد كـان الموقف يتطلب تفويضا جديدا" (محمد حـافظ إسماعيل/ أمن مصر القومي/ ص 360). أما هيكل فهو ينقل أن السادات رفض اقتراحا بتكليف السيد محمود فوزي بالسفر إلى نيويورك ليقود المعركه الدبلوماسيه في مجلس الأمن من هناك. فيذكر أن السادات قال له: "إنه من المستحسن أن يبت هو (السادات) في كل الأمور من هنا من القاهرة، وان يجيئوا إلي شخصيـا كلما أرادوا إدخال أو تغيير كلمة أو حرف" (هيكل/ أكتوبر 73/ ص 455).

تعالوا إلى كلمة سواء

الحرب عملية باهظة التكلفة. وتكلفة الحرب لا تقاس بمجموع مـا يتم إنفاقه خـلال فترة العمليات الحربية وما تتحمله الدولة من خسائر بشرية ومادية خلال تلك الفترة. بل يضاف إليها ما تنفقه الدولة على قواتها المسلحة خلال سنوات السلم التي يتم خلالها تجهيز وتدريب تلك القوات، وما يتم إنفاقه لتامين الشعب ضد أخطار الحرب عند اندلاعها. ونتائج كل حرب هي التي تحـدد مدى نجاح الدولة في تدبير شـئونها العسكرية من حـيث التسليح والتدريب وترشيد الإنفاق. الخ. ولذلك

فإن الدروس المستفادة من كل حرب تعتبر ثروة لا تقدر بثمن، لأنها تكون رصيدا للدولة إذا ما اشتركت في حرب أخرى.

وهذه الدروس المستفادة لا يمكن التوصل إليها، إلا إذا عرفت الأخطاء التي ارتكبت بواسطة احد الأطراف وأدت إلى هزيمته أو أدت إلى وضعه في موقف صعب. وان اكتفائنا بذكر الأعمال المجيدة التي تمت خلال حرب أكتوبر، وعدم ذكر الأخطاء التي ارتكبت يمكن أن يولد لدى قادة الأجيال التالية شعورا بالتفوق الزائف، الذي قد يؤدي إلى ارتكابهم نفس الأخطاء التي ارتكبها آباؤهم وأجدادهم. ولذلك فإنه يجب علينا أن نعترف بأنه رغم النجاح الباهر الذي حققناه بعبورنا قناة السويس وتدميرنا خط بارليف في 18 ساعة فقد ارتكبنا سلسلة من الأخطاء إذ إن تطوير الهجوم يوم 14 أكتوبر كان قرارا خاطئا، وهو الذي أدى إلى حدوث ثغرة الدفرسوار ليلة 16/15 أكتوبر. كما أن عدم المناورة بقواتنا المدرعة واستغلال خفة حركتها لكي نتصدى بها للقوات المدرعة الإسرائيلية التي عبرت إلى الغرب كان تصرفا خاطئا. علاوة على أن التهوين من أهمية الثغرة في الإعلام المصري، ووصفها بأنها معركة تليفزيونية هو وصف ديماجوجي ومضلل، وأدى في النهاية إلى نجاح العدو في حصار الجيش الثالث ومدينة السويس.

والآن وبعد مرور حوالي 30 عاما على حرب أكتوبر المجيدة، ألم يأن الأوان لأصحاب الآراء المختلفة حول القرارات التي اتخذت خلال تلك الحرب، أن يجلسوا مع بعضهم البعض، وان يتناقشوا حول نقاط الخلاف بغية التوصل إلى ما هو صحيح وما هو خطأ، وأن تتم هذه المناقشات على شكل مناظرة علنية يقوم فيها كل طرف بعرض وجهة نظره مع تقديم الحجج التي تؤيدها. نحن لسنا في حاجة إلى استدعاء خبراء أجانب فلدينا خبراء قد يتفوق الكثير منهم على الخبراء الأجانب. ولكن بشرط أن نوفر لهم المناخ الديمقراطي، وألا يضار صاحب رأي برأيه. مناظرة لا يكون كل هم المشاركين المصريين فيها– كما حدث في أثناء الندوة الدولية لحرب أكتوبر التي عقدت عام 1975– هو الدفاع عن الأخطاء التي ارتكبتها القيادة السياسية والقيادة العسكرية خلال تلك الحرب. إن هذا هو اقل ما يمكن عمله اليوم.فإن لم نفعل ذلك فإن التاريخ لن يرحم هؤلاء الذين يريدون تزييف تاريخ مصر. وما لنا لا نفعل ذلك وقد سبقتنا دول كثيرة اتخذت خطوات اكثر تشددا من تلك المناظرة التي ناديت بها منذ سنوات ومازلت أنادي بها حتى اليوم. لقد شكلت بريطانيا لجنة تقصي الحقائق في أعقاب حرب الفوكلاند عام 1982. وشكلت إسرائيل لجنة مماثلة في أعقاب حرب أكتوبر ، وأخرى في أعقاب الغزو الإسرائيلي للبنان عام 1982.

****

الخـــــرائط

خريطة إسرائيل حسب تقديراتها مارس ١٩٧١

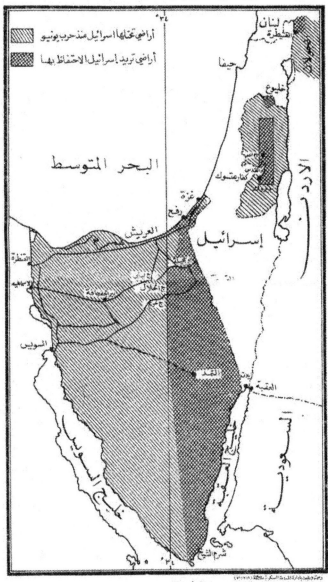

أراضي تحتلها إسرائيل منذ حرب يونيو

أراضي تريد إسرائيل الاحتفاظ بها

البحر المتوسط

لبنان

حيفا

غزة

رفح

العريش

السويس

إسرائيل

الأردن

السعودية

مقياس الرسم ١:...........

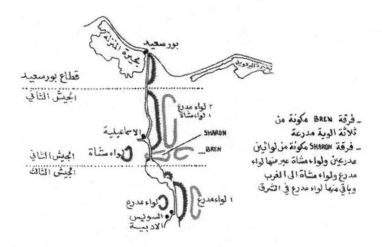

خريطة رقم : ٢
توزيع القوات ليلة ١٧/١٦ اكتوبر ١٩٧٣

ـ فرقة BREN مكونة من
ثلاثة الوية مدرعة
ـ فرقة SHARON مكونة من لوائين
مدرعين ولواء مشاة عبر منها لواء
مدرع ولواء مشاة الى الغرب
وباقي منها لواء مدرع في الشرق

ـ قوات الجيش الثاني شرق القناة (١٠ لواء مشاة، ٤ لواء مدرع، ١٢٠ كتيبة دبابات، ٣ كتيبة BMP ٤ كتيبة مالوتكا، ٣ كتيبة مدفعية مضادة للدبابات) يقوم العدو بتثبيتها بقوة ٢ لواء مدرع ، لواء مشاة
ـ قوات الجيش الثالث شرق القناة (٩ لواء مشاة، ٣ لواء مدرع، ١٠ كتيبة دبابات، ٢ كتيبة BMP ٣ كتيبة مالوتكا، ٢ كتيبة مدفعية مضادة للدبابات) يقوم العدو بتثبيتها بقوة لواء مدرع
ـ قطاع الاختراق (الدفرسوار) : للعدو غرب القناة لواء مدرع، لواء مشاة وله شرق القناة في اتجاه الدفرسوار ٤ لواء مدرع وذلك في مواجهة لواء مشاة مصري واحد غرب القناة في اتجاه الدفرسوار .

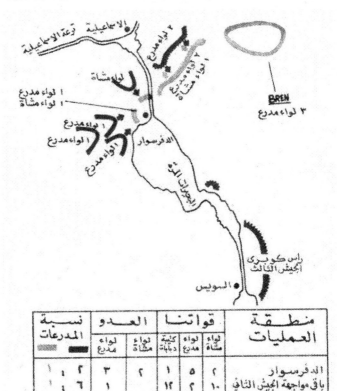

منطقة العمليات	قواتنا				العدو		نسبة المدرعات
	لواء مشاة	لواء مدرع	كتيبة دبابات	لواء مشاة	لواء مدرع		
الدفرسوار	٢	٥	١		٢	٣	٢ : ١
باقي مواجهة الجيش الثاني	١٠	٢	١٢		١	٦ : ١
الجيش الثالث	٨	١	١٠		١	٤ : ١
احتياطي عمليات					٣	
اجمالي	٢٠	٨	٢٢	٢	٨	٢ : ١

ملاحظات:
١ ـ نسبة تفوقنا في المدرعات طبقا لهذه الخطة
سوف نكون ١:٣ غرب القناة .
٢ ـ ليس من المنتظر أن يقوم العدو بدفع فرقة برن
إلى غرب القناة في الوقت الذي لم يكن قد اتم فيه بناء
أي كوبري حتى ذلك الوقت .

394

خريطة رقم ٤٠
معركة الدفرسوار يوم ١٧ اكتوبر ١٩٧٣

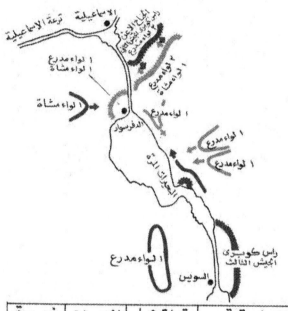

نسبة المدرعات	العدو		قواتنا			منطقة العمليات
▬ ▬	لواء مدرع	لواء مشاة	كتيبة دبابات	لواء مدرع	لواء مشاة	
١ : ٢	٦	٢	١	٣	١	الدفرسوار
١ : ٦	١		١٢	٢	١٠	باقي مواجهة الجيش الثاني
١ : ٥	١		١٠	٢	٩	الجيش الثالث
					١	احتياطي عمليات
١ : ٢	٨	٢	٢٣	٨	٢٠	اجمالي

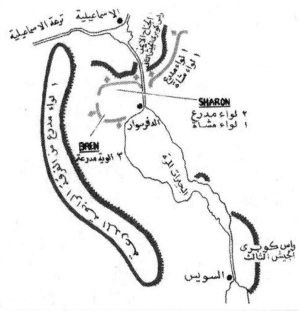

نسبة المدرعات	العـدو		قواتنا			منطـقـة العمليات
	لواء مدرع	لواء مشاة	كتيبة دبابات	لواء مدرع	لواء مشاة	
١ : ٥	٥	١			١	الدفرسوار (غرب)
٤ : ١	٢	١	١٢	٤	١٠	الجيش الثاني
٥ : ١	١		١٠	٢	٩	الجيش الثالث
					١	احتياطي عمليات
٢ : ١	٨	٢	٢٢	٧	٢٠	اجمالي

396

خريطة رقم: ٦
الموقف مساء يوم ٢٢ اكتوبر ١٩٧٣

نسبة المدرعات ▬ ▬	العدو لواء مدرع	العدو لواء مشاة	قواتنا كتيبة دبابات	قواتنا لواء مدرع	قواتنا لواء مشاة	منطقة العمليات
٣ : ١	٦	٢		٢	٢	الدفرسوار
١ : ٤	٢	٢	١٢	٤	١٠	الجيش الثاني
١ : ٤	١	٢	١٠	١	٨	الجيش الثالث
١ : ١.٥	٩	٦	٢٢	٧	٢٠	اجمالي ●

خريطة رقم:٧
الموقف صباح يوم ٢٥ اكتوبر ١٩٧٣

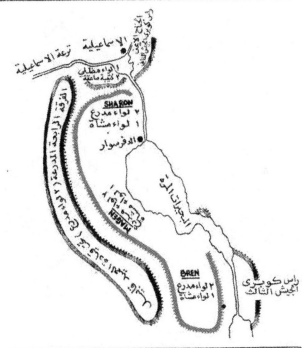

نسبة المدرعات		العدو		قواتنا		منطقة العمليات
		لواء مدرع	لواء مشاة	كتيبة دبابات	لواء مدرع	لواء مشاة	
٣	١	٦	٣		٢	٢	الجيب الاسرائيلي
١	٤	٢	٢	١٢	٤	١٠	الجيش الثاني
١	٤	١	٢	١٠	١	٨	الجيش الثالث
١	٤٫٥	٩	٧	٢٢	٧	٢٠	اجمالي

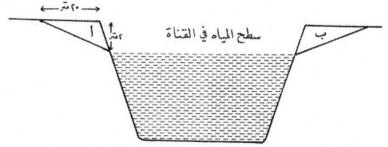

الشكل رقم ١
رسم تخطيطي يبين الأكتاف الخرسانية لقناة السويس
التي يتحتم نسفها لامكانية عبور المركبات البرمائية

٢٠ متر ←

سطح المياه في القناة

ب

أ ـ الكتف الخرساني الذي كان يجب علينا نسفه في الجانب الغربي للقناة
ب ـ الكتف الخرساني الذي كان يجب علينا نسفه في الجانب الشرقي للقناة

الشكل رقم ٢

رسم تخطيطي يبين الساتر الترابي الذي بناه العدو

على طول الشاطىء الشرقي لقناة السويس

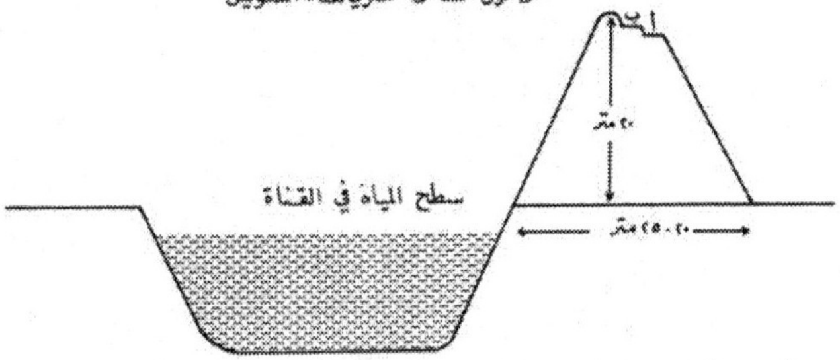

٢٠ متر

سطح المياة في القناة

٢٠ ـ ٢٥ متر

ا ـ   طريق على مقربة من قمة الساتر الترابي ويسمح لدبابات العدو ومن التحرك عليه
دون أن نستطيع رؤيتها من الجانب الغربي للقناة .

ب ـ   مصطبة من ضمن مئات المصاطب التي تنتشر على طول الطريق أبمعدل مصطبة
كل حوالي ١٠٠ متر . وعندما تحتل الدبابة المعادية هذه المصطبة فإنها تكون مختفية تماما
ولا يظهر منها سوى فوهة مدفعها، وتستطيع الدبابة أن تطلق من هذه المصطبة عدد
من الطلقات ثم تختفي لكي تظهر على مصطبة أخرى بعد ذلك .

400

الشكل رقم ٣
رسم تخطيطي يبين اسلوب العدو في اشعال النيران
على سطح المياه

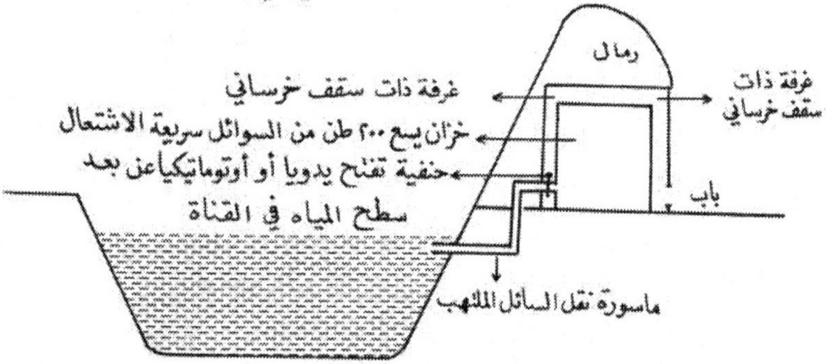

رمال

غرفة ذات سقف خرساني

غرفة ذات
سقف خرساني

باب

غرفة ذات سقف خرساني

خزان يسع ٢٠٠ طن من السوائل سريعة الاشتعال

حنفية تفتح يدويا أو أوتوماتيكيا عن بعد

سطح المياه في القناة

ماسورة نقل السائل الملتهب

401

رسم تخطيطي يبين فكرة كوبرى مروات

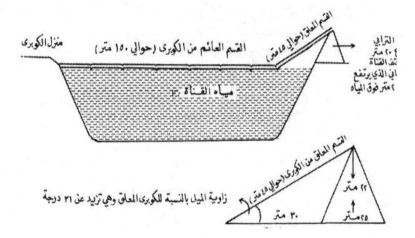

القسم المعلق (حوالي ٥٠ متر)

منزل الكوبرى

القسم العائم من الكوبرى (حوالي ١٥٠ متر)

مياه القناة

التراب ٢٠ متر
تحت القناة
الذي يرتفع
٢ متر فوق المياه

القسم المعلق من الكوبرى (حوالي ٥٠ متر)

٢٢ متر

٢٥ متر

٣٠ متر

زاوية الميل بالنسبة للكوبرى المعلق وهي تزيد عن ٣١ درجة

402

CPSIA information can be obtained
at www.ICGtesting.com
Printed in the USA
BVOW08s1045031117
499468BV00001B/167/P